Lisa Theresa Schneider
Du wohnst in meinem Herzen

AF289407

LISA THERESA SCHNEIDER

Du wohnst in meinem Herzen

Roman

© 2024 Lisa Theresa Schneider
Verlag: BoD • Books on Demand GmbH, In de
Tarpen 42, 22848 Norderstedt
Druck: Libri Plureos GmbH, Friedensallee 273,
22763 Hamburg
ISBN: 978-3-7583-8839-2

Für meine Schwester, die mein Mut und mein Glück ist.
Und für meine Söhne, die mein Licht und mein Leben sind.

Ungeachtet unserer Taten und unserer Biographien,
ist die Liebe die einzige Essenz,
die uns als Menschen ausmacht.
Der Sinn unseres Lebens ist zu lieben,
aufs Äußerste zu lieben.

Du hast schon immer wie selbstverständlich zu meinem Leben gehört.
So wie Luft und Sonnenschein.

»Frederik! Sophie! Kommt zum Haus zurück, das Essen wird bald aufgetragen!«, rief Katharina in den Garten hinab. »Wo sich die Kinder wieder herumtreiben?« Katharina lächelte und hielt dabei weiter Ausschau, ob sie die beiden siebenjährigen Kinder im großen Gutsgarten entdecken konnte. »Findest du nicht auch, dass die beiden so ein besonderes Band haben?« Katharina stützte sich mit beiden Händen an der grauen Steinbrüstung ab und konnte die beiden immer noch nicht entdecken. Ein schier endloser Park schloss sich an das große Herrenhaus der Grafenfamilie von Sonnersleben an, den man von der mächtigen grauen Steintreppe der Terrasse erreichte. Von dort konnte man nahezu das gesamte Gut überblicken. Die Täler und Wälder, einzelne kleine Seen und die angrenzende Landwirtschaft. Ein stattliches Anwesen, das bereits seit Generationen von den Nachfahren der Familie von Sonnersleben bewohnt und bewirtschaftet wurde. »Es ist so eine tiefe Verbundenheit, Freundschaft ist eigentlich noch zu wenig gesagt.« Katharina dachte nach, wie sie die Verbindung besser beschreiben könnte, die ihr Sohn mit der Nachbarstochter Sophie teilte, als sie bemerkte, dass ihr Mann am Gespräch völlig teilnahmslos war. »Hörst du mir zu?«, fragte Katharina und wandte sich ihrem Mann zu, der am Terrassentisch die Zeitung studierte. Er blickte kurz auf. »Verzeih Liebes, aber es steht schon wieder ein Artikel über uns in der Zeitung. Nicht zu fassen, als ob es nichts anderes zu berichten gäbe!«, ärgerte sich Hendrik. In diesem Moment klingelte sein Handy, das neben der Zeitung auf dem Tisch lag, doch Hendrik drückte den Anruf weg. Er war viel zu wütend, um jetzt einen geschäftlichen Anruf entgegennehmen zu können. Katharina legte den Kopf schief. »Warum liest du die Artikel überhaupt?«, fragte Katharina und ging daraufhin zu dem Tisch, auf dessen weißer Tischdecke nur noch eine Schale mit ausgelesenen Weintrauben stand. »Hendrik, es ist doch nicht so wichtig, welche Geschichte nun wieder in der Zeitung über uns geschrieben wird«, versuchte Katharina ihren Mann zu trösten und gab ihm einen Kuss auf die Schläfe, indem sie sich leicht zu ihm herabbeugte. Hendrik sah seine Frau an. »Möchtest du wissen, wie die Überschrift lautet?«, fragte er echauffiert, Katharinas Beschwichtigungsversuch völlig übergehend. Katharina seufzte und obwohl sie ihm keine Zustimmung gegeben hatte, las er den Text vor: »Graf Hendrik von Sonnersleben weiter auf der Überholspur. Pah!«, rief er aus. »Das ist doch eine gute Überschrift?«, wunderte sich Katharina. »Ja, aber warum wird denn alles immer so genau beäugt, was wir tun. Heute bin ich erfolgreich, morgen unter Druck, übermorgen was weiß ich. Allein diese Woche war ich schon zweimal pleite und heute wieder erfolgreich. Faszinierend, wie wandelbar ich bin!« Hendrik schüttelte den Kopf, faltete die Zeitung zusammen und legte sie etwas harsch auf den Tisch zurück. Seine Frau blickte ihn liebevoll an und nahm seine Hand. »Du bist den Menschen eben wichtig. Sie machen sich Gedanken. Das Gut ist der Mittelpunkt unserer gesamten Gegend. Du hast sehr viel Einfluss.« Katharina lächelte, als ihr Mann schließlich mit dem Kopf nickte. »Jetzt suchen wir die Kinder, das Abendessen müsste bald fertig sein«, sagte sie, tätschelte seine Hand und stand auf, als könnte sie damit die schlechte Stimmung vertreiben. »Gräfin…«, brachte Martha, die junge Köchin, die soeben auf die Terrasse gekommen war, leise hervor. »Ja, Martha?«, antwortete Katharina lächelnd und sah, dass Martha nervös und ungeduldig von dem einen auf den anderen Fuß tippelte. »In der Einfahrt stehen zehn Kinder also mit Eltern und, nun ja, insgesamt circa fünfundzwanzig Personen. Ich bin darauf nicht vorbereitet!« Katharina und Hendrik tauschten einen kurzen Blickkontakt aus. »Ich habe versucht Leopold zu sagen, dass er Ihnen rechtzeitig Bescheid geben soll. Aber es scheint, als findet unser ältester Sohn diese Menschen immer sehr spontan. Wir werden alle zusammen helfen und dann wird schon jeder satt werden«, sagte Katharina, woraufhin Martha nur gequält nickte, als ob sie den Worten der Hausherrin nur wenig Glauben schenken würde. Ohne ein weiteres Wort hakte sich Katharina bei Martha unter, um mit ihr in die Küche zu gehen. Im Gehen deutete sie Hendrik an, dass er die Kinder suchen sollte, der daraufhin kopfschüttelnd die Steinstufen in den großen Gutspark hinunterlief.

»Was machen wir hier?«, fragte Sophie und kicherte, als Frederik sie immer weiter zog. »Warte, wir sind gleich da«, sagte er und zog sie schnell weiter, sodass ihr hellgelbes Sommerkleid im Wind flatterte. Frederik blickte in Sophies strahlende Augen und an ihrem hellgelben

Kleid herunter und dachte dabei, dass sie einfach wunderschön war. »So, da ist es«, sagte Frederik stolz und blieb vor einem großen Baum stehen. Sophie runzelte die Stirn. »Das ist keine gute Überraschung«, stellte Sophie trotzig fest, als sie den Baum kritisch beäugte. »Doch!«, erwiderte Frederik und zog aus seiner Hosentasche ein kleines Messer, das er Martha aus der Küche gestohlen hatte. Sophie erschrak. »Das darfst du gar nicht haben!«, sagte sie schockiert. »Ich bringe es doch auch wieder zurück!« Frederik verdrehte die Augen und begann ein Herz in die Rinde des Baumes zu ritzen. »Was tust du?«, fragte Sophie ungeduldig und stellte sich auf die Zehenspitzen, um besser zu erkennen, was Frederik unter einiger Anstrengung in die Rinde des Baumes ritzte. »Ein Herz«, sagte Sophie, als sie es erkannt hatte und wippte vor Freude auf ihren Zehenspitzen. »Richtig! Und diesen Baum können wir beide sehen. Du von deinem Zimmerfenster und ich von meinem Zimmerfenster. Jeden Abend vor dem Schlafen gehen, denke ich an dich und du an mich«, sagte Frederik wiederum und konnte nicht ganz verbergen, dass er stolz auf seinen genialen Einfall war. Daraufhin verstaute er das Messer gekonnt in seiner Hosentasche, als würde er das ständig so machen. Auf Sophies strahlendes Gesicht reagierte Frederik mit einem tief zufriedenen breitem Grinsen. Unverhofft gab Sophie ihm einen Kuss auf die Wange, drehte sich blitzschnell um und lief lachend in Richtung des großen Hauses. »Warte«, rief Frederik, nachdem er einige Sekunden verdutzt gewesen war und setzte dann an, um ihr hinterher zu laufen.

»Da seid ihr zwei ja«, sagte Hendrik, als die beiden Kinder ihm entgegen gelaufen kamen und nun, außer Puste vom vielem Kichern, keuchend vor ihm standen. »Habt ihr irgendetwas angestellt?«, fragte Hendrik mit prüfendem Blick und sah von einem zum anderen. Beide schüttelten gleichsam wie einstudiert den Kopf, Sophie sogar so stark, dass ihr langer Zopf von einer Schulter zur anderen flog. »Na dann, ist es ja gut«, sagte Hendrik gekünstelt streng und schob die beiden zurück in Richtung Haus.

Frederik gelang es das Messer unbemerkt in die Küchenschublade zurückzulegen, da Martha und die weiteren Hausangestellten damit beschäftigt waren Essen für fünfundzwanzig fremde Personen, den vier Mitgliedern der Familie von Sonnersleben und Sophie vorzubereiten. Es fiel sogar niemandem auf, dass er sich ein Stück Schokolade nahm und auch Sophie davon gab. Sophies Zuhause war die Villa Werfen, die sich als erstes Wohnhaus an die großen Ländereien und Besitztümer des Gutes anschloss. Sie war die mittlere Tochter von Anna und Johann Werfen und hatte noch zwei Schwestern: Ihre fünf Jahre ältere Schwester Marlene und die kleine Cäcilia. Cäcilia war erst auf die Welt gekommen und um Anna zu entlasten, durfte Sophie, öfter als eigentlich sowieso schon, auf dem Gut zu Gast sein. Sophie betrat das große Esszimmer mit der langen festlich gedeckten Tafel und entdeckte dort viele fremde Gesichter und auch Kinder, die bereits ungeduldig auf das Essen warteten. Sophie erkannte, dass viele keine sauberen Klamotten trugen und die Haare mitnichten so akkurat nach hinten frisiert waren, wie ihre das immer waren. Sie nahm etwas schüchtern neben Frederik Platz. »So, ich heiße sie alle herzlich willkommen und bedanke mich bei Ihnen, dass Sie heute meine Gäste sind«, sagte Hendrik und sah Leo dabei an. Dieser nickte zufrieden und sagte nur: »Guten Appetit allen!« Die Meute begann zu essen, zu lachen und sich zu unterhalten. Einer, der unverhofft aufgetauchten Gäste, beherrschte einige Zaubertricks und ließ eine Gabel hinter seiner Serviette schweben, was ein großes Staunen, vor allem bei den Kindern, auslöste. Sophie lachte vor Begeisterung laut auf, nur in Frederiks Nähe konnte sie so gelöst sein. Unter dem strengen Blick ihrer Mutter gab es wenig, was Sophie richtig machen konnte. Katharina lächelte ihren Mann zufrieden an und genoss es, als er ihr einen Kuss gab und sie danach noch lange ansah. Die junge Köchin Martha hingegen stand in der Tür und beobachtete die ausgelassene und fröhliche Tischgesellschaft und als ihr Blick den von Leo traf, lächelte er, was Martha als ein Dankeschön verstand. Sie zwinkerte ihm zu und verschwand wieder in ihrer Küche. Am Abend bevor Frederik ins Bett ging, sah er aus dem Fenster und konnte den Baum ausfindig machen, in den er heute das Herz für ihn und Sophie eingeritzt hatte und auch Sophie blickte von der anderen Seite des Gutes auf den Baum, bevor sie sich in ihre Bettdecke einkuschelte.

Nach diesem Sommer diskutierten Frederik und Katharina am Vorabend des ersten Schultages. Frederik weigerte sich in die Schule zu gehen, wenn er Sophie nicht jeden Tag würde abholen dürfen. Katharina seufzte. Die Diskussion dauerte nun schon eine halbe Stunde. »Es ist doch ein Umweg für dich erst zu Sophie zu gehen und dann zur Schule«, wiederholte Katharina ihr einziges Argument. Frederik schüttelte den Kopf. »Ich gehe nicht, wenn ich sie nicht abholen darf«, sagte er bestimmt und sah seine Mutter provozierend an. Katharina stand, leise etwas Unverständiges murmelnd, auf und nahm den Telefonhörer in die Hand. »Grüß dich Anna«, sagte Katharina. »Ja, es ist alles in Ordnung, vielen Dank der Nachfrage. Und bei Euch? Wie geht es der Kleinen?«, versuchte Katharina die Höflichkeitsfloskeln auf das Mindeste zu beschränken. »Das ist schön. Ich hätte eine Bitte an dich«. Frederik beobachtete seine Mutter, wie sie im Wohnzimmer auf und ab lief und versuchte die richtigen Worte zu finden. »Ja, es ist so. Frederik möchte Sophie gerne morgen für die Schule abholen. Also ich wäre auch dabei und wie es aussieht, wird er sonst nicht in die Schule gehen. Leo wird mit dem Rad fahren«, sagte Katharina und warf Frederik einen vorwurfsvollen Blick zu. Frederik nickte siegessicher. »Könntet ihr also bitte auf uns warten, damit wir gemeinsam zur Schule gehen können?«, fragte Katharina und versuchte dabei so zu klingen, als hätte sie ihre Kinder ansonsten unter Kontrolle. »Danke, das ist wunderbar. Ja, ich verstehe, dass du lieber noch zu Hause bleiben willst. Dann gehe ich mit Johann, Hendrik hat ohnehin einen Geschäftstermin. Wir machen Bilder für dich«, sagte Katharina und verabschiedete sich höflich. Es war nicht so, dass Anna und sie Freundinnen waren, dafür war Anna eine zu zynische Frau, aber man kannte sich und war durch die Kinder eben irgendwie gezwungenermaßen im Austausch. Katharina legte den Hörer auf. »Für morgen ist es geklärt, die weiteren Tage musst du Frau Werfen selbst fragen, abgemacht?«, fragte Katharina und Frederik nickte, bevor er sie fest umarmte.

»Stell dich bitte gerade hin«, maßregelte Anna Werfen ihre kleine Tochter, als sie ihr die Schultüte in die Hand gab. »Vor allem, wenn der Fotograf die Fotos macht, Sophie. Ich erinnere dich an die missglückten Bilder beim Sommerfest im Kindergarten, da warst du immer so…« Anna stoppte ihren Satz, als es an der Tür klingelte, was Sophie Gelegenheit gab tief durchzuatmen. Sie war nervös. Nervös vor der

Schule. Nervös vor den anderen Kindern. Und ihre Mutter zupfte schon den ganzen Morgen erbarmungslos an ihrem dunkelblauen Samtkleid, an ihren Haaren oder an ihrer weißen Strumpfhose. »Na da sieht aber jemand umwerfend aus«, lobte Anna Frederik, als sie die große Haustüre öffnete und ihn in seinem blauen Anzug musterte. Frederik lächelte, aber vor allem deshalb, weil sein Plan Sophie abzuholen aufgegangen war. »Hallo Sophie«, sagte Frederik und hielt ihr eine Sonnenblume hin, die Martha ihm aus dem großen Bauerngarten am Gut gepflückt hatte, als auch Sophie in der Tür erschien. »Hallo Frederik. Hallo Katharina«, sagte sie schüchtern. »Grüß dich Sophie, ein sehr schönes Kleid hast du«, sagte Katharina liebevoll und streichelte Sophie sanft an der Schulter, woraufhin Sophie erleichtert lächelte. In Katharinas Nähe fühlte sie sich stets so geliebt und bedingungslos angenommen. »Na dann, wollen wir mal«, sagte Johann und gab seiner Frau zum Abschied einen Kuss auf die Wange. Johanns stattliche Figur wollte so gar nicht zu seinem gütigen Herzen und seinem sanften Charakter passen. Die meisten Leute, die Anna und Johann als Paar trafen, wunderten sich wie diese beiden unterschiedlichen Charaktere unter einem Dach ein Leben teilen konnten. Die rigorose Anna war die älteste von zwei Töchtern eines Großindustriellen der Gegend und nicht zuletzt durch dessen strenge Erziehung durchsetzungskräftig und eisern geworden. Karl, Annas Vater, billigte mitnichten die Entscheidung seiner Tochter einen mittellosen Anwalt, der den Lebensstil, den seine Tochter seit Kindheit gewohnt war, nur mühsam aufrechterhalten konnte, zu heiraten und gab ihm das auch immer wieder deutlich zu spüren. Sophie lachte herzlich, als Johann sie hoch nahm und einige Schritte die Stufen hinab in die Hofeinfahrt trug, als Vater hingegen, war er einzigartig. Das Vierergespann machte sich auf den Weg und Frederik und Sophie waren schnell in ein Gespräch vertieft, das niemand außer den beiden verstand. Katharina und Johann kam dieser Umstand nicht ungelegen und so ließen sie sich etwas zurückfallen, um ungestört reden zu können. »Wie geht es dir?«, fragte Katharina, die intuitiv wusste, dass Johann nicht immer glücklich in der Ehe mit Anna war. »Es geht uns sehr gut. Ich bin sehr glücklich mit meiner dritten Prinzessin«, strahlte Johann und konzentrierte sich bei der Beantwortung der Frage absichtlich nur auf seine Kinder und ließ, wie so oft, seine Schwierigkeiten mit Anna unter den Tisch fallen. »Du bist einfach wirklich so toll mit den Kindern«, schwärmte Katharina und berührte Johann sachte am Oberarm. »Wir werden es sehen, wie das wird, wenn sie alle in der Pubertät sind. Dann schleppen sie vermutlich alle Freunde mit Motorrädern an. Ich sage dir schon heute, ich ziehe aus«, scherzte Johann, woraufhin Katharina herzhaft lachen musste. Sie beobachtete, wie ihr Sohn mit Sophie lachte und ihr überschwänglich irgendetwas erzählte. »Ich werde dafür sorgen, dass Frederik kein Motorrad bekommt, dann ist Sophie schon mal in Sicherheit«, sagte Katharina und wünschte sich plötzlich von Herzen, dass die beiden einfach immer so glücklich und unbeschwert miteinander waren, wie heute. Eine Sekunde später wischte sie diesen irrationalen Gedanken wieder weg und schüttelte sogar demonstrativ den Kopf, als wollte sie sich selbst für diesen utopischen Wunsch maßregeln. »Was hast du?«, fragte Johann, woraufhin sich Katharina sogleich ihrer Gedanken ertappt fühlte. »Ich habe nur gerade…also gedacht, dass es sehr schön wäre, wenn unsere Kinder tatsächlich irgendwann mal…« Katharina war der Gedanke nun irgendwie peinlich und sie wusste nicht wie sie den Satz beenden sollte. Johann nickte. »Das habe ich auch schon ein paar Mal gedacht«, gab er zu. Katharina sah ihn an. »Wirklich?« »Ja, sie sind schon sehr ineinander vernarrt. Also wäre es das Selbstverständlichste der Welt«. Katharina nickte. »Normalerweise finden Mädchen und Jungen sich in dem Alter doch eigentlich doof. Oder kommt das noch?« Katharina überlegte, doch Johann schüttelte den Kopf: »Kann ich mir fast nicht vorstellen«, gab er ihr zur Antwort. Katharina nickte erneut und sah bereits viele Eltern mit ihren Kindern und deren großen bunten Schultüten vor der Schule stehen. »Guten Tag, Gräfin«, begrüßten sie viele und auch die Schulleiterin kam eilenden Schrittes auf die junge Gräfin zu. »Gräfin von Sonnersleben, wir haben uns gedacht, dass Frederik definitiv in der ersten Reihe Platz nimmt«, sagte sie und wollte damit wohl zum Ausdruck bringen, wie sehr die Familie von Sonnersleben geschätzt wurde. Katharina schüttelte den Kopf und warf Johann einen leicht irritierten Blick zu. »Frau Sindel, das ist sehr zuvorkommend, doch Frederik soll sich seinen Platz doch wie die anderen Kinder aussuchen können. Wir möchten in keinem Fall, dass er anders behandelt wird«, sagte Katharina und tätschelte den Arm der stämmigen Dame. Frau Sindel nickte ergeben und obgleich sie ihre Enttäuschung fast nicht verbergen konnte, nutze sie die Gelegenheit, um Katharina in ein Gespräch über die Fördermöglichkeiten der Kinder an der Grundschule zu verwickeln, als würde an keiner anderen Schule auf dieser Erde den Kindern irgendetwas beigebracht werden. Sophie stand vor dem großen Gebäude und fühlte sich schrecklich klein. Je länger sie das Gebäude beobachtete, desto größer wurde es. Sie schluckte schwer. Vorsichtig inspizierte sie zum einen das Gebäude mit den großen Fenstern, an deren Scheiben gebastelte Origami-Figuren hingen, und zum anderen auch die anderen Schulkinder. In einiger Entfernung begrüßte Frederik seine Freunde, allen voran seinen besten Freund Tristan, der seinen Blazer der Schuluniform, aus Trotz und zur Belustigung seiner zukünftigen Klassenkameraden, falsch herum angezogen hatte. Während Frederik noch über Tristans Kosenamen für die Schulleiterin lachte, sah er, dass Sophie keinen Schritt weiterging. Er ließ seine Freunde stehen und zog sie weiter. »Komm«, sagte er und spürte, dass sie sich wehrte. »Keine Angst. Ich passe auf dich auf«, sagte er und erst dann setzte Sophie einen Fuß vor den anderen. Im Klassenzimmer nahm Sophie neben einem Mädchen namens Madeleine Platz und blickte unsicher zu Frederik, der in der letzten Bank neben Tristan Platz genommen hatte. Er lächelte sie an. Sie lächelte zurück und sah dann brav nach vorne, um der Lehrerin zuzuhören, die als Erstes die Jungs in der hinteren Reihe bat leiser zu sein.

»Wie war der erste Schultag?«, fragte Hendrik Frederik und blickte dabei prüfend Katharina kurz an. »Es war super. Ich sitze neben Tristan«, erzählte Frederik. »Na, sehr schön. Das ist das Wichtigste«, antwortete Hendrik leicht zynisch und gab seinem Sohn einen leichten Kuss auf das Haar, bevor er die blonden Haare verstrubbelte. Frederik ging mit seiner Büchertasche zufrieden die Treppe hoch. »Es war gut. Die Klassenlehrerin ist sehr nett. Und nachdem ich Frau Sindel davon überzeugen konnte, dass Frederik nicht in der ersten Reihe Platz nehmen wird, auch ganz gut. Alle haben nach dir gefragt«, ergänzte Katharina Frederiks Antwort. Hendrik nahm sie in den Arm und als sie noch in der Umarmung waren, sagte Katharina leise: »Ich habe heute den Kinderwagen für das Baby der Familie Werfen in der Eingangshalle stehen sehen. Ach, was waren das für schöne Zeiten, als die Kinder noch so klein waren. Meinst du nicht, wir könnten vielleicht doch…« Hendrik löste sich aus der Umarmung und sah seine Frau ernst an. »Wie oft hatten wir das Thema schon? Die Geburt mit Frederik war sehr schwierig, das Risiko ist viel zu groß für eine weitere Schwangerschaft. Ich halte diese Sorgen um dich nicht ein weiteres Mal aus«, sagte er streng, woraufhin Katharina nur traurig nickte. »Ja, ich weiß«, gab sie leise zu. »Wir sind doch mit unseren beiden Jungs mehr als gesegnet«, sagte er und Katharina bemerkte den sarkastischen Klang in seiner Stimme. »Worauf willst du hinaus?«, fragte sie. »Der eine wird vermutlich mal den Friedensnobelpreis gewinnen, solange er uns nicht vorher finanziell ruiniert, weil er das ganze Geld an Bedürftige verschenkt und der andere wird mit zehn Jahren Sophie heiraten.« Katharina lachte: »Ja, das wäre schön!«

Kein Tag verging an dem Frederik nicht vor der Villa Werfen stand, um Sophie abzuholen. Er trug ihre Schultasche und erzählte ihr Geschichten, während Sophie aufmerksam lauschte. Seltsamerweise bildeten sie eine Einheit, auch wenn sie nicht zusammen waren. Den Menschen in ihrer Umgebung blieb das nicht verborgen. Der vertraute Umgang, den die beiden miteinander pflegten, beeindruckte, zumindest wenn er nicht irritierte. Es war etwas Besonderes, das weit über eine Freundschaft hinausging.

Katharina saß mit Martha am großen Küchentisch und sortierte die Zwetschgen, die heute geerntet worden waren. »Sie müssen mir wirklich nicht helfen«, sagte Martha und lächelte die Gräfin gütig an. »Lassen Sie uns doch ein wenig plaudern, bis die Kinder aus der Schule kommen«, sagte Katharina und entkernte mit einem kleinen Messer eine lila-gelbe Zwetschge. »Na gut«, antwortete Martha und pfiff fröhlich vor sich hin. »Was gibt es Neues?«, fragte Katharina verschmitzt und wusste, dass Martha die richtige Ansprechpartnerin für den neuesten Klatsch und Tratsch aus dem Personalhaus war, das einige hundert Meter entfernt, zwischen dem Gutshaus und der kleinen schönen Barockkirche, in der jeden Sonntag Gottesdienst gefeiert wurde, stand.

»Sie werden es nicht glauben«, sagte Martha und machte nach diesem Satz absichtlich eine kleine Pause um einen Spannungsbogen aufzubauen, während sie mit ihrem Stuhl etwas näher an Katharina heran rutschte. Sie flüsterte ihr ins Ohr: »Der neue Pferdewirt hat eine Affäre mit der Wäschefrau, obwohl sie ja bestimmt zehn Jahre älter als er ist!« Martha zog gekonnt eine Augenbraue hoch, nickte dann einige Male demonstrativ mit dem Kopf um ihrer Aussage mehr Gewicht zu verleihen, während Katharina bereits in sich hinein lächelte. »Nicht zu glauben!« brachte Katharina gekünstelt schockiert hervor und genoss, dass Martha stolz weitere Informationen berichtete. »Doch! Sie verbringen jede freie Minute zusammen!« Noch während die beiden Frauen in dem Gespräch versunken waren, steckte Hendrik seinen Kopf zur Tür herein und fand seine Frau mit ihrer weißen Spitzenschürze bei der Zwetschgenauslese. Martha verstummte augenblicklich und erhob sich vom hölzernen Küchenstuhl. »Guten Tag Herr Graf!« »Guten Tag liebe Martha«, sagte Hendrik durch die Küchentür gehend, und nickte ihr höflich zu. »Guten Tag meine liebe Frau«, wandte er sich an Katharina und küsste sie zärtlich. »Die Fesseln des Schreibtisches haben dich gehen lassen?«, neckte sie ihn lächelnd. »Sei lieb zu mir, denn ich habe eine Überraschung für dich«, sagte er und bot ihr die Hand an. »Warte, ich wasche noch meine Hände, dann können wir gehen«, sagte sie und sprang schnell auf, während sie Martha noch kurz anlächelte.

Katharina und Hendrik standen in einem der angrenzenden Gebäude des Haupthauses, das vor einigen Jahrzehnten eine alte Stallung gewesen war und seitdem nur noch als Schuppen gedient hatte. »Hier geht dein Kinderwunsch in Erfüllung!«, sagte Hendrik und breitete beide Arme aus als er sich einmal im Kreis drehte, als wollte er Katharina etwas Fantastisches zeigen, was sie nicht sehen konnte. Katharina blinzelte etwas unverständig und legte den Kopf schief. »Romantisch ist das aber nicht«, sagte sie und versuchte einigem Gerümpel auszuweichen, als sie umherging. Sie war hier lange nicht mehr gewesen. »Mein Liebes, das wird ein Kinderheim. Wir bauen alles um. Mit der Stadtverwaltung habe ich auch schon gesprochen und dann kannst du hier dreißig Kinder von morgens bis abends umsorgen!«, erklärte er und grinste dabei von einem Ohr zum anderen. Katharina blieb der Mund offen stehen. »Hendrik! Das ist wunderbar! Was für eine schöne Idee!« Katharina fiel ihrem Mann um den Hals und drückte ihn fest an sich. Als sie sich aus der Umarmung löste, sah sie sich glücklich um. »Hier könnte eine große Spieleecke entstehen!«, sagte sie und war bereits eifrig dabei das Kinderheim in Gedanken einzurichten und zu gestalten, während sie im geräumigen Schuppen auf und ab lief. Hendrik lauschte ihren Ideen, die nur so aus ihr heraussprudelten und lächelte seine Frau verliebt an. Nach einiger Zeit stoppte Katharina mit ihren Vorschlägen. »Jetzt weiß ich wieder, warum ich dich geheiratet habe!«, rief sie aus und umarmte ihn fest. Als er sie küsste, war sie etwas versöhnlicher mit ihrem Schicksal keine Kinder mehr bekommen zu können.

Die Renovierungsarbeiten nahmen schnell Gestalt an und Katharina beaufsichtigte die Baustelle jeden Tag selbst. Alles wollte sie freundlich und hell gestalten. Liebe sollte in jedem Raum spürbar sein. Die ersten Schützlinge würden bereits in wenigen Tagen einziehen können und für jeden hatte Katharina ein Willkommenspaket gestaltet. Für alle dreißig Kinder ein individuelles Präsent mit deren Namen darauf. Es waren darin entweder Schlafanzüge oder Hausschuhe enthalten, ein Spiel oder ein Kuscheltier. Die Akten der Kinder hatte sie viele Nächte lang studiert und bei dem einen oder anderen Schicksal liefen ihr vor Rührung die Tränen über die Wangen. Die meisten der Kinder, die im Alter von null bis achtzehn Jahren zu ihnen kommen würden, würden bleiben, bis sie eine Ausbildung anfangen konnten. In den meisten Fällen war den Kindern kein einziger Verwandter geblieben. Andere würden nur übergangsweise zu ihnen kommen, bis ihre Eltern wieder in der Lage waren die Erziehung selbst zu übernehmen. Schon jetzt hatte Katharina alle von ihnen in ihr Herz geschlossen. Jeden Tag wollte sie dort einige Stunden verbringen. In der kleinen Stadt allerdings, war die Bevölkerung geteilter Meinung, was das Kinderheim anbelangte. Die einen befürworteten das soziale Engagement, die anderen fürchteten sich vor Veränderung und Kriminalisierung der Gegend, besonders durch die Jugendlichen, die aus sozialschwachen Familien kommen würden. Eine Chance auf Adoption eines der Kinder schätzte das Jugendamt als gering ein, lediglich würden in manchen Fällen Pflegeeltern gesucht werden. Katharina hatte hohe Ansprüche an das Kinderheim, wollte sie dort vor allem die Begabungen und Talente der Kinder fördern. Sie selbst würde anbieten Geigenunterricht zu erteilen, denn sie hatte vor langer Zeit Hendrik zuliebe auf ihre Karriere als Solistin verzichtet. Besonders lag ihr am Herz, das Selbstwertgefühl der Kinder zu stärken, um sie aus der Abhängigkeit an ihre Verletzungen zu holen. Als sie heute durch das Kinderheim ging, notierte sie die letzten Punkte, die es vor der Anreise der Kinder noch zu erledigen galt. Hier tropfte ein Wasserhahn, dort fehlte noch eine Abschlussleiste am Boden. Hier war noch keine Kindersicherung in der Steckdose angebracht worden. Am Ende ihrer Runde war sie im Erdgeschoss angelangt und trat auf die Terrasse, von der aus man auch das Gutshaus sehen konnte. Hinter den akkurat geschnittenen Buchshecken wuchsen jahrzehntealte Rosen und schmückten die Szenerie. Von dort aus konnte sie auch die großen Viehstallungen des Gestüts und die Backsteingebäude erkennen, in denen sich verschiedene Läden niedergelassen hatten. Sie atmete durch. »Gute Zeiten stehen bevor«, dachte sie.

Katharina und Leo verbrachten täglich einige Stunden im Kinderheim und war es nur um Kuchen vorbeizubringen oder mit den Kindern zu spielen. Auch Sophie durfte das Kinderheim besuchen und schloss dort schnell neue Freundschaften, ganz zum Leidwesen ihrer Mutter. »Johann, du verbietest jetzt deiner Tochter auf der Stelle dort wieder zu spielen!« Johann verdrehte die Augen. Er saß in einem großen Sessel und studierte die Zeitung. »Sophie, deine Mutter möchte nicht, dass du dort mit den anderen Kinder spielst«, sagte er zu Sophie, die fragend vor ihm stand und sich mit beiden Händen an der Armlehne seines Stuhles festhielt. »Falsche Formulierung, Johann! Sophie, wir möchten beide nicht, dass du dort wieder spielst. Das ist kein Umgang für dich. Du kannst gerne auf dem Gut sein, aber das Kinderheim erklären *wir* hier offiziell für verboten!«, sagte Anna streng und warf ihrem Mann einen wütenden Blick zu. Johann versuchte nicht in Sophies große traurige Augen zu sehen und strich ihr stattdessen über den Arm. »Du hast doch genug Freunde in der Schule, oder nicht meine Prinzessin?«, sagte er zu ihr. Sophie nickte tapfer. Ihre Mutter hatte wie immer das letzte Wort und daran gab es, aus Erfahrung, nichts zu rütteln.

An einem gewöhnlichen Tag auf dem Nachhauseweg liefen Frederik, Leo und Sophie mit ihren großen Schultaschen nebeneinander, als plötzlich jemand laut aufschrie. »Was war das?«, fragte Sophie ängstlich und klammerte sich an Frederiks Jacke fest. »Ich sehe nach«, sagte Leo und warf seine Büchertasche ab, um schneller laufen zu können. Frederik und Sophie taten es ihm gleich. An einer kleinen Weggabelung stand Anton, ein Junge ebenfalls neun Jahre alt wie Leo, der auf eine der öffentlichen Schulen ging, mit zwei Freunden und schubsten Emil, einen Mitschüler von Sophie und Frederik, hin und her. »Du lässt ihn auf der Stelle los«, brüllte Leo und war mit einem Satz vor dem verängstigten Emil gelandet. »Was sonst?«, fragte Anton arrogant und stupste nun auch Leo an der Schulter an. »Lass das«, sagte Leo und versuchte zu erspähen, ob Frederik und Sophie ihm gefolgt waren und sich dadurch vermutlich selbst in Gefahr brachten. »Wir lassen Emil laufen und kümmern uns um dich. Einverstanden?« Leo schluckte. »Vermutlich«, sagte er tapfer und half Emil sich aus dem Kreis zu befreien. Dieser sammelte seine verstreuten Sachen ein, da Anton den Inhalt von Emils Büchertasche auf den Weg ausgekippt hatte, und versuchte einige Tränen zu unterdrücken. Sophie half ihm einige Sachen aufzuheben, als sie ins Visier von Anton trat. »Wen haben wir denn da? Die schöne reiche Werfen Tochter. Interessant!«, sagte er und kam einige Schritte näher auf die kniende Sophie zu. Sie beeilte sich aufzustehen und sah auch die anderen beiden Jungs näher kommen. Sophie schluckte. Schnell war Frederik neben ihr. »Lasst uns in Ruhe«, sagte er und als Anton Sophie schubste, sodass sie hinfiel, ging alles ganz schnell. Frederik lief auf ihn zu und hob ihn von den Füßen, sodass beide hart auf dem Boden auftrafen. Die anderen zwei Jungs stürzten sich nun auf Frederik, wovon nur einer von Leo gebremst werden konnte. Die hilflose Sophie fing an zu schreien und versuchte abwechselnd an Anton und dessen Freund zu ziehen, die mit Frederik auf dem Boden rangelten. »Hilf mir mal schnell«, sagte Emil zu Sophie und deutete auf das Gummi Twist Band, das Sophie um ihr Handgelenk gebunden hatte. Zusammen konnten sie Anton und den anderen Jungen damit irritieren, als sie das Band über die beiden warfen. Frederik konnte sich befreien und sah, dass Leo mit dem anderen zu Boden gestürzt war. Er hatte bereits einen Kratzer im Gesicht, der blutete. »Was ist hier los?«, fragte Thomas, einer der Vorarbeiter auf dem Gut, ehe Frederik Leo zu Hilfe eilen konnte. Er hatte gerade mit seinem Jagdhund seine tägliche Runde durch den Wald gedreht, um den Baumbestand zu überprüfen. Anton und seine zwei Freunde machten sich schnell davon, wobei sie Leo noch einen giftigen Blick zuwarfen. Leo sah, dass auch Anton einige Blessuren von der Rangelei davon getragen hatte und seine Klamotten von dem Kies auf dem Schotterweg ganz schmutzig geworden waren. Thomas fand die zwei, ebenfalls schmutzigen, Sonnersleben Buben und eine aufgelöste Sophie mit Emil. »Ich habe eure Büchertaschen einige Meter weiter vorne liegen sehen. Was war denn los?« »Das Übliche«, versuchte Leo die Situation zu erklären und machte sich auf den Weg, um die Büchertaschen der drei zu holen. »Frederik?«, fragte Thomas deutlich. »Anton hat uns geärgert«, schloss er eine kurze Erklärung, während Sophie mit pochendem Herzen nur betreten zu Boden blickte.

Auf dem Gut Sonnersleben angelangt, hörte Sophie nicht auf zu schluchzen und ihr Bericht der jüngsten Geschehnisse wurde von zahlreichem tiefen Schniefen unterbrochen. Thomas hatte die vier Kinder zum Gut gebracht und dort hatte Katharina die Eltern von Sophie und die Eltern von Emil verständigt. Katharina versuchte Sophie zu beruhigen und hielt sie fest im Arm. Sie schluchzte herzzerreißend tief, als sie ihre Schilderungen beendet hatte, während Leo und Frederik wortlos und betreten nebeneinander standen. Anna Werfen warf ihre leichte Pelzjacke über den Arm und blickte etwas verständnislos drein. »Einzige Möglichkeit ist, wir fahren die Kinder ab sofort zur Schule«, sagte sie und verschränkte die Arme vor der Brust. Katharina strich Sophie sanft einige Tränen aus dem Gesicht. »Antons Eltern trinken beide und kümmern sich nicht um ihn. Das ist seine Art und Weise seine Wut rauszulassen«, unterbrach Leo die Konsensfindungen der Erwachsenen, woraufhin ihn alle anstarrten. Katharina überlegte. »Dann sollte jemand mit Anton reden«, sagte sie.

Katharina lief die neunte Etage des Hochhauses hoch und musste schwer atmen. Der Aufzug in diesem großen Haus war kaputt und machte auch nicht den Anschein, als könnte man ihm ansonsten vertrauen. Überall waren an den Wänden Schmiererein angebracht und um das Bild perfekt zu machen, flackerte die spärliche Beleuchtung im Hausflur. Sie kam vor der Haustür der Familie Höfling zum Halten und nahm sich einige Sekunden Zeit, um wieder Luft zu bekommen, ehe sie die Klingel drückte. Unten im Wagen wartete Thomas, der versprochen hatte, sofort hochzukommen, wenn Katharina ihn auf seinem Mobiltelefon anklingeln oder sie nicht innerhalb von zwanzig Minuten wieder am Auto sein würde. Anton öffnete die Tür und war durchaus verdutzt die Gräfin zu sehen. Unsicher sah er sich um, ob sie noch mehr Leute im Schlepptau hatte. »Grüß dich Anton«, sagte Katharina und lächelte ihn an. »Hallo«, sagte er leise und versuchte die Tür zuzuziehen, damit Katharina keinen Blick in die dreckige und vermüllte Wohnung werfen konnte. Sie lächelte verlegen. »Meine Eltern schlafen«, sagte Anton und Katharina konnte noch Füße auf der Couch im Wohnzimmer liegen sehen, die Vorhänge waren zugezogen und der Fernseher flimmerte lautstark vor sich hin. »Können wir kurz reden?«, fragte Katharina und Anton schloss leise die Wohnungstür, um sich mit Katharina im Flur ungestört unterhalten zu können. Unter normalen Umständen, wäre er davon gelaufen, aber Katharina vermittelte ihm nicht das Gefühl, dass sie wütend auf ihn war oder er Ärger bekommen würde. Er nickte nur und wartete ab, dass Katharina zu sprechen begann. »Bist du glücklich?«, fragte sie Anton, woraufhin er nur die Stirn runzelte. »Bist du hier gerne?«, fragte Katharina weiter. Anton zuckte mit den Schultern. »Ich habe gehört, dass du eine Großmutter hast, die dich sehr gerne bei sich hätte«, sagte sie weiter und dachte an die gutmütige ältere Dame namens Emma, die im Obstgarten des Gutes manchmal Obst aufsammelte, um es ihren Hühnern zu geben. Oft war Katharina schon mit ihr ins Gespräch gekommen. Anton nickte. »Möchtest du, dass wir das zusammen auf die Beine stellen?«, fragte Katharina und Anton nickte erneut. »Anton, wo bist du?«, schrie eine tiefe Männerstimme und Anton zuckte zusammen. »Wir gehen jetzt. Deine Sachen holen wir ein anderes Mal«, flüsterte Katharina und zog ihn von der Tür weg.

»Anton wird also tatsächlich bei seiner Oma wohnen können?«, fragte Leo freudig und saß auf dem Bett seiner Mutter, als er ihrem Bericht aufmerksam folgte. Katharina drehte sich vor dem Spiegel, denn die Schneiderin legte letzte Hand an ihr Abendkleid für die Eröffnung der diesjährigen Sommerfestspiele, die Katharina auf Gut Sonnersleben einst ins Leben gerufen hatte, als sie sich aus dem aktiven Musikgeschäft zurückgezogen hatte. Dort wurden nun alljährlich klassische Konzerte gegeben, bei denen eine Woche lang Gäste aus Wirtschaft und Politik auf den akkurat drapierten weißen Stühlen im großen Gutsparks Platz nahmen, während weiter hinten auf Picknickdecken und Klappstühlen gefeiert wurde. Katharina hatte auch erwirkt, dass jedes Jahr ein Nachwuchskünstler eingeladen wurde und somit dessen Karriere gefördert werden konnte. »Hier könnte es noch etwas enger sein«, sagte Katharina und deutete auf ihre Taille. Die Schneiderin nickte und steckte weitere Nadeln an das dunkelblaue Spitzenkleid. »Ja, stell dir vor. Emil hat ihm gestern sogar ein Spiel vorbei gebracht. Die beiden haben sich anscheinend vertragen«, sagte Katharina und strahlte ihren Sohn an. Es hatte sich herausgestellt, dass Emma schon mehrmals Antrag auf das Sorgerecht für Anton gestellt hatte. Die Chancen standen gut, dass Anton bei ihr würde bleiben können. Es klopfte zaghaft an die Tür und eine schüchterne Sophie trat in den Raum. »Grüß dich, mein Kind«, sagte Katharina und betrachtete Sophie liebevoll durch den Spiegel an. »Katharina, darf ich heute zum Essen bleiben? Mama hat es schon erlaubt. Sie ist noch in der Schweiz bei Tante Jette. Aber sie hat gesagt, dass ich dich auch fragen muss«, sagte Sophie und sah mehr das blaue Kleid an, als Katharina selbst. »Sehr gerne, Sophie.« »Danke.« »Sophie?« Katharina schmunzelte. »Möchtest du dieses Jahr Gast bei der Eröffnung der Sommerfestspiele sein?« Sophie nickte und sah nun Katharina in die Augen. »Ich denke, du brauchst sicher noch ein Kleid?«, fragte Katharina und drehte sich zu Sophie um und ging in die Knie, um ihr in die Augen sehen zu können. Sophies Augen leuchteten Katharina an. »Welche Farbe möchtest du?«, fragte Katharina und Sophie überlegte. »Rosa«, sagte sie schließlich und Katharina lachte, das hatte sie erwartet. »Nun gut. Dann nehmen wir jetzt mal Maß«, sie schob Sophie vor den großen Spiegel und die Schneiderin begann Maß zu nehmen.

Sophie trug ein roséfarbenes tailliertes Kleid mit einem kleinen Reif-rock darunter. Auf dem seidenen Stoff waren einzelne hellrosa Blüten aufgestickt. Ihre langen Locken hatte Katharina ihr nur am Hinterkopf etwas festgesteckt und so fielen die rotbraunen Haare in sanften Wel-len über ihre Schultern. Fasziniert von den schönen Frauen und deren langen Kleidern, lief sie über die große Rasenfläche und setzte vorsich-tig einen Fuß vor den anderen, so wie ihre Mutter es mit ihr einstudiert hatte. Die Familie von Sonnersleben nahm in der ersten Reihe Platz und Sophie war ebenfalls eingeladen, vorne neben Frederik zu sitzen. Zufrieden lächelte Anna Werfen ihrer Tochter zu und deutete ihr noch-mal an, dass Kinn immer schön hoch zu halten. Sophie gehorchte und drehte sich zur Bühne um, wo die Musik anfing zu spielen und man hätte meinen können, Sophie hätte aufgehört zu atmen. »Deine Som-merfestspiele haben einen neuen Fan«, flüsterte Hendrik Katharina ins Ohr und sie lächelte nickend, ihr Blick immer noch liebevoll auf Sophie gerichtet.

Sophies Lackschuhe hallten in der großen Eingangshalle, die sie durchschritt, nachdem Henry, der jüngste Butler, ihr und ihrer Mutter die Türe geöffnet hatte. Sie hielt den bunten Blumenstrauß in der einen Hand, ihre andere Hand hatte ihre Mutter fest in ihrer Hand. »Lauf doch bitte nicht allzu langsam, ich möchte heute noch zum Frisör«, sagte Anna Werfen und zog sie energisch weiter. Katharina kam den zweien schon entgegen und begrüßte beide herzlich. »Das ist ja eine Überraschung. Anna, wie schön«, sagte Katharina und lächelte dann Sophie sehr liebevoll zu. »Grüß dich Sophie.« »Hallo«, sagte Sophie zaghaft, wurde aber bereits von ihrer Mutter unterbrochen. »Grüß dich Katharina. Dieses Wetter ist wirklich abscheulich. Ausgerechnet heute habe ich meinen Frisörtermin.« »Wie bedauerlich«, sagte Katharina und zwar nur, um Anna nicht in Verlegenheit zu bringen und blinzelte Sophie schnell zu. Sophie begann zu lächeln. »Nun Kind, sag Katha-rina warum wir hier sind«, bestimmte Anna und blickte Sophie for-dernd an. Sophie reckte den Blumenstrauß etwas nach oben. »Diese Blumen sind für dich als Dankeschön für den schönen Abend und das schöne Kleid«, sagte Sophie und strahlte Katharina an. »Oh, die sind wunderschön. Vielen Dank«, sagte Katharina und roch an dem bunten

Strauß, als Sophie ihn ihr überreicht hatte. »Möchtest du kurz Frederik Hallo sagen?«, fragte Katharina, da sie ohnehin wusste, dass Sophie nichts lieber als das tun wollte. Sie nickte. Schnell verwickelte Katharina Anna in ein Gespräch und ehe sich Anna nach ihrer Tochter umsehen konnte, war Sophie schon die Stufen in den ersten Stock hinauf gelaufen. Sophie fand Frederik in dem großen Flur, während er mit einem silbernen Degen umherfuchtelte. »Was machst du da?«, fragte Sophie. »Ich hatte meine erste Fechtstunde. Willst du auch mal?« Sophie schüttelte den Kopf und sah Frederik skeptisch zu, wie er sich in großen Schritten und Drehungen durch den Flur kämpfte, als hätte er fünf Drachen auf einmal zu bezwingen. Sie nahm auf dem Fenstersims Platz und holte ein Kaubonbon, den ihr die Blumenverkäuferin geschenkt hatte, aus ihrer Umhängetasche und steckte sich diesen in den Mund, ihren Blick weiterhin auf Frederik gerichtet.

»Um eines möchte ich dich noch bitten, Katharina«, sagte Anna in einem etwas strengen Ton. »Ja?«, fragte Katharina, die absichtlich den harschen Unterton von Anna ignorierte und zwar in der Hoffnung, dass es sich um etwas Belangloses handeln würde. »Sophie soll keinen Kontakt zu dem Kinderheim haben«, sagte Anna und zerschlug damit Katharinas Hoffnungen auf ein mühelos Gespräch. »Es mag den Eindruck erwecken, dass ich eine kaltherzige, egoistische Person bin, aber in Wahrheit kämpfe ich für meine Familie. Für ihren guten Ruf und für unser Ansehen. Wir sind nicht adelig, so wie ihr es seid. Uns wird man einen Fauxpas nicht so schnell nachsehen«, sagte Anna bestimmt. »Ich weiß, dass du alles für deine Familie tun würdest. Deine Bedenken wegen dem Kinderheim teile ich nicht. Es ist doch nur gut, dass Sophie ihren Horizont erweitern kann«, brachte Katharina vorsichtig hervor. »Dann lass es mich anders formulieren: Ich wünsche nicht, dass meine Tochter einen solchen Umgang pflegt. Ich habe viel für meine Familie geopfert und meine Töchter sollen die beste Erziehung bekommen, um auf ein Leben in unseren Kreisen vorbereitet zu sein. Nur deshalb möchte ich, dass Sophie in allem was sie tut, sehr gut ist. Ich schicke sie zu dir in den Geigenunterricht und sie nimmt nun Reitunterricht. Ich wurde streng erzogen und es hat mir nicht geschadet. Sophie ist ein sensibles Kind und wenn ich ihr das nicht abgewöhne, wird sie untergehen.« Katharina seufzte. »Sophie ist perfekt so wie sie ist«, wagte Katharina zu sagen und bereute es gleich wieder. Sie durfte sich da eigentlich nicht einmischen. »Entweder meine Bitte wird beachtet, oder ich bin gezwungen Sophie zu verbieten hierher zu kommen«, schloss Anna und setzte damit Katharina Schach Matt. Ihr war durchaus bewusst, dass Frederik untröstlich sein würde, wenn Sophie nicht mehr auf das Gut kommen dürfte. »Ich werde deinen Wunsch beherzigen«, kapitulierte Katharina, um die Diskussion zu beenden.

»Ich verstehe einfach nicht, warum ich mit meinen Freunden konkurrieren muss«, beschwerte sich Leo, als die leidige Diskussion um seinen mangelnden Kampfgeist im Pferdesport mal wieder entbrannt war. Die Sommerpause war zu Ende gegangen und Leo trainierte weiter im Springkader der jungen Nachwuchsspringer des Gutes. Bis jetzt hatte er sich stets geweigert, an den Wochenenden an Wettkämpfen teilzunehmen. Hendrik schlug mit der Faust auf den Tisch. »Du repräsentierst unser Gestüt und überlässt alle Preise weniger talentierten Reitern!« Katharina rieb sich die Schläfen, sie hatte Kopfschmerzen und war untröstlich, dass ihr Mann und ihr Sohn sich schon wieder in die Haare bekommen hatten. »Unter der Woche sind sie meine Freunde und wir trainieren zusammen. Am Wochenende sind sie meine Feinde und ich versuche sie zu schlagen. Das verstehe ich einfach nicht«, sagte er und nahm neben seiner Mutter auf der Couch Platz, als würde er dort Schutz suchen. »Ja, so einfach läuft das, Leopold«, sagte sein Vater streng. »Wir haben nicht jahrelang dein außerordentliches Talent gefördert, damit du jetzt solche Faxen machst«, sagte Hendrik und sah Katharina fordernd an, er erwartete von ihr Unterstützung. »Weißt du Schatz«, sagte sie zu Leo und blickte dabei weiter Hendrik an, als wollte sie ihm zu verstehen geben, dass er sich etwas beruhigen sollte. »Für uns wäre es sehr schön, dich auf dem Siegertreppchen zu sehen«, sagte sie und strich ihm über den Arm. Leo atmete lange aus und starrte dabei auf seine Füße. »Alternative: Ich verkaufe alle Pferde und wir holen uns Zwergkaninchen oder hast du da auch irgendwelche moralischen Bedenken?«, provozierte Hendrik seinen Sohn. Leo antwortete nichts. »Manchmal glaube ich, dass ich hier im Irrenhaus gelandet bin«, rief Hendrik laut aus und verließ das Wohnzimmer wutentbrannt, um in sein Arbeitszimmer zu gehen.

Katharina lächelte Leo gütig an. »Leo, dein Vater sieht doch nur wie gut du bist.« Leo schüttelte den Kopf. »Vater möchte Pokale und Medaillen haben. Er braucht mich zum Angeben«, gab er ihr zur Antwort und obwohl Katharina dieser Aussage, gegen ihren Willen, zustimmen musste, verlor sie darüber kein Wort. »Durch deine Gewinne könntest du Pferde kaufen, die niemand mehr haben will«, lockte sie Leo aus der Reserve und gewann dadurch seine volle Aufmerksamkeit. »Es ist nur eine Frage des Verhandelns, darin bist du mindestens genauso gut wie dein Vater«, sagte sie und zwinkerte ihm zu.

Am darauffolgenden Wochenende gewann Leo mit seinem Hengst alle Wettkämpfe und stellte dabei sogar eine Rekordzeit auf. Die Menge jubelte ihm zu. Zuhause angekommen, fand er seinen Vater, wie gewöhnlich, an seinem Schreibtisch. Leo knallte ihm den goldenen Pokal auf den Tisch, der einen Reiter darstellte, der soeben ein Hindernis bezwang. Hendrik sah in verdattert an. »Ich gewinne alle dieser komischen Pokale für deine Vitrine und bekomme dafür Stallungen und Personal für einen Gnadenhof«, sagte er unverblümt. Hendrik nahm den Pokal und begutachtete ihn. »Abgemacht«, sagte er schließlich und stand auf, um den Pokal in den großen Schrank seines Arbeitszimmers zu stellen. Er platzierte Leos Pokal neben seinen eigenen. Leo war schon dabei zu gehen, als Hendrik sagte: »Ich bin stolz auf dich«, und Leo schmunzelte kopfschüttelnd, als er aus dem Zimmer ging.

Mach mein Leben zu Deinem.

An Sophies dreizehntem Geburtstag fiel in diesem Jahr zum ersten Mal Schnee und die Gäste hatten sich auf der Terrasse der Werfen Villa eingefunden, um Wunderkerzen anzuzünden. Als Geschenk hatte ihr Frederik eine CD gekauft, die sich schon lange gewünscht, die ihr ihre Mutter aber verboten hatte. Er hatte die CD in ein großes Fotobuch über Pferde, auf die letzte Seite geklebt. Sophie hatte fast laut aufgelacht, als sie es gesehen hatte, konnte sich aber durch das Beisein der Geburtstagsgäste gerade noch zurückhalten und strahlte Frederik glücklich an. Die Überraschung war geglückt. Sophie trug ein enges Wollkleid, worunter sich ihre zarten Brüste deutlich abzeichneten. Frederik war dieses Detail nicht entgangen und irgendwie schämte er sich dafür, dass er sie immer wieder ansehen mochte. »Jetzt wünsch dir was«, sagte Johann und gab seiner Tochter einen Kuss auf das Haar. »Ich wünsche mir, dass Frederik und ich immer zusammen sind«, dachte Sophie und zündete ihre Wunderkerze an der Wunderkerze ihres Vaters an. Frederik sah sie lange an und überlegte, warum heute alles so anders war. Er fühlte sich irgendwie nicht wohl. Er schluckte, als er die goldgelben Funken in der Dunkelheit betrachtete.

»Soll ich dir verraten, was ich mir gewünscht habe?«, fragte Sophie Frederik, aber er runzelte nur die Stirn, als er sie unentwegt ansah. »Hallo Frederik. Alles in Ordnung mit dir?«, fragte Sophie weiter, als Frederik sie weiter tonlos anstarrte. »Sophie an Frederik?« »Ehm…ja…Es schneit«, sagte er und es waren bereits einige Flocken auf seine Jacke gefallen. »Ja, das kann ich sehen«, sagte Sophie und lachte auf. Eine dunkle Nacht, durchzogen von tausend und abertausend kleinen weißen Kristallen. »Lasst uns reingehen, es fröstelt«, sagte Anna und bugsierte die Gäste wieder in das festlich dekorierte Wohnzimmer. Alles war bereits weihnachtlich geschmückt. Die Gäste unterhielten sich angeregt und bemerkten nicht, dass Frederik und Sophie alleine auf der Terrasse zurückblieben. Sophie blickte glücklich zum Sternenhimmel. In ihren langen rotbraunen Haaren verfingen sich zahlreiche Schneeflocken und es war immer noch Frederik, der sie ansah. Heute war in der Tat irgendetwas anders. »Hat es dir die Sprache verschlagen?«, fragte sie amüsiert und Frederik blieb nichts anderes übrig, als schnell den Kopf zu schütteln. »Du siehst heute anders aus«, sagte er unüberlegt und es klang fast wie eine, sich selbst erklärende, Entschuldigung. Sophie runzelte die Stirn. »Ich habe ein neues Kleid an«, sagte sie und drehte sich einmal im Kreis. »Ja, das sehe ich«, sagte er und wandte seinen Blicke in den Himmel, als würde dort eine Hilfestellung auf ihn warten.

»Was war heute mit dir?«, fragte Katharina Frederik, obgleich sie die Antwort bereits kannte. »Nichts. Es war nichts,« log Frederik und Katharina sah es ihm nach. »Na dann ist es ja gut, Schatz.« Und nach einer kurzen Pause fügte sie hinzu: »Und wenn da doch was war, kannst du es mir ein anderes Mal erzählen.« Frederik nickte nur, ihm war das Ganze irgendwie schrecklich peinlich. »Gute Nacht, mein Engel. Lieb dich«, sagte Katharina und schloss die Tür zu seinem Zimmer, ehe Frederik das antwortete, was er immer antwortete: »Gute Nacht. Lieb dich mehr.«

Katharina lächelte noch vor sich hin, als sie ins Schlafzimmer zu ihrem Mann ging. »Was hast du?«, fragte er, als sich Katharina bereits in seinen Arm kuschelte. »Ich glaube, heute hat sich bei Frederik etwas verändert im Hinblick auf Sophie.« »Wie meinst du das?«, fragte Hendrik und versuchte mit einem Arm die Zeitung, die er bis soeben noch gelesen hatte, zusammenzufalten und auf seinen Nachtisch zu legen. »Heute hat er sie so angesehen. Ich denke er ist verliebt in sie«, sagte sie und war irgendwie unsagbar glücklich darüber. »Die sind doch noch so jung. Und außerdem, was weiß man in dem Alter schon«, sagte Hendrik und Katharina versuchte seine Ignoranz von Romantik zu übersehen, denn sie war viel zu glücklich dazu. Zufrieden schloss sie die Augen und schlief in Hendriks Armen ein.

»Was machst du in meinem Kleiderschrank?«, fragte Marlene in einem genervten Ton, als sie Sophie in ihrem begehbaren Kleiderschrank entdeckte. »Ich suche etwas zum Anziehen«, sagte Sophie, während sie Kleiderbügel um Kleiderbügel ein drittes Mal in die entgegengesetzte Richtung als zuvor schob. »Was suchst du?« »Ich brauche etwas Schönes«, sagte sie und arbeitete sich weiter durch die Klamotten ihrer älteren Schwester. »Warum?« »Ich treffe mich mit

Frederik zum Eislaufen.« »Na und? Jeans und Winterjacke? Es ist doch nur Frederik«, sagte Marlene und sah ihrer aufgeregten Schwester unverständig zu, wie sie hektisch die Kleiderbügel zur Seite schob. »Es ist nicht nur Frederik. Es ist Frederik«, sagte Sophie und streifte sich den Pullover ab, um einen anderen anzuziehen. Marlene runzelte die Stirn. »Alles in Ordnung mit dir?« »Nein, ich weiß auch nicht«, sagte sie und drehte sich vor dem Spiegel, um ihr Erscheinungsbild zu kontrollieren. »Wo ist dein Minirock?«, fragte Sophie, als auch dieses Resultat vor dem Spiegel sie nicht überzeugen konnte. Marlene zog eine Kiste unter ihrem Bett hervor, in der alle Klamotten, aller Schmuck, und alle CD's verstaut waren, die ihr Mutter Werfen verboten hatte. »Hier«, sagte sie und reichte den Rock ihrer Schwester. Sophie nahm sich auch eine Strumpfhose ihrer Schwester und zog den Minirock darüber. Dann zupfte sie noch an ihren Haaren und band aus einer Strähne einen kleinen Zopf. »Wie kommt ihr hin, Mama und Papa dürfen dich so auf jeden Fall nicht sehen«, sagte Marlene kopfschüttelnd, als sie ihre Schwester im Spiegel beäugte. Sogar Make-up hatte Sophie aufgelegt. »Frederik hat Thomas gebeten uns zu fahren«, sagte sie und zog nochmals ihre Lippen mit dem Lipgloss nach. »Sophie, du bist verknallt in ihn!«, rief Marlene aus, wie vom Blitz getroffen, hatte sie die Lösung für die Veränderung an ihrer Schwester erfasst. »Pst. Nicht so laut, bist du verrückt.« Marlene hielt sich kichernd die Hand vor den Mund. »Also stimmt es. Und?«, fragte Marlene, nun in einem etwas leiserem Ton. »Keine Ahnung, wir sind Freunde. Wie immer«, sagte Sophie und wusste eigentlich selbst nicht, was passieren würde. Inständig hoffte sie, dass sich ihre größte Befürchtung, dass sich Frederik eine Freundin suchen würde, da nun auch sein bester Freund Tristan seit einiger Zeit eine Freundin aus der Parallelklasse hatte, nicht bewahrheiten würde. »Wenn ihr euch küsst, musst du die Augen schließen«, sagte Marlene und formte einen Kussmund. »Lass das jetzt. Ich bin spät dran«, gab Sophie zurück, schnappte sich ihre Umhängetasche und die Schlittschuhe und rannte aus dem Zimmer.

Immer noch fielen einzelne Schneeflocken vom Himmel und Sophie beobachtete wie sie langsam aus dem Himmel auf die Straße fielen, als sie auf der Rückbank des schwarzen Bentleys saß. Frederik saß neben ihr und hatte, seit einem leisen Hallo, kein Wort zu ihr gesagt. Thomas blickte von Zeit zu Zeit, süffisant lächelnd, in den Rückspiegel. Frederik war heute sichtlich nervös ins Auto gestiegen und hatte nur wenig mit Thomas geredet. Kurz vor der Werfen Villa hatte Thomas dann gefragt, ob er etwas auf dem Herzen habe. »Wie fühlt es sich an verliebt zu sein?«, fragte Frederik schüchtern und versuchte Thomas bei der Frage nicht anzusehen, vielleicht könnte er so tun, als hätte die Frage nichts mit ihm persönlich zu tun. »Es fühlt sich wunderbar an«, sagte Thomas und lächelte. Frederik nickte. »Geht es etwas genauer?«, bohrte er nach. »Du hörst auf zu atmen, wenn du sie siehst. Wenn sie dich berührt, fühlt es sich an wie tausend Nadelstiche auf deiner Haut. Und wenn sie deinen Namen ausspricht, macht dein Herz einen Sprung. Das nur als Kurzzusammenfassung«, sagte Thomas und klopfte Frederik aufmunternd auf den Arm. »Na bravo. Dann bin ich wohl verliebt«, sagte Frederik gequält und starrte etwas missmutig aus dem Fenster. »Das ist doch etwas Gutes. Fräulein Sophie geht es bestimmt genauso«, sagte Thomas. »Meinst du?«, fragte Frederik aufmerksam. »Bestimmt. Ihr zwei seid einfach perfekt füreinander«, sagte Thomas und nickte wohlwollend, als würde er das Gesagte sich eben mal selbst bestätigen. »Ich habe Angst, dass sie nicht so fühlt wie ich«, sagte Frederik. »Das gehört dazu, Großer.«

Als das Auto vor der Eishalle zum Stehen kam, öffnete Thomas Sophie die Tür und wünschte den beiden, völlige Ahnungslosigkeit vorgebend, viel Spaß. Er würde sie in zwei Stunden wieder abholen. Thomas hielt beide Daumen hoch, als Sophie in Frederiks Richtung hinüber lief und ihn nicht mehr sehen konnte. Frederik lachte. »Warum lachst du?«, fragte Sophie und Frederik sagte schnell: »Endlich sind wir allein.« Auf dem Weg zum Eingang nahm Frederik einfach ihre Hand, nachdem er seinen ganzen Mut zusammen genommen hatte und diesen Mut gezwungen hatte, ihm zu helfen. Sophie lächelte und atmete tief aus, als ihr Herz heftig pochte, eigentlich war es ja wie immer. Warum nervös sein? Ach, es fiel ihr wieder ein, denn es war ja nicht mehr so wie immer. In der Eishalle zogen sie beide wortlos ihre Schlittschuhe an und Frederik half Sophie aufs Eis, wo sie ihm schnell davon fuhr. Außer einigen wenigen Rentnern, die gemütlich ihre Runden zogen, hatten sie die Eishalle fast für sich allein. Sophie versuchte einige Linien rückwärts zu fahren und machte sogar einen kleinen

Sprung. »Angeberin«, sagte Frederik und raste an ihr vorbei. Als er sie überrundet hatte, streckte er ihr die Hand hin, sodass sie sich daran festhalten konnte. Schnell zog er sie weiter. »Nicht so schnell«, sagte sie und schloss die Augen, weil sie nur knapp einem älteren Herrn ausweichen konnten. »Wichtige Regel beim Eislaufen: nie die Augen schließen«, erklärte er ihr. »Wichtige Regel beim Eislaufen: keine Leute über den Haufen fahren«, konterte sie und ließ seine Hand los. Als sie versuchte eine Pirouette zu drehen, landete sie ungeschickt auf ihrem Hintern. Frederik lachte. »Wenn das deine Mutter gesehen hätte«, sagte er und bot ihr die Hand an, damit sie sich daran hochziehen konnte. Sophie musste so viel lachen, dass sie mehrere Anläufe brauchte, um wieder zum Stehen zu kommen. Noch lachend landete sie in seinen Armen und seine Hände hielten Sophie etwas ungeschickt an ihrer Hüfte fest. Unsicher verblieben seine Hände auf dieser Stelle und er wagte es nicht, sie von dort an eine andere Stelle zu bewegen. Sophie sah ihn lange an, ihr Herz schlug bis zum Hals, während Frederiks Gedanken rasten. Nun mach schon, das ist der perfekte Moment, versuchte er sich selbst Mut zu machen. Doch der letzte Funken wollte nicht überspringen. Sophie biss sich auf die Lippe, langsam würde das hier unangenehm werden, wenn nicht gleich etwas passierte. Sie konnte im Augenwinkel nur die Lichteffekte sehen und hörte wie sich einige Eisläufer mit ihren Kufen am Eis abstießen, bevor alles still um sie wurde. Frederik küsste sie und sie vergaß alles um sich herum. Sie schloss die Augen und spürte seine Lippen auf ihren Lippen. Seine Zunge auf ihrer Zunge. Ihre Brust bebte vor Gefühl und sie hielt die Augen noch geschlossen, als Frederik ihr noch einen letzten kleinen Kuss auf den Mund gab. Sie öffnete langsam die Augen und Frederik strahlte sie an. Und Sophie. Sie strahlte zurück.

Zwei Stunden später, lief ein glücklicher Frederik mit Sophie Händchen haltend zum Auto. Selbst als die beiden auf der Rücksitzbank saßen, ließ er ihre Hand nicht los. Thomas hatte Recht gehabt, Berührungen von ihr, waren wie tausend kleine Nadelstiche auf seiner Haut. Und der Kuss mit Sophie war für ihn wie ein Feuerwerk, das ihn mitten ins Herz getroffen hatte. Thomas lächelte zufrieden und zwinkerte Frederik über den Rückspiegel zu. An der Villa Werfen angelangt, brachte Frederik Sophie zur Tür und gab ihr einen Kuss zum Abschied.

»Frederik?«, sagte Sophie und wusste nicht, wie sie die Frage formulieren sollte, die sie auf dem Herzen trug. »Sind wir…also irgendwie…«, sie seufzte. »Du und ich gehören zusammen ab jetzt, seit immer und für immer«, gab er ihr auf ihre unausgesprochene Frage eine Antwort, woraufhin eine unendlich glückliche Sophie ins Haus stapfte und es gerade noch schaffte, unbemerkt in ihr Zimmer zu gelangen, um sich umzuziehen, ohne von ihrer Mutter in diesem Mini-Rock-Aufzug entdeckt zu werden.

Frederik betrat das große Gutshaus und ging sofort in das Zimmer von Leo. Er ließ sich auf dessen Bett fallen. Leo blickte von seinem Schreibtisch auf, an dem er für eine Physikprüfung lernte. Er sah, dass Frederik über das ganze Gesicht strahlte. »Kann man dir helfen?«, fragte Leo amüsiert und warf sich neben seinen Bruder aufs Bett, für die Prüfung hatte er genug gelernt, es würde wieder Mal ein Leichtes werden. »Heute ist ein wundervoller Tag, Bruderherz«, sagte er und strahlte seinen Bruder an. »Du hast bei der Eislauftombola ein Stofftier gewonnen«, neckte Leo ihn. »Nein besser«, sagte Frederik, ohne auf den Seitenhieb seines Bruders einzugehen. »Mmh, mal überlegen. Sophie hat bei der Eislauftombola ein Stofftier gewonnen!«, scherzte er weiter. »Ich hab sie geküsst und sie mich«, sagte Frederik gerade heraus, woraufhin Leo nur ein: »Oha«, antwortete. Frederik legte seinen Arm unter seinen Kopf und bemerkte dann an seiner Hand ein kleines Notizblatt auf Leos Bett. Er nahm es in die Hand. »Was ist das?«, fragte er und begann bereits die Liebeserklärung eines Mädchens namens Julia an seinen Bruder zu lesen. Frederik runzelte die Stirn. »Julia? Julia, die mit dir zusammen Schulsprecherin ist Julia?«, fragte er und Leo nickte. »Und?«, fragte Frederik weiter. Leo zuckte mit den Schultern. »Bitte nicht so viele Details auf einmal!«, neckte Frederik ihn. »Was willst du hören? Sie ist toll. Sie ist intelligent. Sie ist hübsch.« »Aber du willst sie nicht?«, fragte Frederik, nachdem er aufmerksam zugehört hatte. Leo nickte. »Ob ich das noch erlebe, dass du dich in jemanden verliebst«, neckte er ihn. »Wie viele Mädchen willst du noch ausschlagen. Du bist vielleicht nicht für immer schön«, lachte Frederik und ehe er sich versah, hatte Leo ihn vom Bett gestoßen.

»Ihr seid jetzt also wirklich zusammen? So fest zusammen? Als Paar?« Katharina zog beide Augenbrauen hoch. »Ja«, sagte Frederik stolz, als er seiner Mutter am Abend half Weihnachtsgeschenke für die Kinder aus dem Kinderheim zu packen. »Na dann werde ich bald einen Anruf von Anna und Johann bekommen«, sagte sie und verdrehte schmunzelnd die Augen. Hendrik lachte leise hinter seiner Zeitung hervor. »Wieso? Sie werden das gut finden«, sagte Frederik überzeugt und zerschnitt mit der Schere ein Band, das ihm seine Mutter hinhielt. »Sie werden es bestimmt gut finden, dass ihre dreizehnjährige, ich wiederhole dreizehnjährige Tochter nun einen festen Freund hat«, sagte Katharina. »Aber ich bin doch der Freund«, sagte Frederik und Katharina lächelte. »Das stimmt, mein Schatz.«

»Sag mir, dass wir jedes Jahr zusammen starten und beenden«, sagte Sophie, als sie sich in Frederiks Arm kuschelte und das Feuerwerk bestaunte, das über Gut Sonnersleben in verschiedenen Farben und Formen leuchtete. »Wir starten jedes Jahr zusammen und wir beenden jedes zusammen«, wiederholte er und zauberte Sophie damit ein Lächeln auf ihr Gesicht. In ihrem Leben war sie noch nie so glücklich gewesen. Zur Verwunderung aller , hatten Sophies Eltern die Neuigkeiten mehr oder weniger gut aufgenommen. Sophies Vater war zwar hauptsächlich in Sorge um sein junges Mädchen, doch Anna Werfen triumphierte innerlich über die Perspektive, die sich ihrer Tochter bot.

Kurz nach Ostern studierten Leo und Katharina gemeinsam eine Karte, auf der die Ländereien des Gutes eingezeichnet waren. In den letzten Jahren hatte der Graf den Bestand weiter ausbauen können. Es war sogar ein Naturschutzgebiet für Vögel entstanden. »Das wäre die perfekte Route«, sagte Leo und fuhr mit dem Finger an der Karte entlang. Katharina nickte. »Und ich nehme an, dass ich deinen Vater überzeugen soll das Naturschutzgebiet zu erweitern?«, fragte Katharina und Leo nickte zufrieden. »So in etwa habe ich mir das gedacht!«, sagte er und grinste sie an. »Das schaffe ich vielleicht nicht. Also mach dir bitte keine allzu großen Hoffnungen«, gab Katharina zu Bedenken und runzelte die Stirn, bereits in Sorge darüber, ob dieses Vorhaben den nächsten Familienstreit vom Zaun brechen würde. Sie wollte, ebenso wie ihr Sohn, das Naturschutzgebiet erweitern, aber sie wusste nicht wie sie das bei ihrem Mann durchbringen sollte. Profit und Rentabilität gingen bei ihm vor Solidarität und Tierschutz. »Du bist so anders als dein Vater, Leo«, sagte Katharina und meinte das durchaus als Kompliment. »Und du bist dir sicher, dass ich kein Kuckuckskind bin?«, scherzte Leo, woraufhin ihm Katharina liebevoll in den Arm kniff. »Ja, ich bin mir sicher. Obwohl du kleiner Abenteurer wirklich nicht viel von deinem Vater geerbt hast.« Sie überlegte. »Ach doch, da fällt mir etwas ein: deinen Dickschädel!«, sagte sie und lachte laut auf. »Er ist nicht gerade ein großer Fan von mir, habe ich Recht?«, fragte Leo und schien dabei recht traurig zu sein. »Dein Vater liebt dich über alles, Leo. Er ist nur manchmal etwas verwundert über die Art und Weise, wie du dein Leben lebst. Wie du unbefangen auf alle Menschen zugehst. Er hat gelernt, dass es Unterschiede, ja man kann sogar sagen, verschiedene Klassen gibt. Dafür kann er eigentlich nicht wirklich was, er wurde so erzogen. Deine Sichtweise überfordert ihn bisweilen«, zog Katharina ein Resümee und hoffte inständig, dass ihr Sohn sich dennoch von seinem Vater geliebt fühlte. »Für mich sind alle Menschen gleich. Auch die, die sehr unhöflich und arrogant sind«, sagte Leo und dachte da an einige Leute aus dem Bekanntenkreis seiner Familie.

Am Abend klopfte es zaghaft an die Tür des Arbeitszimmers des Grafen und Katharina schob ihren Kopf durch die Tür. »Das ist eine Überraschung«, sagte er und stand auf, um seiner Frau die Tür zu öffnen. Er küsste Katharina und schloss leise die Tür hinter ihr. »Können wir kurz reden?«, fragte Katharina. »Natürlich. Hast du Etwas auf dem Herzen?«, fragte er, als er sie verliebt lächelnd musterte. »Ich würde gerne das Naturschutzgebiet erweitern«, brachte sie hervor und Hendrik durchschaute die Sache schnell. »Leopolds Idee?«, fragte er und sah sie streng an. »Ja, aber ich finde er hat Recht«, sagte sie etwas leise. Die ständigen Uneinigkeiten zwischen Leo und Hendrik belasteten sie sehr. Sein Blick hing prüfend auf ihr. »Ich hoffe, es ist keine Berechnung, dass du mir diese Frage zu dieser Uhrzeit stellst«, sagte er und begann ihren Hals zu küssen. Katharina wusste die Antwort auf diese Frage selbst nicht. Sie war keine berechnende Frau, aber oft war es schwer untertags eine ruhige Minute mit Hendrik zu erwischen. »Ich möchte dich bitten, ihm diesen Wunsch nicht abzuschlagen«, sagte Katharina mit geschlossenen Augen, da sie begann seine Küsse zu genießen. »Es geht mir nicht darum, dass ich ihm keinen Wunsch erfüllen möchte. Aber wo soll das hinführen? Er benimmt sich einfach nicht wie der zukünftige Graf von Sonnersleben und er muss es endlich lernen. Zunächst mal dazu bereit sein zu lernen. In seinem Alter habe ich bereits für das Gut Gelder erwirtschaftet. Also wird seinem Wunsch nicht stattgegeben, aber meinem«, sagte er und küsste Katharina nun leidenschaftlich.

Am Morgen wachte Katharina glücklich in den Armen von Hendrik auf, als er sie sanft auf die Stirn küsste. »Das sind die besten Tage, wenn meine Frau nackt neben mir aufwacht«, sagte er und hielt die Augen dabei noch geschlossen. Katharina lächelte ihn an, als er vorsichtig blinzelnd die Augen öffnete. »Ich besorge uns Frühstück«, sagte er gut gelaunt und war schon auf den Beinen, um sich anzuziehen.

In der Küche traf ein singender Hendrik auf Leo, der gerade den Kühlschrank plünderte, um alles in eine große Tasche zu packen. »Was machst du da?«, fragte Hendrik und Leo zuckte heftig zusammen. »Ich nehme mir nur ein paar Sachen für den Stadtpark«, sagte er und stopfte weitere Lebensmittel in eine große Sporttasche. »Du gehst wieder zu den Obdachlosen?«, fragte Hendrik und Leo nickte. »Sie brauchen Frühstück«, sagte er, stand langsam auf und sah seinem Vater in die Augen, dessen gute Laune soeben verflogen war. »Ich würde ja sagen, dass es schön wäre, wenn du uns vorher fragst, wenn du dir etwas nimmst, weil du ja noch nichts zu diesem Haushalt beisteuerst«, begann Hendrik und sah seinen Sohn weiter streng an. »Aber seit Neuem hat der feine Herr ja einen Job in der Tankstelle, wie überaus klassentauglich das doch ist«, echauffierte sich Hendrik. »Ich mache das, um mein eigenes Geld zu verdienen.« »So? Warum nimmst du dann nicht dein eigenes Geld, um Lebensmittel für die Obdachlosen einzukaufen?«, brachte Hendrik hervor, als sich sein Pulsschlag weiter erhöhte, denn er musste weiter daran denken, dass sein Sohn und Nachfolger, an einer Tankstelle jobbte, am Wochenende betrunkene Mädchen vor den Diskotheken auflas und nach Hause brachte und die gesamten Nöte der weniger privilegierten Leute der gesamten Gegend versorgte. »Das wollte ich, aber ich wusste nicht, dass ich da heute hin muss«, sagte Leo und wusste, dass sein Vater diese Antwort nicht verstand. »Die Suppenküche hatte gestern Abend nicht genug für alle«, brachte Leo leise hervor und wusste bereits, dass er sich damit nur noch mehr in Schwierigkeiten brachte. »Ach ja, stimmt, die Suppenküche! Bei der du ja auch so oft und gerne hilfst.« Hendrik wurde durch seinen Sohn bloß gestellt. Nicht nur, dass Leo so gar keine Ambitionen zeigte in die Fußstapfen seines Vaters treten zu wollen, sondern auch, weil Hendrik von Sonnersleben noch nie wirklich viel Interesse an gemeinnützigen Organisationen gezeigt hatte. Bevor Katharina in sein Leben getreten war, die er auf einer Geschäftsreise in Frankfurt kennengelernt hatte, war er eher unbeliebt gewesen. Katharina vermochte es sein Herz zu verändern. Aus seinem, eher melancholischem Gemüt, brachte sie eine Persönlichkeit hervor, die, sowohl privat, als auch geschäftlich, die Menschen zu faszinieren begann. Die Hochzeit mit Katharina war für Hendrik ein großer Gewinn gewesen, da sich nun auch viele wichtige Geschäftspersonen mit ihm und seiner berühmten Frau in der Öffentlichkeit zeigen wollten. »Vater, ich wollte dich nicht verärgern«, sagte Leo entschuldigend und meinte das Gesagte auch so, auch wenn es ihm nicht gelang das in seinen Tonfall zu integrieren. »Tust du aber immer wieder«, sagte Hendrik und war sichtlich am Ende seiner Nerven angelangt. »Es dreht sich nicht die ganze Welt nur um dich und deine Wohltätigkeit, Leopold«, maßregelte er ihn. »Wir sind eine Familie und es ist unsere Pflicht, ja unsere Pflicht, unsere Familie zu schützen und das, was wir haben, zu sichern«, sagte er und zitierte damit, eher unabsichtlich, seinen eigenen Vater, der ihm das immer und immer wieder eingebläut hatte, bis er es so stark verinnerlicht hatte, um jeden Tag danach auszurichten. »Ich schütze unsere Familie«, sagte Leo und war sich nicht ganz sicher, ob das stimmte. »Vom heutigen Tag an, wirst du deine Familie von deinen Aktionen fernhalten. Ich möchte keine Gäste mehr in unserem Haus. Dein Engagement wird von deinem eigenen Geld oder deiner eigenen Körperkraft bezahlt. Haben wir uns verstanden?«, gab Hendrik Leo deutlich zu verstehen. Leo resignierte und räumte gehorsam alle Lebensmittel aus seiner Tasche wieder in den Kühlschrank zurück, was hatte er auch für eine andere Wahl. Hendrik nickte zufrieden, als er merkte, dass sein Sohn klein beigab. »Martha«, rief Hendrik die Köchin, die nur unweit entfernt, das lautstarke Gespräch mitbekommen hatte, aber so tat, als hätte sie rein gar nichts davon gehört. »Ja, Herr Graf«, sagte sie, als sie etwas unachtsam in die Küche stolperte. »Bitte bringen Sie mir und meiner Frau das Frühstück ans Bett«, sagte er und verließ die Küche, indem er die Küchentür zuknallte. Ihr: »Sehr gerne«, konnte Hendrik schon nicht mehr hören. »Mein armer Junge«, sagte Martha und half Leo die Lebensmittel auszupacken. Er sagte kein Wort und fuhr nur geknickt mit der Arbeit fort. »Möchtest du etwas aus meinem Kühlschrank im Personalhaus holen?«, fragte sie, um den Jungen aufzumuntern. Er schüttelte mit dem Kopf. »Schon gut, Martha. Ich werde Brötchen aus der Tankstelle holen. Dann können sie mir das gleich von meinem Lohn abziehen«, sagte er und Martha nickte. »Nun gut, aber dir kann ich ein Frühstück machen, dann schaut die Welt gleich wieder anders aus«, sagte sie und machte sich eifrig daran einen Waffelteig vorzubereiten. »Ich muss schnell los, sie werden schon hungrig sein«, sagte Leo und wollte schon gehen, als er sich nochmal umwandte. »Ich bin vielleicht doch nicht normal?«, fragte Leo. »Du bist der wundervollste Mensch, den ich kenne«, sagte Martha und umarmte ihn. »Aber ich passe nicht hierher«, sagte Leo und wusste, dass sein Vater es nicht gutheißen würde, dass er so ein intimes Gespräch mit dem Hauspersonal führte. Die nötige Distanz und Strenge muss stets zwischen dem

Hausherren und dem Hauspersonal stehen, hörte er seinen Vater in seinem Kopf sagen. »Es gibt bestimmt einen Grund, warum du in dieser Familie gelandet bist. Meinst du nicht auch?«, sagte Martha und munterte Leo damit tatsächlich auf. »Ja, vermutlich«, sagte Leo. »Alles wird am Ende gut sein«, sagte Martha und streichelte ihm sanft das Gesicht, ehe er die Küche verließ, um sein Rad zu holen.

Hendrik brachte die schlechte Laune mit in das Schlafzimmer und sah, dass Katharina immer noch im Bett lag. Er schloss die Zimmertüre etwas zu heftig und lief im Zimmer auf und ab. »Was ist los?«, fragte Katharina und setzte sich auf. »Wir müssen irgendetwas mit diesem Jungen unternehmen. Ein Internat oder eine militärische Ausbildung. Er hat vermutlich einfach zu viel Energie oder er ist hochbegabt und unterfordert.« Hendrik dachte ernsthaft nach, warum sich sein Sohn stets so anders verhielt, wie alle anderen und sah Katharina an. » Ich rede nochmal …«, versuchte Katharina zu sagen, sie musste nicht lange überlegen um zu wissen, dass sich Hendrik über Leopold ärgerte, doch Hendrik ließ Katharina den Satz nicht beenden. »Du unternimmst etwas mit ihm. Ich habe ihn jahrelang versucht auszubilden, um ihn auf seine Rolle vorzubereiten, aber es ist als würde er dauernd nur darüber nachdenken, welche gute Tat er als Nächstes vollbringen soll.« Katharina seufzte und sah ihren aufgeregten Mann die Hände in die Hüfte stemmen. »Er hat einfach ein unendlich gutes Herz. Schon als Kind hat er sein Taschengeld verschenkt«, erinnerte Katharina Hendrik, was ihn nur noch wütender machte. »Mir reicht es jetzt, Katharina. Ein für alle Mal hört das auf. Er hält diese Aktionen von uns fern. Ich will keine Gäste hier. Ich will nichts darüber wissen und ich will davon nichts in der Zeitung lesen. Er macht das völlig unbemerkt von der Öffentlichkeit oder es muss es ganz lassen«, sagte er und Katharina erkannte Verzweiflung in seinem Blick. Sie streckte ihm die Hand entgegen und bat ihn sich zu ihr auf das Bett zu setzen. »Wir haben hier Menschen gewaschen, ihnen zu Essen gegeben, sie medizinisch versorgt, weil sie keine Krankenversicherung hatten. Wir haben hier alle denkbaren Tiere aufgenommen und wieder aufgepäppelt, wie oft kam er mit Blessuren nach Hause, weil er wieder jemand in Schutz genommen hatte. Wie viele Wohltätigkeitsveranstaltungen und Spendenaktionen haben wir hier durchgeführt und wie viele Kilometer musste ich mit dem Rad fahren, weil Leopold die Umwelt schonen wollte?« Katharina musste schmunzeln. Hendrik hatte wirklich einige Wochen auf das Auto verzichtet. Alles in allem musste sie zugeben, dass sie doch sehr stolz auf ihren Sohn war, obgleich die Sorge für ihn deutlich überwog. »Er hat doch auch sehr gute Dinge getan. Er hat zum Beispiel diese Agentur für einsame Menschen gegründet und nun werden sie von Jugendlichen regelmäßig besucht oder bei einem Spaziergang begleitet«, sagte Katharina und streichelte seinen Rücken. »Ich habe nichts dagegen und er hat uns auch gute Presse eingebracht. Aber das Maß muss stimmen. Wenn er sich nur halbwegs so für das Gut interessieren würde und diese wohltätige Ader nebenbei ausleben würde, wäre es doch auch kein Problem«, sagte Hendrik, worauf Katharina nur vorsichtig nickte.

Leo hatte in der Tankstelle Brötchen besorgt und die Besitzerin der Tankstelle hatte ihm noch Obst und frischgebackenen Kuchen geschenkt. Dankbar für diese Geste und mit vollem Gepäckträger machte er sich auf und kam auf dem großen runden Platz bei den Eichen zum Stehen, wo er bereits viele bekannte Gesichter sah. Er verteilte das Essen und kam schnell in ein Gespräch. Als noch lautstark gelacht wurde, sah er, dass sich einige leichtbekleidete Frauen auf der gegenüberliegenden Straßenseite bereits aufmachten, um nach Männern Ausschau zu halten. Leo hatte sie immer nur von der Weite gesehen, aber noch mit keiner gesprochen. Einer der Obdachlosen ertappte ihn dabei, als er immer wieder zu ihnen schielte. »Nana Junge, das ist aber nichts für dich«, sagte Knut, ein bärtiger älterer Mann, den Leo in sein Herz geschlossen hatte, und biss genüsslich in seinen Apfel. »So meine ich das auch nicht«, sagte Leo und sah nun offensichtlicher zu den Frauen. »Sondern wie dann?«, fragte Knut. »Warum tun die das?«, fragte Leo und beobachtete wie das erste Auto anhielt und eine Frau zu dem Mann ins Auto stieg und mit ihm fortfuhr. »Na warum wohl! Wegen der Kohle«, sagte Knut mit vollem Mund und wandte seinen Blick ab. Diese Szenerie hatte er schon zu genüge beobachtet. »Können sie nicht was anderes machen?«, fragte Leo und fühlte sich bei der Frage plötzlich schrecklich naiv. Knut schüttelte den Kopf. »So ist die Welt eben, entweder du spielst mit oder du landest auf einer Parkbank so wie ich«, sagte er und beim Lachen bebte sein ganzer drahtiger

Körper. Leo stand auf und machte sich auf den Weg zu den Frauen, er musste einfach mit ihnen reden. »Leo warte, die können ziemlich aggressiv werden, wenn sie bei der Arbeit gestört werden«, versuchte Knut Leo zu warnen, doch dieser überquerte bereits die Straße.

Als Leo nach Hause kam, war es bereits später Nachmittag. Sophie war zu Besuch und lernte mit Frederik im Wohnzimmer Französisch, in dem auch Hendrik und Katharina über einer Partie Schach saßen. »Leo, da bist du ja«, begrüßte Katharina ihn und stand auf, um ihren Sohn zu umarmen. Sie wünschte sich sehnlich, dass die Gewitterwolken zwischen Hendrik und Leo bereits verzogen waren. »Leopold, komm schon, spiel eine Runde mit mir Schach, deine Mutter ist heute nicht bei der Sache«, sagte Hendrik, was seine Art und Weise war ein Friedensangebot zu machen und Katharina lächelte ihn daraufhin liebevoll an, sehr dankbar für diese Geste. Leo gehorchte und setzte sich, dennoch etwas widerwillig, seinem Vater gegenüber. Katharina gesellte sich zu Frederik und Sophie und strich Sophie eine Strähne aus dem Gesicht. »Frederik wird die Französischarbeit morgen schon schaffen«, sagte Sophie aufmunternd und lächelte Frederik liebevoll an. »Ja, und wenn nicht, bist du schuld, weil du es mir nicht gut genug erklärt hast«, neckte er sie. Katharina lachte. »Ich habe mit deiner Mutter geredet, Sophie. Du darfst das Praktikum für die Schule im Kinderheim machen«, sagte sie und Sophie umarmte sie so heftig, das Katharina beinahe nach hinten umfiel. »Danke, danke, danke«, wiederholte Sophie und konnte ihr Glück kaum fassen. »Keine Ursache. Frederik darf ja auch im Unternehmen von deinem Großvater schnuppern«, sagte sie und zwinkerte Frederik zu. »Am Schluss gründet Frederik dann auch eine große Firma«, sagte Sophie und lächelte ihn an. »Wir werden sehen«, sagte Katharina und sah sich nach Hendrik und Leo um. Irgendwie würde vielleicht alles ganz anders kommen.

Als Hendrik spät abends noch in ein langes Telefongespräch mit Amerika verstrickt war, beschloss Leo zu seiner Mutter ins Schlafzimmer zu gehen. Katharina las in einem Buch, als es an ihre Tür klopfte. »Ja«, sagte sie und empfing ihn mit einer Mischung aus Freude und Sorge. »Mein Schatz, setz dich zu mir«, sagte sie. Leo nahm an ihrer Seite Platz und sah sie an, als er sagte: »Ich brauche deine Hilfe, Mama.« Und Katharina überlegte, bei welcher Aktion sie diesmal seine

Assistentin sein sollte. »Ich höre.« »Es sind drei Dinge«, sagte er. »Gut.« »Mein Abitur habe ich bald in der Tasche und ich werde nicht Jura studieren wie Vater.« Katharina hatte befürchtet, dass Leo mal wieder die Pläne von Hendrik über den Haufen werfen würde. »Weiter?«, fragte Katharina. »Ich werde Theologie studieren.« Katharina nickte. Ihr war lange schon bewusst, dass die beiden Priester, die nahe dem Gut lebten und am Sonntag die Messe in der Barockkirche auf dem Anwesen feierten, Leo faszinierten. »Ich werde es Vater selbst sagen, doch ich denke, dass er mich dann nicht mehr hier haben möchte«, sagte er und wandte sich ihr zu. »Ich möchte nicht, dass ihr wegen mir streitet. Bitte verteidige mich nicht vor ihm, es schadet dir nur«, sagte er und in diesem Moment bewunderte er wieder, wie schön seine Mutter doch war. Katharina lächelte ihn gütig an. »Ich würde dich vor jeden Menschen verteidigen, egal in welcher Situation und egal wie sehr es mir schadet«, sagte sie und küsste seine Stirn. »Jeder muss seinen Weg gehen und das wird auch dein Vater irgendwann einsehen«, sagte sie. Ein Jurastudium konnte sie sich für Leo wirklich nicht vorstellen. »Du musst mir bitte noch ein letztes Mal helfen, dann bringe ich dich nicht weiter in Schwierigkeiten«, sagte Leo und es tat ihm leid, dass er oft Anlass für einen Streit zwischen seinen Eltern war, aber er wusste sich auch nicht anders zu helfen, als Katharina um Hilfe zu bitten. »Um was geht es?«, fragte sie und verlor sichtlich die Fassung als Leo sagte: »Heute war ich bei den Obdachlosen und nicht weit davon entfernt gibt es Prostituierte. Eine von ihnen ist schwanger, bereits im siebten Monat. Können wir sie bitte zu uns holen, damit sie ihr Kind bei uns bekommt?«, fragte Leo und Katharina wusste nicht was sie sagen sollte. »Du willst mir sagen, dass sie immer noch…?« Leo nickte. Katharina schämte sich augenblicklich für ihr privilegiertes Leben und sicherte Leo zu, eine Lösung zu finden. »Du kannst sie zu uns bringen, sie kann im Personalhaus wohnen«, sagte sie, ohne auch nur im Entferntesten eine Lösung dafür zu haben, wie sie das Hendrik beibringen sollte. »Danke, Mama. Du bist die Beste«, sagte er und gab ihr einen Kuss auf die Wange. Als er aufstehen wollte, hielt sie ihn zurück. »Leo?« »Ja?«, sagte sie und unterdrückte das schmerzhafte Gefühl in ihrer Brust ihn nicht verlieren zu wollen. »Du verlierst mich nicht, Mama«, sprach Leo ihre Gedanken aus und

Katharina hörte, dass Leo noch ein »Ich dich mehr«, sagte, als er aus der Tür ging.

Am nächsten Morgen konnte Leo die schwangere Alex unbemerkt in das Personalhaus bringen, wo Martha bereits ein Zimmer für sie vorbereitet hatte. Katharina brachte neue Kleidung und einige Bücher zum Lesen. »Hallo Alex«, sagte Katharina freundlich und legte die neuen Sachen auf das Bett, ihre Überraschung über das junge Alter der Frau und den dazugehörigen großen Babybauch, vornehm kaschierend. »Das ist alles schon gewaschen. Bitte melden Sie sich, wenn Sie noch etwas benötigen. Martha wird hier ein Auge auf Sie werfen«, sagte sie und blickte dabei lächelnd zu Martha, die kräftig nickte. »Danke, Frau von Sonners…« »Leben«, vollendete Katharina ihren Satz. »Ich nehme an ihr vollständiger Name ist Alexandra?«, fragte Katharina. »Eigentlich ist er Franziska.« Katharina war überrascht. »So ein schöner Name. Dann nennen wir Sie ab sofort so, einverstanden?«, fragte Katharina und Franziska nickte. Leo stand lächelnd neben Franziska und war sehr glücklich, dass seine Mutter so viel Fingerspitzengefühl besaß. »Nur noch kurz einige Dinge, dann können Sie ganz in Ruhe ankommen. Bitte bringen Sie niemanden mit ins Personalhaus.« Franziska nickte erneut. »Wann wurden Sie das letzte Mal untersucht? Haben Sie eine Krankenversicherung?« »Eine Krankenversicherung habe ich«, sagte Franziska, ließ dabei die erste Frage absichtlich unbeantwortet und verstärkte damit Katharinas Sorge. »Gut, dann werden wir morgen gemeinsam zu einer Frauenärztin gehen. Ich vereinbare einen Termin und hole sie hier ab. Ist das in Ordnung?« »Ja«, antwortete Franziska kaum hörbar. »Gut, dann werden wir jetzt gehen«, sagte Katharina zu Leo, sie würde unter keinen Umständen dulden, dass Leo alleine bei Franziska blieb. »Martha wird ihnen hier noch alles zeigen. Ach ja, und hier ist meine Handynummer. Bitte melden Sie sich, was auch immer Sie benötigen«, sagte Katharina und reichte Franziska einen kleinen Notizzettel mit der Nummer darauf.

Als Katharina und Leo zum Gut zurückliefen, nahm Katharina Leos Hand. »Du wirst noch viele herausragende Dinge tun«, sagte sie. »Was meinst du?« »Das ist eine Gabe, Leo. Du bist immer zur richtigen Zeit am richtigen Ort.« Katharina konnte es selbst nicht verstehen. »Ich habe das Gefühl, ich bin immer zu spät dran. Wir hätten Alex, also

Franziska, schon längst helfen können«, sagte er und ertrug den Stich leicht stöhnend, den sein schlechtes Gewissen ihm gab. »Da wäre sie vielleicht noch nicht bereit dazu gewesen«, sagte Katharina und schenkte seinem Gewissen somit tatsächlich etwas Erleichterung. Fast zeitgleich entdeckten beide Hendrik auf der Terrasse. »Das ist meine Aufgabe«, sagte sie und befahl Leo in sein Zimmer zu gehen. »Hallo Leopold«, sagte Hendrik, worauf Leo nur ein leises »Hallo Vater,« von sich gab, als er an ihm vorbeiging. Hendrik von Sonnersleben war gut gelaunt und küsste seine Frau. »Wo kommt ihr denn her?«, sagte er und ging dann zusammen mit seiner Frau ins Wohnzimmer und beide nahmen auf dem, mit grünem Samtstoff überzogenen, Sofa Platz. »Wir müssen reden«, sagte sie und verneinte die Frage von Henry, ob er ihr etwas zu trinken bringen könne. »Du bist so ernst«, sagte Hendrik und nahm ihre Hand, als Henry das Wohnzimmer wieder verlassen hatte. »Hendrik, du musst mir jetzt zu hören und du musst verstehen, dass du das nicht verändern kannst, was ich dir jetzt sage.« Hendrik runzelte die Stirn. »Leopold ist ein außergewöhnlicher junger Mann. Wir dürfen das nicht aufhalten, was in ihm steckt«, sagte sie und begriff erst in diesem Moment, dass es die Wahrheit war. Hendrik sah sie aufmerksam an. »Er wird niemals glücklich werden, wenn du ihm die Nachfolge für das Gut überträgst.« Hendrick versuchte ein Kopfnicken, obwohl sich alles in ihm dagegen sträubte. »Er wird das studieren, was er möchte und du wirst Frederik ausbilden«, sagte Katharina und sah ihren Mann entschlossen an. »Frederik?« Hendrik rieb sich die Schläfen, er hatte in den vergangenen Jahren sein ganzes Wissen an Leopold herangetragen. Frederik hatte er mehr Freiheiten gegeben und fürchtete sich nun, dass es zu spät war, ihn als seinen Nachfolger auszubilden. »Frederik ist dir sehr ähnlich. Er versteht sich sehr gut darin, sich in unseren Kreisen zu bewegen, obwohl er erst vierzehn Jahre alt ist. Das ist sein Talent. Und wir sollten die Talente unserer Kinder fördern.« Hendrik nickte und Katharina war dankbar, dass dieses Gespräch nicht auf einen Streit zusteuerte. »Was möchte Leopold studieren?«, fragte Hendrik und war irgendwie sogar froh darüber, dass er überhaupt zu einem Studium bereit war. »Er wollte es dir selbst sagen, aber ich möchte dir nun sagen, dass ich hinter ihm stehe und ich von dir erwarte, dass du es auch tust.« Hendrik atmete aus. »Wenn du jetzt soziale Arbeit sagst, schreie ich«, sagte er und Katharina musste lachen. »Theologie«, war ihre knappe Antwort, was genügte, um Hendrik die Sprache zu verschlagen. »Denke darüber nach und du wirst zugeben müssen, dass es seinem Wesen entspricht. Er lebt für andere. Er hat so ein großes Herz, das so viel zu geben imstande ist. Sein Leben für andere zu verschenken, ist das nicht etwas sehr Schönes?«, fragte Katharina und drückte die Hand ihres Mannes etwas fester in ihre. »Wir haben doch in diesem Leben alles im Überfluss bekommen«, fuhr sie fort. »Und du willst mir damit sagen, dass ich deshalb meinen Erstgeborenen loslassen soll, damit er in die Welt geht, um anderen Menschen zu helfen?«, fragte Hendrik. »Vielleicht«, war ihre einzige Antwort, nachdenklich starrte sie vor sich hin. »Ich liebe Leopold, Katharina«, sagte Hendrik. »Das weiß ich doch«, sagte sie und ihr stiegen die Tränen in die Augen. Hendrik zog sie zu sich, damit sie auf seinem Schoß Platz nehmen konnte. Er nahm sie fest in den Arm. »Er zeigt mir jeden Tag meine seelische Armut«, sagte er schließlich und Katharina sah ihn fragend an. »Deshalb bin ich mitunter so wütend auf ihn«, sagte Hendrik. Katharina streichelte sein Gesicht. »Du vermagst es meine seelische Armut mit deiner Liebe auszugleichen, bei Leopold ist es mir unangenehm, dass er hinter meine Fassade blicken kann.« Katharina war überrascht, dass Hendrik Leopolds Talent so bewusst war. »Er liebt und ehrt dich. Manchmal kann er einfach nicht aus seiner Haut.« Hendrik nickte. »Da wäre noch etwas«, sagte Katharina und hoffte, dass die gute Stimmung nicht kippen würde. »Noch mehr gute Neuigkeiten?«, scherzte Hendrik. »Das könnte mitunter etwas komisch klingen, was ich jetzt gleich sagen werde.« »Würde ich es mit einem Cognac besser verstehen?«, fragte Hendrik und Katharina nickte. Also stand Hendrik auf und nahm die gläsernen Cognacflasche von dem kleinen Servierwagen auf dem die Spirituosen aufgereiht waren und schenkte den Cognac in ein flaches Kristallglas, nahm wieder Platz und zog Katharina auf seinen Schoß zurück. »Leo hat gestern bei den Obdachlosen die Prostituierten beobachtet. Unter den Frauen war ein schwangeres Mädchen.« Katharina stoppte, um Hendriks Reaktion deuten zu können. Er nahm einen weiteren Schluck und sagte dann: »Leo hat sie natürlich mit zu uns gebracht.« »Sie hat immer noch gearbeitet«, begann Katharina Leo zu verteidigen, als ihr auffiel, dass sie das gar nicht musste, da Hendrik nicht wütend geworden war. »Du bist nicht schockiert?« Hendrik schüttelte den Kopf. »Leopold kann nicht wegsehen«, sagte Hendrik und Katharina stimmte ihm zu. »Ich habe ihr gesagt, dass sie bleiben kann und ihr Kind bei uns bekommen kann. Sie wohnt im Personalhaus«, Hendrik nickte erneut. »Das Kind wird gleich im Kinderheim aufgenommen werden?«, fragte Hendrik, was definitiv eine Lösung darstellen konnte. »So wie ich Leo kenne, wird er versuchen, dass das Kind bei der Mutter bleibt und Franziska ein neues Leben beginnt.« »Gut, ich versuche, nichts dagegen zu haben«, sagte er nach einer langen Pause und Katharina küsste ihn erleichtert. »Danke, Hendrik.«

Die Ankunft von Franziska verbreitete sich wie ein Lauffeuer und selbst Hendrik musste diese Art der Wohltätigkeit bei der ein oder anderen Gelegenheit mit gespielter Gelassenheit verteidigen. Dennoch kam Franziskas Sohn gesund und munter zur Welt und sowohl Leo als auch Katharina versuchten Mutter und Kind optimal zu unterstützen. Leo hatte nach seinem Abitur, welches er als Zweitbester abschloss, angefangen Theologie zu studieren. Auf Anraten von Katharina war er noch nicht ins Priesterseminar eingezogen, er sollte erstmal einige Semester studieren und herausfinden, ob es das Richtige für ihn war. Leo hatte seiner Mutter diesen Wunsch erfüllt und genoss die Ruhe und Freiheit, die er nun hatte, da er nun nicht mehr der Nachfolger seines Vaters werden sollte. Hendrik hatte nun sogar der Erweiterung des Naturschutzgebietes zugestimmt, denn er war bester Laune, da ihm bewusst geworden war, dass Frederik es ihm wesentlich leichter machen würde seine Ziele zu verfolgen, die er mit dem Gut hatte. Frederik würde seinen Ratschlägen und Plänen ungefragt nachgehen. Als Leopold nach den ersten Semestern an der Uni seinen Plan weiterhin zielstrebig verfolgte, blieb dem Grafenehepaar nichts anderes übrig, als Frederik um ein Gespräch zu bitten. »Dein Bruder wird Theologie nun weiter studieren«, sagte Hendrik und Frederik sah beide nur etwas ungläubig an. »Er hat es mir gesagt.« Hendrik nickte. »Er will aber nicht Priester werden?«, fragte Frederik, weil Leo ihm auf diese Frage bisher keine Antwort gegeben hatte. Das würde endlich mal erklären, warum er allen Mädchen, die ihm hinterherliefen, keine Beachtung schenkte, dachte Frederik. »Das überlassen wir der Zukunft«, sagte Katharina und Frederik nickte. »Allerdings möchten wir auf diese Möglichkeit vorbereitet sein«, ergänzte Hendrik und Frederik runzelte die Stirn. »Was meinst du damit?« »Frederik, du sollst eines Tages das Gut übernehmen«, eröffnete Katharina den neuen Plan und Frederik klappte der Mund auf. »Das kann ich aber nicht«, sagte Frederik mutlos, aber doch sehr bestimmend. »Du bist sogar noch besser dafür geeignet, als es Leopold ist«, sagte Hendrik fröhlich und klopfte ihm wohlwollend auf die Schulter. Frederik schluckte und sah seinen Vater fragend an, als würde er ihm diese Feststellung nicht glauben. »Wir werden dich langsam an deine Aufgabe heranführen und dich bestmöglich ausbilden«, sagte Hendrik und hatte in seinem Kopf schon viele Ideen, wie er das anfangen wollte. »Ich möchte Leo aber nichts wegnehmen«, warf Frederik ein. »Du nimmst ihm doch nichts weg. Er möchte das Gut doch gar nicht weiterführen«, sagte Katharina schlichtend. Frederik wagte es nicht zu nicken. Er war noch nicht bereit diesem Plan zuzustimmen und mit dieser Information sichtlich überfordert. »Wir beginnen ganz langsam. Du wirst mich zu Terminen begleiten und weiterhin Preise im Fechten gewinnen. Alles andere kommt mit der Zeit«, sagte Hendrik voller Stolz und Vorfreude, dabei in sich hinein schmunzelnd. Frederik sah seine Mutter fragend an, als hätte sie eine Lösung, wie dieser Kelch an ihm vorüber gehen würde. Sie nahm seine Hand. »Dein Bruder möchte diese Welt ein Stück besser machen. Wir sollten ihm das erlauben. Meinst du nicht auch?«, sagte Katharina liebevoll und Frederik nickte schlussendlich, allerdings zunächst gegen seinen Willen.

Nach diesem Gespräch lief ein aufgewühlter Frederik den langen Flur entlang, an dessen Wand Gemälde aller seiner Vorfahren der von Sonnersleben hingen. Als letztes hing dort das Bild seines Vaters, an welches er im Geist stets das Bild von Leo gefügt hatte. Er schluckte, als er an die Aufgaben dachte, die ihm bevorstanden. Er ging einige Schritte weiter und bog ab, um ins Zimmer von Leo zu gelangen. »Hallo«, sagte er und Leo stellte an diesem Tonfall fest, dass das Gespräch der Eltern mit seinem Bruder schon stattgefunden hatte. »Hallo«, sagte er und warf Frederik einen Tennisball zu. »Lust auf eine Runde Tennis?«, fragte er ihn, um ihn aufzumuntern, doch Frederik spielte nur gedankenverloren mit dem Ball in seiner Hand. Leo seufzte. »Es tut mir leid, dass meine Pläne nun deine Pläne...also irgendwie durcheinanderbringen...«, sagte Leo entschuldigend. »Ich schaffe das nicht«, sagte Frederik und blickte seinen Bruder verzweifelt an. »Natürlich wirst du das!«, sagte er und nahm seinen Bruder in den Arm. »Du wirst besser sein als Vater«, sagte Leo und Frederik starrte ihn mit großen Augen an. »Mir reicht es schon, wenn ich es halbwegs so gut mache wie Vater und wir nicht alle wegen mir bankrottgehen«, sagte Frederik und ihm fiel der Ball aus der Hand.

Schnell gelangte das wahre Gerücht in Umlauf, dass Leo die Nachfolgerschaft des Gutes abgelehnt hatte und nun rückte vermehrt der heranwachsende Frederik in das Visier der Öffentlichkeit. Er trainierte hart, um im Fechten die meisten Preise zu gewinnen. »Seit ich gewinnen muss, schaffe ich es immer weniger oft«, sagte er, als er mit Sophie im Wald spazieren war. »Du bist großartig Frederik, du bist nur angespannt. Das ist alles«, sagte Sophie und erinnerte sich an das letzte nervenaufreibende Turnier, bei dem Sophie auf der Zuschauertribüne ihrem Freund die Daumen gedrückt hatte und er seinen Gegner doch nicht hatte schlagen können. »Ich will einfach nicht verlieren«, sagte er und stieß wütend einen kleinen Stein weg, der vor ihnen auf dem Weg lag. »Vielleicht ist das das Problem«, sagte sie und Frederik sah sie an. »Du solltest kämpfen, um zu gewinnen und nicht, um nicht zu verlieren«, sagte sie und konnte die Anspannung von Frederik förmlich fühlen. Sie musste nun immer öfter Zeit alleine verbringen, weil Frederik durch seinen Vater stark gefordert wurde. »Sophie, eine Dame beschwert sich nicht wenn ihr Mann keine Zeit hat. Er hat große Ziele zu verfolgen«, sagte Anna bestimmend, was in ihren Augen wohl so etwas wie eine Aufmunterung darstellen sollte. Anna Werfen war über diese Schicksalsveränderung mehr als dankbar, denn sie spielte ihr direkt in die Karten. Und wäre Sophie schon in einem heiratsfähigen Alter gewesen, wäre sie bereit gewesen, alle Hebel in Bewegung zu setzen, um Sophie schleunigst zu einer Hochzeit zu verhelfen.

Sophie kehrte vom Eis essen mit ihren Freundinnen zurück und hatte einige Modezeitschriften unter den Arm geklemmt. Für die diesjährigen Sommerfestspiele wollte sie sich ein wunderschönes neues Kleid schneidern lassen. Eifrig blätterte sie die Seiten durch und markierte ihre Favoriten. Ihre kleine Schwester Cäcilia saß neben ihr und malte einen Regenbogen. Ihre Mutter betrat das Wohnzimmer und echauffierte sich über Marlene, weil sie nicht die kompletten zwei Stunden Geige geübt hatte. Marlene stapfte etwas missmutig hinter ihr her und gab ihren beiden Schwestern einen Kuss auf die Wange. »Was hast du da?«, fragte Marlene und zog Sophie die Zeitschriften weg. »Wow«, sagte sie, als sie die Frauen in den schönen Roben begutachtete. Anna wurde auch darauf aufmerksam und riss Marlene eine der Zeitschriften aus der Hand. »Warum ist dieses Kleid mit einem Kreis versehen?«, fragte sie und zog dabei eine Augenbraue hoch. »Weil es mir gefällt«, sagte Sophie vorsichtig, worauf ihre Mutter nur schnaubte. »In keinem Fall wirst du dir so ein Kleid schneidern lassen«, sagte sie streng. »Wenn du dich anstrengst, wirst du einmal die neue Gräfin von Sonnersleben sein. Mit so einem billigen Aufzug wie diesem, wäre es die Anstrengung aber nicht wert«, urteilte sie scharf und nahm daraufhin Sophie die Zeitschriften weg.

Sophie trug ein dunkelrotes langes Kleid mit einem leichten Stehkragen. Obwohl ihre Mutter sowohl Farbe, Stoff und Schnitt ausgewählt hatte, war es ein sehr schönes Kleid geworden, das Sophie an diesem Abend zu vielen Komplimenten verhalf. Absichtlich hatte Anna Werfen ihre Tochter in ein Kleid gesteckt, dass sie etwas erwachsener, um nicht zu sagen damenhaft aussehen ließ. Dadurch wollte sie wohl zum Ausdruck bringen, dass ihre Tochter als Anwärterin des Gräfinnentitels bestens geeignet war. »Findest du nicht, dass du ein wenig übertreibst?«, hatte Johann sie gefragt. »Ich finde, dass du nicht genügend für die Zukunft unserer Töchter tust«, gab Anna vorwurfsvoll zurück und blickte ihren Mann provozierend an. Johann hatte daraufhin nur geseufzt und seine Frau mit den Vorbereitungen für dieses Ereignis alleine gelassen. Dennoch musste er zugeben, dass Anna durch ihr einmaliges Überzeugungstalent und ihre stählerne Durchsetzungskraft erwirkt hatte, dass Marlene als Nachwuchstalent einen kleinen Solopart an den Sommerfestspielen übernehmen durfte. Diesen Tribut musste er seiner Frau zollen, obgleich er es nicht befürworten konnte, dass Anna die fünfzehnjährige Sophie jetzt schon auf die Rolle der neuen Gräfin vorbereitete. »Du hast absichtlich im Vorfeld so schlecht von deinem Kleid gesprochen, dass ich dich noch mehr bewundere?«, neckte Frederik Sophie, als er sie zur Begrüßung umarmte. »Haha«, sagte sie und musste doch lächeln, als er ein: »Du siehst wunderschön aus«, in ihr Ohr flüsternd, hinzufügte. In diesem Jahr nahm Sophie, wie seit ihrer ersten Teilnahme im zarten Alter von sieben Jahren an den Sommerfestspielen, mit Frederik in der ersten Reihe Platz. Anna Werfen platzte an diesem Abend fast vor Stolz, denn Marlene glänzte als Solistin und für Sophie war es durchaus möglich, dass sie für lange Zeit in der ersten Reihe neben der Grafenfamilie Platz nehmen würde, mit viel Glück als neue Gräfin. Kurz nach Ende des Konzertes, als sich die Künstler noch zu einem Umtrunk unter die geladenen Gäste mischten und Marlene für ihren ersten Auftritt vor großem Publikum von allen gefeiert wurde, überraschte ein Platzregen die Festgesellschaft. Schnell versuchten alle Gäste in den großen Ballsaal des Gutes zu gelangen und Katharina dirigierte emsig die Verpflegung der Gäste unter diesen ungeplanten Bedingungen. Keiner bemerkte, dass Frederik und Sophie ungestört zu den Stallungen gelaufen waren. Patschnass und lautstark lachend kamen sie dort an. »Hast du gesehen, wie die Frisur der Herzogin im Regen weggeschwemmt wurde?«, keuchte Sophie und Frederik musste sich, vor lauter Lachen, den Bauch halten. Noch lachend nahm Sophie Frederiks Hände und ließ sich von ihm eine Umarmung ziehen. »Niemand hat bemerkt, dass wir entwischt sind«, sagte sie und Frederik küsste sie bereits. Frederik und Sophie setzten sich auf die Strohballen am oberen Ende der Stallungen, von dort hatten sie einen guten Blick über die Pferdeboxen. Völlig die Zeit vergessend, erzählten und lachten sie, hielten Händchen und küssten sich. Als beide zu später Stunde eingeschlafen waren, waren die Eltern von Frederik und Sophie bereits in heller Aufregung um die beiden. Ein ganzer Suchtrupp aus Angestellten des Gutes war unterwegs, um die beiden zu suchen. Thomas hatte sie als Erster entdeckt, die beiden geweckt und den Grafen unverzüglich verständigt. Schnell waren die vier Erwachsenen bei den Stallungen angelangt und auf Frederik und Sophie wartete ein gewaltiges Donnerwetter. »Wie konntest du uns nur so etwas antun?«, keifte Anna und riss Sophie an ihrem

Arm von dem Strohballen herunter. Selbst Katharina sah Frederik unendlich vorwurfsvoll an, er konnte sehen, dass sie sichtlich enttäuscht von ihm war. »Wir haben die Zeit vergessen«, brachte Frederik hervor und bemerkte schnell, dass sich niemand für seine Erklärung interessierte. Frederik sah Johanns wutentbranntes Gesicht, als er Sophies verwuschelte Haare sah, in denen sich Stroh verhangen hatte. Ohne ein Wort zu sagen, zog er aus, um ihr eine heftige Ohrfeige zu verpassen, die Sophie fast von den Füßen hob. Nur die Hand von Anna, die Sophies Unterarm noch immer festhielt, verhinderte, dass sie das Gleichgewicht verlor. Frederik hechtete auf Johann zu, doch Hendrik hielt ihn zurück. Sophie liefen tonlos die Tränen über die Wangen, als ihre Mutter sie aus den Stallungen zog. Sie blickte sich nur einmal kurz nach Frederik um, der sie mitleidsvoll ansah. »Es ist doch gar nichts passiert. Wie konnte Johann ihr das antun?«, rief Frederik schockiert und blickte seine Eltern hilfesuchend an. »Wie konntest du nur so verantwortungslos sein?«, ging Katharina Frederik an und er konnte sich nicht erinnern, wann sie je wütend auf ihn gewesen war.

»Hör auf zu weinen«, sagte Anna erbarmungslos, als sie Sophies Kleid aufknöpfte und ihr den Schlafanzug reichte. Sophie schniefte tapfer, doch die Tränen stiegen ihr unaufhörlich in die Augen. »Wir haben nichts getan«, sagte Sophie und legte dann ihre Halskette und die Ohrringe in ihre kleine Schmuckschatulle. »Das will ich für dich hoffen, Sophie. So eine gute Partie mit Frederik leichthin aufs Spiel zu setzen«, sagte Anna, während sie verständnislos und abfällig den Kopf schüttelte.

Frederik und Sophie hatten beide Verbot sich zu sehen und es herrschte, vor allem im Hause Werfen, weiterhin eine eisige Stimmung. Nur in der Schule konnten die beiden miteinander reden. »Spricht dein Vater wieder mit dir?«, fragte Frederik, woraufhin Sophie nur traurig den Kopf schüttelte. »Er glaubt mir einfach nicht, dass wir tatsächlich nur eingeschlafen sind.« »Mmh.« Frederik überlegte wie er Sophie würde helfen können. »Wie ist es bei euch zu Hause?«, fragte Sophie. »Sie haben sich wieder beruhigt und nachdem Leo ein gutes Wort für mich eingelegt hat, ist auch Mama wieder versöhnlicher. Sie ist eigentlich nur noch wütend, dass ich dich in

Schwierigkeiten gebracht habe.« Sophie nickte. »Es tut mir leid, Sophie. Das ist alles meine Schuld«, sagte er, doch Sophie widersprach. »Es war einfach ein blöder Zufall, der Regen und dass wir uns so frei gefühlt haben«, sagte sie. »Du hast glücklich vergessen«, sagte Frederik und gab ihr einen Kuss auf die Wange, als bereits die Glocke zum Unterrichtsbeginn läutete.

»Frederik, es gibt eine Möglichkeit wie du Sophie helfen kannst«, sagte Thomas, als er Frederik vom Fechtunterricht an diesem Nachmittag nach Hause fuhr. »Und die wäre?«, fragte er ungläubig. »Eine unserer Stuten bekommt bald ihr Fohlen und zu diesem Zweck habe ich eine Überwachungskamera in den Stallungen angebracht«, sagte Thomas und Frederik starrte ihn fassungslos an. »Hier ist das Band«, sagte Thomas und reichte Frederik die CD. »Wenn wirklich nichts passiert ist, könntest du das Sophies Eltern zeigen«, schlug Thomas vor. »Du bist meine Rettung«, sagte Frederik und atmete erleichtert durch.

Ungeduldig wartete Frederik, bis Johann das Band vollständig bis zu dem Punkt angesehen hatte, an dem Frederik und Sophie von Thomas geweckt wurden und Johann sich selbst dabei beobachten konnte, wie er in dieser Nacht aufgeregt in die Stallungen gelaufen war. »Nun gut«, sagte Johann langsam und sah Frederik weiterhin streng an, obwohl ihm gerade ein großer Stein von seinem Herz gefallen war. »Es tut mir sehr leid, dass ich Sophie in Schwierigkeiten gebracht habe und so unverantwortlich gehandelt habe. Ich verspreche Ihnen, dass ich sie nie wieder unpünktlich nach Hause bringen werde«, sagte Frederik und Johann musste beinahe schmunzeln als Frederik ihn umarmte, als Johann aufgrund der neuen Beweislage Sophies Hausarrest für beendet erklärt hatte.

»Das hast du gemalt?«, fragte Katharina ungläubig und zeigte auf einige Skizzen und Aquarelle auf Sophies Schreibtisch, als sie im Begriff war Frederik von den Werfens abzuholen. »Ja«, antwortete Sophie. Katharina stand in Sophies Zimmer und blätterte weiter in Sophies Zeichnungen. »Das ist unfassbar, Sophie. Wer hat dir das beigebracht?«, fragte Katharina und hielt ein Bild hoch, das eine Apfelblüte zeigte. »Niemand. Ich male was mir gerade in den Sinn kommt.« »Ohne Vorlage?« Katharina konnte es nicht glauben. »Ja.«

»Mmh. Ich sollte mit deinen Eltern reden, ein Freund von mir ist Galerist, er könnte dich bestimmt fördern.« Sophie schüttelte aufgeregt den Kopf. »Mama sieht es nicht so gerne, wenn ich male«, berichtete Sophie. »Warum hast du mir nicht gesagt, dass Sophie so begabt ist?«, fragte Katharina Frederik, der auf Sophies Schreibtischstuhl saß und der Unterhaltung lauschte. »Ich habe dir doch erzählt, dass sie gerne malt«, sagte Frederik. »Das beantwortet nicht im Geringsten meine Frage«, entgegnete Katharina leichthin und überlegte bereits, wie sie Anna Werfen davon überzeugen sollte, Sophies Talent zu fördern, als Johann den Kopf durch die Tür steckte. »Hallo Katharina.« »Grüß dich Johann«, sagte Katharina und hielt immer noch einige Zeichnungen von Sophie in den Händen, die sie bestaunte. »Gut, dass du hier bist. Wir müssen reden.«

»Du hast Laurent zum Essen eingeladen?«, fragte Hendrik skeptisch, als Katharina kritisch die große Tafel beäugte und die Blumen noch ein wenig anders arrangierte. »Ja, habe ich«, sagte Katharina bestimmt und polierte schnell noch ein Glas mit einem fein gebügeltem Geschirrtuch nach. »Dein Künstlerfreund Laurent kommt zum Essen und Sophie hast du auch eingeladen?« »Ja«, antwortete Katharina fröhlich. »Und ich nehme an, das hat nicht rein zufällig einen Zusammenhang?« Katharina sah ihn lächelnd an. »Rein absichtlich schon.« «Du weißt, dass Anna das nicht gutheißen würde und selbst Johann die Idee nicht spruchreif findet?«, erinnerte Hendrik seine Frau. »Sie soll doch nur etwas Inspiration bekommen und es muss ja jemanden geben, der sie ermutigt«, sagte sie, bevor Hendrik sie in seine Arme zog und küsste. »Etwas mehr Aufmerksamkeit für mich und etwas weniger Aufmerksamkeit für andere Menschen würde ich mir manchmal von meiner Frau wünschen«, neckte er sie.

Nach dem Essen, zeigte Sophie Laurent einige Zeichnungen und er war sichtlich angetan von ihren Bildern. »Deine Zeichnungen sind wirklich hervorragend, Sophie«, lobte Laurent sie. »Da musst du weiter dran bleiben«, sagte er und sah Katharina an. »Fürs Erste nehme ich dich auf meine nächste Vernissage mit. Dort werden alle Künstler von mir ausgestellt«, sagte er und Sophie überlegte erst gar nicht, ob es angemessen, war einen Wildfremden zu umarmen und fiel ihm um den Hals.

Eine glückliche Sophie kehrte am Abend in ihr Zimmer zurück, nachdem Thomas sie nach Hause gefahren hatte und legte ihren Schmuck ab, als ihre Mutter zaghaft an der Tür klopfte. »Herein.« »Hattest du einen schönen Abend?«, fragte Anna. »Ja, den hatte ich«, antwortete Sophie und konnte nicht umhin, über das ganze Gesicht zu strahlen. »Dein Vater hat mit mir geredet, Sophie und er sagte, dass Katharina heute ihren Freund Laurent zum Abendessen eingeladen hatte. Ich nehme an, das war kein Zufall?«, fragte Anna und blickte weniger streng, als für solche Momente üblich. Sophie nickte. In keinem Fall würde sie zulassen, dass ihr heute jemand ihre übernatürliche Freude kaputt machte. »Er hat gesagt, dass ich Talent habe«, sagte Sophie zögerlich und Anna nahm nickend ihre Hand. »Meinetwegen darfst du die Malerei weiterverfolgen, solange sie nicht unseren anderen Plänen im Weg steht«, sagte Anna versöhnlich. »Warum erlaubst du das?«, fragte Sophie und bereute die Frage gleich wieder, weil ihr Ziel eigentlich erreicht schien. »Frederik wird viel Zeit den Plänen seines Vaters widmen müssen. Du sollst dich nicht vernachlässigt fühlen. In dieser Zeit kannst du das Malen vielleicht brauchen«, zitierte Anna Johann und musste ihm doch, wenn auch eher ungern, Recht geben. Sie selbst hatte erlebt, wie ihre eigene Mutter oft an der Einsamkeit, als Frau an der Seite eines einflussreichen Mannes, gelitten hatte. »Danke, Mama«, sagte Sophie und umarmte sie, um ihr dann einen Kuss auf die Wange zu geben.

»Wie meinen Sie das, dass es ein Familiendrama gab?«, fragte Hendrik sich noch die müden Augen reibend und schluckte bei der Fülle der schockierenden Details, während Katharina sich im Bett aufgesetzt hatte. Es war bereits drei Uhr nachts und beide waren durch den Telefonanruf geweckt worden, der einsam schrillend durch das große Haus gehallt war. Die Polizei suchte dringend eine Unterkunft für ein Mädchen, das bereits öfter Opfer häuslicher Gewalt geworden war. An diesem Abend hatte der alleinerziehende Vater zunächst das Mädchen verprügelt und sich dann vom Balkon gestürzt. Schwer verletzt lag er nun im zwanzig Kilometer entfernten Krankenhaus auf der

Intensivstation. Graf von Sonnersleben lauschte den Erzählungen des Oberhauptkommissars aufmerksam und sagte dann: »Bringen Sie das Mädchen zu uns aufs Gut. Im Kinderheim würde das jetzt zu viel Aufsehen erregen. Die Psychologin in Rufbereitschaft werden wir aufwecken, sie soll heute Nacht bei ihr bleiben.« »Was ist passiert?«, fragte Katharina, als Hendrik aufgelegt hatte und aufstand, um sich ihren seidenen Morgenmantel anzuziehen, da auch Hendrik seinen Morgenmantel samt Pantoffeln anzog. »Ein siebzehnjähriges Mädchen kommt zu uns. Ihr Name ist Stella«, sagte Hendrik und erzählte seiner Frau die Details, die ebenso aus einem Drama in Spielfilmlänge hätten stammen können. Nach dem kurzen Bericht bereitete Katharina zwei Schlafzimmer vor, eines für das Mädchen und eines für die Psychologin, die Hendrik bereits im Begriff war aus dem Bereitschaftszimmer im Kinderheim zu holen. Auf dem Weg nach unten, sah Katharina, dass Leo aus seinem Zimmer kam: »Was ist los?«, fragte er mit verschlafenen müden Augen. »Wir bekommen noch Besuch, Schatz. Leg dich wieder schlafen. Es ist alles in Ordnung«, log Katharina und gab ihrem Sohn einen Kuss auf die Stirn. »Du bist so eine schlechte Lügnerin«, zog Leo sie auf, schloss seine Zimmertür und schob seine Mutter vor sich her in Richtung Treppe. »Außerdem bin ich keine fünf Jahre alt«, flüsterte er ihr noch zu. Als die beiden unten angekommen waren, konnten sie bereits die Scheinwerfer eines Autos durch die Fensterscheiben erspähen, das in der großen Einfahrt zum Stehen kam. Die beiden Polizisten stiegen aus und einer der Beamten öffnete die Tür zur Rücksitzbank. Ein schlankes Mädchen stieg aus dem Wagen, die ihren kleinen Rucksack schulterte. Sie hatte lange schwarz gefärbte Haare, trug viele Armbänder und ein zerrissenes T-Shirt zu einer weiten Kapuzenjacke und einer schwarzen engen Hose. Den Blick hielt sie auf den Boden gerichtet, vermutlich um die Blessuren in ihrem Gesicht zu verbergen. Als sie die Stufen zum Haus hochlief, ertrug sie tapfer die Begrüßung der Menschen, deren Blicke unaufhörlich auf ihr hafteten. »Kommen Sie doch bitte herein«, sagte Hendrik, der vom Kinderheim zurückgekehrt war und auch die Psychologin im Schlepptau hatte, mehr zu den Polizisten, als zu Stella. Er schloss die große schwere Holztür hinter diesem seltsam anmutenden Dreiergespann, als Stellas Blick den Blick von Leo traf. Er hatte sie unentwegt angesehen, seit sie aus dem Auto ausgestiegen war. Im Gegensatz zu allen anderen Personen, denen sie heute Abend begegnet war, war dieser Blick nicht von peinlichem und entblößendem Mitleid geprägt. Es war als blickte er direkt in ihr Herz. Stella sah irritiert zu Boden und zog die Ärmel ihrer Jacke etwas weiter nach vorne. »Grüß dich Stella«, sagte Katharina und lächelte Stella liebevoll an. Stella nickte daraufhin nur leicht, denn sie wollte niemanden mögen. Schon gar nicht jetzt und schon gar nicht jemandem, mit so einem großen Haus und einem ach so perfekten Leben. Beim Grafen gelang es ihr schnell ihn in eine verurteilende Schublade zu stecken, die nicht zuletzt durch seinen spießigen Schlafanzug definiert wurde. Leos Blick traf sie weiterhin unnachgiebig, dennoch tat sie so, als ob ihr das entgehen würde. Der Polizist, der den Einsatz maßgeblich geleitet und die Wohnungstür aufgebrochen hatte, gab sein Einverständnis, dass Stella bis auf Weiteres in der Obhut der Familie von Sonnersleben bleiben durfte. Alle weiteren Entscheidungsträger in diesem Zusammenhang, würden schon eine Lösung finden, so hoffte er. Er war erleichtert, dass er dieses Mädchen nun, zumindest für die folgende Nacht und den darauffolgenden Tag in Sicherheit wusste und dieser Einsatz nun ein Ende hatte. Er war unendlich müde. »Wir werden uns gut um dich kümmern«, sagte Katharina und streichelte ihr den Arm, den sie überraschender Weise nicht zurückzog. »Ich bleibe, wenn die Psychologin verschwindet«, sagte Stella forsch, die diese Art von Menschen schon aus einem Kilometer Entfernung ausmachen konnte und deren verständnisvolle Stimmen sie stets so aggressiv machten. Alle sahen sich betreten an. Der Polizist willigte ein, dass sie trotzdem hierbleiben könnte. Eine andere Wahl hatte er sowieso nicht. Die Psychologin zog kurzer Hand von dannen, versicherte Stella aber, dass sie jederzeit in Reichweite sein würde. »So meine Herren, Stella und ich suchen jetzt passende Kleidung für die Nachtruhe. Sie entschuldigen uns«, sagte Katharina. Sie führte Stella die Stufen hinauf, direkt an Leo vorbei und Stella war Katharina unendlich dankbar, dass sie endlich allein sein konnte.

Im Gästezimmer angekommen, gab Katharina Stella einen Schlafanzug von ihr und legte ihr auch einige Handtücher auf das Bett. »Ich hab dir ein Gästezimmer gegeben, das ein eigenes Bad hat«, sagte sie und deutete auf die weiße Tür. Stella nickte nur. Ihr Blick wanderte unsicher in diesem Zimmer umher, vom großen Bett bis hin zu den beiden großen weißen Sprossenfenstern mit den schweren floralen Vorhängen davor. Sie fühlte sich viel zu dreckig, um sich auf das Bett mit der glänzenden Bettdecke zu setzen. »Soll ich dir noch etwas zum Kühlen bringen?«, fragte Katharina und deutete auf Stellas Verletzungen im Gesicht und das große Heftpflaster, das seit etwa einer Stunde ihre Stirn zierte. Kurz tauchte vor Stellas Augen das Bild auf, als ihr Vater sie gegen den Wohnzimmerschrank geworfen hatte. Sie schüttelte schnell den Kopf. »Gut. Möchtest du, dass ich heute Nacht bei dir, also neben dir auf dem Boden schlafe?«, fragte Katharina. »Ich weiß es nicht«, sagte Stella, das Zimmer war viel zu riesig, um sich hier vor der Welt verstecken zu können. »Ich bleibe, bis du eingeschlafen bist?«, schlug Katharina vor und Stella nickte.

Am nächsten Morgen wachte Stella auf und sah, dass Katharina die Matratze, die sie am Abend zuvor neben Stellas Bett gelegt hatte, verlassen hatte. Sie atmete erleichtert auf und versuchte ihre Gedanken zu sortieren. Das Zimmer war noch schöner, als sie es gestern im Dunkeln erkennen hatte können. Selbst der Stoff des Schlafanzuges, den sie trug, war schöner als der Stoff ihres einziges Kleides, das sie besaß. Sie stand auf und blickte aus dem Fenster. Sie erkannte einen großen Park und sah sogar einige Angestellte mit weißen Schürzen und silbernen Tabletts den Frühstückstisch abräumen. Sie sah auch ein Mädchen mit rotbraunen Haaren, vielleicht vierzehn oder fünfzehn Jahre alt, das herzhaft lachte, als ein Junge ihr etwas erzählte. Vielleicht Geschwister von dem Jungen, der sie gestern Nacht unentwegt angestarrt hatte, dachte sie, bevor sie sah, dass Frederik Sophie küsste. Doch keine Geschwister. Sie beobachtete Sophie, wie sie in ihrer weißen Reiterhose zu den Stallungen lief, nachdem sie sich mit einem Kuss von Frederik verabschiedet hatte. Die Sonne schien erbarmungslos fröhlich, als wäre ihr Stellas Schicksal völlig egal. Stella überlegte und konnte dann die Diskrepanz zwischen den Ereignissen der vergangenen Nacht, nicht mit dem soeben Gesehenen vereinbaren. Sie rieb sich die Schläfen, denn ihr Kopf dröhnte und sie entschloss sich kurzerhand das Gut samt der, sie quälenden, Harmonie heimlich zu verlassen. Schnell zog sie ihre Klamotten an, schnappte sich ihren Rucksack und rannte aus dem Zimmer. Im großen Flur versuchte sie sich zu orientieren. Wo geht es denn hier raus? Sie sah sich hektisch um und entdeckte dann Leo, der sie beobachtete. »Kann man dir helfen?«, fragte er gelassen. »Wo geht es hier raus?«, fragte sie frech und legte den Kopf schief, als er sie nur musterte, anstatt zu antworten. »Meiner Meinung nach solltest du hier bleiben«, sagte er nach einer Weile. »Was geht dich das an?«, keifte sie ihn an. »War nur meine Meinung«, sagte er und ließ sie einfach stehen. Irritiert lief sie nach rechts und fand die große Treppe, die in den Eingangsbereich führte. Unten konnte sie einige Stimmen wahrnehmen und als sie den Graf wiedererkannte, der durch die Eingangshalle lief, machte sie schnell mehrere Schritte rückwärts. Sie kehrte um und lief zurück zu dem Punkt des Flures, von wo aus sie ihre Flucht gestartet hatte. Leo war erst einige Schritte weitergegangen. »Hey«, rief sie und Leo drehte sich um. »Gibt es hier noch einen weiteren Ausgang?« »Nimm doch das Fenster«, schlug er vor und kam dann wieder einige Schritte auf sie zu. »Du bist wirklich sehr witzig«, sagte sie genervt, obwohl seine markanten Gesichtszüge und seine durchdringenden gütigen Augen ihre Wirkung nicht verfehlten. »Kann ich dir vorher etwas zeigen?«, fragte er und Stella atmete unruhig aus. Er hielt ihr die Hand hin und sie verdrehte noch die Augen, als sie seine Hand nahm. Er lief mit ihr die schmale Personaltreppe herunter und verließ das Gut unterhalb der Terrasse am Personalausgang. Leo führte Stella zu den großen Stallungen und lächelte, als Stella staunend die vielen Pferde in den Pferdeboxen sah, zumindest die, die noch nicht auf die große Koppel gebracht worden waren. »Du kannst ja nachher noch gehen. Nach einem Ausritt«, schlug Leo vor und sah das Funkeln in ihren Augen, sie hatte Feuer gefangen. »Ich hab doch gar keine Klamotten«, sagte Stella und erinnerte sich an Sophies perfektes Outfit. Ihre löchrige Hose und das zerrissene T-Shirt waren nicht gerade tauglich, um auf einem dieser schönen Pferde zu sitzen. »Du brauchst nur Reiterstiefel. Das kriegen wir hin. Pferde machen keine Unterschiede«, sagte er und beugte sich zu ihr, um ihr ins Ohr zu flüstern: »Ich auch nicht.« In diesem Moment führte Sophie ein Pferd aus der Box und sah Leo und Stella zusammen stehen. »Hallo Leo«, sagte sie fröhlich und lächelte auch Stella freundlich an. Stella bekam einen Kloß im Hals, doch Sophie streckte ihr fröhlich die Hand hin. »Hallo, ich bin Sophie.« »Stella«, sagte Stella knapp und sah betreten zu Boden. »Welche Schuhgröße hast du?«, fragte Leo Sophie. »Siebenunddreißig?«, antwortete Sophie verdutzt. »Würde das passen?«, fragte Leo Stella und sie nickte. »Gut. Könnten wir deine Reiterstiefel kurz ausborgen?«, fragte Leo und Sophie lächelte. »Ja klar.« Sie band die Stute fest und zog ihre Stiefel kurzerhand aus, um Stella die Stiefel zu reichen. Noch nie hatte sie Leo einen Wunsch abgeschlagen. »Danke, Sophie«, sagte er lächelnd und kniff sie leicht in den Oberarm. Sophie zwinkerte ihm zu und bugsierte die Stute wieder in ihre Box zurück. »Später, meine Liebe«, sagte sie und streichelte die Stute sanft am Widerrist.

»Bist du schon mal geritten?«, fragte Leo, als die Pferde fertig gesattelt waren. Stella schüttelte den Kopf. »Gut, wir kriegen das hin. Hast du Angst?« Stella schüttelte den Kopf: »Ich habe vor nichts Angst.« »Na wunderbar«, sagte er und half ihr mit einem Schwung aufs Pferd. »Die Zügel nimmst du so«, sagte er und legte sie vorsichtig in ihre Hände, wobei die Berührung seiner Hand an ihrer Hand ihn kurz inne halten ließ. Stella starrte ihn an und folgte wortlos seinen Anweisungen. Leo stieg auf sein Pferd und trieb seinen Hengst an, damit dieser einige Schritte vorwärts machte. »Keine Sorge. Die Pferde hören auf meine Stimme«, sagte er und gehorsam folgte Stellas Pferd dem Hengst.

Sophie lief nur mit Strümpfen an den Füßen zurück zum Gut und nahm an dem großen Terrassentisch Platz. »Wo sind deine Stiefel?«, fragte Frederik und auch die Eheleute von Sonnersleben sahen sie fragend an. »Die hat Stella. Sie reitet mit Leo aus«, sagte Sophie und bedankte sich bei Henry, der ihr ein Glas Orangensaft reichte. Katharina atmete erleichtert auf. »Und ich hatte schon Sorge, dass sie nicht bleiben würde«, sagte Katharina.

Durch dich wurde ich der Mensch, der ich von Anfang an sein sollte.

Stella zog in das Kinderheim, da ihr Vater an den Folgen des Unglücks verstorben war. Trotz des Angebots von Katharina sie zu begleiten, ging Stella weder ins Krankenhaus, um ihren Vater zu besuchen, noch auf dessen Beerdigung. Es war, als hätte sie jemand endlich von ihrem Leiden erlöst. Kein Grund daher, sich nochmal dem Schmerz zuzuwenden. Stella blühte auf dem Gut förmlich auf und es verging kein Tag, an dem sie nicht ausritt. Mal mit Sophie, mit der sie sich mittlerweile ausgezeichnet verstand, mal mit Leo, der ihr engster Vertrauter wurde. Nur Leo vermochte es, die Verletzungen von Stellas Herz heilen zu lassen und zwar nicht mit Mitleid und Fürsorge, sondern dadurch, dass er ihr wieder Lebensfreude gab. Nur ihm vertraute sie an, was sie erlebt hatte. Auch als Stella und Sophie so etwas wie beste Freundinnen wurden, verlor Stella nie ein Wort über ihre Vergangenheit. »Du verbringst sehr viel Zeit mit Stella«, sagte Katharina eines Abends zu Leo, als er von einem langen Ausritt mit ihr zurückgekommen war. Er hatte nun mehr Zeit, weil sein Vater ihm erlaubt hatte, sich aus der aktiven Sportlerkarriere zurückzuziehen, um als Trainer für den Jugendkader zu arbeiten. »Was ist die Frage dahinter?«, fragte Leo und lächelte seine Mutter an. »Gut, wie viele Fragen habe ich?«, fragte Katharina. »Fünf!« »Gut, fünf ist gut. Mal sehen. Du magst sie?« »Ja.« »Du wirst sie dazu bringen ihren Abschluss zu machen?« »Ja.« »Du hast dich in sie verliebt?« »Ja.« »Könnte das deine Zukunftspläne verändern?« »Vielleicht.« Katharina überlegte, wie die fünfte Frage lauten sollte. »Auf die fünfte Frage bin ich jetzt gespannt«, gab Leo schmunzelnd zu. »Du wirst ihr ein eigenes Pferd schenken?« »Ja«, antwortete Leo und beide begannen zu lachen.

»Wenn ich es doch einfach nicht verstehe«, keifte Stella Leo an, der ihr Nachhilfeunterricht in Mathematik gab und pfefferte ihr Mathematikbuch in eine Ecke ihres Zimmers im Kinderheim. »Ich werde es nie verstehen. Ich werde das Abitur nie schaffen. Ich werde mit fünfzig Jahren immer noch im Kinderheim leben«, sagte sie mutlos und ließ ihren Kopf in beide Hände fallen. «Nicht so viel Selbstvertrauen auf einmal, sonst schnappst du noch über», neckte Leo sie. »Du hast es einfach, du bist ein Genie«, sagte Stella und verlor allmählich ihren kompletten Mut in diese ganze Unternehmung. »Soll ich dir ein Geheimnis verraten?«, fragte Leo und Stella hob ihren Kopf, um ihn anzusehen, durchaus wenig an einem Geheimnis interessiert. »Du hast Zugriff zu den Prüfungen und wirst sie mir geben?« Leo lachte. »Du bist genauso erfolgreich, wie du es dir selbst zutraust. Und da du dir nie irgendetwas zutraust, sondern stattdessen immer wieder an dir zweifelst, kann das nichts werden.« »Bitte jetzt keine Vorträge über positives Denken.« Stella verdrehte die Augen. »Erinnere dich, wie du das erste Mal auf einem Pferd gesessen bist. Die Sucht an der Freude hat dich gut werden lassen. Also sei jetzt süchtig nach Erfolg. Nach einem Abschluss. Nach einem Beruf, der dir Unabhängigkeit bringt.« Stella überlegte. Leo hatte Recht. Ihr erster Ausritt war schön gewesen, aber sie wusste rein gar nichts von Pferden und was sie mit den Zügeln in ihrer Hand anfangen sollte. Das Erlebnis hatte in ihr aber eine Leidenschaft geweckt und nur deshalb war sie bereit gewesen, alles zu lernen und hart zu trainieren. Sie nickte nur langsam, denn nur ungern stimmte sie anderen Menschen zu, dafür war sie eigentlich viel zu eigensinnig. Stella ging und hob das Mathematikbuch vom Boden auf und glättete einige Eselsohren. »Gut, nochmal von vorne«, sagte sie entschlossen.

Als Leo heute vom Kinderheim über den großen Park nach Hause lief, sah er sich nochmal um und blickte in Richtung des Zimmers von Stella. Sie war ihm ans Herz gewachsen, doch irgendwie brachte sie alle Pläne, die er sich für sein Leben ausgedacht hatte, durcheinander. Und er wusste nicht, ob es nur ein kurzer Anflug von Verliebtheit war oder ob tatsächlich mehr dahinter steckte. Da sein bester Freund Jonathan sowieso mit dem Gedanken überfordert war, dass Leo Priester werden wollte, kam ihm die Sache mit Stella gelegen. »Küss sie doch einfach mal und dann siehst du schon was du fühlst«, hatte er vorgeschlagen. »Sehr reifer Gedanke. Stella ist total verletzlich wegen ihrer Vergangenheit und ich soll einfach mal kurz ausprobieren, ob mir das mit ihr gefällt oder nicht?« Leo wusste, dass das nicht die Lösung sein durfte und so beschloss er dem Ganzen mehr Zeit zu geben.

Anna Werfen beäugte die Freundschaft ihrer Tochter zu dem Waisenmädchen Stella kontinuierlich mit Skepsis und Sorge, war aber dennoch versöhnlich, da sich die Beziehung zu Frederik immer weiter mit Beständigkeit festigte und er die Beziehung zur ihrer Tochter, nach wie vor, sehr ernst nahm. Selbst auf zahlreichen Empfängen durfte Sophie zu Gast sein und das erwirkte, dass sie bereits einen festen, unabdingbaren Platz an Frederiks Seite hatte. Mittlerweile hatte Sophie bereits erste Bilder in der Galerie von Laurent ausstellen dürfen, und obwohl Anna das Hobby ihrer Tochter weiterhin nur als vorübergehende Spielerei betrachtete, gab es immer wieder Käufer, die genau Sophies Bilder erwerben wollten. »Sophie, darf ich dich mal etwas fragen?«, fragte Stella, als Sophie im Kinderheim eines der kleinen Babys wickelte. »Ja«, sagte sie und gab dem kleinen einen Kuss auf den Bauch. »Leo studiert Theologie aus eben diesem Grund, also aus dem Grund warum man Theologie studiert?«, fragte sie und Sophie zuckte nur mit den Schultern. »Ich denke nicht, dass diese Entscheidung schon endgültig gefallen ist«, gab sie zu. »Du magst ihn also?«, fragte Sophie, woraufhin Stella nur nickte. «Warum sagst du es ihm nicht?« Stella zuckte mit den Schultern. »Ich will ihm nicht zu nahe kommen und seinen Plänen im Weg stehen.« Sophie hatte den kleinen Buben fertig angezogen und nahm ihn hoch auf ihren Arm. »Vielleicht will er dir auch nicht zu nahe kommen, weil er Angst hat, dass das alles noch zu frisch ist, was passiert ist«, sagte Sophie und Stella runzelte die Stirn. »Gut möglich«, sagte Stella und stimmte zu, als eines der jüngeren Kinder fragte, ob sie mit ihm ein Puzzle machen würde.

Am frühen Abend hatte Leo Stella, mit verbundenen Augen, in die Stallungen geführt und sie neben das Pferd, das er für sie ausgebildet hatte, gebracht. »So, Augen auf«, sagte er und löste das dunkle Band an ihrem Hinterkopf. »Ein Pferd«, sagte Stella wenig überrascht und mitunter etwas irritiert, streichelte aber intuitiv die zutrauliche dänische Warmblutstute. »Dein Pferd«, sagte Leo und Stella blickte ihn geschockt mit großen Augen an. »Mein eigenes Pferd?«, fragte Stella langsam und sprach dabei beinahe jede Silbe einzeln aus. Leo nickte fröhlich. »Du könntest sogar Turniere mit ihr reiten. Ich trainiere dich«, sagte Leo und grinste fröhlich. »Du bist verrückt. Das kann ich niemals

annehmen«, sagte Stella und freute sich, als die Stute sie sanft an-
stupste. »Scheint, als hätten wir das nicht zu entscheiden«, sagte Leo
fröhlich und streichelte nun auch die Stute, wobei seine Hand ausversehen Stellas Hand berührte, die ebenfalls das Pferd liebkoste. »Danke,
Leo«, sagte Stella und zog erst nach einiger Zeit ihre Hand zurück.

Leo tat in dieser Nacht kein Auge zu und überlegte hin und her, wie
er sich zu verhalten hatte. Noch nie in seinem ganzen Leben war er so
ratlos gewesen. Endlich hatte er Ruhe von seinem Vater und hatte sogar so etwas wie seinen Segen für das Studium bekommen, das ihm
leicht von der Hand ging. Das Studium machte ihm Freude und er
lernte mit Leichtigkeit Hebräisch, Griechisch und besserte seine La-
teinkenntnisse auf. Da sein Vater Frederik für alle gesellschaftlichen
Verpflichtungen einspannte, konnte er sich mit voller Aufmerksamkeit
um seine Schützlinge kümmern und würde ihm Stella nicht andau-
ernd im Kopf herumspuken, hätte er zudem auch noch glücklich sein
können. Er seufzte. »Stella spricht vielleicht einfach nur deinen Willen
an jedem zu helfen«, hatte Katharina ihn vor einiger Zeit gewarnt. Leo
überlegte, es stimmte, denn manchmal musste er sich bremsen, weil er
eben nicht allen Menschen helfen konnte. Er hatte lernen müssen, seine
Kräfte gut einzuteilen. »Ich habe sie noch nie mit Samthandschuhen
angefasst und ich habe es auch nicht vor«, gab ihr Leo schließlich zur
Antwort. »Du hast noch kein Versprechen abgegeben«, erinnerte Katharina und Leo nickte. «Aber es ist doch das, was ich seit Jahren
wollte«, sagte er und rieb sich die Augen. »Manchmal kommt alles
ganz anders«, sagte Katharina und nahm Leo in den Arm.

Am nächsten Morgen stand er auf und machte sich auf den Weg ins
Kinderheim. »Nimm deine Sachen, ich muss was ausprobieren«, sagte
Leo. »Reiten wir aus?«, fragte Stella und Leo schüttelte den Kopf.
»Gut«, sagte sie und nahm nur schnell ihren Rucksack und ein Buch
von ihrem Nachttisch. »Wohin fahren wir denn?«, fragte Stella, als sie
auf dem Beifahrersitz von Leos Pick-up saß. »Wir sind gleich da«, sagte
er und steuerte den Wagen in eine schmale Straße am Waldrand, an
dessen Ende große Gewächshäuser auftauchten. »Was ist das?«, fragte
Stella und sah einige Frauen, die zwischen den Gewächshäusern hin
und her liefen und Kisten trugen. »Das ist ein Aufforstungsprojekt, ich
habe hier mal Spendengelder vorbeigebracht und nun kümmere ich

mich um administrative Tätigkeiten. Hat sich so ergeben«, berichtete Leo und Stella nickte nur. »Arbeiten hier nur Frauen?«, fragte sie, als sie keinen einzigen Mann entdecken konnte. »Das sind alles inhaftierte Frauen, die hier täglich für einige Stunden zum arbeiten herkommen«, erklärte Leo und Stella starrte ihn an. »Warum sind sie im Gefängnis?«, fragte Stella. »Die meisten wegen Diebstahl, Drogen, illegaler Prostitution und solcher Dinge« antwortete Leo und grüßte, als einige Frauen ihm zuwinkten. Er stellte das Auto in der Nähe eines kleinen Holzhauses ab, das allem Anschein nach das Verwaltungsgebäude darstellen sollte. Eine freundliche Frau kam auf Leo und Stella zu, als die beiden gerade aus dem Auto ausstiegen. Wie sich herausstellte, war sie eine der Betreuerinnen der Frauen. »Hallo Leo.« »Hallo Brenda.« »Was hast du heute für uns dabei?«, fragte sie liebevoll. »Ich bringe euch Stella, sie wird euch heute helfen«, sagte Leo und eine schockierte Stella versuchte Brenda freundlich die Hand zu schütteln, während sie Leo einen ungläubigen Blick zuwarf. »Wenn ihr mich braucht, ich bin innen und kümmere mich um die neuen Flyer für den Spendenlauf«, sagte er und stapfte in das Holzhaus, ohne sich noch einmal nach Stella umzudrehen. Dieses Experiment würde ihm helfen, eine Entscheidung zu treffen. »Na dann, führe ich dich mal herum«, sagte Brenda und nahm Stella am Arm, deren Blick immer noch auf das Holzhaus gerichtet war, in das Leo verschwunden war. Als Stella sich noch fragte, was das zu bedeuten hatte, beschloss sie sich darauf einzulassen. Sie hatte so viel Glück gehabt auf dem Gut aufgenommen worden zu sein, dass heute mal ein Tag war etwas zurückzugeben. Schnell packte sie mit an und kam mit den Frauen ins Gespräch. Ehe sie sich versah, hatte sie ein komplettes Gewächshaus gewässert, gekehrt und einige der größeren Bäume auf einen Transporter geladen. Diese Bäume würden später im Wald ein neues Zuhause finden. Die Frauen waren sehr freundlich und bald kicherte Stella mit ihnen und die Arbeit ging noch leichter von der Hand. Zur Mittagspause brachte Brenda einige belegte Brote und Limonade, die neue Kraft für die schwere Arbeit bringen sollten. Nach dem Essen kokettierte Stella einige ihrer Lehrer aus der Schule und brachte die Frauen damit so sehr zum Lachen, das sogar einigen die Tränen über die Wangen liefen. Stella bemerkte nicht, dass Leo sie schon seit einiger Zeit beobachtete und hörte dann abrupt auf, als sie ihn entdeckte. Er lächelte ihr zu. »Hey Leo«, sagte eine der Frauen. »Kennst du schon Stella? Sie ist wirklich wahnsinnig lustig!«, und winkte Leo zu sich herüber. Leo kam näher und nahm sich ebenfalls eines der Brote, seinen Blick weiterhin auf Stella gerichtet. »Ich weiß Tessa, ich habe sie euch heute gebracht«, sagte er, als Stella Leos Blick unnachgiebig standhielt.

Auf dem Nachhauseweg sprachen die beiden während der Autofahrt zunächst kein Wort miteinander, bis Stella das Schweigen brach. »Danke«, sagte sie schließlich. »Wofür?« »Ich habe mich heute gebraucht gefühlt«, sagte sie und genoss den Fahrtwind, der ihr aus dem offenen Fenster in ihr Gesicht blies. Leo nickte. »Wusstest du, dass die meisten das Geld gestohlen haben oder der Prostitution nachgegangen sind, um ihre Kinder zu versorgen?« Leo nickte. »Wo sind ihre Kinder jetzt?« Leo zuckte mit den Schultern. »Bei Pflegeeltern, die beiden Söhne von Tessa sind zum Beispiel bei uns im Kinderheim.« »Weiß sie das?«, fragte eine schockierte Stella, der ironischerweise erst jetzt so richtig bewusst wurde, das sie im Kinderheim ein Leben mit Kindern teilte, die nicht ein gemeinsames Leben mit ihren eigenen Eltern teilen durften oder konnten, obwohl Stella dasselbe Schicksal hatte. »Ja. Ich bringe ihr manchmal Zeichnungen der beiden mit.« Stella blickte Leo ungläubig an. »Das ist bestimmt nicht erlaubt.« Leo schüttelte den Kopf. »Aber die einzige Möglichkeit ihr die Kraft zu geben, dass sie weiter durchhält.« Stella nickte. »Warum hast du mich heute dahin gebracht, Leo?«, fragte Stella und sah ihn aufmerksam an. Sie fuhr mit ihrem Blick seine markanten Gesichtszügen entlang und beobachtete seine vollen Lippen, deren rote Farbe aus dem Dreitagebart herausstachen. Leo fuhr rechts ran und wandte sich ihr zu. »Du hast mich heute getestet, habe ich Recht?«, fragte Stella, die erst langsam zu begreifen begann, was hier vor sich ging. »Ich wollte wissen, ob ich mit dir dasselbe fühlen kann, was ich fühle, wenn ich diese Dinge alleine tue«, sagte er und stütze sich mit der Hand an ihrer Kopfstütze ab. »Und wie fühlt es sich an?«, fragte sie und sah ihm dabei direkt in seine blauen Augen, die einen herrlichen Kontrast zu seinen braunen Locken bildeten. »Es fühlt sich so viel besser an. Aber ich denke das hier würde sich noch viel besser anfühlen«, sagte er und beugte sich langsam zu ihr vor, bis seine Lippen beinahe ihre berührten. Er sah ihr in die Augen und sie konnte seinen Atem bereits auf ihren Lippen spüren. Und als Stella die Spannung nicht mehr aushalten konnte, küsste sie ihn.

Leo hielt mit seinem Auto vor dem Kinderheim und genoss den letzten Kuss, den Stella ihm für diesen Tag gab. »Sag mir, dass ich nicht deine Zukunft zerstöre«, machte sie ihrem schlechten Gewissen Raum. Er schüttelte den Kopf. »Die ganze Verantwortung liegt bei mir. Du musst dir über nichts Sorgen machen. Nie, hörst du? Ich habe diese Möglichkeit geprüft, aber seit ich dich kenne…«, er stoppte für einen Moment und fuhr dann fort: »will ich nur bei dir sein.« Stella lächelte. »Du bist eben doch der verwegene Abenteurer, für den ich dich von Anfang gehalten habe«, zog sie ihn auf. Er streichelte sanft ihre Wange. »Vielleicht ist es an der Zeit, dass der verwegene Abenteurer jemand an seiner Seite hat, mit dem man die Einsamkeit in der Welt besser ertragen kann?«, fragte Leo und Stella schmunzelte. »Ich liebe bereits beides an dir«, sagte sie und lächelte ihn an. »Was meinst du?« »Deine wilde Seite und deine zarte.«

Leo lief zu den Stallungen, als er das Auto am Gut geparkt hatte und traf dort Sophie, die gerade von einem langen Ausritt zurückgekommen war. »Du sollst doch nicht alleine reiten«, war Leos Begrüßung, die eigentlich ein Zitat von Frederiks Mahnungen an Sophie waren. Sophie schmunzelte. »Ich dachte bei dir bin ich in Sicherheit vor Vorschriften und Belehrungen«, neckte sie ihn und strahlte ihn an. Er beugte sich vor und flüsterte ihr ins Ohr: »Ich sage das nur für den Fall, dass es hier immer noch Kameras gibt.« Sophie lachte laut auf. »Was ist mir dir?«, fragte sie nach einer Weile. »Was soll sein?« Sophie legte den Kopf schief und überlegte, als sie ihn eindringlich musterte. »Du strahlst so?« Leo versuchte aufzuhören zu lächeln, aber es gelang ihm nicht. »Du warst heute mit Stella unterwegs?«, fragte sie aufgeregt und anstatt ihr zu antworten, beschloss Leo sein Pferd aus der Box zu holen und es fertig für einen Ausritt zu machen, er musste irgendwie das ganze Adrenalin, das in seinem Körper zirkulierte, loswerden. »Sie soll es dir selbst erzählen«, sagte er schließlich, als Sophie ihn immer noch anstarrte. Und schnell hatte Sophie ihre Stute an den Stalljungen übergeben und rannte Richtung Kinderheim. Ein schmunzelnder Leo blieb in den Stallungen zurück. Er hatte sich heute für Stella entschieden und das Gefühl war unbeschreiblich.

»Ich fasse nicht, dass du mir die Schuld daran gibst?«, sagte Leo, als er sich über den Schreibtisch seines Vaters beugte, beide Fäuste darauf gestützt. Seine breiten Schultern und definierten Muskeln zeichneten sich deutlich unter dem weißen Langarmshirt ab, das er trug und Hendrik stellte heute zum ersten Mal fest, dass sein Sohn ihm mittlerweile körperlich bei Weitem überlegen war. »Ich habe alles getan, was du wolltest und nun wirfst du alles hin für ein Waisenmädchen?«, fragte Hendrik giftig und stand auf, um seinem Sohn nun auf Augenhöhe anzusehen. »Nenn sie nicht so. Sie ist viel mehr als das«, sagte Leo. »Ja, sie ist der Grund, warum jetzt wieder alles ganz anders ist«, sagte Hendrik und knallte seine Faust auf den Schreibtisch, was Leo völlig unbeeindruckt und ihn nicht mal blinzeln ließ. »Meine Rechte als Erstgeborener habe ich abgelegt. Daran ändert sich auch nichts mehr. Ich stehe zu meinem Wort. Und ich brauche auch nicht dein Geld, um versorgt zu sein. Ich kann selbst arbeiten«, brachte Leo hervor. »Da bin ich ja mal gespannt, wo du mit deinem halben Theologiestudium eine Arbeit finden willst«, versuchte Hendrik die Pläne seines Sohnes lächerlich zu machen. »Zu deiner Information, ich studiere weiter und habe eine Arbeit, mit der ich gut meinen Lebensunterhalt verdienen kann. Ich bin nicht anspruchsvoll, ich komme gut aus mit dem Geld, das ich zur Verfügung habe«, sagte Leo, worauf Hendrik ihm giftig entgegnete: »Das sehe ich, dass du nicht anspruchsvoll bist.« »Du kannst mich so oft beleidigen wie du möchtest, ich gebe dir hier und jetzt meine Erlaubnis dazu, aber Stella nicht. Und heute frage ich dich: überleg doch mal, warum ich dir nie etwas recht machen kann, warum ich nie in deine kleinen Schubladen passe?« Leo machte eine lange Pause, in der er seinen Vater durchdringend ansah. »Weil genau an dem Punkt, an dem dein Horizont aufhört, meiner erst beginnt«, sagte er und verließ mit diesen Worten das Arbeitszimmer seines Vaters, um seine Sachen zu packen. Heute würde er aus dem Gut ausziehen und in die kleine Wohnung über der Tankstelle einziehen. Heute war nun endlich dieser Tag.

Katharina konnte nicht aufhören zu weinen, als Leo sich von ihr verabschiedete. »Das kannst du mir nicht antun. Du kannst nicht im Streit von hier weggehen. Du darfst doch dein eigenes Leben beginnen, aber doch nicht so«, sagte sie unter Tränen. »Bitte Leo, es wird anders werden. Dein Vater und du, ihr werdet euch endlich aussprechen.« Doch Leo strich ihr nur zärtlich über das Gesicht. »Ein wenig Abstand wird uns gut tun«, sagte er, doch Katharina wollte sich nicht beruhigen. »Bitte gehe nicht. Wir mögen Stella, wir werden sie behandeln wie unsere eigene Tochter«, sagte Katharina und hoffte inständig ihren Sohn noch umstimmen zu können.

Als Leo alle seine Sachen auf seinen Pick-up geladen und dem traurigen Frederik nochmal aufmunternd auf die Schulter geklopft hatte, ging Katharina nach dem Abschied langsam in das Arbeitszimmer ihres Mannes. Er hatte seinen Kopf in seinen Händen verborgen und wischte sich schnell einige Tränen ab, als er seine Frau im Zimmer bemerkte. Wortlos strich sie ihm über Nacken und Rücken.

Stella sah sich etwas ungläubig in der kleinen Wohnung über der Tankstelle um, als Leo ihr strahlend das kleine Apartment zeigte. »Und was sagst du?«, fragte er schließlich. »Ich sage, dass du eine absolute Meise hast, das hier gegen euer Gut einzutauschen«, sagte sie und machte mit dem Zeigefinger kleine Kreisbewegungen, die wohl den ganzen kleinen Raum miteinschließen sollten. Leo seufzte. »Ich finde es wunderbar. Meine kleine Oase, fern ab von allen Verpflichtungen«, sagte er und ließ sich entspannt aufs Bett fallen. »Du leidest an Realitätsverlust.« Stella blickte Leo etwas zornig an. »Was meinst du?«, fragte Leo und hob den Kopf. »Im Kinderheim ist es mitunter laut und voll und anstrengend. Aber man kann sich nicht komplett einigeln, man lebt in dieser Welt, also muss man auch mit anderen Menschen klar kommen. Du machst es dir etwas zu einfach«, sagte sie und schulterte ihren Rucksack, um das Zimmer zu verlassen. »Wohin gehst du? Ich dachte es gefällt dir?« »Du bist ein Heuchler, Leo«, schloss sie, als sie sich wieder zu ihm umdrehte. »Bitte was?« »Du sagst immer ich darf mich nicht kleinkriegen lassen. Und was machst du? Nur weil dein Vater deinen laissez-fairen Lebensstil nicht verstehen kann und schockiert ist, dass du nun mit einer zusammen bist, die so gar nicht in eure Welt passt, drehst du durch und ziehst aus? Dabei gibt es Katharina und Frederik ja auch noch.« Leo stand auf und schloss die Tür, die Stella bereits einen Spalt geöffnet hatte. »Er hat dich beleidigt, warum verteidigst du ihn?«, fragte er und sein Gesicht war dabei ganz nah an ihrem. »Du verteidigst auch immer die Menschen, für die sich niemand einsetzt.« Leo schluckte. »Vielleicht braucht dein Vater etwas mehr Liebe und Großzügigkeit, als du bereit bist ihm zu geben«, sagte Stella und schob ihn von der Tür weg, um durchgehen zu können. Zurück blieb ein Leo, der sich nun schrecklich dumm vorkam.

Es klopfte an dem Arbeitszimmer von Hendrik und zuerst streckte Leo zwei Bierflaschen durch die Tür und dann seinen Kopf. »Ich komme in Frieden«, sagte er und seufzend bat Hendrik ihn herein. Er reichte seinem Vater eine Bierflasche, die er zuvor mit dessen Brieföffner geöffnet hatte. Nachdem beide einen kräftigen Schluck genommen hatten, begann Leo zu reden. »Es tut mir leid, Vater. Alles. Auch, dass wir uns immer wieder streiten. Dass ich immer wieder Anstoß für Ärger bin«, sagte er bekennend und nahm einen weiteren kleinen Schluck Bier. Hendrik räusperte sich. »Vermutlich könnte es schlimmer sein«, gab Hendrik zu und Leo sah ihn verdutzt an. »Wie meinst du das?« »Nun ja. Du bist fleißig. Du bist ein herausragender Sportler und Trainer. Du hast alle Turniere gewonnen, wie ich es verlangt habe. Für unser Gestüt bist du das beste Aushängeschild, das man sich wünschen kann. Du hast immer herausragende Zensuren und unser Gut gewinnt durch deine sozialen Projekte an Aufmerksamkeit und Beliebtheit.« Leo sah, dass sein Vater diese Dinge nur ungern zugab, doch Leos Auszug hatte ihn nicht kalt gelassen. »Dennoch hättest du es gerne anders?«, fragte Leo und Hendrik nickte. »Ich könnte mit meinen Freunden im Club einfach besser über einen Sohn reden, der die gleichen Probleme macht, wie die ihren«, sagte Hendrik und schmunzelte Leo an. »Partys, Alkohol und Drogen?«, fragte Leo ebenfalls etwas schmunzelnd. »Du hast die Schulverweise vergessen«, sagte Hendrik und lachte nun laut los. »Vermutlich beschweren wir uns beide auf einem sehr hohen Niveau«, fuhr Hendrik fort und sah Leo fragend an. Leo nickte. »Ich könnte es wohl auch schlimmer getroffen haben. Ich liebe die Arbeit am Gestüt und da ist ja auch noch das Kinderheim. Nicht viele haben solche Möglichkeiten«, sagte Leo und wollte das Gespräch eigentlich nicht auf Stella lenken. Hendrik nickte. »Ich möchte mich bei dir entschuldigen. Es war nicht richtig, schlecht über Stella zu sprechen. Sie ist ein tolles Mädchen«, sagte Hendrik. Leo verschluckte sich fast an seinem Schluck Bier, den er gerade genommen hatte, als Hendrik sagte: »Sie war heute hier, um mir ein Angebot zu machen.« Leo sah ihn fragend an. »Sie hat angeboten dich in Ruhe zu lassen, wenn es dadurch unsere Beziehung verbessern würde.« Leo blinzelte, als er diese Information verarbeitete. »Sie hat mich beeindruckt. Ganz selbstbewusst stand sie vor mir und hat nicht einen Funken Schwäche gezeigt«, gab Hendrik zu. »Ich habe ihr gesagt, dass ich mich wieder mit dir versöhnen werde und sie unbedingt an deiner Seite bleiben soll.« »Warum?« »Weil nur ein Wildfang wie Stella dir die Stirn bieten kann, Junge«, sagte Hendrik und beide begannen zu lachen. Hendrik beugte sich etwas über den Schreibtisch und nahm Leos Hand: »Wollen wir nochmal einen Neuanfang wagen?«, fragte Hendrik vorsichtig und Leo nickte vorsichtig. »Sehr gerne, Vater«, gab er ihm zur Antwort. »Gut. Dann ein Vorschlag zur Güte. Du gibst deinen Job in der Tankstelle auf, kannst am Wochenende aber in der Suppenküche helfen. Die freie Zeit ersetzt du mit mehr Arbeit auf dem Gestüt, wofür ich dich angemessen bezahlen werde.« Leo nickte. »Vater?« »Ja?« »Darf ich wieder hier wohnen?«, fragte Leo kleinlaut, er wusste, wie sehr sich seine Mutter das wünschte. »Nur wenn du endlich mal eine verbotene Party feierst, sonst habe ich ja nie etwas Spektakuläres auf dem Golfplatz zu berichten«, sagte Hendrik und zwinkerte Leo zu.

Mit dir teile ich Freude und Schmerz und wichtig dabei ist nur, dass du bei mir bist.

»Kannst du denn glauben, dass wir es hierher geschafft haben?«, fragte Stella und umarmte Leo fest, mit dem sie zusammen auf seinem Bett lag. »Das hört sich an, als würde es dich wundern, dass du es schon so lange mit mir ausgehalten hast.« Stella lachte. »So habe ich es nicht gemeint.« Leo lächelte, während er genussvoll ihren Duft einatmete. »Ich bin mächtig stolz auf dich, Stella«, sagte er. »Nicht zu fassen. Ich habe mein Abitur gemacht, reite auf Turnieren und mache nun eine Ausbildung auf eurem Gestüt zur Pferdewirtin.« Sie kuschelte sich noch ein wenig mehr in Leos Arm und er küsste sanft ihre Schläfe. »Ja, aber ich habe noch große Pläne mit dir«, sagte Leo und er genoss all die schönen Träume, die er sich ausmalte, um die gemeinsame Zukunft zu gestalten. Darunter war auch immer sein Wunsch, mit Stella Pferde zu züchten. »Erstmal langsam, ich weiß noch nicht was ich nach meiner Ausbildung mache«, sagte Stella. »Dafür hältst du mich viel zu sehr jedes Wochenende auf Trapp. Wie soll ich das alles schaffen?«, lachte sie. In der Tat forderten die sozialen Projekte, denen Stella und Leo nachgingen, viel der gemeinsamen Zeit. Fast jedes Wochenende entdeckten sie neue soziale Brennpunkte, denen sie Abhilfe verschaffen wollten. Einmal waren sie bei den Prostituierten, um mit ihnen zu sprechen, ein anderes Mal putzten sie die Wohnung einer älteren Dame oder wieder ein anderes Mal sammelten sie Müll im Park auf. »Für das letzte Wochenende im Juli darfst du dir aber rein gar nichts vornehmen«, sagte Leo und Stella löste sich, um ihn anzusehen. »Eigentlich habe ich mich im Jugendcafé als Aufsicht einteilen lassen«, sagte Stella. Leo schüttelte energisch den Kopf. »Das habe ich schon wieder abgesagt. Du gehörst den ganzen Tag mir. Vormittags fahren wir los.«

»Wie lange kann man eigentlich brauchen?«, fragte Frederik echauffiert, als Sophie fast zehn Minuten zu spät am verabredeten Treffpunkt auftauchte. Der Baum mit dem Herz, das Frederik dort als Kind eingeritzt hatte. Vor einiger Zeit hatte er dort ein *F* und ein *S* hinzugefügt. »Auch sehr schön dich zu sehen«, zog Sophie ihn auf und küsste ihn auf den Mund, was Frederik gleich etwas versöhnlicher stimmte. »So, ich muss dich etwas fragen. Es ist ziemlich wichtig und also...«, sagte Frederik und überlegte, wie die beste Art und Weise wäre seine Frage zu formulieren. Sophie nickte aufmunternd, als wollte sie ihm dadurch helfen den Satz zu beenden. »Gut, ich habe etwas für dich«, sagte er und reichte ihr ein blaues Etui. Sophie nahm das Etui und zog daraus eine silberne Kette mit einem diamantenen Schmetterlingsanhänger hervor, der nur so funkelte. »Wie wunderschön!«, rief Sophie aus und Frederik half Sophie den schmalen Verschluss in ihrem Nacken zu schließen und ihre langen Haare unter der Kette hervorzuziehen. »Danke, Frederik«, sagte Sophie als Frederik noch hinter ihr stand und ihr leise ins Ohr flüsterte: »Würdest du die Kette gerne tragen, wenn wir zusammen zum Debütanten-Ball gehen?«

»Es ist eigentlich alles soweit vorbereitet«, berichtete Katharina ihrem Mann von den Vorbereitungen für den diesjährigen Debütanten-Ball, der in wenigen Wochen stattfinden sollte. Da Frederik in diesem Jahr einer der Debütanten war, hatte Katharina im Organisationsteam des Festkomitees mitgewirkt. Leo hatte sich damals, als er sechzehn Jahre alt gewesen war, schlichtweg geweigert dieser gesellschaftlichen Verpflichtung nachzugehen. Da nun Frederik in diesem Alter war und er der Nachfolger auf Gut Sonnersleben werden würde, war es so, als wäre dieser Ball in diesem Jahr ein besonders wichtiges Ereignis. Anna Werfen konnte ihr Glück über diesen Umstand, dass Sophie mit Frederik debütieren würde, kaum fassen und bemühte sich, Sophie in den Tagen vor dem Ball besonders zu verwöhnen. Sophie hatte sich sogar ohne jegliche Vorschriften ihrer Mutter ihr Traumkleid aussuchen dürfen. Budget unbegrenzt. »Sehr gut. Wird Leopold Stella unter einem Vorwand aus dem Haus locken können?«, fragte Hendrik und kontrollierte nochmal den Sitzplan, den seine Frau entworfen hatte. Die Feierlichkeiten fanden im Palais der Stadtverwaltung statt und es wurde eine lange Gästeliste an einflussreichen Frauen und Männern erwartet. »Ja, sie werden sehr früh zum Wandern aufbrechen, dann können wir alles vorbereiten. Ihr Kleid hat die Schneiderin fast fertig«, sagte Katharina und Hendrik nickte. Die beiden hatten zugestimmt für

Stella einen privaten Debütanten-Ball auf dem Gut auszurichten, der nach Ende des offiziellen Teils bei ihnen zuhause stattfinden sollte. »Wusstest du, dass Frederik sein gesamtes Erspartes für eine Kette für Sophie ausgegeben hat?«, fragte Hendrik Katharina und sie nickte. »Ich habe sie mit ihm zusammen ausgesucht«, sagte sie. »Weißt du, was ich mich frage?«, fragte Katharina und sah ihren Mann schmunzelnd an. »Was denn?« »Warum meine Söhne beide solche Romantiker sind und mein Mann leider so gar nichts von ihnen lernen will«, sagte Katharina frech und schon hatte Hendrik sie zu sich gezogen. »Na so was Freches«, sagte er und küsste seine Frau zärtlich. »Hendrik, ich möchte gerne etwas versuchen und ich werde auch alles tun, was die Ärzte sagen«, brachte Katharina hervor. »Bitte nicht schon wieder, Katharina«, antwortete Hendrik, sichtlich genervt davon, wieder in dieser Diskussion gelandet zu sein. Katharina atmete tief aus. »Ich lasse mich doch nur von den Ärzten untersuchen, ein kompletter Check-up sozusagen. Es ist so viele Jahre her, seit Frederik auf die Welt gekommen ist, vielleicht können wir ja doch noch ein Kind haben. Wenn es auch nur die geringsten Bedenken gibt, dann werde ich das Thema nie mehr ansprechen, ich verspreche es.«

Hendrik hatte zugestimmt, dass Katharina sich von verschiedenen Ärzten untersuchen lassen würde. Es erfolgte ein komplettes Screening ihres ganzen Körpers und insgeheim wagte sie schon davon zu träumen ein weiteres Kind zu haben. Dr. Hochberger, der die Familie seit Jahren medizinisch betreute, leitete die Untersuchungen. Nachdem er alle Ergebnisse zusammengetragen hatte, ging er zu dem vereinbarten Termin mit dem Grafenehepaar. Er betrat das große vornehme Arbeitszimmer und fand darin eine fröhliche Katharina samt Ehemann und wäre bei diesem Anblick am liebsten wieder rückwärts zur Tür hinausgegangen. Er schluckte schwer, als er begann die Ergebnisse vorzutragen. »Was ich Ihnen jetzt sage, fällt mir wirklich ungeheuerlich schwer«, sagte er und sah die fragenden Blicke von Hendrik und Katharina, die konzentriert auf ihn gerichtet waren. »Wir können nicht mit Sicherheit sagen, dass eine Schwangerschaft bedenkenlos ist. Allerdings stellt sich diese Frage zu diesem Zeitpunkt nicht mehr«, sagte er und räusperte sich dann kurz. »Wie meinen Sie das?«, fragte

Hendrik. »Wir haben leider an mehreren Stellen Metastasen entdeckt, das Zentrum war ursprünglich ein Eierstock.« Katharina blieb der Mund offen stehen und Hendrik nahm ihre Hand, um sie so festzuhalten, dass es Katharina schmerzte. »Was wollen sie damit sagen?«, fragte Hendrik und ihm stiegen augenblicklich die Tränen in die Augen und er konnte nicht sagen, welches Gefühl überwog: Verzweiflung, Angst oder Wut. »Frau Gräfin, Sie sind krebskrank«, sagte Dr. Hochberger und es klang, als wollte er an seine Aussage noch eine Entschuldigung hängen. Katharina, die neben ihrem Mann gestanden hatte, sank nun auf einen Stuhl und sah den Arzt fassungslos an. »Was können wir tun?«, fragte sie. Dr. Hochberger begann langsam den Kopf zu schütteln. »Metastasen in diesem Ausmaß in ihren jungen Jahren«, er stoppte, um sich wieder zu räuspern. »Es wird nichts geben, was wir tun können«, sagte er und nun liefen Katharina die Tränen über die Wangen. »Ich habe bereits renommierte Kolleginnen und Kollegen zu ihrer Diagnose befragt, es gibt niemanden, der eine andere Meinung hat, als unser Ärztestab«, schloss er den Bericht und warf damit die ganze schwere Wahrheit in die Wirklichkeit von Hendrik und Katharina. »Sie lassen alle diese Ärzte einfliegen, sie tun alles und noch mehr«, sagte Hendrik und er begann am ganzen Körper zu zittern. Katharina streichelte sanft seinen Arm. »Wie lange?«, fragte sie den Arzt und sah ihm in die Augen. »Drei Monate, vielleicht fünf.«

Diesen Abend lagen Hendrik und Katharina im Bett schweigend nebeneinander und keiner wagte auch nur ein Wort zu sagen. Vielleicht konnte man die Wahrheit ignorieren, wenn man sie nicht aussprach. In Katharinas Kopf kreisten ihre Gedanken und verursachten ein Schwindelgefühl. Wie sollte sie ihre drei Männer alleine lassen können. Wie würden sich Leo und Hendrik in Zukunft verstehen und wie würde Frederik die Nachfolgerschaft des Gutes antreten können, jetzt unter diesen Bedingungen. »Du hast doch gar keine Schmerzen, wie kann es denn sein, dass du so krank bist?«, fragte Hendrik und starrte weiterhin die Decke an. »Die Zellen haben sich völlig unbemerkt ausgebreitet, vielleicht kommt das ja noch«, sagte sie und ärgerte sich über sich selbst, dass sie Angst vor dem Sterben hatte. Er begann zu weinen und legte seinen Kopf auf ihrer Brust ab. »Ein Leben ohne dich geht nicht«, sagte er und zog sie fester an sich.

Es klopfte kurz an Sophies Tür, ehe Vater Werfen seinen Kopf durch die Tür steckte. »Hast du eine Minute für mich?«, fragte er und sah Sophie auf dem Bett sitzen, als sie sich ihre Fußnägel lackierte. »Ja«, sagte sie und rutschte etwas zur Seite, als ihr Vater auf dem Bett Platz nahm. Er räusperte sich. »Es ist sehr schön, dass ihr für Stella dieses Fest organisiert.« Sophie strahlte. »Leo hat sich so schöne Sachen überlegt, es wird sie umhauen«, sagte sie voller Vorfreude auf den großen Tag. »Gut, ich würde dennoch gerne etwas mit dir besprechen, Sophie.« Sophie sah ihren Vater aufmerksam an und er musste sich konzentrieren, als er daran dachte, dass sie ihn schon als kleines Mädchen mit diesen ehrlichen hellgrünen Augen angesehen hatte. Er räusperte sich und versuchte dann die richtigen Worte zu finden: »Frederik und du ihr seid schon lange zusammen, also drei Jahre jetzt schon irgendwie und ich, also auch deine Mutter hat ja schon öfters mit dir darüber gesprochen«, er musste sich erneut räuspern. Wieso war das so schwer? Sophie begann zu lächeln. »Du willst mit mir aber jetzt nicht darüber reden«, sagte sie und runzelte die Stirn. »Doch genau darüber. Frederik ist ein toller Freund, Sophie. Ich mag ihn sehr. Ich möchte nur, dass du dich nicht durch den Debütanten-Ball gedrängt fühlst, etwas zu tun«, sagte er und sah sie an. »Viele der jungen Pärchen nutzen das eben, wenn sie es nicht schon vorher...« Johann Werfen wischte sich eine Schweißperle von der Stirn. »Also«, er seufzte. »Frederik ist sehr begehrenswert, Sophie. Er ist reich, seine Familie hat Einfluss. Vielleicht macht es das nochmal schwieriger«, brachte er hervor. »Was meinst du?« »Abgesehen davon, dass ich einfach nicht möchte, dass du es tust. Eigentlich möchte ich, dass du es nie tust. Also ich weiß, dass du nun fast erwachsen bist und ich war ja auch mal jung«, er räusperte sich erneut. »Ich versuche jetzt in ganzen Sätzen zu sprechen, einverstanden?« Sophie lächelte und nickte amüsiert. »Du machst dich einfach sehr verletzlich und es wäre vielleicht schlimmer, wenn er dich mal verletzt, wenn ihr es getan habt«, fuhr Johann seinen unbeholfenen Vortrag fort. »Du hast Angst, weil wir nach dem Ball zu Frederik nach Hause gehen und dort mit Stella feiern?« Vater Werfen nickte. »Für deine Mutter ist dieser Abend ausnahmslos wunderbar, denn du wirst in die Gesellschaft eingeführt mit der besten Familie in unserer Gegend. Deshalb bitte ich dich, dass du dich auch so verhältst.« Sophie überlegte. Irgendwie hatte ihr Vater Recht. »Es gibt bestimmt viele Mädchen, die für Frederik schwärmen. Habe ich Recht?«, fragte Johann. Sophie nickte gequält und dachte an all die Mädchen, die auf Frederik ein Auge geworfen hatten. »Gut. Du bist ein besonderes Mädchen, Sophie. Ein wunderschönes, gebildetes Mädchen mit einem wunderschönen Herzen. Eigentlich genau so ein Mädchen, das Frederik an seiner Seite braucht.« Er strich ihr über die Wange. »Du musst nichts tun, damit er an deiner Seite bleibt.« Sophie nickte. »Gut, dann ist mein Vortrag jetzt beendet. Vermutlich der schlechteste Vater-Tochter-Vortrag in der Geschichte der Menschheit, aber ich musste mit dir darüber sprechen«, sagte er und lächelte sie gütig an. »Bitte sprich mit mir, Sophie, wenn du etwas auf dem Herzen hast. Egal, was es auch sein mag«, verdeutlichte er. »Mach ich, Papa«, sagte sie und gab ihrem Vater einen Kuss auf die Wange.

Thomas und Frederik machten sich auf den Weg, um Sophie abzuholen. Trotz seiner Rolle als Vorarbeiter, war Thomas einer der engsten Vertrauten der Familie geworden und sprang immer ein, wenn er gebraucht wurde. Die schwarze Limousine fuhr in die große Hofauffahrt vor der Villa Werfen. »Er ist da!«, rief Cäcilia und sprintete von ihrem Beobachtungsposten am Fenster im Flur in Sophies Zimmer, wo die Friseurin noch letzte Hand an Sophies Frisur legte. Anna stand neben Sophie und betrachtete ihre Tochter kritisch in dem großen Spiegel. »Das muss noch etwas fester gesteckt werden«, kommentierte Anna und deutete auf eine Stelle an Sophies Hinterkopf. »So, fertig!«, sagte die Friseurin, nachdem sie Annas Anweisung gefolgt war, als es im selben Moment an der Tür klingelte. Sophie nahm ihre Handtasche und kontrollierte nochmal, ob ihr Kleid gut saß. Da ihre Mutter keine Anforderungen an Ausschnitt und Stoff gestellt hatte, hatte sich Sophie ein enges, tief dekolletiertes Kleid mit einer leichten Schleppe ausgesucht, das perfekt mit den langen weißen Handschuhe harmonierte. Dazu trug sie weiße Pumps mit etwas Plateau Absatz. Es waren die Schuhe mit dem höchsten Absatz, die sie hatte finden können. Sophie atmete erleichtert durch. Als sie die Treppe langsam Stufe für Stufe hinunter stieg, sah sie Frederik, der mit seinen Lippen ein »Wow«, formte und zwar so, dass Sophies Eltern es nicht sehen konnten. Sie musste lächeln. Unten angekommen überreichte er ihr das Handsträußchen, ein wunderschönes Gesteck mit kleinen weißen Röschen. Auch für ihre Mutter hatte Frederik einen großen Strauß roséfarbene Rosen mitgebracht. »Er ist einfach perfekt«, dachte Sophie und hakte sich bei ihm unter, als er ihr seinen Arm anbot. »Wir sehen uns gleich ihr Lieben, wir werden auch gleich losfahren. Los Mädchen macht Euch bereit«, sagte Anna und kontrollierte nochmals die Kleider ihrer beiden anderen Töchter. Sophies Vater stand in der Tür und sah die beiden an. »Du bist wunderschön, Sophie. Da hast du aber großes Glück, Frederik.« »Ich weiß, Herr Werfen und wie immer werde ich gut auf sie aufpassen.« Sophie gab ihrem Vater noch einen Kuss auf die Wange und ging dann mit Frederik durch die Tür hinab in die Einfahrt.

»Wir gehen jetzt, Stella und Leo werden bald am Gut ankommen«, sagte Sophie zu ihren Eltern und Sophie entging nicht, dass es ihrem Vater immer noch nicht wohl bei der ganzen Unternehmung war. Er sah tapfer zu Sophie und dann wieder zu Frederik. »Habt einen schönen Abend«, hörte er sich sagen und musste ein Husten kaschieren, als er vergessen hatte weiter zu atmen. »Frau und Herr Werfen, Sie können gerne mitkommen«, schlug Frederik vor, als er sah, wie misslich Johann dreinblickte. Sophie starrte daraufhin Frederik an und Herr Werfen blickte unsicher zu seiner Frau. »Nun ja, wir wollen nicht stören, also wir wären ja dort wirklich fehl am Platz«, meinte Johann vorgebend entspannt, allerdings mit diesem Vorschlag mehr als zufrieden und sah zu Sophie. Diese Lösung wäre ihm in der Tat am liebsten. »Das ganze Personal wird mit uns feiern. Es ist ein sehr ungezwungenes Sommerfest«, sagte Frederik und nahm Sophies Hand. »Mama wird sich auch freuen, wenn Sie kommen. Sie konnte heute ja leider nicht dabei sein. Wir werden ihr Krankenbett auf die Terrasse schieben, so kann sie auch mit uns feiern«, berichtete Frederik weiter. »Nun gut. Wir werden deiner Mutter einen kurzen Besuch abstatten«, sagte Johann zu Frederik und atmete erleichtert durch.

»Du siehst wunderschön aus, Sophie«, sagte Katharina, die sogar etwas Make-up aufgelegt hatte und in ihrem Krankenbett auf der Terrasse des Gutes lag. Selbst das Sitzen fiel ihr mittlerweile schwer.

»Danke«, sagte Sophie und drückte leicht Katharinas Hand. »Wir haben gerade auch Sophies Eltern eingeladen.« »Du bist ein so guter Junge, Frederik«, sagte Katharina und strich ihm über die Wange. »Er war sichtlich beunruhigt, dass Sophie so spät noch hier her kommt«, sagte er und stand von dem Krankenbett seiner Mutter auf. Sie so zu sehen, ließ ihn manchmal weiche Knie bekommen. Seit drei Wochen wurde sie täglich schwächer, klagte über Schwindelgefühl und Kopfschmerzen. Manchmal verbrachte sie tagelang nur im Bett. »Dann tanzt schön«, sagte sie und hielt Frederiks Hand. Er beugte sich zu ihr herunter und flüsterte ihr ins Ohr. »Ich hätte heute so gerne mit dir getanzt«, sagte er und Katharina schluckte einige Tränen hinunter, ehe sie lächelte. »Ich auch, mein Schatz. Ich kann gut verstehen warum Sophie so vernarrt in dich ist.« Das gesamte Personal hatte mitgewirkt und im Garten Stehtische mit weißen Hussen aufgestellt, in den Bäumen gesellten sich einige bunte Lampions und Lichterketten dazu. Jonathan fungierte als DJ und war bereits eifrig dabei, den Gästen gute Stimmung zu machen, als Leo mit einer total verblüfften Stella auf die Terrasse trat. Das Kleid, das Katharina ihr hatte schneidern lassen, hatte Leo ihr nach dem Ausflug überreicht. Etwas unsicher stand Stella neben Leo. Ihre vielen Armreife und die dunkel geschminkten Augen harmonierten nicht wirklich mit der glitzernden Kette, die Katharina für sie ausgesucht hatte, aber das Gesamtpaket enthielt Stellas Charme. Sie lächelte Katharina an, nachdem sie mit offenem Mund die Szenerie begutachtet hatte. Alle standen um sie herum und lächelten sie an, als sie Leo in eine feste Umarmung zog. Sie ging zu Katharina und umarmte sie innig. »Dankeschön«, sagte sie. »Sehr gerne, Stella. Du siehst ganz bezaubernd aus. Genieße deinen Abend«, sagte Katharina und zwinkerte dabei Leo zu. Auch er machte eine gute Figur in seinem Smoking. »Wir begrüßen unseren Ehrengast Stella«, sagte Jonathan durch das Mikrofon und drehte sogleich die Musik etwas lauter auf. Leo reichte ihr die Hand. »Der Tanz gehört uns«, sagte er und ging mit Stella die lange Treppe zum Park hinab. Als Sophie den Blick von Leo und Stella abwandte, die tanzten, entdeckte sie ihre Eltern, die soeben in den Park liefen. Ihr Vater lächelte sie an.

Johann nahm einen Stuhl und stellte ihn so, dass er neben Katharina Platz nehmen konnte. »Ist dir kalt?«, fragte er. »Nein, Leo hat mir soeben noch eine zweite Decke gebracht. Bei meiner Erziehung hab ich wohl doch nicht so viel falsch gemacht«, gab Katharina lachend zu. »Nein, wirklich nicht. Du hast zwei tolle Jungs.« Katharina lachte. »Du hattest Angst, dass sie den Abend anderweitig nutzen würden«, las Katharina Johanns Pokerface. Johann grinste. »Die Möglichkeit gab es.« Katharina lachte. »Du wirst das nicht für immer aufhalten können, das weißt du?«, fragte Katharina Johann und kniff ihm in die Seite. »Ja, ich möchte es aber manchmal. Bei Mädchen ist das anders«, verteidigte er sich selbst. »Klar, weil ich Frederik nicht trösten müsste, wenn Sophie ihm das Herz bricht«, scherzte Katharina weiter. »Komm schon, Johann. Deine Mädchen werden erwachsen, alles halb so schlimm.« Johann gab ihr keine Zustimmung zu dem eben Gesagtem. »Oder bedrückt dich noch etwas anderes?«, fragte Katharina, als Johann immer noch ernst dreinblickte. »Ehrlich gesagt, ja. Frederik ist bei den Mädchen sehr beliebt. Ich habe heute beobachtet wie sie ihn anhimmeln«, begann Johann seine Gedanken mit Katharina zu teilen und Katharina nickte. »Sie träumen wohl alle von einem Prinzessinnenleben auf dem Gut mit deinem Sohn«, sagte er. »Sophie ist nicht so.« »Wie lange wird dein Sohn den ganzen Angeboten noch widerstehen können?«, fragte er und sah Katharina dabei ernst an. »Sophie ist doch auch sehr beliebt. Ich finde die beiden passen sehr gut zusammen«, sagte Katharina und Johann versuchte ein Nicken, das ihn allerdings selbst nicht überzeugte. »Ich mache mir einfach Sorgen, dass es in ihr einen Druck auslösen könnte, Frederik halten zu müssen.« »Ich verstehe dich, aber wir können sowieso nichts aufhalten«, sagte Katharina und blickte traurig zu ihren Söhnen, die mit ihren Freundinnen zusammen standen und lachten. »Was meinst du?«, fragte Johann. »Ich werde nicht mehr gesund werden. Die Ärzte geben mir nur noch wenige Monate«, sagte sie und Johann sah sie bestürzt an. »Was?« »Die Kinder wissen es noch nicht. Wir möchten es ihnen erst in einigen Tagen sagen. Wenn das Fest in einer guter Erinnerung geblieben ist. Es soll in keinem Fall mit meiner Krankheit in Verbindung gebracht werden.« Johann nickte und es stiegen ihm einige Tränen in die Augen. »Katharina, es tut mir so leid«, sagte Johann und nahm ihre Hand. »Es ist schon gut, ich beginne meinen Frieden damit zu machen. Ich war immer glücklich in meinem Leben. Das kann nicht jeder von sich behaupten«, sagte sie tapfer. »Ich liebe meine Kinder und meinen Mann so sehr, ich kann mir nur nicht vorstellen, wenn ich dann woanders lebe…«, begann sie einen Satz, den sie nicht beenden konnte, der Schmerz über den nahenden Verlust von allem, was sie kannte und liebte, schnürte sich eng um ihren Hals. »Leo, Stella, Frederik und Sophie sind so glücklich und ich bin schuld, wenn alle in ein paar Monaten traurig sind«, sagte sie nach einer kurzen Pause. »Du bist doch nicht schuld. Und die Ärzte werden dir vielleicht doch noch helfen können«, sagte Johann. Katharina schüttelte den Kopf. »Es wäre nicht mal wert mit einer Chemotherapie anzufangen«, zitierte Katharina den Arzt. Johann blieb der Mund offen stehen. »Es tut mir so leid, Katharina und ich erzähle dir da was von meinen Sorgen um Sophie«, sagte er peinlich berührt, nachdem er sich wieder gefangen hatte. »Du musst dich nicht entschuldigen. Sophie hat dein warmes und schönes Herz geerbt, ich würde mir an deiner Stelle auch Sorgen machen«, sagte Katharina und deckte sich etwas mehr zu, als es sie wieder zu frösteln begann. »Bei Stella und Leo geht es mir ähnlich. Ich bin ja sozusagen für beide verantwortlich und bei Sophie fühle ich mich jetzt schon wie eine Schwiegermama«, sagte sie und sah Sophie an. Sie mochte sie so sehr und hoffte inständig, dass Sophie in der Lage sein würde Frederik in der schweren Zeit, die auf ihn zukommen würde, Halt zu geben. Leo war stark und eigenwillig, er würde es verkraften. Ihr Mann hingegen würde weder für Frederik noch Leo eine Stütze sein können, das war ihr durchaus bewusst. »Johann, wenn wir mal Enkelkinder von den beiden kriegen, was ich mir wünsche, also in zehn Jahren vielleicht. Dann sag ihnen bitte, dass ich sie liebe«, sagte sie und Johann kämpfte mit den Tränen. »Das mache ich, Katharina.«

Frederik ging an diesem Abend, wie jeden Abend, am Schlafzimmer seiner Eltern vorbei und wollte beiden Gute Nacht sagen, doch er fand darin nur Katharina und er beschloss hineinzugehen. Er setzte sich auf das Bett seiner Mutter. Leo hatte sie die Stufen hoch getragen. »Wo ist Vater?«, fragte Frederik. »Er trinkt noch seinen Cognac aus«, sagte Katharina, was so viel heißen sollte wie: er konnte nicht mit ansehen, wie Leo oder Frederik, die täglich dünner werdende, Katharina die Treppe hochtrugen und ins Bett legten. Frederik nickte. »Stella bleibt heute bei Leo«, erzählte Katharina. »Das hast du erlaubt?«, fragte er erstaunt. »Ich habe absichtlich weggesehen«, gab sie zu und grinste ihn an. Frederik sah sie nachdenklich an, denn er war nicht völlig zufrieden mit dem Ausgang seines Abends. »Wenn du selbst mal Töchter hast, wirst du es vielleicht verstehen«, sagte sie, als hätte sie soeben seine Gedanken gelesen. »Ja, vielleicht.« »Schlaf gut, mein Engel. Lieb dich«, sagte Katharina. Und als Frederik ein: »Lieb dich mehr«, gesagt und die Zimmertüre geschlossen hatte, nahm Katharina erneut eine der Schmerztabletten.

Mein Herz fühlt deinen Schmerz.

An einem Morgen kam Leo als Erstes zu Katharina ins Schlafzimmer, da sein Vater bereits auf der Jagd war. Er half seiner Mutter auf die Toilette und beim Waschen. Sie saß noch am Schminktisch und sagte gut gelaunt: »Ich bin bereit, einmal nach unten bitte!« »Können wir kurz reden?«, fragte Leo. »Natürlich mein Schatz, was gibt es?« Leo nahm zu ihren Füßen Platz und legte seine Hände in ihre Hände. »Wie lange hast du noch?«, fragte Leo und Katharina sah ihn bestürzt an. »Die Wahrheit, Mama. Bitte.« Katharina schluckte. Sie sah ihn traurig an und begann dabei zu lächeln. Als sie ihm über das Haar strich, rannen ihr einige Tränen über das Gesicht. »Dir kann man nichts vormachen, oder?« Leo schüttelte den Kopf. »Ich habe schon länger gewartet, dass du etwas sagst. Jetzt möchte ich es wissen.« Katharina nickte. »Ich denke noch wenige Wochen, so haben es die Ärzte gesagt.« »Du hast aber nicht vor zu gehen ohne dich von uns zu verabschieden?« »Nein, ich wollte nur nicht euer Fest und eure Freude ruinieren«, sagte sie. »Verstehe. Weiß es Vater?« »Ja.« »Er ist viel unterwegs und trinkt viel«, sagte Leo vorsichtig und Katharina nickte. »Ich nehme an, dass er mich in dieser Verfassung nicht so gut ertragen kann.« Leo nickte, als ihm einige Tränen die Wange herunterliefen. Er legte seinen Kopf ihn Katharina Schoß und weinte, als sie einfach nur seinen Kopf streichelte. Sie konnte noch nicht loslassen. »Wann sagst du es Frederik?«, fragte Leo nach einer Zeit, ohne seinen Kopf zu heben. »Bald mein Schatz. Bald.«

Katharina hatte beschlossen mit Frederik alleine zu sprechen. An einem Nachmittag kam er in ihr Zimmer, heute war sie wieder nicht aufgestanden. »Wie geht es dir?«, fragte er, als er näher an ihr Bett trat. »Es ging schon mal besser«, sagte sie lächelnd. »Martha hat gesagt, ich solle dir den Tee bringen.« »Danke, Schatz. Stell ihn einfach auf das Nachtkästchen.« Frederik schob die angebrochene Packung Schmerzmittel, die auf dem Nachtkästchen lag, zur Seite und stellte das Tablett ab. »Ich muss dir etwas sagen, was ich dir leider nicht ersparen kann«, sagte Katharina und Frederik erfuhr als Letzter in der Sonnersleben Familie von dem Schicksalsschlag, der seiner Familie bevorstand.

Einige Wochen nach der Beerdigung von Katharina lag eine uner-
träglich Stille auf dem Gut, als hätte die Traurigkeit erbarmungslos jedes Leben, das sich einmal auf dem Gut abgespielt hatte, mit fortge-
nommen. Katharina wurde von ihrem kurzen schweren Leiden schnell
erlöst und ging, nachdem sie sich von ihren Liebsten verabschiedet
hatte, friedlich und versöhnt mit ihrem Los in die ewige Heimat. »Verzeih, dass ich deine große Liebe, die du zu geben imstande warst, nicht
auf die gleiche Weise beantworten konnte«, sagte Hendrik an ihrem
Sterbebett und legte sich weinend auf ihre Brust. »Ich habe jeden Tag
so gerne mit deiner Liebe gelebt«, sagte sie leise. Und als sie mit Frederik und Leo alleine war, sagte sie: »Meine schönen Jungen. Die Zeit
wird uns nun trennen, aber die Liebe kann nicht trennen. Und es
kommt der Tag, an dem wir alle wieder vereint sind. Bis dahin bitte ich
euch, dass ihr aufeinander aufpasst und vor allem auf euren Vater. Ich
weiß nicht, wie er das verkraften soll.« »Der Schmerz ist so groß, dass
ich das Gefühl habe mein Herz bricht«, sagte Frederik und sah seine
Mutter mit großen Augen traurig an. Katharina nickte und versuchte
nicht zu weinen. »Ich weiß mein Schatz, ich weiß. Es wird besser werden. Du wirst erwachsen werden und dann wirst du dich an mich, an
uns beide, mit einem Lächeln erinnern und nicht mit Tränen. Mein Leben geht zu Ende, doch deines beginnt erst«, sagte sie und strich ihm
über seine Wange. »Ich will aber nicht, dass etwas ohne dich beginnt«,
sagte er und Katharina legte den Kopf schief. »Du sollst leben. Du
sollst unendlich glücklich in deinem Leben werden.« Frederik sah Leo
hilflos an und Katharina nahm Leos Hand, der bitterlich weinte. »Leo,
du bist stärker, als jeder andere Mensch, den ich auf der Welt kenne.«
Leo schüttelte verzweifelt den Kopf. »Nur weil du immer an meiner
Seite warst und mich unterstützt hast.« «Daran wird sich nichts ändern. Nie.«

Die Zeit, die Frederik und Sophie nun miteinander verbrachten war
ebenfalls von Stille und Schweigen geprägt. Keiner wollte so recht
ohne Katharina weiterleben. Als Sophie an einem Herbstnachmittag an
das Gut kam, fand sie nur Leo und Stella im Wohnzimmer, die zu diskutieren schienen. »Was soll ich denn machen?«, fragte Leo und Stella
zuckte mit den Schultern. »So kann es nicht weitergehen. Dein Vater

trinkt jeden Tag. Alle reden bereits darüber.« Leo rieb sich genervt die Augen. »Mir fällt aber nichts anderes ein, als seine Arbeit zu tun und so zu tun, als würde er sie tun«, verteidigte er sich und wollte nicht weitersprechen, als er Sophie entdeckt hatte. Betreten stand Sophie im Raum und brachte nur ein leises: »Hallo«, hervor, dass sowohl Leo, als auch Stella erwiderten. »Wo ist Frederik?«, fragte Sophie. »Im Park«, antwortete Leo und bemühte sich ihr zuzulächeln.

Sophie fand Frederik unter dem Baum, in dem ihre Initialen geschnitzt waren, wie er regungslos auf dem Boden saß und vor sich hinstarrte. Er hielt einen Brief in seiner Hand. »Mama hat jedem von uns einen Brief geschrieben«, sagte Frederik und Sophie nahm neben ihm auf dem Gras Platz. »Hier ist deiner«, sagte Frederik und zog aus seiner Jackentasche einen etwas zerknitterten Umschlag, auf dessen Vorderseite Sophie Katharinas fein säuberliche Handschrift erkennen konnte. Sie öffnete den Umschlag und las über alle die Dinge, die Katharina Sophie noch sagen wollte. Den letzten Satz las Sophie Frederik laut vor: »*Ich wünsche dir eine Liebe, die stärker ist, als alles andere, was dir in deinem Leben begegnet.*«

»Vater, so kann es nicht weitergehen«, sagte Leo und fand Hendrik, mal wieder betrunken, an seinem Schreibtisch. »Ja, stimmt. Ich will nicht, dass es weiter geht«, sagte er, als er gedankenverloren vor sich hin sah und für einen stattlichen Mann sehr klein wirkte. Nach weiteren zwanzig Minuten gab Leo auf, weiter auf seinen Vater einzureden und wählte stattdessen die Nummer von Dr. Hochberger von dem Telefon aus, das in der Küche stand. »Wie meinen Sie, dass er schon immer sehr melancholisch war?«, fragte Leo irritiert. »Ihr Vater war vor der Beziehung mit ihrer Mutter in Behandlung wegen Depressionen«, musste Leo durch das Telefon hören und verstand nun etwas besser, was gerade vor sich ging. »Danke Ihnen, dann ist die Lage ernster als vermutet.«

Notgedrungen übernahm Leo die Leitung des Gutes und ließ seinen Vater alles unterschreiben, was nötig war, um Kontovollmacht und Zugang zu allen Konten und Geschäftsverträgen zu erhalten und

Hendrik las nicht einmal mehr durch, was er unterschrieb. Leo beurlaubte sich von der Universität und versuchte sich weiter einzureden, dass sein Vater bald wieder selbst in der Lage sein würde, sich um alle Angelegenheiten zu kümmern. Als er mit Herrn Dr. Hochberger telefonierte und um eine erneute Medikamenteneinstellung für seinen Vater bat, führte Hendrik fast zeitgleich ein Telefonat mit Thomas. »Thomas, könnten Sie bitte in etwa einer Stunde an der Jagdhütte sein?«, fragte er Thomas, der gehorsam zustimmte, dass er es zeitlich in jedem Fall schaffen würde, da er soeben Frederik vom Fechttraining nach Hause gebracht hatte und gleich das Auto in der großen Garage parken würde. »Vielleicht bringen Sie noch jemand mit, damit sie nicht alleine sind«, schlug er vor und nach einer Pause fügte er hinzu: »Und bitte stellen Sie sicher, dass meine beiden Jungen nicht in der Nähe sind«, woraufhin Thomas ihm versicherte, seinen Anweisungen zu folgen. Als er das Telefongespräch beendet hatte, wunderte er sich, was das alles zu bedeuten hatte, als es ihm wie Schuppen von den Augen fiel. Er begann das Gaspedal fast bis zum Anschlag durchzudrücken und machte sich auf den Weg Richtung Jagdhütte, während er von unterwegs aus Polizei und Rettungswagen verständigte.

Obwohl Thomas binnen fünfzehn Minuten an der Jagdhütte angekommen war, konnte er die Selbstmordpläne des Grafen nicht verhindern und da er nicht so recht wusste, wer es den Kindern beibringen sollte, sagte er es Leo und Frederik selbst. Während Frederik noch vor Wut um sich schlug, ertrug Leo stoisch die nächste Schreckensmeldung und sah Thomas dabei nur lange in die Augen, als würde ihm dämmern, welche Last sein Vater mit dieser Tat auf seine Schultern abgeladen hatte.

Die Last wurde zu einem Anker, der mein Leben gerettet hat.

Sein Vater hatte weder einen Abschiedsbrief noch eine grobe Anweisung hinterlassen, was zu tun sei oder es zu beachten galt. Nur die wenigen Vollmachten waren Leo geblieben. Nach einem riesigen Pressewirbel, einer zweiten riesig großen und riesig traurigen Beerdigung, kamen Frederik und Leo langsam in der Realität an, alleine auf dem Gut zu wohnen. In den darauffolgenden Monaten funktionierte Leo wie ein perfekt durchdachtes Uhrwerk. Zunächst rief er eine Mitarbeiterbesprechung ein, um die Angst der Mitarbeiter um ihren Arbeitsplatz zu begrenzen. Er schlug dem Personal eine Interimsverwaltung durch sich selbst vor, bis Frederik achtzehn werden würde und das Gut dann gemeinsam verwaltet werden könnte. Stella nahm sich dem Gestüt an und managte es eigenständig, um Leo zu entlasten. Sarah, die Sekretärin seines Vaters, half Leo den Tagesablauf besser zu verstehen und Projekte, die sein Vater angefangen hatte, zu beenden oder abzusagen. »Ich möchte, dass du ab sofort zum Männerabend in das Clubhaus gehst«, sagte Leo eines Abends beim Essen zu Frederik. »Alleine?«, fragte Frederik und Leo nickte. »Ich bin dafür gänzlich ungeeignet, die halten mich dort alle für alternativ oder für bescheuert oder beides«, sagte Leo und sah seinen Bruder ernst an. »Du bist beliebt, du sollst zeigen, dass wir noch eine Rolle spielen.« »Ich spiele weder eine Rolle noch spiele ich Golf«, sagte Frederik. »Dann wird es höchste Zeit es zu lernen.«

Leo stand vor der Werfen Villa und wartete bis die Haushälterin die Tür öffnete, er hatte Johann und Anna um ein Gespräch gebeten. »Danke, dass Sie mich zum Abendessen eingeladen haben.« »Das ist doch selbstverständlich«, sagte Anna und lächelte Leo zu, wie sie ihn noch nie angelächelt hatte. Erst nach der Vorspeise ergriff Johann das Wort. »Wie können wir dir helfen?«, fragte Johann und war erleichtert, dass Leo sich endlich jemandem öffnete, so oft, hatte er ihm schon Hilfe angeboten, die Leo immer wieder abgelehnt hatte. Leo brachte sein Anliegen zögerlich hervor. »Ich brauche das Sorgerecht für Frederik, Herr Werfen«, sagte er und blickte daraufhin in zwei verblüffte Gesichter. »Bitte helfen Sie mir. Wir haben den Vormund kennengelernt und es ist nicht möglich mit ihm zu arbeiten. Er pocht darauf, dass er alle Entscheidungen treffen darf, bis Frederik achtzehn Jahre alt ist, da Vater Frederik als seinen Nachfolger bestimmt hat«, beendete Leo den Bericht über das Problem, das ihn seit Tagen nicht mehr ruhig schlafen ließ.

Währenddessen stand Frederik etwas unschlüssig in dem großen Herrenzimmer des Clubs und überlegte, wen er warum ansprechen könnte. Überall hatten sich einzelne Grüppchen gebildet, die zusammenstanden und entweder ihre Cognacgläser oder eine Zigarre in der Hand hielten. »Super, wenn er schon über achtzehn Jahre wäre, hätte er auch etwas, woran er sich festhalten könnte«, dachte Frederik. Er rückte sein dunkelblaues Sakko zurecht und ging dann langsam auf eine kleinere Gruppe zu. »Mama sagt immer, man muss so tun, als wäre man die wichtigste Person neben dem Gastgeber«, hatte Sophie ihm erzählt. Gar keine so dumme Idee. Heute würde er das ausprobieren. Als er noch Mut sammelnd von der Tür zu der Gruppe lief, klopfte ihm ein Mann überraschend auf die Schulter. »Frederik, grüß dich. Was für eine Überraschung«, sagte dieser und Frederik erkannte die stattliche Gestalt von Sophies Großvater Karl. »Guten Tag Herr Strenten«, sagte Frederik und schüttelte die massige Hand des älteren Herren. »Schön Sie zu sehen«, fügte Frederik höflich hinzu. »Schön dich zu sehen. Was machst du hier?« Frederik bemühte sich etwas aufrechter zu stehen und sagte: »Ich wollte mich hier einfach mal umsehen.« Herr Strenten legte den Kopf etwas schief, als er Frederik musterte. »Na das ist doch fabelhaft! Dann kann ich dich doch gleich mal herumführen«, sagte er und schob ihn zu seinen Geschäftspartnern, denen er Frederik als den Graf von Sonnersleben vorstellte.

»Wie ist es gelaufen?«, fragte Leo, als Thomas Frederik erst gegen kurz vor zwölf Uhr nach Hause brachte. »Gar nicht mal so schlecht«, sagte er und war froh, endlich das Sakko ausziehen zu können. Er nahm neben seinem Bruder auf der Couch Platz, der noch einige große Ordner wälzte. »Hast du mit jemanden geredet?«, fragte Leo und war positiv überrascht als Frederik sagte: »Ich habe alle begrüßt und einige Worte gewechselt. Mit einigen habe ich mich wirklich gut verstanden. Und darunter könnten einige Joker sein.« Frederik griff in die

Innentasche seines Sakkos, um von dort zahlreiche Visitenkarten herauszuholen. »Wow. Nicht schlecht«, sagte Leo und bestaunte all die Karten, als er sie seinem Bruder aus der Hand genommen hatte. »Hat sich ziemlich viel verändert, ich kenne fast keinen der Namen«, sagte Leo, woraufhin Frederik nickte. Der wichtige Bekanntenkreis des Vaters war längst durch junge aufstrebende Global Player überholt worden. »Gut, dass Sophie für mich Visitenkarten gestaltet hat und ich auch welche verteilen konnte. Warte, diese ist nicht für uns«, sagte Frederik und zog eine dunkelblaue Visitenkarte aus Leos Hand. »Für wen dann?«, fragte Leo. »Für Sophie.«

Stella und Sophie hatten für Leo und Frederik ein Essen auf dem Gut vorbereitet. Heute hatte der Nachlasstermin bei einem Notar stattgefunden, an dem die Verteilung des Erbes vorgetragen wurde. Frederik und Leo betraten das große Esszimmer und nahmen wortlos Platz. Stella und Sophie sahen sich etwas betreten an und nahmen dann ebenfalls Platz. »Nun, sagt schon was«, drängte Stella die beiden nach einiger Zeit, als sie bereits auf jedem Teller Spaghetti verteilt hatte. »Es gibt nur uns beide als Erben. Von Gut, Gestüt, Immobilien, Autos und so«, es war Leo, der antwortete. Stella nickte, denn das war zu erwarten gewesen. »Weiter?«, fragte sie. »Es gibt ein Konto auf dem fünf Millionen liegen, betitelt mit dem Wort Zukunft«, sagte Leo und Sophie verschluckte sich, dass sie husten musste. »Fünf Millionen Euro?«, fragte sie ungläubig. Leo nickte. »Fünf Millionen Bananen würde ja auch wenig Sinn machen«, sagte Stella mehr zu sich selbst und verstummte schnell, als niemand über ihren Witz lachte. »Sind doch gute Neuigkeiten?«, versuchte Stella das Gespräch wieder ins Laufen zu bringen, als immer noch niemand etwas sagte. Langsam nahm Sophie Frederiks Hand, er schien unendlich traurig zu sein. »Soll heißen, er hat den Selbstmord ziemlich genau geplant«, sagte Frederik dann.

Sophie wählte die Telefonnummer der blauen Visitenkarte und rieb nervös an ihrem Ohrläppchen. »Guten Tag, Herr Picare, hier spricht Sophie Werfen. Ich habe ihre Kontaktdaten von Frederik von Sonnersleben«, sagte sie und war froh, dass der Herr nun die Führung des

Gesprächs übernahm. Er war bereit sich Sophies Bilder anzusehen. Ihr Herz machte einen Sprung. Nach dem Telefonat rief sie Frederik an: »Er möchte meine Bilder im Original sehen. Was er auf deinem Handy gesehen hat, war vielversprechend, aber er möchte sie in echt sehen und wenn sie ihm dann ebenfalls so gut gefallen, dann wird er sie bei sich ausstellen«, sagte Sophie und stieß einen Freudenschrei aus. Frederik lachte. »Gut, dann kommst du heute zu uns. Wir feiern hier«, sagte Frederik. »Was feiern wir denn?« »Stella hat ihre Abschlussprüfung bestanden und rate was noch.« »Mmh, weiß nicht«, sagte Sophie. »Leo hat das Sorgerecht für mich.«

Leo köpfte eine Champagnerflasche und goss den Champagner in die Gläser. Zu der kleinen Feier hatte er auch Sophies Eltern als Dankeschön eingeladen. Es gab auf der großen Terrasse ein Barbecue. Die etwas unkonventionelle Art und Weise ein Fest zu gestalten bewirkte, dass sich Anna ab und an etwas schockiert räusperte, als würde sie nicht genug Luft bekommen. Dennoch mimte sie den perfekten Gast, der sehr angetan von Gastgeber und Gästen war und rege am Gespräch teilnahm. Sophie musste schmunzeln, als Johann ihrer Mutter immer wieder großzügig Champagner nachschenkte, um sie zu mehr Gelassenheit zu bewegen. Nachdem Anna Werfen, für alle ungewohnt, einen kleinen Schwips hatte, kicherte sie fröhlich darauf los, als Stella ihr einen Leberfleck an ihrem Rücken in Form eines Vogels zeigte. »Das wäre dann genug«, sagte Leo und zog Stella das T-Shirt wieder herunter, als Stella ihm noch fröhlich die Zunge herausstreckte. »Es ist nichts falsch daran, sich in seinem Körper wohl zu fühlen, habe ich nicht Recht, Frau Werfen?«, sagte Stella und hielt Anna ihr Glas an, um erneut mit ihr anzustoßen. »Da hast du Recht, mein Kind«, sagte Anna und ihr Glas klirrte, als sie damit schwungvoll das Glas von Stella berührte. »Wir Frauen machen uns ohnehin viel zu verrückt«, sagte Anna und schüttelte den Kopf. Leo konnte nur schmunzeln, als Stella und Anna sich in ein Gespräch vertieften, wie viel mehr Selbstvertrauen Frauen doch an den Tag legen sollten. »Danke, Herr Werfen«, sagte Frederik zu Johann und lächelte ihn an. »Sehr gerne. Das ist die beste Lösung«, sagte er und klopfte Frederik auf die Schulter. »Danke dir, dass du Sophie mit diesem Künstleragenten in Kontakt gebracht hast.

Es hört sich vielversprechend an, was er sagt.« Frederik nickte. »Er ist begeistert von Sophie«, sagte Frederik und zwinkerte Sophie zu.

»Was machen wir mit dem ganzen Geld?«, fragte Frederik Leo, der das Auto Richtung Gut steuerte. Die Vernissage, auf dem Sophies Bilder ausgestellt worden waren, war ein voller Erfolg gewesen, denn es hatten sich einige für ihre Kunstwerke interessiert. Leo zuckte mit den Schultern. »Nun wir müssen viel am Gut renovieren, die Leitungen sind alt, vor allem die elektrischen Leitungen müssen dringend erneuert werden. Das Dach muss neu gedeckt werden. Das wird Unmengen an Geld verschlingen.« Frederik stimmte Leo zu. »Wir müssen in neue Maschinen für die Landwirtschaft investieren«, fuhr Leo fort. »Wie kriegen wir neues Geld?«, fragte Frederik und Leo sah ihn an. »Ich weiß es nicht, für die nächsten ein bis zwei Jahre können wir so durchkommen, aber die Landwirtschaft wirft nicht genug ab, um sich selbst zu tragen. Das Gestüt kann gerade so seine Unkosten selbst decken. Gewinn gibt es selten.« »Wie haben wir vorher Geld verdient?«, fragte Frederik und wusste eigentlich nicht, warum er die Frage nicht beantworten konnte. »Vater hat immer wieder Geschäfte getätigt, sich an Firmen beteiligt, Firmen verkauft.« Leo rieb sich die Schläfe. Seit Wochen studierte er den Schriftverkehr des Vaters und kämpfte sich durch die Berge von Ordnern und Akten. »Das heißt wir haben Geschäftsbeteiligungen?«, fragte Frederik und erinnerte sich, dass die Männer im Golfclub fast ausschließlich darüber gesprochen hatten. »Nicht mehr. Vater hat das alles verflüssigt, um dieses Konto für uns anzulegen.« »Oh.« »Wir brauchen eine neue Geldeinnahmequelle«, fasste Leo die Situation zusammen.

»Es muss doch einen Grund gegeben haben, warum euer Vater die fünf Millionen auf ein Konto mit diesem Namen gepackt hat«, überlegte Stella und machte mit ihrem Kaugummi eine Blase, die dann zerplatzte. Leo lief im Zimmer auf und ab, als er versuchte noch einige Sachen von Stella in seinem Schrank unterzubringen. Sie war nach ihrem Abschluss im Gut eingezogen. »Ich denke, es ist Spielgeld«, sagte sie und begann dann ihre Bücher aus einem kleinen Umzugskarton in Leos Bücherregal einzuräumen. »Fünf Millionen Euro Spielgeld?«,

fragte Leo ungläubig und zog eine Augenbraue hoch. »Naja es soll heißen, dass ihr mit den fünf Millionen machen könnt, was ihr wollt«,
sagte Stella und brachte Leo dazu, diese Möglichkeit ernsthaft in Be-
tracht zu ziehen. »Ihr könnt das Gut auf Vordermann bringen, ihr
könnt euch aber auch irgendwo anders ein neues Leben aufbauen«,
fuhr sie mit ihrer Erklärung fort. »Warum sollten wir das denn tun?«,
fragte Leo und es klang, als ob diese Option mehr lächerlich, als möglich war. »Weil er sich nicht sicher sein konnte, dass ihr es aushalten
würdet in diesem Haus weiterzuleben«, sagte Stella und traf damit
den berühmten Nagel auf den Kopf. »Gut, möglich. Weiter«, sagte Leo
nach einer kurzen Pause und forderte Stella damit auf weiterzureden.
»Soll heißen ihr müsst es nur schlau anstellen. Ihr könnt ein wenig renovieren, verbessern und mit dem restlichen Geld…« »Sag jetzt nicht
eine Weltreise machen«, fiel ihr Leo ins Wort und verdrehte die Augen.
»…mehr Geld machen«, beendete Stella ihren Satz.

Die Renovierungsarbeiten neigten sich kurz vor dem Winter dem
Ende zu. Das Gut sowie alle Nebengebäude wurden mit einem neuen
Dach versehen. Alle Leitungen wurden erneuert und die Bäder reno-
viert. Martha freute sich über eine neue Küche im Haupthaus und
auch ansonsten gab es einige Veränderungen. Leo hatte Thomas von
seinen Chauffeurtätigkeiten entbunden und ihm und Stella die Leitung des Gestüts übertragen. Es wurden noch mehr Pferdeboxen und
Reitplätze gebaut, es gab mehr Pferde zum Unterstellen und Leo
selbst, suchte neue Talente, die dem Gestüt Preise liefern sollten. Die
Jagdhütte, in der sich der Vater umgebracht hatte, ließ Leo abreißen
und den Bereich in das Naturschutzgebiet eingliedern. Er veranlasste
das alles, um vorwärts zu kommen und auch, um dem Gerede über
die beiden Waisengrafen, die gezwungen waren, das Gut zu verkaufen
den Gar aus zu machen. Je geschäftiger es auf dem Gut wurde, desto
weniger heiß brodelte die Gerüchteküche. Und zu guter Letzt, ließ Leo
das Arbeitszimmer seines Vaters renovieren und somit auch das große
Vorzimmerbüro, in denen sich einige Damen um die Verwaltungsaufgaben kümmerten. Die Geschäftigkeit dieser Tage brachte Umbruch
und Neuanfang, doch der Schmerz war unveränderlich tief

eingepflanzt in die Herzen der Bewohner des Gutes und es gab keine
Aussicht auf Verbesserung.

Wie kann man weiterleben, wenn jemand nicht mehr da ist, den man so
sehr geliebt hat.

Frederik hatte sich mit seinem besten Freund Tristan zum Schwimmen im brandneuen Pool des Gutes verabredet, welchen ebenfalls Leo hatte bauen lassen. »So ein bisschen was für all die Neider, die so schlecht über uns geredet haben«, hatte er gesagt, als an einem Vormittag ein Bagger ein großes Erdloch aushob und Stella und Frederik ihn fragten, was er nun wieder angezettelt hatte. Es war daraus nun ein großes Poolhouse mit einer großen Glasüberdachung geworden, daran anschließend ein Glaspavillon, der zum Verweilen einlud. »So lässt es sich leben«, sagte Tristan und schwamm genüsslich rücklings einige Bahnen. Frederik schmunzelte und hechtete zu seinem Freund in den Pool. »Wie läuft es mit Sophie?«, fragte Tristan, als Frederik wieder aufgetaucht war. »Gut, wir sehen uns nicht so oft im Moment, weil es einfach so viel zu tun gibt«, berichtete er. »Ihr seid schon vier Jahre zusammen, total verrückt«, sagte Tristan und Frederik stimmte ihm zu. »Nun ich finde ein Jahr und eine Frau gehören irgendwie zusammen«, sagte Tristan, der bereits die vierte Freundin in Folge hatte und der es auch mit der Treue nicht sonderlich ernst nahm. »Wie ist die aktuelle Lage?«, fragte Tristan und Frederik wusste auf was die Frage hinauslaufen sollte. »Wie immer.« Tristan nickte enttäuscht. »Sophie macht es ganz schön spannend.« Frederik nickte. »Ich habe gerade wirklich andere Sorgen als Sex«, sagte Frederik und tauchte unter, um einige Züge unter Wasser zu nehmen und somit auch vor diesem Gespräch davon zu schwimmen.

»Hier ist der Schlachtplan«, sagte Leo eines Morgens, nachdem er wieder die ganze Nacht gegrübelt hatte, wie eine Geldeinnahmequelle zu finden wäre, zu Stella und Frederik, die mit ihm am Frühstückstisch saßen. Stella hatte schon mit ihrer Stute trainiert und stürzte sich hungrig auf ihr Müsli. »Ich höre zu«, sagte sie mit vollem Mund und stopfte Löffel um Löffel in ihren Mund. »Thema Landwirtschaft. Wir werden Flächen dazukaufen. Es wird einen Verkaufsladen geben, in dem wir unsere eigenen Produkte vertreiben.« »Welche Produkte denn?«, fragte Frederik, denn bis jetzt wurde das Getreide an Großbauern und das Holz an ein Sägewerk verkauft. »Es wird welche geben«, sagte Leo entschlossen. »Und welche?«, fragte Frederik etwas unglaubwürdig. »Gemüse, Obst, Marmelade, Brot und Kuchen. Ein richtiger Tante Emma Laden. Das machen wir um mehr Kontakt zu den Leuten zu bekommen. Das wird super!« Stella und Frederik sahen Leo unverständig an. »Ich bin noch nicht fertig. Stella, du beginnst zu züchten«, sagte Leo in einem strengen Ton, der wohl bedeuten sollte, dass es nichts zu widersprechen gab. Stella und Frederik warfen sich einen unsicheren Blick zu. »Müssen wir denn alles auf einmal verändern?«, fragte Stella dennoch und Leo sah sie an, als wäre ihre Frage hauptsächlich fehl am Platz. »Und was soll ich machen?«, fragte Frederik, als würde er seinem Bruder damit Unterstützung zu seinen Geschäftsideen zu sagen. »Du kümmerst dich um das Hauptgeschäft«, gab ihm Leo zur Antwort »Und das wäre?«, fragte Frederik. »Investitionen und Spekulationen.« Frederik sah ihn weiterhin fragend an. »Ich weiß noch nicht sicher, wie es funktioniert. Aber wir kaufen uns in Firmen ein, machen sie rentabel und verkaufen sie weiter oder so ähnlich. Vater hat das in den vergangenen Jahren oft gemacht und damit viel Geld verdient.« Frederik gab ihm keine Antwort. »Aktien?«, schlug Leo vor, um Frederik etwas auf die Spur zu helfen. »Was ist wenn wir das Geld dadurch verlieren?« »Deswegen setzt man ja auch nicht immer nur auf ein Pferd«, sagte Stella nun wieder mit vollem Mund. Leo und Frederik sahen sie skeptisch an. »Also wirklich. Ihr seht einfach zu wenig fern«, sagte Stella und erhielt davon von Frederik und Leo nur ein leichtes Schmunzeln, das sich in ein lautes Lachen veränderte, als sie berichtete: »Ich für meinen Teil habe mit meinem Projekt schon angefangen. Gestern hat der Hengst das Gatter durchbrochen und war bei meiner Stute zu Besuch.«

Das erste Geschäft, an dem sich die beiden Brüder versuchten, war ein, in die Jahre gekommenes, Weingut, nicht unweit des Gutes. Der ehemalige Eigentümer war verstorben und so wurde das gesamte Anwesen versteigert. Sie kauften es für eine beträchtliche Summe sowie mit einem mulmigen Gefühl und liefen dann einige Zeit später durch das große Areal. Thomas hatte ihnen Ansgar mitgegeben, der erst seit kurzer Zeit auf dem Gestüt angestellt war und früher auf einem

Weingut gearbeitet hatte. »Wären Sie bereit hier nach dem Rechten zu sehen?«, fragte Leo und wich einigen Spinnweben aus, die von der Decke des Kellergewölbes herabhingen. »Ja«, sagte Ansgar begeistert und sah sich weiter um. Die Mitarbeiter des Weingutes würden nun unter Leo und Frederik arbeiten. »Wir möchten diesen Laden hier auf Vordermann bringen«, sagte Frederik und sah sich die großen Kessel an, wobei er versuchte, nicht allzu verloren zu wirken. »Wir haben davon keine Ahnung«, zischte Frederik Leo zu, als sich Ansgar einige Schritte entfernt hatte. Leo zuckte mit den Schultern, er konnte Frederik nicht erklären, dass man nicht nur Geld für Angestellte brauchte, sondern auch Arbeit und die durfte ihnen nicht ausgehen. »Das lernen wir schon«, entgegnete Leo, bevor Ansgar einen Schrei los ließ. Schnell waren Frederik und Leo bei ihm. »Was ist denn?«, fragte Leo, als er nichts erkennen konnte, was eine Gefahr darstellte. »Sehen Sie diese Weinflaschen hier?« Leo nickte. »Ja, Weinflaschen, hier stehen überall Weinflaschen.« »Diese Weinflaschen«, sagte Ansgar und deutete auf eine Gruppe von circa hundert verstaubten Rotweinflaschen. »Haben einen Wert von vermutlich einer halben Million.«

»Auf diesem ganzen Gut sind überall teure Weinflachen versteckt«, berichtete Frederik Sophie, als sie zusammen Rad fuhren. »Das heißt, ihr verkauft die Weine?« Frederik nickte. »Einige davon. Es wird uns in jedem Fall helfen das Weingut auf Vordermann zu bringen. Es ist auch gar nicht mehr nötig Teile davon zu verkaufen, wir integrieren es komplett in unser Gut«, sagte er und Sophie nickte begeistert. »Hier ist ein guter Platz«, sagte Frederik und stellte sein Rad unterhalb einer großen Eiche ab. Sophie breitete die Picknickdecke aus und begann den Picknickkorb auszuleeren. Aus seinem kleinen Rucksack zog Frederik eine Flasche hervor. Sophie sah ihn an. »Ist das eine davon?«, sagte sie und wagte nicht die Flasche mit dessen filigran gestaltete Etikett zu berühren. Frederik nickte. »Die wirst du jetzt aber nicht aufmachen?«, fragte Sophie. »Oh doch. Stella und Leo gönnen sich heute auch eine davon.«

An Frederiks achtzehnten Geburtstag war es Leo so, als würde ihm ein großer Stein vom Herzen fallen. Seit zwei Jahren hatte er dafür gekämpft das Gut zu erhalten und zu verbessern, bis Frederik die Leitung übernehmen würde können. Die beiden hatten vereinbart, dass Leo sich wieder um wohltätige Zwecke kümmern könne und Frederik nun die Entscheidungen selbstständig zu treffen hatte. Das Abitur, auf das Frederik sich vorbereitete, schien dagegen wie ein Kinderspiel zu sein. Das Weingut brachte bereits Gewinne ein und die beiden hatten sich an einer weiteren Firma beteiligt, die Rohstoffe für die Kosmetikindustrie lieferte. Alles in allem ging die Rechnung jeden Monat auf. »Herzlichen Glückwunsch, mein Schatz«, sagte Sophie und reichte ihm ein kleines Etui. Frederik öffnete es und fand darin ein Paar Montblanc Manschettenknöpfe. Frederik strahlte sie an. »Danke«, sagte er. »Ich dachte mir, der amtierende Graf von Sonnersleben braucht so was«, sagte sie schmunzelnd und war stolz darauf, die Manschettenknöpfe mit ihrem eigenen Geld gekauft zu haben, das sie mit ihren Bildern verdient hatte. »Bleibst du heute nach der Party bei mir?«, flüsterte Frederik in Sophies Ohr. Sie schluckte. »Wie soll ich das machen? Du kennst doch meine Eltern«, sagte sie und nahm seine Hand. Frederik zuckte mit den Schultern. War es nicht so, wenn man etwas wirklich wollte, dass man es dann möglich machte? »Können wir damit nicht einfach noch etwas warten?«, fragte Sophie und Frederik stand wütend auf. »Und auf was warten wir dann?«, war seine forsche Antwort. »Dass ich mir es zutraue?«, sagte Sophie und Frederik runzelte die Stirn. »Eigentlich glaube ich langsam, dass du mir nicht vertraust«, sagte er und rauschte aus dem Zimmer, indem er die Tür zuknallte.

Leo ging mit einem großen Paket an Lebensmitteln zu dem runden Platz im Park, um die Obdachlosen zu besuchen. Lange war er nicht hier gewesen. Nachdem er fast das ganze Essen verteilt hatte, sagte er: »Lasst doch bitte Knut noch etwas übrig«, worauf ein betretenes Schweigen herrschte. »Leo, Knut ist gestorben«, sagte Roswitha und klopfte ihm sacht auf die Schulter. »Wann?«, fragte er traurig. »Schon vor drei Wochen«, sagte sie und Leo ließ traurig den Kopf sinken. Keinem Bereich in seinem Leben konnte er auch nur irgendwie gerecht werden.

»Es tut mir leid, Leo«, sagte Frederik und reichte seinem Bruder eine kühle Soda aus dem Kühlschrank. »Schon gut. Ich bin selbst schuld und war einfach ständig zu beschäftigt«, sagte er und öffnete traurig die kleine gläserne Flasche. »Ich muss dir etwas erzählen«, sagte Leo und nahm mit Frederik an dem Holztisch in der Küche Platz. Martha war zu dem kleinen Einkaufsladen des Gutes gegangen, um Zutaten für das Abendessen zu holen. »Ich möchte Stella fragen, ob sie meine Frau wird«, sagte Leo und Frederik begann über das ganze Gesicht zu strahlen. »Das ist super«, sagte er. »Wäre es in Ordnung, wenn wir dann einfach weiter hier wohnen. Also vorübergehend, bis du irgendwann heiratest«, sagte Leo. »Du bist dir sicher, dass wir das Gut nicht einfach zusammen führen wollen?«, fragte Frederik. Leo schüttelte den Kopf. »Ich möchte mein Studium wieder aufgreifen.« »Möchtest du Mamas Ring nehmen?«, fragte Frederik und Leo schüttelte erneut den Kopf. »Ich denke nicht, dass der Ring zu Stella passen würde.« Frederik nickte. »Jonathans Mutter ist Goldschmiedin, sie wird mir etwas entwerfen«, sagte Leo. »Und Frederik?« »Ja?« »Ich denke Mamas Ring ist für Sophie bestimmt.«

Am selben Tag war Stella nach einem Ausritt zusammengebrochen und in das naheliegende Krankenhaus gebracht worden. Obwohl Frederik Leo geraten hatte, nicht selbst mit dem Auto zu fahren, sondern ihn fahren zu lassen, saß Leo am Steuer, der mit den Tränen kämpfte. »Es wird schon nichts Schlimmes sein«, versuchte Frederik Leo zu beruhigen, während er noch zur selben Zeit Sophies Nummer wählte.

»Es gibt keine Angehörige«, wiederholte Leo zum fünften Mal und sein Tonfall begann etwas schärfer zu werden, denn sie warteten bereits seit über einer Stunde auf eine ärztliche Auskunft. »Ich kann Ihnen trotzdem keine Auskunft geben«, sagte die Dame am Empfang und ließ die beiden verzweifelten Brüder einfach stehen. Leo boxte heftig in den Getränkeautomaten, der in der Eingangshalle des großen Klinikums stand. »Ich hätte sie schon längst heiraten sollen«, sagte Leo und ärgerte sich maßlos über sich selbst. »Lass mich mal etwas versuchen«, sagte Frederik und kramte in seiner Jackentasche nach seiner Geldnadel. Er zog daraus einen gelben Schein hervor und passte einen günstigen Moment ab, in dem er und die Empfangsdame unbeobachtet waren. Vorsichtig schob er den Geldschein über den Tresen und stellte daraufhin zufrieden fest, dass die Frau, nachdem sie den Geldschein sicher in ihrer Hosentasche verstaut hatte, Leo als Stellas Ehemann in die Kartei eintrug. »Sie können nun zu ihr«, sagte ein Arzt wenig später, der sich soeben bei der Empfangsdame erkundigt hatte, wer zu Stella gehörte, ehe Leo Frederik für diese Aktion rügen konnte.

»Wie geht es dir?«, fragte Leo und war schnell an Stellas Bett, die an alle mögliche Geräte angeschlossen war, um ihre Hand zu nehmen. »Gut«, sagte sie und lächelte auch Frederik kurz zu. »Nur reiten darf ich nicht mehr«, sagte sie und sie sah wie Leos Brust vor Sorge bebte. »Was meinst du damit?«, fragte Leo. »Ich bin krank, Leo«, fuhr sie fort. »Vorübergehend kannst du nicht reiten. Es ist vorübergehend«, sagte er und versuchte mit dieser Aussage seine Angst zu vertreiben.

Stellas Diagnose von Leukämie brachte Leo beinahe an den Abgrund des Verzweifelns. Und hätte er nicht wieder so gut funktionieren müssen, wäre er diesen Abgrund auch hinuntergestürzt. Er begann sie zu pflegen, als sie wegen der Chemotherapie schwach wurde. Er rasierte ihr und sich selbst die Haare kahl, als sie ihr in großen Strähnen ausfielen. Er wachte nächtelang an ihrem Krankenbett, als sie schlecht träumte. Und manchmal setzte er sie auf ihr Pferd, um mit ihr vorsichtig auf der Koppel auf und ab zu gehen. Sophie stand am Gatter und beobachtete die beiden. Immerzu lächelnd, um Stella das Gefühl zu geben, dass alles wieder gut werden würde. Jeden Tag nach der Schule kam sie, um Stella zu besuchen und aufzumuntern. Ihren Humor und ihre frechen Sprüche waren Stella geblieben und wenn sie nicht an manchen Tagen kräftelos im Bett lag, hätte man meinen können, dass sich hier einfach harmlos zwei beste Freundinnen trafen.

»Warum schläfst du nicht mit ihm?«, fragte Stella eines Nachmittages völlig unverblümt, während Sophie ihr aus einem Buch vorlas. »Wie kommst du jetzt darauf?«, fragte Sophie und ließ das Buch sinken. »Ich frage dich, warum du nicht mit ihm schläfst«, wiederholte Stella die Frage und sah Sophie konzentriert an. »Ich weiß es nicht.« »Versuch das Problem zu formulieren«, forderte Stella Sophie auf.

Stella war nicht entgangen, dass Frederik und Sophie immer öfter wegen diesem Thema in Streit geraten waren. »Ich traue mich einfach nicht.« »So schwierig kann es nicht sein, da es alle tun«, sagte Stella plump und kniff Sophie liebevoll in die Seite. Sophie seufzte. »Vielleicht ist einfach alles zu schwierig, um…«, Sophie sah Stella an, sie wusste nicht, wie sie es beschreiben sollte. »um sich fallen zu lassen«, beendete Stella Sophies Satz und Sophie nickte.

»Ich habe mir das eigentlich etwas anders vorgestellt«, sagte Leo und nahm Stellas Hand, die auf der weißen Krankenbettzudecke lag, sie musste über sich erneut eine Sequenz der Chemotherapie ergehen lassen und verbrachte einige Tage im Krankenhaus. »Ich wollte dich in das Weingut entführen. Am Abend mit tausenden von Lichtern geschmückt«, sagte Leo und Stella begann zu schmunzeln. »Es war gar nicht so einfach etwas zu finden, was nicht zu kitschig für dich ist«, neckte er sie. Stella wollte etwas antworten, doch die Übelkeit hinderte sie daran. Leo nahm den Ring aus der Schatulle und schob ihn sanft über Stellas Ringfinger an der linken Hand. »Bitte heirate mich«, sagte er und küsste ihren Handrücken. Liebevoll sah Stella ihn an. »Du kannst mich nicht heiraten«, sagte Stella schließlich. »Warum nicht, mich stört es nicht, dass du krank bist. Du wirst gesund werden und es wäre so viel schöner, wenn jemand das Gestüt führen würde, der von Sonnersleben heißt«, sagte er augenzwinkernd, um die Stimmung etwas zu heben. »Wenn du mich heiratest, kannst du deinen Traum nicht mehr verwirklichen.« »Wie meinst du das?« »Deinen Traum Priester zu werden.« Leo schluckte. »Diesen Traum habe ich für dich aufgegeben, um mit dir einen anderen Traum zu leben«, sagte Leo und strich ihr sanft über das Gesicht. »Eben. Und jetzt geht unser Traum zu Ende und du kannst wieder neu träumen«, sagte sie und versuchte sich etwas aufzusetzen. Vielleicht könnte sie so die Übelkeit etwas lindern. »Nein, ich lebe mit dir unseren Traum«, sagte Leo energisch, in keinem Fall würde er Stella hergeben. »Bitte bringe mich heute weg von hier«, bat Stella. »Du musst hier bleiben, dein Zustand ist kritisch«, sagte Leo und schüttelte den Kopf. »Heute Nacht, du und ich, an unserem Lieblingsort. Bitte.«

Obwohl sich alles in ihm dagegen sträubte, erfüllte Leo Stellas Wunsch und er fuhr Stella mit dem Rollstuhl in Richtung der Stallungen. Sie hatte unterschrieben, dass sie auf eigene Verantwortung das Krankenhaus verlassen wollte. Michel, einer der Pferdewirte, hatte in einer Pferdebox ein Matratzenlager vorbereitet, in der Stella gut würde liegen können. Und nachdem Leo sie zu ihrer Stute getragen hatte und sie sie umarmt hatte, legte er Stella auf der vorbereiteten Matratze ab. Unsicher blickte er sich um. »Leg dich zu mir«, sagte Stella und hielt ihm eine Hand hin. »Wir sollten dich zurückbringen«, sagte er und biss sich mehrmals auf seine Unterlippe. Stella ignorierte seine Bedenken und zog ihn einfach zu sich. In ihren Armen begann Leo sich zu entspannen. Er spürte nur ihren sanften Atem. »Wenn mein Leben heute zu Ende geht, würde ich es genauso nochmal leben wollen. Ich würde auch die ganzen Schmerzen in Kauf nehmen, um dich treffen zu können. Ich liebe dich, Leo«, sagte Stella. »Und ich liebe dich. Über alles liebe ich dich«, antwortete Leo ihr.

Am nächsten Morgen wachte Leo auf und fand eine regungslose Stella neben sich liegen. Sie hatte aufgehört zu atmen. Er nahm sie in beide Arme, um an ihr zu rütteln. »Stella, wach sofort auf«, schrie er unter Tränen und hielt nur noch Stellas leblose Hülle in den Händen. »Leo!«, rief Thomas, der nicht unweit der Stallungen eines der Pferde auf eine der Koppeln gebracht hatte und bereits imstande war die Sanitäter zu verständigen. Er versuchte Leo von Stella wegzuziehen, doch er hatte eine Kraft entwickelt, gegen die Thomas fast nicht ankam. »Leo, beruhige dich doch.«

Frederik wartete vor der Villa Werfen, bis Sophie mit dem Frühstück fertig war. Es war ein warmer Herbstmorgen, aber es blies ein wenig Wind. Frederik zog sich seine Jacke enger um den Körper und sah Sophie am Esszimmertisch stehen. Die Haushälterin hatte ihr soeben gesagt, dass Frederik vor der Tür wartete. Sie kam fröhlich aus der Tür und Frederik konnte nicht umhin sie anzulächeln. Doch schnell tauchte wieder die alltägliche Traurigkeit in seinem Gesicht auf und Sophie verlangsamte ihren Schritt. »Was ist los?«, fragte sie nervös. Diesen Gesichtsausdruck kannte sie zu gut. »Stella ist gestorben.«

»Das darf nicht sein«, sagte sie, als Frederik sie schon in eine Umarmung schloss.

Auf der Beerdigung standen Leo, Frederik und Sophie nebeneinander wie ein unvollständiges Kartenspiel. *In einer anderen Welt bist du für immer mein Mädchen,* stand auf der kleinen Gedenktafel neben dem Baum am Friedwald zu lesen. Leo war weinend auf den Boden gesunken und es schien, als hätte er nie wieder Kraft aufzustehen, als sein Körper vor Weinen bebte. Es blieb das einzige und letzte Mal, das Frederik Leo so erlebte: selbst Hilfe brauchend. Er kniete sich zu ihm und versuchte ihm gut zuzureden, dass sie jetzt nach Hause fahren sollten. Doch Leo konnte sich nicht von Stella lösen. Unsicher blickte Frederik zu Sophie und dann zu Jonathan, der ebenfalls wartete, dass Leo bereit war, sich auf dem Weg zum Gut zu machen, wo sich bereits die Trauergesellschaft eingefunden hatte. Leo konnte keines der Worte hören, die Frederik zu ihm sagte, denn er hatte sich kampflos in seinen Schmerz eingekapselt und atmete nun nicht mehr gleichmäßig. Jonathan bekam es langsam mit der Angst zu tun. »Wir brauchen einen Arzt, er sollte etwas zur Beruhigung bekommen«, sagte er schließlich, als er sah, dass Leo die Schweißperlen auf der Stirn standen. »Mach doch irgendwas«, drängte Sophie ihn. »Ich habe einen komplett fertig studierten Arzt gemeint«, entgegnete er Sophie. »Wir bringen ihn nach Hause. Sophie soll deinen Vater suchen. Vielleicht kriegen wir es so unbemerkt wie möglich hin«, sagte Frederik und tauschte mit Sophie einen kurzen Blickkontakt aus. Leos Zusammenbruch würde für viel zu viel Gerede sorgen, sollte jemand davon Wind bekommen. Frederik und Jonathan schulterten Leo und trugen den, immer noch weinenden Leo, zurück zu Jonathans Auto. Währenddessen war Sophie bereits mit Frederiks Wagen auf dem Gut angelangt und suchte in der Menschenmenge nach Jonathans Vater Georg. Er stand etwas abseits und zog an seiner Zigarette, als Sophie ihn bat mit in Leos Zimmer zu kommen. Kurz darauf beobachteten Sophie und Frederik, wie Georg Leo eine Beruhigungsspritze gab und immer wieder versuchte mit Leo zu sprechen. Frederik suchte Sophies Hand, doch sie wich ihm aus. Es erschien ihr einfach nicht richtig ihre Beziehung so einfach fortführen zu dürfen, wo Leo doch Stella verloren hatte.

Ein falscher Schritt führte mich von dir weg. Dabei will ich nichts lieber als bei dir sein. Für immer.

Wieder galt es einen Alltag aufzubauen, in dem erneut ein wichtiger Mensch fehlte. Für Leo der Wichtigste. »Warum haderst du nicht mit Gott? Nie kein einziges Mal?«, fragte Frederik Leo erbost, der über seinen Büchern saß und lernte und deutlich hören konnte, das es sehr abfällig gemeint war. Leo sah von seinen Studien hoch, Frederik direkt in die Augen. »Wie viele Menschen willst du dir noch wegnehmen lassen? Und da willst du trotzdem noch für ihn arbeiten?«, fragte Frederik seinen Bruder und blickte wütend auf Leos Bücher. »Du hast einen falschen Blickwinkel«, gab er zurück, der Schmerz war ihm immer noch deutlich anzusehen und die vergangenen schweren Jahre hatte ihn altern lassen. »Wir haben Stella ein Zuhause gegeben. Durch uns hat sie Liebe, Freiheit und Geborgenheit erfahren. Es war viel zu gut, um nur traurig zu sein.« Frederik sah seinen Bruder weiter wütend an, denn Wut war das Vorrangigste seiner Gefühle momentan oder besser gesagt, seit geraumer Zeit. »Ich wollte sie heiraten. Meinst du nicht, dass es mich jeden Tag fast umbringt, dass sie nicht mehr da ist?«, fragte Leo weiter. »Ich muss in dieser Welt jetzt ohne sie leben und zwar so leben, dass ich mich bei ihr nicht schuldig mache.« »Schuldig inwiefern?« »Wenn ich mein Leben aufhöre zu leben, wäre sie der Grund. Das wäre nicht fair, denn sie hat mich immer so glücklich gemacht.« »Trotzdem ist es unfair und ein riesiger Mist«, sagte Frederik. So einfach war das nicht hinzunehmen, man kann doch nicht so schonungslos vom Leben gequält werden. Leo seufzte. »Sie hat mich angefleht, dass ich sie gehen lasse. Sie hatte keine Kraft mehr«, sagte Leo schließlich. Frederik funkelte ihn weiter an, allerdings nicht mehr ganz so wütend. »Sie hat gesagt, dass sie gehen kann, weil sich ihr Lebenstraum erfüllt hat.« »Und welcher wäre das bitte gewesen?«, fragte Frederik. »Sie wollte einmal im Leben unendlich glücklich sein und das war sie hier mit mir und mit uns«, gab Leo ihm zur Antwort.

»Ich möchte dich etwas fragen«, sagte Sophie zu Leo, als sie ihn am kleinen Reitplatz alleine antraf. Leo nickte zustimmend und wartete auf Sophies Frage. »Nimmst du mich am Wochenende mal mit? Also zu deinen Ausflügen«, versuchte Sophie das zu umschreiben, was sonst niemand verstand. Leo lächelte. »Frederik findet bestimmt nicht, dass das eine gute Idee ist, Sophie«, sagte er. »Bitte, du tust so wichtige Dinge und ich nicht. Ich möchte es einfach mal sehen.« Leo zweifelte. »Ich möchte keinen Ärger mit Frederik«, sagte er. »Ich gebe dir auch Geld von meinem Ersparten«, sagte Sophie. »Du weißt bestimmt eine gute Verwendung dafür«, fuhr sie fort und blickte ihn hoffnungsvoll an. »Ich bin nicht bestechlich«, lachte er. »Gut, was möchtest du dann?«, fragte Sophie, aufgeben würde sie nicht. »Ich möchte keinen Ärger mit Frederik. Das Thema ist beendet«, schloss er die Unterhaltung und ließ sie stehen.

»Und du bist dir ganz sicher, dass er dort unterwegs sein wird?«, fragte Sophie ihre Freundin Madeleine, die Jonathan einige Informationen entlockt hatte. »Ja, er hat Jonathan gefragt, ob er wieder mit gehen wird. Und er geht mit. Sie treffen sich um neun Uhr dort an der Straße, wo die Frauen stehen.« »Und wo ist das?«, fragte Sophie. »Sag mal Sophie, manchmal glaube ich, du lebst hinter dem Mond. Hinter der Bar Angelo beginnt die Straße. Du wirst es an den roten Lichtern erkennen. Und erschreck dich nicht, die haben wenig an«, zog Madeleine Sophie auf. »Haha. Vielen Dank, das finde ich dann schon.«

Sophie stand kurz vor neun Uhr an der Bar Angelo und versuchte die Blicke der Männer zu ignorieren, die an ihr vorübergingen und sie eingängig musterten. Sie atmete durch und tippelte unruhig von einem Fuß auf den anderen. »Wo bleiben die nur«, dachte Sophie und versuchte nicht so auszusehen, als ob sie hier noch nie zuvor gewesen war. Frederik hatte sie gesagt, dass sie mit Madeleine ins Kino gehen würde. Sie wollte heute endlich mal sehen, wovon Stella ihr so oft erzählt hatte. Sophie durfte nie mit, weil es angeblich und vor allem nach der Meinung von Frederik, zu gefährlich war. Jetzt war sie achtzehn Jahre alt und konnte nun ihre eigenen Entscheidungen treffen. Und heute hatte sie die Entscheidung getroffen hier zu sein. »Was wird das?«, fragte Leo, der direkt hinter Sophie stand und sie damit sehr erschreckte. »Musst du mich so erschrecken?«, keifte sie ihn an und sah auch Jonathan neben ihm stehen. Die beiden tauschten ein kurzes

Hallo aus. »Du erschreckst mich! Du gehst sofort nach Hause, Sophie.«
Sophie reckte ihren Hals. »Ich bin achtzehn Jahre alt. Seit zwei Monaten, wie du weißt und ich bleibe.« Leo seufzte als er einfach an ihr vorbei in die dunkle Straße mit den roten Lichtern ging. Jonathan zuckte
mit den Schultern, hielt sich an den Riemen seines Rucksackes fest und
stapfte Leo hinterher. Sophie blieb sprachlos stehen und entschied sich
dann dem Zweiergespann einfach zu folgen. Sie erreichte die beiden,
als sie bereits mit einigen leichtbekleideten Frauen sprachen und stand
irgendwie nur teilnahmslos dabei, als Leo ihnen einen Rosenkranz in
die Hand drückte. Ganz von alleine begannen die Frauen sich Leo an-
zuvertrauen und einige redeten auch mit Jonathan. Sophie runzelte die
Stirn. »Du bindest dir jetzt augenblicklich die langen Haare zusammen, Sophie«, sagte Leo in einem etwas scharfen Ton, den er gar nicht
so meinte, aber er war definitiv überfordert seiner Arbeit nachzugehen
und auf Sophie aufzupassen und zu allem Überfluss konnte er den Ärger mit Frederik schon kommen sehen. Sophie gehorchte und drehte
ihre Haare zu einem lässigen Knoten, als auch eine Frau mit ihr sprach.
Am Anfang etwas unsicher, stellte Sophie ganz normale Fragen und
erfuhr, dass die Frau zwei kleine Kinder und eine kranke Mutter zu
versorgen hatte. »Leo hatte nicht übertrieben«, dachte Sophie und
reichte der Frau ein Taschentuch, als diese zu weinen begann.

»Das war einfach unglaublich!«, sagte Sophie und sprudelte über
vor lauter Enthusiasmus. Wie im Flug waren zwei Stunden vorbei gegangen. »Wir bringen dich jetzt nach Hause«, sagte Leo. »Ich bleibe
solange wie ihr«, protestierte Sophie. Leo seufzte: »Frederik wird dir
nie glauben, dass du vier Stunden im Kino warst.« Sophie runzelte die
Stirn. »Er ist heute bei einer Hausparty bei Tristan. Das wird schon gut
gehen«, erklärte Sophie und versuchte das mulmige Gefühl zu ignorieren, denn Tristans Partys waren bekannt für deren Ausgelassenheit
und den hohen Anteil an hübschen Mädchen, von denen nicht wenige
von Frederik sehr angetan waren. »Wenn du möchtest, dass mich mein
eigener Bruder für immer hasst«, sagte Leo und sah sie grimmig an.
Sophie ließ sich dennoch nicht abwimmeln und die drei nahmen zunächst einen kleinen Imbiss am Pizzastand zu sich. Danach liefen sie
in Richtung der Großraumdiscos, von wo aus ihnen bereits zahlreiche

Betrunkene, schwankend und torkelnd, manche auch singend, entgegen kamen. Leo fand das erste Mädchen, das alleine vor der Disco in sich zusammengesunken und halb eingeschlafen war. Sophie sah sich um, so viele Leute waren unterwegs und niemand nahm auch nur Notiz von ihr. »Ich denke, sie hat eine Alkoholvergiftung. Wir brauchen einen Krankenwagen«, sagte Jonathan. »Gut«, sagte Leo und befahl Sophie einen Krankenwagen zu rufen, während er das Mädchen mit Leo in die stabile Seitenlage beförderte, als diese auf seine wiederholten Ansprachen nicht reagierte. Sophie wählte zittrig die Nummer und beantwortete alle Fragen, die ihr von der freundlichen Dame am Telefon gestellt wurden. »Ihr wartet hier«, sagte Leo und machte sich auf den Weg zur Straße, um den Krankenwagen, der hoffentlich bald da sein sollte, zur richtigen Stelle zu lotsen. Jonathan sah Sophie an. »Du bist vermutlich die einzige nach mir und Stella, die Leo versteht.« Sophie nickte. Das tat sie wirklich. Denn in Leos Nähe passierten einfach immer wieder kleine Wunder. »Alle sollten so sein wie er«, sagte Sophie und beobachtete wie Leo mit dem Sanitäter durch das offene Fenster des Einsatzwagens sprach. »Das stimmt«, sagte Jonathan und lächelte Sophie an. »Sie ist doch anders als die anderen Mädchen«, dachte er. Die beiden Sanitäter hatten das Mädchen auf die Trage gelegt und rollten diese langsam zum Auto. Leo hatte in ihrer Tasche nach ihrem Handy gesucht und Sophie gebeten bei ihren Eltern anzurufen. »Es ist nicht so beunruhigend, wenn es eine weibliche Stimme erzählt«, sagte Leo und Sophie nickte nur.

Nach dem Telefonat reichte Jonathan Sophie eine kleine Flasche Wasser. »Was jetzt?«, fragte Sophie. »Diese kleinen Gelegenheiten kommen zu einem, man muss nicht danach suchen«, sagte Leo und nahm auf der Bordsteinkante Platz. Just in diesem Moment bemerkten sie, dass in einiger Entfernung ein Junge ein Mädchen küsste, der mehr von ihr forderte, als sie wollte. Sie versuchte sich zu lösen, doch es gelang ihr nicht. »Siehst du. Du bleibst hier, Sophie«, sagte Leo und er und Jonathan machten sich auf, um dem Mädchen zu helfen. Sophie stand da mit ihrer Wasserflasche im Arm und überlegte, was nun zu tun war. Keiner hatte ihr gesagt, dass sie die Polizei rufen sollte. Sie biss sich auf die Unterlippe und beobachtete, wie Leo den Typ an der Schulter packte und ihn einige Meter von dem Mädchen wegschob. Sie hielt die Luft an. Dem ersten Schlag konnte Leo noch ausweichen, den zweiten verfehlte er knapp, sodass Jonathan ihn in einen festen Griff nehmen musste und somit zu Boden zwang. »Security«, dachte Sophie und sprang zu einem großen muskulösen Mann in Lederjacke und erzählte kurz und prägnant die Geschehnisse. Er kam und nahm den jungen Mann einige Meter mit sich. Das Mädchen war mittlerweile einfach davon gelaufen, ohne sich weiter um ihre Retter zu kümmern. Sophie konnte sie nicht mehr entdecken. »Wo ist sie denn? Alles in Ordnung mit euch?«, fragte sie und klopfte etwas Staub von Leos Jacke. »Ja, alles gut. Ihr geht es gut, das ist doch die Hauptsache«, antwortete Leo einer verdutzten Sophie, die wieder einmal feststellen musste, dass Leo für diese Dinge keine Gegenleistung erwartete. Auf dem Nachhauseweg hielt Leo mit dem Wagen an einer Ecke, an der einige Frauen auf Männer warteten. Leo öffnete das Fenster und begrüßte einige der Damen, die ihn allesamt mit Leo-Schatz ansprachen. Etwas irritiert blickten sie auch zu Sophie, die auf der Rückbank saß. Sie lächelte verlegen. »Ist Chrissy hier?«, fragte Leo und Sophie wunderte sich. Den Namen hatte sie noch nie gehört. »Ja, aber sie ist noch beschäftigt«, sagte eine und deutete auf ein Auto etwas weiter vorne. Leo nickte und Sophie konnte sehen, dass ihm diese Information zusetzte. »Danke und schön aufpassen«, sagte Leo und schloss das Fenster. Leo versetzte dem Lenkrad einen Schlag und drehte dann die Musik lauter, damit er seine Gedanken und die Bilder im Kopf ausschalten konnte, was ihm misslang. Er überlegte sie aus dem Wagen des Mannes zu ziehen, aber damit würde er ihr nur Ärger machen. »Da ist sie«, sagte Jonathan und sie sahen Chrissy aus dem Auto steigen. Eine schöne braunhaarige zierliche Person, die einen schwarzen Minirock zu einer Netzstrumpfhose und langen schwarzen Stiefel trug. Sie warf dem Mann noch einen Luftkuss zu und schloss dann die Tür. Auf dem Rückweg zog sie ihren Rock zurecht und Sophie sah, dass Leo sie dabei ganz genau beobachtete. Seine Augen blitzten und Chrissy erschrak, als sie sein Auto erkannte. Als sie Leos Wagen erreicht hatte, beugte sie sich vor, als er die Fensterscheibe herunterfahren ließ. »Was kostet die restliche Nacht?«, fragte Leo und Sophie traute ihren Ohren kaum. »Schon wieder?«, fragte sie lächelnd und nahm neben Sophie auf der Rücksitzbank Platz.

»Er bezahlt sie die ganze Nacht, damit sie nicht arbeiten muss?«, fragte Sophie Jonathan. Er hatte angeboten sie nach Hause zu fahren. »Warum ausgerechnet sie?« »Die Frage war berechtigt«, dachte Jonathan. »Er sieht irgendetwas in ihr. Ich weiß es nicht.« »Ist er in sie verliebt?«, fragte Sophie und bekam bei dem Gedanken an Stella ein mulmiges Gefühl. «Nein, das eher nicht. Das würde er mir sagen.« Sophie nickte. Chrissy würde die Nacht im Gut verbringen und Leo hatte Sophie vierundzwanzig Stunden Zeit gegeben, um Frederik selbst von ihrem Ausflug zu erzählen. Andernfalls würde er es tun. Am Abend konnte sie lange Zeit nicht einschlafen, all die Eindrücke und Bilder gingen ihr im Kopf umher. Frederik hatte ihr eine Nachricht geschrieben: *Ich liebe dich.*

Ein Taxi brachte Frederik nach Hause, er hatte mit Tristan einige Whiskey getrunken und fühlte sich schwummrig. Ohne Sophie machten ihm diese Partys nie wirklich Spaß, obwohl Tristan wirklich alles dafür tat, damit Frederik eine gute Zeit hatte. Irgendwann kam dann aber meist der Moment, an dem Tristan sich um ein Mädchen bemühte und Frederik daraufhin nach Hause ging. Er betrat das Wohnzimmer und sah eine kleine Handtasche auf dem Wohnzimmertisch liegen. Leo saß auf dem Sofa und bediente mit einer kleinen Fernbedienung den Musikspieler. »Hallo Bruderherz«, sagte Frederik und Leo konnte hören, dass er getrunken hatte. »Hattest du einen schönen Abend?«, fragte Leo, als sich Frederik neben ihm auf die Samtcouch sinken ließ. »Ja, wie immer«, sagte Frederik. Er nahm Leos Wasserglas vom Tisch, um daraus zu trinken. »Chrissy ist wieder da?«, fragte Frederik und deutete auf die kleine Handtasche auf dem Wohnzimmertisch. Leo nickte. »Wie lange willst du das noch durchziehen?«, fragte Frederik und sah seinen Bruder vorwurfsvoll an. Er verstand nicht ganz, ob Leo in sie verliebt war oder was er ansonsten damit bezwecken wollte. »Bis sie eine Ausbildung anfängt. Ich habe ihr eine Wohnung besorgt.« Frederik blieb der Mund offen stehen. »Du denkst wirklich, dass du sie da rausholen kannst?« Leo nickte. »Sie ist neunzehn Jahre alt. Sie hat keine Familie und ist da in was rein geraten. Wenn ihr niemand hilft, bleibt sie da. Wenn sie das möchte, dann lasse ich sie in Ruhe. Im Moment überlegt sie noch.« Frederik zog eine Augenbraue hoch. »Was ist, wenn sie dich nur ausnutzt?« Leo legte den Kopf leicht schief, die Möglichkeit gab es durchaus. »Es wird alles gut werden«, sagte er. »Sag mir bitte, dass du dich nicht in sie verliebt hast«, sagte Frederik und Leo schüttelte den Kopf. »Dann ist ja gut«, sagte Frederik und klopfte seinem Bruder auf den Oberschenkel. »Ich hab dich lieb, großer Bruder«, sagte er und freute sich als Leo: »Ich dich mehr«, sagte, so wie es ihre Mutter immer getan hatte.

Auf der Treppe begegnete Frederik Chrissy. Sie war frisch geduscht und trug einen Schlafanzug von Leo, der ihr viel zu groß war. »Hallo Frederik«, brachte sie schüchtern hervor, ehe ihr Blick auf den Boden fiel. »Hallo Chrissy, wie geht es dir?«, fragte Frederik und lächelte sie an. »Gut, danke. Schlaf gut«, sagte sie und stapfte einige Stufen weiter, damit dieser Moment endete. »Du auch«, sagte Frederik und sah ihr noch einen Moment nach. Vielleicht hatte Leo Recht, es gab etwas in ihr, dass nicht in diese Welt passte, in der sie sich bewegte. »Bist du nicht müde?«, fragte Chrissy, als sie sich zu Leo auf das Sofa setzte. Er lachte. »Ich habe heute Nachmittag etwas geschlafen, also nein. Hast du Hunger?« Chrissy nickte. »Gut, wir machen uns ein Sandwich«, sagte er und zog sie an ihrer Hand vom Sofa hoch. In der Küche angekommen, begann Leo alle Zutaten zusammenzusuchen. Chrissy beobachtete ihn, wie er emsig von einer Seite zur anderen ging und war dabei unendlich glücklich wieder so eine Nacht mit Leo zu verbringen. Warum war er nur so nett zu ihr? Und nicht zu den anderen? Also zu denen war er auch nett, aber auf eine andere Weise. Natürlich war sie dort an der Ecke die Jüngste, aber er könnte ja auch eine andere retten. Oder erwartete er doch etwas von ihr? Chrissy rieb sich die Schläfe mit der rechten Hand. Ihre Gedanken drehten sich im Kreis. »Alles in Ordnung?«, fragte Leo. »Warum tust du das alles?«, fragte Chrissy vorsichtig. »Ich kann es dir nicht erklären. Es ist ein Gefühl. Also kein Gefühl für dich an sich, sondern ein Gefühl, dass ich das tun muss.« Chrissy nickte, obwohl sie es nicht verstehen konnte. »Das heißt, du würdest nie etwas in dieser Richtung erwarten?«, fragte Chrissy und sah ihn an. Sie konnte sich nicht wirklich vorstellen, dass ein junger Mann Priester werden wollte und freiwillig auf Beziehungen verzichtete. Die Männer, die sie in ihrem Leben kennengelernt hatte, waren so ganz anders als Leo. Es gab keinen, der nichts forderte. »Willst du mir damit sagen, dass du hier seit Wochen jedes Mal Angst hast, dass ich für mein Geld doch etwas einfordern könnte?« Chrissy wusste nicht, was sie antworten sollte. »Ja und nein«, sagte sie und sah ihn mit großen Augen an. »Chrissy, du bist hier in Sicherheit. Warum sollte ich das tun?«, sagte er und schüttelte den Kopf. »Ich verstehe einfach nicht, warum du mir hilfst. Warum mir?«, fragte sie und ihr stiegen Tränen in die Augen. »Weil du eben gerade meine Hilfe brauchst«, sagte er und sah sie an. »Woher weißt du das?«, Chrissy lief die erste Träne das Kinn hinunter. »Ich weiß es nicht. Es ist vielleicht ein Talent oder so was. Es geht mir bei vielen Menschen so«, sagte er und öffnete eine Küchenschublade, um von dort ein Packung Taschentücher herauszuziehen und sie ihr zu geben. »Wir haben doch schon ein paar Mal über einen Ausweg geredet. Hast du dir schon überlegt, welche Ausbildung du machen möchtest.« Er überlegte, wie er weiterreden sollte. »Ich würde dich finanziell unterstützen. Und ich möchte dafür keine Gegenleistung. Nie!«, betonte er. Chrissy faltete das Taschentuch auf und schniefte. »Ich schaffe das nicht«, sagte sie. »Du musst nicht alles auf einmal machen. Jeden Tag einen kleinen Schritt. Und du hast mich an deiner Seite«, warf er ein und grinste sie an. Sie nickte tapfer. »Versprich mir, dass du da kein einziges Mal wieder hingehst. Bitte! Egal was du brauchst, ich helfe dir. Aber bitte geh da nicht mehr hin.« Chrissy wusste nicht, was sie sagen sollte. »Was soll ich denn sonst machen?« Leo zuckte mit den Schultern. »Was wolltest du als Kind werden?«, fragte er, als er Brot toastete und die Tomaten kleinschnitt und Chrissy überlegte. Es fühlte sich wie hundert Jahre an, als sie ein Kind gewesen war. »Krankenschwester«, sagte sie dann zögerlich. »Na, das ist doch was. Wir können uns informieren«, sagte er. »Da wäre noch was«, fuhr er fort. »Und was?« »Du solltest aus dieser WG ausziehen. Da wohnen nur Mädchen, die auf der Straße arbeiten. Du solltest von diesem Umfeld weg. Ich mag die Frauen alle, aber du musst vorwärts gehen«, sagte Leo und Chrissy kaute auf ihrer Unterlippe. Wenn sie ehrlich zu sich selbst war, wollte sie dort wirklich nicht mehr wohnen. »Wo soll ich hin? Ich kriege niemals eine Wohnung.« Leo nickte. »Wir können uns deine neue Wohnung morgen ansehen.« Chrissy begann zu strahlen und umarmte ihn. »Ich weiß nicht, warum das alles passiert, aber danke. Du bist mein Engel«, sagte sie und Leo lachte. »Ich will super Noten von dir sehen, egal welche Ausbildung du anfängst«, neckte er sie. »Ich werde dich nicht enttäuschen«, sagte Chrissy leise in sein Ohr.

Als Frederik aufstand, fand er Sophie bereits in der Küche, sie war direkt nach dem Gottesdienst in der kleinen Barockkirche aufs Gut gelaufen und half nun Martha eine Gemüsesuppe für das Mittagessen zuzubereiten. Die wenigen Stunden der Nacht hatte sie furchtbar schlecht geschlafen und sie wollte nun endlich das Geständnis ablegen. Frederik gab ihr einen langen Kuss und dann noch einen kleinen Kuss auf die Nase. »Guten Morgen. Schön, dass du da bist«, sagte Frederik und naschte schnell von dem frisch gebackenem Brot, das auf der Anrichte stand und noch ausdampfte. »Können wir kurz reden?«, fragte Sophie. Sie musste unbedingt verhindern, dass sie Chrissy über den Weg lief und Frederik Wind davon bekam, dass sie sich bereits begegnet waren. Sie zog ihn in das Bügelzimmer und er sah sie verwundert an. »Ich muss dir etwas sagen und du wirst böse sein. Aber ich bitte dich, dass du nur böse auf mich bist und nicht auf jemand anderen. Und am besten wäre es, wenn du nur kurz auf mich böse bist«, sagte sie und Frederik verschränkte schon mal vorbereitend die Arme vor der Brust. »Ich höre«, sagte er streng. Sophie strich sich vor Nervosität eine Strähne hinters Ohr. »Ich bin gestern einfach an der Straßenecke aufgetaucht, an der Leo mit den Frauen spricht. Ich wollte es mal sehen und dabei sein«, sie räusperte sich unsicher. Frederik gab keinen Ton von sich und so fuhr Sophie fort: »Es war wunderbar. Er hat so ein Talent zu den Menschen durchzudringen. Wir haben mit vielen geredet und vielleicht haben sie sich hinterher besser gefühlt. Dann waren wir auch noch in der Disco und haben für ein stark betrunkenes Mädchen einen Krankenwagen gerufen und danach haben wir noch Chrissy abgeholt.« Die Beinahe-Schlägerei fügte sie absichtlich nicht der Erzählung bei. »Jedenfalls hat Leo mir vierundzwanzig Stunden gegeben um es dir zu sagen, sonst würde er es dir sagen und er war sehr sauer, dass ich einfach da war und mich nicht abwimmeln ließ.« Sophie beendete die Erzählung und wartete auf ein großes Donnerwetter. Frederik schürzte die Lippen und blickte nachdenklich zu Boden. »Zusammenfassend willst du mir sagen, dass du mich erstens angelogen hast, weil du ja angeblich mit Madeleine im Kino warst, um dich zweitens heimlich mit meinem Bruder im Rotlichtviertel herumzutreiben.« Sophie zuckte mit den Schultern. »Das ist aber jetzt sehr negativ ausgedrückt«, sagte sie vorsichtig. »Außerdem hast du dich absichtlich in Gefahr gebracht und nachdem ich nicht mal wusste, wo du dich herumgetrieben hast, hätte ich dich nicht mal finden können, wenn dir was passiert wäre.« »Ja, aber es ist ja nichts passiert und Jonathan war auch noch dabei.« Sophie sah, dass Frederik nun wirklich sauer wurde. »Gut, dann ist *meine* Freundin also auch noch mit einem anderen Typen durch die Nacht gezogen.« »Jonathan ist doch Leos bester Freund.« »Als ob du nicht wüsstest, dass er dich schön findet«, sagte Frederik und seine Augen blitzten. »Wie bist du nach Hause gekommen?«, fragte Frederik und Sophie traute sich nicht eine Antwort zu geben. »Jonathan hat dich gefahren«, sprach Frederik die Wahrheit aus. Sophie nickte nur zögerlich. »Na super, Sophie.« »Bitte Frederik, ich wollte doch nur Leo helfen.« »Du tust doch schon genug. Du hilfst im Kinderheim, bei Spendenaktionen, du besuchst Kranke und Alte. Wir haben es diskutiert, es ist zu gefährlich und am Schluss kriege ich Ärger mit deinen Eltern und wir dürfen uns nicht mehr sehen.« »Sie haben das gar nicht mitbekommen«, versuchte Sophie seine Wut zu stoppen, obwohl sie nun auch gegen sich selbst war, denn das Argument mit ihren Eltern konnte man nicht wegdiskutieren. »Das ist genau der Punkt, Sophie«, sagte Frederik. »Was meinst du?« »Du kannst dich aus dem Haus schleichen, deine Eltern anlügen und spät nachts bringt dich ein Junge nach Hause. Aber wenn ich dich bitte mit mir auf eine Party zu gehen oder bei mir zu übernachten, höre ich immer nur: Das erlauben meine Eltern nicht.« Sophie erschrak. Mist, so hatte sie es nicht gesehen. Sophie ging auf ihn zu und versuchte ihn zu umarmen. Aber Frederik schob sie weg. »Manchmal frage ich mich, was du eigentlich willst, Sophie«, und er ging aus dem Zimmer und ließ sie stehen.

Der Riss in unserer Beziehung wurde zum Bruch.

Eine Woche verging, in der Frederik Sophie aus dem Weg ging. Er ging oft zum Sport und übernachtete sogar einige Tage bei Tristan, nur um sie nicht sehen zu müssen. Sophie half in der Zwischenzeit Chrissy bei ihrem Umzug. »Er hat irgendwie recht«, sagte Sophie, als sie Leo eine weitere Kiste aus dem Sprinter gab, der vor dem Mehrfamilienhaus geparkt war, nachdem sie Leo von dem Streit mit Frederik berichtet hatte. »Er ist irgendwie gekränkt«, berichtete Leo, woraufhin Sophie nickte.

Als alles verstaut und ausgepackt war, ging eine müde Sophie die Stufen zu ihrem Fahrrad herab. Chrissy umarmte sie zum Abschied. »Danke für alles, Sophie«, sagte sie und gab ihr einen Kuss auf die Wange. »Sehr gerne. Ach warte, ich hab ja noch was für dich«, antwortete Sophie, kramte in ihrem Rucksack und gab ihr dann ein kleines Armband. Dort stand zu lesen: Freiheit. »Danke«, sagte Chrissy und Sophie half ihr es anzulegen. »Sieht super aus«, sagte Sophie augenzwinkernd und Chrissy strahlte. Leo kam auch die Treppe herunter, er wollte noch nach einer älteren Dame im Dorf sehen. »Melde dich, wenn du was brauchst«, sagte er zu Chrissy. »Alles gut. Ich lasse mich jetzt auf mein Sofa fallen und freue mich einfach«, lachte sie und Leo sah, wie gelöst sie aussah. »Na dann«, grinste er und klopfte ihr auf die Schulter. Chrissy winkte noch, als Sophie auf ihr Fahrrad stieg. »Und Sophie«, sagte Leo. »Ja?« »Heute findet wieder eine Party bei Tristan statt«, sagte er und Sophie runzelte die Stirn. »Ja, wie jedes Wochenende?«, fragte sie und sah ihn nur lächelnd in den Sprinter steigen und davon fahren. Warum hatte er das gesagt? Dann überlegte sie. Zeit für ein Zeichen.

Ihren Eltern hatte Sophie gesagt, dass sie bei Madeleine über Nacht bleiben würde. Bei Madeleine angekommen, borgte sie sich von ihr ein Kleid, ihre höchsten High Heels hatte sie in ihrer Tasche mitgebracht. »Frederik wird Augen machen, wenn du da hinkommst«, sagte Madeleine und zog Sophies lange Haare durch das Glätteisen. »Ich kann es irgendwie nicht glauben, dass ich schon wieder meine Eltern anlüge«, sagte Sophie, die ein schlechtes Gewissen einfach nicht

loswerden konnte. »Wer ist deine Zukunft? Frederik oder deine Eltern?«, fragte Madeleine. »Frederik, denke ich.« »Alles halb so
schlimm, das gehört zum Erwachsen werden dazu. Nur, dass ich irgendwie manchmal das Gefühl habe, dass du das gar nicht willst.«
»Will ich auch nicht, ohne Stella will ich alles nicht mehr«, sagte Sophie
und blickte dann traurig auf ihre Fingernägel, als könnte sich im Na-
gellack eine Weisheit spiegeln, die ihr etwas nützen würde. »Selbst Leo
ist sozusagen mehr bereit weiter zu leben als du«, sagte Madeleine und
hielt in ihrer Bewegung inne, als sie Sophie musterte. »Leo funktioniert
einfach. Es geht ihm so wie mir, denke ich«, sagte Sophie. »Deine al-
lerbeste Freundin ist gestorben. Das ist zweifelsohne schlimm, aber du
lebst doch noch, Sophie«, versuchte Madeleine ihre Freundin aus dem
Berg der Traurigkeit herauszulocken. »Was ist mit Frederik? Sollst du
auch lebend tot sein? Das macht nichts besser und für ihn alles nur
noch schlimmer.« Sophie nickte langsam, denn genauso fühlte es sich
an. »Okay, dann ein Vorschlag: Funktioniere, wie Leo es tut. Wie Leo
es für Frederik tut. Funktioniere für Frederik, bis die Trauer leichter
geworden ist und du wieder Grund finden wirst, leben zu wollen«,
sagte Madeleine und nahm ihre Freundin in den Arm, als diese nur
traurig mit den Schultern zuckte. »Und jetzt erklär mir nochmal, was
diese selbstgewählte Sex-Abstinenz zu bedeuten hat? Ich hab es echt
verstanden, als Stella so krank war und du geholfen hast sie zu pflegen. Also, dass man sich dann nicht in der Stimmung fühlt, um naja
diese wichtige Erfahrung zum ersten Mal zu machen«, griff Madeleine
nun ein anderes Thema auf. »Es muss das erste Mal doch nicht perfekt
sein. Ihr könnt zusammen üben«, sagte Madeleine und zwinkerte Sophie zu. »Ich will es ja. Ich will dieses Leben mit Frederik und unsere
Zukunft. Aber ich fühle mich so unendlich traurig. Ich fühle mich, als
hätte ich nicht das Recht glücklich zu sein. Weil Leo so unendlich traurig ist und Leo und Frederik ihre Eltern verloren haben. Und außerdem, als ich am glücklichsten war, ist alles irgendwie total anders gekommen«, versuchte Sophie eine Erklärung. »Du kannst nicht für
immer traurig sein, aus Angst vor dem Glücklich sein«, entgegnete
Madeleine. »Frederik ist perfekt, es wäre mehr als perfekt mit ihm.
Aber in mir ist gerade gar nichts perfekt. Einfach der Wunsch, dass
alles anders wäre.« »Für heute, meine Liebe, machen wir es uns

perfekt, ok?«, fragte Madeleine und wartete mit einem eindringlichen Blick, bis Sophie vorsichtig lächelnd nickte.

Die Party war bereits im vollen Gange, als Madeleine und Sophie vor Tristans Tür standen und Sophie fühlte sich, als wäre sie in einem Paralleluniversum gelandet. Als würde sie nicht dazugehören. Die vergangenen letzten Monate hatte sie Leo geholfen Stella zu pflegen und aufzumuntern, in den Monaten nach Stellas Tod war sie einfach nur traurig gewesen. Ihr war irgendwie nicht bewusst gewesen, dass zu einem richtigen Leben auch Freiheit gehörte. Zeitgleich kam eine kleine Gruppe Freundinnen heraus, die sich vor dem Haus, eine nach der anderen, eine Zigarette anzündeten. »Frederik ist zum Anbeißen süß«, sagte eine und steckte das Feuerzeug in ihre kleine Umhängetasche zurück. Sophie tauschte mit Madeleine einen kurzen Blick aus. «Nicht durchdrehen jetzt«, sagte Madeleine bestimmt und schob Sophie durch die Tür. Madeleine steuerte Richtung Bar und gab Sophie ein Glas Bowle. »Trink und entspann dich.« Sophie roch erst an dem dunkelroten Gemisch, bevor sie einen kleinen Schluck davon nahm, während Madeleine ihr Glas schnell leer trank und sich danach weiter umsah. »Da auf der Terrasse ist Frederik. Wow! Da sind sogar welche im Pool. Pure Berechnung von diesen Mädchen, wenn du mich fragst«, urteilte Madeleine und zog Sophie auf die Terrasse. In diesem Moment drehte Frederik sich zur Terrassentür und sah Sophie. Sie lächelte ihn an. Und mit dem Blick, den er ihr schenkte, verflogen ihre Zweifel und ihr Grübeln. »Was machst du denn hier?«, sagte er, ließ seine beiden Gesprächspartner einfach links liegen und kam näher an sie heran. »Überraschung«, sagte Sophie und er gab ihr einen Kuss. Erleichtert erwiderte sie den Kuss und strich ihm sanft über die Wange. »Du hattest Recht, ich hätte schon längst mal für dich eine Ausnahme machen sollen«, sagte Sophie und lächelte. Sophie sah zum Pool, in dem Tristan im Wasser ein Mädchen auf den Schultern trug, die mit einem Mädchen rangelte, die auf den Schultern von einem anderen Jungen saß. »Das sind also die berüchtigten Partys«, stellte sie fest. »Ja«, sagte Frederik und Sophie küsste ihn so heftig, dass sie es selbst nicht glauben konnte. »Markiert hier jemand sein Revier?«, neckte er sie, sie zuckte nur mit den Schultern und beobachtete wie Madeleine in bester

Laune mit einem Jungen flirtete und ihn zu einem Billiard Spiel auf-
forderte. Sophie erzählte Frederik alles, was sie in dieser Nacht mit Leo
erlebt hatte und es freute sie, wie er ihr aufmerksam zuhörte. »Ich
werde nicht mehr mitgehen«, sagte sie und Frederik atmete erleichtert
auf, als er ihr über den Arm strich. »Nachschub«, rief ein tropfnasser
Tristan, der drei Champagnergläser in der Hand hielt. »Eine Ehre, dass
du heute Nacht mein Gast bist«, sagte Tristan und reichte Sophie ein
Glas, um danach eine kleine Verbeugung anzutäuschen. Die drei stießen an. »Jede Nacht hat er bis jetzt auf dich gewartet. Wenn die Partys
auf dem Gut stattfinden würden, könnte man fast meinen, dass Frederik der große Gatsby ist«, lachte Tristan, als sich eine Blondine von
hinten an ihn schmiegte. »Lenka«, flüsterte Tristan in Richtung zu Frederik und Sophie. »Ihr entschuldigt mich«, sagte er und nahm Lenka
in den Arm, um mit ihr wegzugehen. Frederik nahm Sophies Hand.
»Wir haben die ganze Nacht Zeit?«, fragte er. »Ja«, sagte Sophie leise
und nickte dazu. »Wir beginnen mit dem Tanzen«, sagte er, als Sophie
ihr Champagnerglas leer auf einem der Tische abstellte. Sie lächelte.
Frederik zog sie nah an sich heran. »Alle starren uns an«, sagte Sophie,
als sie ganz eng in seinem Arm war. »Ich würde auch das schönste
Mädchen ansehen«, flüsterte er ihr ins Ohr und drehte sie, um sie danach noch näher an sich zu ziehen. Nach einiger Zeit vergaß Sophie
alles um sich herum und lachte. »Funktionieren ist gar nicht so
schwer«, dachte sie.

Sophie und Frederik liefen, gut wankend, vom Taxi zum Gut und
lachten immer noch. »Zu viel Champagner«, sagte sie und kicherte.
»Zu wenig Küsse«, sagte er und begann sie wieder und wieder zu küssen. »Meine Füße tun so weh«, sagte Sophie und blieb stehen, um sich
eine Pause von den schmerzenden Füßen zu gönnen. »Warum musst
du auch immer solche Wolkenkratzer Schuhe anziehen?«, fragte Frederik, als er sich hinkniete, um ihr die Schuhriemchen zu lösen. »Was
machst du?« »Ein Märchen rückwärts spielen«, sagte er und nahm sie
über die Schulter hoch und trug sie ins Haus, als wäre sie ein unhand-
licher Kartoffelsack. Er stellte sie auf dem Treppenabsatz ab. »Sehr romantisch«, sagte sie, als sie aufgehört hatte zu lachen. In der Küche
gab Frederik ihr ein Glas Wasser. »So können wir den Kater morgen

etwas begrenzen«, lachte er und stürzte auch ein Glas Wasser hinunter. Die beiden torkelten in den ersten Stock. Im Schlafzimmer angekommen, sah Sophie sich unsicher im Zimmer um. Sie hatte hier noch nie übernachtet und es war ihr komisch so spät hier zu sein. Frederik kramte in seiner Schublade und warf ihr ein T-Shirt zu. Sophie nahm unsicher auf dem Bett Platz und spielte mit dem T-Shirt in ihrer Hand. »Du kannst in einem Gästezimmer schlafen?«, schlug Frederik vor. »Nein, ich möchte bei dir sein, aber…« Sophie sah ihn an. »Ich würde niemals mit dir unsere erste Nacht verbringen, wenn wir beide betrunken sind«, sagte er und nahm neben Sophie Platz. »Ich möchte nur deine Nähe spüren. Und letzte Woche hast du mich echt verletzt.« »Ich weiß, es tut mir leid«, sagte sie.

Tristan besuchte Frederik am Nachmittag. Die beiden wollten zusammen Squash spielen gehen. »Echt cool, dass Sophie gestern aufgetaucht ist«, sagte Tristan und übte einige Schläge in der Luft. »Ja, stimmt«, gab ihm Frederik zur Antwort. »Das hat gestern ganz schön heiß ausgesehen«, sagte Tristan und blickte ihn erwartungsvoll an. »Ist sie bei dir geblieben?«, fragte Tristan weiter und Frederik nickte. »Nicht schlecht! Hat ja ganz schön gedauert, aber mit soliden Mädchen ist das immer so eine Sache. Deswegen kann ich mit so jemanden nichts anfangen«, philosophierte Tristan. »Sie ist nicht so bei mir geblieben«, gab Frederik zu und brachte damit Tristan abrupt dazu in seiner Bewegung inne zu halten, als hätte er sich etwas verrissen. »Sie hat bei dir übernachtet und es ist nichts gelaufen?« Frederik schüttelte den Kopf. »Was hätte das denn werden sollen, wir waren beide ziemlich betrunken?«, fragte Frederik. »Da läuft doch gerade was.« Tristan verstand es einfach nicht. »Sie ist einfach anders und langsam habe ich es auch echt satt danach zu fragen«, Frederik atmete gequält aus. »Das ist aber dann auch nicht normal«, sagte Tristan und überlegte was Sophies Problem sein könnte. »Klar, sind ihre Eltern echt streng und so. Aber gerade die Töchter von solchen Familien haben es faustdick hinter den Ohren«, sagte Tristan. »Also nur meine Erfahrung«, fuhr Tristan fort. »Ich weiß es doch auch nicht. Sie ist mir so wichtig, aber manchmal frage ich mich, ob sie uns überhaupt noch will.« »Frederik?«, fragte Tristan vorsichtig und sah seinen Freund weiter ernst an. »Was?«, fragte Frederik genervt. »Heute Morgen seid ihr in einem Bett aufgewacht oder?« »Ja und?« »Naja, da wart ihr nicht mehr betrunken.« Frederik begann nun von der Gemütslage traurig, zu der Gemütslage wütend zu wechseln, als er über die Worte von Tristan nachdachte. Die einzige Erklärung, warum Sophie ihn weiter auf Abstand hielt, schien wohl diese zu sein: Sie wollte kein gemeinsames Leben mehr mit ihm. »Gehen wir jetzt, oder was?«, fragte Tristan und riss Frederik damit aus seinen Gedanken. Ehe er antworten konnte, sah er wie Leo auf ihn zu rannte und ihn ernst ansah. Sophies Pferd war alleine zu den Stallungen zurückgekehrt, von Sophie fehlte jede Spur. Frederiks Pulsschlag war mit einem Schlag verdoppelt, als Leo ihm erzählte, dass einige bereits nach ihr suchen würden und auch der Krankenwagen schon verständigt war.

Wenige Minuten später gelangte Frederik zum Stall, sein Pferd war schon gesattelt worden. »Sie melden sich, wenn sie etwas Neues wissen«, sagte er zu Thomas und trat in die Sporen und galoppierte Richtung Wald. In Frederik stieg die Angst hoch. Er konnte nicht schon wieder jemanden verlieren. Er galoppierte genau den Weg ab, den Sophie immer am liebsten ritt. Er stoppte, als sein Handy klingelte. Es war Leo. »Ich hab sie gefunden. Im Naturschutzgebiet am kleinen Weiher. Sie ist nicht verletzt«, sagte Leo und Frederik atmete erleichtert auf. Er machte kehrt und galoppierte zum Naturschutzgebiet. Er sprang noch vom Pferd, als das Pferd noch nicht mal ganz zum Stehen gekommen war. Sophie saß auf dem Boden und Leo kniete bei ihr. »Geht es dir gut?«, sagte er und beugte sich zu ihr herab. »Ja«, sagte sie. »Wieso reitest du auch alleine aus. Du hast mich so erschreckt.« »Ich wollte nachdenken«, sagte sie und Frederik überprüfte, ob ihr auch wirklich nichts fehlte. »Was ist passiert?« »Wir sind galoppiert und ich wollte springen und sie hat gescheut und dann lag ich am Boden und sie ist auf und davon«, fasste Sophie kurz die Geschehnisse zusammen. »Du wirst dich überall röntgen lassen und komplette Untersuchung von allem«, stammelte er. »Mir tut doch nicht mal was weh.« »Trotzdem«, sagte er und half ihr hoch. Der Krankenwagen fuhr vor und Frederik bugsierte Sophie hinein und er ärgerte sich maßlos über Sophie, das Schicksal und den Rest der Welt.

Frederik stand am Gate neben Tristan und wartete auf den Flieger, der die Abschlussklasse nach Barcelona fliegen sollte. Es war für Frederik nicht verwunderlich, dass Sophie von ihren Eltern nicht die Erlaubnis bekommen hatte mitzufahren. »Deswegen muss man sich die Frauen auch nach den Eltern aussuchen«, meinte Tristan und erklärte Frederik aufgeregt seinen Plan, welche Clubs sie an welchen Tagen aufsuchen würden. Mit Leo hatte er lange darüber diskutiert, ob eine Abschlussfahrt im Moment das Richtige für ihn war. Er arbeitete sehr viel und an ihm zerrten immer noch die Schicksalsschläge. Eigentlich würde er am liebsten eine Woche am Gut seiner Arbeit nachgehen und wieder einmal einen langen Spaziergang durch die Weinberge unternehmen. Er blickte Tristan an, der nicht wirklich Sorgen in seinem Leben kannte, abgesehen von dem Umstand, dass seine Eltern bisweilen selten zu Hause waren. »Tut mir leid, Tristan, aber mir ist nicht gut«, sagte Frederik und verließ das Gate und den Flughafen, um in ein Taxi in Richtung des Gutes zu steigen.

Leo sah das Taxi, das Frederik wieder ans Gut zurückbrachte, durch das Küchenfenster. Er hatte sich soeben einen zweiten Kaffee gegönnt. Schnell lief er zum Eingang und sah, dass Frederik schon die Tränen über die Wangen liefen. »Was ist passiert?«, fragte Leo, als er Frederik in eine feste Umarmung schloss. »Warum ist das alles passiert?«, fragte Frederik und begann in Leos Armen bitterlich zu weinen. »Schon gut«, sagte Leo und versuchte seinen Bruder zu trösten, bis er begriff, dass es das Beste war ihn einfach weinen zu lassen.

Der Abend des Abiturballs zog nur langsam vorüber und Frederik wünschte sich sehr, endlich diesen Saal verlassen zu können. Drei wichtige Menschen, mit denen er dieses Ereignis gerne gefeiert hätte, konnten nicht hier sein und so saß er irgendwie verloren neben Leo, der eisern versuchte für Frederik eine gesamte Familie darzustellen, obwohl er selbst tief traurig war. Viele der Mitschüler feierten ausgelassen und drängten sich mit ihren Familien auf Bilder, die später in einem Album oder in einem Rahmen einen Platz finden würden. Mit Sophie hatte er vor dem Abiball wieder einen Streit gehabt und so war sie ihm heute auch keine Hilfe, da sie etwas unsicher und distanziert am Tisch mit ihren Eltern saß. Der kleine Reitunfall hatte ihm klar vor

Augen geführt, wie unendlich verliebt er in sie war und sie war irgendwie eher teilnahmslos an ihrem gemeinsamen Leben geworden. Tristan hatte mit seinen Eltern, Großeltern und seiner neuen Freundin am Tisch von Frederik und Leo Platz genommen und brachte die beiden mit seinen leichten Sprüchen doch immer wieder zum Schmunzeln. Frederik war in Gedanken aber schon längst weiter, als dieser Abend gekommen war. Er wollte sich in den nächsten Wochen, bevor sein Jurastudium beginnen würde, um das Gut kümmern. Denn Leo vertiefte sich in sein Studium und Frederik verbrachte die meisten Wochenenden damit neue Kontakte zu knüpfen. Frederik schien ein Talent dafür zu haben die richtigen Menschen zusammen zu bringen und er hatte, durch diese Symbiosen, die dabei entstanden waren, Vorteile für sich erwerben können. »Vielleicht ist das der richtige Weg«, hatte Leo dazu gemeint. »Du bringst die Menschen für wichtige Deals zusammen und kassierst Provision.« Frederik nahm einen Schluck aus seinem Rotweinglas. Geschäftlich hatte sich viel zum Guten gewandt und die Damen und Herren aus den oberen Kreisen waren beeindruckt von dem jungen Mann, der als Vollwaise für sein Gut und seine Projekte einstand. Frederik sah langsam zu dem Tisch hinüber an dem Sophie mit ihren Schwestern, Eltern und ihrem Großvater saß. Auch Tante Jette, die Schwester ihrer Mutter, war mit ihrem Mann aus der Schweiz angereist. Sophie trug ein langes dunkelblaues Kleid und hatte die Haare zu einem seitlichen Knoten gesteckt. Die Schmetterlingskette, an der sie schon den ganzen Abend spielte, funkelte an ihrem Hals. Sophie würde an derselben Universität wie Frederik, Wirtschaft studieren und einige wenige Kurse Kunst besuchen. Ebenso wie Frederik, würde Sophie zu Hause wohnen bleiben. Sophie bemerkte, dass Frederik sie lange ansah und begann vorsichtig zu lächeln, woraufhin Frederik den Blick abwandte. »Es wäre schöner, wenn ihr den Abend nicht so verbringen würdet«, sagte Leo und sah seinen Bruder aufmerksam an. Ihm war nicht entgangen, dass die Stimmung der beiden heute etwas unterkühlt war. »Sie möchte sich bestimmt auch versöhnen.« »Will sie das?«, fragte Frederik angriffslustig und hätte eigentlich lieber die Antwort auf die Frage, ob Sophie diese Beziehung mit ihm noch wollte, gewusst.

»Geh doch bitte zu ihm, Schatz«, sagte Anna und tätschelte Sophies Arm, an der ein silbernes Armband hing. Ein Geschenk von ihrem Großvater zum bestandenen Abitur. Anna war sichtlich mehr um die Partie mit Frederik besorgt, als um Sophies Gefühle und sie hörte nicht auf ihre Tochter zu drängen, den ersten Schritt auf Frederik zuzumachen. Schließlich stand Sophie auf, da sie nicht länger mit ihrer Mutter diskutieren wollte und ging zu dem Tisch von Frederik. Sie überlegte noch, ob sie noch zu einem der anderen Tische ihrer Freundinnen abbiegen sollte, doch Leo stand schnell auf und bot ihr seinen Stuhl an. »Ich wollte sowieso gerade etwas frische Luft schnappen«, sagte er und gab ihr noch eine kleine Umarmung, ehe er seinen Stuhl für sie zurechtrückte. »Hallo«, sagte Frederik, als Sophie auf Leos Stuhl Platz genommen hatte. Sophie nickte nur und sah dann ihre Mutter, die übertrieben lächelte, es sollte wohl bedeuten, dass Sophie Frederik anlächeln sollte. »Können wir vielleicht morgen weiterstreiten?«, fragte Sophie, als sie den Kopf von ihrer Mutter abgewandt hatte, worauf Frederik ihre Hand nahm und diese küsste. »Gerne«, sagte er ergebend und sah dann wieder traurig auf die Tanzfläche, auf der viele tanzten. »Ich bin nicht nur wegen uns so geknickt heute«, sagte er. »Das weiß ich doch«, sagte sie und strich ihm über den Arm. »Verzeih mir, aber ich möchte nach Hause. Ich schaffe es heute nicht mal mit dir zu tanzen. Ich werde deinen Vater fragen, ob er für mich einspringen kann«, sagte Frederik nach einem weiteren Schluck Rotwein. »Das wird nicht gehen«, sagte Sophie und Frederik sah sie nüchtern an, als er den schweren Rotwein hinuntergeschluckt hatte. Sophie nahm aus ihrer Abendhandtasche einen Brief hervor und reichte ihm Frederik, der sofort Katharinas Handschrift erkannte. Um zu vermeiden, dass ihm Tränen in die Augen stiegen, begann er den Brief nicht zu lesen. »Was ist das?« »Das ist der Brief, den mir deine Mutter geschrieben hat. Damals. Dort steht, dass wir am Abiturball zusammen tanzen müssen, egal, ob wir noch zusammen sind oder nicht. Denn du hast dir damals für den ersten Schultag mit mir so eine Mühe gemacht, dass wir daran an unserem letzten Schultag denken sollen.« Frederik lachte. »Das steht da nicht«, sagte er und nahm dann doch den Brief in die Hand, der vor ihm aufgefaltet lag. Sophie deutete auf eine Stelle am Ende des Briefes und Frederik lachte erneut auf. »Wie schön«, sagte er dann und sah Sophie an, als er ihr den Brief zusammengefaltet zurück gab. »Den Rest zu lesen, schaffe ich heute nicht«, sagte er ernst und wischte sich dann schnell eine Träne aus dem Auge. Sophie nickte. »Bereit?«, fragte Sophie nach einiger Zeit. »Bereit«, sagte er, stand auf, nahm Sophie an der Hand und lief Richtung Tanzfläche. Er nahm sie eng an sich und flüsterte dann in ihr Ohr: »Danke für die vielen Nachhilfestunden in unserer Schulzeit. Ohne dich wären meine Zeugnisse nie so gut geworden.« Sophie lachte. »Danke für dich in unserer Schulzeit und in meinem Leben«, gab sie ihm nach einer Weile zur Antwort. Den Rest des Liedes weinte Frederik einfach nur und Sophie hielt ihn ganz fest.

Nach diesem Tanz verabschiedete sich Frederik von Sophie und ihrer Familie, sein Herz war zu schwer um länger bleiben zu können. Leo begleitete ihn nach Hause und verzichtete sogar darauf in dieser Nacht zu seinen üblichen Plätzen zu fahren. Er schlief bei Frederik im Zimmer, nachdem sich die beiden lange über Vergangenheit, Gegenwart und Zukunft unterhalten hatten. Auch Sophie war dabei ein Thema. »Meinst du wir schaffen den Sprung von einem Teenagerpärchen zu einem Erwachsenenpärchen?«, fragte Frederik. »Wieso zweifelst du daran?« »Wir haben noch nicht.« Leo nickte, als er verstand, was Frederik ihm sagen wollte. »Das ist aber nicht der einzige Weg, um erwachsen zu werden«, sagte Leo. »Ja, dennoch«, sagte Frederik und schien auch heute wieder keine Lösung für dieses Problem zu finden.

Leo hatte für Chrissy einige Fachzeitschriften und Bücher besorgt. Die erste Hälfte des ersten Ausbildungsjahres zur Pflegefachkraft war bereits geschafft und sie hatte hervorragende Zensuren. Er klingelte an ihrer Tür, als er im Inneren der Wohnung Stimmen wahrnehmen konnte. »Alles in Ordnung Chrissy? Ich bin es, Leo«, sagte er durch die geschlossene Wohnungstür. »Ja, ich komme gleich«, rief Chrissy und öffnete völlig außer Atem die Tür. »Was ist hier los?«, fragte Leo und sah in dem Moment Männerschuhe neben der Tür stehen. »Das glaub ich jetzt nicht«, sagte er und schob sie von der Tür weg, um in ihr Zimmer zu gelangen. »Warte, Leo. Das ist ganz anders«, sagte sie, aber Leo hatte Jonathan bereits auf dem Sofa gefunden. »Das ist doch ein schlechter Scherz!« Leo schrie vor Wut: »Wie konntest du sie anfassen?« Das Einzige, was Leo davon abhielt Jonathan eine Ohrfeige zu geben, war die Tatsache, dass er ja eigentlich sein bester Freund war. »Es ist doch ganz anders«, sagte Chrissy und berührte Leo sanft an der Schulter. Jonathan war mittlerweile von der Couch aufgeschreckt und auf seinen Freund zugelaufen. »Leo, hör mir zu. Das war nicht geplant und ich wollte es dir erzählen.« »Du gehst jetzt«, sagte er und ihm stiegen vor Wut Tränen in die Augen. So viel hatte er für Chrissy gekämpft. »Ich habe mich in sie verliebt«, brachte Jonathan hervor. »Was?« Leo konnte seinen Ohren nicht trauen. »Bitte was?«, wiederholte Leo seine Frage und sah jetzt Chrissy an. »Es ist wahr. Wir haben irgendwie zueinander gefunden«, bestätige nun Chrissy Jonathans Aussagen. Leo seufzte. »Ich muss mich hinsetzen«, sagte er und nahm etwas verdattert auf dem Sofa Platz. »Ihr habt hier hoffentlich nicht gerade...«, sagte er und deutete auf den Bereich neben ihm. »Wir haben noch gar nichts«, sagte Jonathan und Leo war sichtlich beruhigt, da er nun langsam durchatmete. »Du bist so süß«, sagte Chrissy und wuschelte Leo durch seine lockigen Haare. »Ich hätte fast einen Herzinfarkt bekommen. Erst dachte ich, dass jemand hier bei dir ist und dann hab ich Jonathan gesehen.« Jonathan nahm ebenfalls neben Leo Platz. »Chrissy muss ihren eigenen Weg gehen, herausfinden wer sie ist und was sie möchte. Es wäre leicht sich jetzt wieder von jemand anderen abhängig zu machen. Das muss sie jetzt selbst schaffen, deswegen wollen wir das ganz langsam angehen lassen. Ich helfe ihr beim Lernen und wir unternehmen einige Sachen.« »Gut, dass du das alles schon weißt.« »Alles gut Leo, das ist Vergangenheit«, sagte sie und gab ihm einen Kuss auf die Wange. »Dank dir.«

Ich konnte nicht die Rolle spielen, die so wichtig für dich war. Darum habe ich absichtlich Fehler gemacht, um dich von mir zu erlösen.

Frederik erzählte Leo, dass er wieder zwei Unternehmer zusammen gebracht hatte, für die er die Verhandlungen führen sollte. Diese Fusion bedeutete Zahlenakrobatik im sechsstelligen Bereich. »Wie soll ich das alles schaffen, Leo?«, fragte Frederik und atmete schwer, sie hatten zum Schluss ihres Laufs noch einen Sprint hingelegt. Frederik hielt seine Arme auf seinen Oberschenkeln abgestützt und genoss, dass sein Körper sich so lebendig anfühlte. »Du schaffst es doch schon. Manche Menschen tragen eine Berufung in sich. Wir zwei gehören zu diesen Menschen«, sagte Leo und machte einige Dehnübungen für seine Schultern und den oberen Rücken. Frederik sah Leo nun aufmerksam an. »Du denkst aber nicht wieder darüber nach Priester zu werden? Du kannst mich nicht auch noch alleine lassen«, sagte Frederik erbost. »Jetzt noch nicht. Es wird noch einige Zeit ins Land gehen. Aber es wird dir sogar nützen, wenn du dich nicht mehr durch deinen großen Bruder absicherst. Und wenn es nur unterbewusst ist.« Frederik überlegte. Es stimmte. Bei allen seinen Unternehmungen holte er sich Rat und Zuspruch bei Leo, Leo war sein Mentor geworden. »Ein Visionär, wie du einer sein wirst, braucht eigentlich nur Publikum«, neckte Leo ihn und Frederik sollte erst in einigen Jahren verstehen, was Leo damit gemeint hatte.

Die Beziehung von Frederik und Sophie begann weiter zu unterkühlen. Sophie verbrachte einige Wochen mit ihrer Familie auf Sylt, bevor sie das Studium der Wirtschaftswissenschaften an der dreißig Minuten entfernten Universität anfing. Telefonate mit Frederik während ihres Urlaubs waren selten, er hatte viele geschäftliche Verpflichtungen zu erfüllen. Daher verbrachte Frederik den ganzen Sommer arbeitend und war mit Leo nur einige Tage zum Wandern ins Allgäu verreist. Die übrige Zeit, die Frederik und Sophie miteinander verbrachten, sei es bei Ausritten oder einem Kinobesuch, war immer mehr von Schweigen durchwoben. Auch die diesjährigen Sommerfestspiele, die Sophie wieder an Frederiks Seite verbrachte, vermochten diese Stimmung nicht aufzuhellen. An der Universität kam Frederik allmählich in einen neuen Freundeskreis mit Kommilitonen, die wie er, Jura studierten. Sophie war weiterhin nicht bereit, einfach so weiter zu leben, sie vermisste Stella unendlich. Zu den vielen Partys, die Tristan in seiner nagelneuen Wohnung in unmittelbarer Nähe des Campus veranstaltete, waren alle eingeladen, auch Sophie, nur war sie davon die Einzige ohne Erlaubnis ihrer Eltern. Irgendetwas in ihr rebellierte nicht mal gegen das lächerliche Verbot. Sie war erleichtert, dass ihr jemand diese Entscheidung abgenommen hatte. Frederik wurde von den Mädchen an der Universität nahezu ausnahmslos angehimmelt. Er wirkte viel älter und erwachsener als die jungen Männer, auch erwachsener als die, die schon beinahe mit dem Studium fertig waren. »Dich stört, dass du einen tollen Freund hast?«, fragte Selena, als Sophie ihren Freundinnen mal wieder ihr Herz ausschüttete. »Es stört mich, dass es den anderen so sehr auffällt«, sagte Sophie und verbarg ihr Gesicht verzweifelt hinter ihren Händen. »Ich kann da einfach nicht mithalten. Die sind alle so neu und schön und ich bin einfach die, die er immer schon kennt.« »Er vergöttert dich, Sophie. Immer noch«, sagte Selena und strich ihrer Freundin sanft über die Schulter, um sie zu trösten. Sophies Selbstwertgefühl sank mit jedem Mädchen, das Frederik ein Lächeln schenkte. »Er ist aber so erfolgreich. Alle himmeln ihn an. Er bewegt sich in einer Welt, die ich mir nicht mal vorstellen kann. Plötzlich wollen alle mit ihm reden, ihn kennen, mit ihm Geschäfte machen.« »Du hast also ein Problem damit, dass Frederik erwachsen wird, eine eigenständige und erfolgreiche Person ist?«, fragte Madeleine, die Sophies neues Make-up ausprobierte und an Sophies großen weißen Schminktisch saß. »So habe ich es nicht gesagt.« »Aber gemeint hast du es so. Das ist ganz schön kleinkariert, Sophie.« »Ich weiß. Ich sollte mich für ihn freuen, dass alles so läuft wie es läuft.« »Allerdings«, schloss Madeleine. »Du bist doch auch umwerfend. Er kann froh sein, dass er dich als Freundin hat«, sagte Selena, der es noch nie schwer gefallen war, ein unverschämt großes Selbstwertgefühl mit sich herumzutragen. »Weißt du was dein Problem ist, Sophie?«, fragte Selena weiter. »Nein«, war Sophies knappe Antwort. »Du siehst dich durch einen blinden Spiegel. Du bist viel toller als du denkst. Die meisten Frauen tun das«, sagte Selena und bestätigte ihre Aussage, in dem sie von einem Artikel berichtete, den sie neulich in einer Frauenzeitschrift gelesen hatte. Es klopfte an der Tür und Viktoria steckte ihren Kopf durch die Tür. »Hallo Mädels«, sagte sie und zog aus ihrer großen Handtasche eine Champagnerflasche hervor, die mit Jubeln begrüßt wurde. Selena sprang, immer noch als Letzte ausdauernd jubelnd, auf und nahm ihr die Flasche aus der Hand, um sie mit einem lauten Knall zu öffnen. »Was ist denn hier für eine schlechte Stimmung?«, fragte Victoria, nachdem sie alle Mädchen zum Gruß auf die Wange geküsst hatte. »Sophie dreht schon wieder durch, weil Frederik *Everbody's Darling* ist und er von den Jurastudentinnen fast aufgefressen wird«, sagte Madeleine und verdrehte heimlich die Augen, was Sophie im Spiegel sehen konnte. Sie selbst sagte dazu kein Wort. Sie fühlte sich hundsmiserabel. In ihrem Kopf sammelten sich Bilder von hübschen Mädchen, die um Frederik standen und an ihm zerrten. »Willst du meine Meinung wissen?«, fragte Viktoria und fuhr fort, ohne Sophies Antwort abzuwarten: »Tu es einfach mit ihm. Und selbst, wenn er dich tags darauf mit irgendeiner aus der Uni betrügt. Du hattest Spaß. Wunderbaren Spaß«, sagte Viktoria, als alle, außer Sophie, anfingen zu lachen. »Wisst ihr, was alle diese Mädchen gemeinsam haben?«, fragte Sophie und hatte nun mehr Aufmerksamkeit ihrer drei Freundinnen, als ihr lieb war. Schnell versuchte sie weiterzureden, um die Stille, die im Raum aufgetaucht war, zu durchbrechen. »Die sind alle gleich. Die sind so aalglatt. So perfektes Make-up. Das gleiche Parfüm. Die gleichen Handtaschen. So als hätte ein Perlmutt seine Besonderheit verloren, weil er zu sehr geschliffen wurde«, sagte Sophie und stellte fest, dass diese Erklärung nur in ihrem Kopf Sinn gemacht hatte, als sie in die etwas verwirrten Gesichter ihrer Freundinnen sah. »Du, Sophie, Miss Oberperfekt beschwerst dich, dass diese Mädchen zu perfekt sind?«, fragte nun Selena und nahm einen Schluck aus der Champagnerflasche und zum ersten Mal fiel Sophie auf, dass ihre drei Freundinnen sich nicht wirklich von den Mädchen am Campus unterschieden. Sie ließ ihren Blick auf die Handtaschen und den Schmuck ihrer Freundinnen fallen und blickte dann in die Gesichter, die mit Kajal, Lidschatten und Rouge zu einem perfekten Erscheinungsbild geformt waren. Sie schluckte. »Gut, abgesehen von deinen Sommersprossen auf der Nase. Eventuell bist du einfach zu viel an der frischen Luft«, sagte Madeleine und die drei begannen zu kichern. »Ihr habt Recht, ich bin nicht perfekt. Und zum ersten Mal in meinem Leben bin ich sehr dankbar, dass ich es nicht bin. Sonst würde ich in diesem Einheitsbrei, zu dem auch ihr langsam gehört, nämlich einfach untergehen«, sagte Sophie, stand auf und ließ ihre drei verdutzten Freudinnen in ihrem Zimmer sitzen.

Als Sophie den schmalen Weg zum Gut lief, musste sie ohne Grund lächeln. Ein Strahlen ging über ihr Gesicht und ihr Herz füllte sich mit freudiger Freiheit. Es war ihr, als hätte sie somit heute endlich etwas Entscheidendes verstanden. Es war nicht wichtig, wie die anderen Leute sie sahen. Einzig und allein entscheidend war, was sie selbst über sich dachte. Ihre Mutter hatte sie, seit sie ein kleines Mädchen gewesen war, immer perfekt haben wollen und Sophie war irgendwie stolz auf sich, dass es ihrer Mutter nie gelungen war. Sie hatte sich nicht verbiegen lassen. Sophie erkannte Frederik, der mit einem dicken Wollschal auf der Terrasse stand und telefonierte. Der Herbst würde den Kampf gegen den Winter bald verlieren. Sophie durchschritt den großen Park und das wenige Laub unter ihren Füßen raschelte, bis sie die Stufen zur Terrasse erreicht hatte. Frederik begrüßte sie mit einem Kuss auf die Wange, während er noch versuchte seinem Gesprächspartner ein Abendessen zu entlocken. Triumphierend beendete er das Gespräch, er hatte es geschafft, einen Unternehmer aus Hamburg zum Essen einzuladen. »Herzlichen Glückwunsch«, sagte Sophie und strahlte Frederik an. »Danke. Ich möchte ihn gerne kennenlernen. Er ist total faszinierend«, schwärmte Frederik und als es ihn und Sophie zu frösteln begann, schlug er vor mit Sophie in der Küche eine Tasse Tee zu trinken. »Was ist los mit dir?«, fragte Frederik, als Sophie die Teetasse schmunzelnd auf den Holztisch, der mit einer gestickten weißen Tischdecke bedeckt war, zurückstellte. »Ich fühle mich heute gut«, sagte Sophie. »Schön«, antwortete Frederik und nahm vorsichtig ihre Hand. »Ich möchte diese Hand nie loslassen«, dachte Frederik und war sich nicht sicher, ob ihm das gelingen würde. »Heute habe ich verstanden, warum Stella sich immer so frei gefühlt hat«, sagte Sophie, die ihre Freundin Stella immer um deren innere Freiheit bewundert hatte. »Warum?«, fragte Frederik. »Sie hat sich nicht über andere definiert. Nur über das, was sie in sich gefühlt hat.« Frederik nickte und es schien ihm erst jetzt bewusst zu werden, dass Leo und Stella dieses

Freiheitsgefühl auf besondere Weise geteilt hatten, als er über das, was Sophie gesagt hatte, nachdachte. »Ähnlich wie Leo«, sagte Frederik und nun war es Sophie, die nickte. »Ja genau. Das fühlt sich fantastisch an«, schwärmte Sophie. »Ein Luxus, den ich mir im Moment nicht leisten kann«, erwiderte Frederik und ließ Sophies Hand los, um nachdenklich in seinem Tee zu rühren. »Wie meinst du das?« »Im Moment ist es eben wichtig, wie die Leute mich sehen. Ich werde auch darüber definiert, mit wem ich mich treffe.« Sophie nickte langsam. Die Welt, in der Frederik nun mitspielte, bereitete ihr Kopfschmerzen. »Musst du denn so hoch pokern?«, fragte Sophie nach einer langen Pause, ihre gute Laune schien fast verflogen zu sein. Frederik überlegte, er wusste nicht so Recht, warum er sich so bemühte und so viel Geld verdienen wollte. Er tat es nicht für Ansehen oder Respekt. Er tat es nicht, um eine Frau beeindrucken zu wollen. Er tat es nicht, um seinem Vater etwas zu beweisen oder Leo stolz zu machen. Er tat es einfach, weil sein Weg so vorgezeichnet war. »Manchmal kommt es mir so vor, als würde ich das nicht entscheiden«, gab er ihr nüchtern zur Antwort. »Wer entscheidet es dann?« »Ich lerne jemand kennen und verstehe mich gut mit ihm. Dann lerne ich jemand anderen kennen, der mit demjenigen in Kontakt kommen will, den ich schon gut kenne. Dadurch ergibt sich immer wieder eine Geschäftsmöglichkeit.« »Du bist zwanzig Jahre alt Frederik und du redest wie mein Großvater«, sagte Sophie und erschrak dabei, langsam wurde ihr das Ausmaß der Lage bewusst. »Vielleicht war dein Großvater mit zwanzig Jahren auch schon so«, sagte er und trank seinen Tee aus. Sophie überlegte, das war eine Möglichkeit. »Meinen Großvater möchte ich aber nicht heiraten.« Frederik war aufgestanden, um seine leere Tasse in die Spüle zu stellen, er stoppte in seiner Bewegung. »Wir reden schon vom Heiraten?«, fragte er und genoss Sophies ertapptes Gesicht. »Also vielleicht. Im Moment wohl eher nicht«, sagte Sophie traurig. Irgendwie war ihr schwindelig von den ganzen Gefühlen, die sie in der vergangenen halben Stunde durchlebt hatte. Von hundsmiserabel über unsagbar glücklich, zu entspannt und hoffnungsvoll in einem ungezwungenen Moment mit Frederik und dann doch wieder ertappt von der Realität. Frederik lehnte sich gegen die steinerne dunkle Arbeitsplatte. »Ich dachte, du bist nicht bereit unsere Beziehung auf die nächste Stufe zu bringen?«, fragte er und sah sie aufmerksam an. Unbehaglich rutschte Sophie auf ihrem Stuhl hin und her. »So stimmt das nicht.« Frederik sah sie weiterhin prüfend an. »Im Prinzip ist es ganz gut, dass ich nicht dieselben Laster wie die Männer in den Clubs habe«, sagte er schließlich und blickte dann auf die Uhr, er wollte noch seine Emails beantworten. »Rauchen und trinken übst du ja schon zu genüge«, sagte Sophie und bemerkte erst hinterher, wie laut es nach einem deftigen Vorwurf klang. »Ich meinte Frauen«, sagte Frederik und Sophie blieb der Mund offen stehen. »Die Wirkung, die du auf Frauen hast, durch dein Big Business Getue ist dir also nicht entgangen?«, fragte sie, nachdem sie sich wieder gefangen hatte. »Ich gehe dem aber nicht nach. Oder hab ich dir schon jemals das Gefühl gegeben, dass es anders wäre?« Sophie schüttelte den Kopf und war nun letztendlich wieder bei ihrem Ausgangsgefühl von hundsmiserabel angelangt. »Weißt du, was ich in diesen wichtigen Kreisen gelernt habe? Besonders in der letzten Zeit?« Sophie schüttelte den Kopf und war sich gar nicht sicher, ob sie die Antwort wissen wollte. »Nichts darf dein Selbstwertgefühl erschüttern und wenn es doch mal passiert, darf es dein Gegenüber nie merken«, sagte Frederik und sah Sophie aufmerksam an. Ihm war nicht entgangen, dass Sophie mit den ganzen Veränderungen nur schwer umgehen konnte, er hatte nur nicht die Kraft und Zeit sich auch noch darum zu kümmern. Und er konnte sogar verstehen, dass es Sophie Angst machte, was momentan um die beiden herum passierte. Frederik hatte das Erwachsenen werden einfach übersprungen und es war nun Sophies Entscheidung den Absprung zu wagen. »Langsam glaube ich, dass ihr euch gegenseitig braucht, um euch zu bewundern. Ihr berührt euch unauffällig am Arm, ihr sprecht den Vornamen des Gegenübers unnatürlich oft aus und stellt euch alle abwechselnd auf ein Podest, damit jeder Mal Applaus bekommt«, sagte sie und ihre Augen blitzten dabei. Die Heuchelei in diesen Clubs und all den wichtigen Veranstaltungen war ihr manchmal einfach zuwider und sie wünschte sich so sehr Stella an ihrer Seite zu haben. Mit ihr war das Leben so viel schöner und leichter gewesen. Bis jetzt hatte sie brav mitgespielt und nie ein negatives Wort über Frederiks Arbeit verloren. Frederik war sichtlich erstaunt, dass Sophie diese unterschwelligen psychologischen Tricks durchschaute und ihm ging heute zum ersten

Mal auf, dass ihr diese Veranstaltungen mitunter nicht zusagten. »Ich stelle dir jetzt eine Frage, die du dir in Ruhe überlegen kannst«, sagte Frederik ernst. »Möchtest du die Frau an meiner Seite sein, mit allen Konsequenzen?« Sophie schluckte. Diese Frage hatte sie sich in den letzten Wochen mehrmals und täglich und manchmal mehrmals in einer Minute gestellt. Es gab auf diese Frage nur ein klares *Ja* oder ein klares *Nein*. Seit Stellas Tod war es immer nur ein leises *Vielleicht* gewesen. Frederik zog eine Augenbraue hoch, als Sophie einfach im Schweigen verharrte. Er hatte gehofft, dass Sophie nicht zu überlegen brauchte. »Nun gut. Dann reden wir weiter, wenn du es dir überlegt hast«, sagte er sichtlich gekränkt und ging, ohne ihr noch einen Kuss zu geben, in sein Arbeitszimmer.

Sophies Beine fühlten sich an wie Blei, als sie von ihrem Stuhl aufstand. Wieso hatte sie nicht laut ja gerufen? Er war doch alles was sie wollte. Warum hatte sie es nicht über die Lippen gebracht? Wegen ein paar junger Mädchen, die in Frederik verliebt waren? Kann man denn so wenig Ellenbogen haben, rügte sie sich selbst. Mit Stella wäre einfach alles so viel einfacher gewesen. Sie hätte mit ihr zusammen für das Glück kämpfen können. Ein Nachmittag mit der todkranken Stella war schöner gewesen, als ein ganzes Wochenende mit ihren drei Freundinnen, die nur noch Partys, Geld und Jungs im Kopf hatten. Sophie seufzte, als sie aus der schweren Küchentür ging und ungeschickt mit Martha zusammenstieß. »Oh! Entschuldigung!«, sagte Sophie, sie hatte Martha fast die Tür an den Kopf geknallt. »Ja Kind, schon gut. Mir sind nur die Einkäufe aus der Hand gefallen«, sagte sie und war schnell dabei alles wieder einzusammeln. »Ich helfe dir, Martha«, sagte Sophie und sammelte Kekse, Tortenguss und Backhefe wieder zurück in Marthas geflochtenen Einkaufskorb, als sie eine kleine Tüte vom Juwelier entdeckte. »Oh, das bitte nicht«, sagte Martha und nahm Sophie schnell die Tüte aus der Hand. »Was ist das?«, fragte Sophie, wer würde sich in diesem Haus Schmuck kaufen? »Hat Frederik eine Freundin?«, brachte Sophie panisch hervor und dachte dann, dass es vielleicht ratsam wäre, schnell psychologische Hilfe aufzusuchen. Vielleicht ist zu wenig Selbstbewusstsein schädlich fürs Gehirn. Wer würde schon seine Köchin zum Juwelier schicken, um ein Geschenk für eine heimliche Freundin zu kaufen. Das machen doch eher

Sekretärinnen oder nicht? Martha schüttelte den Kopf und sammelte dabei die letzten herabgefallenen Einkäufe vom Boden auf. »Ja, hat er. Dich!«, sagte sie und verschwand dann lachend in der Küche. Schnell war Sophie ihr gefolgt. »Martha, das ist nicht witzig«, sagte sie streng und riss ihr die Tüte vom Juwelier aus der Hand. »Bitte, ich kriege wirklich Ärger, das ist dein Geburtstagsgeschenk«, sagte Martha und versuchte noch Sophie die Schatulle zu entreißen, die Sophie bereits öffnete. »Und außerdem, wenn du schon vermutest, dass Frederik eine Freundin hat, dann wirst du ja jetzt da drin wohl kaum die Antwort finden, ob es für dich oder für die Phantomfreundin ist«, sagte Martha und verdrehte die Augen. »Doch«, sagte Sophie, als sie das Collier mit einem diamantenen Herzanhänger sah, dessen Mitte aus wildem Perlmutt bestand.

»Sie hat mir immer noch keine Antwort auf meine Frage gegeben«, sagte Frederik zu Leo, als sie nach dem Essen eine Partie Schach spielten. Silvester war gerade einige Tage vorbei und das Gut lag völlig eingeschneit in der Landschaft. Leo beendete gekonnt die große Rochade und sah seinen Bruder aufmerksam an. »Sie weiß doch im Prinzip gar nicht, was die Konsequenzen sind«, sagte Leo. »Viel Arbeit, wenig Zeit und eventuell einige Mädchen, die das toll finden«, fasste Frederik zusammen und tat sich schwer, sich einen guten Zug zu überlegen. »Sollte sie nicht ihr Leben auch erstmal gestalten können?«, fragte Leo und Frederik dämmerte, was er seit einigen Jahren versuchte zu ignorieren. Sophie müsste mitspielen, wie seine Mutter es getan hatte. Ihre Träume aufgeben. Oder das Projekt Gut würde nicht funktionieren. »Ich sollte sie frei lassen?« »Das habe ich nicht gesagt. Nur, dass du es eben mit ihr besprechen solltest. Du überrennst sie ja mit deinen Plänen.« Frederik nickte. »Sophie ist prädestiniert für das Gut, für dich. Ihr seid nur sehr jung...« Leo überlegte, wie er den Satz beenden sollte. »Du baust dein Netzwerk immer weiter aus und kannst nun auch größere Projekte angreifen. Sie ist jetzt eben mit dir im kalten Wasser gelandet. Vielleicht solltest du ihr etwas beim Schwimmen helfen?« »Kann sein«, gab Frederik zurück und entschloss sich, nun doch einen weiteren Bauer im nächsten Zug zu opfern. »Wenn wir eine Pause einlegen und sie sich in Ruhe verwirklichen kann?«, fragte Frederik, doch

Leo schüttelte den Kopf. »Ich halte nichts von halben Sachen«, entgegnete Leo. »Ja, das habe ich gesehen. Priester ja, Priester nein, Heiratsantrag, Priester ja«, scherzte Frederik, worauf Leo laut auflachte. »Willst du, dass Sophie die Eine ist?«, fragte Leo schließlich, nachdem er beschlossen hatte Frederik gewinnen zu lassen. »Ich brauche es nicht zu wollen. Es ist bereits eine Tatsache.«

Das erste Semester neigte sich dem Ende zu und Frederik hatte nach dem Jahreswechsel zwei Deals vermitteln können, wofür er eine Provision erhalten hatte, die größer war, als das Jahreseinkommen so manchen Familienvaters. »Ist Geld nicht irgendwie komisch?«, fragte Leo, als er die Kontoauszüge bestaunte, die den Geldeingang zeigten. »Da steht einfach eine Zahl und die bestimmt dann alles«, sagte Leo. »Vater hatte Recht: Geld sucht immer Geld«, antwortete ihm Frederik. »Gut für uns, dann kommen da vielleicht noch mehr Stellen vor dem Komma dazu«, scherzte Leo, der nicht am Geld interessiert war, sondern daran, dass Frederik das Gut werde am Leben erhalten können und somit alle Arbeitsplätze.

An einem kühlen Februarnachmittag hatten Frederik und Sophie sich zum Reiten verabredet. Da die Waldwege vereist waren und es mitunter für die Pferde gefährlich werden könnte, sollten sie auf dem Eis den Halt verlieren, hatten sie sich kurzerhand dazu entschieden einen Film anzusehen. Dem Film schenkten beide nicht wirklich Beachtung, denn sie genossen es, endlich mal wieder Zeit füreinander zu haben. Frederik küsste Sophie aufregend und zärtlich, als er seine Hand unter ihre Bluse schob. »Möchtest du heute bei mir bleiben?«, fragte Frederik. »Ich denke nicht.« Frederik nickte, war irgendwie fast klar gewesen. »Was ist eigentlich dein Problem? Dass du Angst vor deinen Eltern hast? Wir sind nicht mehr fünfzehn Jahre alt«, brachte er hervor, denn er war schlagartig wieder so wütend geworden. »Ich habe keine Angst vor meinen Eltern«, sagte Sophie trotzig. »Dann erklär mir, was dann das Problem ist. Warum können wir nicht miteinander schlafen?« Sophie wurde unwohl, diese Art von Diskussion führten sie beinahe täglich und sie wusste eigentlich auch nicht wirklich eine gute Antwort all auf seine Fragen. »Ich möchte es einfach noch nicht«, sagte Sophie. »Und wann möchtest du es? Wir sind nun sieben Jahre zusammen.« Sophie verharrte im Schweigen, sie wusste, dass sie irgendwie im Zugzwang war und dass alle ihre Freundinnen und auch die Freunde von Frederik bereits diese Erfahrung gemacht hatten. »Ich weiß es nicht«, ihre Stimme war leiser geworden. »Alle anderen tun es doch auch. Warum wir nicht? Vertraust du mir nicht?« Sophie richtete sich auf, sie waren schon zu oft an diesen Moment gelangt. »Wir haben Abitur, wir studieren, alles ist gut. Was brauchst du noch, damit du es möchtest?« Sophie biss sich auf die Lippe, sie wollte es ja, aber irgendwie auch nicht. »Meine Mutter sagt, dass du jede haben könntest und ich sollte mich nicht so verletzlich machen, wenn du es dir eines Tages anders überlegst.« Frederik rollte mit den Augen. »Ich weiß wirklich nicht, was deine Mutter mit dieser Situation zu tun hat. Wir gehören zusammen, Sophie.« »Dann kannst du ja auch noch warten«, provozierte Sophie und sprang auf, um aus der Tür zu gehen, doch Frederik war schneller als sie und versperrte ihr den Weg. Er küsste sie lange und sagte dann: »Wir sind perfekt zusammen, Sophie. Nichts in der Welt wird das verändern. Und wenn wir miteinander schlafen, wird das unsere Liebe nur stärker machen.« Dabei zog er sie näher zu sich hin und berührte nochmals sanft ihre Lippen. Sophie löste sich, nur mit einer immensen Überwindung, aus dieser Umarmung. »Ich möchte, dass wir erst heiraten«, brachte sie hervor, denn das war das Einzige, was ihr spontan eingefallen war. »Was?« »Ja, dann kann ich mir sicher sein, dass du nicht …«, sie wusste nicht, wie dieser Satz zu Ende gehen sollte. »Zunächst sind wir gerade mal zwanzig und weiter misstraust du mir ja doch!« »Wenn wir für immer zusammen bleiben, können wir auch gleich heiraten«, sie versuchte zu ignorieren, wie naiv das klang. »Weil deine Eltern dich jetzt heiraten lassen würden!« Frederik schnaubte. »Meiner Mutter würde ein Herzenswunsch in Erfüllung gehen«, scherzte Sophie, doch Frederik blickte sie weiterhin ernst an, ihm war nicht im Geringsten zum Lachen zumute. »Wie naiv kann man sein, wenn man denkt, dass ein Stück Gold am Finger irgendeine Art von Sicherheit für zwei Leben erzeugt«, sagte er und konnte nicht fassen, dass sie ihn wieder so hatte kränken müssen. Nach allem, was sie zusammen durchgemacht hatten. »Weißt du Sophie, ich werde heute doch auf die Party von Tristan gehen!« Sophie schluckte. »Wenn du das möchtest«, sagte sie traurig und verschwand aus der Tür, als ihr Frederik noch ein: »Reiten ist weitaus gefährlicher als Sex«, hinterher schmetterte und dann vor lauter Wut die Tür zuknallte.

Unten im Foyer rannte eine weinende Sophie fast Leo um. »Verzeih«, schluchzte sie. »Hey, was ist denn mit dir los?«, fragte Leo besorgt und Sophie stellte fest, dass es ihr immer noch ungewöhnlich war, Leo in seiner Soutane zu sehen, er hatte beschlossen der Berufung wieder Raum zu geben. Anstatt eine Antwort zu geben, schüttelte Sophie nur den Kopf und stürmte weiter Richtung Ausgang. Sie wollte einfach nur hier raus.

»Ich gehe davon aus, dass ihr wieder über dasselbe Thema gestritten habt?« Frederik nickte, als Leo zu ihm ins Zimmer gekommen war, um nach dem Rechten zu sehen. Er drehte die Musik etwas leiser, die Frederik nach Sophies Verschwinden laut aufgedreht hatte und nahm neben seinem Bruder auf dem Bett Platz. »Gib ihr doch noch ein wenig Zeit. Je mehr du sie drängst, desto mehr wird sie sich verschließen.« Frederik gab ihm keine Antwort und starrte weiterhin auf den Boden. »Du willst doch, dass sie sich in aller Freiheit dazu entschließen kann, oder nicht?« Frederik nickte »Die Frage ist, warum sie es bis jetzt noch nicht wollte«, entgegnete Frederik, sein Blick blieb wie gefesselt auf dem Boden hängen. »Bring jetzt bitte wieder nicht das Argument vom letzten Mal, weil es alle tun, müssen wir es auch tun.« Leo verdrehte die Augen. »Schön, dass du der Welt abgeschworen hast, ich lebe noch darin«, blaffte er ihn an, ehe sein Handy klingelte. Es war Tristan. »Hey Riks, was ist nun mit heute Abend? Sag mir bitte, dass du nicht wieder zu Hause mit Sophie bleibst«, sagte Tristan mit einem Unterton, der deutlich zu erkennen gab, dass Tristan mittlerweile kein großer Sophie-Fan mehr war. Das Leben an der Universität gefiel ihm und er wollte endlich, dass Frederik mit ihm zusammen das Leben und die Freiheit auskostete. »Ich komme heute Abend«, sagte Frederik und hörte wie Tristan jubelte. »Sehr gut und wenn du deine Angebetete zu Hause lässt, habe ich eine Überraschung für dich«, sagte er vielversprechend und Frederik war klar, dass es sich wieder um ein Mädchen handeln würde, das Tristan ihm vorstellen wollte. Er seufzte und sagte zu, dass er bereits in einer Stunde da sein könnte. Leo blickte Frederik an, als dieser das Gespräch beendet hatte. »Willst du meine Meinung zu heute Abend wissen?« »Eigentlich nicht, Bruderherz«, sagte Frederik und umarmte seinen Bruder. »Mach keine Dummheiten«, rief ihm Leo noch hinterher, doch Frederik war schon auf dem Weg, um sich umzuziehen. Er ignorierte Sophies Anrufe und war bereits eine Stunde später bei Tristan, wo auch die anderen beiden Freunde eintrafen. Max hatte Annabelle bei sich, eine Jurastudentin, die er aus der Vorlesung kannte. Vincent brachte Sina mit. Sie studierte Politikwissenschaft, so wie Vincent. Tristan öffnete Frederik strahlend die Tür. »Du bist ja gut drauf«, sagte Frederik und überreichte ihm eine Flasche Whiskey, die er noch im Keller gefunden hatte. »Wow, sehr gut. Ich habe das Gefühl der Abend wird mega und mega und mega!«, frohlockte Tristan und um seine Vorfreude zu unterstreichen, tänzelte Tristan von einem Fuß auf den anderen. Nachdem sie einige Flaschen gekühlten Champagner geleert hatten und die Party so langsam in Fahrt kam, klingelte es an der Tür. »Nun ist es Zeit für deine Überraschung!«, sagte Tristan und schob einige Sekunden später zwei hübsche Austauschstudentinnen aus Amerika durch die Tür. Er nahm eine an der Hand und legte ihre Hand in Frederiks und sagte: »Das ist Catherine!«, als er hinter ihrem Rücken zwei Daumen hochhielt. Frederik lachte und begrüßte sie mit zwei Küssen auf die Wange. Ihre Freundin hieß Cynthia und war ebenso hübsch wie Catherine. Catherine trug ein hautenges rotes Kleid mit einem tiefen Rückenausschnitt und lächelte ihn an, als sie sich durch ihre schulterlangen braunen Haare strich. Frederik erfuhr, dass Catherine vierundzwanzig Jahre alt war und nur noch zwei Wochen in der Stadt sein würde. Sie studierte Ingenieurswesen und wollte später in der Automobilbranche arbeiten. Frederik konnte sich sogar mit ihr über Autos unterhalten und war auch ansonsten sichtlich angetan von ihr. Die Wohnung von Tristan füllte sich und die Musik wurde lauter. »Sind die zwei nicht süß?«, fragte Tristan frisch verliebt, als Frederik aus dem Kühlschrank eine weitere Flasche Whiskey holte. Tristan war offensichtlich hellauf begeistert, dass Frederik seinen Verkupplungsversuch nicht, wie sonst, ausgeschlagen hatte. »Ja, sind sie«, sagte Frederik und nahm einen Schluck aus seinem Whiskeyglas.

Zur selben Zeit war Sophie am Gut. Sie schleppte eine riesige Tasche mit Kerzen, Champagner und Blumen in Richtung des großen Glaspavillons neben dem Poolhouse. Dort wollte sie die letzten Vorkehrungen für die Überraschung treffen. Sie hatte ihm eine Nachricht geschrieben, dass er um einundzwanzig Uhr dort sein solle. Am frühen Abend hatte sie bereits zusammen mit Marlene Lichterketten und Tücher angebracht. Das Ergebnis war perfekt, sogar an Musik hatte sie gedacht. Madeleine hatte versprochen ihr Alibi zu sein. Sophie rückte ihr Kleid zurück, ehe sie begann die Kerzen und die Gläser mit dem Champagner zu drapieren. Sogar einige Häppchen hatte sie mitgebracht. Ungeduldig starrte sie auf ihr Handy, noch fünf Minuten bis neun.

Frederik hing, wie gefesselt, an Catherines Lippen. Gekonnt strich sie ihm über den Arm und ließ spielerisch ihr Bein sanft sein Bein berühren. Als er sie zum Lachen brachte, legte sie ihre Hand auf seinen Oberschenkel und ließ diese provokativ dort liegen. Frederik atmete tief durch. »Was Sophie wohl gerade macht«, dachte er und wischte den Gedanken so schnell wieder weg, wie er gekommen war. Im Prinzip war ihre Antwort auf seine Frage noch ausständig, was wohl so viel heißen mag wie: Ich möchte mein Leben nicht mit dir teilen. Enttäuscht nahm er einen weiteren kräftigen Schluck aus seinem Glas und atmete tief durch. Und als Catherine Frederik spontan bat ihr seine Autos zu zeigen, verstand Frederik, dass es sich dabei nur um einen Vorwand handelte und er war gerne bereit mitzuspielen. Da er schon gut angetrunken war, rief Frederik für die beiden ein Taxi, auf dessen Rückbank Catherine Frederik sehr nahe kam. Als sie an seinen Ohrläppchen knabberte und ihm sanft über den Oberschenkel streichelte, wusste sie nicht, dass sie dieses Spiel schon gewonnen hatte. Sein Wille war gebrochen. Im Gut angekommen, holte Frederik zwei Gläser Champagner und nahm Catherine an der Hand, um mit ihr in die große helle Garage zu gehen. Dort befand sich der Fuhrpark des Gutes und zwischen zahlreichen schwarzen Bentleys, fand sich auch ein Mercedes Offroader, ein Jaguar Oldtimer Cabrio und ein Ferrari. Catherine war sichtlich beeindruckt und kletterte auf dem Fahrersitz des dunkelgrünen Jaguars, nachdem Frederik auf dem Beifahrersitz Platz genommen hatte. »Wow«, sagte sie und strich mit beiden Händen über das Lenkrad. Er sah sie lange an und überlegte. Sophie war irgendwie ganz weit weg, seine Gedanken waren nur in dieser Situation gefangen. Er beobachtete wie ihr Atem ihre Brust langsam auf und ab bewegen ließ. Catherine ließ ihren Blick über das Armaturenbrett wandern und fuhr mit den Fingern langsam über das glatte Holz, bis ihre Hand sich schließlich in seiner fand. Und dann schneller als er diesen Moment erleben konnte, küsste er sie. Hals über Kopf. Als Catherine ihren Mund öffnete und er mit seiner Zunge ihre spürte, überschlugen sich die Ereignisse und er bekam nur noch schemenhaft die Szenerie mit, während sein ganzer Körper vibrierte. Catherine mit ihrem roten Kleid auf seinem Schoß. Seine Hand auf ihrem Po. Catherines Küsse auf seinem Hals. Ihr Duft in seiner Nase. Catherine barfuß in seinem Schlafzimmer. Champagner. Ihr schwarzer Slip. Sein Hemd auf dem Boden. Als Fredrik aus diesem Taumel erwachte, musste er feststellen, dass Sophie im Zimmer stand und ihn mit großen traurigen Augen ansah. Wie als würden Traum und Wirklichkeit verschmelzen, realisierte Frederik, was er gerade getan hatte. Er schreckte hoch und stand mit einem Satz vor Sophie, während er noch kläglich versuchte seine Boxershorts anzuziehen. Sophie rannen die Tränen über die Wangen. »Wie konntest du? Das war unser erstes Mal. Es hat uns gehört, bis du es hergegeben hast und dazu noch an eine Wildfremde!?« »Honey, come back to bed«, sagte Catherine zuckersüß und sah dabei Sophie provokant in die Augen. Sophie schnaubte und ihr war schlagartig bewusst, dass der Amerikanerin solche Situationen nicht neu waren. »Es ist doch alles ganz anders, Sophie«, sagte Frederik und kaufte sich diese Ausrede selbst kaum ab. »Ich wollte das mit dir erleben, aber…« Sophie nickte. »Schon gut. Aber ich wollte nicht. Und so wurde ich einfach ausgetauscht«, sagte sie und machte auf dem Absatz kehrt, um zur Haustür zu laufen. Frederik erreichte sie noch in der Eingangshalle. »Bitte, Sophie. Verzeih mir, ich weiß nicht, wie das passieren konnte. Nach unserem Streit war ich so geknickt und…«, versuchte er ein Plädoyer, woran allerdings suboptimal war, dass er noch halbnackt vor ihr stand. »Fass mich nicht an! Du widerst mich an!«, schrie sie ihn an und stieß Frederik von sich. Als die große Haustür ins Schloss gefallen war, blieb ein verzweifelter Frederik zurück, der auf seine Knie sank und dann nur langsam den Weg zurück in sein Zimmer fand. »Geh jetzt einfach«, sagte Frederik, als er Catherine immer noch nackt in seinem Bett fand. Er warf Catherine das rote Kleid auf das Bett. Catherine stand auf, um ihn zu küssen. Und aus Gründen, die er selbst nicht verstehen konnte, schlief er ein zweites Mal mit ihr. Diesmal nur in Gedanken bei Sophie.

Sophie wusste nicht wohin. Nach Hause konnte sie nicht, da ihre Eltern dachten, dass sie bei Madeleine sei. Zu Madeleine konnte sie nicht, weil es schon zu spät war und sie das ganze Haus aufwecken würde. So entschloss sie sich im Pavillon zu übernachten. Nach einer unruhigen Nacht, in der sie mehr weinte als schlief, wachte sie auf, als Frederik ihr durch das Haar strich. Martha hatte ihm berichtet, dass Sophie eine Überraschung für ihn vorbereitet und nun alleine im Pavillon geschlafen hatte. »Was machst du hier?«, fragte er vorsichtig, als Sophie die Augen öffnete und sah, dass sie immer noch ganz verweint aussah. Sie stieß seine Hand weg und rutschte einige Zentimeter weiter nach hinten. »Ich konnte nicht nach Hause«, gab sie zur Antwort, obwohl alles in ihr sich weigerte mit ihm zu sprechen. »Und wieso nicht?«, fragte er sie. Sophie wurde wieder wütend. »Ich habe meinen Eltern erzählt, dass ich bei Madeleine übernachten würde, damit wir hier zusammen unsere erste gemeinsame Nacht verbringen können. Aber was geht dich das noch an.« Frederik seufzte. »Es tut mir so leid, Sophie«, er suchte ihre Hand, doch sie stand auf, sammelte einige Sachen auf und war dabei zu gehen. »Ich habe einfach die Kontrolle verloren.« Sophie nickte. »Das habe ich gesehen.« »Bitte Sophie, wir kriegen das hin. Ich tue alles, damit es wieder so wird wie früher zwischen uns. Alles, was du willst. Wir können auch nochmal übers Heiraten sprechen«, flehte er sie an. »Ich habe nichts mehr mit dir zu sprechen, wir zwei sind fertig«, sagte sie schroff »Das kannst du nicht ernst meinen. Wir gehören zusammen, Sophie. Du und ich für immer.« Ihre Augen blitzten. »Du hast es dir so ausgesucht. Gestern hast du uns mit Füßen getreten, verlange nicht, dass ich das jetzt nicht auch tue«, sagte sie und rauschte aus dem Pavillon. Er blickte sich um und sah wie schön sie alles vorbereitet hatte. Die Kerzen, Blumen und Tücher. Auch an seine Lieblingsmusik hatte sie gedacht.

Als Frederik zum Gut zurückkehrte, sah er Tristan vorfahren. Er hatte Cynthia dabei und wollte Catherine abholen. Die drei wollten shoppen gehen. Frederik sah, dass Cynthia und Tristan immer noch flirteten und realisierte, dass sein Freund die verbleibenden zwei Wochen mit Cynthia ausnutzen würde. Am Auto angekommen, gab Catherine Frederik einen sanften Kuss auf die Wange. Als er ihren Duft roch, ereilten ihn Erinnerungen aus den Bewegungen der letzten Nacht und er versuchte die Erregung, die davon entstand, einfach zu ignorieren. »Hey man, was ist los?«, Tristan bemerkte, dass sein Freund distanziert und gedankenverloren war. »Sophie hat uns heute Morgen zusammen im Bett gefunden.« Tristan verzog die Mundwinkel, als hätte er auf etwas Saures gebissen. »So ein Mist aber auch! Aber wie war denn nun dein erstes Mal?« Frederik musste lächeln, obwohl ihm eigentlich gar nicht danach zu Mute war. »Na, siehst du! Also wir hauen ab, Sophie beruhigt sich schon wieder.« Frederik nickte, aber ihm war bewusst, dass alles jetzt noch komplizierter werden würde.

Frederik lief die Stufen zum Haus hoch und nahm auf der Couch im großen Wohnzimmer Platz. Er legte seine Füße auf den Couchtisch ab und überlegte, was er nun tun sollte. So hatte er sich das alles nicht vorgestellt. Als er einige Zeit regungslos vor sich hinstarrte, betrat Leo das Zimmer und nahm auf dem Couchtisch Platz, sodass er Frederik direkt in die Augen sehen konnte. Frederik zog seine Füße zurück. »War es das wert?«, fragte Leo und sah Frederik fordernd an. »Vermutlich nicht«, gab Frederik zu. Leo war nicht entgangen, dass eine Unbekannte die Nacht hier verbracht und Sophie die beiden zusammen gefunden hatte. »Und du warst natürlich gestern wieder als Nationalheiliger unterwegs und hast junge Frauen vor Männern, wie ich jetzt einer geworden bin, beschützt?« Die Ironie war deutlich in seiner Stimme zu hören. »Ich habe drei nach Hause gebracht«, sagte er knapp und gab sich von dem Seitenhieb seines Bruders unbeeindruckt. »Meinst du, sie kommt zurück zu mir?«, fragte Frederik und Leo überlegte. »Schwer zu sagen. Könnte schwierig werden.« Frederik nickte. Er musste erstmal schlafen, um einen klaren Kopf zu bekommen.

Als Frederik noch am gleichen Abend vor der Werfen Villa stand, war er unschlüssig, was er ihr sagen sollte. Er hielt einen großen Blumenstrauß in den Händen und in seiner Jackentasche waren blaue Diamantohrringe, die er für sie gekauft hatte. Vorsichtig drückte er den Klingelknopf. Die Haushälterin öffnete Frederik die Tür und machte sich dann daran, Sophie an die Tür zu holen. Überrascht und dankbar seufzte er, als Sophie im Türrahmen erschien. »Ich möchte mich bei dir entschuldigen, auch wenn es unverzeihlich ist, was ich getan habe«, sagte er vorsichtig, als ihre Augen vor Zorn und Enttäuschung funkelten. Er reichte ihr wortlos den Blumenstrauß und dann das kleine Geschenketui und Sophie entdeckte die schimmernden Ohrringe, die sie sich schon lange gewünscht hatte. Sie klappte das kleine Kästchen zu und drückte es ihm, zusammen mit dem Blumenstrauß in die Hand zurück. »Bitte geh Frederik. Ich möchte dich nicht mehr sehen«, sagte sie und schlug ihm die Tür vor der Nase zu, ehe er auch nur anfangen konnte sich zu erklären. Ernüchtert nahm Frederik an der Stufe der Werfen Villa Platz. Und wenn ich hier jeden Tag hierher kommen muss, irgendwann wird sie mir verzeihen.

Lass mein Herz nicht los. Deine Liebe ist das Einzige, das die gebrochenen Teile zusammenhält.

Einige Wochen vergingen und Sophie weigerte sich weiterhin auch nur ein Wort mit Frederik zu sprechen, sie war dabei, unbemerkt einen Studienortwechsel in die Schweiz zu planen. Sich all seiner Schuld bewusst, ging Frederik jeden Tag zur Villa, doch kein einziges Mal mehr kam Sophie an die Tür. »Meinst du nicht, dass du ihm verzeihen kannst?«, fragte Marlene, als sie Frederik erneut auf der Stufe vor dem Haus sitzen sah. »Nein, das kann ich nicht«, sagte Sophie und zog ihre nagelneuen hohen Schuhe aus dem Karton. Sie würde zur Semesterabschlussparty gehen, dieses Mal sogar mit der Erlaubnis ihrer Eltern. »Er ist ins Auto gestiegen und gefahren«, berichtete Marlene die Ereignisse, die sich in der Auffahrt abspielten. »Gut, dann kann ich endlich losfahren.« Sophie blickte in den Spiegel, es war schwer nicht mehr die Freundin von Frederik zu sein. Ihr ganzes Leben war eng mit ihm verbunden und sie fühlte sich schrecklich einsam ohne ihn. Am schlimmsten war diese doofe Eiche, die arrogant vor ihrem Fenster stand und sie an eine Zeit erinnerte, in der sie noch glücklich gewesen war. Sie zog ihren Lidstrich mit einer geraden Handbewegung und kontrollierte ihren Augenaufschlag. Morgen beginnt ein neues Leben in der Schweiz, machte sie sich selbst Mut.

Frederik war unruhig, schon seit zwanzig Minuten starrte er ununterbrochen zur Tür, ob Sophie nicht heute doch kommen würde. »Sie kommt sowieso nicht«, sagte Tristan in einem sehr gelangweilten Ton und verdrehte dabei die Augen. Seit der Nacht mit Catherine war Frederik im Liebeskummermodus und nur noch schwer zu ertragen. Frederik hatte zudem auch noch so viel mit dem Gut zu tun, dass er zumeist an den Vorlesungen nicht teilnahm, sondern sich nur nachts den Stoff reinpaukte. Daher war es Tristan auch nicht möglich seinen Freund in der Uni zu treffen und in der wenigen Zeit, die die beiden miteinander verbrachten, wollte Tristan einfach mit Frederik eine gute Zeit haben. »Da kommen ihre Mädels«, sagte Vincent als Madeleine, Viktoria und Selena den großen Raum betraten und hielt vor allem nach Viktoria Ausschau, auf die er seit kurzem ein Auge geworfen hatte. Frederik stand auf, um eine bessere Sicht zu haben. »Sie ist nicht dabei. Sag ich doch«, sagte Tristan und schenkte seinem Freund ein Glas Wodka ein. »Wir feiern heute!«, sagte Max, der seit einigen Wochen mit Annabelle zusammen war, die sich an ihm fest hielt, weil sie schon zu viel getrunken hatte. »Ist ja gut«, sagte Frederik und versuchte alle Gedanken an Sophie zu ignorieren. Es würde also wieder eine Nacht werden, in der er sie vermissen würde, um dann alleine nach Hause zu gehen.

Sophies Cabrio hielt vor dem Gut an und ein verdutzter Henry kam, um ihr die Tür zu öffnen. »Fräulein Werfen, was machen Sie denn so spät noch hier. Frederik ist ausgegangen. Es findet doch heute die Feier zum Semesterabschluss statt.« Sophie lächelte, sie hatte Henry gern. »Ich weiß, ich bin mit Leo verabredet.« »Oh, na dann herzlich willkommen«, sagte Henry höflich und Sophie ignorierte das große Fragezeichen, das in seinem Gesicht aufgetaucht war. »Hallo Sophie«, begrüßte Leo sie, als Sophie im Haus ankam und ihn umarmte. Wie sehr mochte sie diesen einzigartigen Mann. »Wie geht es dir? Was führt dich zu mir?« Leo war sich sicher, dass Sophie mit ihm besprechen wollte, wie Frederik und sie wieder zusammen kommen könnten und schien sichtlich verblüfft, als Sophie sagte: »Ich möchte mich verabschieden.« »Wie verabschieden?« Leo verstand nicht, was hier vor sich ging. »Ich wechsle zum Studium in die Schweiz, dort kann ich bei meiner Tante Jette wohnen. Ich halte diese Nähe zu Frederik nicht aus.« Leo nickte vorsichtig, schon erahnend, was das für Frederik bedeuten würde. Er war dennoch erleichtert, dass Sophie immer noch bereit war die Wahrheit mit ihm zu teilen. Der Vertrauensbruch seines Bruders hatte keine Auswirkung auf ihre Freundschaft gehabt. »Ich kann dich verstehen. Aber denkst du nicht, dass ihr nochmal eine Chance verdient hättet?«, wagte Leo vorsichtig zu sagen. Er wusste wie sehr sein Bruder diesen Fehler bereute. Sophie schüttelte den Kopf. »Nein, ich kann das jetzt nicht. Ich habe sie zusammen gesehen, Leo. Dieses Bild taucht ständig vor meinen Augen auf.« Leo nickte erneut. »Dann tut euch der Abstand vielleicht gut.« Jetzt war es Sophie, die nur nickte. »Ich wollte dir alles Gute wünschen auf deinem Weg. Ich denke an dich«, sagte Sophie und Leo nahm sie in den Arm. »Alles Gute, Sophie, auf bald.« Sie löste sich aus der Umarmung und hielt seine Hand noch fest. »Danke für alles. Du hast mich immer so gut behandelt, aber das machst du ja mit jedem Menschen so«, scherzte Sophie und Leo lachte. »Sophie, du bleibst immer die eine besondere Freundin für mich. Egal was dir in deinem Leben widerfährt, du kannst dich immer auf mich verlassen und das ist unabhängig von Frederik«, sagte Leo und Sophie kämpfte mit den Tränen. »Danke. Du bist der Beste.«

Reiß dich zusammen, sprach Sophie sich selbst Mut zu und überprüfte noch einmal ihr Erscheinungsbild im Rückspiegel ihres Autos. Als sie aus dem Auto stieg, zupfte sie das Kleid zurecht, das für ihren Geschmack mehr als kurz war. Es ging ihr gerade über den Po und auch oben herum war nicht wesentlich mehr Stoff vorhanden. Unter dem hautengen schwarzen trägerlosen Kleid zeichneten sich ihre Konturen deutlich ab. Als sie den Raum betrat, versuchte sie sich zu orientieren und ihre Freundinnen irgendwo zu entdecken. Sie musste den kompletten Raum durchqueren, ehe sie sie erreichen konnte. »Ich glaub mich tritt ein Pferd!«, rief Vincent aus und deutete mit offenem Mund in Sophies Richtung. Auch Frederik hatte sie nun entdeckt und musterte sie von oben bis unten. Was hatte sie da bitteschön an? »Also ich wette unter das Kleid passt keine Unterwäsche!«, sprach Tristan Frederiks Gedanken laut aus. Ihre langen rotbraunen Haare hatte Sophie locker hochgesteckt, damit man sowohl ihr Dekolleté, als auch ihren Rücken sehr gut sehen konnte. »Wie lang sind bitteschön ihre Beine?«, fragte Tristan, weil er sich nicht beherrschen konnte, ehe Frederik ihm einen Hieb in die Seite gab. Frederik bemerkte bei einem Blick in die Runde, dass auch andere Männer über Sophie redeten und als ein Mann zu ihr ging und sie ansprach, stand er wutentbrannt auf. »Das geht zu weit«, keifte er und Max machte einen erfolglosen Versuch ihn zurück auf den Barhocker zu ziehen. »Bitte mach jetzt keine Szene. Wir feiern, dass wir das erste Semester überlebt haben«, rief er ihm noch hinterher, doch Frederik war bereits bei Sophie angelangt, wo er gerade noch verhindern konnte, dass der junge Mann Sophie den Arm um die Schulter legte. »So, die Vorstellung ist zu Ende«, sagte er in einem forschen Ton zu dem Unbekannten, als wäre dieser ein gefährlicher Eindringling. Sophie starrte ihn an. »Kann ich dir helfen?«, fragte sie kühl, während sie sah, dass sich der junge Mann aus dem

Staub gemacht hatte, wofür sie nicht undankbar war. »Ich denke nicht, dass du dich hier so zeigen solltest«, brachte er hervor und Sophie sah ihn herausfordernd an. »Und ich denke nicht, dass wir reden sollten. Ich meine, ich will dich ja auch nicht aufhalten. Es gibt hier bestimmt einige Austauschstudentinnen. Vielleicht probierst du heute einmal aus, wie Küsse aus Frankreich schmecken?«, blaffte Sophie ihn an und ließ ihn einfach stehen. Frederik rannte ihr hinterher und stellte sich vor sie hin, sodass sie ihn ansehen musste. »Ich habe einen Fehler gemacht, Sophie. Es tut mir von Herzen leid. Aber ich will dich zurück in meinem Leben.« Sophie sah ihn prüfend an. »Wenn es ein Fehler gewesen wäre, könnte ich darüber nachdenken. Aber so wie ich die Geschichte gehört habe, waren es zwei.« Frederik schluckte, woher wusste sie das. »Du hast ein zweites Mal mit ihr geschlafen, nachdem ich euch gefunden habe.« Frederik wusste nicht, was er darauf sagen sollte und er erkannte nur tiefe Kränkung in ihren Augen. Sie ging an ihm vorbei und er ließ verzweifelnd seinen Kopf sinken.

»Woher sollte ich wissen, dass Cynthia im selben Kurs wie Sophie ist?« Tristan rang nach Luft, Frederik hatte ihn heftig in die Seite geboxt. »Über was habt ihr euch denn bitte die ganze Zeit unterhalten?« Frederik war wütend, eine Vorwarnung wäre gut gewesen. »Ich weiß es nicht, aufregendere Dinge als die Uni in jedem Fall.« Tristan war in Erklärungsnot. »Warum erzählen Frauen auch immer alle Details. Ein Gentleman schweigt und genießt«, schloss Tristan seine Verteidigung und Frederik gab ihm einen Ruck, damit Tristan vollends vom Barhocker flog. Er stand auf und sah Frederik an. »Es tut mir leid. Ich hätte fragen können, aber du hast es ein zweites Mal wissen wollen, nicht ich«, wies er die Schuldzuweisung von sich und klopfte sein Hemd ab.

Frederiks Gedanken rasten, während er Sophie beobachtete, wie sie lachte und sich unterhielt. Nachdem er auf der Terrasse eine Zigarette geraucht hatte und zu dem Tisch mit seinen Freunden zurückgekehrt war, bemerkte er, dass Sophie nicht mehr auf der Tanzfläche war, wo er sie zuletzt gesehen hatte. Er beeilte sich, um sie zu suchen. Er hastete durch den Saal und fand sie im Lounge Bereich, mit einem Mann in ein Gespräch verwickelt. Es war der wissenschaftliche Mitarbeiter, der für den Studiengang Wirtschaft zuständig war. Sie lachte und berührte dabei sachte seinen Arm. »Seit wann weiß sie, wie man flirtet«, dachte er und stellte dann erleichtert fest, dass Sophie aufstand und sich von dem Mann verabschiedete. Noch im Gehen, sah sie, dass Frederik sie beobachtete. Sie hielt seinem Blick stand und er kam daraufhin einige Schritte näher. »Das gehört dir«, sagte sie, kramte in ihrer Handtasche und zog die silberne Schmetterlingskette in dem kleinen blauen Etui hervor und reichte sie ihm. »Tu das nicht, bitte«, sagte Frederik kopfschüttelnd. »Ich brauche dich in meinem Leben«, flehte er. »Pass gut auf dich auf, Frederik«, sagte sie. Dann verließ sie die Party und ließ Frederik und ihr altes Leben zurück.

Am nächsten Morgen packte Sophie die letzten Sachen in ihre großen Koffer, als Viktoria anrief. »Hey meine Liebe, du hast mich gerade noch erwischt. Ich fahre gleich los in die Schweiz.« Viktoria gab ihr keine Antwort. »Alles okay?«, fragte Sophie besorgt, als ihre Freundin nicht reagierte. »Ich muss dir etwas beichten«, sagte Viktoria vorsichtig. »Okay?« Sophie war unsicher, was nun folgen würde. »Ich bin gestern Nacht mit Vincent nach Hause gegangen«, gab sie zu. »Was?«, Sophies Stimme klang hysterisch. »Bist du verrückt geworden? Hast du vergessen, was Frederik mir angetan hat? Seine Freunde sind noch schlimmer als er. Von denen hat er doch erst das ganze Zeug gelernt.« Und noch ehe sie alle Punkte aufzählen konnte, die gegen diese Aktion ihrer Freundin sprachen, sagte Viktoria weiter: »Wir treffen uns schon seit zwei Wochen und nun… Ich denke wir sind jetzt irgendwie sowas wie zusammen.« Sophie blieb der Mund offen stehen. »Es tut mir leid, Sophie. Ich weiß, dass das jetzt echt blöd wegen dir und Frederik ist, aber wir mögen uns wirklich.« Sophie war wütend. Wütend, dass Viktoria nun Zeit mit Frederik verbringen würde und sie nicht. Wütend, dass alle sich so leicht ein Leben aufbauen konnten. »Ich hab dazu vorerst nichts zu sagen«, sagte Sophie und knallte ihr Telefon in eine Ecke in ihrem Zimmer.

Frederik beeilte sich sein spätes Frühstück im Stehen runter zu würgen und war schon dabei zu gehen, als Leo fragte, warum er es so eilig hatte. »Ich muss zu Sophie, sie war gestern Abend da und sie weiß Details von dieser dummen Nacht und ich muss ihr das irgendwie erklären.« Leo atmete lange aus. »Es ist zu spät, Frederik. Sophie ist heute in die Schweiz abgereist.« Frederik blieb stehen und runzelte die Stirn. »Warum und woher weißt du das?«, sein Herz pochte. »Sie wird in der Schweiz weiterstudieren und bei ihrer Tante Jette wohnen. Sie war gestern hier, um sich zu verabschieden.« Frederik musste sich setzen. »Wollte sie mich sehen?« Leo schüttelte den Kopf. »Sie wollte sich von mir verabschieden.« Frederik nickte, als alle seine Hoffnungen auf eine Versöhnung schwanden. »Sie hat mich wirklich abgehakt«, sagte er traurig. Leo wusste nicht so recht, wie er seinem Bruder helfen sollte. »Ich denke, fürs Erste solltet ihr etwas Abstand haben, das wird euch gut tun.«

Sophie erreichte das große Haus ihrer Tante in Zürich und wurde herzlichst von ihren beiden Cousinen und ihrem Onkel begrüßt. »Sie wird immer noch hübscher!«, sagte ihre Tante und schloss sie in beide Arme. »Wir freuen uns so, dass du bei uns bleiben wirst«, sagte ihr Onkel und nahm ihr die Tasche mit Geschenken ab, die ihre Mutter mitgeschickt hatte. Im Zimmer angekommen, sah Sophie sich um. »So sieht also ein Neuanfang aus«, dachte sie. Heute war es endgültig geworden. Sie und Frederik teilten kein Leben mehr. Keine gemeinsame Nachbarschaft, keinen gemeinsamen Freundeskreis, keine gemeinsame Universität, keine gemeinsame Stadt. Ab heute konnte sie ihr Leben neu gestalten und in die Hand nehmen. Sie konnte nun mehr Kunstkurse belegen, weil sie weit weg von ihren Eltern war. Für die Semesterferien hatte sie sich für einen Freiwilligendienst in einem Heim für behinderte Kinder eingeschrieben. Nur ihr Pferd, die einzige Verbindung zu Frederik, würde ihr Vater in wenigen Tagen nachbringen, es wird in einem Reitstall untergebracht werden, unweit vom Haus ihrer Tante entfernt. Sie hatte sich geschworen erstmal für lange Zeit nicht nach Hause zu kommen.

Einige Wochen später traf Frederik Sophies Freundin Madeleine auf dem Campus, als er sich wieder Zeit freischaufeln konnte, um zu einer Vorlesung zu gehen. »Was soll das heißen, sie kommt in den Sommerferien nicht nach Hause?« Madeleine nickte. »Ihre Familie wird die Ferien bei Tante Jette verbringen.« Frederik war enttäuscht, sie hatte ihn wirklich komplett aus ihrem Leben gestrichen. »Das glaub ich einfach nicht, wie kann sie nur so vehement einen Schlussstrich ziehen?« Madeleine kokettierte: »Ja stimmt. Wie kann sie nur? Da du sie ja nur mit einer anderen Frau betrogen hast!« »Komm schon Madeleine, als ob du noch nie einen Fehler gemacht hättest!«, versuchte Frederik sich zu verteidigen. »Lass mich überlegen«, sie tat als würde sie ernsthaft nachdenken. »Wenn du meinst das Liebste, was ich im Leben habe, mit Füßen zu treten, dann nein. Diesen Fehler habe ich nicht gemacht«, sie hielt kurz inne und ergänzte dann: »Ach ja, Frederik, weißt du, Sophie wäre dafür zu anständig. Ich bin das Gott sei Dank nicht«, sagte sie und verpasste ihm eine Ohrfeige, die er wohl mehr als verdient hatte.

»Du hast ihm vor allen Leuten eine Ohrfeige gegeben?« Sophie konnte nicht glauben, dass Madeleine sowas wirklich tun würde. »Er hat es verdient!«, sagte sie und naschte einige Gummibärchen. Die Kaugeräusche konnte Sophie deutlich durchs Telefon hören. »Ja, aber…« »Nichts aber, Sophie. Frederik hat dich sehr verletzt und gedemütigt. Hör auf ihn immerzu in Schutz zu nehmen. Er ist ein großer erwachsener Kerl, er wird es überleben«. Sophie schluckte und um das Thema zu wechseln, fragte sie: »Hast du mit Viktoria gesprochen?« »Ja, ziemlich verliebt die zwei.« »Ich muss aufhören, meine Mutter ruft an«, sagte Sophie, als sie sah, dass ihre Mutter versuchte sie anzurufen und beendete schnell das Gespräch mit ihrer Freundin. Ihre Mutter erkundigte sich zuerst nach ihren Noten und dann nach ihrem Befinden, eine Reihenfolge, die sie schon immer so gehandhabt hatte. Sophie erstattete artig Report und als sie die Frage ihrer Mutter verneinte, ob sie bereits einen neuen Mann kennen gelernt hatte, antwortete sie nur mit einem leisen: »Mmh. Schatz, gib mir doch mal bitte Tante Jette« und Sophie machte sich auf, um ihre Tante zu suchen und ihr ihr Handy zu geben. »Ich verstehe einfach nicht, dass sie sich so einkapselt. Ich meine, niemand hat sich diese Verbindung mit Frederik von Sonnersleben mehr gewünscht als ich, aber jetzt brauchen wir eben eine andere Lösung. Kannst du sie nicht mal unter Leute bringen?« Jette wusste nicht, was sie ihrer Schwester antworten sollte, denn Sophie stand immer noch direkt vor ihr. »Alles wird gut werden«, wich sie aus und strich Sophie sanft über das Haar.

Noch bis spät in den Herbst, war kein Tag vergangen, an dem Sophie nicht weinend eingeschlafen oder mit einem schweren Gefühl am Morgen aufgewacht war. Eines Samstagmorgens stand sie auf, ging ins Badezimmer und zog sich ihre Reitklamotten an. Als sie einen langen Ausritt mit ihren beiden kleinen Cousinen unternommen hatte, kam sie zurück und nahm eine heiße Dusche. Erst als sie ihre langen Haare vor dem Spiegel kämmte, fiel ihr auf, dass sie heute noch kein einziges Mal an Frederik gedacht hatte. Sie atmete tief durch. Es gibt ein Leben ohne Frederik, dachte sie. Als sie nach unten ging, um sich einen Kaffee zuzubereiten, wurde gerade der tägliche Blumenstrauß von Frederik geliefert. Ein bunter Strauß mit kleinen weißen Röschen, wohl in Erinnerung an den Debütanten-Ball, dachte Sophie. »Frau Mertens«, sagte Sophie zur Inhaberin der kleinen Blumenboutique in der Innenstadt. »Die sind wirklich, wie immer, wunderschön, aber könnten sie bitte ab sofort alle Bestellungen von Herrn von Sonnersleben ablehnen?« Frau Mertens blickte sie mit großen Augen an und überlegte bereits, wie sie diesem charmanten und offensichtlich sehr verliebten Mann diese Nachricht überbringen sollte. »Bitte, ich möchte wirklich dieses Kapitel abschließen«, sagte sie, als sie keine Antwort erhielt. Frau Mertens nickte schließlich und versprach ihr, dass sie künftig keine Blumen mehr liefern würde.

»Du schickst ihr seit Monaten jeden Tag Blumen?«, fragte Max, als Frederik seinen drei besten Freunde berichtete, dass Sophie die heutige Blumenstraußlieferung nicht angenommen hatte. Max konnte es nicht glauben. »Ich hatte gehofft, dass sie irgendwann wieder mit mir sprechen würde. Ich rufe auch bei ihrer Tante an, aber sie lässt sich immer verweigern.« Max seufzte. »Was hältst du davon, wenn du einfach mal hinfährst?«, fragte Vincent, der gegen die Brüstung der großen Terrasse gelehnt war und auf sein Handy starrte, denn er wartete auf eine Nachricht von Viktoria. »Wäre eine Option«, sagte Tristan, der einige Flaschen Bier verteilte, er hatte heute ein gemeinsames Grillen auf Frederiks Terrasse einberufen. Sonst würde man Frederik ja gar nicht oft genug zu Gesicht bekommen, war Tristans Argument für dieses Treffen gewesen. Frederik überlegte, vor lauter Arbeit und Terminen war ihm einfach nicht in den Sinn gekommen Sophie zu besuchen.

»Ich könnte mit fahren«, bot Tristan an. »Wir fahren in zwanzig Minuten«, sagte Frederik, ging durch die Terrassentür ins Wohnzimmer und dann die Stufen zu seinem Zimmer hoch, um einige Sachen einzupacken und die Schmetterlingskette für Sophie zu holen. Tristan seufzte. »Naja, in Zürich gibt es ja bestimmt auch schöne Mädchen«, sagte er dann, was die anderen beiden zum Lachen brachte. Frederik hatte die Wochenendpläne soeben über den Haufen geworfen.

Tristan saß am Steuer, während er versuchte sein Date mit Mandy zu verschieben. Er hatte sie für heute Nacht zum Schwimmen eingeladen. Nicht wirklich versöhnlich knallte sie den Hörer auf und Frederik und Tristan hörten nun ein Tuten über die Freisprechanlage. »Du schuldest mir was«, sagte Tristan und versuchte sich nicht weiter zu ärgern, denn Frederik war ihm durchaus wichtiger als jede Frau. »Wir werden auch heute Nacht jemand für dich finden«, beschwichtige Frederik und sah erleichtert, dass Tristan zu schmunzeln begann.

In Zürich angekommen war es bereits kurz nach zweiundzwanzig Uhr am Abend und Tristan und Frederik erfuhren, dass Sophie ausgegangen war. »Verzeihen Sie die späte Störung«, verabschiedete sich Frederik bei der Haushälterin und stieg wieder in Tristans Auto. »So und wohin jetzt?«, fragte Tristan und legte bereits beide Hände aufs Lenkrad. »Sie ist in einer Bar. Bar Amethyst«, sagte Frederik und überlegte, seit wann Sophie ausging. Ihm war nicht bewusst gewesen, dass es die Möglichkeit gab, dass Sophie sich in der Schweiz mehr Freiheiten nehmen konnte als zu Hause. »Krieg dich wieder ein, es ist eine Bar und keine Disco«, sagte Tristan, als ob er Frederiks Gedanken lesen konnte und ließ den Motor an. Die beiden parkten das Auto in einer Seitenstraße und liefen die letzten Meter zur Bar zu Fuß. »Gibt es eigentlich einen Plan?«, fragte Tristan und Frederik schüttelte nur den Kopf. Die Bar Amethyst schien klein und edel zu sein und durch die große Fensterscheibe konnten sie sehen, wie die Leute dicht gedrängt standen und sich amüsierten. Auch Sophie konnten sie mit einer Freundin an einem kleinen Tisch auf zwei Barhockern sitzen sehen. Zwei Männer standen dort und tranken mit ihnen Champagner. »Na, sie langweilt sich ja nicht gerade hier in Zürich«, sagte Frederik und sein Pulsschlag erhöhte sich deutlich, als der dunkelhaarige große Mann seine Hand auf Sophies Oberschenkel legte. Als ob es das Normalste der Welt war, ließ sie ihn gewähren. »Kann es sein, dass sie hier einen Freund hat und meine Blumen deshalb nicht mehr möchte?«, fragte Frederik und sah dabei recht traurig aus. »Nun ja.« Tristan räusperte sich. »Es wäre eine Möglichkeit«, gab er zu. Und als bräuchte diese Situation eine Erklärung, gab Sophie dem unbekannten Mann einen Kuss auf die Wange und hielt danach ihr Glas hoch, damit alle mit ihr anstoßen konnten. »Er ist Opernsänger«, sagte Tristan und hielt Frederik ein Bild von seinem Handy hin. »Ich wusste, er kommt mir bekannt vor. Er ist Solist am Opernhaus Zürich. Ich glaube ich habe ihn mal an der Metropolitan Opera in New York City gesehen. Hey, da sind ja überall bekannte Gesichter, da ist sogar…spinnst du, sieht die heiß aus…«, berichtete Tristan weiter. Frederik schluckte und hatte aufgehört seinem Freund zuzuhören. »So, los gehen wir«, sagte er und wandte sich zum Gehen. »Warte, du willst nicht mit ihr sprechen?«, rief Tristan und hastete Frederik hinterher. »Nein, es geht ihr gut, denke ich. Wir sollten es dabei belassen.« Traurig versuchte er einen Fuß vor den anderen zusetzen ohne zu wanken. Dieses Bild von einer glücklichen Sophie im Arm eines anderen Mannes war kaum zu ertragen. Er hatte sich immer nur vorgestellt, dass sie hier bei ihrer Familie war und studierte. Er wusste, dass sie das Pferd mitgenommen hatte und sie in einem Heim für Kinder arbeitete. Sie war eben ganz seine Sophie. In der Bar heute hatte er eine andere Sophie gesehen, die sich nicht wirklich von den anderen Mädchen in der Bar unterschied. Er war unsagbar traurig. »Das Auto ist aber in der anderen Richtung«, wandte Tristan ein. »Wir gehen nicht zum Auto«, sagte Frederik. Er steuerte auf ein Hotel zu, ein großes edles weißes Gebäude mit Fahnen vor dem Eingang. Sie gingen durch die Glasdrehtür und Frederik legte seine Kreditkarte auf den hohen Marmortresen. »Eine Suite mit zwei Schlafzimmern, bitte.« »Gute Idee, die Emotionen erstmal sacken zu lassen. Wir können morgen mit ihr sprechen«, pflichtete ihm Tristan bei, während er zwei hübsche Mädchen in der Empfangshalle entdeckte, die ihnen soeben zulächelten. »Bitte lass uns etwas Spaß haben«, bettelte Tristan, er wollte endlich, dass sein Freund Sophie hinter sich ließ und glücklich war. Dieser Zustand war ja kaum auszuhalten.

Sophie hier und Sophie da. Frederik unterschrieb den Anmeldebogen und nahm die beiden Zimmerkarten entgegen. Zielsicher ging er zu den zwei Frauen und bat sie um ein gemeinsames Getränk an der Bar. Tristan triumphierte, der Abend war gerettet! »Hallo Zukunft«, dachte er.

Der Abend verlief wie gewöhnlich: Champagner, Gelächter, Küsse auf dem Hotelzimmer. Zumindest war es für Tristan ein üblicher Ablauf. Frederik war diese Art von *Liebe* zwischen einem Mann und einer Frau ungewohnt. Und es erschien ihm auch nicht sonderlich ehrlich. Er ließ sich dennoch nichts anmerken und mimte den perfekten Verführer, was Tanja sichtlich genoss. Am Morgen erwachte er und sah, dass Tanja noch schlief. Er starrte an die Decke und war sich nicht sicher, ob Sex tatsächlich so sein sollte. Seine Gedanken kreisten, wie tagtäglich, nur um Sophie. Allerdings seit gestern um ein paar Informationen reicher. Er überlegte, ob sie in ihrem neuen Leben glücklich war. Glücklicher, als sie es mit ihm gewesen ist. Glücklicher, als er sie je hätte machen können. Als auch Tanja aufwachte, bat sie ihn um eine gemeinsame Dusche und er willigte ein. Anschließend nahm sie ihre Sachen und verabschiedete sich schnell. Auch ihre Freundin holte sie aus dem zweiten Schlafzimmer, in dem Tristan mit Leonie übernachtet hatte. Tristan kam aus dem Zimmer. »Ich liebe es, wenn das am Morgen danach so unkompliziert ist«, sagte Tristan und nahm sich ein Croissant und einen Kaffee von dem üppigen Frühstückstablett, das Frederik bestellt hatte und setzte sich zu Frederik an den großen Esszimmertisch. »Ist Sex so?«, fragte Frederik unverblümt. »Was genau meinst du?« Tristan schlug die Zeitung auf und blätterte darin. »Naja, so anonym und bedeutungslos. So ganz und gar wichtig und unwichtig gleichzeitig.« Tristan runzelte die Stirn. »Ich verstehe das Problem nicht. Du kannst dir das rausholen, was du gerade brauchst. Wozu muss es mehr sein als das?« Frederik zuckte mit den Schultern. »Weißt du was dein Problem ist, Riks? Du suchst in jeder Frau Sophie. Vielleicht gibt es da draußen aber jemanden, der besser, schöner und aufregender ist als sie.« Frederik konnte sich das zwar nicht vorstellen, aber er gab dem Gedanken Raum. »Seien wir mal ehrlich. Du könntest jede haben. Jede, die du willst. Das ist doch aufregend. Du musst

einfach nur nach der Ausschau halten, die dich komplett von den So-
cken haut und dann macht es auch mehr Spaß«, sagte Tristan weiter.
»Ich will aber nicht jede, ich will Sophie«, sagte Frederik, beharrlich an
seiner Meinung festhaltend. »Wozu? Damit du weiter jeden Abend
Händchen halten kannst?« Frederik schluckte und musste seinem
Freund Recht geben, eine wirkliche Zukunft konnte Sophie ihm nicht
geben. Vielleicht wollte sie das ja auch gar nicht. Vielleicht war sie ja
bereits schon glücklich mit dem Opernstar, wer weiß wie er heißt. »Du
Riks«, Tristan räusperte sich. »Ja?«, sagte Frederik und sah seinen
Freund an. »Nun ja, mmh, wir könnten gestern ein kleines Detail übersehen haben«, gab Tristan zu und schob einen Artikel aus der Zeitung
über den Tisch, sodass Frederik das Foto des Mannes sehen konnte,
der gestern mit Sophie gefeiert hatte. Dort war der Opernstar mit seinem Lebensgefährten zu sehen, wie sie Arm in Arm auf der Feier nach
der Premiere abgelichtet worden waren. Frederik erkannte nun auch
den anderen Mann, der ebenfalls mit am Tisch gewesen war. »Das darf
nicht sein«, sagte er leise vor sich hin.

Ich habe unsere Liebe verspielt. Einzig und allein die Erinnerung ist mir geblieben.

Im Eiltempo hatten sich beide frisch gemacht und waren nun wieder am Haus von Sophies Tante angelangt. Vor dem Haus standen viele Autos und es herrschte im Garten ein reges Treiben. »Riks, warte mal. Die feiern hier irgendwas, wir sollten vielleicht besser nicht…«, versuchte Tristan ihn aufzuhalten. »Ich muss sie sehen, ich muss ihr sagen, dass ich sie liebe.« Tristan verdrehte die Augen und stapfte seinem Freund missmutig hinterher. Frederik war bereits wortlos an der verdutzten Haushälterin vorbeigelaufen und auf der Suche nach Sophie. Es gab tatsächlich einen Empfang und Tristan erkannte einige Gesichter aus der Bar wieder. »Vielleicht eine Art After-Premieren-Treffen-irgendwas«, dachte Tristan. Es spielte ein Quintett klassische Musik und überall servierten Kellner Champagner und Häppchen auf silbernen Tabletts. Tristan nahm sowohl einige der Häppchen als auch ein Glas Champagner, während er seinen Blick durch die Runde schweifen ließ. Frederik hatte mittlerweile Sophie entdeckt. Sie trug ein hellblaues Kleid und hatte ihre rotbraunen Haare zu einem lockeren Zopf gebunden. Frederiks Herz machte einen Sprung und genauso enthusiastisch, wie sein Herzschlag war, kam er vor Sophie zum Stehen. »Sophie, du siehst wunderschön aus«, war das Erste was ihm einfiel, während er sich, schnell atmend, von dem kleinen Sprint erholte. »Was machst du hier?«, ihrem Ton zu entnehmen, war es offensichtlich, dass Sophie ihm immer noch nicht verziehen hatte, und er erkannte zunächst nicht, dass da doch etwas in ihr war, was sich freute ihn zu sehen. Sofort waren alle Schmetterlinge in ihrem Bauch wieder flugbereit, die sie seit Monaten zu ignorieren versuchte. Er berührte ihren Arm, der so schön samtweich war und glitt daran herunter bis er ihre Hand zu halten bekam. »Können wir irgendwo in Ruhe reden?« Sophie nickte und sich mehr oder weniger ergebend, nahm sie ihn an der Hand und zog ihn in die Küche. Emsig rannten dort einige Kellner aus und ein und füllten ihre Tabletts nach. Sophie sah Frederik mit wachen Augen an und sagte nur: »Warum bist du hier?« »Ich vermisse dich. Ich habe kein Leben mehr, seit du nicht mehr an meiner Seite bist. Und ich bereue so sehr, was vor dieser ganzen Zeit passiert ist.« Sophie nickte. »Ich bereue es auch«, sagte sie leise. Frederik atmete durch und versuchte sich zu konzentrieren kein falsches Wort zu sagen. Die Chance, die er jetzt hatte, würde nicht wieder kommen. »Weißt du Sophie, wir sind anders als die anderen. Das habe ich schon immer gewusst, aber jetzt weiß ich es noch mehr. Wir haben viel mehr zusammen durchgestanden. Ich verstehe jetzt, dass du einfach so verletzt warst, wegen all dem Leid, das wir ertragen mussten. Besonders der Tod von Stella war für dich unfassbar schlimm und ich hatte gar nicht die Zeit mich um Stella zu kümmern und mich um dich zu kümmern, als du so traurig warst.« Sophie nickte, genauso war es gewesen. Und sie vermisste Stella einfach jeden Tag immer noch so sehr, als wäre ein Teil von Sophie mit Stella gegangen und zwar ein Teil, der essentiell wichtig war, um in dieser Welt weiter leben zu können. »Es war wohl nicht möglich tief traurig am Krankenbett von Stella zu wachen und nachts dann glücklich bei mir zu liegen. Ich hätte dir einfach mehr Zeit geben müssen, aber ich wollte so unbedingt leben. Weißt du, so alles ganz intensiv erleben. So viele meiner engsten Menschen sind gestorben, ich wollte das Gefühl haben, dass wir leben, dass ich am Leben bin. Mein Überlebensplan zu diesem Zeitpunkt war, dass wir uns aneinander festhalten. Ich begehre nur dich, aber als du dich immer weiter von mir entfernt hast, hab ich das alles gegen mich genommen«, schloss Frederik den ersten Teil seines Plädoyers, das völlig unpräpariert aus ihm herauskam. Sophie runzelte die Stirn. Diese Erklärung ergab ziemlich viel Sinn und brachte damit ihren letzten Willen ihm nicht zu verzeihen zu Bruch. »Es tut mir leid, dass ich dir das Gefühl gegeben habe, dass ich für uns keine Zukunft möchte. Meine ganze Zukunft kann ich mir nur mit dir vorstellen, aber ich weiß nicht, wie ich da hinkommen soll«, gab sie zu und schluchzte, als er sie in seine Arme schloss. Er küsste ihr Haar und sog ihren Duft durch die Nase ein. Er fühlte sich unsagbar glücklich. »Bitte komm nach Hause, Sophie. Bitte komm zurück zu mir«, sagte er und es standen ihm Tränen in den Augen. Das war es. Das war Liebe. Einzig und allein die Liebe, die sie schon immer verbunden hatte. Tante Jette kam zur Küchentür herein und dirigierte eine große Torte auf den Küchentresen in der Mitte, ehe sie die beiden entdeckte. »Frederik? Wie kommst du…?«, stoppte sie, weil sie bemerkte, dass sie da in eine innige Unterhaltung geplatzt war. »Ist ja auch egal. Ihr müsst bitte hier raus, wir müssen nun das Kuchenbuffet vorbereiten.« Und Sophie und Frederik gingen zurück in das große Wohnzimmer mit den vielen Gästen, nachdem Frederik Sophie sanft die Tränen aus ihrem Gesicht gestrichen hatte. »Ich würde alles tun, damit du wieder zu mir zurück kommst«, sagte er vorsichtig und dann küsste Sophie ihn, endlich.

Sophie fand einen Platz an einem der Stehtische weiter hinten und nahm sich ein Glas Champagner von einem Tablett und reichte auch Frederik eines. »Was meinst du?«, wagte er vorsichtig das Thema wieder aufzugreifen. »Du musst dich um nichts kümmern. Innerhalb von einem Tag habe ich deinen Umzug organisiert«, sagte er lächelnd und Sophie hakte sich bei ihm unter und legte ihren Kopf auf seine Schulter. Er entspannte sich und beobachtete die Harfenspielerin, wie sie gekonnt ihre zarten Finger auf den Saiten tanzen ließ.

Tristan zog einige Runden durch die Menge und freute sich auch die schöne Sopranistin, die er gestern bereits in der Bar Amethyst erspäht hatte, zu sehen. »Schade, dass sie verheiratet ist«, dachte Tristan und nahm einen weiteren Schluck von seinem Champagner, als er Tanja und Leonie entdeckte. Tanja und Leonie? Vor lauter Schreck verschluckte er sich und brachte gerade so ein: »Hallo«, heraus, als beide näher kamen. Leonie gab ihm einen Kuss auf die Wange, wobei sie absichtlich auch sein Ohrläppchen liebkoste. »Das ist ja eine Überraschung«, sagte er hüstelnd und sah sich nach Frederik um, sie mussten dringend hier weg, ehe Sophie Details von gestern Nacht erfuhr. »Ja, wir haben gestern bei der Premiere mitgewirkt«, sagte Leonie und Tristans Augen fanden Frederik und Sophie turtelnd an einem der Stehtische. So ein Mist, dachte er, die haben sich jetzt nicht wirklich versöhnt. »Ist Frederik auch hier?«, fragte Tanja. »Die Nacht gestern war wirklich einzigartig.« Tristan lächelte verlegen. »Ja, ich habe ihn gerade irgendwie aus den Augen verloren«, flunkerte Tristan. »Ich brauche dringend eine Zigarette, könnt ihr mir Gesellschaft leisten?«, fragte er, was ihm als den unverfänglichsten Vorwand erschien, die beiden nach draußen zu bugsieren, obwohl er gar keine Zigaretten bei sich trug. »Ich komme gleich nach, ich gehe mich noch kurz frisch machen, bevor ich Frederik wiedersehe«, sagte Tanja und steuerte in Richtung Toilette. Ein unruhig zappelnder Tristan stand am Türrahmen und wusste nicht, ob er nun im Wohnzimmer stehen bleiben sollte oder auf der Terrasse warten sollte, bis die Katze aus dem Sack war. »Die absolut blödeste Katze«, dachte Tristan bei sich. »Ist alles in Ordnung mit dir?«, fragte Leonie stirnrunzelnd und Tristan nickte nur, ehe er sich dann doch dazu entschloss Frederik zu warnen. »Bitte geh schon mal auf die Terrasse, ich hole noch schnell meine Zigaretten«, inszenierte er eine neue Lüge und stürmte, nachdem Leonie auf die Terrasse gegangen war, an den Tisch zu Frederik und Sophie. »Hallo Tristan!«, sagte Sophie verblüfft ihn zu sehen, sie ließ Frederik los, um ihn zu begrüßen. »Ja, ich bin der Chauffeur des kleinen Romantikers hier«, sagte Tristan und tätschelte grob Frederiks Arm. »Er ist fast durchgedreht, als du seine Blumen nicht mehr angenommen hast«, sagte Tristan, immer noch nervös, denn er versuchte sowohl Frederik und Sophie, als auch Leonie auf der Terrasse im Auge zu behalten und insbesondere die Türe, durch die Tanja zweifelsohne irgendwann wieder ins Wohnzimmer kommen musste. »Findet ihr nicht, wir sollten hier einfach abhauen? Also besonders ihr, ihr habt euch doch bestimmt eine Menge zu erzählen«, versuchte Tristan die Situation zu retten, während er versuchte Frederik mit den Augen irgendwas zu sagen, was Frederik nicht verstand. »Ja, wir haben noch genug Zeit zu reden. Bald werde ich ja wieder Zuhause sein«, sagte Sophie und streichelte Frederik sanft am Arm, als sie ihn noch verliebt ansah. »Aber zunächst gibt es noch eine kleine Gesangskostprobe der Stars des gestrigen Abends, das möchte ich nicht verpassen, wenn das in Ordnung ist«, sagte sie zu Frederik. »Natürlich«, antwortete er ihr und er gab ihr einen Kuss auf die Lippen, was das schönste Gefühl war, das er sich vorstellen konnte. Tristan seufzte. Okay Plan B, dachte er. »Kann ich dich mal kurz sprechen, Frederik?« Tristan schob Frederik schroff bei Seite, ohne dessen Antwort abzuwarten. »Was ist denn los mit dir?«, fragte Frederik irritiert. Tristan zischte: »Tanja und Leonie sind hier.« Frederik wurde augenblicklich kreidebleich. »Wo sind sie?« Frederik kratzte sich nervös am Hals, wobei er bereits begann den Raum mit Blicken abzusuchen. »Die eine auf der Terrasse, die andere macht sich auf der Toilette hübsch für dich«, berichtete Tristan. »So ein Mist! Und jetzt?« »Da bist du ja«, sagte Tanja und schmiegte sich an Frederiks Seite, ehe sie ihm einen Kuss auf die Wange gab. Frederik stieß sie weg, woraufhin Tanja etwas irritiert von Frederik zu Tristan und wieder von Tristan zu Frederik blickte. »Was ist hier los?«, fragte Sophie und stand nun fordernd vor Frederik. Tristan strich sich angespannt durch die Haare. »Das wars«, dachten Frederik und Tristan zeitgleich. »Sophie, das ist er. Ihn habe ich gestern im Hotel getroffen«, beantwortete Tanja stolz Sophies Frage, die eigentlich an Frederik gerichtet war. Und dann stellte sich heraus, dass Tanja nicht nur in der Premiere mitgewirkt hatte, sondern auch mit Sophie bekannt war und ihr heute bereits alle Details von gestern Nacht erzählt hatte. »Das glaub ich jetzt einfach nicht!«, schrie Sophie, sodass alle im Raum ihre Richtung starrten und die Musik verstummte. »Lass es mich dir bitte erklären«, sagte er und als Frederik bemerkte, dass er wirklich die Zeit dazu hatte, weil sie ihn schweigend ansah, fiel ihm auf, dass er gar nicht wusste wie. Er rang nach Worten. »Tristan und ich haben uns gestern auf den Weg gemacht, damit ich dir sagen konnte, wie ich fühle und was du mir bedeutest. Wir waren an der Bar und ich hab dich mit diesem Opernsänger gesehen und ich dachte ihr seid ein Paar.« Und in Richtung des Opernsängers sagte er: »Ja, ich weiß jetzt auch, dass Sie einen Lebensgefährten haben.« Und dieser blickte nur verunsichert und Schulter zuckend zu seinem Freund. Sophie begann zu weinen, obwohl sie sich zeitgleich dafür schämte, dass ihr Innerstes vor versammelter Mannschaft zur Schau gestellt wurde. »Sophie, bitte… ich… es tut mir so leid…Ich dachte du hast ein neues Leben angefangen und ich war so geknickt und dann waren wir an der Hotelbar…«, er beschloss aufzuhören zu berichten, denn die weiteren Details der Nacht waren nicht gerade heldenhaft und wie sich soeben herausgestellt hatte, wusste Sophie ja ohnehin ziemlich viel davon. Sophie atmete tief aus und sagte dann mit allem Zorn, den sie in diesem Moment für ihn empfand: »Siehst du, das ist der Unterschied zwischen uns. Meine Liebe für dich ist echt und wahrhaftig. Deine ist nur eine Farce. Oder bin ich etwa dem Nächstbesten in die Arme gefallen, als ich dich mit einer anderen zusammen gesehen habe?« Frederik schüttelte den Kopf, weil er zugeben musste, dass sie Recht hatte. »Ich hätte dir diese Geschichte von wegen Versöhnung heute fast abgekauft«, und sie nahm das Champagnerglas, das sie immer noch in der Hand hielt und schüttete ihm den Inhalt mitten ins Gesicht, ehe sie aus dem Zimmer rannte. Nach einigen Sekunden der Totenstille packte Tristan seinen Freund und zog ihn aus dem Wohnzimmer, damit diese Vorstellung ein Ende fand. Draußen angekommen, sackte Frederik auf den Stufen vor dem Haus zusammen. Er ließ seinen Kopf in die Hände fallen. »Wie kann man nur so viel Pech auf einmal haben?«, sagte Frederik und atmete tief durch. Tristan wusste nicht so recht, wie er seinem verzweifelten Freund helfen sollte. »Das war wirklich ungünstig. Es hat mich total überrascht, dass Sophie für eine Versöhnung bereit war«, sagte er, woraufhin Frederik nickte. »Ja, war«, resignierte er. Tristan bat einen der Gäste, der gerade von seinem Wagen zurück ans Haus kam und das Spektakel im Wohnzimmer wohl gerade verpasst haben musste, um zwei Zigaretten. Er zündete eine an und reichte sie Frederik weiter, doch Frederik schnippte den Klimmstängel auf die hellen Pflastersteine der Auffahrt. Die Stimmung war selbst für eine Zigarette zu sehr am Nullpunkt. »Weißt du was ich denke, Frederik?«, fragte Tristan und Frederik blickte ihn an. »Nein, keine Idee.« »Vielleicht soll es einfach nicht sein mit euch zwei. Es hat gepasst, als wir jünger waren, aber nun irgendwie eben nicht mehr.« Frederik überlegte, vielleicht ein dummer Zufall, der so hatte kommen müssen. »Ich denke, das wars dann«, fasste Tristan die Situation zusammen, als Frederik ihm nicht antwortete. Daher stand er auf und zog seinen Freund von den Stufen hoch.

Im ersten Stock liefen Sophie unkontrolliert die Tränen über beide Wangen. Alle Details, die Tanja ihr heute Morgen berichtet hatte, drehten ihr schier den Magen um. In ihrem Kopf hatte sich Sophie die Geschehnisse mit einem blonden Unbekannten vorgestellt, nun konnte sie das Bild dieses Unbekannten eins zu eins mit dem von Frederik austauschen, was sie wirklich überforderte. Leonie und Tanja studierten in Basel Musik und waren nur für die Premiere angereist, um in Zürich die Backstage Crew der Oper zu unterstützen. Sie hatte die beiden jungen Frauen schon bei den Vorbereitungen kennengelernt und sie hatten sich gut verstanden. Gestern Abend wollten die beiden dann schon früher zurück ins Hotel, weil die Party für sie eher langweilig war. Das Gespräch heute Morgen über die abenteuerliche Nacht kam dann rein zufällig zu Stande, als die beiden Sophie und ihrer Tante beim Aufbau für den Musiknachmittag halfen, da Jette eng mit dem

Intendanten der Oper Zürich befreundet war, hatte Jette angeboten die Feier in ihrem Haus auszurichten. Es klopfte vorsichtig an Sophies Zimmertür und ihre Tante steckte den Kopf durch den schmalen Spalt. »Alles in Ordnung, mein Schatz?«, fragte Jette vorsichtig. »Ja, es geht schon«, schniefte Sophie und Jette nahm neben ihr Platz und Sophie legte ihren Kopf auf ihren Schoß und weinte einfach weiter, während Jette ihr langsam über den Kopf strich. »Wein dich aus, das wird dir gut tun.«

Auf dem Nachhauseweg war es selbst Frederik egal, dass Tristan ihn weinen sah. Es liefen ihm unkontrolliert Tränen über sein Gesicht, die er immer wieder mit seiner Hand wegwischte. Tristan packte ihn an der Schulter und hielt ihn einige Minuten lang fest. »Wenn ich nochmal mit ihr rede?«, fragte Tristan, doch Frederik schüttelte den Kopf. »Schon gut, danke. Ich habe ihr jetzt zum zweiten Mal das Herz gebrochen. Es ist besser, dass ich sie in Ruhe lasse.« Tristan nickte, wenn er doch nur wüsste, wie er seinem Freund helfen könnte.

Wieder zu Hause angekommen, stürzte sich Frederik in noch mehr Arbeit und in noch mehr Termine. »Pech in der Liebe, Glück im Spiel«, scherzte er, als sein Bruder die Quartalszahlen studierte. »Das ist unfassbar, Frederik.« »Ja, ich bin selbst überrascht, es gelingt wie von selbst.« Sie hatten so gut gewirtschaftet und gearbeitet, dass sie weitere Ländereien, Immobilien und Grundstücke hatten erwerben können. Auf Gut Sonnersleben dominierte nun nicht mehr der ursprüngliche Plan das Vermögen zu erhalten, sondern der Plan das Vermögen stetig zu erweitern. Frederik begann auch in ausländische Firmen zu investieren und traf nur selten nicht direkt ins Schwarze. Er und sein Bruder hatten Mühe das verdiente Geld auszugeben und fuhren jeden Monat in Folge satte Gewinne ein. Einen Wehrmutstropfen hatte der ganze Erfolg, die Neider vermehrten sich wie Unkraut und einer davon versuchte das Kinderheim durch Intrigen schließen zu lassen. Nur mit Mühe und Verhandlungsgeschick von Leo, der Bürgermeisterin und Bürgern, die auf seiner Seite waren, konnte diese Untat verhindert werden.

In der Schweiz klingelte das Telefon und als Sophie abnahm, hörte sie Viktorias Stimme am anderen Ende der Leitung. »Es tut mir leid,

Sophie. Ich hab erst jetzt davon erfahren«, sagte Viktoria und Sophie seufzte nur. »Vielleicht ist es besser so. Wir sind jetzt einfach keine Teenager mehr«, versuchte Viktoria ihre Freundin zu trösten. Nach einer langen Pause sagte Sophie: »Erzähl mir von ihm. Was macht er? Wie geht es ihm?« Viktoria brauchte nicht lange zu überlegen. »Es geht ihm nicht so gut. Er ist sehr geknickt. Enttäuscht von sich selbst, dass er dich verletzt hat. Er ist nur noch zu Hause und arbeitet. Er trifft sich mit fast niemanden mehr. Nur wenn wir ihn besuchen, bekommen wir ihn zu Gesicht«, berichtete Viktoria und es gab Sophie einen Stich, dass Viktoria im Gut ein und ausgehen konnte und sie nicht. »Kannst du ihm nicht verzeihen?«, fragte Viktoria vorsichtig, Frederik begann ihr einfach leid zu tun. »Nein«, war Sophies einsilbige Antwort.

Sophies Vater gratulierte seiner Tochter und gab ihr einen liebevollen Kuss auf die Wange. Sie hatte einige Bilder in einer Galerie in Zürich ausstellen dürfen und heute war die dazugehörige Vernissage. Ihre Eltern und ihre Schwestern feierten mit ihr dieses Ereignis, wobei ihre Mutter nur sehr oberflächlich an dem Erfolg ihrer Tochter interessiert war. Während der Vernissage hielt sie ständig Ausschau nach einem geeigneten wohlhabenden Mann für Sophie, die sich damit von ihrem Liebeskummer ablenken sollte. Frederik hatte ihr ihren Lieblingschampagner mit einer Karte liefern lassen. *Ich gratuliere dir. Frederik.* Sophie schluckte, als sie seine Handschrift sah und sie wünschte sich von Herzen, dass sie ihren Frederik von vor der Nacht mit Catherine zurückhaben könnte, oder dass jemand all die Liebe, die sie für ihn und die gemeinsame Vergangenheit empfand, einfach löschte. »Ich bin sehr stolz auf dich«, sagte Johann und lächelte Sophie an. »Ist alles in Ordnung mit dir, Papa?«, fragte Sophie, denn Johann machte einen sehr zerstreuten, wenn nicht sogar nervösen Eindruck. »Ja. Alles bestens. Mach dir keine Sorgen.«

Kurz nachdem Sophies Familie aus der Schweiz zurückgekehrt war, bat Johann Frederik um einen Termin. Der große Mann betrat das Arbeitszimmer von Frederik mit einer ledernen Aktentasche und Frederik machte sich eilig daran ihm entgegen zu gehen. Johann nahm Frederiks Hand und gab ihm einen festen Händedruck. »Es ist wirklich schön, Sie zu sehen«, sagte Frederik und unterdrückte das schlechte Gewissen über die jüngsten und die etwas älteren Ereignisse. »Was kann ich für Sie tun, am Telefon sagten Sie, dass es sich um ein vertrauliches Gespräch handeln würde?«, fragte Frederik und bot ihm einen Stuhl an. Sophies Vater nickte und räusperte sich verlegen, bevor er Platz am großen Schreibtisch von Frederik nahm. Frederik sah Johann aufmerksam an und beobachtete, wie dieser einige Unterlagen aus seiner Aktentasche zog. »Ich brauche deine Hilfe, Frederik und das fällt mir wirklich nicht leicht«, sagte er und schob einige Dokumente auf Frederiks Seite des Arbeitstisches. Frederik runzelte die Stirn und studierte dann die Unterlagen aufmerksam. Nach einiger Zeit verstand er, worin das Problem lag. »Sie haben ihr ganzes Geld mit Aktien verspekuliert?« Johann nickte. »Das meiste davon. Am Anfang lief es ganz gut und dann nicht mehr«, sagte Johann und sah Frederik vorsichtig an, er kam sich vor, wie der letzte von allen Versagern. »Wieviel brauchen Sie und auf welches Konto soll ich es überweisen? Oder möchten Sie es in bar?«, sagte Frederik gelassen. Er brauchte keine Sekunde zu überlegen, denn er würde alles für Sophies Familie tun. »Eine Überweisung wäre sehr hilfreich, da bereits alle Konten überzogen sind. Weder Marlenes noch Sophies Studiengebühren sind bezahlt und das seit mehreren Monaten.« Frederik nickte. Sophies Name brachte Frederiks Atem kurz dazu, stehen zu bleiben und er versuchte vorsichtig und gleichmäßig weiter zu atmen. Und obwohl er nur Zeiten des Erfolges kannte, wusste er, wie schnell Kosten auflaufen können, wenn man so einen Lebensstil lebte, wie es in diesen Kreisen üblich war. Er notierte sich die Bankverbindung und versprach so schnell wie möglich zweihunderttausend Euro zu überweisen, der Rest würde folgen. Dann öffnete er die Schublade seines Schreibtisches und gab Johann wortlos einen Bündel Geld. Fünftausend Euro in bar. »Es wäre mir Recht, wenn das unter uns bleibt«, sagte Johann und Frederik nickte. »Kein Wort zu niemanden«, gab Frederik zur Antwort. »Herr Werfen, es tut mir so leid, was ich Sophie angetan habe.« Johann sah Frederik an, er hätte nie gedacht, dass Frederik zu so etwas in der Lage sein würde. »Ich habe einfach, ich weiß es nicht, wie ich es erklären soll. Es hat eine andere Macht über mich gesiegt, die nichts mit mir zu tun hat«, fuhr Frederik fort. Johann sah etwas betreten auf den

Schreibtisch und räumte dann langsam die Unterlagen und das Geld in seine Aktentasche, ohne Frederik eine Antwort zu geben.

Das Leben, das ich ohne dich lebe, ist kalt und leer. Einsam und schwer.

»Rede bitte du mit ihr«, bat Frederik Leo, als er diesen mit Thomas in den Stallungen fand, nachdem Leo und Thomas das große Landwirtschaftsareal abgeritten und sich die Bodenbeschaffenheit angesehen hatten. »Was soll ich ihr sagen?«, fragte Leo, als Michel ihm das Pferd abnahm, um es fertig für die Box zu machen. »Dass ich sie liebe und dass wir zusammen gehören«, sagte Frederik und wollte Leo zunächst von Johann und seinen Geldproblemen erzählen, entschied sich aber dann doch noch dagegen, er wollte sich an sein Wort halten niemandem davon zu erzählen. Leo seufzte. »Ich tue es«, sagte er schließlich, obwohl er die Aussichten auf eine Versöhnung eher gering einschätzte. »Gut. Und wann?«, fragte Frederik ungeduldig. »Ich soll jetzt gleich hinfahren?«, fragte Leo und warf Thomas einen kurzen Blick zu, den dieser nur schulterzuckend entgegen nahm. »Nun gut. Wir fahren.« »Wir?«, fragte Frederik. »Ja, wir.«

Leo saß am Steuer des großen Autos von Frederik und fühlte sich schrecklich unbehaglich bei dem Gefühl einen enttäuschten Frederik wieder nach Hause mitnehmen zu müssen, wenn Sophie auf den Versöhnungsversuch nicht eingehen würde. »Sag mir bitte, dass du für eine gute Lösung gebetet hast?«, fragte Frederik und beobachtete seinen Bruder genau, als er versuchte keine Miene zu verziehen. »Habe ich, aber die Bearbeitungszeit ist leider manchmal etwas lange«, sagte Leo ernst und ließ seinen Blick weiterhin auf die Straße gerichtet. Er hatte Sophie angerufen und sie um ein Abendessen unter vier Augen gebeten. Sie hatte eingewilligt und freute sich sehr Leo bald wieder zu sehen, obwohl ihr schon dämmerte, was Leos Anliegen bei diesem Treffen war. Leo fuhr die große Hotelauffahrt vor und gab den Autoschlüssel dem Pagen, als er aus dem Auto stieg. Die zwei kleinen Koffer wurden bereits auf einen, dafür überdimensionierten, Kofferwagen gehoben und Leo klopfte seinem Bruder kurz auf die Schulter, als sie in die Hotellobby gingen. Nach einem freundlichen Check-In vergewisserte sich Leo, dass Frederik im Hotel ein Abendessen bekommen würde und verabschiedete sich dann schnell, um in einem Taxi zur Villa von Sophies Tante zu fahren. »Sag ihr, dass ich nicht ohne sie leben kann«, sagte Frederik und konnte die ganze Misere und das dazugehörige Gefühl in seinem Herz nicht recht in Worte fassen. »Ich krieg das schon hin. Ich werde die richtige Dinge sagen«, tröstete Leo Frederik, ehe Frederik die Autotür des Taxis schloss.

»Hallo Sophie«, sagte Leo, als Sophie ihn herzlich begrüßte und in eine Umarmung schloss. »Es ist so schön dich nach der langen Zeit zu sehen«, sagte Leo und verharrte etwas länger in der Umarmung mit ihr. »Ja, das stimmt. Ich habe dich vermisst«, sagte sie und lächelte, als sie ihn hereinbat. »Wir essen hier?«, fragte Leo verunsichert, er hatte gehofft, dass die beiden ein ungestörtes Gespräch haben würden. »Sie sind alle übers Wochenende zu einer Hochzeit von Bekannten in die Berge gefahren. Ich wollte nicht mit, da ich an einem Bild weiterarbeiten möchte.« Leo nickte und ließ sich von Sophie in das Esszimmer führen, in dem schon ein gedeckter Tisch auf die beiden wartete. »Bist du schon hungrig? Dorothea, unsere Haushälterin, hat für uns gekocht«, sagte sie. Leo schüttelte den Kopf. »Zeig mir erst deine Bilder«, sagte er, denn er musste erst etwas Raum zum Durchatmen bekommen, bevor er auch nur einen Happen essen konnte. Die Anspannung von Frederik hatte er eins zu eins abbekommen. Sophie nickte strahlend und brachte ihn in ihr Zimmer, dessen größter Teil von Staffeleien und Skizzen eingenommen war. »Wow, Sophie. Das ist unglaublich schön«, sagte Leo und bestaunte all ihre Zeichnungen und auch das aktuelle Bild, an dem sie arbeitete. Es zeigte das Gemälde der Gottesmutter, wie es in der Barockkirche am Gut zu finden war. Sophie hatte sogar echtes Blattgold verwendet, um einzelne Akzente zu setzen. »Es ist perfekt«, sagte Leo und konnte seinen Blick nicht davon abwenden. »Danke«, sagte sie und schrieb schnell etwas in ein kleines blaues Büchlein. »Was ist das?«, fragte Leo und deutete auf das Notizbuch. »Dort schreibe ich alle meine Ideen für Bilder auf.« »Und was ist dir gerade eingefallen?« »Ein betender Priester vor der Madonna.« Leo nickte. »Wirst du doch noch in das Priesterseminar eintreten?«, fragte Sophie schließlich und Leo zuckte mit den Schultern. »Ich habe dem Vater im Himmel mein Leben dafür angeboten, bis jetzt hat er es noch nicht eindeutig gefordert«, sagte Leo. Sophie schluckte. Sie konnte sich nicht vorstellen, dass Frederik ganz alleine auf dem Gut zurückbleiben würde. »Frederik macht alles so gut, Sophie«, sagte Leo, als konnte er sehen, dass Frederik in Sophies Kopf gerade einsam an seinem Schreibtisch im Arbeitszimmer Platz genommen hatte. »Er strengt sich so sehr an, dass er diesen Platz, also diese Aufgabe, erfüllt«, fuhr Leo weiter fort. Sophie sah ihn wortlos an, der Schmerz über Frederiks Fremdgehen traf sie manchmal von Neuem und verhalf der zuheilenden Wunde zu einem neuen Riss. »Kann es sein, dass er einfach nicht er selbst war? Er war überfordert mit allem. Du weißt, dass er in Wirklichkeit nicht so ist«, sagte Leo und nahm Sophies Hand, als sich Sophies Augen mit Tränen füllten. »Ich will unser altes Leben zurück, aber es geht einfach nicht«, sagte Sophie und löste ihre Hand von der Hand Leos. »Du warst doch bereit ihm zu verzeihen, als er dich hier besucht hat.« »Ja, ich war bereit.« »Aber der zweite Ausrutscher ist doch nur passiert, weil er so unendlich traurig war, weil er dich in den Armen von einem anderen Mann gesehen hat«, warf Leo ein. »Das heißt, wenn du ihm das Erste verzeihen kannst, dann doch erst Recht das Zweite«, sagte Leo weiter. »Das Zweite stellt aber deutlich in Frage, ob ich ihm das Erste verzeihen sollte«, sagte Sophie und nahm auf ihrem Bett Platz. Leo zog einen Stuhl, auf dem ein mittelgroßer Haufen Klamotten lag, vorsichtig zum Bett heran, um darauf Platz zu nehmen. Sophie schluckte, als Leo sie aufmerksam musterte. »Was ist das Hauptproblem?«, fragte Leo und es dauerte eine Weile bis Sophie antwortete. Leo konnte nicht wissen, dass sich für Sophie seit einigen Wochen alles verändert hatte und sie wollte ihm auch nicht erzählen, was wirklich gerade in ihrem Leben vor sich ging. »Das Hauptproblem ist, dass sich immer alles verändert, wenn es schön ist. Deine Mama und dein Vater, Stella, jetzt die ganze Verantwortung für das Gut. All die wichtigen Veranstaltungen, Treffen, Geldgeschäfte, das Leben an der Universität.« Sophie stoppte für einen Moment, sie war sich sicher, dass Leo sie verstehen konnte, doch sie wollte auch nicht, dass er Frederik alles haarklein erzählte, was sie ihm preisgab. »Du findest dich in eurer neuen Realität nicht zurecht, ist es das?«, fragte Leo und Sophie nickte nur. »Ich weiß eigentlich nicht mal so genau, wer ich selber bin und soll an der Seite von jemand sein, der das schon weiß?« Leo überlegte. Es stimmte. Frederiks Weg war klar vorgezeichnet und die Frau an seiner Seite hatte das mitunter einfach mitzutragen. »Sophie, ich bin der Meinung, dass ich mit dieser Aufgabe nicht glücklich geworden wäre und wäre Stella noch an meiner Seite und sie hätte das mit mir zusammen machen müssen, wäre das auch für sie nicht einfach geworden.« Sophie nickte. »Aber ist Liebe denn nicht stärker als die Realität? Man kann doch zu zweit, na sagen wir, fast alles schaffen«, fragte Leo und wusste die Antwort auf die Frage selbst kaum, er hoffte nur, dass die Antwort des Lebens darauf ein Ja sein würde. »Frederik und du ihr seid wie geschaffen für das neue Paar von Sonnersleben«, sagte er weiter. »All eure Träume und Wünsche sind mit dem Gut verbunden. Wenn du da im Gegensatz dazu Stella und mich vergleichst, ist das ganz anders. Wir wollten immer nur frei sein.« Sophie nickte. Der Grund, warum Sophie seit ihrem Studienortwechsel nicht ein einziges Mal nach Hause gefahren war, lag auf der Hand. Überall an diesem Ort war eine Erinnerung platziert, die mit Frederik zu tun hatte. Ein Leben ohne ihn, gab es in ihrer Heimat einfach nicht. Ein Leben ohne ihn gab es in der Schweiz, auch wenn es selbst dort echte Anstrengung kostete. »Das Leben, das Frederik jetzt führt, ist mehrere Nummern zu groß für mich«, sagte sie schließlich. »Es liegt also nicht nur daran, dass er dich hintergangen hat?« Sophie schüttelte den Kopf. »Ich bin dem nicht gewachsen, Leo und ich habe auch nicht vor es zu sein«, sagte sie und Leo rieb sich kapitulierend die Augen. Es wäre egoistisch von Sophie zu verlangen ihr Leben aufzugeben, damit Frederik eine gute Seele an seiner Seite hatte. »Ihr solltet dennoch zu dem Punkt kommen, dass ihr euch wieder in die Augen sehen könnt. Du kannst nicht für immer in der Schweiz bleiben«, sagte Leo. »Ja, vor allem weil mein Großvater möchte, dass ich seine Firma übernehme und die ist leider sehr nah an dem Gut.« Leo sah Sophie verblüfft an. »Ja, er hat mich dafür vorgesehen, zumindest vorerst. Marlene ist fertig mit ihrem Geigenstudium und wird endlich richtig viel Zeit für ihre Karriere haben. Cäcilia und meine beiden Cousinen sind zu jung, so lange möchte Großvater nicht warten.« »War das mal der ursprüngliche Plan, den ich irgendwie verpasst habe?« Sophie zuckte mit den Schultern. »Der Plan ist noch relativ neu und ich versuche mich damit anzufreunden.« Leo nickte, als es plötzlich mehrere Mal laut hupte. »Was war das?«, fragte Sophie und Leo konnte sich schon gut vorstellen, was oder besser gesagt wer das war. Sophie ging zum Fenster und sah

Frederik, wie er zu ihr hochstarrte. »Du hast Frederik mitgebracht?«, fragte Sophie aufgebracht. »Doch nur, weil ich ihn in diesem Zustand nicht alleine lassen kann. Er sollte im Hotelzimmer warten. Da wird man doch noch verrückt«, sagte er und hastete aus Sophies Zimmer die Stufen ins Erdgeschoss hinab, als Frederik weiterhin vehement hupte. Leo schlug die Haustür auf und rief dabei: »Du gehst, Frederik. Es ist jetzt nicht der richtige Moment.« »Und ob das der richtige Moment ist«, sagte Frederik und schrie ein: »Sophie!«, gegen das große Haus. »Sag mal, kannst du dich etwas zusammenreißen?«, zischte Leo und zog Frederik einige Schritte zum Auto zurück. »Nein, ich spreche jetzt mit ihr. Sie kann mich nicht länger behandeln, als wäre ich der schlimmste Mensch auf der Welt. Sophie!« »Frederik«, zischte Leo erneut, doch er verlor Frederiks Aufmerksamkeit, als Sophie in der Hauseingangstür der Villa erschien. Frederik sah sie, atmete dann aus und legte einen kleinen Sprint hin, um direkt und sogar sehr nah vor ihr zum Stehen zu kommen. Er nahm ihre Hand und küsste diese lange. Als er ihre Hand losließ und in ihr regungsloses Gesicht sah, versuchte er es mit einer letzten Entschuldigung: »Bitte, Sophie. Ich habe dich verletzt und gedemütigt. Aber ich liebe dich mehr als alles andere auf der Welt. Bitte verzeih mir.« Sophie sah ihn an und sagte kein Wort. »Wie oft soll ich mich denn noch entschuldigen?«, fragte Frederik ungeduldig. »Kein einziges Mal mehr«, antwortete Sophie ruhig. »Ich möchte uns nicht mehr.« »Das kaufe ich dir nicht ab. Ich sehe es dir an, dass du lügst. In deinem Herzen gibt es mich noch. Da gibt es immer noch ein uns.« »Zu wenig ist davon übrig.« Frederik blieb der Mund offen stehen, wie konnte sie nur so grausam sein und alle ihre Gefühle leugnen, doch für Sophie schien es, als wäre es der einzige Weg endlich einen Schlussstrich zu ziehen und nicht noch mehr Schmerz zu verursachen. »Ich bin nicht mehr die eine für dich«, sagte sie und ging einige Schritte rückwärts, um die Tür schließen zu können. »Das hast du nicht zu entschieden.« »Was soll das heißen?« »Ich habe beschlossen dich für immer zu lieben. Dafür brauche ich dich nicht«, sagte Frederik und ließ sich nun von Leo zurück zum Auto ziehen, sein Blick weiterhin auf Sophie gerichtet. Leo verfrachtete Frederik ins Auto, der wütend auf das Armaturenbrett schlug und entschied sich dann doch nochmal zu Sophie an die Tür zu gehen. »Du siehst wie fertig er ohne dich ist«, sagte Leo und als Sophie nickte stiegen ihr wieder Tränen in die Augen. »Ich kann nicht zurück zu ihm. Es ist besser so, auch für ihn«, sagte sie und schloss leise die Tür, hinter der sie dann langsam zu Boden sank.

Im Hotelzimmer rannen Frederik unkontrolliert die Tränen über die Wangen. »Du hast gewonnen, Sophie. Ich lasse dich los«, schrie er sie innerlich an und nahm dann einen Schluck aus der Bierflasche, die Leo ihm aus der Minibar reichte. »Danke«, sagte er, als er aufgehört hatte zu trinken. »Es war ein Versuch«, sagte Leo aufmunternd und Frederik machte sich nicht mal die Mühe zu nicken, sondern blickte einfach weiter vor sich hin. »Was hat sie gesagt? Und komm gar nicht erst auf die Idee von wegen Schweigepflicht.« Leo nahm ebenfalls einen Schluck aus seiner Bierflasche und überlegte. »Ich sage dir meine Einschätzung, nicht das was sie gesagt hat. Denn das sind zwei verschiedene Dinge«, sagte Leo und Frederik verstand, als Leo sagte: »Sie sehnt sich nach Sicherheit. Und es sieht ganz danach aus, dass du ihr dieses Gefühl von Sicherheit im Moment nicht geben kannst.«

Tristan trainierte an seinem Rudergerät, als es an der Tür klingelte. Er machte noch einige weitere Züge und entschied sich dann doch zur Tür zu gehen, als es nicht aufhörte zu klingeln. Er wischte sich mit einem Handtuch den Schweiß von der Stirn, als er die Tür öffnete. »Riks! Gut dich zu sehen. Komm rein«, sagte Tristan freudig überrascht und klopfte seinem Freund auf die Schulter. Frederik nahm auf der großen schwarzen Ledercouch Platz. »Was verschafft mir die Ehre?«, fragte Tristan und holte zwei Bier aus dem Kühlschrank und reichte Frederik eine Flasche kühles Lager. »Leo und ich waren nochmal bei Sophie.« »Und?«, fragte Tristan. »Wie geht das nochmal mit dem Tristan-Anti-Liebeskummer-Programm?«, stellte Frederik eine Gegenfrage, als würde es keiner weiteren Erklärung bedürfen. Tristan lächelte nun. »Weise Entscheidung, mein Freund. Weise Entscheidung. Lass mich nachdenken, als Erstes brauchen wir etwas Adrenalin, das macht den Kopf frei.«

»Warum habe ich eingewilligt dich für eine Woche meine Entscheidungen treffen zu lassen?«, fragte Frederik, als er die große Brücke hinuntersah, an der er gleich mit dem Kopf nach unten an einem dünnen Seil hängen würde. Tristan hatte die beiden zum Bungee Jumping angemeldet. »Weil es unglaublich weise ist, auf mich alten Lebensgenießer zu hören. Das wird eine super Woche«, sagte Tristan und Frederik sprang in die Tiefe, als der Instrukteur das Zeichen zum Absprung gab. Nach einer Woche, die voll gespickt war mit viel Testosteron, nahm Frederik unsicher auf dem Beifahrersitz neben Tristan Platz. »Wir haben nur noch ein Wochenende, sag mir bitte, dass wir nicht mit Haien tauchen gehen müssen«, sagte Frederik, nachdem Tristan ihn zum Autorennen, in den Strip Club, zum Poker spielen und zu einem illegalen Boxkampf mitgeschleppt hatte. »Es hat mit dem Wasser zu tun, aber es wird keine Haie geben«, lächelte Tristan und überprüfte nochmal Punkt für Punkt die Liste, die er Frederik als Anhaltspunkt gegeben hatte, was er einzupacken hatte. »Ja, ich habe Smoking und Badesachen dabei. Ja, auch einen Pulli für Abends.« »Gut, wollte nur sicher gehen. Für shoppen werden wir keine Zeit haben.« Tristan grinste zufrieden. »Die anderen zwei kommen nicht mit?« »Was wollen wir mit denen? Die haben Freundinnen. Der Spaß ist nur für zwei Singlemänner bestimmt.« Frederik verdrehte die Augen. »Wie kann es auch anders sein. Der Abschluss dieser Woche wird gestaltet aus einer Mischung von Alkohol und Frauen«, begann Frederik zu raten. »Ja, allerdings. Und einem Casinobesuch.«

Frederik stand am Hafen von Monaco und staunte nicht schlecht, als Tristan ihn auf eine imposante Yacht zog. »Wir sind nur hierher geflogen, weil du eine Yacht gemietet hast? Nur für uns zwei?« Tristan schüttelte den Kopf: »Ich bin doch nicht verrückt, mein Lieber. Mein Cousin studiert hier, er hat sie gemietet und er hat auch einige Kommilitonen eingeladen.« Frederik und Tristan erreichten das offene Deck der Yacht, auf dem schon einige Leute tanzten und sich im Licht der, so langsam untergehenden, Sonne prächtig amüsierten. Tristan begrüßte seinen Cousin mit einer lockeren Umarmung und stellte die beiden einander vor. »David hat uns zwei Mädchen versprochen. Ich habe vorsichtshalber angegeben, dass deine in keinem Fall rotbraune Haare haben sollte. War doch richtig so?« Frederik nickte. Jetzt nicht durchdrehen. Sophie hat dich aus ihrem Leben gestrichen, du musst einfach weitermachen. Nicht im Selbstmitleid versinken, bestärkte Frederik sich, als David Tristan und ihm Justine und Elodie vorstellte.

Tristan atmete genussvoll aus, als er auf das große Meer sah, wo die Sonne soeben untergegangen war, die beiden Mädchen tanzten nach einem kurzen Kennenlerngespräch auf der Tanzfläche. »So sollte jede Woche von dir aussehen, oder?«, scherzte Frederik und Tristan nickte. »Das wäre wirklich nicht schlecht. Aber ich kann mich auch im Alltag schnell anpassen, dass es da nicht langweilig wird.« Frederik drehte dem Meer den Rücken zu und beobachtete Justine auf der Tanzfläche. Sie war eine dunkelhaarige Französin mit rehbraunen Augen und einer Haut, die einen leichten Olivteint hatte. Sie war eher klein und zierlich und hatte ein aufgewecktes, fröhliches Gemüt. Eine wilde Frohnatur, die für jeden Spaß zu haben war. Justine lächelte Frederik an und kam, um ihm sein Champagnerglas aus der Hand zu nehmen. »Cherie, warum tanzt du nicht?«, fragte sie und legte den Kopf leicht schräg, bevor sie das Champagnerglas in einem Zug austrank. Und mit dieser Nacht mit Justine auf der Yacht, sollte eine lange Reihe an Nächten beginnen, die er in vielen verschiedenen Betten verbringen sollte.

Ein Jahr später trat ein angetrunkener Frederik aus dem Club und hielt eine Frau namens Nathalie im Arm, die ihm kichernd etwas erzählte, als die beiden Richtung Taxi torkelten. Frederik sah sich kurz um, als er ein lautstarkes Wortgefecht zwischen zwei Männern hörte. Mit einem Mal war er zur Nüchternheit zurückgekehrt, als er erkannte, dass einer dieser beiden Männer Leo war, der mit dem anderen Mann in Streit geraten war und bereits eine Blessur an der Lippe davon getragen hatte. Frederik konnte in einiger Entfernung ein Mädchen sitzen sehen, dass vor lauter Verzweiflung weinte. Als der Mann, der deutlich gewichtiger als Leo war, zu einem zweiten Schlag ausholen wollte, begann Frederik zu rennen und konnte gerade noch den Schlag in der Luft abfangen und brachte den Mann somit so zum Taumeln, dass er zu Boden ging. Leo sah Frederik geschockt an. »Was tust du hier?«, ging Leo ihn an, als Frederik versuchte den Mann am Boden festzuhalten. »Was ich hier tue? Was tust du hier? Dich ganz alleine in fremde Angelegenheiten einmischen?«, rief Frederik erbost und pfiff mit zwei Fingern, sodass einer der Security, zu dem er stets ein freundschaftliches Verhältnis hatte, auf ihn aufmerksam wurde. Damian kam Frederik und Leo schnell zur Hilfe und brachte den Mann mit Zureden und Zupacken dazu, nach Hause zu gehen. »Danke, Damian«, sagte Frederik und rückte sich schnell sein Sakko zurecht. »Keine Ursache, Riks«, sagte er und als er Frederik auf die Schulter klopfte, sah er Leo etwas irritiert an. Doch Leo ignorierte Damians fragenden Blick und machte sich auf den Weg, um den Mädchen hoch zu helfen, die eben mit ihrem Exfreund in Streit geraten war. »Du solltest in Zukunft einen großen Bogen um den Typen machen«, sagte Leo und das Mädchen nickte. »Sollen wir dich nach Hause bringen oder dir ein Taxi rufen?«, fragte Leo, woraufhin das Mädchen nur vorsichtig nickte und Leo nicht so genau wusste, zu was sie zugestimmt hatte. »Gut. Frederik, wir gehen oder hast du noch etwas vor?«, fragte Leo provokativ in Nathalies Richtung blickend und Frederik sah sich abwägend zu der schockierten Nathalie um, die dieses Spektakel untätig mit angesehen hatte. »Zeit nach Hause zu gehen«, sagte Frederik und entschuldigte sich bei Nathalie, dass dieser Abend so geendet hatte. Er spendierte ihr ein Taxi und nahm dann in einem weiteren Wagen neben dem fremden Mädchen und Leo Platz. Nach einer kurzen Fahrt, begleitete Leo das, immer noch schluchzende, Mädchen zur Haustür und war erleichtert, als ihre Eltern, die völlig normale Menschen zu sein schienen, sie in den Arm nahmen und trösteten. Als Leo zurück in den Wagen stieg und das Schweigen der Brüder nur durch einen Evergreen im Radio des Taxis gestört wurde, fragte Leo: »Soll das jetzt immer so weiter gehen?«, und hielt sich dann das Kinn, weil es nun wieder mehr zu pochen begann. »Nein. Nur solange bis ich nichts mehr spüre, dann höre ich auf damit«, sagte Frederik und starrte aus dem Fenster, das den Blick in eine heute besonders dunkle Nacht freigab.

Ich habe mich verrannt. In eine schöne Gefahr, die meine Zukunft in Gefahr brachte.

In dem vollen Club dröhnte die Musik und Frederik war froh, seine eigenen Gedanken nicht hören zu müssen. Er hatte Tristan, Vincent und Max eingeladen heute mit ihm zu feiern. Tristan, der wieder auf Beutefang war, genoss seine Freiheit gerade mit einer wunderschönen Spanierin. Vincent unterhielt sich mit einem gemeinsamen Freund und Max diskutierte mit Annabelle. Alles in allem, ein ganz gewöhnlicher Abend, dachte Frederik und goss zum zweiten Mal Gin, aus der großen Glasflasche, in sein Glas. Er ließ den Blick durch die Menge schweifen und dieser blieb an einer großen Frau mit blonden Haaren hängen. Ihr schwarzes enganliegendes Kleid zeigte alle ihre weiblichen Vorzüge und Frederik beschloss, aus einer spontanen Laune heraus, mit ihr zu sprechen. Kurzerhand stand er auf und ging zu ihr. »Guten Abend. Möchten Sie heute mein Gast sein?«, fragte Frederik die Frau, deren Name Tatjana war, die daraufhin zu lächeln begann. Ihre Freundin hatte sie gerade für einen Mann, mit dem sie noch in einen anderen Club ziehen wollte, stehen gelassen. »Was für ein Glück für mich«, sagte Frederik, bat sie an seinen Tisch und goss ihr Champagner in ein frisches Glas ein, ehe er es ihr reichte, um mit ihr anstoßen zu können. Ihre blauen Augen funkelten und Frederik genoss, dass sie noch völlig nüchtern war, um sich mit ihr unterhalten zu können. Irgendetwas an ihr sprach Frederik an, auch wenn er nicht wirklich wusste, was es war. Tatjana erzählte, dass sie in einer Luxus-Boutique als Verkäuferin tätig war und ihr Gehalt ab und an als Model aufbesserte. Auf die Frage, was denn Frederiks Beruf sei, antwortete er nur verallgemeinernd Unternehmer, was so ziemlich alle seine beruflichen Tätigkeiten miteinschloss. Tatjana nickte imponiert und hatte natürlich bemerkt, dass Frederiks Anzug eine Maßanfertigung war, wofür sie ihm auch ein Kompliment machte. Langsam strich sie den Kragen von Frederiks Sakko entlang und berührte dabei sanft mit ihren Fingern seinen Hals. Schmunzelnd schüttelte er den Kopf, bevor er einen weiteren Schluck aus seinem Glas nahm. »Ich bin eigentlich heute nicht hier, um jemand mit nach Hause zu nehmen«, sagte er schließlich und bemühte sich, nicht in ihren Ausschnitt zu sehen. Ihre langen welligen blonden Haare und der rote Lippenstift waren schon genug an Sexappeal, um ihn zu beeindrucken. »Das habe ich doch auch gar nicht vorgeschlagen«, sagte sie lächelnd und überschlug ein Bein über das andere und drehte sich dabei etwas mehr in seine Richtung. »Na dann ist es ja gut«, sagte Frederik und sah ihr dabei, ebenfalls lächelnd, tief in die Augen. »Kann ich dich mal für eine kurze Sekunde sprechen«, begann Tristan zu sagen und begrüßte dann kurz Tatjana, bevor er rüpelhaft Frederik von ihr wegzog. »Ja«, sagte Frederik, seine Augen immer noch auf Tatjana gerichtet. »Blickkontakt wäre schön!«, sagte Tristan und drehte Frederiks Kopf in seine Richtung. »Was ist denn los? Ist wieder eine wütende Exfreundin aufgetaucht und wir sehen heute wieder live die Schlammschlacht um den Prinzen, der alle Mädchenherzen bricht?«, scherzte Frederik. »Ernst! Kurz ernst!«, diktierte Tristan ihm auf. »Das ist pures Gift«, sagte Tristan und deutete in Tatjanas Richtung, die sich die Lippen mit knallroter Farbe nachzog. Frederik verdrehte die Augen. »Und woher willst du das bitte wissen?« Tristan seufzte. »Im Gegensatz zu dir, mein kleiner Freund, kenne ich die Frauen. Ich habe viel gedatet und viel gesehen. Das da. Nicht gut!«, sagte Tristan und schüttelte den Kopf. »Ich nehme sie nicht mit nach Hause«, sagte Frederik. »Besser wäre das für dich. Wenn sie dein Haus und dein Personal sieht, wird sie beim Hinsehen schon schwanger«, sagte Tristan. »Jetzt bist du aber verrückt.« »Nein, ich bin nicht verrückt. Solche Frauen kosten dich nur Nerven und Geld.« »Tristan, ich glaube du hast gleich eigene Sorgen«, sagte Frederik und deutete auf den Fahrstuhl, der den Barbereich vom VIP Bereich trennte, und aus dem soeben Tristans Ex-flamme Jennifer gestiegen war. »So ein Mist«, sagte Tristan und fuhr sich angespannt durch die Haare. Durch sein eigenes Problem gefangen, bemerkte er nicht, dass Frederik Tatjana anbot, bei ihm zu Hause eine Flasche Wein zu trinken.

»Du hast es wirklich schön hier«, sagte Tatjana, als Frederik mit ihr auf der Couch mit zwei Gläsern Cabernet Platz genommen hatte und sie sich vorsichtig umsah. »Heute besonders«, sagte Frederik und lächelte Tatjana an. Irgendetwas in ihm war bereit sich neu zu verlieben, dieses Mal nicht nur für eine Nacht. Tatjana strich sich lächelnd und vorgebend schüchtern eine Strähne hinter das Ohr. »Wieso ist jemand wie du nicht in einer festen oder zumindest teilweise in einer Beziehung?«, fragte sie schließlich. »Ich könnte jetzt sagen, dass ich zu viel arbeite, was aber zu banal klingen würde.« Er machte eine kurze Pause. »Sagen wir, ich war noch nicht bereit.« Tatjana nickte. »Sie hat dich sehr verletzt?«, fragte Tatjana und zur Antwort bekam sie nur einen kurzen Blickkontakt, den Frederik abwandte, um einen Schluck aus seinem Rotwein zu nehmen. »Ich verstehe«, sagte Tatjana. »Ich komme immer mehr zu der Überzeugung, dass man nur Momente lieben sollte, nicht Personen«, sagte sie und Frederik lachte. »Die Theorie ist beeindruckend gut«, sagte er und nahm ihre Hand, um sie näher zu sich zu ziehen. Sie ließ es geschehen und schob ihr Kleid etwas hoch, um auf seinem Schoß Platz zu nehmen, seinen Nacken mit beiden Händen festumschlossen. »Manche Momente sind aber so gut, dass Gefühle entstehen«, sagte er augenzwinkernd und versuchte in ihren blauen Augen das Gift zu erkennen, von dem Tristan gesprochen hatte. Er konnte nichts davon sehen. Leo räusperte sich übertrieben laut, als er ins Wohnzimmer kam und die beiden in dieser provokanten Stellung vorfand. Schnell sprang Tatjana von Frederiks Schoß und richtete sich ihr Kleid zurecht. »Guten Abend«, sagte Leo förmlich und reichte der verdutzten Tatjana die Hand. »Ich bin Leo, der Bruder von Frederik. Der Ältere«, sagte Leo und sah dabei Frederik scharf an, als hätte er eigentlich der Klügere gesagt. Frederik seufzte und zog Tatjana an ihrer Hand eng neben sich auf die Couch zurück, als auch Tatjana sich kurz vorgestellt hatte. »Kann ich dir helfen?«, fragte Frederik und wollte seinem Bruder unmissverständlich zu verstehen geben, dass er hier gerade störte. »Nein, vielen Dank. Ich wollte gerade ins Bett gehen und dir eine gute Nacht wünschen«, sagte Leo und sah dann zunächst Frederik deutlich an. Daraufhin musterte er Tatjana und hatte offensichtlich die gleichen Bedenken wie Tristan, da er keine Anstalten machte den Raum zu verlassen. »Können wir kurz wegen morgen sprechen?«, fragte Leo und zwang Frederik zu einem Vier-Augen-Gespräch, dessen Einladung dazu Frederik mit einem Augenrollen und nur sehr widerwillig annahm. »Entschuldige mich, ich bin gleich wieder zurück«, sagte er zu Tatjana und gab ihr einen Kuss auf die Wange, die Tatjana anschließend mit ihrer Hand berührte. Verlieb dich bloß nicht in ihn, bläute sie sich ein. Das hier war zu gut, um wahr zu sein.

»Schnell, ich habe noch etwas vor«, sagte Frederik genervt, als Leo ihn in die Küche gezogen hatte. »Das da draußen ist nicht dein Ernst«, sagte Leo kopfschüttelnd. »Sag mal, was ist denn heute los? Könnt ihr euch einfach mal alle in ein anderes Leben einmischen? Tristan hat den gleichen Aufstand gebaut wie du!« »Ach?« »Ja, ach.« »Und es gibt dir nicht zu denken, dass Tristan, also *Tristan*, auch Bedenken wegen einer Frau hat, die mit dir nach Hause geht?« Leo bemühte sich gar nicht erst seine Wut zu verbergen. »Heute ist es mir egal und weißt du auch warum?«, er machte eine kurze Pause. »Weil es vielleicht irgendwann jemand geben wird, der nicht von hier verschwindet, wie es hier alle tun. Und wenn das dann jemand sein sollte, mit dem ihr nicht einverstanden seid, dann ist mir das völlig egal.« »Sie wird nur hier bleiben, solange es Geld gibt«, sagte Leo und Frederik schnaubte. »Du kennst sie doch gar nicht.« »Gut, dann teste sie. Sag ihr, dass ich alles erbe und du nichts, mal sehen, ob sie ihr Glas noch austrinkt«, provozierte Leo ihn. »Selbst wenn sie nur wegen des Geldes bleibt, wäre das ein Grund mehr, als es das für Sophie war«, sagte Frederik und wandte sich zum Gehen und hörte nur noch bruchstückhaft, was Leo ihm hinterherrief: »Ich hoffe, dass du deinen gesunden Menschenverstand bald irgendwo zwischen deinen Hormonen wiederfindest.«

Frederik kam zurück ins Wohnzimmer, wo Tatjana bereits ihre Handtasche nahm und im Begriff war zu gehen. »Es tut mir leid«, sagte Frederik. »Schon gut. Ich sollte sowieso nach Hause«, sagte sie. »Wir löschen einfach die letzten zehn Minuten?«, schlug Frederik lächelnd vor und legte ihre Handtasche, die er ihr aus ihrer Hand genommen hatte, zurück auf den Wohnzimmertisch. »Sag mir, was du tun möchtest? Schwimmen? Billiard?« Tatjana lachte. »Weißt du, was ich am liebsten machen würde?« Er schüttelte den Kopf. Tatjana ging einen Schritt auf ihn zu und nahm seine Hände. »Du schreibst mir jetzt gleich eine Nachricht, dann musst du es morgen nicht tun und ich werde nicht enttäuscht sein, wenn du es nicht tust«, sagte sie und sie beobachtete, wie er eine Nachricht tippte und auf Senden drückte, nachdem sie ihre Nummer unter seinen Kontakten eingespeichert hatte. Als ein leises Vibrieren aus ihrer Tasche zu hören war, hielt Frederik Tatjana ab die Nachricht zu lesen. »Erst morgen«, sagte er und küsste sie.

Leo beobachtete durch das Küchenfenster, wie Frederik sich von Tatjana verabschiedete, als er sie am Vormittag von Sascha, dem neuen Chauffeur, nach Hause bringen ließ. Er küsste sie, ehe er die Autotür zur Rücksitzbank schloss. Diese Frau bereitet mir schon jetzt schreckliche Kopfschmerzen, dachte Leo und nahm einen großen Schluck aus seiner Kaffeetasse. »Hoffentlich nur eine Eintagsfliege oder in diesem Fall eher Einnachtsfliege«, überlegte Leo.

»Ich diskutiere mit dir darüber nicht«, sagte Frederik, als er am Frühstückstisch gegenüber von Leo Platz nahm, der ein maßregelndes Gesicht aufgesetzt hatte. »Gut. Aber vielleicht sollten wir darüber diskutieren, dass ich in zwei Wochen ausziehe.« Frederik schluckte. »Ja, vielleicht.«

Im selben Moment öffnete Tatjana ihre Handtasche, sie war neugierig die Nachricht von Frederik zu lesen. Sie schmunzelte, als sie die Zeilen immer und immer wieder las: *Darf ich dich am Abend zum Essen ausführen und dir dann nochmal sagen, wie schön die Nacht mit dir war?* Sie lächelte und mit geschlossenen Augen hielt sie das Handy an ihre Brust.

»Du kannst dir nicht vorstellen, wie vornehm dort alles ist«, schwärmte Tatjana ihrer großen Schwester Anastasia vor, als sie ihr heißen Tee nachschenkte und wieder an dem kleinen runden Küchentisch in ihrer Ein-Zimmer Wohnung Platz nahm. »Marmor in den Bädern, ein Fuhrpark voller gigantisch teurer Autos und Personal für jede einzelne Hausfrauentätigkeit.« »Du bist ein Glückspilz, Tatjana«, sagte Anastasia und gab dem Baby auf ihrem Schoß etwas von dem Schokoladenkuchen, den Tatjana gebacken hatte. »Und ich werde mein Leben lang überdimensionale Unterwäsche von meinem Mann waschen müssen«, fuhr sie fort und Tatjana lachte laut auf. »Mama hatte Recht, du hättest ihn nicht heiraten sollen.« »Ja, ich war jung und dumm«, gab ihr Anastasia zur Antwort und nickte heftig mit dem Kopf. »Und jetzt habe ich drei davon und ein viertes ist unterwegs«, sagte Anastasia und deutet auf ihren Bauch. Tatjanas Handy klingelte, als sie noch mit ihrer Schwester über deren ausweglose Situation kicherte. »Die Nachricht war also ernst gemeint«, flirtete sie ins Telefon. »Ich breche mein Wort nie«, gab ihr Frederik zur Antwort. »Deine Adresse bitte. Dann hole ich dich um sieben Uhr ab.«

Frederik klingelte an der etwas dünn anmutenden Wohnungstür von Tatjana, deren Wohnung sich in einem großen grauen Betonklotzbau befand und war froh, dass er eine Jeans und eine Lederjacke als Outfit gewählt hatte. Tatjana öffnete ihm in einem engen kurzen Kleid die Tür. »Hallo«, begrüßte er sie und gab ihr einen zärtlichen Kuss auf die Wange. »Hallo«, sagte sie ein wenig schüchtern und fügte noch ein: »Nicht so umwerfend hier«, hinzu und wollte schon die Türe zuziehen. »Warte, du musst die Blumen noch ins Wasser stellen«, sagte Frederik und zog einen Strauß dunkelroter Callas hinter seinem Rücken hervor. »Wow, die sind wunderschön«, schwärmte Tatjana und war dann doch gezwungen ihn hereinzubitten, um für die Blumen eine Vase zu organisieren. Etwas unsicher sah sich Frederik in der Ein-Zimmer Wohnung um, die ordentlich und sauber, aber doch auch sehr klein war. »Es ist eben nicht so großzügig wie bei dir«, sagte Tatjana als sie die Vase auf den kleinen Tisch vor der Küchennische stellte. »Weniger Arbeit für das Personal«, scherzte Frederik und zog sie dann in eine Umarmung. »Gestern Nacht war es sehr schön mit dir«, sagte Frederik, nachdem er sie geküsst hatte. »Ja, das stimmt.« »Was ist mit dir?« »Ich weiß nicht, du bist bestimmt eine andere Umgebung gewöhnt«, sagte sie schließlich und ärgerte sich, dass ihre Fassade von gestern bröckelte, nur weil er darauf bestanden hatte, sie abzuholen. »Ich habe eigentlich nichts gegen einen gemütlichen Abend hier bei dir oder möchtest du lieber ausgehen?« Tatjana schüttelte den Kopf. »Da wo du bist, ist es gut.« »Gute Antwort. Bringe ich dich in Verlegenheit vor deinen Nachbarn, wenn ich heute hierbleibe?«, fragte er. Tatjana schüttelte den Kopf. »Hier könnte man sterben und es würde niemanden interessieren.« Frederik lachte. »Nun gut. Wir nehmen das als einen Vorteil. Zumindest für heute«, sagte Frederik und er wählte die Nummer von Sascha, der unten im schwarzen Bentley auf Frederik und Tatjana wartete, und bat ihn, bei seinem Lieblingsitaliener essen zu holen und hochzubringen. Tatjana lächelte, als sie Frederiks große Bestellung hörte. »Wer soll das alles essen?«, fragte sie lachend, als er aufgelegt hatte. »Du weißt ja noch nicht, wie lange ich bleiben möchte.«

»Du musst das nicht machen«, sagte Tatjana als Frederik nach dem Essen begann das Geschirr mit der Hand abzuspülen, da sie keinen Geschirrspüler besaß. »Sonst musst du es morgen machen«, gab er ihr zur Antwort, woraufhin Tatjana lächelte und dann tief durchatmete. Nicht verlieben, nicht verlieben, nicht verlieben, wiederholte sie sich wie ein Mantra. »Du schenkst dir jetzt noch ein Glas Champagner ein, setzt dich da auf einen Stuhl und überlegst, was du machen möchtest. Alternativ kannst du auch trinken und überlegen, während du weiterhin so verführerisch neben mir stehst.« Tatjana lächelte und hüpfte dann auf die Arbeitsplatte der Küche und beobachte Frederik, wie er das Geschirr fein säuberlich spülte und abtrocknete. »Gehorsam sein ist nicht so ganz dein Ding, was?«, fragte Frederik und Tatjana lächelte kopfschüttelnd. »Gut so, weil das hat es noch besser gemacht«, sagte Frederik als er fertig war und auch den letzten Teller abgetrocknet hatte, zog er sie etwas näher zu sich, öffnete ihre Beine und begann sie zu küssen.

Leo drückte mit der Maustaste auf den kleinen grünen Telefonhörer und der Stellvertreter des Klosterabtes, der sich um die neuen Brüder kümmerte, erschien auf dem Bildschirm. »Hallo Leopold«, sagte er höflich und dazu erschien ein breites Lächeln auf seinem gütigen Gesicht. »Hallo Pater Laurentius. Schön, dass es geklappt hat.« »Ich freue mich dich zu sehen. Gut siehst du aus. Wie laufen die Vorbereitungen?« »Ich bin zufrieden. Ich habe das alles lange vorbereitet und nun darf ich endlich zu Ihnen kommen«, sagte Leo und lächelte nun auch den Pater an. »Wie geht es deinem Bruder? Wird er mit der Situation klar kommen?« Leo zuckte mit den Schultern. »Ich hoffe es. Ich habe mich lange mit seinem besten Freund Tristan unterhalten, er wird ein Auge auf ihn werfen.« »Das ist gut. Und bald kann er dich ja dann auch mal besuchen kommen.« Leo nickte und begann dann schweigsam auf die Tastatur zu starren. »Hast du etwas auf dem Herzen?«, fragte Pater Laurentius, der Leo schon viele Jahre gut kannte und ihn auf dem Weg seiner Berufung und seiner Trauerverarbeitung begleitet hatte. »Frederik hat ein Mädchen kennengelernt und sie macht mir einen etwas fragwürdigen Eindruck.« »Inwiefern?« »Ich mache mir Sorgen, dass sie es nur aufs Geld abgesehen haben könnte.« Pater Laurentius nickte verständnisvoll. »Leider ist das in eurem Fall nicht auszuschließen. Es ist nicht leicht zu unterscheiden, ob der Partner es ernst meint oder nur versorgt sein möchte. Dennoch möchten wir niemand vorschnell verurteilen.« Leo nickte. »Ich habe Bedenken ihn jetzt alleine zu lassen, er könnte eventuell etwas Unvernünftiges tun.« »Ist dein Weg nicht so vorgezeichnet, dass du stellvertretend für die Menschen vor Gott treten möchtest?« »Ja.« »Und ist Gott nicht mächtiger und weitsichtiger wie wir?« »Ja.« »Dann übergib ihm diese Situation. Dein Weg beginnt jetzt, Leopold. Und unser Herr weiß, dass Frederik seinen Schutz und seine Hilfe sehr brauchen wird, wenn er dich gehen lassen muss. Er wird ihn nicht alleine lassen.«

Frederik kehrte erst am späten Nachmittag von Tatjana ins Gut zurück und ließ sich von Martha einen starken Kaffee kochen. »Danke«, sagte er, als sie die Tasse am Küchentisch abstellte und sich dann zu ihm setzte. Ihr stiegen die Tränen in die Augen, wie es schon in den vergangenen Tagen mehrmals der Fall gewesen war, wenn sie daran dachte, dass Leo in zwei Wochen nicht mehr hier wohnen würde, sondern das Franziskanerkloster in Österreich beziehen würde. »Martha«, sagte Frederik und strich ihr tröstend über den Arm. Sie zog ein Stofftaschentuch aus ihrer Schürze und schnäuzte lautstark hinein. »Ich versuche mich wirklich zusammenzureißen«, sagte sie weinerlich und schniefte dann einige Male, in der Hoffnung sich wieder etwas beruhigen zu können. »Ich bleibe dir erhalten«, sagte Frederik und Martha schenkte ihm ein Lächeln, als sie in seine lieblichen blauen Augen blickte. »Du darfst mich noch mehr verwöhnen, als du es ohnehin schon tust«, sagte er, um ihr ein Lächeln zu entlocken und nahm sie dann fest in den Arm, als das Gesagte nicht half ihr Trost zu spenden. Als Leo die Küche betrat und beide in dieser Umarmung fand, wischte Martha sich schnell die Tränen aus dem Gesicht und tat so, als ob es in diesem Raum nie Gefühle gegeben hätte. »Leo, möchtest du auch Kaffee? Ich habe gerade frischen gekocht« »Martha...«, begann Leo vorsichtig. »Ja, setz dich schon mal hin«, dirigierte Martha und Leo nahm lächelnd neben Frederik Platz, der ihn in die Seite boxte. Doch Martha verlor letztendlich die Fassung als sie auch Leo eine Tasse Kaffee vorsetzte und die beiden Sonnersleben Buben auf der kleinen Holzbank nebeneinander sitzen sah. In ihrem Kopf waren die beiden Jungs noch immer Kinder und sie liebte sie, als wären sie ihre eigenen. Sie sank auf den Holzstuhl und weinte, als Leo sie in eine feste Umarmung schloss. »Damit ihr es wisst«, sagte sie, als sie sich aus der Umarmung löste. »Von allen Frauen, die schon um euch beide geweint haben, liebe ich euch am meisten.« Und in ihrem Kopf fügte sie noch ein wie Stella und Sophie hinzu.

»Das ist sie?«, fragte Tatjana, als sie sich wieder anzog und nun das Bild von Frederik und Sophie am Debütanten-Ball an der Wand entdeckt hatte. »Ja«, sagte Frederik knapp und versuchte das Bild nicht länger anzusehen, denn das war der Abend bevor das ganze Glück stückchenweise auseinander gebrochen war. »Wie alt wart ihr da?« »Sechzehn.« »Wie lange wart ihr zusammen?« »Sieben Jahre.« Tatjana versuchte zu rechnen. »Wie lange seid ihr schon getrennt?« »Vier Jahre.« Tatjana zog den Reißverschluss ihrer Jeans hoch und drehte sich zu Frederik um. »Vier Jahre und sie hängt immer noch hier?« Frederik nickte. »Siehst du doch«, sagte er leicht gereizt, da ihm diese Fragerei langsam auf die Nerven ging. Tatjana bemerkte den Stimmungswechsel und konnte sich aber auch die nächste Frage nicht verkneifen: »Sie hat dir das Herz gebrochen?« »Ja, obwohl ihre Version vermutlich eine andere ist«, sagte er nach einiger Überlegung. Tatjana nickte und atmete dann tief durch. Durch diese blöde Sophie hatte sie sich jetzt einige Minuspunkte gesammelt, weil sie vor lauter Neugierde in einer alten Wunde bohrte. Sie überlegte, wie sie das wieder gut machen könne. *Bring ihn dazu sich in dich zu verlieben, bis er weich ist wie Wachs und dann kannst du alles haben!*«, hatte ihr ihre Schwester erst vor einigen Tagen geraten, als Tatjana ihre Sorge darüber geäußert hatte, dass viele Frauen Frederik begehrten. Nur sie wusste nicht, wie sie es anstellen sollte, damit Frederik diesen Schmelzpunkt bald erreichen würde. »Ich werde in der nächsten Woche nicht so viel Zeit für dich haben«, sagte Frederik und reichte Tatjana ihr trägerloses Top, dass sie langsam über ihren nackten Oberkörper zog. »Ich verstehe, weil Leo am Freitag nach Österreich fährt.« »Ja.« »Bringst du ihn hin?« »Nein, er möchte unbedingt mit dem Zug fahren.« »Hat er nicht unheimlich viel Gepäck?« »Nein, er nimmt nur eine kleine Reisetasche und einen Rucksack mit.« »Für ein ganzes Leben? Ich brauche für einen zweiwöchigen Urlaub einen Koffer mit sehr viel Übergepäck.« Frederik lachte und Tatjana war froh, dass wieder etwas Ungezwungenheit in diese Situation zurückgekehrt war. »Er wird in einen Bettelorden eintreten. Da hat man nur das, was man auf der Haut trägt. Also so in etwa.« Tatjana starrte ihn weiter ungläubig an. »Was ist, wenn es ihm nicht gefällt?«, fragte Tatjana, der die Vorstellung ohne schöne Klamotten leben zu müssen, wie Folter vorkam und schon allein diese Tatsache genügte, um Leos Vorhaben für ziemlich wahnsinnig einzustufen. »Er war schon oft dort und er ist jetzt für ein Jahr fest zur Probe. Wenn es ihm zusagt, kann er dann für drei Jahre verlängern und immer so kleinere Etappen nehmen. Am Ende dieser kleineren Etappen erfolgen die ewigen Gelübde, da bindet er sich ein Leben lang an den Orden.« »Warum tut er das?« »Du hast ihn leider noch nicht so gut kennen gelernt. Aber es passt zu ihm. Er ist am liebsten für andere da und stellt seine Bedürfnisse zurück.« Tatjana nickte, obwohl sie es immer noch nicht wirklich verstand. »Genug mit dem katholischen Unterricht. Was möchtest du essen?« »Mmh…« Tatjana überlegte. »Eine Packung Chips vor der Play Station?«, sagte sie schließlich und Frederik lächelte.

»Weißt du, was an ihr wirklich toll ist?«, fragte Frederik Leo, dessen Ohren von den Lobeshymnen über Tatjana schon überquollen, als sie endlich mal wieder zusammen ausritten. »Nee.« »Sie ist so gar nicht typisch Mädchen. Sie interessiert sich für Boxkämpfe, Computer Spiele, sie trinkt am liebsten Bier und sie spielt ziemlich gut Fußball.« »Wann habt ihr denn Fußball gespielt?« »Wir waren bei einem Turnier von ihrem kleinen Neffen und haben danach mit ihm etwas gekickt.« »Aha.« »Außerdem hat sie wirklich einen Faible für tolle Klamotten.« »Auffällig.« »Was?« »Auffällig ist die Moderichtung, die sie trägt. Auffällig sexy.« Frederik runzelte die Stirn. »Warum magst du sie nicht?«, fragte Frederik und Leo zuckte mit den Schultern. »Ich kann dir eigentlich nicht mal wirklich einen Grund sagen.« »Sie tut mir irgendwie gut«, sagte Frederik. »Das ist doch die Hauptsache.« »Ich habe ihr gesagt, dass wir uns jetzt erstmal eine Woche nicht sehen können, weil ich die Zeit mit dir verbringen möchte.« »Das brauchst du nicht. Wenn du sie treffen willst, dann ist das auch in Ordnung.« »Leo, ich will es so.« »Na dann«, sagte Leo und trieb seinen Hengst vom Schritt direkt in den Galopp und Frederik galoppierte hinterher.

Am Abend vor dem Fernseher verfolgten die beiden Brüder einen spannenden Krimi, als Frederik Tatjana nur eine kurze Nachricht sandte: *In Gedanken heute Nacht in deinen Armen.* Tatjana wartete eine halbe Stunde, bevor sie nach einem kräftigen Schluck Rotwein, die Nachricht absandte, die sie zusammen mit ihrer Schwester per Telefon gebastelt hatte: *Ich komme nicht auf den Boden zurück von dem Höhepunkt, zu dem du mich gestern gebracht hast. Und auch wenn es naiv klingt, ich möchte es auch nie wieder. Ich küsse dich. So wie gestern. Tatjana.* Leo sah Frederik verwundert von der Seite an, als Frederik immer noch schmunzelnd über die Nachricht auf den Fernseher starrte. »Alles in Ordnung?« »Ja.« »Sie haben gerade den Mörder überführt. Warum lächelst du?«, zog Leo ihn auf und Frederik boxte ihm leicht in die Seite. »Ich werde dich vermissen, Bruderherz«, sagte Frederik schließlich, als er seinen Bruder ansah, der so entspannt neben ihm auf der Couch lümmelte. »Ich dich auch, mein Kleiner.«

Das Leben nimmt wieder Fahrt auf und ich akzeptiere langsam, dass ich dich immer vermissen werde.

Nach einer langen Umarmung, die sich gleichzeitig wie eine Ewigkeit und doch viel zu kurz anfühlte, löste sich Frederik und wischte sich seine Tränen mit beiden Händen aus dem Gesicht. »Nun geh schon«, sagte er und auch Leo versuchte sich mehr zusammenzureißen, als es ihm gelang. »Versprich mir, dass du auf dich aufpasst«, sagte Leo und dachte dabei vor allem an Tatjana, deren Anwesenheit wie ein Damokles Schwert über dem Gut aufgetaucht war. »Kannst du nicht hierbleiben?«, fragte Frederik und hätte ziemlich viel darum gegeben, wenn das möglich wäre. Leo schüttelte den Kopf. »Ich werde zurückkommen, wenn es nötig ist.« »Wann wird das sein?« »Jetzt noch nicht.« Frederik nickte tapfer und sah Leo in einen Waggon des vollen Zuges einsteigen. Die Brüder sahen sich über das große Fenster lange an und Frederik sah im Augenwinkel einige Familien, die sich verabschiedeten und winkten und dachte dabei, dass keiner so einen schweren Abschied zu ertragen hatte, wie er. Und er blieb noch lange am Bahnhof stehen, als der Zug schon eine Weile abgefahren war und sah in die Richtung, in die sein Bruder verschwunden war. Schließlich nahm er auf einem der unbequemen Sitzplätze am Bahnsteig Platz und beschloss, einfach hier sitzen zu bleiben. Würde er nach Hause gehen, würde er dort, als Einziger, der von seiner Familie übrig geblieben war, wohnen und dafür war er noch nicht bereit. Es waren bestimmt einige Stunden vergangen, in denen er das Treiben beobachtete und nur für einzelne Raucherpausen in den dafür markierten Bereich gewandert war und danach wieder an seinen Platz zurückkehrte.

Tatjanas hohe Schuhe hallten in der Unterführung, die die Fahrgäste zu ihren Gleisen brachte. Gleis siebzehn, Gleis siebzehn, sagte sie sich vor und nahm dann schnell die Stufen zum Gleis, als sie auf der Anzeigentafel die Nummer siebzehn las. Sie hatte mit dem sehr jungen Polizisten der Bundespolizei geflirtet, um herauszufinden wann und in welche Richtung Frederik den Bahnhof verlassen hatte. Und die beiden hatten, zusammen vor den großen Bildschirmen sitzend, herausgefunden, dass er noch immer auf Gleis siebzehn saß. Ihre langen blonden Haare flogen von links nach rechts, als sie sich hektisch umsah.

»Entschuldigen Sie bitte, haben Sie vielleicht einen großen Mann mit blonden Haaren gesehen?«, fragte sie eine ältere Dame, die nur mit dem Kopf schüttelte und als Tatjana sich noch seufzend bedankte, sah sie ihn einige Meter entfernt neben einer griechischen Großfamilie sitzen. Er sah in ihre Richtung, als sie ihm einen mitleidigen Blick zuwarf. Sie rannte auf ihn zu und zog ihn zu sich hoch. »Ich habe mir solche Sorgen gemacht. Seit Stunden warte ich auf deinen Anruf«, sagte sie und schloss ihn fest in ihre Arme. Frederik fühlte sich, als hätte ihn gerade jemand gezwungen weiterzuleben und erwiderte die Umarmung von Tatjana nur widerwillig. »Ist alles in Ordnung mit dir?«, fragte Tatjana und musterte Frederik besorgt. Er nickte nur stillschweigend und sah dann wieder traurig zu Boden. »Lass uns nach Hause gehen?«, fragte Tatjana vorsichtig und hielt seine Oberarme mit ihren Händen immer noch fest. »Ich weiß, dass es unfair ist von ihm zu verlangen für immer an meiner Seite zu bleiben. Ich bin ja nicht vier Jahre alt«, sagte Frederik, dabei Tatjanas Frage völlig ignorierend. Tatjana strich ihm sanft über sein schönes Gesicht. »Das hat doch damit nichts zu tun. Trennung bedeutet immer erstmal Schmerz, egal wie alt man ist«, sagte Tatjana verständnisvoll. »Vermutlich. Woher wusstest du, dass ich hier bin?« »Ach, ich hab eine besondere Beziehung zu diesem Bahnhof. Mein Vater hat uns verlassen, als ich fünf Jahre alt war. Er ist mit dem Zug nach Berlin gefahren und dort dann untergetaucht. Ich bin jeden Tag nach der Schule hierher gelaufen, um zu sehen, ob er wieder zurückgekommen ist.« »Das tut mir leid.« »Muss es nicht. Anastasias Vater war noch schlimmer, er hat damals Mamas ganzen Schmuck mitgenommen.« Frederik sah Tatjana aufmerksam an. Er war nicht der Einzige, der ein Schicksal zu verarbeiten hatte, dass man selbst mehr hasste, als es einem möglich war. »Vielleicht sollten wir heute dem Leben mal zeigen, dass wir es gerade scheiße finden?«, schlug Tatjana vor und Frederik fragte: »Wie macht man das?« »Komm mit, ich zeige es dir«, sagte Tatjana und sie zog Frederik weiter, während sie noch heimlich einen Kussmund hoch zu den Überwachungskameras warf.

Einen Einkauf einer eisgekühlten Wodkaflasche und einen heimlich Einbruch auf das oberste Deck des Parkhausdaches in der Innenstadt später, schrie Frederik stark betrunken und mit einer Zigarette in der

Hand in die schwarze Nacht: »Du Drecks-Leben hast mir alle Menschen genommen, die ich je geliebt habe!« Tatjana lachte und nahm einen großen Schluck aus der Wodkaflasche. »Ich denke mal deine gute Erziehung ist schuld an deinem wenig ausgeprägten Wissen über vulgäres Vokabular. Sieh und lerne«, sagte sie und schrie einige Worte, die das Fernsehen mit piep, piep, piep und piep übersetzen würde. Frederik lachte. »Das war meine Frau«, schrie er stolz hinterher und nahm sie dann in eine feste Umarmung. »Ich dachte wir sprayen hier irgendwas an die Wand eines Luxushotels oder verschieben heute Nacht paar Autos«, sagte Tatjana und zwinkerte. »Oh, meiner kleinen Mafiosi-Dame ist das hier nicht aufregend genug?«, fragte Frederik, amüsiert vor sich hin schmunzelnd. »Eigentlich habe ich immer die Sorge, dass ich dir nicht genug bin«, sagte sie kleinlaut und nahm ihm die Zigarette ab, um daran zu ziehen. »Wenn du dich selbst nicht genug fühlst, wie soll ich dir dann das Gefühl geben?« Tatjana überlegte. »Ich fühle mich genug, wenn ich alleine bin, aber wenn du bei mir bist, fühle ich mich unglaublich gut und dann auch wieder sehr wenig. Macht irgendwie keinen Sinn«, sagte sie und löste sich dann aus der Umarmung, um sich wieder auf den harten Betonboden zu setzen und einen weiteren und den damit letzten Schluck aus der Wodkaflasche zu nehmen. »Oh, wir haben keinen Wodka mehr«, sagte sie schließlich, die leere Flasche hochhaltend, als Frederik noch in den Nachthimmel starrte. »Wie machen andere Menschen das, die kein Personal haben?«, fragte Frederik, woraufhin Tatjana losprustete. »Ja, scheiße ist das«, sagte sie. »So meine ich das nicht.« »Wie dann?« »Wenn reiche Menschen alleine sind, weil alle gestorben oder sonst wie auf dem Lebensweg verschwunden sind, haben sie noch das Personal, das ihnen Gesellschaft leistet. Die anderen sind dann ganz allein in ihrer Wohnung?« »Ja, ich sag ja. Wer reich ist, der ist gut dran«, sagte Tatjana und zündete sich eine Zigarette an, weil sie darauf nichts trinken konnte. »So viele Menschen gibt es auf der Welt und die meisten davon sind einsam. Ist doch paradox?«, sagte Frederik und schnippte seine Zigarette das Parkdeck hinunter. »Ja, und am Schlimmsten ist, dass nichts aus den Märchen wahr ist.« Frederik lachte und nahm dann neben Tatjana Platz. »Ich habe bis jetzt noch kein Kleid für einen Ball und auch keinen Prinz bekommen. Ich sitze hier nur mit einem betrunkenen Mann auf einem Parkdeck, mit einer leeren Flasche Wodka und Zigaretten.« Nun musste Frederik laut lachen und sah Tatjana lange an. »Ein Ball wäre drin. Das Kleid dazu kannst du mit meiner Kreditkarte kaufen«, sagte er schließlich. Tatjanas Augen leuchteten und ein breites Grinsen huschte über ihr ganzes Gesicht. »Die Mädchen, die auf die schlimmen Jungs stehen, wissen ja gar nicht was für einen Spaß sie mit den guten Jungs verpassen.«

Tatjana und Frederik verbrachten die wenigen Stunden der übriggebliebenen Nacht in Tatjanas Apartment, weil Frederik noch nicht in die Realität des leeren Gutes zurückkehren wollte. »Kann ich eigentlich erstmal bei dir wohnen?«, fragte Frederik, als er Tatjana wieder zu sich zog, nachdem sie ihn verwöhnt hatte. »Gut. Dann bleibst du hier und ich ziehe dort ein«, neckte sie ihn. Frederik lachte und gab ihr dann einen langen Kuss. »Kannst du dir vorstellen, wie viele Sachen ich einkaufen kann, weil ich dann so viel Platz habe?« »Du hast während unseres Kusses gerade eben an Klamotten gedacht?« Tatjana grinste. »Und Schuhe!« »Na klar, Schuhe.« »Bleib solange du möchtest«, sagte sie schließlich und beugte sich über seinen Oberkörper, um ihm durch sein Haar streichen zu können. »Hier bist du in Sicherheit. Hier kannst du dir die Zeit nehmen, die du brauchst. Dann müssen deine Angestellten auch nicht sehen, dass du so traurig bist.« »Mmh.« »Frederik, du musst nicht immer stark sein.« »Wie meinst du das?« »Naja, wir zwei sind hier alleine. Meistens nackt. Du musst bei mir keine Fassade aufrecht halten.« Frederik überlegte und entschied sich in diesem Moment für Tatjana. Noch in einer festen Umarmung fragte er sie: »Würdest du gerne meine feste Freundin sein wollen?« Tatjana lächelte. »Ja. Nichts auf der Welt würde ich lieber sein wollen.«

»Sophie! Cäcilia ist am Telefon.« »Ich komme schon«, sagte Sophie und stellte schnell ihre kleine Handtasche am Flur ab, um den Telefonhörer aus der Hand ihrer Tante Jette zu nehmen. Sie war gerade aus dem Behindertenheim gekommen, das sie oft nach der Vorlesung an der Uni aufsuchte. »Danke«, sagte sie zu ihrer Tante und begrüßte ihre Schwester am Telefon. »Hallo Sophie. Wie geht es dir?« »Gut. Wie ist die Stimmung bei euch? Marlene hat gesagt, dass Mama sie zwingt jeden Tag stundenlang zu üben.« Cäcilia lachte. »Ja, es ist wieder die absolute Ordnung hier ausgebrochen. Seit Mama weiß, dass Marlene die Sommerfestspiele eröffnen darf, dreht sie fast durch.« Sophie lachte. »Du wirst kommen?«, vergewisserte sich Cäcilia. »Ja, das lasse ich mir nicht entgehen. Unsere Schwester, der große Star.« Cäcilia stimmte ihr zu. »Willst du noch was wissen?«, fragte Cäcilia. »Ja klar.« »Marlene ist mit dem Dirigenten zusammen.« »Ich wusste, dass sie sich mit jemand trifft!« »Mama und Papa drehen fast durch. Er ist aus einer ganz normalen Arbeiterfamilie und wurde durch eine reiche alte Vermieterin gefördert und ist sowas wie ein Wunderkind.« »Wow, da ist ganz schön was los bei uns zu Hause.« »Ja, da ist noch was«, sagte Cäcilia schüchtern. »Was noch?« »Leo ist vor ein paar Tagen ins Kloster eingetreten.« »Der arme Frederik.« »Ja.« »Wie traurig! Er ist jetzt von allen alleine übrig geblieben?«, fragte Sophie und bei der Vorstellung sich Frederik alleine auf dem Gut vorzustellen, brach ihr Herz einen Spalt, sodass die Mauer, die sie als Schutz vor Frederik gebaut hatte, bröckelte. »Sieht so aus«, sagte Cäcilia und hörte Sophie nur langsam aus und einatmen. »Vielleicht solltest du ihn besuchen, wenn du kommst.« »Ja, vielleicht.« »Ist es nicht unfassbar abenteuerlich, wie Leo in dieses neue Leben aufbricht, dass so gar nichts mit unserer Welt zu tun hat?«, fragte Cäcilia. »Cäcilia!« »Ja?« »Mama hat schon gesagt, dass du so oft ins Klarissenkloster gehst. Du wirst kein geweihtes Leben führen. Ich brauche dich hier.«

»Und wann gedenkt der junge Herr wieder hier zu übernachten?«, fragte Martha streng, als Frederik die dritte Woche in Folge auf ihr Essen verzichtete und nach seiner Arbeit zu Tatjana fahren wollte. »Ich weiß noch nicht.« »So weit sind wir jetzt schon«, sagte sie und war dann wieder etwas versöhnlicher, als Frederik sie auf die Wange küsste. »Na, geh schon«, sagte sie schließlich und als Frederik die Haustür hinter sich schloss, sah er Tatjana aus ihrem Auto steigen. Er lächelte, als sie ihren kurzen Rock zurecht rückte. »Weiter oben hat mir der Rock besser gefallen«, sagte er, ehe er sie zur Begrüßung küsste. »Ich wollte mich gerade auf den Weg zu dir machen.« »Wir schlafen heute hier«, sagte sie und reichte ihm ihre Tasche vom Rücksitz ihres Wagens. »Nein,…ich.« »Ins kalte Wasser springen ist immer noch die beste Medizin«, sagte sie und nahm ihn an der Hand, um ihn an einer verblüfften Martha vorbei in den ersten Stock zu ziehen. »Essen bitte auf dem Zimmer«, rief sie Martha über das Treppengeländer zu. »Diese Frau macht mich wahnsinnig«, sagte Martha leise vor sich hin und hatte nicht bemerkt, dass Thomas gerade, mit einem großen Ordner unter dem Arm, aus Frederiks Arbeitszimmer kommend, im Flur unterwegs war. Er lächelte, als er hörte, was Martha über Tatjana gesagt hatte. »Ist doch wahr«, sagte Martha schließlich und kehrte dann kopfschüttelnd in die Küche zurück.

»Wäre es nicht konsequenter, dass ich alleine hier übernachte?«, fragte Frederik, als sie gegessen hatten. Sie sah ihn an und stand dann auf, um langsam Stück für Stück ihre Klamotten auszuziehen. »Ich kann gerne wieder gehen«, sagte sie, als sie auch ihr letztes Kleidungsstück auf den Boden fallen ließ. »Du bist wirklich eine sehr gute Verhandlungskünstlerin. Ich sollte dich auf meine Geschäftstermine mitnehmen«, sagte Frederik und zog Tatjana in eine feste Umarmung. Ihre Haare fielen auf seine Schultern herab, als sie ihn sanft küsste. »Morgen zum Beispiel. Kleid elegant und sexy.« »Kreditkarte?«, fragte Tatjana und hielt ihm eine offene Hand hin. »Heute Bargeld«, sagte Frederik und lehnte sich zurück, um aus seinem Nachtkästchen einen Bündel Geldscheine zu holen. Er reichte ihr mehrere grüne und gelbe Scheine. »Der Fahrer holt dich morgen um acht Uhr ab.«

Frederik warf seinen Kopf in den Nacken, als er über eine Anekdote von seinem Geschäftspartner Martin herzhaft lachte. »Wow«, sagte Martin und sah an Tatjana herab, die lächelnd den großen Clubsaal betrat. Frederik wandte seinen Kopf in die Richtung, in die Martin blickte und sah Tatjana in einem engen schwarzen langen Kleid auf ihn wartend. Es hatte einen großen Beinschlitz auf einer Seite und einen Rückenausschnitt, der nur durch eine dreilagige Perlenkette zusammengehalten wurde. Er lächelte. »Du entschuldigst mich. Das ist meine Begleitung«, sagte er zu Martin und ließ einen beeindruckten Martin stehen, um Tatjana einen langen Kuss zu geben, der bei allen Leuten im Raum nicht unbemerkt blieb. »Wunderschön«, flüsterte er ihr zu. »Ich dachte elegant und sexy war der Auftrag?«, sagte sie und zwinkerte ihm zu, dass er davon durchatmen musste. »Dir ist Suchtpotential gelungen.« »So, wen müssen wir um den Finger wickeln?«, fragte sie geschäftig und lächelte ihn an.

Tatjana spielte ihre Rolle der Femme fatale ausgezeichnet und bezirzte sowohl Geldgeber und Investoren als auch Kontaktmänner und Freunde von Frederik. Nur bei Tristan blitzte sie ein weiteres Mal ab. »Ganz schön mutig sie hierher zu bringen«, sagte Tristan leicht säuerlich, als die beiden einen Trink an der Bar nahmen. »Der Abend könnte nicht besser laufen«, sagte Frederik und betrachtete Tatjana, wie sie angeregt mit einem Privatier aus Liechtenstein redete und Frederik dabei ein Lächeln schenkte. »Du wirst in jedem Fall um die heutige Nacht beneidet«, sagte Tristan und ließ sich noch ein weiteres Mal von dem Barkeeper einen Gin Tonic servieren. »Mich wundert, dass sie dir nicht gefällt.« »Und mich wundert, dass sie dir gefällt. Sie ist so gar nicht dein Typ.« »Und was ist dann mein Typ?« Tristan schluckte die Antwort Sophie herunter und räusperte sich dann kurz. »Sie wird dich auch auf die Sommerfestspiele begleiten?« »Tristan, sie ist meine Freundin? Soll ich sie auch nicht zu Weihnachten einladen?« Tristan seufzte. In seiner Welt hatte er Tatjana noch nicht als Freundin von Frederik akzeptiert. Und bis Weihnachten hatte sich das Thema hoffentlich erledigt, beruhigte er sich selbst fürs Erste.

»Du warst überragend«, sagte Frederik zu Tatjana, nachdem er die Tür zu seinem Schlafzimmer geschlossen hatte und sie lachend in seinen Armen landete. »Danke.« »Mit dir kann man gut angeben«, schwärmte er und küsste Tatjana dann fordernd am Hals. »Wann darf ich mit dir mal angeben?« »Jederzeit. Bei wem?« »Bei meiner Oma im Altenheim. Die anderen Omis werden dich auffressen wollen«, sagte Tatjana und Frederik musste lachen. »Mmh, lass mich mal nachdenken«, überlegte Tatjana, als Frederik seine Zustimmung zu diesem Plan nicht gleich erteilte. »Alle deine Geschäftspartner denken, dass wir uns heute Nacht lieben. Wäre doch toll, wenn wir das genaue Gegenteil machen?«, fragte Tatjana verschmitzt. »Na warte«, sagte er und drehte sie um hundertachtzig Grad, um ihr Kleid öffnen zu können.

»Ich bin in zwei Tagen zurück. Fühl dich wie zu Hause. Du kannst mit dem Chauffeur fahren, wohin du willst. Martha kocht für dich.« »Danke«, sagte Tatjana, als sie Frederiks Hand noch über die offene Fensterscheibe seines Ferraris festhielt. Sie beugte sich herab, um ihn lange zu küssen. »Heute Nacht werde ich einsam sein ohne dich«, sagte sie. »Und ich erst«, antwortete er wehmütig.

Tatjana lief ins Haus zurück, als der rote Flitzer aus der langen Einfahrt verschwunden war. Sie ging in die Küche zu Martha, um sich eine Tasse Tee zu nehmen. »Martha, wissen Sie was mich wundert«, begann Tatjana ihr Anliegen. Martha sah sie ernst an, als hätte soeben ein ungebetener Gast eine Bestellung aufgegeben. »Nein, aber Sie werden es mir bestimmt gleich erzählen«, sagte Martha und wünschte sich zeitgleich die Zeit bis zu Frederiks Rückkehr vordrehen zu können. »In Frederiks Schlafzimmer ist immer noch ein Bild von dieser Sophie«, sagte Tatjana, als sie Marthas Gesichtsausdruck genauestens studierte. Als Martha nichts dazu sagte, fuhr Tatjana fort: »Könnten Sie bitte den Putzdamen sagen, dass sie es abnehmen? Das ist jetzt nicht mehr angebracht«, sagte Tatjana. »Es wird wohl seinen Grund haben, warum Frederik es noch an der Wand hat hängen lassen«, sagte Martha und konnte nun nicht mehr verbergen, dass sie aufgebracht war. Kopfschüttelnd stand Tatjana auf. »Gut, dann wissen wir ja jetzt ihre Seite. Aber wissen Sie was, liebe Martha? Ich werde hier nicht mehr weggehen und Frederik ist bald bereit alles für mich zu machen. An ihrer Stelle würde ich mich mit mir sehr, sehr gut stellen, sonst ändert sich vermutlich einiges hier für sie. Nur so als Tipp. Und jetzt entschuldigen Sie mich. Ich habe ein großes Shopping- und Schönheitsprogramm vor mir. Wir wollen doch beide, dass Frederik glücklich ist, nicht wahr?«, sagte Tatjana und blickte Martha provozierend in die Augen.

Wir enttäuschen uns durch unsere zu hohen Erwartungen an das Leben selbst. Kein Weg führt daran vorbei. Das Leben ist und bleibt mittelmäßig im Vergleich zu unseren Träumen.

»Warum waren wir hier noch nie?«, fragte Tatjana, als sie das riesige Teleskop vorsichtig mit dem Finger berührte. »Ich weiß nicht. Ich bin hier nicht so oft, aber ich dachte für heute Abend wäre es schön. Der Himmel ist sternenklar und man sieht vielleicht sogar einige Sternschnuppen. Mein Vater war ein großer Fan der Astronomie und hat diesen Raum mitsamt der großen Glaskuppel extra bauen lassen.« Tatjana nickte, als Frederik ihr das Teleskop einrichtete, damit sie durchsehen konnte. »Wow«, staunte sie und fühlte, dass Frederik sie an der Hüfte berührte und sanft ihren Rücken streichelte. Sie drehte sich zu ihm um und lies sich von ihm küssen. Und noch mit geschlossenen Augen sagte sie die Worte, die zwei Menschen so durcheinander bringen können: »Ich liebe dich.« Frederik schluckte und eine unangenehme Pause entstand. »Tatjana…ich…« »Sag nichts!«, sagte sie und löste sich dann schnell aus der Umarmung. »Vergiss es, ich weiß auch nicht warum«, versuchte sie sich zu erklären. »Warte doch«, sagte Frederik und hielt Tatjana davon ab, sich von ihm abzuwenden. »Auf was? Das war deutlich«, sagte sie schließlich. »Du bist meine zweite Freundin. Ich weiß auch nicht.« »Ja, ich weiß schon. Sophie«, sagte sie und verdrehte die Augen. Wie sie diese Person zum Mond wünschte. »Die anderen Frauen waren nur Vergnügen und mit dir ist alles so neu.« »Sex mit Bonusveranstaltungen?«, fragte sie spitzfindig. »Nein. Wir haben irgendwie eine erwachsene Beziehung. Mit Sophie… das war eine Jugendliebe.« »War?«, fragte Tatjana und aufgrund der Dauer bis die Antwort auf die Frage kam, erübrigte sich die Antwort darauf. »Ich gehe jetzt«, sagte sie, doch Frederik hielt sie weiterhin fest. »Ich möchte dich und mich. Ich möchte uns.« Tatjana sah ihm in die Augen und war immer noch nicht versöhnlicher. Sie ärgerte sich darüber, dass sie sich vor ihm so lächerlich gemacht hatte. »Es entwickelt sich doch alles so gut. Gib uns etwas Zeit?«, fragte er und zwang ihr ein Lächeln ab. »So möchte ich dich sehen. Glücklich«, sagte er und Tatjana seufzte nur. »Sex und Schokoladeneis?«, eröffnete Frederik ein Angebot zur Versöhnung. »Falsche Reihenfolge.« Frederik lachte. »Gut«, sagte er und nahm sie in den Arm, um mit ihr zusammen in die Küche zu gehen.

»Wieso hast du *ich liebe dich* gesagt, bevor er es gesagt hat?«, schimpfte Anastasia, als Tatjana ihre Schwester in ihrer Wohnung am Stadtrand besuchte und versuchte sie zu trösten. »Keine Ahnung, es ist mir so rausgerutscht.« »Wie dumm! Du hättest ihn nur noch etwas eifersüchtig machen müssen und dann wäre alles aufgegangen.« »Ich weiß«, sagte Tatjana und ließ ihren Kopf auf den Tisch sinken. »Was mache ich denn jetzt? Er hat gesagt wir sollen uns Zeit lassen und Überraschung! Heute Abend hat er keine Zeit.« Sie stampfte mehrere Male mit den Füßen unter dem Tisch auf den Boden, um ihrem Ärger Luft zu machen. »Mmh…dann hilft nur noch eines, weil das ist jetzt alles schon versaut.« »Und was wäre das?« »Du musst schnellstens von ihm schwanger werden.« Tatjana starrte ihre Schwester an. »Hast du eine bessere Idee ihn zu halten?« »Eigentlich nicht.«

»Hallo Sophie, was für eine schöne Überraschung«, sagte Martha, als eine ganz und gar erwachsen gewordene Sophie vor ihr stand. »Wie wunderschön du bist!«, sagte sie und herzte sie noch ein wenig mehr. Frederik hatte ihr eine handgeschriebene Einladung zu den Sommerfestspielen in die Schweiz geschickt, darauf war zu lesen: »Liebe Sophie, auch wenn Du in den vergangenen Jahren nicht mehr mein Gast sein wolltest, möchte ich Dich doch dieses Mal ganz besonders und ganz von Herzen persönlich dazu einladen, denn Deine Schwester wird unsere Solistin sein. Sollte ich Dich daran hindern zu kommen, werde ich ganz spontan krankheitsbedingt absagen. Du sollst diesen Abend nicht meinetwegen verpassen. Frederik.« Sophie las die Karte immer und immer wieder und begriff zum ersten Mal Frederiks grenzenlose Loyalität, die ihr für ihr ganzes Leben lang gelten würde, egal was passieren würde und machte den Seitensprung im Vergleich dazu völlig bedeutungslos. Sie wollte ihn gerne besuchen. »Wer ist an der Tür?«, fragte Tatjana streng und ihre Schuhe klapperten schon über den Marmorboden der Eingangshalle. »Sophie Werfen«, sagte Sophie. »Und Sie sind?«, fragte Sophie erstaunt. »Tatjana Blania. Die neue Sekretärin des Grafen«, sagte Tatjana, die tatsächlich auf eigenen Wunsch begonnen hatte, kleinere

Aufgaben für Frederik zu übernehmen. »Seine Sekretärin?«, fragte Sophie erleichternd lächelnd. »Ja, nur wenn wir nicht miteinander schlafen«, sagte Tatjana und zwinkerte Sophie überlegen zu, die eine Entgleisung ihrer Gesichtszüge nicht aufhalten konnte. »Ihr Besuch hat sich damit erledigt, nehme ich an?«, fragte Tatjana und hob ihren Kopf absichtlich etwas weit nach oben. »Bitte gib doch Frederik meine Zusage für die Sommerfestspiele«, sagte Sophie zu Martha und drückte Martha ein kleines Kuvert in die Hand, um dann auf dem Treppenabsatz schnell wieder kehrt zu machen.

»Ich denke, diese Kette wäre angebracht«, sagte Tatjana zur Verkäuferin im Juweliergeschäft und begutachtete sich und das glitzernde teure Stück im Spiegel, der auf dem Glastresen stand. »Was meinst du, Schatz?«, fragte Tatjana und hielt die Kette absichtlich etwas zu weit in ihren Ausschnitt. Frederik blickte nur kurz darauf: »Ja, schön«, sagte er teilnahmslos und reichte der Verkäuferin seine Kreditkarte. »Ich muss noch kurz telefonieren«, sagte er und war schon vor die Tür in die laute Einkaufsstraße gegangen. »Bitte packen Sie die dazugehörigen Ohrringe auch noch mit ein«, wies Tatjana die Verkäuferin an. »Jap«, sagte Tristan, als er den Anruf von Frederik entgegen nahm. »Meine Mama hat dich in der Stadt mit Tatjana gesehen. Ihr seid shoppen für die Festspiele«, sagte Tristan, als wäre das eine Geheiminformation. »Sophie ist in der Stadt«, sagte Frederik knapp. »Woher weißt du das?« »Martha hat mir gestern ihre Zusage für die Festspiele auf den Schreibtisch gelegt.« »Ja, das war zu erwarten. Ihre Schwester hat einen großen Solopart.« »Ja, aber sie war doch jetzt die letzten Male auch nicht da.« »Soll ich meine Antwort von gerade nochmal wiederholen, weil dein Satz hat jetzt nicht zu meinem gepasst.« Frederik stoppte. »Ich gehe mit Tatjana hin.« »Ja, ich weiß. Deine Freundin. Ich kenne sie.« »Tristan, bei dem Gedanken an Sophie wird mir schon schwindelig. Meinst du nicht, dass wenn sie vor mir steht und alles wieder so ist wie immer, dass meine aktuelle Freundin eventuell davon Wind bekommt?« »Möglich.« »Sophie und ich haben keine Zukunft und ich will es mir mit Tatjana echt nicht versauen. Ein Rat wäre jetzt angebracht.« »Alkohol?« »Ein etwas weniger risikoreicher Rat.« »Mmh. Versuch Sophie so gut wie möglich zu ignorieren und begrüße sie nicht, wenn Tatjana in deiner Nähe ist.« »Gut.« »Und noch viel wichtiger: Lass dich nicht dabei erwischen, wie du sie kontinuierlich ansiehst.«

Sophies smaragdgrünes Kleid mit der langen Schleppe und einem kleinen Rückenausschnitt betonte ihre schmale Silhouette und brachte ihre Augen zum Glitzern. Sie schritt über den roten Teppich und gesellte sich dann zu ihrer jüngeren Schwester Cäcilia an einen Stehtisch und nahm entschlossen zwei Champagnergläser, die sie hintereinander leer trank. Cäcilia stieß Sophie in die Seite. »Reiß dich zusammen. Mama erwürgt dich sonst mit meinem Kleid, das sie so hasst.« Sophie kicherte. Anna hatte Cäcilia eigentlich verboten, so ein dezentes und dazu auch noch braunfarbenes Kleid anzuziehen, doch Cäcilia war schon immer von allen drei Werfen Töchtern diejenige mit dem stärksten Willen gewesen, den sie, ganz zum Leidwesen von Anna, vermutlich von Anna selbst geerbt hatte und Anna vermochte so gar nichts dagegen zu tun. Sophies Kichern stoppte abrupt, als sie Tatjana an Frederiks Arm über den roten Teppich laufen sah. »Da sind sie«, sagte Sophie und Cäcilia drehte sich um, um Tatjanas goldenes Kleid mit einem tiefen Ausschnitt samt Beinschlitz zu begutachten. »Sie klebt ja direkt an ihm«, urteilte Cäcilia und tauschte mit Sophie den Platz, damit Sophie aufhörte dorthin zu starren. »Hast du das Collier gesehen?«, fragte Sophie. »Ja, ziemlich überdimensional«, sagte Cäcilia. »Ziemlich wir-sind-in-einer-festen-Beziehung-Collier«, entgegnete Sophie. In Sophies Kopf tauchte das Bild der beiden auf, als hätten ihre Augen soeben ein Foto davon gemacht und demonstrierten gerade, dass löschen ausgeschlossen war. Leider musste Sophie zugeben, dass Tatjana eine Schönheit war, die dazu auch noch unverschämt selbstbewusst und erhaben neben Frederik stand. Und das Schlimmste an diesem Bild war, dass die beiden tatsächlich so aussahen, als wären sie glücklich miteinander. »Hallo ihr beiden«, sagte Mattis, der Dirigent des Ensembles und Marlenes neuer Freund. »Hallo Mattis«, grüßten Cäcilia und Sophie ihn mit je zwei Küssen auf die Wange. »Eure Schwester ist schon hinter der Bühne ihre Finger aufwärmen. Sie ist ganz schön nervenstark«, lobte er sie. »Nach einer Kindheit mit unserer Mutter überlebst du alles«, sagte Cäcilia und Sophie deutete ihr kichernd an leise zu sein, weil ihre Eltern sich dem Tisch näherten.

Frederik versuchte Sophie nicht zu beobachten, sondern immer wieder nur im Augenwinkel einen kurzen Blick von ihr zu erhaschen. Es schien, als wäre die Tagträumerei der letzten Jahre, auch wenn an manchen Tagen vor lauter Arbeit wenig Zeit dazu gewesen war, kurzerhand Realität geworden. Es war nach wie vor alles in ihm für sie da. Alles an Gefühlen und alles an Sehnsucht. Nur, dass neben ihm Tatjana saß, die ihm tatsächlich eine gute Freundin war und die er irgendwie auch sehr lieb gewonnen hatte. Nun, er versuchte dann doch noch in ihre Nähe zu gelangen, ganz entgegen des Rates von Tristan. Als Sophies Familie mit Marlene ihren großen Erfolg feierte, mischte sich Frederik mit Tatjana dazu. »Der Mann des Abends«, sagte Frederik und klopfte Mattis auf die Schulter, ehe er ihm die Hand zum Gruß reichte. »Und was natürlich bei Weitem noch herausragender war: die Frau des Abends«, sagte Frederik zu Marlene. »Ich höre hier an jedem der Tische nur Lobeshymnen über dich, es war wirklich unbeschreiblich«, machte Frederik Marlene ihr ein wohl verdientes Kompliment, um ihr dann die Hand zu küssen. Immer wieder blitzten seine Augen zu Sophie und er musste sich stark konzentrieren, unter der Beobachtung der beiden Parteien keinen Affront auszulösen. »Die Damen«, sagte er, um nun auch nach der Reihe Anna, Cäcilia und dann Sophie die Hand zu küssen. Sophie wich seinem Blick aus und sah etwas betreten zu Boden und löste ihre Hand schnell aus seiner. Frederiks Blick blieb allerdings weiter an ihr hängen, als er noch Sophies Vater die Hand zum Gruß reichte. »Das ist Tatjana, meine Freundin«, sagte er und er meinte man könnte hören, dass er es mit einem schlechten Gewissen sagte. Tatjana nickte freundlich reihum von einem zu anderen, wovon jeder dann etwas betreten ein Gesprächsthema suchte und keines fand. Außer Anna. »Ja, wir sind sehr stolz«, sagte Anna knapp und sprang dann tatsächlich ein, um Sophie zu helfen. »Wir sollten uns jetzt einen guten Platz für das Feuerwerk suchen. Entschuldigt uns und einen besonders schönen Abend Ihnen beiden«, sagte sie und hakte sich bei Sophie und Marlene ein, um zu einem spontan gewählten Ziel zu laufen. Sophie atmete tief durch und ließ sich von ihrer Mutter weiterziehen. Der Anblick von Frederik und Tatjana als

Gastgeber dieses Abends war wie ein schlimmer Albtraum »Danke«, flüsterte sie ihrer Mutter zu. »Unter keinen Umständen lässt du dir anmerken, dass dir das etwas ausmacht«, sagte sie streng und streichelte ihr sanft über den Arm.

Geschützt von der Dunkelheit und dem nur ab und zu aufblitzenden bunten Licht des Feuerwerks, gelang es Frederik einige Male Sophie anzusehen und sogar mit ihr Blickkontakt auszutauschen. Sophie wusste nicht was schlimmer war, dass sie hier als ehemaliges Teil von Frederiks Leben alleine am anderen Ende des Gartens stand, so in etwa wie ein verlorengegangenes Puzzlestück, oder dass es nun eine potentielle Gräfin von Sonnersleben gab. Immer wieder spürte sie, dass Frederik sie ansah und sie musste sich stark überwinden das Feuerwerk zu bestaunen.

»Gehst du mit mir ein Stück?«, fragte Frederik Sophie nach dem Feuerwerk, als sich bereits einige auf der Tanzfläche versammelt hatten oder auf den Alkohol an der langen Bar stürzten und er sich einige Minuten von Tatjana loseisen konnte. »Das ist vielleicht keine gute Idee«, sagte Sophie und blickte Richtung Tatjana, die sich gut angetrunken an der Bar platziert hatte, um ihren Kummer hinunterzuspülen, denn sie hatte heute Morgen ihre Blutung bekommen. »Das liegt in meiner Verantwortung«, sagte Frederik und Sophie ließ sich dann von ihm in Richtung der Stallungen führen. »Ich hab mich so sehr über deine Zusage gefreut. Es ist so lange her, seit wir uns gesehen haben. Du siehst einfach wunderschön aus. Wie geht es dir?«, fragte Frederik. »Gut. Ich fühle mich wohl in der Schweiz«, war Sophies knappe Antwort, woraufhin Frederik sie prüfend ansah, denn es war nicht ganz die Antwort, die er erwartet hatte. »Wie geht es dir ohne Leo?«, fragte Sophie und sah Frederik nun direkt in die Augen, als sie an den Stallungen angekommen und zum Stehen gekommen waren. »So einigermaßen. Es war immer klar, dass er nicht hier bleiben wird. Aber...« »Es fühlt sich nicht real an«, beendete Sophie den Satz für ihn. »Ja genau.« »Manche Dinge hätte man sich nicht mal ausmalen wollen und dann passieren sie doch«, sagte Sophie und meinte damit weniger Frederiks Fremdgehen, sondern das Bild von einer Frau an Frederiks Seite. »Stimmt. Ich hätte mir nie vorstellen können, dass ich dich verliere. Du warst immer so nah bei mir, mein ganzes Leben. Es ist mir unverständlich, wie das alles passieren konnte. Und nun sind wir fast nur noch Fremde füreinander«, gab Frederik zu und Sophie nickte. Es kam ihr so vor, als wäre Frederik der Mensch auf der Welt, der sie am besten verstand, aber auch gleichzeitig der Mensch, der nicht weiter von ihr entfernt sein konnte. »Sophie, wenn ich die Macht über Raum und Zeit hätte, würde ich das alles rückgängig machen. Du weißt, wie sehr ich mir wünsche, dass es uns wieder gibt.« »Du kennst mich doch gar nicht mehr. Du weißt nicht, ob wir zwei jetzt noch einen Sinn ergeben würden«, brachte sie hervor.« Frederik schluckte. »Mit dir würde alles so viel mehr Sinn machen.« »Warum sagst du diese Dinge, wenn du eine Freundin hast?« »Ich weiß es nicht.« »Weil du darauf programmiert bist fremdzugehen? Findest du das irgendwie erregend?« »Komm schon. Jetzt bist du wirklich unfair.« »Warum ist sie hier, wenn du mir diese Dinge heute sagen wolltest?« »Ich wusste nicht, dass ich dir diese Dinge sagen wollte. Also ich wusste, dass für dich Gefühle in mir sind. Aber ich dachte, dass ich damit leben muss, dass die Gefühle da bleiben und ich trotzdem weiterleben kann. Ich wollte heute Morgen noch, dass das mit Tatjana und mir funktioniert. Doch ich habe dich gesehen und alles ist wieder so anders.« »Nein, es ist nichts anders. Es ist alles wie immer. Du und ich sind Vergangenheit«, sagte sie und wollte schon gehen, doch er nahm sie am Arm und zog sie näher zu sich. »Küss mich und sag mir dann, dass dir das nichts bedeutet.« Sophie schluckte und noch ehe sie sich eine Antwort dazu überlegen konnte, küsste Frederik sie. Sie löste sich etwas stürmisch aus seiner Umarmung und sah ihn dann mit funkelnden Augen an. »Du solltest zu deinem Spielzeug zurückgehen und mich nicht in so eine unangenehme Situation bringen«, sagte sie schließlich und ließ ihn stehen, um zum Fest zurückzulaufen.

Tristan beäugte die Beziehung zwischen Tatjana und Frederik weiter kontinuierlich mit einem ungutem Gefühl. Er war sich tausend Prozent sicher, dass Tatjana bald den Baby-Bonus ziehen würde, hatte aber keine Beweise, um seine Theorie zu untermauern. »Und du bist dir sicher, dass ihr ausreichend verhütet?«, fragte Tristan Frederik zum wiederholten Male. »Sag mal, was ist denn eigentlich mit dir los?«, fragte Frederik. »Sie ist doch überaus reizend zu dir.« Tristan seufzte. »Ja, sie durchschaut mich. Sie weiß, dass ich ihr nicht über den Weg traue.« »Du siehst Gespenster«, sagte Frederik und bedankte sich bei der Kellnerin, die den beiden Rotwein nachschenkte. »Bist du blind, weil du verliebt bist oder blind, weil du zu beschäftigt bist oder blind, weil du naiv bist?«, fragte Tristan. »Was unterscheidet denn Tatjana von den anderen Mädchen, mit denen ich mich getroffen habe?« »Du meinst abgesehen von den gemachten Brüsten?« »Wo ist das Problem, wenn sie sich damit wohler fühlt?«, sagte Frederik, als er noch die Augen verdrehte. Tristan nahm einen großen Schluck aus seinem Rotweinglas, weil er langsam daran zweifelte, dass sein bester Freund und er sich in der gleichen Sprache unterhalten würden. »Gut, lassen wir das weg. Die anderen Mädchen waren alle so zielstrebig und eben auf ihre Karriere bedacht. Sie wollten einfach nur Spaß haben. Sie hatten eigene Ziele. Die anderen Mädchen hast du nur für eine Nacht oder ein Wochenende getroffen. Sie ist irgendwie schon ziemlich lange da«, sagte Tristan und spielte darauf an, dass Tatjana schon halb im Gut eingezogen war und auch das Personal einspannte, wie sie es für richtig hielt. »Ja, wir sind in einer festen Beziehung. Na und?« Tristan seufzte. »Bist du in sie verliebt?« Frederik überlegte. »Ich genieße ihre Gesellschaft.« »Zumindest ein Hoffnungsschimmer«, sagte Tristan und räusperte sich. »Geht es dir nicht auf die Nerven wie sie ist?« »Was meinst du?« »So extrem aufreizend. Sie kommt sich vor, als wäre sie die schönste Frau auf der Erde und das muss sie jedem Mann unmissverständlich unter die Nase reiben.« Frederik zuckte mit den Schultern. »Sie ist doch auch sehr schön.« »Wenn du sie mal einen Tag loswerden willst, brauchst du nur einen Parcours mit Spiegeln im Gutsgarten legen und sie wird den ganzen Tag damit verbringen sich zu bewundern«, sagte Tristan und Frederik begann, zu Tristans Verwirrung, zu lächeln. »Warum lächelst du?« »Tatjana ist gerade mit ihrer Freundin gekommen«, sagte Frederik und stand bereits auf, um Tatjana mit einem Kuss zu begrüßen. Tristan blieb allein am Tisch sitzen und bevor er einen weiteren Schluck aus seinem Rotweinglas nahm, äffte er Frederik nach: »Sie ist doch auch sehr schön.«

Die nächste Party, die im Gut stattfand, war eine elitäre Feier, zu der Frederik vor allem die Geschäftspartner eingeladen hatte, mit denen er in diesem Jahr erfolgreiche Geschäfte hatte abschließen können. Es war ein sehr schöner Abend und unter den Gästen waren auch viele enge Freunde. Da Tatjana Frederik an diesem Abend wieder stark in Beschlag genommen hatte, nahm Tristan im Herrenzimmer in einem der großen Sessel Platz und zündete sich eine Zigarre an, deren ersten Zug er mit geschlossenen Augen genoss. »Oh Verzeihung, ich dachte Frederik wäre hier«, sagte Tatjana, als sie die Tür schon wieder schließen wollte. »Schon gut«, sagte Tristan und machte eine einladende Handbewegung. »Setz dich kurz«, sagte er. Tatjana lief langsam und etwas verunsichert zu Tristan und nahm neben dem großen Sessel, in dem Tristan saß, auf der Couch Platz. »Was gibt es?« »Sagen wir, ich hab etwas mit dir zu besprechen. Ich möchte, dass du weißt, dass ich dich durchschaue«, begann er. Tatjana sah ihn aufmerksam an, als sie eine Augenbraue weit nach oben zog. »Es wird dir nicht gelingen«, sagte Tristan und an ihrem Pokerface erkannte er, dass sie sehr wohl wusste, von was er sprach. »So, hier ist der Deal: Du nimmst jetzt alle Pillen danach, die man für Geld kaufen kann, und beendest diesen Zirkus. Ansonsten werde ich dich auffliegen lassen.« »Ich weiß wirklich nicht, wovon du sprichst«, sagte Tatjana und bemühte sich eine besonders unschuldige Miene als Tarnung für ihr böses Spiel aufzusetzen. »So? Dann trink das hier aus«, sagte Tristan und hielt ihr sein halbvolles Whiskeyglas hin. Tatjana schluckte und sah dann Tristan etwas weniger nervenstark in die Augen, es bestand die Möglichkeit, dass es diesen Monat geklappt haben könnte. »Habe ich mir gedacht«, sagte Tristan und lehnte sich dann wieder auf seinen Stuhl zurück. »Da bist du ja«, sagte Frederik, der nun auch zur Tür hereinkam und Tatjana einen Kuss auf die roten Lippen drückte. »Ja«, sagte Tatjana und wandte ihren Blick schnell von Tristan ab, um Frederik über die Wange zu streichen. »Na, was treibt ihr hier? Der ganzen Meute entfliehen, was?«, fragte Frederik und nahm Tristan das Whiskeyglas ab, um daraus zu trinken, während Tristan und Tatjana einen kurzen Blick austauschten. »Hat es euch die Sprache verschlagen?«, fragte Frederik und lachte. »Ja ich weiß, dass es schon bessere Partys hier gab«, gab Frederik zu. »Die Gesellschaft hier war zumindest schon mal besser«, sagte Tristan und nachdem er seine fast noch ganze Zigarre in dem Kristallaschenbecher ausgedrückt hatte, verließ er den Raum.

»Martha, ich brauche deine Hilfe«, sagte Tristan, als er ihr einen großen Blumenstrauß unter die Nase hielt. Martha seufzte. »Wenn ich jedes Mal für diesen Satz einen Euro bekommen würde«, sagte sie, verdrehte die Augen und Tristan erreichte erst ihre Aufmerksamkeit, als er sagte: »Ich habe einen Plan, wie wir Tatjana loswerden.« Martha machte große Augen und zog ihn dann in ihre kleine Wohnung im Personalhaus, ehe sie sich noch umgesehen hatte, ob auf dem Flur jemand zu entdecken war. »Ich bin ganz Ohr«, sagte sie gespannt und starrte Tristan an. »Wir müssen Tatjana heimlich zu verstehen geben, dass das Gut vor dem Aus steht.« »Das ist dein kompletter Plan?« Marthas Hoffnungen schwanden. »Nun ja. Ja! Sie ist nur wegen des Geldes oder sagen wir zu neunzig Prozent wegen des Geldes an ihm interessiert. Es hat sich wohl doch auch gelohnt, dass wir zusammen trainieren gehen. Der Punkt ist, dass wenn das Geld weg ist, ist auch Tatjana weg«, schilderte Tristan hoch motiviert den Schlachtplan. Martha legte den Kopf schief und kramte dann auf ihrem kleinen Schreibtisch nach einer Zeitschrift, die sie auf Seite zehn aufschlug und Tristan vor die Nase hielt, der den Text unter Frederiks Foto laut vorlas: »*Graf Frederik von Sonnersleben ist der unangefochtene Durchstarter am Unternehmermarkt. Das Vermögen, das er im vergangenen Jahr erwirtschaftet hat, wird auf zehn Millionen Euro geschätzt.*« Er starrte Martha fassungslos an, schnappte ihr dann die Zeitschrift aus der Hand und überflog den zweiseitigen Artikel, um dann die Zeitschrift samt seines Mutes sinken zu lassen. »So ein Mist.«

Tristan wählte Sophies Nummer und wusste nicht ganz genau wie er sein Anliegen vortragen sollte. »Hallo Tristan«, sagte Sophie und der Klang in ihrer Stimme traf dieselbe unsichere Gefühlslage von Tristan. »Hallo Sophie. Du wunderst dich bestimmt, warum ich anrufe.« »Ja. Ist alles in Ordnung?«, fragte sie. »Ja und Nein. Also ja, es ist alles in Ordnung. Aber irgendwie… Du hast doch Tatjana getroffen.« »Ja.« »Ich weiß nicht genau, wie ich das sagen soll, aber ich brauche deine Hilfe.« Sophie überlegte. »Du kannst sie also noch weniger leiden als mich?«, brachte sie hervor. Tristan seufzte. »Ich kann dich gut leiden. Ich verstehe dich manchmal nicht, aber das ist vielleicht ein anderes Thema.« »Was willst du?« Tristan holte tief Luft und sagte dann mit geschlossenen Augen langsam folgende Worte: »Ich denke, dass Tatjana Frederik ein Kind unterschieben möchte und du bist die Einzige, die das verhindern kann.« Sophie stockte der Atem fast automatisch und sie nahm etwas benommen am Boden ihres Zimmers Platz und lehnte sich mit dem Rücken an das Bettende. »Das hat nichts mit mir zu tun«, sagte sie selbstbewusst und vergewisserte sich selbst, dass dem wirklich so war, um festzustellen, das dem ganz und gar nicht so war. »Du kannst nicht zulassen, dass sie Frederiks Leben für immer so beeinflusst«, sagte Tristan bestürzt. »Wenn Frederik mit ihr schläft, muss er doch davon ausgehen, dass das theoretisch passieren kann«, sagte Sophie und versuchte sich Tatjana und Frederik nicht zusammen in einer intimen Pose vorzustellen, doch das Bild war bereits in scharfer Farbe vor ihrem geistigen Auge aufgetaucht. »Richtig, aber er ist einfach etwas naiv. Sagen wir es so. Und sie zielt darauf ab, ich weiß es«, beteuerte Tristan seinen Verdacht. »Auch wenn ich nicht mitspiele, interessiert mich, wie der Plan aussieht.« »Hol dir was zum Schreiben.« »Was?« »Hol dir was zum Schreiben«, wiederholte Tristan und Sophie wusste nicht so Recht, warum sie gehorsam aufstand, um sich einen Zettel und einen Stift zu holen, um dann wieder am Boden Platz zu nehmen. »Gut, habe ich.« »Du notierst dir jetzt Tatjanas Nummer und dann wirst du sie anrufen und ihr sagen, dass Frederik vor einigen Wochen nicht, wie gesagt, in München war, sondern bei dir und dass du jetzt ein Kind von ihm erwartest.« »Wie bitte?« »Notieren!«, sagte Tristan laut und deutlich und diktierte Tatjanas Telefonnummer, die Sophie brav auf den kleinen karierten Zettel schrieb.

»Das ist wirklich das Seltsamste, was ich in meinem ganzen Leben gehört habe«, sagte Sophie als sie damit fertig war. »Und noch dazu ist es eine riesige Lüge.« »Sophie, wenn ich eine bessere Idee als diese hätte, würde ich mich hier vor dir nicht so lächerlich machen.« Sophie schluckte. »Leo, würde das nicht gut finden«, sagte Sophie nach einer kurzen Pause. »Leo hat die gleiche Meinung von Tatjana wie ich. Und außerdem kann ich ihn nicht fragen, was wir tun sollen, weil er ist jetzt im Kloster ist und in der ersten Zeit sollen die Kandidaten erstmal wenig Kontakt zu Freunden und Familie haben. Und stell dir vor, wem dieser Zustand richtig gut in die Karten spielt?« »Tatjana.« »Ja, genau.« Sophie seufzte. »Sie wird sich von mir nicht beeindrucken lassen«, sagte Sophie, nachdem sie sich dabei ertappt hatte, dass sie darüber nachdachte, Tatjana tatsächlich anzurufen. »Ich sage dir jetzt was, Sophie. Frederik liebt dich mehr als du dir vorstellen kannst und mehr als ich verstehen kann. Wenn er die Wahl hat, wen er heiratet: eine schwangere Sophie oder eine schwangere Tatjana, wird er sich für dich entscheiden. Das weiß Tatjana sehr genau und wird dann hoffentlich ihre Pläne nochmal überdenken.« Sophie schluckte. Die Vorstellung, dass Frederik mit Tatjana ein Kind bekam, erzeugte ein Gefühl von Übelkeit wie drei Stunden auf einem Katamaran mit starkem Wellengang. »Wirst du es tun?«, fragte Tristan. »Ich kann dir dabei nicht helfen, du musst eine andere Lösung finden«, sagte sie schlussendlich. »Dann hoffen wir, dass es dann nicht zu spät sein wird«, resignierte Tristan.

»Warum streiten wir schon wieder über Tatjana?«, fragte Frederik, als Tristan mal wieder das Temperament durchgegangen war, als sie über Tatjana sprachen. »Weil ich einfach nicht möchte, dass du jetzt ein Kind mit ihr bekommst.« »Tue ich doch gar nicht«, sagte Frederik und Tristan sah Frederik so unverständig an, als hätte er gerade gesagt eins und eins ergibt fünf. Frederik nahm ein weiteres Stück von Marthas selbstgebackenem Schokoladenkuchen und blickte Tristan gelassen an. »Gut. Dann beweise ich es dir. Heute und jetzt.« Fredrik lachte. »Da bin ich gespannt.« »Wir gehen in dein Zimmer. Oder soll ich lieber euer Zimmer dazu sagen?«, zog er ihn auf. Frederik rollte mit den Augen und ging dann missmutig mit Tristan in sein Zimmer und zum ersten Mal fiel ihm auf, dass Tatjana tatsächlich ziemlich viele ihrer persönlichen Dinge hier deponiert hatte. Er bemerkte auch, dass das Bild von ihm und Sophie beim Debütanten-Ball nicht mehr an der Wand hing. Er nahm sich vor, dass später mit Tatjana zu besprechen und sah Tristan neugierig an. »Und jetzt?« »Sehen wir es gleich«, sagte Tristan und begann in Tatjanas Sachen zu wühlen. »Was tust du denn da?«, fragte Frederik unverständig. »Hör sofort auf damit. Du bist wirklich paranoid.« Und als Tristan eine kleine Schminktasche öffnete, gab er Frederik eine Pillenpackung, die zwar angebrochen war, aber nicht zu Ende genommen wurde. Frederik nahm die Packung und starrte Tristan an, als dieser ihm auch noch mehrere Ovulationstests, Schwangerschaftstests und einen Fruchtbarkeitskalender zeigte. »Nach der Nadel, die für die Löcher in den Kondomen verantwortlich ist, brauchen wir jetzt nicht mehr zu suchen?«, fragte Tristan ironisch und Frederik nahm fassungslos auf dem Bett Platz. »Ich glaub das einfach nicht.« »Ja, das war die ganze Zeit über das Problem«, sagte Tristan und stellte die kleine Tasche auf dem kleinen Nachttisch ab und nahm neben seinem Freund auf dem Bett Platz. »Und jetzt?«, fragte Tristan. »Ich denke jemand zieht hier heute aus«, gab ihm Frederik zur Antwort, als er auf die ganzen Sachen starrte, die Tatjana bereits hier ausgebreitet hatte.

Tatjana rauschte an diesem Abend wutentbrannt in das Esszimmer, wo Frederik bereits auf sie wartete, er hatte ihr am Telefon erzählt, dass Tristan ihm die Augen geöffnet hatte. Sie stellte eine kleine weiße Tüte vor Frederik hin und nahm daraus eine Medikamentenschachtel. »So, ich hoffe du bist jetzt zufrieden«, sagte Tatjana, als sie die kleine weiße Pille mit etwas Wein aus Frederiks Glas hinuntergespült hatte und ihn provokativ ansah. Einen negativen Schwangerschaftstest legte sie ihm ebenfalls vor. »Woher kommt denn der ganze Sinneswandel auf einmal?«, fragte Frederik gelassen und zugegebenermaßen auch ziemlich erleichtert. Tatjana stemmte beide Hände in die Hüften. »Na bei zwei schwangeren Frauen, muss man sich eben entscheiden und ich nehme an, dass ich nicht die erste Wahl bin«, sagte Tatjana und exte nun auch den restlichen Wein aus Frederiks Glas. »Nur, dass du es weißt Frederik. Meine Gefühle für dich sind echt. Eine Zukunft mit dir ist alles was ich mir wünsche.« »Nur, dass ich kein Kind mit einer Frau möchte, die ein Kind benutzt, um geliebt zu werden«, sagte Frederik, stand auf und war dabei das Esszimmer zu verlassen.

»Sie hat die Pille danach vor deinen Augen genommen?«, vergewisserte sich Tristan ein zweites Mal. »Mmh.«, bejahte Frederik Tristans Frage und kehrte dann von Tristans Kühlschrank mit zwei Bierflaschen zum Sofa zurück. Tristan atmete erleichtert aus. »Sie hat irgendwas von zwei schwangeren Frauen erzählt und, dass sie nicht die erste Wahl sein würde«, sagte Frederik und schüttelte den Kopf, bevor er den Fernseher etwas lauter drehte, als das Fußballspiel begann. »Ist ja auch egal. Hauptsache, sie kriegt kein Kind von mir.« Tristan überlegte, ob er von dem Telefonat mit Sophie erzählen sollte. »Es könnte sein, dass ich den Hintergrund dazu wüsste«, gab er kleinlaut zu. Frederik sah ihn an. »Habe ich noch mehr Exfreundinnen, die so eine Nummer abgezogen haben?« »Nein, obwohl es mit der schönen Argentinierin, wie war nochmal der Name? Vivien! Ein hübsches Kind geworden wäre«, überlegte Tristan. »Kannst du bitte zum Punkt kommen?« »Ich habe Sophie gebeten Tatjana anzurufen und ihr zu sagen, dass du vor einigen Wochen, anstatt beim Geschäftstermin in München, bei ihr warst und sie jetzt ein Kind von dir erwartet.« Frederik blieb der Mund offen stehen. »Sie wollte nicht. Ich habe sie dazu überreden wollen. Ich wusste auch nicht, ob sie es macht. Sie hat erst nein gesagt.« »Das ist doch alles ein schlechter Scherz«, sagte Frederik und stand nun auf, um wütend von einer Ecke des Zimmers zur anderen zu gehen. »Ich habe versucht mit dir zu reden, aber es ging nicht«, erklärte Tristan sein Vorgehen. »So ein Mist«, sagte Frederik schließlich, als er realisierte, dass er eigentlich wütend auf sich selbst war. »Ich habe dich gewarnt«, sagte Tristan und machte es sich noch ein wenig bequemer auf der Couch. Schuldgeständnis vorüber, der Männerabend konnte weitergehen, so dachte er. »Du hast Sophie gesagt, dass Tatjana und ich, also, dass Tatjana eventuell…« Frederik verbarg sein Gesicht in beiden Händen, als könnte er dadurch seine Scham verbergen. »Es war die einzige Möglichkeit. Ich habe auch überlegt ihr zu erzählen, dass du pleite bist. Aber bei dem Erfolg, den du zur Zeit hast, hätte sie mir diese Lügengeschichte natürlich nicht abgekauft.«

Frederik starrte ihn weiter an. »Ich weiß nicht, ob ich sauer auf dich sein soll oder ob ich mich bei dir bedanken soll«, sagte Frederik schließlich, als er immer noch durch das Wohnzimmer von Tristan tigerte, denn die Bewegung half ihm beim Verarbeiten dieser Informationen. »Zweiteres wäre angebracht«, gab Tristan selbstverliebt lächelnd zurück. »Und eventuell auch bei Sophie. Hat doch ganz schön Mumm, die Kleine.«

»Hallo Sophie, hier ist Frederik.« »Hallo.« »Tristan hatte Recht.« »Oh.« »Ja.« »Ich möchte mich bei dir bedanken. Ohne dich wäre ihr Plan vermutlich ziemlich gut aufgegangen.« »Schon gut.« »Nein, es ist eben nicht schon gut. Du hast meinetwegen mit ziemlich vielen von deinen Prinzipien gebrochen und ich nehme an, dass du immer noch ein schlechtes Gewissen deswegen hast.« Sophie schluckte. »Es stimmt«, sagte Frederik schließlich, als Sophie darauf nichts erwiderte. »Was stimmt?« »Ich würde mich für dich und unser Kind entscheiden.« »Das weißt du nicht.« »Doch, denn ich kann nachvollziehen, dass sich Tatjana mit mir ein Kind gewünscht hat. Aber das ist nichts im Vergleich zu meinem Wunsch wieder mit dir zusammen zu sein«, sagte Frederik und da Sophie darauf nichts zu sagen wusste, versuchte sie das Thema zu wechseln. »Ich wollte euch nicht auseinanderbringen, Frederik und ich habe es auch nicht aus Eifersucht getan. Ich habe es nur getan, weil ich dich davor bewahren wollte…«, Sophie versuchte ein passendes Ende zum angefangenen Satz zu finden und entschied sich dann doch einen neuen Satz zu beginnen: »Ich habe an deine Mama gedacht und was sie dazu sagen würde.« »Sie hat das wohl schon länger geplant.« »Es ist ja nun vorbei«, sagte Sophie und wollte sich schnell verabschieden. »Kann ich dich sehen? Ich könnte sofort losfahren«, fragte er vorsichtig. »Ich bin am Flughafen.« »Warum?« »Ich mache ein Auslandssemester in Tokio.« »Oh.« »Frederik?« »Ja?« »Lass uns einfach versuchen so etwas wie Freunde zu sein«. Als sie aufgelegt hatte, wunderte Sophie sich selbst, woher sie die Kraft nahm, ihn immer und immer wieder zurückzuweisen.

Meine Liebe zu dir hat Wurzeln, die tief in meinem Herzen verankert sind.

An Sophies Geburtstag überlegte Frederik, ob er Sophie anrufen sollte. Er lauschte dem Monolog seines Freundes Tristan nur beiläufig. Vincent und Victoria würden zusammen nach Amerika auswandern und dort weiterstudieren. Dafür wollten die beiden kurzerhand heiraten. Tristan, der diese Neuigkeiten am wenigsten verkraftete, dass nun wohl leider alle nach und nach erwachsen werden würden, genehmigte sich ein Bier aus der Küche und deutete Frederik an, ihm Gesellschaft zu leisten. Tristan griff in eine Tüte und reichte Frederik ein schwarzes und viel zu teures Hemd. »Hab ich dir mitgebracht. Für heute Abend. Du wirst dich nicht retten können vor lauter Mädels«, sagte Tristan stolz und Frederik nahm es lächelnd entgegen. »Du weißt, dass du irgendwie nicht ganz normal bist«, sagte Frederik und hielt sich das neue Kleidungsstück vor die Brust. »Umwerfend!«, kommentierte Tristan und rief nach Martha. »Liebstes Marthalein, meinen Sie, wir könnten das bis heute Abend noch gewaschen und gebügelt zurückhaben? Bitte, bitte«, sagte er charmant. Irgendwie konnte ihm einfach keine Frau einen Wunsch abschlagen. »Natürlich«, sagte sie und strich beiden Jungs durch die Haare.

Im Club angekommen, nahm Frederik auf einem der Ledersofas Platz und rieb sich die Schläfen. Sein Kopf dröhnte fürchterlich und er versuchte vergebens diesen Tag hinter sich zu bringen. Blöder achtzehnter Dezember sagte er sich selbst vor. »Was ist los?«, fragte ihn Tristan, der soeben eine Frau in einem sehr kurzen blauen Kleid mit einem langen Kuss auf die Toilette verabschiedet hatte und sich nun neben Frederik setzte. »Keine Ahnung«, sagte Frederik genervt. »Heute ist doch ein Überangebot an schönen Frauen da«, sagte Tristan und deutete enthusiastisch in die Menge. »Wenn du hier im VIP-Bereich nicht fündig wirst, suchen wir dir unten auf der Tanzfläche eine«, fuhr Tristan fort und zündete sich verbotenerweise eine Zigarre an. Obwohl Tristan ihm auch eine Zigarre anbot, verneinte das Frederik und machte eine abwehrende Handbewegung. »Was ist dir denn für eine Laus über die Leber gelaufen?«, fragte Tristan genervt. »Ich weiß es auch nicht. Irgendwie kann ich das hier nicht mehr. Wir können doch nicht jedes Wochenende das Gleiche machen«, sagte er und rieb weiter an seinen Schläfen, als könnte er damit die Musik leiser und die Kopfschmerzen ausdrehen. »Tun wir doch auch gar nicht. Wir gehen ja auch auf Konzerte und Sportveranstaltungen«, verteidigte Tristan den Lebensstil, den er so liebte und die Events, die er akribisch plante. »Du hast aber keinen Liebeskummer wegen Tatjana?«, fragte er schockiert. »Ach was«, sagte Frederik und beobachtete wie eine Blondine ihn anlächelte, wovon er nur genervt seufzte. »Siehst du, etwas Ablenkung könnte doch nicht schaden«, sagte Tristan aufmunternd und zwinkerte der Blondine zu. »Ich gehe jetzt nach Hause«, sagte Frederik und nahm seine Lederjacke und war schon dabei zu Gehen. »Was ist denn los?«, fragte Tristan bestürzt und zog Frederik am Arm. »Ich will einfach nach Hause«, sagte er und lief einfach weiter. Tristan verfolgte ihn, bis die beiden draußen auf der Straße vor dem Eingang des Clubs angekommen waren. »Jetzt warte doch mal. War heute irgendwas? Ist der Deal mit Martin doch nicht zustande gekommen?«, fragte er. »Doch, das ist es nicht. Ich…ich weiß auch nicht. Mich befriedigt das hier nicht mehr.« Tristan runzelte die Stirn. »Das sah aber gestern ganz anders aus, wenn ich dich an die Schönheit erinnern darf«, sagte er und lächelte schelmisch. Frederik rollte mit den Augen. »Ich kann das nicht mehr. Ich suche in den Frauen, was sie mir nicht geben können.« »Und was bitte wäre das?« »Ich suche Sophie«, sagte er und Tristan blieb der Mund offen stehen. »Wie kann man denn so verrückt nach einer Frau sein?«, fragte er. »Wie kann man nur so verrückt nach allen Frauen sein?«, gab Frederik zurück und ließ ihn stehen, um sich ein Taxi zu nehmen.

Frederik kam auf dem Gut an und sah, dass in der Küche noch Licht brannte. Martha saß am Küchentisch und blätterte in einer Kochzeitschrift, während sie ein Schokoladeneis aß und noch wartete, bis endlich der Kuchen im Ofen für den nächsten Tag fertig sein würde. Sie machte große Augen, als Frederik durch die Tür kam. »Nanu, es ist gerade mal zwölf Uhr!«, sagte sie überrascht und überprüfte ihre Angabe, in dem sie auf die große Küchenuhr blickte. »Ich weiß«, sagte er genervt und holte aus dem Weinschrank einen Weißwein heraus. Noch als er den Wein entkorkte, fragte er Martha, ob sie ein Glas mit ihm trinken würde. »Ja, gerne«, sagte sie und räumte die Zeitschrift aus dem Weg, als Frederik sich mit zwei Gläsern zu ihr setzte. Als er die Gläser gefüllt hatte, naschte er von Marthas Schokoladeneis. »Alles in Ordnung?«, fragte sie und strich ihm über den Arm. »Es ist gerade gar nichts in Ordnung. Ich glaube ich habe heute auch Tristan verärgert und dabei bin ich eigentlich wütend auf mich und eigentlich auf die ganze Welt«, sagte er und als er nochmal von Martha Eis nahm, holte sie die ganze Schachtel Schokoladeneis aus dem Tiefkühler. »Ich denke, wir brauchen mehr Eis«, schlussfolgerte sie und reichte ihm einen Löffel. »Und was macht dich so wütend?«, fragte Martha und schnürte sich ihren Morgenmantel etwas fester um die fülligen Hüften, bevor sie wieder neben ihm auf der Bank Platz nahm. »Warum verschwinden alle Menschen, die ich liebe, aus meinem Leben. Allen voran meine Mutter und mein Vater und Stella und Leo.« »Und Sophie«, ergänzte Martha und sah ihn liebevoll an. »Ja«, gab Frederik zu und nahm einen kräftigen Schluck aus dem großen Glas. »Martha, liebe ich sie wirklich so oder projiziere ich meinen ganzen Schmerz auf sie?«, fragte er und Martha musste nicht lange überlegen. »Ich befürchte, dass du sie wirklich liebst und dagegen gibt es leider keine Medizin. Und die diversen Betäubungsmittel helfen nur kurzfristig«, sagte sie und strich ihm über die Wange. »Und ehrlich gesagt, sind diese ganzen Frauen doch auch nicht die Lösung«, sagte Martha und Frederik musste sich eingestehen, dass es wirklich keine Lösung darstellte, nicht mal vermeintlich. »Ich weiß es ja eigentlich auch. Aber manchmal will ich einfach nur jemand im Arm halten«, sagte er und Martha nickte. »Das verstehe ich und ich wünsche dir von Herzen, dass du bald eine Frau im Arm halten kannst, die du aufrichtig liebst und die dich ehrlich liebt.« Frederik nickte so, als hätte er wenig Hoffnung demnächst oder irgendwann in diesen Zustand zu kommen. »Du solltest etwas Schönes machen. Einfach mal weg von hier. Du bist ja auch völlig überarbeitet und dazu bist du doch so jung. Du solltest etwas von der Welt sehen.« Frederik runzelte die Stirn. »Und zum Beispiel?« »Eine Weltreise?«, schlug Martha vor. »Also ich wäre bereit«, scherzte sie. »Aber ernsthaft. Was waren deine Träume? Was wolltest du immer schon machen?« Frederik überlegte. »Ich wollte schon immer surfen lernen, am besten auf Hawaii.« Er überlegte weiter. »Ich wollte schon immer mit einem Motorrad durch die Staaten fahren. Und eigentlich wollte ich auch immer eine Rucksacktour durch Südamerika machen.« »Na, siehst du. Dann wird es Zeit, dass du es angreifst«, sagte Martha und hob ihr Glas, um mit Frederik anzustoßen. »Vielleicht fange ich mit dem ersten Punkt an. Solange kann ich mir nicht frei nehmen«, sagte er, nach einem kleinen Schluck Wein und schob das Schokoladeneis zur Seite. Er atmete erleichtert durch. Vielleicht war es wirklich an der Zeit etwas Neues zu wagen. Etwas Neues ohne Betäubungsmittel. »Danke Martha«, sagte er und genoss es, als sie ihm liebevoll einen Kuss auf die Wange gab.

»Weihnachten in Las Vegas wäre bestimmt toll«, sagte Tristan, als die beiden am nächsten Tag in der Tennishalle waren. Frederik schlug Tristan um Längen, da Tristan noch verkatert war und durch seine Bettgespielin wenig Schlaf bekommen hatte. Frederik hingegen hatte am Morgen schon mit dem Reisebüro telefoniert und die Reise festgelegt. Obwohl Tristan vorgeschlagen hatte ihn zu begleiten, bestand Frederik darauf alleine zu sein. Er musste einfach mal ganz alleine von allem sein. »Du bist unverbesserlich, Tristan«, sagte Frederik.

»Pass gut auf dich auf«, sagte Martha und schon stiegen ihr die Tränen in die Augen. »Melde dich mindestens jeden Tag«, sagte sie. »Ja genau, der Junge geht auf Abenteuerreise und soll sich jeden Tag bei dir melden. Lass nur, Junge. Genieß es«, sagte Henry, umarmte ihn fest und unterdrückte dabei selbst einige Tränen. »Wir halten hier alles am Laufen. Du brauchst dir keine Gedanken zu machen«, sagte er und die beiden winkten noch eine Zeit lang an der Sicherheitskontrolle, als Frederik schon längst aus ihrem Blickfeld verschwunden war.

Frederik erlebte Silvester auf Hawaii alleine am Strand, mit einer sündhaft teuren Flasche Rotwein. In Gedanken sprach er mit seiner Mutter und mit Stella. Und leider dachte er auch an Sophie. Tristan hatte Recht: Irgendwie war das einfach realitätsfremd einer platonischen Jugendliebe nachzutrauern, die schlichtweg nichts mehr von ihm wissen wollte. Tags darauf lernte Frederik einen einheimischen Surf- und Tauchlehrer kennen und verbrachte mit ihm fast jeden Tag. Ab da an ging es ihm wirklich besser. Die viele Bewegung an der frischen Luft und die Konzentration, die er brauchte, um diese, für ihn und seinen Körper, neue Sportart zu lernen, schafften einen Freiraum in seinem Kopf. Ab diesem Zeitpunkt verbrachte er den gesamten Urlaub ohne Betäubungsmittel wie Zigaretten, Alkohol oder Frauen.

Wieder im Alltag zurück, ging Frederik die Arbeit leicht von der Hand. Das Zuchtprogramm im Reitstall, das nun ganz in Thomas' Obhut lag, lief sehr gut und die Springreiter trainierten für die deutsche Meisterschaft. Sein Polster, das er sich erwirtschaftet hatte, hätte ihm eigentlich erlaubt, etwas weniger hart zu arbeiten, aber er nutzte jede Gelegenheit, um sich abzulenken und nahm noch mehr Termine als üblich wahr. Die Uni musste irgendwie von selbst laufen und zu seiner eigenen Überraschung tat sie das auch.

Für einen Abend im Juli hatte er Tristan versprochen ihn zu einer neuen Bar, die erst Eröffnung gefeiert hatte, zu begleiten. Frederik hatte heute die Glückwunschkarte für Sophies bestandenes Studium in die Post gegeben, nachdem er das Kuvert noch einmal eingängig betrachtet hatte. Der Abend in dieser Bar kam ihm gelegen, zumindest war es besser, als alleine zu Hause zu sitzen und zu warten, dass ein neuer Tag kommen würde. Tristan hatte seit kurzem eine Freundin und das neue Bild war für Frederik noch ungewohnt, obgleich Tristan ihn nun endgültig damit in Ruhe ließ, ein besonders hübsches Trostpflaster zu finden. Andererseits war ein, bis über beide Ohren verliebter, Tristan fast noch schwerer zu ertragen, als der ewig frohe Junggeselle. Lucie war eine hübsche dunkelhaarige Frau mit einem aufgeweckten Charakter, die Frederik meistens turtelnd mit Tristan beobachten musste. Er wandte den Blick von den beiden ab und starrte in die Menge, ehe er Madeleine auf einem der Hocker an der Bar erkannte. Seinen ersten Impuls zu ihr zu gehen und sie nach Sophie zu fragen, unterdrückte er, von sich selbst überrascht. Vielleicht war es einfach an der Zeit zu beschließen, dass alles gut war, wie es war. Man könnte wohl akzeptieren, dass man jemanden immer lieben, aber eben nicht ein Leben miteinander teilen würde. Nach dem ein oder anderen halbwegs guten Gespräch an diesem Abend, machte er sich auf den nach Weg nach Hause und warf Madeleine ein kurzes Lächeln zu, um sich im Vorbeigehen fast wortlos von ihr zu verabschieden. »Gute

Nacht, Frederik«, sagte sie und fügte ein wenig spöttisch hinzu: »Ist dein Bett schon belegt oder warum nimmst du dir nichts mit nach Hause?« Frederik seufzte, er war doch so tapfer gewesen ein Gespräch mit ihr zu umgehen. Er ging zu Madeleine und beugte sich dann vor, und zwar so nah an sie heran, dass seine Wange beinahe ihre berührte. »Ich habe aufgehört zu suchen«, sagte er langsam. »Was zu suchen?« »Sag mir, in welchem Gesicht ist Sophies Lächeln oder in welcher Brust schlägt ihr Herz?« Frederik kam noch ein Stückchen näher zu Madeleine. »In keinem. Ich habe es versucht. Und die Wahrheit ist, dass ich jede Frau, mit der ich zusammen war, mit Sophie betrogen habe, weil mein Herz nur sie möchte.«

Einige Tage später stellte sich heraus, dass Sophie nun begonnen hatte in der Firma ihres Großvaters zu arbeiten. Zunächst versuchte Frederik gelassen darauf zu reagieren, allerdings bereiteten er und Sophies Großvater Karl die Firma gerade zum Verkauf vor. Eine in sich nicht stimmige Situation. Frederik saß an dem großen schweren Schreibtisch, an dem er schon seinen Vater Stunden über Stunden sitzen hatte sehen, und überlegte, was wohl nun zu tun sei. Er konnte nicht umhin, als weiter in sie verliebt zu sein. Als sich weiterhin zu wünschen, sie wäre hier. Bei ihm. In diesem viel zu großem Haus. In seinem Kopf machte das durchaus Sinn. Er und sie für immer. Tristans Rat sich endlich professionelle Hilfe zur Trauerbewältigung und zur, wie Tristan es nannte, *Entliebung von Sophie* zu holen, stießen bei Frederik natürlich auf taube Ohren. Sollte er den letzten der allerletzten Versuche versuchen oder einfach nur den Versuch ertragen in ihrer Nähe leben zu müssen.

Sophie hatte der Schweiz den Rücken gekehrt, zum einen aus Gehorsam ihrer Familie gegenüber und zum anderen auch, weil sie sehen wollte, was der Platz ihrer Kindheit nun mit ihr als junge Frau machen würde. Madeleine hatte ihr erzählt, was Frederik an diesem Abend in der Bar zu ihr gesagt hatte und Sophies Gefühle wirbelten mal wieder wild durcheinander, bis wieder nur noch Liebeskummer davon übrig blieb. Allerdings konnte man Liebeskummer ja überall haben können. Obwohl es einfacher war Liebeskummer zu haben, eine Person betreffend, die einem nicht zu jeder potentiellen Minute über den Weg laufen konnte. Ein Aufeinandertreffen stand also mal wieder im Raum. Besser gesagt im Kalender und zwar für einen Mittwoch. Sophie beteuerte sich selbst, dass sie beide einen Weg finden würden, um nebeneinander am gleichen Ort zur gleichen Zeit sein zu können ohne ein kurzfristiges und mittelschweres Drama auszulösen. Doch sie hatte die Realität unterschätzt. Als endlich die Aufzugstür aufging und Frederik durch den großen Flur direkt auf das Vorzimmer von Karl zulief, war Sophie leider gerade in ein Telefongespräch verwickelt und konnte nur tonlos eine Begrüßung inszenieren. Das zwang beide ungewöhnlich lange in diesem Zustand zu verharren, ohne dass sich jemand einen Ausweg suchen konnte. Geduldig wartend sah Frederik Sophie an, die ebenfalls unentwegt mit ihm Blickkontakt hielt. In dieser gewonnenen Zeit verteilten sich die Positionen ganz neu. Sophie kapitulierte. So sehr sie sich auch einreden wollte, dass es für Frederik und sie die bessere Lösung war getrennt zu sein, so sehr musste sie sich eingestehen, dass ein durch und durch wunderbarer Mann vor ihr stand, der sie so anlächelte, als könnte man die Welt damit anhalten. Und ihre Welt hielt an und machte die Vergangenheit komplett bedeutungslos. Sophie brachte den Telefonhörer auf den, dazu vorgesehenen, Platz zurück und stand dann auf, um ihn zu begrüßen und sich von ihm je einen Kuss auf jede Wange geben zu lassen. »Schön dich zu sehen«, sagte er. »Ich gebe kurz Bescheid, dass du da bist.« Frederik nickte kühl und entspannt. Es hätte schlimmer kommen können, dachte er und er war sich selbst dankbar die Blumen für Sophie im Kofferraum gelassen zu haben. »Du kannst nun zu ihm reingehen», sagte Sophie über die Maßen bemüht freundlich, als wäre Frederik ein neuer Geschäftspartner, den man durch Freundlichkeit und Professionalität für das Unternehmen gewinnen musste. Ehe er durch die große Holztür in das große Büro von Karl ging, drehte er sich um, um ihr zuzuzwinkern. Und Sophie, die ihn immer noch ansah, lächelte ihn an.

Sophie sank zurück auf ihren Bürostuhl und atmete erneut tief durch. Sie dachte nochmal über all die vielen Frauengeschichten nach, die sie über Frederik gehört hatte oder über die, die ihre Freundinnen beobachtet hatten. Sie musste erneut lächeln, als sie an sein Zwinkern dachte und entschloss sich dann sich lieben zu lassen, wenn er das immer noch wollte.

Sophie wartete und wartete, doch der Termin schien endlos und so langsam fiel ihr kein Vorwand oder keine Fleißaufgabe mehr ein, die ihre Anwesenheit im Vorzimmer ihres Großvaters rechtfertigte. Vorsichtig klopfte sie an die schwere Holztür. »Großvater, ich würde dann gehen, wenn ich nicht mehr gebraucht werde«, formulierte Sophie vorsichtig. »Ja natürlich, wir haben völlig die Zeit vergessen«, sagte Karl und Sophie sah die beiden auf der großen Ledercouch sitzend einen Whiskey trinken. Ihr Großvater strahlte über das ganze Gesicht und winkte Sophie vergnügt zu, als er sagte: »Einen schönen Abend mein Liebes.« Frederiks Verabschiedung: »Bis bald Sophie«, klang mehrere Male nach, als sie aus dem großen Glasgebäude heraus über den Parkplatz lief. Sie sah, dass Frederik genau neben ihrem Wagen geparkt hatte. Sie beschloss kurzerhand auf ihn zu warten, um zu sehen was passieren würde und lief ungeduldig auf dem Parkplatz auf und ab. Zeit für ein Stück Ehrlichkeit. Die wenigen Sekunden, die Frederik aus der gläsernen Schiebetür bis zu Sophie brauchte, fühlte sich fast unendlich lange an. Ohne etwas zu sagen, sah er sie unverblümt gut gelaunt an. Alle Gefühle, die in ihm für sie waren, wirbelten in seinem Körper herum und machten es ihm schwer geradeaus zu denken. »Ich würde dir gerne etwas sagen«, brachte sie hervor. Frederik war anscheinend ebenso überrascht, wie sie es selbst war. »Das ist schon längst überfällig«, fuhr sie fort und als sie noch dabei war die richtigen Worte zu finden, öffnete er ihr die Beifahrertür zu seinem Wagen und fragte: »Waldlichtung?«

Der ehemalige Lieblingsplatz hatte sich bis auf ein paar höher gewachsene Sträucher nicht viel verändert und schimmerte im Licht der Spätsommersonne. Sophie sah sich um. Da waren sie. Beide in einer Gegenwart, die sie sich in der Vergangenheit schöner ausgemalt hatte. Sie atmete tief durch. »Ich fühle mich unendlich schuldig, dass ich dich hier alleine zurückgelassen habe. Dass ich nicht für dich da war, dass ich uns nicht noch eine Chance gegeben habe. Dass ich alle wunderbaren Versöhnungsversuche von dir mit Füßen getreten habe und ich so wahnsinnig wütend auf das ganze Leben an sich war und bin.« Frederik sah sie aufmerksam an. Sophie ergänzte ihr Schuldbekenntnis: »Es ist genau das passiert, wovor ich am meisten Angst hatte. Ich konnte nicht die Frau für dich sein, die du an deiner Seite gebraucht hast. Denn ich wollte nicht mehr glücklich sein ohne Stella und ohne alles wie es eben vorher war.« »Es war einfach alles viel zu viel«, versuchte er ihr zur Hilfe zu kommen. Sophie rann nun Träne für Träne die Wange hinunter. »Sophie«, begann Frederik zu sagen und legte seinen Kopf schief, sie weinen zu sehen, schmerzte ihn. »Sag jetzt nichts Gutes oder Nettes, weil es meine Schuld einfach noch viel größer macht.« »Von was redest du denn?« »Ich hätte dich einfach umso mehr lieben sollen, als das alles passiert ist. Als du so erfolgreich wurdest, als Stella krank wurde, als sie gestorben ist und…«, sie machte eine kurze Pause und fuhr dann fort: »als du fremdgegangen bist«. Frederik sah sie musternd an, als sie sich die letzte Träne wegwischte und nun tief durchatmete. »Ich möchte eine neue Chance«, sagte sie schließlich und brachte Frederik nun endlich dazu, richtig verdutzt zu sein. »Warte mal, du willst eine Chance? Du hast gesagt, dass es nichts mehr für mich in deinem Herzen gibt?« »Ich hab mehr Fehler als du gemacht«, sagte sie dann. »Der schlimmste Fehler war, dass ich einfach keinen Mut hatte herauszufinden, ob ich an deiner Seite bestehen würde«, erklärte sie sich und Frederik kam einige Schritte näher und nahm ihre Hand. Er blickte auf ihre Hand, die sich so unfassbar gut in seiner anfühlte. »Ich hab dir nicht geholfen, dich an meiner Seite zurecht zu finden«, gab er dann zu. Und Sophie küsste ihn. Sie wollte es spüren, endlich in der Realität spüren. Tausend Bilder tauchten vor Sophies Augen auf: da war Tatjana, dann die mit Gerüchten umrankten Partynächte, die sie in ihrem Kopf zu Bildern gestaltet hatte, einige Fotos von Zeitungsartikeln über ihn und auch gemeinsame Erinnerungen aus Kindertagen. Keine dieser Erinnerungen, negativ oder positiv konnte in diesem Augenblick mit diesem Kuss konkurrieren. Sie schob sie alle weg, als wäre sie die Gewinnerin über diesen Moment. Nichts und niemand durfte ihr das nehmen, nicht mal sie sich selbst. Sie lösten sich erst, als sie von einem Hundebesitzer und dessen Hund gestört wurden, der grüßend an ihnen vorüberzog. Sophie biss sich auf die Lippe und Frederik ging einige Schritte rückwärts, um sie anzusehen. »Das war nicht durchdacht«, brachte Sophie hervor und Frederik lächelte. »Hab ich bemerkt. Zumindest hat es wenig mit dem eisernen Mantra des Loslassens zu tun, das du sonst predigst«, sagte er und versuchte seinen erhöhten Puls behutsam wieder nach unten zu regulieren. Unentschlossen standen sie voreinander. In seinem Kopf hatte er sie einige tausend Male geküsst, doch mit der Realität musste er erstmal klar kommen. »Ich liebe dich, Frederik«, sagte sie, woraufhin sein Herz sich einmal um dreihundertsechzig Grad drehte, um am alten Platz doppelt so schnell zu schlagen. »Es war schwer die ganze Zeit über zu tun, als ob dem nicht so ist«, sagte sie noch, bevor es jetzt Frederik war, der sie stürmisch küsste, als müsste er all die verpassten Küsse nachholen. »Ich habe es dir abgekauft. Ich dachte wirklich, da ist nichts mehr von mir in deinem Herzen«, flüsterte er ihr ins Ohr. Sie nickte, ihren Kopf an seine Stirn lehnend, als sie seinen, so vertrauten, Geruch einatmete. »Zeit für einen Neuanfang?«, fragte Sophie vorsichtig.

Frederik wählte die Nummer von Leo. Es dauerte eine Weile bis einer seiner Mitbrüder ihn in dem großen Konvent gefunden hatte und Leo ans Telefon kam, als Frederik sich gegen seinen Schreibtisch lehnte und ungeduldig wartete. »Ich brauche kurz deinen Rat«, sagte Frederik und aus dem Telefonhörer antwortete Leo ein: »Ich bin bereit, erzähl.« »Gestern habe ich Sophie wieder getroffen. Alles ist wieder da. Es war ja nie weg. Sie ist die Richtige. Sie und ich, wir gehören zusammen.« Leo seufzte. »Gib mir bitte den Mut dieses Mal bis zum Äußersten zu gehen und um uns zu kämpfen«, sagte er und rieb sich beide Augen mit der freien Hand. »Was fühlst du, wenn du an sie denkst?« »Alles.« »Was fühlst du ohne sie?« »Schmerz.« »Wenn du es nochmal versuchst und es dann wieder nicht funktioniert, wird der Schmerz vielleicht noch größer sein«, gab Leo zu bedenken. »Mmh. Ich würde mir lieber jeden Tag von ihr das Herz brechen lassen, als noch einen Tag ohne sie zu sein«, sagte Frederik. »Da hast du deine Antwort«, sagte Leo und nach einer kurzen Pause fügte er hinzu: »Sie ist bereit für einen Neuanfang.« »Woher weißt du das?«, fragte Frederik unsicher. »Das sagt mir mein Gefühl«, ergänzte Leo. »Was ist, wenn sie mit anderen Männern zusammen war?«, fragte Frederik. »Du warst doch auch mit anderen Frauen zusammen.« »Nicht dasselbe«, antwortete Frederik und lachte, als Leo ihn einen Macho nannte. »Was ist, wenn sie nicht mit anderen Männer zusammen war?« Leo schmunzelte. »Gut, dass du weißt, was du willst.« »Dann würden wir vielleicht an der gleichen Diskussion scheitern wie vor einigen Jahren«, überlegte Frederik. »Ich sage dir jetzt was, obwohl das ein Geheimnis zwischen mir und Stella ist. Sie wird mir hoffentlich verzeihen, dass ich dir das erzähle, aber sie würde auch wissen, dass ihr es vielleicht ohne diese Hilfestellung nicht nochmal schafft zusammen zukommen.« »Was soll das für ein Geheimnis sein?« Leo atmete aus und entschuldige sich in Gedanken kurz bei Stella, bevor er weitersprach: »Stella und ich haben nie miteinander geschlafen.« Und Leo konnte nicht umhin zu grinsen bei der Vorstellung von Frederiks Gesicht. »Das ist jetzt nicht dein Ernst. Ihr habt doch so viele Nächte zusammen verbracht.« Leo schluckte. »Stellas Vater hat sie viele Male missbraucht, es war einfach nicht möglich«, sagte er und Frederik setzte sich, um die Wahrheit besser verdauen zu können. »Du bist unglaublich, Leo«, sagte Frederik. »Liebe und Begierde sind zunächst zwei unterschiedliche Dinge. Liebe ist etwas Übernatürliches und bindet sich nicht an etwas Irdisches wie einen vergänglichen Körper, obwohl man natürlich durch körperliche Nähe Liebe zum Ausdruck bringen kann. Du liebst Sophie doch auch über alles, obwohl ihr diese Erfahrung noch nie gemacht habt.« Frederik stimmte ihm zu. »Die körperliche Liebe erweckt manchmal sogar Gefühle wo keine hingehören.« Frederik nickte, so ähnlich war es mit Tatjana gewesen. »Also Bruderherz, ich habe hier noch mehr Sorgenkinder, du kriegst das hin. Nur Mut!«, sagte Leo. »Danke, Leo. Du bist der beste Mensch auf der ganzen Welt.« »Ja, einfach jetzt, wo unsere Mutter nicht mehr da ist«, sagte Leo und Frederik stiegen blitzartig einige Tränen in die Augen. »Pass auf dich auf. Und weniger Alkohol«, ermahnte er ihn. »Ich dich mehr«, gab ihm Frederik zur Antwort.

»Gott sei Lob und Dank, dass ich dich wieder in diesem Haus zusammen mit Fredrik sehe«, sagte Martha freudestrahlend und zog Sophie in eine feste Umarmung, als Frederik und Sophie turtelnd den dritten Abend in dieser Woche zusammen verbrachten und Sophie

Martha half die Geschirrspülmaschine einzuräumen. »Ja, es fühlt sich gut an wieder hier zu sein. Das Haus ist nicht mehr so schrecklich groß wie früher. Irgendwie ist es kleiner geworden«, sagte Sophie und sah in Frederiks glückliches Gesicht.

Deine Liebe reicht nicht aus. Ich möchte auch ich selbst sein.

»Als du von einer Überraschung für mich gesprochen hast, dachte ich an so etwas wie Konzertkarten?«, scherzte Sophie und betrachtete die Staffeleien und den aufwendig handgeschreinerten Schreibtisch auf dem dünnes Pergamentpapier und spitze Bleistifte bereit lagen. »Nun ja. Ich wollte dir dieses Atelier einfach schon lange einrichten und man soll Dinge ja zu Ende bringen«, sagte Frederik freudestrahlend und führte Sophie an der Hand etwas weiter, sodass sie aus dem großen Panoramafenster blicken konnte, das eine Aussicht auf das Gut und die Stallungen zuließ. »Es ist wunderbar. Tausend Dank«, sagte Sophie und fiel ihm um den Hals. »Nun ja, sagen wir, es ist dein Geschenk zu unserer Versöhnung«, grinste Frederik, nachdem Sophie ihn geküsst hatte. »Ich hoffe du bist nicht enttäuscht, dass das Geschenk nicht glitzert.« Sophie schüttelte den Kopf. »Dafür glitzert deines«, sagte sie und nahm aus ihrer Handtasche eine kleine blaugraue Schachtel, die sie ihm reichte. »Mmh«, sagte er, worauf Sophie ungeduldig: »Aufmachen!«, forderte. Er öffnete die Papierschachtel und fand unter schwarzem Seidenpapier einen durchsichtigen schwarzen Glitzer-Body. Frederik hielt den weichen wenigen Stoff in seinen Händen und blickte dann Sophie an. »Ich möchte mit dir schlafen, Frederik«, sagte Sophie schließlich. »Das ist aber auch eine interessante Definition von Überraschung?«, sagte er lächelnd, bevor sein Gesichtsausdruck wieder ernst wurde. »Was ist? Gefällt dir die Überraschung nicht?«, fragte Sophie. »Hast du dich mit jemandem getroffen?«, hörte er sich selbst fragen und schluckte, um etwas Luft zu bekommen, da die Eifersucht ihm die Kehle zugeschnürt hatte. »Ich habe niemanden außer dir geküsst, wenn du die Wahrheit wissen willst«, sagte Sophie und versuchte nicht spitzfindig zu klingen, da Frederik ja offensichtlich viele Lippen ausprobiert hatte. »Warum?«, fragte er dann weiter. »Ich bin mit einigen ausgegangen, aber es war niemand dabei für den es sich gelohnt hätte.« Frederik sah sie an und überlegte dann, denn er war sich nicht sicher, ob alle Mädchen mit denen er ausgegangen war, lohnenswert gewesen waren.

Als Frederiks Telefon klingelte, sah er nicht, wie erhofft Sophies Name im Display stehen, sondern Leos. »Hallo Kleiner.« »Hallo.« »Alles in Ordnung? Tut mir leid, dass ich mich erst jetzt melde. Es ist ziemlich viel los. Es werden jeden Tag mehr, die bei uns essen wollen«, erzählte Leo. »Es ist schon gut. Ich habe dir ja gestern die Nachricht hinterlassen, dass du dich melden kannst, wenn du Zeit hast, denn für mein Anliegen brauche ich etwas Zeit.« »Jetzt bin ich aber gespannt.« Frederik atmete durch. »Ich möchte Sophie einen Heiratsantrag machen.« »Oh ok«, sagte Leo, nicht ganz sicher, ob das jetzt gut oder übereilt war. »Ich freue mich sehr für dich«, antwortete Leo dem sehr enthusiastischen Frederik, der vor lauter Glücksgefühlen nur so pulsierte. »Danke.« »Wie ist der Plan? Wie? Wo?« »Mmh, vermutlich an einem unserer Lieblingsplätze, aber da gibt es so viele davon. Hättest du etwas dagegen? Also meinst du? Darf ich den Ring von Mama nehmen?« »Klar, darfst du. Ich habe nichts dagegen.« »Danke, Leo.«

»Was machst du denn hier?«, fragte Sophie, als Frederik im Vorzimmer von ihrem Großvater auftauchte und ihm einen sanften Kuss auf die Lippen gab, als sie sich ungestört fühlte. »Ich bin noch nicht fertig. Wir können aber vielleicht später…« »Ich bin noch kurz mit deinem Großvater verabredet«, sagte Frederik und Sophie runzelte die Stirn, da sie davon gar nichts im Kalender gesehen hatte.

»Sie haben ihr noch nichts gesagt?«, fragte Frederik, als er die Tür von Karls Arbeitszimmer geschlossen und Karl begrüßt hatte. »Nein, wir warten erstmal ab, was deine finalen Bedingungen sind«, scherzte er und Frederik nickte. »Sie wird das nicht gut finden. Ich möchte ihr nichts wegnehmen.« »Du hilfst ihr doch sogar einen guten Anteil am Verkauf zu erhalten«, sagte er kopfschüttelnd und bot Frederik einen Platz an. Frederik holte aus seiner Aktentasche seine Notizen mit den Berechnungen darauf hervor und legte sie Karl hin. Karl las Frederiks Zahlen, die ordentlich aufgelistet waren. »Ich habe mit den Investoren gesprochen, unser letztes Angebot sind achtzig Millionen Euro. Ich bin bereit für diese Firma«, sagte Frederik und Karl musterte Frederik aufmerksam, bemerkenswert was aus diesem einst so kleinen Jungen geworden war, dachte er. »Ich habe noch eine letzte Bedingung«, sagte Frederik und Karl runzelte die Stirn. »Sie verdoppeln Sophies Anteil«.

»Dann wäre ja alles geklärt«, sagte Karl als beide schon den Raum verlassen hatten und Sophie diesen Satz hörte und den dazugehörigen kräftigen Händedruck neugierig musterte. »Sophie, du kannst Feierabend machen. Frederik und ich möchten dich gerne zum Essen ausführen«, sagte Karl und Sophie nickte nur. Als Karl noch ein Telefonat annehmen musste, fragte Sophie Frederik: »Was ist geklärt?«, denn sie wurde das Gefühl nicht los, das das auch etwas mit ihr zu tun hatte. »Wir erklären es dir beim Essen«, sagte Frederik und nahm ihre linke Hand, um diese zu küssen.

Im Restaurant angekommen, bestellte Karl eine Flasche Champagner und weihte Sophie in seinen Plan ein die Firma zu verkaufen und Sophie fiel daraufhin fast das Champagnerglas aus ihrer Hand. »Für was hast du die Firma aufgebaut? Für was sollte ich zurückkommen?«, brachte sie hervor. »Ich bin müde, Sophie. Es reicht«, sagte er. »Es ist die beste Lösung. Für euch alle ist es ein gutes Startkapital ins Leben und ich habe mehr Geld, als ich noch ausgeben kann. Warum noch weiter machen?«, sagte er. »Warum habe ich mich mein ganzes Studium darauf vorbereitet?«, fragte sie entrüstet. »Du bist für jedes Unternehmen in der Wirtschaft ausgebildet.« Sophie atmete aus und sah irritiert zu Frederik. »Wie lange plant ihr das schon?« »Eine Zeit lang«, sagte Frederik, als Sophie nicht aufhörte mit ihrem Blick eine Antwort zu fordern. »Eine Zeit lang? Und da lasst ihr mich jeden Tag in die Firma gehen, wie ein kompletter Vollidiot?« Der Kellner, der sich für die Bestellannahme dem Tisch genähert hatte, machte schnell am Absatz kehrt, als er bemerkte, dass am Tisch eine Diskussion entstanden war. »Wir wussten doch gar nicht, ob Frederik die Investoren finden würde und ob es überhaupt zu Stande kommt. Wir wollten dich nicht unnötig aufregen.« Sophie verschränkte die Arme vor der Brust und blickte Frederik wütend an, augenblicklich fühlte sie sich wieder wie ein kleines Kind. »Wir waren jeden Abend zusammen. Du bist wirklich ein guter Schauspieler«, sagte sie zornig. »Ach Herzchen, Frederik hat sogar angeleiert, dass du einen doppelten Anteil erhältst«, sagte Karl und nickte Frederik anerkennend zu. Frederik lächelte gequält, das fragile Versöhnungskonstrukt der beiden wackelte gerade gefährlich, wie ein selbst gebautes Kartenhaus. Er hatte inständig darum gebeten Sophie in diesen Entscheidungsprozess mit einzubinden, war aber bei Karl auf taube Ohren gestoßen. »Soll das mein Trostpreis sein?«, fragte sie mehr Frederik, als ihren Großvater und stand auf, um den Tisch zu verlassen. »Jetzt warte doch, Herzchen«, rief Karl, doch Frederik war ihr schon hinterher gelaufen und erreichte sie im Eingangsbereich des Restaurants. »Warte, Sophie.« »Warum musst du immer alles kaputt machen?«, keifte sie ihn an. »Das ist meine Zukunft mit der du spielst.« »Du kannst überall arbeiten und so hast du schon mal ein Polster«, sagte Frederik in ruhigem Ton. »Du weißt ja anscheinend, was für mich am besten ist«, sagte sie. »Verzeih Sophie, aber so wie das Unternehmen jetzt geführt wird, kann es im neuen Zeitalter nicht überleben«, erklärte Frederik. »Und du traust mir natürlich nicht zu, dass zu ändern«, giftete sie ihn an. »Darum geht es doch gar nicht. Du sollst doch auch leben.« »Willst du mich von dir abhängig machen?«, fragte sie. »Was hat das denn jetzt damit zu tun?« »Meine Zukunftsperspektive zerstören und dann deine brave Hausfrau werden? Du kannst nicht so über mich bestimmen.« Frederik seufzte »Ehrlich gesagt, bestimme nicht ich über dich, sondern deine Familie.« »Wie meinst du das?« »Du wolltest deine eigene Galerie eröffnen. Was ist aus diesen Träumen geworden?» sagte er ehrlich, womit er Sophie unabsichtlich sehr kränkte. Jetzt fühlte sie sich nicht nur wie ein hintergangenes kleines Mädchen, sondern auch wie eine erwachsene Frau, die wohl oder übel, trotz aller Privilegien, nichts aus ihrem Leben gemacht hatte. »Es ist wohl an der Zeit mein Ding zu machen«, sagte sie und wandte sich zum Gehen. »Sophie, ich wollte da nicht rein geraten. Dein Großvater hat mich gebeten seine Firma zum Verkauf anzubieten und das habe ich getan. Er hat mir nicht erlaubt dich in die Pläne einzuweihen«, sagte Frederik und hielt Sophie an ihrem Unterarm, um sie am Gehen zu hindern. »Warum hast du es nicht trotzdem getan?«, fragte sie und löste sich von Frederik. »Das ist geschäftlich und das ist etwas anderes«, gab Frederik zurück und wusste, dass es leider nicht das zündende Argument darstellte. »Wie hoch ist dein Gewinn daran?«, fragte sie nun und obwohl Frederik es zunächst nicht zugeben wollte, sagte er schließlich: »Ich bekomme die gleiche Summe wie du.« »Ich fasse es nicht, Frederik. Wie wünschte ich, dass einfach alles anders wäre. Es ist einfach gruselig, wie du hier zum einflussreichsten Menschen der gesamte Gegend mutierst«, sagte sie und ließ ihn stehen. »Ich bringe dich nach Hause.« »Lass mich einfach in Ruhe. Hör auf alles an mir kontrollieren zu müssen.« Sie lief wutentbrannt aus der großen Eingangshalle und durch die gläserne Schiebetür, um das nächste Taxi aufzuhalten.

Frederik war zum Tisch zurückgekehrt. »Sie ist gegangen. Sie wollte nicht mal, dass ich sie nach Hause bringe«, sagte er und Karl klopfte ihm auf die Schulter. »Bald wird sie einsehen, dass es besser so ist. Ich rede morgen nochmal mit ihr«, sagte er gelassen. »Lass uns etwas essen, ja?« Frederik nickte und schrieb Sophie noch schnell eine Nachricht. Karl hatte ihn in ein geschäftliches Gespräch verwickelt, bei dem er nur ab und zu unbemerkt nachsehen konnte, ob Sophie auf seine Nachricht reagiert hatte. Sie hatte es nicht getan. Nachdem Essen, als beide sich schon verabschieden wollten, zeigte Frederik Karl den Verlobungsring, worauf ein großes Strahlen über Karls Gesicht ging. »Das ist eine wundervolle Neuigkeit«, freute er sich.

Als ein Taxi Frederik zu Hause abgesetzt hatte, fragte er sich immer wieder, wie die Geschichte dieses Mal ausgehen würde und drapierte das kleine Etui mit Katharinas Verlobungsring auf der kleinen Kommode in der Eingangshalle. Vielleicht immer noch nicht der richtige Zeitpunkt für alles, dachte er und machte ein durchaus verdattertes Gesicht, als er Sophie in seinem Zimmer fand, offensichtlich auf ihn wartend. Fast wortlos und als wäre es das völlig Normalste der Welt, begann Sophie Frederik und sich auszuziehen. Frederik überlegte für sich bei jeder Berührung, wann Sophie einen Rückzieher machen würde. Doch das Gegenteil war der Fall. Und in dieser Nacht schlief sie mit ihm und es war einer dieser Momente, die, trotzdem sie in diesem Leben und auf dieser Welt stattfinden, mehr als perfekt waren. Sie streifte ihm das Sakko ab und knöpfte sein Hemd auf. Sophie küsste ihn zärtlich am Hals und wanderte mit ihren Küssen dann zu der Mitte seiner Brust und küsste ihn dort lange zärtlich. Dort wo alle seine Narben waren und er verstand ihre Geste. »Du bist ein Teil von mir, Sophie, der wichtigste Teil von mir«, sagte Frederik leise. Als Sophie und Frederik nackt beieinander lagen, tauchten die ganzen Frauen vor ihren Augen auf und sie kniff die Augen zusammen, um sie zu vertreiben. Frederik strich ihr über die Wange, er spürte ihre Anspannung. »Tu was du fühlst«, sagte er und Sophie atmete tief durch, als sie nickte und nun mit geöffneten Augen tief durchatmete. »Wir werden ganz vorsichtig sein. Sag mir, wenn ich dir weh tue.« Sophie nickte und sah ihm dabei tief in die Augen. Er begann vorsichtig in sie einzudringen und sah sie aufmerksam an. Er wollte reagieren können, wenn sie Schmerzen hatte. Sie schloss die Augen. »Alles in Ordnung?«, fragte er und hielt in der Bewegung inne. »Ja, es zieht nur etwas«, sagte sie und biss sich auf die Lippe. »Bitte mach weiter«, forderte Sophie ihn auf, sie entspannte sich erneut und erlebte, wie aus dem Schmerz eine Wohltat wurde. Er zitterte unter den Empfindungen, die er spürte. Es war so intensiv, so stark, dass er nicht mehr wusste, in welcher Welt er sich befand. Sophie und er verschmolzen zu einer gemeinsamen Welle von Gefühlen. Sie stöhnten und liebten. Küssten und lachten. Als Sophie den Höhepunkt in seinen starken Armen erreichte, wollte er den Moment hinauszögern. Doch als er die Wärme in ihrem Unterleib spürte, die sich unaufhaltsam wie Lava ausbreitete, erreichte auch er den Höhepunkt. Er genoss wie schön es war tatsächlich mit einer Frau dieses Gefühl zu erleben. Mit seiner Frau. In ihr ganz sein zu dürfen. Ohne Angst. Er musste nichts zurückhalten. Kein Gefühl, keine Bewegung. Er gab sich ihr ganz hin, so wie sie ihm alles geschenkt hatte. Er hielt sie noch lange fest und küsste sanft ihr Kinn. »Ich liebe dich, Sophie«, sagte er und sie erwiderte ihm: »Ich liebe dich mehr«.

»Sophie, wir hätten dich in den Entscheidungsprozess mit einbinden sollen. Karl habe ich das so viele Male gesagt. Ich wusste, dass du aufgebracht sein würdest«, sagte Frederik entschuldigend, als Sophie in seinem Arm lag, der sich, wie dafür angefertigt, fest um ihren nackten Körper schmiegte. Sophie gab ihm keine Antwort und schloss nur die Augen. »Mmh«, gab sie schließlich von sich, um zu verhindern, dass er ein Gespräch dazu erwartete. »Es ist besser so«, sagte sie schließlich und küsste ihn lange, wieder und wieder. Diese eine Nacht wollte sie auskosten und aufsaugen.

Am nächsten Morgen fand Frederik ein leeres Bett und darin einen Brief, den man wohl als Abschiedsbrief bezeichnen konnte. Auf drei Seiten hatte Sophie ihm versucht zu erklären, warum sie sich nicht mehr abhängig machen konnte und endlich ihren eigenen Weg gehen musste. Ohne Vorschriften, ohne Verpflichtungen und ohne fremde

Hilfe. Sie wollte endlich nicht mehr abhängig sein. Weder von ihrer Familie noch von ihm. Und das ein eigenes Atelier, das er ihr gebaut und eingerichtet hatte sowie das Geld ihres Großvaters nicht das waren, was sich richtig anfühlte, auch wenn sich alles mit ihm richtig anfühlte. Er las immer weiter und weiter, bis sich die traurige Quintessenz immer weiter zusammenkochte und dann nur noch drei Sätze übrigblieben: *Ich weiß überhaupt nicht, wo ich anfange und wo du aufhörst. Lass mich frei. Sophie.* Es stand dort schwarz auf weiß, sie war gegangen. Sie war wieder mal aus seinem Leben gegangen. Frederik fühlte die Schwere in seinem Körper, der sich letzte Nacht noch so gut unter ihren Berührungen angefühlt hatte. Keine Träne kam zu Tage, wahrscheinlich hatte er sie alle schon geweint, bis nun wirklich gar nichts mehr zum Weinen übrig geblieben worden war. Er stand auf, um seine Klamotten zu suchen, er schüttelte die Decke und die Kissen auf. Als er die Zudecke hochwarf, sah er auf dem Bettlaken einen kleinen Blutfleck. Resigniert ließ er den Kopf sinken, so hatte das alles nicht laufen sollen.

Selbst Tristan fiel auf die neuesten Geschehnisse eigentlich nur ein Kopfschütteln ein. Sophie zog aus der Penthouse-Wohnung aus, die ihr ihr Großvater zur freien Verfügung gestellt hatte, und in einer vierer Mädels-WG in der Innenstadt ein, quittierte ihren Job bei ihrem Großvater und verweigerte ihren Anteil am Verkauf des Unternehmens. Sie begann an der Kunsthochschule zu unterrichten und nahm sich einen Nebenjob in einer hiesigen Galerie, die auch Vernissagen veranstaltete. Frederik war der festen Überzeugung gewesen, dass Sophie zurück in die Schweiz fahren würde, doch sie blieb und versuchte nun zum ersten Mal ein Leben aufzubauen. Ihr eigenes Leben. Frederik und Tristan beendeten ihr Studium. Tristan eröffnete seine eigene Kanzlei und brachte sich immer mehr als Frederiks Berater am Gut ein. Bei allen Verhandlungen war nun er es, der die Verträge vorbereitete und Schriftstücke prüfte. Seit der gemeinsamen Nacht, hatte es kein einziges Gespräch zwischen Sophie und Frederik gegeben. Frederik hatte allerdings Sophies Atelier aufgelöst und ihre persönlichen Sachen an ihre neue Adresse schicken lassen. Die Kränkung war ihm immer noch deutlich anzumerken. Nach einem anstrengenden

Geschäftsessen war Frederik spät nach Haus gekommen und lies sich auf sein Bett fallen. Er starrte die Decke an und lies diesen einen Abend mit Sophie immer und immer wieder Revue passieren. Er sah ihr Gesicht deutlich vor sich. Wie kann es sein, dass du mir so nahe bist, Sophie? Wieso bist du immer hier? Es ist, als würdest du in meinem Herzen wohnen. Ich fühle dich überall. Manchmal bist du mir näher als es mir meine Haut ist, dachte Frederik und fiel dann in einen unruhigen Schlaf.

Frederik nahm neben seinem Bruder auf der Holzbank im Kreuzgang des Klosters Platz. »Frederik, mein Rat ist, dass du sie versuchst zu vergessen. Sie hat dir doch jetzt oft genug weh getan. Und du ihr.« Frederik schluckte. »Ja, ich weiß. Es macht mich nervös, dass sie wieder in meiner Nähe ist.« »Ja, aber bald wird es dann wieder Alltag sein und dann wird es nicht mehr weiter schlimm sein.« »Bruder Leopold«, rief einer der Klosterbrüder und winkte mit einem kleinen Paket. »Ein Paket für Sie«, sagte der achtzigjährige Pater Tilbert und reichte Leo ein kleines schön verpacktes Paket mit seiner, von Altersflecken überzogenen, Hand. »Danke«, sagte Leo und konnte nicht vermeiden, dass Frederik Sophies Handschrift erkannte. Er riss ihm das Paket aus der Hand. »Was ist das?« »Sophie schreibt mir ab und an und schickt mir manchmal einige Dinge.« »Was für Dinge?« »Zahnpasta, Strümpfe, Schokolade.« Frederik sah seinen Bruder aufmerksam an. »Mach es auf«, sagte er dann, er gab ihm das Paket zurück und Leo begann seufzend die Paketschnur zu lösen. Er fand darin selbstgemachte Marmelade, Duschgel und ein neues Sportshirt. Ehe er die Karte lesen konnte, hatte ihm Frederik auch diese entrissen. »Warum schreibt sie, dass sie Stellas Grab im Friedwald für weitere fünf Jahre verlängert hat und die Gebühr dafür entrichtet hat?« Leo zuckte mit den Schultern. »Weil ich kein Geld habe und sie hat gesagt, dass sie es gerne tut.« »Warum bezahle ich es nicht?« »Keine Ahnung, es hat sich so ergeben. Hast du dich nie gewundert, wer es bezahlt?« Frederik schüttelte den Kopf und unterdrückte ein schlechtes Gewissen, weil er schon so lange nicht mehr an ihrem Grab gewesen war. »Was hast du heute Abend noch vor?«, erkundigte sich Leo, da Frederik in kürzester Zeit wieder zurückfahren wollte und er unbedingt das Gesprächsthema wechseln wollte. Sein dreitägiger Ausflug bei Leo neigte sich dem Ende zu. »Wir feiern heute Tristans Geburtstag.« »Gut, dann wirst du abgelenkt sein. Und wenn dir zu Hause die Decke auf den Kopf fällt, dann kommst du zu mir.« »Wann wirst du mich besuchen können?«, fragte Frederik. »Über Weihnachten bin ich zu Hause.« »Ich dachte das ist ausgeschlossen, dass die Gemeinschaft getrennt Weihnachten verbringt?« »Sie machen wegen uns eine Ausnahme.«

Sophie hatte sich mit ihrem Großvater in einem kleinen Café verabredet. »Ich habe aktuell nicht sehr viel Zeit zum Zeichnen und eben auch nicht so viel Platz. Das muss noch ein bisschen warten«, tröstete sie ihren Großvater, der soeben eine Bestellung für ein Bild von Sophie in Auftrag geben wollte. »Ja, aber das Atelier bei Frederik ist doch wunderschön, warum zeichnest du nicht dort?«, fragte Karl und als Sophie darauf keine Antwort gab, gab er geknickt zu: »Ich fühle mich wirklich schuldig, dass dieser Firmenverkauf so einen riesigen Streit ausgelöst hat.« »Nun ja, es war einfach überfällig, endlich mal erwachsen zu werden«, sagte Sophie. »Aber Herzchen. Erwachsen werden heißt aber auch nicht, dass man jemanden so kränken darf. Ich finde wirklich, dass es keinen zweiten auf der Welt gibt, der sich so um dich bemüht. Ich meine, er muss ja todtraurig gewesen sein, dass du seinen Heiratsantrag abgelehnt hast.« Sophie verschluckte sich an ihrem Tee und konnte erst nach einem Hustenanfall fragen: »Von was redest du?« »Von dem Heiratsantrag. Er hat mir an dem Abend den Ring gezeigt«, sagte Karl, dem nun so langsam dämmerte, das hier irgendwie irgendwer ein Kapitel überlesen hatte. Sophie musste immer noch husten und konnte die große Teetasse nur mit Mühe wieder auf dem Tisch abstellen, ohne etwas vom Inhalt zu verschütten. Sie starrte ihren Großvater ungläubig an. »Er wollte dich fragen. Hat er das denn nicht?« Sophie schüttelte den Kopf. »Ich bin gegangen ohne wirklich mit ihm zu reden.« Und jetzt war es Sophies Großvater, der sie fassungslos anstarrte. »Das muss ihm das Herz gebrochen haben, Sophie.«

Frederik betrat an einem kalten Tag im April die kleine Weinbar und umarmte Tristan zu seinem Geburtstag. Sein Geschenk brauchte er nicht mitzubringen, denn sein Geschenk war, den Abend zu bezahlen. Da Frederik erfuhr, dass Tristan wieder Single war, war es dieses Mal Frederik, der einen mit Liebeskummer geschwächten Tristan trösten musste. Seine erste Freundin, die nun seine erste Exfreundin geworden war, war zu ihrem Exmann zurückgekehrt und Tristan fühlte sich, trotz der langen Vorfreude auf diesen Abend, hundsmiserabel. »Ich hab gewusst, dass das nichts für mich ist. Das hat man dann vom solide, sesshaft, anständig sein«, sagte Tristan geknickt in sein Weinglas. »Das wird schon wieder«, sagte Frederik und konnte dabei ein kleines Lächeln nicht unterdrücken, als die Kellnerin an den Tisch kam und beim Öffnen der zweiten Flasche Wein absichtlich an Tristans Arm entlang strich. Tristan erwiderte nun Frederiks Lächeln. »Ja, wird schon wieder«, sagte Tristan dann.

Die Geburtstagsparty war, wie man eine Geburtstagsparty von Tristan eben erwarten würde. Sehr viele Leute. Sehr viel Alkohol. Und zwischendrin ein gut gelaunter tanzender Tristan, der Frederik ab und an glücklich umarmte und immer wieder wiederholte: »Ich liebe dich, mein bester Freund.«

Trotz des lustigen und kurzweiligen Abends, verließ Frederik traurig und ernüchtert, von der Last allein in das riesige Haus zurückkehren zu müssen, die kleine Weinbar. Er blieb auf dem Gehweg stehen und beobachtete die Menschen, die an ihm vorbeizogen oder in Grüppchen zusammen standen und lachten. Frederik erkannte Tatjana, unweit von ihm im Außenbereich einer Diskothek stehend, als sie sich mit einer Gruppe Frauen unterhielt. Sie bemerkte, dass sie beobachtet wurde und konnte nicht umhin zusammenzuzucken, als er sie ansah und sie ihn erkannte. Sich bei ihren Freundinnen entschuldigend, kam sie zu ihm gelaufen. »Hallo Frederik«, sagte sie, was sich in etwa so anhörte, wie eine ernst gemeinte Entschuldigung. »Hallo«, gab Frederik zurück. »Wie geht es dir denn?«, fragte Tatjana und streichelte ihn sanft am Arm. »Ich weiß es nicht«, sagte er unentschlossen und begann dann zum ersten Mal, seit der Szene am Bahnhof, in aller Öffentlichkeit zu weinen. Sie nahm ihn in eine feste Umarmung und sagte: »Ich bringe dich nach Hause, komm schon«, als sie ihn in Richtung der wartenden Taxis schob.

Am frühen Nachmittag parkte Tristans Wagen in der Einfahrt von Frederik und gegen die Fahrertür lehnend stand ein ungeduldig wartender Tristan, der mit einer Hand immer wieder die Hupe durch die herunter gelassene Fensterscheibe drückte und mit der anderen nun zum dritten Mal Frederik auf dessen Handy anrief, als sich endlich die Haustür öffnete. »Na endlich. Meine Mama freut sich schon so, dass du auch kommst«, sagte er und sah Tatjana an Frederiks Hand aus der Haustür kommen und riss vor Entsetzen die Augen weit auf. Als Frederik Tatjana einen Kuss gab, keuchte Tristan, er hatte irgendwie vergessen zu atmen. Mit heruntergeklappter Kinnlade, beobachtete er, wie Tatjana in einen der schwarzen Bentleys stieg und der Wagen davon fuhr. Als Frederik in Tristans Wagen stieg, wartete dort immer noch die heruntergeklappte Kinnlade mit einem Tristan daran. »Wir können«, sagte Frederik emotionslos und hoffte, dass Tristan auf jegliche Anspielungen oder Standpauken verzichten würde. »Ehm, ich bin mir jetzt nicht sicher, ob ich irgendwie gerade ausversehen den Verstand verloren habe. Aber gerade dachte ich, dass ich Tatjana gesehen hätte«, lachte er hysterisch auf. »Fahr bitte einfach«, sagte Frederik und als sich Tristan so gar keiner Bereitschaft sich zu bewegen zeigte, resignierte Frederik: »Ja, sie hat die Nacht hier verbracht. In meinem Bett. Mit mir. Multiple Orgasmen. Alles wunderbar.« Tristan schüttelte den Kopf, dann stieg er aus und ging um das Auto herum, um Frederik die Tür zu öffnen. »Was ist denn nun?«, fragte Frederik. »Ich fühle mich nicht gut, du musst fahren«, sagte Tristan, als Frederik noch die Augen verdrehte.

Und so kam was kommen musste, Frederik und Tristan trafen Sophie eines Nachts im Frühsommer in der Innenstadt, besser gesagt: in der Feiermeile der Innenstadt, als sie mit ihren Mitbewohnerinnen in einem Club tanzen war. Sie trug ein dunkelrotes kurzes Kleid und tanzte, immer wieder lachend, auf der Tanzfläche mit ihren neuen Freundinnen. Im Gegensatz zu Frederik, schien Sophie ihn nicht zu bemerken, denn er saß auf der Dachterrasse des Clubs und konnte auf die etwas weiter entfernt gelegene Tanzfläche durch das große Panorama Fenster sehen. Resigniert beobachtete er die Szenerie, als auch Tristan sich zu ihm gesellte. »Komm, wir gehen woanders hin«, schlug er vor, doch Frederik machte sich nicht mal die Mühe Tristan zuzuhören. Frederiks Aufmerksamkeit galt Sophie vollständig, als sie begann mit einem Mann zu tanzen. Sie waren sehr vertraut miteinander und berührten sich immer wieder gelegentlich. »Ich kenne ihn. Er ist einer der Junior Manager in der Bank«, sagte Tristan, woraufhin Frederik beschloss mehr zu trinken, denn er verfolgte ja gerade den Plan Sophie zu vergessen und Alkohol hatte doch das beeindruckende Talent Dinge vergessen zu lassen. Mit etwas Glück könnte man einfach vergessen, dass man jemand liebte.

Frederik durchstreifte den Club, wobei er bereits leicht schwankte, die fünf Whiskey in kurzer Zeit auf einige Gläser Champagner zeigten ihre Wirkung. Er hielt an der Bar, um ein Glas Wasser hinabzustürzen. Immer wieder kontrollierend, was Sophie tat. Tristan ließ seinen Blick abwechselnd zu Sophie und dann wieder zu Frederik schweifen, als wäre hier ein Tennismatch in vollem Gange, dessen Ausgang absolut nicht vorhersehbar war. »Lass uns gehen«, quengelte Tristan nun etwas vehementer als zuvor, als er sich zu ihm an die Bar gesellte. Doch auch jetzt hatte er wieder keine Chance seinen Freund zu erreichen, denn beide sahen, dass Sophie sich von ihren Freundinnen verabschiedete und Händchen haltend mit dem jungen Mann in Richtung Ausgang ging. Tristan verdrehte die Augen, als Frederik schon aufgesprungen war und eilend zum Aufzug lief, in den Sophie und der Unbekannte gerade verschwunden waren, beschloss dann aber doch seinem Freund zu folgen. Da sich die Aufzugtür geschlossen hatte, bevor er sie rechtzeitig erreichen konnte, entschloss sich Frederik die Treppe zu nehmen und rannte die Stufen waghalsig hinunter, Tristan ihm hinterher, um dann leicht keuchend vor der sich gerade öffnenden Aufzugtür zum Stehen zu kommen, die ein Bild eines flirtenden Pärchens frei gab. Sophie erkannte nun den wartenden potentiellen Fahrstuhlgast und ging an Frederik tonlos vorbei, immer noch an der Hand den Mann, den der Türsteher mit »Gute Nacht, Luca«, verabschiedete. Sophie gelang es, ihre Überraschung Frederik hier zu sehen, erfolgreich zu kaschieren. Luca öffnete die Rücksitztür eines Taxis, damit Sophie einsteigen konnte. »Wenn du jetzt da einsteigst«, schrie Frederik, als er beiden noch auf die offene Straße nachlief. »Dann verkaufe ich das gesamte Gut und komme nie wieder hierher zurück. Dann ist das

Kapitel mit allem was dazu gehört geschlossen!« Frederik schnaubte und Tristan überlegte noch, ob Luca Fähigkeiten einer asiatischen Kampfsportart besaß. Der Abend sollte nicht noch schlimmer enden, als der Abend eh schon im Begriff war zu enden. »Kann ich dir helfen?«, fragte Luca etwas gereizt in Frederiks Richtung. Und Tristan seufzte, ehe er sich neben seinem Freund positionierte, als wäre er eine Schachfigur, mit der soeben ein notwendiger, aber nicht unbedingt schöner Zug beendet worden war. »Er gehört zu mir und wir sind gleich weg. Wir wünschen euch viel Spaß«, sagte er zu Luca, wobei er Sophie einen eindeutigen Blick zuwarf. »Sag ihm, dass du vor einigen Monaten in meinem Bett gelegen hast«, zischte Frederik in Lucas Richtung, ohne den Blick von Sophie abzuwenden. Nun war Sophie doch gezwungen Frederik anzusehen. »War das so was wie eine Premiere und jetzt kannst du tun und lassen was du willst?« »So war es nicht«, sagte Sophie und ging einige Schritte auf Frederik zu, der wie ein gleichgepolter Magnet nach hinten auswich. »Für mich war es alles«, sagte er und Sophie sah Frederik nach, der traurig den Kopf sinken ließ und sich in die dunkler werdende Straße verabschiedete. Er drehte sich nochmals um und sagte dann: »Du warst nie da, um mich vor Fehlern zu bewahren. Du warst immer nur nicht da. Aber dir hat die Nacht mit uns noch gefehlt, um uns abzuhaken.« »Du kannst nicht wissen, ob mein erster One-Night-Stand ein Fehler ist. Steig doch auch ein, dann kannst du uns zusehen«, sagte Sophie in dem Versuch, kein neues Kapitel von Frederik in ihrem Leben aufzuschlagen, denn der Firmenverkauf hatte ihr gezeigt, wie mächtig er geworden war und sie hätte auch nichts Besseres sagen können, um Frederik mehr zu verletzen. »Gehen wir«, sagte Frederik nach einer kurzen Pause zu Tristan, als er sie nur fassungslos angestarrt hatte und ließ sich von Tristan fortziehen, denn ihm fehlte die Kraft seinen Füßen das Gehen zu befehlen. Tristan legte Frederik den Arm um die Schultern und sah, dass Frederik nur mit Kopfschütteln auf die Zigarette reagierte, die er mit der anderen Hand aus seiner Jackentasche zog. Er zündete daher nur eine Zigarette für sich an. »Wenn ich jetzt etwas wüsste, was ich sagen könnte, würde ich es tun«, sagte Tristan, während er den Rauch auspaffte. Sein Freund tat ihm leid, aber diese Geschichte mit den beiden musste doch auch mal ein Ende finden. Vielleicht ist es das was

Frederik brauchte, um mit ihr abschließen zu können. Frederik schnaubte immer noch und wusste nicht welche Emotion stärker war: Enttäuschung oder Wut. »Das wars. Ich bin mit allem einfach so fertig. Ich gehe weg, Tristan.« In ihr Gespräch vertieft, bemerkten beide gar nicht, wie die Szene am Taxi mit Sophie und Luca weiter ging.

»Na dann können wir aber jetzt«, sagte Luca, der die gute Laune wieder ausgepackt hatte und versuchte Sophie in Richtung des immer noch wartenden Taxis zu schieben. Von diesen ganzen Geschehnissen schlagartig sehr nüchtern, gelang Sophie nur ein Kopfschütteln. »Ich möchte nach Hause«, sagte sie und wandte sich zum Gehen, als Luca sich noch selbst Vorwürfe machte, diesen Abend auf das falsche Mädchen gesetzt zu haben und frustriert einen kleinen Stein am Gehweg mit seinem Fuß wegkickte. Sie lief einige Meter in die Richtung, in die Frederik und Tristan verschwunden waren. Hielt dann aber inne, weil sie nicht wusste, ob sie sie erreichen würde und sich so weiter von einer sicheren Möglichkeit nach Hause zu kommen entfernte. Sie machte kehrt und wollte sich ein Taxi nehmen, doch sie sah Luca, wie er weiterhin am selben Platz verweilend mit jemanden telefonierte. Sie seufzte und erschrak fürchterlich, als Tristan im Vorbeigehen: »Gute Nacht, Prinzessin«, sagte, wobei er das Wort Prinzessin aussprach, als wäre es eine giftige Substanz. »Tristan, warte mal.« »Also, ich bin heute wirklich der falsche Ansprechpartner für dich, Sophie. Bei all meinem Verständnis für One-Night-Stands«, gab er abwehrend zu. »Ich hole nur schnell mein Handy aus dem VIP-Bereich und dann sind wir weg. Lass dich nicht aufhalten, was auch immer du tun willst«, sagte Tristan und sah, dass nun Luca alleine in ein Taxi stieg und an ihnen vorbeifuhr. »Es tut mir leid«, begann Sophie ein Plädoyer. »Bei mir brauchst du dich nicht zu entschuldigen«, blaffte er sie an und ging dann eilenden Schrittes an ihr vorbei. Je schneller er Frederik nach Hause brachte, umso besser. Sophie sog die Luft ein und bemühte sich darum einen klaren Gedanken zu fassen. Sie beschloss Frederik zu suchen, den sie einige Gehminuten weiter am Straßenrand sitzend fand. »Frederik?«, fragte Sophie, als brauchte sie eine Erlaubnis am selben Straßeneck wie er zu stehen. Frederik hob langsam den Kopf, er wirkte einfach wahnsinnig müde. »Es tut mir leid. Ich war so gemein gerade«, sagte sie schließlich und nahm neben ihm am Straßenrand Platz. Er stand auf und wandte sich zum Gehen. »Wir haben nichts mehr miteinander zu reden«, sagte er und schaffte es aber dann doch nicht sie hier alleine im Dunkeln sitzen zu lassen und half ihr beim Aufstehen. »Ich versuche doch lediglich vorwärts zu kommen.« »Vorwärts mit dem?« Frederik japste nach Luft. »Ich kenn dich einfach nicht mehr«, sagte Frederik und Sophie fühlte sich einfach unendlich verloren und dumm. »Komm, wir teilen uns ein Taxi«, sagte er gegen all seinen männlichen Stolz und nahm ihre Hand »Was ist los mit dir?«, fragte Frederik und bevor Sophie beginnen konnte zu erzählen, hörte man nur wie Tristan ein: »Och Leute! Nö!«, stöhnte. »Wir gehen jetzt alle nach Hause«, sagte er und schob beide, mit der rechten Hand Frederik und mit der linken Hand Sophie, vor sich her, bis sie fast an den, in einer lange Schlange wartenden, Taxis angelangt waren. Er öffnete die Tür. »Einsteigen«, befahl er und sah dann zufrieden, dass beide brav seiner Aufforderung folgten. Irgendwie gelang es ihm sich schnell zwischen die beiden zu drängeln und so saß er dann etwas eingequetscht in der Mitte der Rücksitzbank. »Kann losgehen«, sagte er zur Fahrerin, als er eben noch die Adresse genannt hatte. Frederik und Sophie starrten beide in die dunkle Nacht und in den vorüberziehenden Straßenverkehr hinein. Nur ein Stück in d-moll aus dem Radio durchbrach die Stille. Und obwohl es der ungünstigste Platz für ein Geständnis war, sagte Sophie endlich diese Wahrheit: »In der Schweiz wurde bei mir eine Art von Unterleibskrebs diagnostiziert. Ganz am Anfang, also, einige Tage bevor Leo bei mir war. Als ihr beide bei mir wart, da war meine Diagnose einige Tage alt und ich hatte einen fest gelegten Therapieplan und einen OP-Termin«, begann Sophie. Frederik stammelte ohne auch nur einen klaren Satz fassen zu können: »Was…also wie…?«. Er nahm ihre Hand als sie weitersprach: »Ich wollte dir verzeihen, mein Wille dich nicht mehr in mein Leben zu lassen, wurde jeden Tag kleiner. Ich habe dich so unendlich vermisst und ich dachte irgendwie wird es gehen dir zu verzeihen, dann werde ich zurückkommen und alles wird sein wie früher. Aber dann kam die Diagnose und ich habe furchtbare Angst bekommen, dass ich zu dir zurückkomme und ich dann doch nicht gesund werde oder irgendwann wieder krank werde. Frederik, ich wollte dir nicht weh tun oder besser gesagt: ich wollte für dich einfach nicht dieser Mensch sein, der dir so einen Kummer mit nach Hause bringt. Nicht schon wieder jemand in deinem Leben, der in Gefahr war nicht bleiben zu können«, sagte sie schließlich. Frederik quetschte sich, an Tristan vorbei, an Sophies Seite, der leicht jammernd und unter einigen Verrenkungen an dem Platz, der soeben noch Frederiks war, landete. »Könntest du, also ja ok, ich sitze jetzt auch bequem«, sagte Tristan. »Wieso hast du nichts gesagt?«, fragte Frederik erbost, Tristan völlig ignorierend. »Weil du krank vor Sorge gewesen wärst und du musstest erstmal dein Studium schaffen und die ganze Verantwortung für das Gut und die Mitarbeiter. Mein Plan, dass du mich einfach irgendwie hassen und dein Leben ohne mich genießen wirst, schien am Naheliegendsten.« Frederik setzte diese Information zu all den Ereignissen der letzten Jahre und erhielt ein Gesamtbild, das zwar schockierend stimmig, aber auch sehr traurig war. »Ich wäre an deiner Seite gewesen, immer«, sagte Frederik. »Ich weiß und genau das wollte ich nicht. Du hattest so viel wichtigere Aufgaben zu erfüllen«, sagte sie schließlich und streichelte seine Hände. Die restliche Autofahrt ging relativ schweigsam vorüber, als müsste zunächst Stille die Situation klären, wie eine frische Brise einen neuen Tag. Frederik änderte kurzfristig das Ziel, das sie der Fahrerin genannt hatten und zwar nicht Sophies neue Adresse, sondern die des Gutes. »Ich bin stabil, es war seither nie wieder Etwas. Ich hab so dagegen angekämpft dich wieder in mein Leben zu lassen, doch als ich dich im Vorzimmer gesehen habe, ich konnte nicht mehr«, sagte sie schließlich. »Warum bist du nach unserer Nacht gegangen? Nein, anders gesagt: Warum bist du nicht geblieben?« »Ich denke, ich wollte uns beiden diesen Wunsch erfüllen. Aber als das mit dem Verkauf auf den Tisch kam, ist mir erst bewusst geworden, in was für einer Liga du spielst. Ich bin zu klein dafür, Frederik«, sagte sie und Frederik konnte die ganzen Gedanken, die er gleichzeitig dachte, gar nicht sortieren. »Siehst du, genau das wollte ich nicht«, sagte Sophie vorsichtig, als das Taxi schon die lange Kiesauffahrt zum Gut entlang fuhr. »Was?«, fragte Frederik. »Dass du mich mit so einem mitleidsvollen Blick ansiehst und mich noch mehr in Watte packst als sowieso schon«, sagte sie und wischte sich schnell eine fast unsichtbare Träne von der Wange. »Kommt Leute, Zeit für Cognac«, sagte Tristan und reichte der Taxifahrerin einen gefalteten Geldschein, ehe er die Tür öffnete.

Sophie stoppte vor der Tür. Was würde es bedeuten, erneut durch diese große und schwere Tür zu gehen. »Bitte, wir zwei für immer«, sagte Frederik. »Wir gehen jetzt beide durch diese Tür und das ist das Happy End. Dann ist unsere Geschichte aus«, sagte er. »Dazu muss ich noch was sagen. Also ich werde keine Kinder bekommen können.« Tristan ging an ihnen vorbei und warf ihnen ein: »Ich schenk schon mal was ein«, hin, als wäre ihm schon klar gewesen, dass die Sache mit den beiden, wie gewohnt, nicht zu einfach wäre. Frederik sah sie an. »Ich will nur dich. Jetzt und immer«, sagte er, als Tristan außer Hörweite war. »Ja, jetzt sagst du das«, entgegnete Sophie, doch Frederik schüttelte den Kopf: »Ich sterbe ohne dich, Sophie. Ich brauche dich. Nur dich.«

Bis tief in die Nacht hinein unterhielten sich die drei über alles, was irgendwie schon längst auf einen Tisch gehört hätte. Sophie erzählte von ihrer Krankheit und Tristan berichtete Sophie, wie einsam und verzweifelt Frederik gewesen war. Alles in allem bekam Sophie in Tristans Augen wieder ein Plus vor ihren Namen gesetzt, wo lange, lange Zeit ein großes dickes Minus gehangen hatte. Frederik erzählte Sophie, dass er nun ab und an Personenschutz brauchte, da es zu einem unangenehmen Vorfall gekommen war. »Wie hast du es geschafft so erfolgreich zu werden? Das ist wirklich, naja, eine andere Größenordnung jetzt«, sagte Sophie und schluckte. »Ich habe immer wieder deine Stimme gehört, als ich aufgeben wollte. Und irgendwie ging es dann einfach immer weiter. Ich habe immer gehofft, dass du zu mir zurückkommst und dann solltest du ein Zuhause haben und einfach stolz auf mich sein können«, versuchte Frederik eine Erklärung. Nach dem vielen Reden und einigen Gläsern Cognac war Tristan auf der Couch eingeschlafen und Sophie legte vorsichtig eine Decke über ihn. Frederik nahm sie an die Hand, leise flüsterte er: »Ich muss dir etwas zeigen.« Und führte sie in die Eingangshalle, auf dessen Kommode noch das kleine Etui stand. »Das Etui tage ich irgendwie ständig mit mir herum und frage mich immer wieder, wann du den Ring tragen wirst oder ob du ihn tragen wirst«, sagte er. Er hielt das kleine Etui noch spielend in der Hand, als suchte er eine gute Überleitung. »Es tut mir alles so unendlich leid«, sagte er. »Lass uns einfach schlafen gehen, es ist schon spät«, sagte sie und nahm ihn an der Hand. Frederik nickte, er war wirklich wahnsinnig müde und erschöpft von den ganzen verschiedenen Gefühlen an diesem Abend. »Fürs Erste kann ich deine Kette wieder tragen«, sagte Sophie und sah, dass Frederik doch noch ein Lächeln übers Gesicht huschte. »Das wäre ein guter Anfang«, sagte er und die beiden gingen die vielen Treppen zu Frederiks Zimmer hoch. Und als sie ganz in seinen Armen lag, dachte Frederik, dass er lange nicht mehr so entspannt und glücklich gewesen war.

Als Frederik erwachte, sah er eine schlafende Sophie und er war irgendwie unendlich dankbar, dass sie einfach neben ihm lag. So soll es immer sein, sagte er sich selbst. Die rotbraunen Strähnen, die ihr ins samtige Gesicht fielen. Die glitzernden grünen Augen. Ihre roséfarbenen glänzenden Lippen. Er zog sie näher zu sich und spürte ihr Herz an seinem. Er berührte ihren schmalen Nacken und ließ seine Hand langsam an ihrem Rücken entlanggleiten, wovon Sophie langsam aufwachte. Zwischen seinen unendlich schönen Küssen flüsterte sie immer wieder: »Ich liebe dich.« Zum ersten Mal sah Frederik die Narben auf Sophies Unterleib, die ihm in der ersten gemeinsamen Nacht gar nicht aufgefallen waren, und er strich mit einem Finger daran entlang. Er würde sie immer beschützen wollen, dachte er.

Sophie nahm eine lange Dusche und versuchte alle ihre Zweifel abzuwaschen. Als sie Frederik gefragt hatte, wie er das Gut gerettet und nun so erfolgreich war, hatte er ihr gesagt: »Du darfst keinen einzigen Tag zweifeln, sonst fällst du um.« Sophie hatte nur genickt und ihn weiter angesehen. »Hast du das bei uns auch so gemacht?« Frederik nickte. »Ich habe mir jeden Abend vor dem Einschlafen vorgestellt, dass ich dich küsse.« Sie beschloss endlich mal genügend Mut zu haben, um an Frederiks Seite zu bleiben. Und sie wollte einfach auch nicht mehr ohne ihn sein. Wenn sie beide alleine waren, war alles so harmonisch und stimmig und einzigartig, wie warme Sommernächte, in denen man so gerne lebt und sich unsterblich fühlt. Na dann, weg mit der Angst ihm nicht zu genügen, weg mit der Angst nicht ihr eigenes Leben leben zu können und weg mit der Angst, dass ein unerfüllter Kinderwunsch sie als Paar auffressen würde. All diese Gedanken legte sie für sich ad acta. Hallo Leben. Hallo Liebe. Hallo jetzt.

Meine Welt fühlt sich so gut an, seit du wieder der meiste Teil davon bist.

»Wo findet unser erstes Date statt?«, fragte Sophie neugierig, als sie zu Frederik in den Wagen stieg. »Das wirst du gleich sehen, aber zuerst…«, sagte er und holte aus dem Handschuhfach ein kleines Etui und reichte es ihr. Lächelnd nahm sie es entgegen. »Die Schmetterlingskette«, sagte Sophie, als sie das Etui geöffnet hatte. Sophie malte die Kontur des Schmetterlings mit einem Finger nach, es war lange her seit sie das Schmuckstück das letzte Mal gesehen hatte. »Ich hab mir erlaubt ein paar Brillanten zu ergänzen«, sagte Frederik, als er Sophie die Kette im Nacken schloss.

»Augen auf«, sagte er zu Sophie, als sie auf der großen Terrasse standen und einen Blick über den ganzen Gutspark hatten. Frederik hatte für Sophie einen kompletten Jahrmarkt aufbauen lassen. Es befand sich auf der Wiese ein Schießstand, ein Süßwarenwagen, ein Autoscooter, ein Kettenkarussell und ein Riesenrad. »Du weißt, dass du verrückt bist«, sagte sie schließlich, als sie die vielen bunten Lichter sah. »Das Personal hat auch Spaß, wir werden gar nicht auffallen«, sagte Frederik, obwohl alle zu ihnen, verschmitzt lächelnd, hochstarrten. Sophie nahm Frederiks Hand und ging langsam die Stufen auf die Wiese hinunter. »Mit was möchtest du anfangen?« Sophie überlegte. »Auto Scooter.«

Nach dem Jahrmarkt liefen eine glückliche Sophie und ein glücklicher Frederik mit einer Zuckerwatte zurück in Frederiks Schlafzimmer. Sophie lachte, als Frederik ihren früheren Lateinlehrer imitierte. »Hör auf, ich kann nicht mehr«, lachte sie und hielt sich den Bauch vor Lachen. Zur Ablenkung versuchte sie ihn mit Zuckerwatte zu füttern und Frederik nahm aus ihrer Hand klebrig süßes, hauchdünnes Nichts. Er küsste sie und in diesem Moment schien sich etwas zu verändern. Eine Stille lag in diesem Moment, als hätten Frederik und Sophie den Ausgang aus dieser Welt gefunden und die Uhren würden sich für die beiden nun nicht weiterdrehen. Dieses Mal war es anders, denn dieses Mal war erschreckend ehrlicher, jeder wusste wie echt die Gefühle des anderen waren und jeder wusste, wie zerbrechlich ein perfektes Glück war. Frederik war nervös, er empfand mehr dabei Sophie zu umarmen und zu küssen, als in den Nächten mit den Frauen, die er verführt hatte. Nur Sophie konnte auf seine Gefühle antworten. Er küsste ihre Haut an der Stelle, an der ihr Herz war und ließ seine Hände genießen, wie schön sich ihr Körper anfühlte. Ihre samtweiche Haut glitt unter seinen Händen sanft entlang, wie Wasser, das man zu berühren versuchte.

»Von wann ist das?«, fragte Frederik, als er eines ihrer Bilder aus einem der Umzugskartons zog, die allesamt in der Eingangshalle des Gutes gelandet waren und deren Inhalt nun in die verschiedenen Räume umziehen sollte. Sophie war mit Sack und Pack bei Frederik eingezogen. »Du warst letztes Jahr im Forbes Magazin«, sagte sie und steckte die Hände unschuldig in die Hosentaschen. »Ich habe einfach den Hintergrund geändert.« Frederik sah sie an. Wie war es möglich, dass sie sich beide immer geliebt und doch im Leben verloren hatten. »Sophie, wir sollten versuchen uns nicht mehr zu verlieren.« Sophie sah ihn aufmerksam an. »Wie meinst du das?« »Naja es liegt nicht an unserer Liebe füreinander, dass es nicht geklappt hat in der Vergangenheit, sondern an tausend anderen Gründen. Und diese ganzen anderen Dinge haben es trotzdem nicht geschafft unsere Liebe kaputt zu machen.« »Hab keine Angst, ich gehe nicht mehr weg«, sagte Sophie. »Es geht darum das Glück konstant an sich zu reißen«, sagte Frederik entschlossen. »Konstant was?« »Jeden Tag sollten wir unser Glück realisieren und festhalten«, sagte er und zog Sophie in eine feste Umarmung.

»Das war wirklich eine Überraschung, als du uns um ein Treffen gebeten hast. Schön dich zu sehen, komm doch herein Frederik«, sagte Anna und er begrüßte sie mit einem Kuss auf beide Wangen und reichte Anna einen aufwendig gebundenen Blumenstrauß. »Grüß dich Frederik«, sagte Johann, als Frederik das Wohnzimmer betrat und ging einige Schritte auf ihn zu, um ihm die Hand zum Gruß zu reichen. Als sie sich alle drei an den großen Tisch gesetzt hatten, sagte Frederik: »Ich weiß, dass es viel auf und auch sehr viel ab gab, bei Sophie und mir und wir erst seit kurzem wieder zueinander gefunden haben. Aber dieses Mal ist es einfach alles klarer«, Frederik schluckte. Sophies Eltern sahen ihn nur an. »Ich möchte sie dennoch um die Hand Ihrer

Tochter bitten, Frau und Herr Werfen. Und mich ganz aufrichtig für alles entschuldigen, was ich falsch gemacht habe.« Anna konnte ihre Überraschung nicht wie sonst hinter ihrer perfekt geschminkten Fassade verstecken, denn ihr klappte der Mund auf und auch Sophies Vater räusperte sich verlegen. Frederik fuhr unbeirrt fort. »Ich habe in der Vergangenheit nicht immer alles richtig gemacht. Sophie hat mir verziehen und ich möchte Sie um Verzeihung bitten, dass ich ihre Tochter nicht immer gut behandelt habe. Ich habe sie immer schon geliebt und ich kann nicht ohne sie leben, ohne mich zu verlieren«, schloss er und sah, dass Anna Tränen vor Rührung in den Augen standen und er konnte sich nicht erinnern, wann sie einmal ein Gefühl in der Öffentlichkeit gezeigt hatte. »Ich habe Sophie gesagt, dass ich sie heiraten möchte, um ihre Hand habe ich noch nicht angehalten, ich wollte das erst mit Ihnen beiden besprechen, also so klassisch eben und sie weiß auch nicht, dass ich hier bin. Ich möchte ihr den Ring meiner Mutter geben«, sagte er und schob das rote Etui über den Tisch. Anna warf ihrem Mann einen unsicheren Blick zu und öffnete dann das kleine Kästchen. Darin befand sich ein silberner Diamantring mit einem blauen Edelstein daran. An beiden Seiten des großen blauen Steins waren kleine Brillanten angebracht, die funkelten. »Er ist wunderschön, Frederik«, sagte Anna. »Leo ist damit einverstanden, dass Sophie ihn tragen wird«, sagte Frederik. »Ihr Einverständnis vorausgesetzt«, fuhr er fort und Johann und Anna tauschten einen Blick aus. Johann ergriff als Erster das Wort. »Sophie hat uns erzählt, dass du jetzt die Wahrheit kennst«, sagte er und Frederik nickte. »Ich verspreche, wir werden keine der Vorsorgeuntersuchungen verpassen, wir tun alles so, wie die Ärzte es sagen. Ehrlich gesagt möchte ich noch etwas andere Ärzte zu Rate ziehen. Aber das ist ein anderes Thema«, nun war es Johann, der nickte. »Wenn es Sophies Wunsch ist, dann geben wir euch unseren Segen.«

Durch die große Eingangstür des Gutes kam ein erleichterter und glücklicher Frederik. Sophie würde gleich nach Hause kommen und er hatte nicht mehr viel Zeit den Heiratsantrag vorzubereiten. »Martha, ist alles startklar?«, fragte er und sie lächelte zufrieden. »Ja. Der Ballsaal ist vorbereitet und Sophies Kleid ist auch bereit.«

»Perfekt«, sagte er, schloss Martha vor lauter Freude in eine feste Umarmung und machte sich dann auf den Weg, um sich umzuziehen.

»Warum muss ich denn ausgerechnet ein gelbes Abendkleid anziehen?«, fragte Sophie, als Frederik die Tür zum Badezimmer zugemacht
und sie aufgefordert hatte sich umzuziehen »So fertig«, sagte sie und
stand nun mit einem bodenlangen hellgelben Kleid vor ihm. »Wunderschön. Gehen wir«, sagte er und nahm ihre Hand, um sie aus dem
Zimmer zu ziehen. »Warum sind wir denn so in Eile?«, fragte Sophie,
als Frederik Sophie die Stufen ins Erdgeschoss eilig hinunterzog und
mit ihr durch die Eingangstür in die Einfahrt trat. »Weil du solange
gebraucht hast dieses Kleid anzuziehen.« »Entschuldigung, weißt du
eigentlich wie…«, wollte sie beginnen und sah dann Thomas mit einer
weißen Pferdekutsche vorfahren. »Was ist das?«, fragte sie schließlich.
»Puh, dir eine Überraschung zu bereiten, ist echt schwer«, sagte er und
half Sophie dann die beiden Stufen hoch in die Kutsche hinein, ehe er
dann auch in die Kutsche sprang. »Losfahren bitte«, sagte er zu
Thomas, der fröhlich grinsend die Pferde zum Losfahren dirigierte.
»Sag mal, wollten wir nicht Abendessen?«, fragte Sophie und nahm
dann seine Hand, als sie den schönen Himmel bestaunte, der gerade
ein Abendrot zeichnete. »Machen wir auch noch, aber erst etwas später.« Thomas fuhr mit der Kutsche langsam an den vielen Lieblings-
plätzen der beiden vorbei und Sophie kuschelte sich ein wenig fester
an Frederik, der einfach glücklich ihre Hand hielt. »So, da sind wir
schon«, sagte Thomas kurze Zeit später und Sophie konnte weder einen gedeckten Tisch noch einen Picknickkorb entdecken, als sie sich
versuchte zu orientierten. »Bitte aussteigen«, sagte Frederik und hob
Sophie aus der Kutsche. »Bis gleich«, rief Thomas und machte sich
dann mit den Pferden auf den Weg Richtung Gut zurück. Sophie biss
sich auf die Lippen, weil sie seine Überraschung nicht weiter torpedie-
ren wollte. »So hier sind wir«, sagte Frederik und zog Sophie einige
Schritte weiter zu dem großen Eichenbaum, an dem deutlich das Herz
zu sehen war, das Frederik im zarten Alter von sieben Jahren hier eingeritzt hatte. Sophie fuhr langsam die Kontur des Herzes nach. »Deswegen trage ich ein gelbes Kleid?« Frederik nickte und kniete sich
dann vor Sophie hin. »Sophie Karolina Werfen, heute frage ich dich,
ob du meine Frau werden möchtest. Ich möchte dich lieben, achten

und ehren. Dir jeden Tag mein Herz und meine Liebe schenken.« Sophie strahlte über das ganze Gesicht. »Ja und ja und ja und ja!«, sagte sie und fiel ihm um den Hals. Frederik nahm Katharinas Diamantring aus dem Etui, das er oft tage- und nächtelang mit sich herumgetragen hatte und steckte den Ring an Sophies linke Hand, als sie beide noch voreinander knieten. Als der Ring an Sophies Hand funkelte, küsste er ihre Hand lange. »Puh, sonst wäre es jetzt ziemlich peinlich geworden«, sagte er lächelnd. »Was meinst du?« »Im Ballsaal warten alle.«

Alle applaudierten, als Frederik mit Sophie an der Hand den Ballsaal betrat, wobei er Sophies linken Arm ganz hoch hielt, um allen zu zeigen, dass sie tatsächlich *Ja* gesagt hatte. Sophie und er wurden von allen umarmt und zwischen den Gratulanten, die Sophie und Frederik bisweilen etwas trennten, zwinkerte er ihr immer wieder zu. Sophie arbeitete sich durch alle Gäste und kam endlich vor Leo zu Stehen. »Du bist auch hier?«, fragte Sophie und nahm ihn in eine herzliche Umarmung. »Das lasse ich mir doch nicht entgehen«, sagte er und betrachtete den Ring seiner Mutter an Sophies Hand. »Du bist endlich angekommen, was?«, neckte er sie.

Die Verlobung des jungen Grafen mit seiner Jugendliebe füllte ausnahmslos alle Titelblätter der Klatschzeitschriften und Zeitungen der gesamten Gegend. Den ersten offiziellen Termin, den beide als Paar und Sophie als künftige Gräfin, zu absolvieren hatten, war ein Reitturnier, an welchem auch Springer aus dem Kader des Gutes teilnahmen. Sophie hatte zu diesem Anlass ein roséfarbenes knöchellanges Kleid mit einem Hut, der Ton in Ton mit ihrem Kleid harmonierte, gewählt. Sie ging vorsichtig an Frederiks Seite und begrüßte galant Frederiks Geschäftspartner und Geschäftspartnerinnen samt Ehegatten. Sie hatte sich vorher von Frederik die Namen, samt den dazugehörigen Konstellationen erklären lassen. Frederik ließ, während des gesamten sonnigen Nachmittags, Sophies Hand nicht los. Und als sie beide endlich wieder etwas Zeit hatten, durchzuatmen und ungestört das Turnier auf der Tribüne verfolgen konnten, war es Frederik so, als hätte sich für alles eine Lösung gefunden. Endlich, war er in einer ehrlichen und aufrichtigen Beziehung und dazu noch mit seiner großen Liebe und dieses Mal bedeutete das, dass es eine Zukunft für die beiden gab.

Ich möchte dich einmal noch als mein Mädchen küssen, morgen bist du meine Frau.

»Ist alles in Ordnung vor morgen?«, fragte Frederik und Sophie lächelte, trotz der großen Anzahl an Personen, die diesem Fest beiwohnen würden, war sie einfach nur entspannt und glücklich. Sophie lag in Frederiks Armen und streichelte sanft sein Kinn. »Ja, ich fühle mich gut. Du?« »Aufgeregt.« Sophie nickte und umarmte Frederik, nachdem sie ihm einen Kuss gegeben hatte, der wohl bedeuten sollte, dass alles einfach gut werden würde. Er hielt ihre Hand noch fest und spielte mit ihrem Verlobungsring. »Deine Eltern sind in unseren Herzen morgen mit dabei«, sagte Sophie, da sie erahnen konnte, an wen Frederik soeben dachte. »Ich war heute am Grab meiner Eltern.« »Warum hast du denn nichts gesagt? Ich hätte dich begleitet.« Frederik schüttelte den Kopf. »Ich habe heute meinem Vater vergeben. Ich möchte mit ihm versöhnt sein, wenn ich, naja ein Ehemann bin. Ich hab ihm viele Dinge gesagt, die ich vorher nicht hatte sagen können.« »Was hast du ihm gesagt?« »Dass ich verstehen kann, dass er nicht in einer Welt leben wollte, in der Mama nicht ist. Dass es Momente in meinem Leben gab, in denen ich mir den Tod mehr, als das Leben gewünscht habe. Und dass ich gelernt habe, dass ich stärker bin, als Schmerz und Verzweiflung und ich ihm gewünscht hätte, dass er auch zu diesem Punkt kommt. Und zum Schluss noch, dass ich hoffe, dass er bei Mama ist und er glücklich ist.« Sophie atmete tief ein. »Das ist wunderschön, Frederik.«

Der sehr warme Hochzeitstag im August zog an Frederik und Sophie vorbei wie ein leichter, schwereloser Traum und begann nur kurz richtig real zu werden, als Sophie in einem weißen glitzerndem Hochzeitskleid mit ihrem Vater durch den großen Garten schritt und dabei nur Frederik ansah. Frederik lächelte, als er die funkelnde Schmetterlingskette sah, die ihr Dekolleté schmückte. Er küsste sie sanft an der Schläfe, als Sophies Vater Sophies Hand in Frederiks Hand legte. Leo stand als Frederiks Trauzeuge an seiner Seite und zwinkerte Sophie kurz zu, als Frederik Sophies Schleier langsam hochhob.

Cäcilia schob sich vorbei an zahlreichen Tischen mit aufwendig geschmückter Blumendekoration, die den Gutspark zierten. »Kann ich dich kurz sprechen?«, fragte Cäcilia Leo, der sich mit Jonathan und Chrissy unterhielt, die immer noch ein Paar waren, in einem Stadthaus wohnten und Chrissy als Arzthelferin in Jonathans Arztpraxis arbeitete. »Ja, gerne. Entschuldigt mich«, sagte Leo und folgte dann Cäcilia einige Schritte weg von der Gesellschaft. Cäcilia sah Leo unsicher an und überlegte, wie sie ihr Anliegen am besten vortragen sollte. »Möchtest du etwas sagen oder soll ich meinen telepathischen Sender einschalten?«, fragte Leo lächelnd. »Bitte sprich doch du mit meinen Eltern, dass ich ins Kloster gehen kann«, brachte Cäcilia ziemlich direkt hervor. Leo überlegte. »Dir gefällt es bei den Klarissen?« Cäcilia nickte. »Du solltest erst eine Ausbildung machen.« »Ich kann doch trotzdem schon im Kloster wohnen, sie betreuen dort auch Studenten«, protestierte Cäcilia. »Was studierst du nochmal genau?« »Lehramt für Latein und Musik.« Leo nickte. »Nun gut. Ich werde versuchen den Deal auszuhandeln, dass du während deines Studiums im Wohnheim der Schwestern wohnen kannst. Dann kannst du an den Gebetszeiten der teilnehmen und weiter prüfen, ob es für dich das Richtige ist.« Cäcilia lächelte zufrieden. »Du wirst erst deinen Abschluss machen«, wiederholte Leo das, worauf sie sich geeinigt hatten und Cäcilia nickte lächelnd.

Etwas unschlüssig, wie er Anna und Johann ein Einverständnis zu diesem Plan entlocken sollte, ging Leo an die Bar, an der Frederik mit Max, Vincent und Tristan stand. »Wann ist denn nun euer großes Fest?«, fragte Leo und klopfte Max auf die Schultern. »In sieben Monaten.« »Dann feiert ihr ja bald nur noch Feste«, gab ihm Leo zur Antwort. »Ja, sieht ganz so aus«, mischte sich nun Vincent ein und lächelte Viktoria an, woraufhin alle die beiden musterten. »Ich bin schwanger«, sagte Viktoria dann schließlich, um allen eine Erklärung für diese Andeutung zu geben. »Ich hoffe, das Kind ist nicht von mir«, sagte Tristan und entschuldigte kurze Zeit später diesen Satz damit, dass es sich um einen instinktiven Reflex gehandelt hatte, als ihn alle etwas irritiert ansahen. Und um dem folgenden Gelächter zu entgehen, sagte er schnell: »So, ich tanze jetzt mit der Braut. Macht den Weg frei!« Frederik lachte immer noch kopfschüttelnd, als Tristan Sophie vom Tisch ihres

Großvaters zur Tanzfläche führte. Er beobachte wie Tristan Sophie schnell drehte und sie mit einem seiner Sprüche herzhaft zum Lachen brachte. »Willst du sehen, wie schnell dein Mann eifersüchtig wird?«, fragte Tristan verschmitzt. »Ach Tristan«, lachte Sophie. »Warts ab«, sagte Tristan und schob seine rechte Hand an Sophies Rückenausschnitt sehr langsam soweit hinunter, dass er fast an ihrem Po landete, während er Frederik provokativ anlächelte. Frederik musste sich räuspern, um ein Gefühl zu unterdrücken, seinen Freund von seiner Frau wegzuziehen. Er schluckte und sah Tristan dann eindeutig böse an, worauf dieser nur lächelte, seine Hand auf seinen ursprünglichen Platz zurückschob und Sophie ein weiteres Mal schnell drehte.

»Nicht witzig!«, sagte Frederik, als Tristan Sophie wieder in Frederiks Arme zurückbrachte. »Also deine Frau und ich hatten sehr viel Spaß«, sagte Tristan strahlend und wurde von Frederik dafür stark in die Seite geboxt. Sophie schmiegte sich an Frederik und daher war er schnell wieder versöhnlich, als er ihre Küsse genoss. Ihre Berührungen entfachten in ihm ein Feuer, sodass es ihm vorkam, als würde das Blut in seinen Adern wie ein Wasserfall frisch und kräftig durch seinen Körper schießen. Tristan beobachtete Frederik. Er hatte seinen Freund noch nie so glücklich erlebt, wie in den vergangenen Wochen. Auch wenn er die Zuneigung der beiden nicht verstehen konnte, spürte er doch, dass es von Grund auf ehrlich war.

»Ich finde wir haben genug gefeiert«, flüsterte Frederik in Sophies Ohr, als alle umstehenden Personen in ein Gespräch verwickelt waren. Sie nickte und ging dann mit ihm langsam und möglichst unauffällig durch den Garten zum Personaleingang des Gutes. Tristan, der die beiden gedankenverloren beobachtet hatte, sah nun Sophies weißes Kleid in der Dunkelheit verschwinden. Er lachte und hielt dann sein Whiskey Glas hoch. »Auf euch, ihr zwei glücklichen Romantiker!«, rief er und leerte es in einem Satz. Dann ließ er seinen Blick durch die Menge schweifen und suchte eine Frau, die ihm gefiel. In keinem Fall wollte er die Nacht alleine verbringen.

»Pst…leise bis wir im Haus sind«, sagte Sophie, weil Frederik nun schon zum fünften Mal wiederholte, wie sehr er sie liebte. Sie gelangten kichernd an den Seiteneingang und Frederik nahm seine Schlüssel, um die Tür aufzusperren zu können. »Halt«, sagte er, ehe Sophie durch die Tür gehen wollte. »Ich muss dich über die Schwelle tragen«, sagte er und Sophie lachte »Über die Schwelle des Personaleingangs?« »Doch, gerade über den!«, sagte er und nahm sie in einem Ruck hoch. Er trug sie den ganzen Weg zum Schlafzimmer und Sophie fand das Zimmer, das er vor einiger Zeit neu für die beiden einrichten hatte lassen, voller Blumen und Kerzen. »Du bist einfach wundervoll«, sagte Sophie »Wer hat dir geholfen?«. Sie küsste ihn und sah sich dann wieder glücklich in dem Zimmer um. »Ich hatte etwas Hilfe von Martha«, gab er zu und sah wie Sophie an den roten Rosen roch. »Wie viele sind das?«, sagte sie und versuchte zu schätzen »Tausend Stück.«

Frederik drapierte Croissants und Marmelade neben Kaffee und Obst, als Tristan zur Küchentür hereinmarschierte. »Ich wollte nur deinen Gesichtsausdruck sehen!«, sagte Tristan und sah ihn prüfend an. Frederik konnte nicht umhin zu grinsen. »Gefällt mir, was ich sehe! Es gab also eine Hochzeitsnacht«, fasste Tristan die Geschehnisse von gestern Nacht zusammen. »Ja und was für eine«, sagte Frederik. »Mich hat es ja gewundert, dass du solange ausgehalten hast, Sophie sah umwerfend aus«, sagte Tristan und nahm sich eine Weintraube von Frederiks Tablett. Er war noch verkatert und dazu auch noch sehr müde, Michelle hatte ihn die ganze Nacht wach gehalten. Er gähnte. »Eigentlich müsste ich mir auch Sophies Gesicht ansehen, damit ich weiß, ob du dir gestern Mühe gegeben hast«, scherzte er und stupste Frederik in den Bauch. »Du bist ein Spinner«, sagte Frederik. »Ja, hat er«, sagte Sophie und tauchte in der Küchentür auf. Tristan blieb der Mund offen stehen, als er sie barfuß in ihrem fast durchsichtigen Morgenmantel sah, unter dem sie wenig bis nichts trug. Frederik nahm das Tablett, küsste seine Frau und rief Tristan ein: »Wir haben nun eine wichtige Unternehmung vor, nämlich nacktes Schwimmvergnügen«, zu. »Wichtiger als die ersten Hochzeitsfotos?«, provozierte Tristan und wedelte mit einem braunen Kuvert. Sophie stoppte kurz und sah Frederik an, der nur seufzte. Sophie rannte zu Tristan, schnappte sich das Kuvert und gab ihm einen Kuss auf die Wange. »Den Rest schicke ich euch ins Hotel in eure Flitterwochen«, sagte Tristan, nahm sich dann noch ein Croissant und verließ das Anwesen Sonnersleben.

»Hast du ein Glück gehabt, dass dir die Fotos nicht wichtiger waren«, sagte Frederik, als er vor ihr auftauchte und Sophie zu sich her-
zog. Sie lächelte. »Nichts ist mir wichtiger, als du es bist.« Frederik
spürte ihre nackte weiche Haut, die vom Wasser umspielt wurde. »Sag
mir bitte, dass unsere Ehe immer so ist«, lachte sie und küsste ihn sanft
an der Schläfe.

Vergangenheit sticht Gegenwart. Vergangenheit bringt kein Glück.

An einem lauwarmen Spätsommertag vermochte Frederik sich nicht auf die Arbeit zu konzentrieren, er war viel zu glücklich dazu. Er gab bei seinen Sekretärinnen Bescheid, dass er sich den Nachmittag freinehmen würde und verließ das Gut in bester Laune, um sich mit Sophie in der Innenstadt zu treffen, die noch an der Kunsthochschule zu tun hatte und dann versprochen hatte mit ihm Essen zu gehen. Er öffnete die Haustür und hätte fast Tatjana überrannt, die unsicher wartend, davor stand. »Tatjana, um Himmels willen! Was machst du hier?«, fragte Frederik aufgebracht und in Gedanken der Vorsehung dankend, dass Sophie nicht zu Hause war. »Hallo Frederik«, brachte sie vorsichtig hervor. »Ich muss mit dir reden und ich gratuliere euch zur Hochzeit. Es war ja nicht schwer zu erraten, dass sie deine Herzensdame ist.« Frederik nickte, Tatjana noch immer skeptisch und fragend musternd. »Du fragst dich sicher warum ich hier bin« »Mmh.« »Also ich habe jemanden kennengelernt, den ich sehr faszinierend finde und er mich und wir sind auch wirklich sehr glücklich miteinander.« Tatjana bemühte sich um Fassung. »Ja, das ist schön. Und du kommst, um mir das zu sagen?« Tatjana schüttelte den Kopf. »Nicht nur. Ich, also ich bin schwanger, Frederik.« Frederik entgleisten alle aktivierten Gesichtszüge und er sah sich erschrocken um, ob jemand des Personals in Hörweite war. »Ehm, was?«, Frederik versuchte seine Gedanken zu sortieren. »Ja, ich, es tut mir leid. Ich wollte es dir nicht sagen, ihr seid frisch verheiratet, aber ich weiß nicht, was ich denken soll«, sagte Tatjana und Frederik spulte in seinem Kopf bereits die Geschehnisse durch, die ihm nun bevorstanden. »Also die gute Nachricht ist, dass du nur zu fünfzig Prozent als Vater in Frage kommst«, sagte sie vorsichtig. Frederik sah sich weiter um, wenn Sophie herausfinden würde, dass Tatjana hier war, hätte er schon Ärger genug. Hereinbeten war irgendwie noch schwieriger und hier draußen so ein intimes Gespräch führen, fühlte sich auch nicht richtig an. »Tatjana, wir können das nicht hier besprechen. Wir treffen uns in Tristans Kanzlei. So in, also gleich.« Tatjana nickte und ehe die beiden Autos aneinander vorbeifuhren, tauschten beide Fahrer noch einen Blick aus. »Hey Riks«, sagte Tristan gut gelaunt, als seine Anwaltsgehilfin Frederiks Anruf zu ihm in sein Büro durchgestellt hatte. »Hallo Tristan. Ich bräuchte bitte dein Besprechungszimmer, jetzt sofort.« »Ja klar, kein Problem«, sagte Tristan und wusste noch nicht, welche großen Augen er gleich machen würde. Seine freudige Begrüßung für Frederik erstickte im Keim, als er Tatjana unweit von Frederik hereinkommen sah und sie Frederik mit in das große Besprechungszimmer nahm. Frederik zuckte entschuldigend mit den Schultern, was Tristan als ein: »Erkläre ich dir später«, deutete und wehrlos in sein Arbeitszimmer zurückwanderte, in dem er sich nur schwer auf seine Arbeit konzentrieren konnte und immer wieder neugierig aus der Tür lugte, wann die Tür des Besprechungszimmers wieder aufgehen würde. »Ok nun«, sagte Frederik. »Also nachdem du mit mir Schluss gemacht hast, habe ich Philippe kennen gelernt, an einer Bar, eigentlich völlig bedeutungslos. Ich war unendlich traurig und er war einfach da und mit uns passt das.« Frederik nickte. »Ich kann einfach nicht genau sagen, von wem ich schwanger bin«, sagte Tatjana und Frederik erkannte in ihr die, in etwa, gleiche Verzweiflung, die er gerade spürte. »Oh man, einmal im Leben hab ich richtig, richtig Glück. Also nicht so wie mit dir, es war ja klar, dass ich gegen deine große Liebe keinerlei Chance habe.« Frederik rieb sich die Schläfen. »Ich wünsche mir, dass es von Philippe ist. Er ist so unglaublich, seit er weiß, dass ich schwanger bin. Also noch unglaublicher als vorher.« »Moment mal. Er denkt, dass es sein Kind ist?« Frederik musterte Tatjana aufmerksam. »Was genau hätte ich sagen sollen?«, fragte Tatjana. »Wir behalten das beide für uns und machen einen Vaterschaftstest, wenn das Kind auf der Welt ist und hoffentlich ist dann einfach alles gut«, sagte Tatjana. »Ich wollte einfach nur verhindern, dass du mich mit einem riesigen Babybauch siehst und dir einen Reim drauf machst und mich irgendwie vor Philippe in eine ungünstige Situation bringst. Bitte, Frederik.« Frederik musste sich konzentrieren genügend Sauerstoff zu erhaschen. Bei der Vorstellung Sophie erzählen zu müssen, dass er ein Kind mit Tatjana gezeugt hatte, drehte sich sein Magen um. Er würde sie wieder verlieren. »Sophie möchte es doch auch nicht erfahren, oder?», fragte Tatjana vorsichtig. «Willst du mich erpressen?«, fragte Frederik »Ich möchte, dass wir uns auf einen Deal einigen«, erwiderte sie, als ihre Augen nur so blitzten.

Tristan und Frederik standen wortlos nebeneinander, als sie eine Zigarette auf der Dachterrasse der Kanzlei rauchten und die vorbeiziehenden Szenarien beobachteten, die die Stadt ihn so hoch oben preisgab. »Ich glaube das alles nicht«, sagte Tristan, als er versuchte sich von den neuesten Informationen zu erholen. »Ich auch nicht. In ungefähr fünf Monaten müssen wir es nicht mehr glauben, dann wissen wir es«, sagte Frederik. »Ich habe keine Ahnung, wie ich das Sophie so lange verheimlichen soll.« Tristan nickte. »Wenn das wirklich dein Kind ist, gehört diesem Kind die Hälfte des gesamten Gutes, des gesamten Besitzes und rate mal wer das verwalten wird, bis das Kind volljährig ist.«

»Sollen wir nicht doch lieber nach Hause gehen? Du isst ja gar nichts«, sagte Sophie besorgt und hob damit Frederik aus seinen Gedanken, der nur wortlos in seinen Spaghetti umherstocherte. »Ich weiß auch nicht. Ich bin müde«, sagte er. »Tut mir leid, dass ich heute nicht der beste Begleiter bin«, gab er zu und rieb sich die Schläfe. Er hatte wahnsinnige Kopfschmerzen. Zu Hause angekommen, konnte er Sophies Annäherungsversuch mit der erneuten Ausrede Müdigkeit abwehren, wobei er die ganze Nacht lang wach lag. Am nächsten Morgen sah er wirklich schlecht aus und hatte somit dieses Mal ein ehrliches Alibi, als er wieder ein schlechter Tischnachbar war. Dieses Mal beim Frühstück. Er quälte sich an den Schreibtisch und versuchte einige Telefonate zu führen, die ihm seine Kopfschmerzen noch verschlechterten. Es klopfte vorsichtig an der Tür. »Darf ich kurz stören?«, fragte Sophie. »Ich bringe Tee und eine Kopfschmerztablette. Soll ich für dich einen Termin beim Masseur machen? Er kann bestimmt heute noch vorbeischauen.« Dieses Problem ließ sich absolut nicht mit einem Telefonanruf lösen, dachte er. Er wusste nicht was schlimmer war: Sophie kontinuierlich anzulügen oder ihr die Wahrheit zu sagen. Die Kopfschmerztablette machte ihn müde und er legte sich samt Anzug und Jackett ins Bett, um dort fast den ganzen Tag und die Nacht bis vier Uhr dreißig zu schlafen. Als er den Sonnenaufgang beobachtete, wählte er Tristans Nummer. »Du musst diese fünf Monate einen kühlen Kopf bewahren. Es wird rein gar nichts passieren, denn wir gehen davon aus, dass du nicht der Vater bist und sich das Problem in Luft auflöst. Du wirst sie nicht mal anlügen müssen. Du verrätst ihr bloß ein kleines Detail nicht, aus dem ein Problem werden könnte, was ja kein Problem ist, wie soeben erklärt.« »Erklär mir nochmal wie viel ich dir für deine Anwaltskünste zahle, weil dieses Plädoyer macht keinen Sinn.« »Riks, du brauchst kein schlechtes Gewissen haben, denn du lügst sie nicht an. Das ist doch hervorragend.« Frederik nickte unsicher und verbrachte einige Stunden an seinem Schreibtisch, um den versäumten Arbeitstag aufzuarbeiten. Kurz vor acht Uhr kam er mit einem üppigen Frühstückstablett ins Schlafzimmer und kuschelte sich an eine langsam aufwachende Sophie. »Guten Morgen«, sagte sie verschlafen und zog ihn weiter zu sich. »Guten Morgen«, sagte er und gab ihr ein Kuss auf ihr Haar. Tristan hatte Recht, es würde erstmal keine Probleme geben. Er müsste unbemerkt einen Vaterschaftstest absolvieren und würde somit das Problem aus der Welt schaffen.

Einige Zeit blieb er in dieser zuversichtlichen Stimmung, bis Sophie ihm nach ihrem Arbeitstag in der Galerie erzählte, dass sie in der Stadt eine schwangere Tatjana gesehen hatte. Frederik blinzelte, denn die stechenden Kopfschmerzen waren mit einem Schlag zurück. Sophie sah Frederik erwartungsvoll an, sie wartete auf seine Reaktion. Je mehr Zeit bis zu deiner Antwort verstreicht, desto verdächtiger machst du dich, sagte er sich selbst und sah sie dann einfach weiter lächelnd an. Überleg dir was, hörte er sich selbst in Gedanken sagen. »Frederik? Hast du zugehört?« »Ja, hab ich.« »Und?« »Naja, gut für sie oder?«, fragte er und mimte den absolut desinteressiertesten Menschen auf diesem Planeten zu dieser Information. Sophie sah ihn etwas musternd an, irgendwie hatte sie eine andere Reaktion erwartet, doch als ihr klingelndes Telefon sie zwang das kurze Gespräch zu beenden, gab sie ihm einem Kuss und sagte leise noch: »Ich komme früh nach Hause, ich schaue nur kurz zu meinen Eltern.« Frederik nickte und als sie das Zimmer verlassen hatte, sank sein Kopf auf den Tisch und er atmete lange aus. Das konnte alles nur schief gehen.

In den kommenden Monaten unternahm Frederik mit Sophie ziemlich viele spontane Urlaube und Städtetrips, da er einfach versuchte vor diesem nahenden Problem davonzulaufen. Besonders brenzlich wurde es, als Tatjana ihn über Tristan ausrichten ließ, dass die Geburt kurz bevorstand und er sich für den Vaterschaftstest bereithalten sollte. »Wie soll ich denn bitte unbemerkt in das Krankenhaus gehen? Oh man, ich dreh noch durch«, sagte Frederik als er mit Tristan in der Squashhalle die schlechteste Partie seines Lebens gespielt hatte. »So macht es keinen Spaß gegen dich zu gewinnen«, jammerte Tristan und sah seinen Freund dann dennoch mitleidig an. »Sophie möchte ein Kind. Also zumindest möchte sie sich nochmal richtig untersuchen lassen«, erzählte Frederik und Tristan konnte nicht umhin als den Kopf zu schütteln. »Denkbar schlechter Zeitpunkt.« »Oh ja! Wir wären fast ins Streiten gekommen, weil ich eigentlich nichts geantwortet habe und sie das irgendwie persönlich genommen hat.«

»Komm, wir gehen noch was trinken«, schlug Tristan vor, als Frederik schon zu seinem Wagen laufen wollte. »Ich bin müde, ich hab ziemlich wirres Zeug geträumt letzte Nacht und kaum geschlafen«, entgegnete Frederik, doch Tristan zog ihn mit in die kleine Weinbar unweit des großen Sportareals. Kaum hatten die beiden ein volles Glas Rotwein vor sich stehen, kam eine Nachricht für Tristan, ehe er den Satz: »Vielleicht solltest du etwas essen«, beenden konnte. Tristan sah Frederik an. »Sie hat einen Sohn bekommen.«

Die Tage, die vergehen sollten, um das Ergebnis des Vaterschaftstest zu bekommen, zogen sich wie Kaugummi und Frederik war ungewohnt schlecht gelaunt, was Sophie immer noch auf die Unstimmigkeiten bei dem Gespräch über den Kinderwunsch bezog. Im Hause von Sonnersleben herrschte betrübte Stimmung, die bei beiden Parteien schlichtweg unterschiedliche Gründe hatte. Frederik hatte schriftlich zu diesem Vaterschaftstest zustimmen müssen und so gab es einen amtlichen Beweis, der bei einer Aufdeckung erhebliche Probleme in seiner jungen Ehe verursachen würde. Der Tag der Wahrheit stellte vor allem organisatorische Probleme dar. Tatjana und Frederik mussten beide zeitgleich im Krankenhaus erscheinen und keiner durfte Wind davon bekommen. So sagte Tatjana ihrem Phillipe, das sie zu einer Nachuntersuchung kommen sollte und Frederik sagte Sophie, dass er Tristan zu einer Untersuchung ins Krankenhaus fahren müsse. Als der Arzt, verkündete, dass zwischen Frederik und Tatjanas kleinem Sohn zu hundert Prozent keine genetische Übereinstimmung bestand, sprang Tristan jubelnd auf und Frederik fielen mehrere Gletscher vom Herzen. Ebenso wahrscheinlich Tatjana. »Glück gehabt, ihr zwei. Wir gehen feiern. Tatjana, alles Gute«, sagte Tristan und ging fröhlich durch die Tür des Arztzimmers auf den Flur. »Alles Gute Tatjana, ab jetzt kannst du das alles entspannt genießen«, sagte Frederik und gab ihr einen Kuss auf die Wange, einfach weil er so erleichtert war.

»Man, da hast du aber Schwein gehabt«, lachte ein unbändig fröhlicher Tristan, als sie das große Gebäude verließen. »Ich war noch nie so erleichtert in meinem ganzen Leben«, sagte Frederik und die zwei brachen vor Glücksgefühlen in ein prustendes Gelächter aus. »Was ist denn so lustig?«, fragte Sophie, die lächelnd auf beide zu lief, deren gute Laune zu zwei ziemlich verdutzten Gesichtsausdrücken wechselte. Sophie wartete lächelnd auf eine Antwort. »Ach ,Tristan hat bei seinem Ultraschall«, versuchte Frederik und verstand dann, dass er gerade eine Lüge produzierte und hörte daher auf zu sprechen. »Es war sehr angenehm mit den Schwestern«, sagte Tristan schnell und zwinkerte Sophie zu. »Aha, na dann ist es ja gut ihr zwei. Frederik, muss dir unbedingt etwas zeigen. Ich hab eine perfekte Immobilie gefunden, vielleicht doch noch die Chance für meine eigene Galerie. Sascha hat mich hergefahren, können wir daran vorbeifahren, sobald wir Tristan nach Hause gebracht haben?« »Gut, Schatz«, sagte Frederik und während alle drei zusammen zum Auto liefen, formte Frederik ein lautloses »Danke!« und sah Tristan an.

Du und ich. Und unser Leben.

Während sich ein Ereignis an das andere reihte, wurde es auch für alle Außenstehenden immer offensichtlicher: Ja, sie würden keine Kinder bekommen. Tapfer mimten die beiden ein durch und durch glückliches Ehepaar, was bei Frederik stets stimmte und bei Sophie nur, wenn sie nicht durch ihren unerfüllten Kinderwunsch daran gehindert wurde, sie hatte sich eben schon als junges Mädchen vorgestellt, dass ihre Kinder, die sie mit Frederik haben würde, einmal im großen Gutspark spielen würden. So waren sie in der Rolle des durch und durch glücklichen Ehepaares auf Leos Priesterweihe, der Hochzeit von Max und Annabelle und der Taufe von Marlene und Matthis Sohn Franz. Sie waren Gast auf allen Festen, als Max und Annabelle eine Familie gründeten und in kurzer Zeit drei Kinder bekamen. Von Jakob, dem Ältesten übernahmen sie die Patenschaft. Marlenes Sohn Franz bekam seine kleine Schwester Edda und sie flogen nach New York, um Viktoria und Vincent zu der Geburt ihres zweiten Kindes zu gratulieren. Auf dem Rückflug sah Sophie aus dem Fenster und wirkte auf Frederik sehr nachdenklich. »Sophie, unser Leben ist gut. Ich wünschte, ich könnte dir die Traurigkeit wegnehmen«, versuchte Frederik ein Gespräch, da Sophie, seit sie das Baby im Arm gehalten hatte, sehr schweigsam geworden war. Sophie sah ihn aufmerksam an. »Unser Leben ist sehr gut«, sagte sie und lächelte ihn tapfer an.

Frederik und Sophie standen am Bahngleis und warteten ungeduldig, dass die Menschenmenge, die aus dem Zug ausstieg, endlich einen Leo zum Vorschein brachte. »Da ist er«, schrie Sophie und war schon einige Schritte in seine Richtung gerannt. Sophie fiel Leo in die Arme und Leo herzte schließlich auch Frederik, als die beiden sich lächelnd gegenüber standen. Leo, der für die Hochzeit von Jonathan und Chrissy angereist war, war braun gebrannt und Sophie genoss den Blick in seine tiefgründigen Augen. Sein einfaches braunes Stoffkleid mit dem Franziskusstrick daran war Sophie noch ungewohnt, doch sie musste zugeben, dass die ganze Erscheinung stimmig war. Leo schulterte nur einen kleinen schwarzen Stoffrucksack und machte sich dann erzählend auf den Weg zum Auto, als Frederik Sophie in seine Arme nahm.

»Ich gehe ins Bett«, sagte Sophie gähnend und gab Leo einen Kuss auf die Wange und Frederik einen Kuss auf den Mund. »Gute Nacht«, rief ihr Leo noch hinterher und grinste dann seinen Bruder an. »Glücklich seid ihr. Das ist schön.« Frederik nickte. »Ist es so wie du es dir immer vorgestellt hast?« »Wunderschön, ja«, sagte Frederik. »Gut.« »Ist es im Kloster, so wie du dir vorgestellt hast?« »Ja, vielleicht sogar noch besser. Unser Abt gibt mir viele Freiheiten neue Projekte zu beginnen. Viele davon sind schon sehr erfolgreich.« »Zum Beispiel?« »Ich halte Vorträge in den Clubhäusern und beim Polo. Viele fühlen sich angesprochen und nehmen nun eine Auszeit vom Alltag und vom Luxus bei uns im Kloster. Darunter ist viel Gesprächsarbeit, viele Menschen suchen jemanden, dem sie ihr Herz ausschütten können.« »Das ist fabelhaft.« »Was ist los?«, fragte Leo nach einiger Zeit, als Frederik nur so durch ihn hindurch sah. Frederik räusperte sich. »Nun, also Sophie ist zur Zeit sehr niedergeschlagen. Sie ist so traurig, dass wir eben keine Kinder zusammen haben werden und ich weiß einfach nicht, wie ich ihr helfen kann.« Leo nickte. »Ist das ein Problem?«, fragte Leo und Frederik zuckte mit den Schultern. »Nein und ja.« »Eine junge Ehe ist doch etwas sehr Schönes. Macht einfach euer Ding daraus und macht euch keinen Druck mit den anderen mithalten zu müssen.« »Das ist kein guter Rat, weil der Druck jetzt schon da ist.« Leo seufzte. »Willst du meinen ganz ehrlichen Rat dazu hören?« Frederik gab nur widerwillig ein Ja von sich. »Wo war immer der Punkt, wo alles den Bach runterging?«, stellte Leo eine rein rhetorische Frage. Frederik sah ihn wartend an. »Weil ihr das Glück, dass ihr teilt, nicht mehr wahrgenommen habt. Sophie und du, ihr seid anders. Das müsstest du doch mittlerweile wissen.« Frederik seufzte. »Aber doch gerade weil wir anders sind, müsste es doch, naja, sagen wir einfacher sein oder gerechter. Wieso ist es nicht für uns bestimmt?« »Die Lernaufgabe in diesem Leben ist für euch eine andere, das ist einfach so.«

Nach einer beschaulichen, aber auch sehr romantischen Hochzeit von Chrissy und Jonathan, verbrachte Leo seinen kompletten Jahresurlaub am Gut. Besonders die Ausritte mit Sophie und die gemeinsame

Zeit mit Frederik genoss Leo in vollen Zügen. Er besuchte seine ehemaligen Schützlinge und auch die Springreiter, die er einst trainiert hatte. Auch mit Cäcilia hatte er sich verabredet. »Wie ist bei den Klarissen und wie gefällt dir das Studium?«, fragte Leo. »Es ist wunderbar. Ich habe mich im Herzen schon an diesen Ort gebunden und kann es nicht erwarten, es dann endlich für immer zu tun.« »Unsere Abmachung steht? Erst wenn du dein erstes Staatsexamen hast.« Cäcilia nickte bestimmt. »Ja, für diesen Wunsch ist mir nichts zu viel.«

Sophie war nicht entgangen, dass Cäcilia Leo um Rat wegen ihrer Berufung gebeten hatte. Als sie noch am Bahngleis standen und auf den Zug warteten, der Leo wieder von ihnen wegbringen würde, fragte Sophie besorgt: »Ist sie denn dafür geeignet?« »Es entspricht ihrem Herzen, aber wir werden sehen inwieweit es sich umsetzen lässt.« Sophie nickte. »Keine Angst haben.« »Was meinst du?« »Man darf keine Angst haben. Die Angst hält immer das Gute auf«, sagte Leo und hoffte, dass sie seine Anspielung bald verstehen würde. Als sie noch winkte, obwohl der Zug schon den Bahnsteig verlassen hatte, sagte Frederik traurig: »Lass uns gehen.« »Kommt es dir nicht komisch vor, dass er einfach woanders ein Leben lebt, obwohl er es doch hier mit uns leben könnte?« Frederik nickte. »Denselben Gedanken hatte ich auch gerade.«

Und die Angst hat doch gesiegt.

Sophie und Frederik hatten immer wieder das Gespräch mit Leo gesucht, wenn die Traurigkeit mal wieder größer geworden war, als das Glück, das sie beide miteinander teilten. Denn sie teilten das unfassbare Glück, dass sie sich gefunden hatten, wiedergefunden hatten und sie ein Leben teilen konnten, da sie ohnehin schon immer ein Teil des anderen gewesen waren. Sophie begann selbstbewusst und selbstsicher in die Rolle der Gräfin hineinzuwachsen, die natürlich viele Privilegien und mindestens genauso viele Neider mit sich brachte. Sie unterrichtete weiterhin an der Kunsthochschule, war Mitglied im Hochschulrat, war Inhaberin einer Kunstgalerie und betreute ab und an Vernissagen in der Galerie, in der sie als junge Frau angefangen hatte zu arbeiten. Am Gut galt ihr der Aufgabenbereich der Wohltätigkeitsveranstaltungen, was auch einige Schirmherrschaften mit einschloss. Allerdings lernte sie schnell, was ihre wichtigste Rolle war: Frederik den Rücken stärken und an seiner Seite das Gut, das Gestüt und somit den Kader der Turnierreiter zu repräsentieren. Zehn Jahre brachten immer wieder eigentlich nur dieses eine Gefühl zum Ausdruck: *Verbundenheit in Liebe.*

»Das ist vielleicht gar nicht meine Absicht«, rief Sophie laut und konnte gerade noch Tristan ausweichen, der soeben auf den Klingelknopf drücken wollte, ohne mit ihm zusammenzulaufen. »Hallo Sophie«, sagte Tristan irritiert. »Hallo«, schnauzte sie ihn grundlos an und stieg dann wutentbrannt in ihr Auto, das, wie immer etwas schief geparkt, in der Einfahrt stand. »Besser so!«, konnte Tristan Frederik rufen hören und sah dann Frederik, der ebenfalls sehr wütend im Eingangsbereich des Gutes auf und ab ging. »Immer wieder aufregend bei euch«, versuchte Tristan einen kleinen Scherz, als sich Frederik noch vor Ärger durch die Haare fuhr. »Ich brauche Alkohol«, sagte er schließlich, woraufhin Tristan seinem Freund ins Wohnzimmer folgte. Nachdem die beiden wortlos einige Tropfen Cognac genommen hatten, fragte Tristan: »Über was habt ihr gestritten?« »Madeleine ist wieder schwanger.« »Und weiter?« »Es war nicht geplant, sie haben verhütet. Ich weiß es nicht.« »Selbe Frage nochmal.« Frederik überlegte.

»Eigentlich haben wir darüber gestritten, dass ich es nicht verstehen kann, dass sie so traurig ist. Weil ich einfach so glücklich bin. Die ganze Zeit in unserer ganze Ehe, also seit wir wieder zusammen sind, war die glücklichste in meinem ganzen Leben, denke ich.« Tristan sah Frederik nachdenklich an. »Du bist nicht traurig, verzweifelt, wütend, dass ihr keine Kinder bekommen könnt?« Frederik schüttelte den Kopf. »Nein. Ich, also es wäre schön. Aber nein, bin ich nicht. Ich liebe sie und unser Leben und das ist mehr als ich mir wünschen kann.«

Sophie kehrte einige Stunden später, in etwas besserer Verfassung zum Gut zurück und fand Frederik, wie gewohnt, an seinem Schreibtisch. Sophie ging zu Frederiks Seite und strich ihm sanft durch die Haare. Beide spürten, dass die Gewitterwolken des Streits verflogen waren und nun wieder etwas Raum für Nähe war. »Geht es dir besser?«, fragte Frederik und klappte die Akte zu, deren Schriftstücke in einem ledernen Einband fein säuberlich aufbewahrt waren und zog Sophie auf seinen Schoß. Sophie nickte. »Ich war ungerecht, es tut mir leid«, sagte sie schließlich und jetzt war es Frederik, der mit einem Nicken antwortete. »Ich verstehe es, Sophie oder ich versuche es zumindest, aber ich habe einfach nicht so einen Kinderwunsch wie du«, sagte Frederik. »Muss das denn alles so dominieren?«, fragte er, woraufhin Sophie nur mit den Schultern zuckte, ehe ihr wieder einige Tränen die Wangen runterliefen. »Es gab doch immer Phasen, in denen du traurig warst, aber dann war auch eine Zeit lang nichts mehr und jetzt. Warum ist es denn ausgerechnet jetzt wieder so schlimm und aktuell?«, fragte Frederik und wischte ihr mit seinen Händen die Tränen von den Wangen. »Vielleicht ist es das Alter. Ich realisiere, dass es einfach wirklich dazu gehört und sich dieses Wunder nicht einstellt.« Frederik klappte der Mund auf. »Du wartest seit zehn Jahren jeden Monat auf ein Wunder?«, fragte er skeptisch. »Ist das so naiv?«, fragte Sophie. »Nun ja, es ist zermürbend. Es ist doch absolut unmög..« Frederik beschloss den Satz nicht zu beenden, als er in Sophies Gesicht sah und entschied sich für Schweigen.

»Warum haben wir das Gefühl, dass wir dich verlieren?«, fragte Sophie Cäcilia und hielt sie dabei noch fest an sich gedrückt. Heute hatte

Cäcilia ihre ewigen Gelübde abgelegt und würde nun definitiv nicht mehr nach Hause zurückkommen. Die Feier war sehr festlich gewesen und Anna und Johann saßen in der ersten Reihe der Konventkirche und freuten sich tapfer mit ihrer kleinen Tochter, die nun ihren ganz eigenen Weg gehen würde. Cäcilia lächelte Sophie gütig an, als Sophie sich schweren Herzens aus der Umarmung löste. »Ich werde noch näher bei euch sein. Jeden Tag. Denn ich bete jeden Tag mehrere Stunden für euch.« Sophie nickte. »Was ist, wenn ich dich sehen möchte?«, sagte sie und dachte an Leo, den sie viel zu wenig zu Gesicht bekam. »Es ist viel einfacher als bei Leo, ich bin doch im selben Ort. Du kannst mich jeden Tag sehen. Ich betreue jeden Mittag die Suppenküche.« Sophie nickte und konnte nicht umhin, dass ihr einige Tränen die Wangen herunterliefen. »Du bist ganz schön glücklich, oder?«, fragte Sophie und Cäcilia strahlte über das ganze Gesicht. »Dann bin ich es auch für dich.«

Sophie lief nach dem herzlichen Fest für Cäcilia, das sich an den Gottesdienst anschloss und die Klarissenschwestern für alle vorbereitet hatten, mit ihrem Vater den Weg vom Konvent zurück zur Werfen Villa. Zu Fuß waren es dreißig Minuten und Sophie und ihr Vater hatten beschlossen, nicht wie die anderen, mit dem Auto zurückzufahren. »Warum ist sie so glücklich, obwohl sie auf alles verzichten muss und ich bin so unglücklich, ob wohl ich mehr habe, als die meisten Menschen?«, fragte Sophie und Johann nahm sie bei der Hand. »Es werden auch wieder bessere und leichtere Zeiten kommen«, versuchte Johann seine Tochter zu trösten. »Da bin ich mir nicht mehr sicher, ich bin irgendwie in einer Sackgasse voller Traurigkeit gelandet.« Einige Minuten vergingen, in denen niemand ein Wort sagte und Johann unendliches Mitleid mit seiner Tochter hatte. Nach einiger Zeit sagte Johann: »Frederik ist ein sehr guter Mann, Sophie.« »Ich weiß das. Nur ich bin so wütend auf alles. Und irgendwie auch auf ihn.« Johann nickte. »Ich weiß, dass es nicht einfach ist. Aber wenn das jemand schafft, dann doch ihr.« Sophie schluckte. »Das habe ich auch immer gedacht.« »Frederik würde alles tun, um dich glücklich zu machen.« »Ja, nur ich weiß nicht, ob unsere Liebe das aushält. Vielleicht tauscht er mich bald aus. Gegen eine jüngere. Gegen eine, die makellos ist. Er ist sich vielleicht

noch gar nicht richtig bewusst, auf was er alles verzichtet wegen mir.«
Johann blieb stehen und zwang somit auch Sophie inne zu halten. »Das
ist wirklich und absolut unmöglich.« »Ich weiß nicht mehr, was ich
denken soll. Ich fühle mich wie eine Versagerin.« Johann nahm Sophie
in eine feste Umarmung, wo sie bitterlich anfing zu weinen. Sophie
löste sich aus der Umarmung und suchte in ihrer Handtasche nach einem Taschentuch. »Du bist das Wichtigste auf der Welt für ihn. Er
würde dich nie hergeben, egal was passiert oder was nicht passiert.«
Sophie zuckte mit den Schultern, als würde sie den Worten ihres Vaters keinen Glauben schenken. »Er hat mir durch eine sehr schwere
Zeit geholfen«, sagte er schließlich und begann zum ersten Mal ehrlich
zu erzählen, wie damals alles abgelaufen war. »Wie meinst du das?«
Johann räusperte sich. Von seinem finanziellen Absturz wusste keine
Menschenseele außer Frederik, nicht mal Anna hatte etwas davon mitbekommen. »Ich hatte kein Geld mehr, Sophie und Frederik hat mir
Geld gegeben, um da wieder herauszukommen. Er hat eigentlich dein
ganzes Studium in der Schweiz finanziert. Also er hat unser aller Leben, die Musik von Marlene, alles finanziert.« Sophie blieb der Mund
offen stehen und sie sah ihren Vater nur fassungslos an. Johann nahm
Sophie das Taschentuch aus der Hand und wischte ihr den verwisch-
ten Mascara von ihrer Wange. »Er hat unser ganzes Leben für gut zwei
Jahre aufrechtgehalten. Ich war einige Male bei ihm, um mir Geld zu
leihen. Schließlich haben wir zusammen einen Weg erarbeitet, wie ich
da wieder rausgekommen bin.« »Warum hast du mir das nie erzählt?«
»Ich wollte nicht, dass das einen Einfluss auf euch beide hat. Und ich
wusste auch nicht, wie du reagieren würdest. Ich war damals der Verzweiflung nahe. Aber ich konnte nicht zu deinem Großvater. Da wäre
ich vor Scham gestorben. Niemand, wirklich niemand, weiß davon.«
Sophie nickte. Sie kannte das Gefühl, das ihr Großvater ihrem Vater
von Zeit zu Zeit schenkte und bedauerte ihren Vater dafür. »Er hat das
Geld nie zurückgenommen«, sagte Johann schließlich. Sophie begann
weiterzugehen und Johann folgte ihr. Was sie soeben erfahren hatte,
verstärkte noch mehr, was sie immer wieder dachte: »Papa, Frederik
kann sich alles auf der Welt kaufen. Meinst du nicht, dass er einen Erben braucht?« Johann schluckte, denn er musste sich eingestehen, dass
ihm dieser Gedanke schon oft gekommen war. »Könnt ihr nicht ein

Kind aus dem Kinderheim adoptieren?« »Und welches soll ich nehmen? Sie liegen mir alle am Herzen und ich will nicht, dass Eifersucht unter den Kindern entsteht.« Johann nickte und seufzte dann. »Es gibt keine Lösung, die nicht bedeutet, dass wir uns trennen müssen«, sagte Sophie und wich diesmal der Hand ihres Vaters aus, die wieder die ihre suchte.

Frederik ließ sich von Thomas mit dessen Pick-up durch die großen Ländereien des Gutes fahren. Thomas Jagdhund Hoover saß brav auf der Laderampe und genoss entspannt den Fahrtwind. Sie machten, als letzte Station, Halt auf einer Anhöhe und stiegen aus, um einen großen Teil der Landwirtschaft überblicken zu können. Thomas reichte Frederik ein Fernglas und berichtete ihm die neuesten Projekte und Erkenntnisse. «Du bist ein Genie, Thomas«, sagte Frederik und reichte ihm strahlend das Fernglas zurück. »Es läuft wirklich super, ich bin so glücklich darüber.« »Ja, ich auch«, sagte Frederik und ging dann zum Wagen zurück, um die Brotzeit zu holen, die Martha für die beiden vorbereitet hatte, als er alle seine Fragen an Thomas beantwortet wusste. »Hier«, sagte Frederik und reichte Thomas ein Bier und ein Brot, als er seinen Blick noch über die schöne Landschaft wandern ließ. »Ohne die Landwirtschaft hätte ich vermutlich nicht ausreichend Bodenhaftung«, gab Frederik zu und Thomas pflichtete ihm lachend bei: »Deinen Job möchte ich echt nicht machen.« Frederik lachte. »Ja, ich wurde auch nicht wirklich gefragt.« »Wie geht es euch sonst?«, fragte Thomas vorsichtig, da auch ihm nicht entgangen war, wie angespannt die Situation zwischen Frederik und Sophie seit kurzer Zeit geworden war. Frederik überlegte. Thomas war ihm in all den Jahren ein guter Freund geworden. »Ehrlich gesagt, bin ich glücklich, so wie es ist. Die Ehe mit Sophie ist so, wie es mir immer vorgestellt habe. Leicht, schön, besonders und ehrlich. Sie unterstützt mich in allen Dingen zu tausend Prozent. Sie ist einfach so sehr an meiner Seite, das Gefühl ist unbeschreiblich.« Thomas hörte Frederik aufmerksam zu. »Sophie war schon immer perfekt für dich«, sagte Thomas und Frederik nickte. »Ja, man kann eben nicht alles haben«, sagte Frederik nach einer Weile und nahm einen Schluck aus seiner Bierflasche. »Es tut mir so leid, Frederik«, sagte Thomas aufmunternd. »Was gibt es denn bei euch Neues?

Wie geht es deiner Frau und den drei Jungs?«, fragte Frederik, um das Thema zu wechseln. Thomas schluckte. »Ja, alles gut«, sagte er etwas zu schnell und nun war es Thomas, der versuchte das Thema zu wechseln. »Ich denke, wir können dieses Jahr wieder verstärkt Wintergemüse anbauen.« »Thomas, ist alles in Ordnung?«, fragte Frederik und sah Thomas aufmerksam an. »Ja, es ist alles in Ordnung, ich…ja…« Und als Frederik nicht damit aufhörte, Thomas fragend anzusehen, musste dieser schließlich bekennen: »Wir kriegen noch einen Nachzügler, der nicht geplant war.« Frederik hob überrascht beide Augenbrauen. »Das ist doch wundervoll. Herzlichen Glückwünsch.« Thomas räusperte sich etwas verlegen. »Nun ja, ich bin neunundvierzig Jahre alt, das war so nicht geplant.« Frederik lachte. »Das schaffst du schon«, sagte Frederik und klopfte Thomas aufmunternd auf die Schultern. »Es tut mir leid, Frederik«, versuchte Thomas zu sagen, doch Frederik schüttelte den Kopf. »Ich will dir dein Glück nicht nehmen, Thomas. Ich freue mich für dich.«

Frederik und Thomas erreichten das Gut, das bereits vom Abendrot in eine friedliche Stimmung getaucht wurde. Emsig tränkten die Gärtner die Blumenpracht in der Auffahrt und grüßten die beiden herzlich. Frederik sah, dass Sophies Auto in der Einfahrt geparkt stand und sie einige Tüten aus dem Auto auslud. »Hallo Schatz«, sagte Frederik und gab Sophie einen Kuss, den sie nur zögerlich erwiderte. »Hallo«, sagte Sophie knapp und grüßte dann Thomas freundlicher, als sie Frederik gegrüßt hatte. »Kann ich dir etwas abnehmen?«, fragte Frederik und Sophie drückte ihm wortlos einige Tüten in die Hand und ging dann ins Haus. »Was sind das für Sachen?«, fragte Frederik, als er die Tüten, die er getragen hatte, neben denen von Sophies abstellte. »Einige Einkäufe für die älteren Leute im Dorf«, sagte sie und machte sich dann daran alles zu sortieren und einzelne Pakete zu schnüren. »Was ist heute passiert?«, fragte Frederik, der die angespannte Sophie beobachtete und neben ihr Platz nahm. »Nichts.« »Das glaube ich dir nicht«, sagte er. »Möchtest du darüber reden?« Sophie schüttelte den Kopf. »Alkohol?«, fragte Frederik und Sophie nickte.

Sophie wusch sich das Gesicht und betrachtete ihr Spiegelbild. Das Wasser auf ihrer Haut und die Tränen in ihrem Gesicht vermischten sich zu einer tonlosen Verbindung. Lass dich nicht so gehen, ermunterte sie sich selbst und zitierte damit auch ihre Mutter, die ihr das immer wieder vorsagte. Dennoch erkannte sie im Gesicht ihrer Mutter immer wieder die tiefe Enttäuschung darüber, dass ihre Tochter in der Rolle der neuen Gräfin doch noch versagt hatte. Doch seit dem Arztbesuch heute bei einem neuem Spezialisten wusste sie, dass die Wahrscheinlichkeit ein Kind bekommen zu können, einfach nur unwahrscheinlicher als unwahrscheinlich war und demnach in diesem Leben nicht passieren würde. Es klopfte an der Badezimmertür. »Sophie?«, fragte Frederik. »Ja, ich komme gleich«, sagte Sophie und versuchte, dass ihre Stimme dabei klar und kräftig klang. Sie atmete tief durch und beförderte dann erneut kaltes Wasser auf ihr Gesicht. Irgendwie musste es ihr gelingen eine Fassade zu schminken, dachte sie und begann sich für die Dinnerparty hübsch zu machen, zu der Frederik geladen hatte. Neben seinen Geschäftspartnern waren auch Tristan, Max und Annabelle, Selena und ihre Schwester mit Mattis geladen. Sie betrat unsicher das Schlafzimmer, in dem Frederik auf dem Bett sitzend in einem schönen hellgrauen Anzug auf sie wartete. »Wunderschön«, sagte Frederik und gab ihr einen langen Kuss. »Danke«, sagte sie und streifte nochmal ihr Kleid glatt. »Das hier ist für dich«, sagte Sophie, nahm aus ihrer Nachttischschublade eine kleine Schachtel heraus und reichte ihm ein Einstecktuch, in dem sein Name gestickt war. »Danke«, sagte er, als Sophie das Einstecktuch noch in Form brachte. »Gerne«, sagte Sophie und trotz perfekt geschminkten Gesicht, konnte Sophie es nicht verheimlichen, dass sie traurig war. »Warum hast du geweint?«, fragte Frederik und zog Sophie in eine Umarmung. Sophie schluckte. »Ich werde mich bemühen nicht mehr traurig zu sein«, sagte sie schließlich. Frederik nickte, obwohl er wusste, dass sie das vermutlich nicht alleine schaffen würde.

»Frederik, ich muss Sie zu dieser Wahnsinnsfrau beglückwünschen«, sagte Gustav, ein adeliger Großaktionär, mit dem Frederik gelegentlich geschäftlich zu tun hatte. »Was Ihre Frau alles auf die Beine stellt. Das Kinderheim, die Kunstakademie, ihre Galerie und die Vernissagen. Von der Betreuung des Personals und den Veranstaltungen am Gut ganz zu schweigen.« Frederik lächelte und sah dann Sophie an, die in einer Unterhaltung mit ihrer Schwester Marlene verwickelt war. Er zwinkerte ihr kurz zu, woraufhin sie ihm ein Lächeln schenkte.

»Nachwuchs ist bei diesem Pensum erstmal nicht geplant?«, fragte Gustav und Frederik musste sein Pokerface aufsetzen, um nicht in Bedrängnis zu geraten. »Sophie ist sehr ehrgeizig. Wir werden sehen.« Gustav lachte. »Das habe ich mir gedacht. Aber Kinder kann man nicht ewig nach hinten verschieben.« »Stör ich?«, frage Tristan und war neugierig, warum Gustav in so ausgelassener Stimmung war. »Nun, ich habe gerade Frederik erklärt, dass man nicht alles auf eine Karte setzen kann. Es gibt auch noch etwas anderes als Beruf und Karriere.« »Diese Meinung vertrete ich ja schon immer«, sagte Tristan lächelnd und war sich gar nicht bewusst, zu was er gerade zugestimmt hatte.« »Sehen Sie, Frederik. Ihr bester Freund ist auch der Meinung, dass man die Kinderplanung einfach angreifen sollte.« Frederik und Tristan tauschten einen kurzen Blick aus und Tristan konnte Schlimmeres geschickt verhindern. »Sie kennen doch die Frauen heutzutage. Erst Karriere, dann Kind«, sagte Tristan und dirigierte Gustav damit zu einem Gespräch über den Wandel der Gesellschaft in der heutigen Zeit, wofür ihn Frederik aufatmend zunickte.

»Entweder er ist auf Konzerten, bei Proben oder einer Fernsehaufzeichnung. Und wenn er zu Hause ist, ist er immer noch abwesend und komponiert irgendetwas in seinem Kopf«, beschwerte sich Marlene bei Sophie und stürzte ein weiteres Glas Champagner hinunter, nachdem sie mit ihrem Glas an Sophies Glas geklirrt hatte. »Langsam«, ermahnte Sophie und konnte gerade noch verhindern, dass Marlene zu einem weiteren Glas auf dem Tablett eines Kellners griff. Stattdessen reichte sie ihr ein Glas Wasser, das Marlene verweigerte. Um die Situation nicht unangenehm werden zu lassen, nippte Sophie an dem Wasserglas und stelle dann beide Gläser, die sie nun überflüssigerweise in der Hand hielt, auf einem kleinen Beistelltisch ab. »Rede doch nochmal mit ihm«, versuchte Sophie ihre Schwester zu trösten. »Ich bin Luft für ihn. Er würde es nicht mal merken, wenn ich zwanzig Kilo zunehmen würde.« »Das kann ich mir nicht vorstellen«, warf Sophie ein und beobachtete Mattis, wie er wild gestikulierend mit einem Pärchen redete, das sichtlich angetan von ihm war. »Kannst du dir nicht vorstellen? Na dann pass mal auf. Ich habe eine Affäre mit einem jungen Opernsänger und Mattis weiß das und hat mich noch kein einziges Mal zur Rede gestellt.« Sophie musste sich räuspern, weil sie fast laut aufgelacht hatte. »Wie bitte? Du hast was? Wie alt? Also wie jung?« Sophie konnte vor lauter Verblüffung keinen Satz zu Ende bringen. Gelassen lächelte Marlene sie an. »Er heißt Carlos, kommt aus Chile und ist dreiundzwanzig. Es ist schön wieder beachtet zu werden«, beendete Marlene die Reportage aus ihrem Liebesleben. »Ja, Beachtung wäre schön«, sagte Frederik, als er sich von hinten an Sophie schmiegte und sie zärtlich am Hals küsste. »Geht es den Damen gut? Braucht ihr etwas?« »Nein. Marlene hat mehr als sie benötigt«, sagte Sophie und sah ihre Schwester verschmitzt an.

»Selena!«, rief Tristan, der mit zwei Gläsern Champagner winkend vor ihr aufgetaucht war. »Ich wollte gerade rauchen gehen«, sagte Selena, um Tristan ausweichen zu können, was ihr misslang. »Na, wunderbar. Ein toller Zufall! Ich auch«, sagte Tristan spontan, woraufhin Selena künstlich lächelnd dann doch eines der Gläser nahm. Selena ließ sich von Tristan ihre Zigarette anzünden und blies den bläulichen Rauch in die Nacht hinaus. »Weißt du, was ich mich immer öfter frage?«, begann Tristan seinen ersten Annäherungsversuch. »Nein«, sagte Selena schmunzelnd, da ihr schon dämmerte, was hier vor sich ging. »Sophie und Frederik. Viktoria und Vincent. Selena und ….« Selena lachte laut auf und Tristan unterbrach seinen Vortrag. »Ich hätte wirklich mehr Einfallsreichtum von dir erwartet«, sagte Selena und genoss dann Tristans irritiertes Gesicht. »Ich finde wir zwei würden eine gute Kombination abgeben«, sagte Tristan, als er wieder etwas Selbstsicherheit erlangt hatte. »Und wie lange sollte diese Kombination dann andauern?«, fragte Selena und konnte sehen, wie Tristan nach einer genialen Antwort rang. »Nun, das werden wir dann sehen.« »Das hört sich viel zu lange an«, sagte Selena und versenkte dann ihre Zigarette in seinem Glas. »Tristan, ich brauche keinen Freund und ich brauche, um genau zu sein, nicht *einen* Mann. Ich brauche mehrere, die mich inspirieren. Und wenn ich sie brauche, dann hole ich sie mir. Und zwar nur für eine Nacht, ohne Frühstück«, sagte Selena und ließ einen verdatterten Tristan auf der Terrasse stehen.

»Ich habe doch gesagt, dass sie eine Nummer zu groß für dich ist«, sagte Frederik, als er schmunzelnd Tristans Bericht zur Kenntnis genommen hatte. Tristans Blick hing gefesselt an Selena, wie sie selbstsicher Kontakte knüpfte und Teilnehmer für ihre Seminare gewann, als er Frederik zur Antwort gab: »Sie ist ein echtes Vorbild. Eine wahre Ikone.« Und er hatte seinen Blick wie hypnotisiert weiter auf Selena gerichtet. Frederik rüttelte lächelnd an Tristan, um ihn aus seine Trance zu befreien, der ihn erst gedankenverloren, dann etwas aufmerksamer ansah. »Sie ist wundervoll«, schwärmte Tristan und strahlte Frederik an. »Und du bist wahnsinnig. Beginnt auch mit W.«

»Das war ein sehr seltsamer Abend«, sagte Frederik, als er sich, immer noch über Tristan schmunzelnd, auf dem Bett sitzend Schuhe und Strümpfe auszog. Sophie hatte vor ihrem Schminktisch Platz genommen und nahm sich Schmuck und Haarnadeln ab. »Ja, das stimmt«, lachte sie, als sie an die intimen Details dachte, die ihr Marlene von den Treffen mit Carlos erzählt hatte. »Irgendwelche Zwischenfälle?«, fragte Frederik und Sophie nickte, als sie aufstand und sich dann auf seinen Schoß fallen ließ. »Mehrere, aber nicht einer davon hat etwas mit uns zu tun.« Frederik nickte und strich ihr dann durch ihr langes Haar. »Was hat mit uns zu tun?«, fragte er, als Sophie ihn begann am Hals zu küssen. »Jede Nacht«, gab sie ihm zur Antwort, als sie sein Hemd abstreifte.

Erwarte nicht, dass ich die Erwartungen erfülle, die andere an uns stellen. Ich erfülle nur die Erwartungen meines Herzens an dein Herz.

Anna seufzte schwer aus, bevor sie einem erstauntem Frederik und einer verblüfften Sophie Guten Tag sagte. Sie war völlig unerwartet am Gut in einer aufgebrachten Stimmung erschienen und sah die beiden völlig überfordert an. »Lass mich dir die Jacke abnehmen«, sagte Frederik und war schnell bei Anna, die gequält ihre Jacke auszog und sie Frederik gab. Sie ließ sich auf das Sofa fallen und blickte betreten vor sich hin. »Was ist passiert?«, fragte Sophie. »Dass mir meine Töchter immer nur Schande machen«, sagte sie, worauf Sophie Frederik mit einem gütigen Blick bremste, der von diesem Satz augenblicklich wütend geworden war. »Marlene ist aus ihrer Villa ausgezogen und wohnt nun mit einem Opernsänger in einer Wohnung«, sagte sie und Sophie musste fast lachen, als sie Frederiks erstauntes Gesicht sah. Um ihre Mimik kontrollieren zu können, wandte sie ihrer Mutter und Frederik den Rücken zu und ging, um ihrer Mutter einen Cognac einzuschenken. Bevor sie sich wieder umdrehte, atmete sie tief aus und gab ihrer Mutter wortlos das Getränk, das Anna in einigen Schlücken leer trank. »Cäcilia ist im Kloster, Marlene brennt mit dem zweiten mittellosen Künstler durch und du bist nicht in der Lage mir Enkelkinder zu schenken«, fasste Anna ihre missliche Lage zusammen, deren letztes Detail Sophie traf wie ein Messer. Frederik setzte an etwas zu sagen, doch Sophie stoppte ihn mit einer Handbewegung. »Jetzt hörst du mir mal zu, Mutter! Es ist nicht die Aufgabe deiner Töchter, dass du dich gut fühlst. Es ist nicht mal die Aufgabe deiner Töchter dich stolz zu machen. Also komm endlich von deinem hohen Ross herunter.« Anna sah ihre Tochter aufmerksam an. Noch nie hatte Sophie ihr vehement widersprochen. »Cäcilia ist glücklich in ihrem Leben. Du kannst aufhören ihr ein schlechtes Gewissen einzureden oder zumindest ihr es spüren zu lassen, dass sie dich alleine gelassen hat. Marlene ist unglücklich in ihrer Ehe und dieser Opernsänger nun ja, wir werden sehen.« Sophie atmete tief durch. »Und was mich und meine Unfähigkeit anbelangt, würde mich interessieren, wie du dir anmaßen kannst, mir daraus einen Vorwurf zu machen.« Anna überlegte und als sie Sophie keine Antwort gab, fuhr Sophie fort: »Wenn du also nur hierhergekommen bist, um mich vor *meinem* Mann zu demütigen, dann möchte ich dich bitten zu gehen. Wenn du in dir so etwas wie Menschlichkeit oder Anteilnahme wiederfinden solltest, kannst du uns gerne wieder besuchen«, sagte Sophie und verließ dann das Wohnzimmer. Als sie die Stufen der Terrasse hinab in den Park lief, verschwommen ihr vor Tränen die Bilder vor ihren Augen und sie musste sich konzentrieren einen Fuß vor den anderen zu setzen, ohne zu wanken.

Anna sah Frederik seufzend an und auch er wusste nicht, was er sagen sollte. »In dieser Wunde brauchst du nicht zu stochern«, sagte er schließlich und nahm dann ihr Glas, um ihr nachzuschenken. Anna schluckte. »Es tut mir doch nur so leid für dich«, sagte Anna, als Frederik ihr ein halbvolles Glas reichte und selbst einen Schluck Cognac zu sich nahm. »Es tut dir leid für mich? Und für deine Tochter nicht?«, fragte Frederik erstaunt. »Nun, ja.« »Anna, vielleicht bist du in einer Welt aufgewachsen, in der Frauen für ihre Männer funktionieren müssen. So ist die Welt heute nicht mehr. Und ich würde sie auch nicht so wollen«, sagte Frederik, woraufhin Anna nickte. »Ja, ich weiß. Sophie leistet wirklich sehr viel«, sagte sie und zum ersten Mal erkannte Frederik so etwas wie Anerkennung, als Anna über Sophie sprach. »Sie ist das Liebste, was ich habe«, sagte Frederik und beobachtete dann, wie Anna langsam nickte. »Niemand hätte ungetrübtes Glück so sehr verdient, wie deine Tochter. Und das sage ich nicht, weil ich von ihr etwas fordere. Ich bin mit deiner Tochter die Ehe bedingungslos eingegangen. Wenn das bedeutet, dass sie krank wird oder wir keine Kinder bekommen können, werde ich das akzeptieren, denn ich habe mich an diesem Tag für sie entschieden. Und ich habe mich eigentlich schon immer für sie entschieden.« »Ich bin so erleichtert, dass du das sagst«, sagte Anna und strich Frederik sanft über den Arm. »Wie lange kennst du mich schon? Meinst du, ich würde nur eine perfekte Sophie akzeptieren?« Anna zuckte mit den Schultern. »Das ist der Unterschied zwischen uns beiden, Anna.«

Sophies Auto hielt abrupt vor der Villa von Marlene und Mattis. Die Haushälterin öffnete ihr etwas hektisch die Tür und als Sophie einige Schritte ins Wohnzimmer ging, wusste sie auch warum. Die beiden

Kinder quengelten, während ein betrunkener Mattis, laut und in sich versunken, vor sich hin dirigierte. »Hallo Kinder«, sagte Sophie und küsste beide auf die Stirn. »Packt bitte mit Nina alles ein für einige Tage bei uns«, sagte Sophie und schob Franz und Edda in Richtung der Haushälterin. »Bitte richten Sie alles für eine Woche und beeilen Sie sich«, sagte Sophie, denn sie wusste nicht, wie lange Mattis noch in dieser friedlichen Stimmung bleiben würde. »Sophie!«, schrie er, als er aus seinem Fantasiedelirium aufgewacht war und sie in eine feste Umarmung schloss. »Hallo Mattis«, sagte sie vorsichtig und hielt Mattis etwas fest, als er schwankte. »Deine Schwester hat mir das Herz gebrochen«, schrie Mattis quietschfröhlich. Sophie seufzte, eine Unterhaltung mit einem Betrunkenen über ernste Themen war doch immer so zielführend, dachte sie. Sie half ihm sich wieder hinzusetzen und hörte ihm dann aufmerksam zu, während sie immer wieder zur Treppe schielte, wann Nina mit den Kindern zurückkommen würde. »Ich habe etwas gelernt«, sagte Mattis, der deutlich, vom Alkohol betrunken, säuselte. »Die Musik kann dich nicht verletzten, aber Menschen können es.« »Es wird alles wieder gut«, sagte Sophie und unterdrückte ein Stöhnen, als Mattis ihre Hand viel zu festdrückte. »Nein, nur die Musik kann alles wieder gut machen.«

Sophie brachte Franz und Edda mit zu sich nach Hause und konnte die Stimmung der beiden mit Marthas Pfannkuchen etwas beruhigen. Als Frederik noch mit den beiden scherzte und sie herzhaft zum Lachen brachte, verließ Sophie die Küche, um ihre Schwester anzurufen. »Franz und Edda sind jetzt erstmal bei uns. Dein Mann ist sehr betrunken und Nina sagt, dass er das jeden Abend tut. Wie konntest du die Kinder bei ihm lassen?«, fragte Sophie vorwurfsvoller als ursprünglich geplant. »Sie sind nicht mehr klein, haben Vater und Haushälterin. Ich brauchte einfach mal ein paar Tage Freiheit«, sagte sie und Sophie war sich nicht sicher, ob sie nicht mit Freiheit Aufmerksamkeit von Carlos meinte. »Nun gut, regelt das irgendwie. Die Kinder sind ziemlich durcheinander.« »Ja, wenn Carlos und ich eine größere Wohnung gefunden haben, dann werde ich die Kinder zu mir nehmen.« »Du bleibst bei ihm?«, fragte Sophie schrill. »Ja was hast du gedacht, dass ich nach einer Woche wieder zurückkomme?« »Eigentlich schon.« »Nein, Carlos und ich...wir sind unglaublich zusammen... wir lieben uns... ich bleibe bei ihm.« Sophie seufzte. »Sollen die Kinder solange bei uns bleiben?«, hörte sie sich dann selbst fragen. »Das wäre super, denn Mattis weiß sowieso nicht, was er mit ihnen anfangen soll.«

Frederik kam nach einiger Zeit zu Sophie ins Schlafzimmer. »Sie schlafen«, sagte er erschöpft und ließ sich neben Sophie auf das Bett fallen. »Das hat ganz schön gedauert«, neckte Sophie ihn und deutete dann auf den Wecker, der auf ihrem Nachtkästchen stand. »Ich musste die Gute-Nacht-Geschichte zweimal vorlesen und noch drei Lieder singen, deren Texte ich sehr fragwürdig für Kinder finde.« Sophie lachte. »Du hast gesungen?« »Ja«, sagte Frederik und Sophie hörte auf zu kichern, als Frederik sie vorwurfsvoll ansah. »Du warst toll«, sagte sie dann liebevoll und drückte ihm einen Kuss auf die Stirn. Frederik atmete erschöpft aus. »Was wird das mit deiner Schwester und…« »Carlos.« »Carlos?« »Sie suchen eine gemeinsame Wohnung oder sogar ein Haus. Carlos ist sehr vermögend, wie sich herausgestellt hat.« Sophie lachte kurz auf, als sie sich das Gesicht ihrer Mutter vorstellte, wenn sie herausfinden würde, dass Carlos der Sohn des Besitzers einer der größten Hotelketten in Südamerika war. »Was ist mit Mattis?« »Ich weiß es nicht. Er hat sich total in seiner Karriere verloren und sie sind eigentlich immer nur wegen Franz zusammengeblieben und dann wegen Edda und jetzt ist alles anders«, sagte Sophie. »Es tut mir leid wegen deiner Mutter heute«, begann Frederik vorsichtig das Thema zu wechseln. »Ja, mir auch.« Frederik zog Sophie nah an sich. »Du willst doch mit mir zusammen bleiben?«, fragte er »Ja, natürlich.« »Dann schaffen wir das zusammen?«, fragte Frederik. Sophie nickte und sah dann Edda durch den Spalt in der Tür spitzen. »Edda, Liebling. Ist alles in Ordnung?« Edda schüttelte nur den Kopf und kam dann erleichtert zu Sophie gelaufen, als Sophie ihre Bettdecke hob, damit Edda darunter schlüpfen konnte. »Alles wird gut, mein Schatz«, sagte Sophie und gab Edda einen langen Kuss auf ihr Haar. Frederik beobachtete Sophie aufmerksam und dabei wurde ihm bewusst, dass es für Sophie ein langer Weg werden würde, ohne Kinder glücklich zu sein.

Ich lasse dich nicht los, nicht in diesem Leben und auch in keinem anderen.
Denn du und ich, das ist für immer. Für immer gut und für immer wahr.

Frederik begann Sophie mit Geschenken zu überhäufen und genau das war auch Thema, als Madeleine und Selena mit Sophie zusammen im Atelier saßen und Kaffee tranken. »Wow. Weißt du, dass es davon nur fünftausend Stück auf der ganzen Welt gibt?«, fragte Madeleine sichtlich beeindruckt, als sie Sophies Handtasche bewunderte. »Bist du dir sicher?«, fragte Sophie irritiert und begutachtete die Tasche nochmal von allen Seiten, so besonders sah die gar nicht aus. »Natürlich, bin ich mir sicher!« »Langsam habe ich das Gefühl, er schenkt mir diese ganzen Sachen, weil wir…naja…« »Dann muss er sich aber bald mal was anderes einfallen lassen. So viel Schmuck, Taschen und Klamotten wie du in den letzten zehn Jahren bekommen hast, das ist ja nicht möglich«, sagte Madeleine weiter und deutete auf den ganzen teuren Schmuck, den Sophie trug. Es stimmte, er hatte in den Jahren ihrer Ehe nichts ausgelassen, um sie zu verwöhnen. Sobald sich im Bekanntenkreis Nachwuchs ankündigte, fielen seine Geschenke noch viel großzügiger aus, wie zum Beispiel bei der dritten Schwangerschaft von Viktoria oder den Schwangerschaften von Madeleine. Das letzte Geschenk zur Nachricht, dass Tatjana ein drittes Kind erwartete, war ein neues Pferd im Wert achtzigtausend Euro gewesen. Sophie schluckte. »Pass auf, das nächste Mal schenkt er dir einen eigenen Zoo«, scherzte Selena und verstummte schnell, als Sophie sie nur ernst ansah. »Tut mir leid«, sagte sie dann, doch Sophie nahm ihre überteuerte Handtasche, die ihr nun unsagbar schwer vorkam, und verließ das Atelier.

Am Gut angekommen, traute Sophie ihren Augen kaum, als ein nagelneues graues Jaguar-Cabriolet in der Auffahrt stand, an das Frederik versuchte eine überdimensionale Schleife zu binden, die ihm, unter Schimpfen, immer wieder herunterfiel. »Ja, du hast mich erwischt. Ich habe eine Überraschung für dich. Bedingung: Vorsichtig und umsichtig fahren!«, sagte er lehrerhaft und strahlte dabei übers ganze Gesicht. Sophie seufzte. »Wer ist dieses Mal schwanger?«, fragte sie und sah dann, wie aus dem fröhlichen Grinsen, ein Gesicht mit einer großen Sorgenfalte wurde. »Danke, das wäre nicht nötig gewesen«, sagte sie schließlich, als er ihr darauf keine Antwort gab und lieber verschwieg, dass im Freundeskreis Zwillinge erwartet wurden. Er öffnete ihr die Fahrertür, sodass Sophie darin Platz nehmen konnte, während er schnell zur anderen Seite lief, um am Beifahrersitz Platz zu nehmen. Sophie sagte nichts und starrte nur auf das schön gefertigte Armaturenbrett. Frederik rang sich erneut die gute Laune ab. »Und da man für so einen schönen Schlüssel auch ein neues Etui braucht, habe ich mir erlaubt, das gleich mit zu besorgen«, sagte er und wedelte vor ihrem Gesicht enthusiastisch mit einem Burberry Schlüsselanhänger, an dem der neue Autoschlüssel befestigt war. Sie lächelte künstlich und realisierte, dass das Geschenk sich wie ein Trostpflaster anfühlte, das viel zu klein war, um auf die große Wunde in ihrem Herz zu passen. »Du schenkst mir ein Auto, weil wir keine Kinder bekommen können?«, fragte sie ohne ihn anzusehen. »Ich versuche nur dich glücklich zu machen«, sagte er, ohne wieder auf die alte Diskussion eingehen zu wollen und steckte den Schlüssel in die Zündung. »Auf dem Rücksitz befindet sich ein Picknickkorb und eine Picknickdecke. Zeit für eine erste Spritztour«, sagte er und war erleichtert, als Sophie den Motor anspringen ließ. Sie fuhren, circa fünfzehn Minuten entfernt von den Ländereien des Gutes, auf einen verlassenen Einsiedlerhof. Sophie breitete die Picknickdecke aus und begann die vorbereiteten Speisen auszupacken. Frederik nahm neben ihr Platz. »Warum sind wir ausgerechnet hierher gefahren?«, fragte sie. »Wir werden dieses vierzigtausend Quadratmeter große Anwesen nächste Woche kaufen«, sagte er und Sophie nickte. »Was soll damit geschehen?«, fragte sie und warf einen kurzen Blick auf die verlassenen Gebäude. »Die Landwirtschaft wird eingliedert, den Rest müssen wir sehen«, sagte er und Sophie überlegte, seit wann ihr alles so schrecklich gleichgültig geworden war. Sie nahm einige von den Trauben und reichte ihm ein Sandwich und ein Weinglas, welches sie zuvor mit einem Chablis gefüllt hatte. Er trank und aß wobei er die Aussicht und die Natur genoss. »Freust du dich ein bisschen?«, fragte er. »Ich freue mich irgendwo da, wo ich es nicht mehr spüren kann«, sagte Sophie und stellte das Glasgefäß mit den Trauben wieder in den Korb zurück. Selbst Essen und Trinken war ihr anstrengend und lästig geworden. Frederik nickte, er war dabei seine Frau zu verlieren. Sie ging irgendwo in den weiten

Fluten des Schmerzes unter und er war nicht im Stande sie zu retten. Wortlos saßen die beiden nebeneinander und keiner wusste, wie man die Stille besiegen konnte. Nach einer wortlosen Weile kniete Sophie sich vor ihn hin, nahm ihm sein Glas aus der Hand und begann sein Hemd aufzuknöpfen. Sie wollte irgendetwas spüren, sonst würde sie ersticken. »Ich weiß nicht, ob wir hier wirklich ungestört sind«, sagte Frederik und blickte sich in alle Richtungen um, ob er Spaziergänger entdecken konnte. »Das war dann wohl der Vorteil, wenn man nichts mehr fühlte, dann waren einem auch endlich die anderen Menschen egal«, dachte Sophie und fuhr fort ihren Mann zu küssen. Sie bewegte sich und spürte Frederik, doch es war als, ob sie beide auf verschiedenen Inseln über das tiefe Meer versuchten so kommunizieren. Keiner konnte den anderen erreichen. Keiner konnte den anderen verstehen. Sie gaben sich dennoch dem Moment hin und versuchten die Leidenschaft über die Traurigkeit siegen zu lassen. Nachdem sie einige Minuten in fester Umarmung verbrachten und den Höhepunkt noch auskosteten, löste sich Frederik schnell aus der Umarmung, er war vor lauter Enttäuschung wütend geworden. Er zog sich seine Sachen an und stand auf. Auch Sophie begann sich wieder anzuziehen. War da mal nicht sowas wie Liebe irgendwo zwischen ihnen und in ihnen gewesen? »Nur, dass du es weißt Sophie! Selbst wenn ich in dir bin, spüre ich dich nicht mehr. Du versuchst mit aller Gewalt alle unsere Gefühle zu töten. Und wenn du meinst, ich würde das bis in alle Ewigkeit ausgleichen und aufhalten, dann täuscht du dich«, und mit diesen Worten ging er schnellen Schrittes auf den Waldweg, der zum Gut zurückführte. Es blieb eine Sophie zurück, die über diese Situation weder traurig noch aufgebracht sein konnte. Sie ließ sich auf die Decke zurückfallen und schlief für einige Minuten sogar ein. Als sie aufwachte, wünschte sie sich, für immer einzuschlafen.

Wie wünschte ich verstehen zu können, dass ich dir genug bin.

An einem heißen und sonnigen Tag betrat eine elegant gekleidete Sophie mit ihrer Prada Handtasche und den perfekt manikürten Fingernägeln die Anwaltskanzlei von Tristan. Sie hatte die Haare hochgesteckt und trug eine große schwarze Sonnenbrille, die sie noch im Gehen abnahm. Da er gerade an dem großen Tresen im Empfangsbereich stand, um einige Dokumente zu unterzeichnen, konnte er sie gleich persönlich begrüßen. »Hallo Sophie, schön dich zu sehen«, sagte er und gab ihr links und rechts einen Kuss auf die mit Rouge geschminkten Wangen. »Wo ist Frederik?«, fragte er und warf einen Blick zur Tür. »Ich bin alleine«, sagte sie und sah wie er gerade noch einen verdutzten Gesichtsausdruck vermeiden konnte. »Wie komme ich zu der Ehre?«, fragte er galant und versuchte einen Blick in seinen Kalender zu werfen, wie lange er noch Zeit haben würde mit ihr zu reden. »Ich bin dein sechs Uhr Termin, Frau Durand. Ich wollte nicht, dass du Frederik davon erzählst«, sagte sie und lief bereits in Richtung des großen Besprechungszimmers vor. Tristan sah ungläubig zu seiner Sekretärin, worauf diese nur mit den Achseln zuckte. »Sie können nach Hause gehen Frau Bernard, wir brauchen Sie nicht«, rief Sophie und Tristan sah Sophies Pumps mit einer dünnen Sophie daran in seinem Besprechungszimmer verschwinden. »Machen Sie Schluss für heute«, bestätigte er Sophies Aussage und nahm sich zwei Flaschen Wasser, ehe er Sophie folgte. Sie hatten an dem großen Besprechungstisch Platz genommen und sie sah ihm aufmerksam zu, als er sein Sakko auszog, an seinem Stuhl platzierte und vor ihr Platz nahm. Er schob ihr eine Wasserflasche mit der Frage: »Was ist los?«, über den Tisch. Als sie daraus getrunken hatte, blieb ein pinker Rest ihres Lippenstiftes auf dem Flaschenrand hängen. »Ich möchte wissen, wie eine Scheidung ablaufen könnte«, brachte sie hervor, ohne auch nur ein einziges Mal zu blinzeln. Tristan lehnte sich zurück und beobachtete sie scharf. »Ich hoffe, dass das ein schlechter Scherz ist und wenn das die Wahrheit ist, bin ich echt der falsche Ansprechpartner, Sophie.« »Du hast die Eheverträge erstellt, ich brauche deinen Rat«, sagte sie. »Ich habe die Eheverträge für Frederik erstellt«, entgegnete er und stellte damit unmissverständlich klar, auf welcher Seite er stand, als seine Augen dazu blitzten. Er stand auf, holte aus einer Schublade des großen Wandschranks einige Visitenkarten und reichte sie Sophie. »Das sind gute Anwälte, die auf Scheidungen spezialisiert sind. Du kannst sagen, dass du von mir kommst. Mehr kann ich nicht für dich tun.« Tristans Gedanken rasten, was hatte Frederik ihm alles verschwiegen. Er hatte nur erzählt, dass Sophie sich von ihm distanzierte. Sophie nahm die Visitenkarten, bedankte sich und wandte sich zum Gehen. Tristan versuchte nicht auszusprechen, was er dachte, doch es gelang ihm nicht. »Ich finde du bist ganz schön arrogant geworden, Sophie«, sagte er und fing ihren Blick auf, als sie sich umdrehte. »Du machst Frederik für etwas verantwortlich, für was er ganz und gar unschuldig ist. Ihr *beide* seid unschuldig an dieser Situation. Hör auf ihn zu bekriegen, indem du deinen Frust an ihm auslässt und reiß dich etwas zusammen«, sagte er. »Und du bist immer noch genauso selbstverliebt und selbstherrlich wie früher. Bitte sag Bescheid, wenn dir mal etwas Schlimmes passiert, dass ich dann auch noch mit Füßen nach dir treten kann«, sagte sie und schaffte es tatsächlich, dass er sich etwas schuldig fühlte. Er hatte in seinem Leben tatsächlich noch nie etwas Tragisches überwinden müssen, so wie Frederik oder Sophie das gemusst hatten. In seinem Leben war ihm immer alles zugeflogen. Er war aus einem reichen und liebevollem Elternhaus, er hatte immer gute Noten, obwohl er sich dafür nie anstrengen musste, und die Frauenherzen flogen ihm auch ohne jeglichen Verdienst zu. Alles ging ihm leicht und schwerelos von der Hand, alles was er wollte, bekam er stets. »Wie fühlt es sich wohl an, sich etwas aus ganzem Herzen zu wünschen und es nicht zu bekommen?«, fragte Sophie und wusste dass Tristan ihr darauf keine Antwort geben konnte. Tristan schluckte. »Du musst dich irgendwann damit abfinden. Mit oder ohne Frederik«, sagte er dann. Sophie nickte. »Ich muss das, er eventuell nicht«, entgegnete Sophie. »Wie meinst du das?«, fragte Tristan. »Ich bin hier, um dich um eine Lösung zu bitten, dass Frederik eine neue Frau heiraten kann, damit er Erben für das Gut bekommt.« Tristan schluckte. »Ich hätte es dir ja ausführlich erzählt, aber du hast mich ja sofort verurteilt«, sagte sie und ging aus der Tür. Tristan konnte sie auf der Hälfte des Flures einholen und hielt sie an beiden Oberarmen fest. »Es tut mir leid, Sophie. Frederik hat mir nur von eurem Picknick erzählt und von dem Auto und das alles hat mir für ihn so leidgetan.« Sophie nickte und begann zu schluchzen. Tristan nahm sie nun in eine feste Umarmung. »Es tut mir leid, ich denke nur, dass es die beste und einzige Lösung ist«, schluchzte sie weiter »Ich sollte jetzt gehen. Verzeih, dass ich dich damit belästigt habe.« Tristan hielt sie zurück. »Wir machen jetzt einen Plan B des Abends.« Sie runzelte nur die Stirn, als Tristan sie zurück ins Besprechungszimmer schob und ihr einen Whiskey mit Cola servierte. Er nahm sich auch ein Glas für sich. Dann griff er zum Hörer und bestellte eine Pizza Hawaii und eine Salami Pizza. »Was wird das, wenn es fertig ist?«, fragte sie, als Tristan noch darauf wartete, dass die Damen am Telefon die Adresse richtig notierte. »Du musst mal etwas machen, was total nicht Sophie ist: Unvernunft. Ich bin der König in dieser Welt und ich werde es dir beibringen«, sagte er augenzwinkernd und brachte sie damit tatsächlich zu einem kleinem Lächeln. »Und bitte liefern sie dazu ein Tiramisu«, sagte er. »Mit siebzig Prozent Dunkelschokolade setzt man nämlich keine Glückshormone frei. Wenn du nicht vorhast dreihundert Jahre alt zu werden, dann würde ich an deiner Stelle ein paar Krankheitsrisiken in deinen Alltag integrieren«, neckte er sie, als er das Telefonat beendet hatte. »Und außerdem brauchst du mal einen richtigen Rausch. Von Champagner kommt man nicht auf den Boden der Tatsachen, da hilft nur hartes Zeug.« Und er beobachtete sie, wie sie das ganze Glas in einem Schluck austrank und danach das Gesicht verzog. »Bravo«, sagte er anerkennend. Einige Gläser Whiskey und eine Pizzalieferung später, hatte Tristan die Musik laut aufgedreht. Sophie zog ihre Schuhe aus und Tristan sah die rot manikürten Zehennägel an ihr, als sie ihre Haare öffnete und auch den Blazer auszog. Er ließ seinen Blick an ihrer Silhouette hinabgleiten und erkannte wie viel sie in den vergangenen Monaten abgenommen hatte. Sie kicherte und hörte nur damit auf, um einige Stellen aus den Liedern mitzusingen. Sophie lächelte ihn an. Mit ihm konnte man wirklich immer Spaß haben. »Jetzt verstehe ich, warum du diese legendären Büropartys feierst«, sagte Sophie, als sie sich wieder auf den Stuhl zurückfallen ließ. Tristan lachte und erkundigte sich nach Frederik. »Willst du ihm nicht Bescheid geben, dass du noch unterwegs bist?« »Ach, nein«, sagte sie, während sie eine große Handbewegung machte, die wohl zu bedeuten hatte, dass das nicht nötig sei. Tristan konnte deutlich hören, dass sie bereits zu viel Alkohol getrunken hatte. »Er ist bei einem Geschäftstermin, das dauert immer ewig«, sagte sie und verdrehte die Augen. »Warum hast du ihn nicht begleitet?«, fragte er provokativ und nahm einen weiteren Schluck aus seinem Glas und mit seinem Finger etwas von dem Tiramisu. »Im Moment bin ich nicht gerade förderlich für seine Karriere«, sagte sie. Er nickte. »Vielleicht findet er heute Nacht eine hübsche Kellnerin, dann wäre das Problem gelöst«, überlegte sie und wusste nicht, ob sie sich tatsächlich so etwas wünschen sollte. »Er liebt dich, Sophie und selbst wenn die Kellnerin heute Abend Helena aus Troja wäre, würde er mit dem größten Liebeskummer vor mir sitzen, wenn du ihn verlässt«, sagte Tristan und hoffte inständig, dass Sophie ihren Trennungsplan nicht wahrhaftig durchziehen würde. »Aber jetzt kommen wir zur nächsten Lektion«, sagte Tristan und holte aus seiner Anzugjacke, die immer noch an seinem Stuhl hing, zwei Zigarren hervor und reichte eine davon Sophie. »Mit dir kann man alle Sünden in einer Nacht erleben, was?«, fragte sie rhetorisch und ließ sich die Zigarre von Tristan anzünden. Sie musste stark husten und Tristan lächelte, während er mit seiner Zigarre im Mund spielte. »Manchmal kommst du mir vor wie sechzehn«, lachte Tristan und sah wie Sophie allmählich das Rauchen genoss. Sie lehnte sich zurück und legte ihre Beine auf dem großen Besprechungstisch ab. »Wenn du dich erinnerst, ich war immer gegen das Erwachsen werden«, sagte sie. »Ich liebe ihn immer noch jeden Tag mehr«, fuhr Sophie nach einem weiteren Glas Whiskey mit etwas mehr Cola, weil Tristan versuchte ihr nicht mehr so viel Alkohol zu geben, fort. »Ich liebe ihn und deswegen möchte ich ihm ermöglichen glücklich zu werden. Mit mir ist das nicht mehr möglich«, sagte sie. »Es gibt da draußen bestimmt starke Frauen, die etwas erschaffen können, ohne Kinder zu haben. Ich zähle nicht dazu«, sagte sie und wurde traurig. Als ihre Augen schon ganz müde wurden und sie drohte am Tisch einzuschlafen, nahm Tristan sie hoch und legte sie auf die große schwarze Ledercouch in seinem Büro. Sie kuschelte sich auf eine Seite und schlief ein. Dann nahm Tristan sein Handy und wählte die Nummer von Frederik. »Hey«, begrüßte Frederik ihn. »Hey Riks, ist dein Geschäftstermin schon fertig?« »Ja endlich, bin gerade auf dem Nachhauseweg.« »Dann komm bitte zu mir in die Kanzlei, Sophie liegt hier schlafend auf der Couch.«

Tristan öffnete Frederik die Tür und sah seinen Freund wortlos an. »Was ist passiert?«, fragte Frederik als er in Tristans Büro lief und Sophie, dort auf der Couch schlafend, fand. Er kniete sich hin, strich ihr übers Haar und gab ihr einen Kuss auf die Stirn. Tristan seufzte. »Sie war hier um sich zu erkundigen, wie sie aus dem Ehevertrag rauskommt, damit und jetzt halt dich fest, du eine neue Frau heiraten kannst und mit ihr Kinder bekommen kannst«, berichtete Tristan die Geschehnisse. »Mmh«, gab ihm Frederik traurig zur Antwort und nahm dann das Whiskey Glas, das Tristan ihm reichte. »Und das Essen und der Alkohol?« »Hat sich so ergeben. Ich hab gesagt, dass Champagner manchmal nicht hilft.« Frederik nickte und spielte mit seinem Glas, in dem die Flüssigkeit hin und her schwappte. »Es ist alles nur so unfair!«, sagte Frederik »Alle werden hier schwanger, sogar ungewollt und von Affären und all dem Zeug. Und Sophie hat nichts von all dem getan und dann das. Das Kinderheim ist voll von Kindern, die Eltern haben, die sich nicht kümmern.« Er rieb sich die Augen. »Ich weiß nicht, wie wir das schaffen sollen«, sagte er und Tristan war ebenso ratlos. »Ihr dürft einfach nicht aufgeben! Irgendwann kommen wieder bessere Zeiten.« »Chrissy und Jonathan erwarten Zwillinge«, sagte Frederik und nahm einen großen Schluck Whiskey. Tristan schüttelte ungläubig den Kopf »Und jetzt sag du mir, wie ich das meiner Frau beibringen soll.«

Tristan wurde von Frederiks Chauffeur nach Hause gefahren und Frederik nahm am Boden vor der Couch, auf der Sophie lag, Platz. Er lehnte seinen Kopf an der Couch an und hielt die Hände vor seinen angewinkelten Beinen verschränkt und dachte nach. In dieser Nacht tat er kein Auge zu. Als sie aufwachte, lächelte sie ihn an. »Was machst du hier?« Sie richtete sich auf und schloss schnell wieder die Augen, weil das helle Morgenlicht sie blendete. »Kopfweh?«, fragte Frederik und Sophie nickte nur, die Augen weiter geschlossen haltend. Frederik stand auf, um ihr ein Glas Wasser zu holen. »Danke. Es tut mir leid, ich hätte dir Bescheid geben sollen«, sagte Sophie und Frederik nahm neben ihr auf der Couch Platz. Er nahm ihre Hand und berührte ihren Verlobungsring. »Ich bin dir sehr dankbar für das schöne Auto. Es ist wunderschön«, sagte Sophie vorsichtig und es klang wie eine Entschuldigung. »Ich weiß, dass ich im Moment nicht ich selbst bin. Aber es ist einfach alles um mich herum schwanger. Es gibt nur noch dieses Thema und ständig fragen mich die Leute, wann wir endlich loslegen. Ich schaffe das einfach nicht, Frederik«, sagte Sophie und Frederik sah sie an. »Du hast es nicht verdient, dass ich so eine schreckliche Ehefrau bin und deswegen wollte ich auch mit Tristan reden«, erklärte sie weiter. »Sprich es nicht mal aus!«, sagte er bestimmend, ehe sie weitersprechen konnte. »Ich könnte nie jemand anderen heiraten. Und jetzt los, du kleine Schnapsdrossel, ich bringe dich nach Hause, damit du deinen Kater auskurieren kannst«, neckte er sie und reichte ihr ihre Pumps, die noch verstreut am Boden des Besprechungszimmers gelegen hatten.

Sophie verbrachte fast den ganzen Tag im Bett und döste vor sich hin. Am Abend nahm sie eine lange Dusche und kroch danach wieder ins Bett zurück. »Wie geht es dir?«, fragte Frederik, als er den Kopf durch die Tür steckte. »Grauenhaft«, war ihre Antwort und sie zog die Decke über das Gesicht. »Ich soll dir gute Besserung von Tristan sagen.« »Wie peinlich!«, kam es unter der weißen Decke hervor. Frederik lachte. »Man muss am Morgen danach, mit dem Abend davor klar kommen«, philosophierte er und kroch zu ihr unter die Decke. »Wir schaffen das, Sophie«, sagte Frederik und Sophie nickte. Doch Frederik realisierte, dass gerade nur er die Kraft zum Wollen hatte.

Und wir haben es schon wieder getan. Andere bestimmen wie wir uns fühlen.

Frederik spielte mit der Visitenkarte von Julian Brehm und überlegte. Für den diesjährigen Benefizball in zwei Wochen waren ihm soeben die Musiker wegen Krankheit abgesprungen. Er ärgerte sich wahnsinnig über sich selbst, dass er nicht doppelt gebucht hatte und nun auf ein Experiment angewiesen war. Er stellte die Visitenkarte mit einer Spitze auf seinen Schreibtisch und drehte daran. Julian war ein junger Musiker, der nun langsam berühmt wurde. Auf einer Veranstaltung vor einigen Wochen hatte Julian gespielt und Frederik dann seine Visitenkarte gegeben. Frederik stoppte die drehende Visitenkarte und begann die Nummer, aus einem Impuls heraus, zu wählen.

»So, ich gehe jetzt mit meiner Schwester die letzten Sachen von Mattis abholen«, rief Sophie in Frederiks Arbeitszimmer, als dieser das Telefonat mit Julian beendet hatte, der am Nachmittag zu einer kurzen Besprechung vorbeikommen sollte. »Gut«, sagte Frederik und stand auf, um einige Schritte auf seine Frau zuzugehen. Er lächelte sie an. »Wirst du auf dem Nachhauseweg bei Cäcilia vorbeisehen?« Sophie nickte. »Ja, sie weiß noch nicht, dass Marlene die Scheidung eingereicht hat. Jemand muss es ihr sagen.« »Grüß sie von mir.« »Das mache ich«, sagte Sophie. »Ist alles in Ordnung?«, fragte Sophie, als sie in Frederiks nachdenkliches Gesicht blickte. »Ja, wir werden den großen Benefizball wohl mit einem Experiment gestalten müssen«, resümierte Frederik.

Frederik beobachtete Julian aufmerksam und studierte intensiv seine Körpersprache, als dieser von Henry in das Arbeitszimmer geleitet wurde. Er hatte ihn überprüfen lassen und bis auf eine unschöne Familiengeschichte nichts Auffälliges entdeckt. »Wissen Sie, Herr Brehm«, sagte Frederik, nach dem die höflichen Begrüßungsfloskeln ausgetauscht worden waren. »Es sollte etwas Klassisches sein. Zum Tanzen. Nichts Ausgefallenes. Die Leute möchten feiern, einige möchten Geschäfte machen, andere möchten spenden. Es soll nicht auffallen, was der Rest macht, also bitte sorgen sie dafür, dass die Tanzfläche immer voll ist.« Julian nickte und versuchte sich seine Nervosität nicht anmerken zu lassen. Dieser Auftritt bedeutete für seine Karriere unheimlich viel. Wenn er auf dem Fest vom Grafen von Sonnersleben überzeugen würde, könnte das für ihn nur von Vorteil sein. Frederik kannte jeden einflussreichen Menschen, von denen ziemlich viele eine Einladung zum Benefizball erhalten hatten und es war schon ein Wunder, dass Frederik damals seine Visitenkarte genommen, sie aufgehoben und ihn dann tatsächlich angerufen hatte. »Ganz wie Sie wünschen«, gab er Frederik zur Antwort.

»Frederik, was ist denn bitte mit deinem Telefon los? Ihr höre fast nur Rauschen«, Tristan versuchte irgendwie ein Gespräch mit Frederik aufzubauen, aber das Gespräch riss entweder ab oder er hörte nur ein Rauschen. »Ich weiß es nicht, es ist vielleicht ka…«, und schon wieder hörte Tristan nur ein Tuten am anderen Ende der Leitung. Er nahm erneut und nun sichtlich genervt den nächsten Telefonanruf seines Freundes an. »Man, lass das reparieren.« »Ja mache ich, ich bin in Eile, der Benefizball beginnt gleich und ich bin noch nicht. Naja egal. Wann kommst du? Oder besser gesagt. Warum bist du noch nicht da?« »Ich wurde aufgehalten.« Tristan kniff kurz die Augen zusammen und rieb sich die Ohren, über die Freisprechanlage ertönte ein lauter schriller Ton, ehe das Rauschen wieder einsetzte. »Frederik!« »Ich ruf dich von Sophies Telefon an.« »Gut«, sagte Tristan, nicht sicher, ob Frederik dieses Einverständnis dazu gehört hatte. »Also jetzt nochmal von vorne bitte«, hörte Tristan Frederik nun aus Sophies Telefon sagen. »Ich komme etwas später, das ist eine lange Geschichte. Nur so viel: sie könnte ich sein oder ich könnte sie sein, je nachdem.« Sophie und Frederik warfen sich einen kurzen Blick zu, als Tristan über den Lautsprecher plapperte und sie beide versuchten in der Zeit, letzte Hand an ihre Outfits zu legen. Die Zeit drängte. »Ja, und mit dem ganzen Trubel mit dieser Frau, sie ist sehr viel älter als ich und irgendwie ist sie ein Volltreffer, hab ich die Zeit vertrödelt und dann hab ich Tatjana in der Stadt gesehen. Stell dir vor ihr Sohn ist bereits zehn Jahre alt.« Frederik hustete und versuchte nun zum Schreibtisch zurückzukehren, auf dem er Sophies Telefon abgelegt hatte, um sich seine Fliege zum Smoking vor dem Spiegel zu richten. Er kam allerdings zu spät an, um zu verhindern, dass Sophie den letzten Satz klar und deutlich hörte: »Stell dir vor, hättest du damals nicht so viel Glück gehabt, hättest du jetzt einen zehn Jahre alten Sohn. Wie krass ist denn bit..« Frederik hatte es zu spät geschafft das Telefonat zu beenden und sah nun in Sophies geschocktes Gesicht. Sophies Ahnung, dass da irgendwas nicht mit guten Dingen vor sich ging oder besser gesagt vorgegangen war, wurde durch Frederiks ertapptes Gesicht bestätigt und somit flog die »Es-ist-ja-keine-Lügengeschichte« auf.

In der Zwischenzeit führte Henry Julian und seine vier Bandkollegen zu dem Ballsaal, die nur mit Mühe ihr Stauen über die aufwendig verzierten Decken und die Gemälde an den Wänden der Flure verstecken konnten. »Mach den Mund zu«, raunte Johnny, Julians Saxophonist, ihm zu. »Wir müssen so tun, als wären wir Profis.« Henry brachte die Jungs zu der Bühne und dem festlich geschmückten Ballsaal, als Thomas dem Fünfergespann entgegen kam. Die Augen verdrehend formte Henry ein stilles: »Anfänger«, woraufhin Thomas leicht lächelte und dann doch höflich grüßte.

»Puh, da bin ich. Also ältere Frauen sind ja wirklich sehr ausdauernd«, sagte Tristan und sah, dass Frederik nicht in einer redseligen Stimmung war. »Ok, klar. Big Business heute. Ich bin still«, sagte Tristan und mimte die Geste nach, als würde er seinen Mund mit einem unsichtbaren Schlüssel verschließen. »Du warst vorhin laut«, sagte Frederik. »Entschuldigung, es war nicht gerade einfach mit dir zu telefonieren.« »Du warst auf Lautsprecher.« »Ja und?« »Sophie hat alles mit angehört.« »Oh, nein. Wo ist sie jetzt?« »Ich weiß es nicht. Ich denke nicht, dass sie heute Abend kommen wird. Heute wo so viel davon abhängt«, sagte Frederik, der dieses Mal auch ausländische Geschäftspartner eingeladen hatte.

Julian atmete entspannt durch, die Musik schien zu gefallen, da Frederik ihm anerkennend zugenickt hatte. Der Ballsaal füllte sich und die meisten Gäste waren schon angeregt plaudernd dabei, das zweite oder dritte Glas Champagner zu leeren. Julian drehte seinen Kontrabass um die eigene Achse und begann dann harmonisch zur Musik einige Zeilen zu singen, die er frei improvisierte. Das war so mit Frederik zwar nicht vereinbart gewesen, aber er war immerhin auch Musiker und keine Marionette. Er beobachtete die schönen Frauen, die allesamt mit langen und zum Teil auch sehr provokativ gewählten Abendkleidern durch die zweiflügelige Tür hineinströmten. Sein Blick schweifte wieder zurück zu Frederik, dessen gute Gastgebermanier ihm bisweilen etwas arrogant vorkam. Mit solchen Männern hatte er ja noch nie viel anfangen können. Doch er wollte sich mit Frederik unter allen Umständen gut stellen. Er wählte das nächste Lied ohne Absprache mit seinen Teamkollegen, die problemlos darauf einstiegen, als sein Blick eine Frau in einem lilafarbenen Abendkleid traf, deren rotbraune Haare zu einer aufwendigen Frisur gesteckt waren. Elegant schritt sie an den anderen Gästen vorbei und holte dann erst etwas Luft, um die letzten Schritte auf Frederik zuzumachen. Julian blieb vor Begeisterung für einige Sekunden der Atem stehen und er verspielte sich so heftig, dass er das mit einem eigens überlegten Gesangspart ausgleichen musste. Als er anfing zu singen, sah die Frau zu ihm. Noch nie hatte es bei einer Veranstaltung wie dieser Gesang gegeben. Irritiert, aber doch beeindruckt von Julians schöner Stimme, gab Sophie Frederik einen Kuss, der zur Folge hatte, dass Julian sich ein weiteres Mal verspielte, was diesmal der Saxophonist mit einem spontanen Solopart ausglich, der Julian dafür hinterher mit einem Blick strafend rügte.

»Wir haben Gesang?«, fragte Sophie, als Frederik Sophie ein Kompliment über ihr Aussehen in ihr Ohr geflüstert hatte. »Das war so nicht vereinbart, aber ich hatte noch keine Zeit mich darum zu kümmern.« Irritiert sah Sophie wieder zu Julian, der ihr zuzwinkerte. Kopfschüttelnd, aber doch mit einem Lächeln auf den Lippen, drehte Sophie ihm den Rücken zu und begrüßte die Bürgermeisterin mit Ehegatten. Nachdem Frederik und Sophie nebeneinander stehend zahlreichen Menschen die Hand gegeben hatten, fragte Frederik: »Warum bist du doch gekommen?« »Ich weiß es selbst nicht so genau«, antwortete Sophie.

Nachdem die Gesellschaft an den Tischen Platz genommen hatte und nun einige Reden folgten, gönnte sich Julian auf der Terrasse eine Zigarettenpause. »Kannst du dich mal etwas konzentrieren?«, raunte Johnny ihm zu, als auch er an seiner Zigarette zog. »Ich bin konzentriert.« »Und was sollte dann der Flirt mit der Frau von dem Sonnersleben Typ?« »Ist das nicht die schönste Frau, die du je gesehen hast?« Johnny verdrehte die Augen. »Wehe, du versaust uns das wieder. Immer wegen deinen Weibergeschichten«, sagte Johnny und warf seine Zigarette auf den Boden, um sie auszutreten.

Sophie hielt ihr Champagnerglas fest in der Hand und beobachtete wie die ersten Gäste begannen zur Musik zu tanzen. Immer wieder lächelte Julian ihr zu und sie konnte sich irgendwie nicht beherrschen auch, ab und zu zumindest, zu ihm zu sehen. Sie wollte von ihrem Champagnerglas nippen, doch irgendwie verursachte der Geruch ihr Übelkeit und sie stellte es angewidert auf einem Tablett in ihrer Nähe ab. »Heute keinen Alkohol?«, fragte Tristan, der ihr einen Kuss auf die Wange gab und sie noch einige Zeit an der Taille festhielt. »Später vielleicht.« Tristan nickte. »Tanzt du mit mir?«, fragte Tristan augenzwinkernd, woraufhin Sophie erst einen Blick zu Frederik warf. »Er wird in den nächsten Stunden keine einzige Sekunde Zeit für dich haben. Du kennst ihn doch.« Sophie atmete lächelnd aus. »Na gut«, sagte sie schließlich und ließ sich von Tristan auf die Tanzfläche ziehen. Als Tristan gut gelaunt mit Sophie tanzte, entging seinem geschulten Blick nicht, dass Julian Gefallen an Sophie gefunden hatte. Er räusperte sich, als er Sophie so hielt, damit die Flirterei ein Ende nahm und er nun Julian komplett im Blick hatte. »Alles in Ordnung?«, fragte Tristan Sophie, als er sich keinen einzigen Zentimeter vorwärts bewegte und nur zur Musik etwas hin und her wiegte. »Ich weiß es nicht. Es ist seltsam. Irgendwie war es natürlich richtig mir nichts zu sagen, denn ich wäre wirklich durchgedreht«, gab Sophie zu, obwohl ihr durchaus bewusst war, dass es zwischen der ersten gemeinsamen Nacht mit Frederik und der zweiten Nacht, irgendwo eine Nacht mit Tatjana hatte geben müssen. Tristan nickte. »Es ist doch alles gut«, machte er ihr Mut. »Wir werden sehen«, gab sie ihm als Antwort.

Mehrere Stunden vergingen, in denen Sophie Frederik kein einziges Mal zu Gesicht bekam. Die Besserung, die er noch vor wenigen Wochen gelobt hatte, war vom Alltag verschluckt worden. Immer wieder beobachtete Sophie, wie Frederik sich galant von Gast zu Gast bewegte und sein Netzwerk veredelte. Er bewegte sich mit einer Leichtigkeit in diesen Kreisen und das vermutlich deshalb, weil er immer schon dazugehört hatte. Als sie sich bei einer Bedienung nach der Uhrzeit erkundigt hatte, konnte sie feststellen, dass es bald an der Zeit war, dass einige wenige elitäre Gäste den Ballsaal gegen den Herrensalon tauschen würden, da es schon fast Mitternacht war. Sie seufzte, als sie abwog, wann der beste Zeitpunkt sein würde, sich heimlich zurückzuziehen und ging dann aus reiner Langeweile in Richtung Damentoilette, um ihr Make-up aufzufrischen.

»Hast du Sophie gesehen?«, fragte Frederik. »Nein«, sagte Tristan mit vollen Mund, da er gerade die Olive aus seinem Martini Glas in den Mund gesteckt hatte. »So ein Mist. Es ist schon fünf Stunden her, seit ich mich das letzte Mal mit ihr unterhalten habe.« Tristan nickte und war dann etwas weniger aufmerksam, weil ihm gerade eine Frau zugezwinkert hatte. »Tristan.« »Äh…ja?«, sagte er und sah Frederik nun aufmerksam an. »Sophie?« »Ich weiß es nicht. Vor einiger Zeit hat sie ihre Eltern verabschiedet.« Frederik nickte und sah dann Julian, er wollte ihm sagen, dass es nun reichen würde, wenn jemand leise Klavier spielt.

»Ich würde mich ja an ihrer Stelle nicht so zieren und jede Nacht mit ihm verbringen…Mehrmals.« Gerade begannen die Frauen zu kichern, als Sophie die Tür bereits einen kleinen Spalt weit aufgemacht hatte und konnte nun hören, wie die Frauen, die vor dem Spiegel standen und ihren Lippenstift nachzogen oder ihre Haare richteten, über sie abfällig sprachen. »Ich finde zehn Jahre sind genug. Er sollte sich endlich eine Frau suchen, mit der er Kinder haben kann.« »Ja, zum Beispiel mit meinen Hüften!« Wieder ging ein Kichern durch die ganze Meute und Sophie schätzte die Anzahl der Frauen, die sich unterhielten auf vier bis fünf. »Ich würde beinahe alles darum geben eine Nacht mit ihm zu verbringen«, schwärmte eine andere. »Du bist verheiratet, Linda.« »Ich würde auch meinen Mann dafür hergeben«, gab Linda ihren Freundinnen zur Antwort und Sophie hatte nun Gesichter zu den Stimmen, als die Frauen wieder begannen zu lachen, da sie Linda Meinfeld und ihren Mann viele Jahre kannte. Gut zu wissen, warum sie in Wahrheit immer so nett zu Frederik war. Sophie schluckte und überlegte, ob es besser wäre, die Türe wieder langsam zuzumachen oder in einem kräftigen Schwung auf, um hineingehen zu können. In keinen Fall wollte sie beim Lauschen erwischt werden. »Unfassbar, dass Frederik sich das bieten lässt. Der arme Kerl braucht doch endlich einen Erben«, erzählte eine andere und Sophie überlegte, ob es sich dabei um Diana Woring handeln könnte, die ebenfalls nur ein schönes

Accessoire ihres Mannes war, so wie die meisten der Frauen auf diesen Partys. Und bei dem letzten Satz, der Sophie verletzend traf, ließ Sophie die Türe leicht zufallen und rannte durch den Ballsaal in Richtung der offenen Terrassentüren, die direkt in den Park hinausführten. »Mit ihrer Schönheit wird sie ihn nicht ewig halten können. So etwas ist vergänglich. Wird Zeit, dass ihr mal jemand sagt, dass ihre Zeit abgelaufen ist.«

Sophie schnappte nach Luft, als sie einige Schritte in die Dunkelheit des Parks gelaufen war. »Kann ich Ihnen helfen?«, fragte Julian, der an seiner Zigarette zog und Sophie erschreckte, da sie ihn bis eben gar nicht bemerkt hatte. »Nein, ich brauche nur eine ruhige Minute«, blaffte sie ihn an und überlegte, ob sie eine Nacht bei Marlene und Carlos bleiben könnte. »Gefällt Ihnen die Party nicht?«, fragte Julian amüsiert, als er seinen Blick an Sophie hinunter wandern ließ. Sophie schnaubte verächtlich und bat ihn dann sie ihn Ruhe zu lassen. »Gut, wenn Sie meinen, dass sie da drin heute noch glücklich werden.« »Wie meinen Sie das?«, fragte Sophie und funkelte ihn mit wütenden Augen an, deren Wut und Enttäuschung nicht ihm galten. »Der schönsten Frau auf einer Party sollte man immer die meiste Aufmerksamkeit schenken«, sagte Julian, da ihm nicht entgangen war, wie sehr Frederik Sophie an diesem Abend vernachlässig hatte. »Das da drinnen ist ein Spiel und jeder spielt seine Rolle«, sagte sie, sich noch selbst wundernd, warum sie sich auf ein Gespräch einließ. »Eines steht fest: Die da drinnen spielen nicht fair mit Ihnen.« »Was erlauben Sie sich bitte über mich zu urteilen?« »Ich urteile nicht über Sie. Ich urteile über die Menschen, die sie so behandeln.« »Über meinen Mann insbesondere?« Julian lächelte und sah dabei auf seine polierten Lackschuhe, als er seine Zigarette ausdrückte und schnell vom Boden aufhob, als Sophie eine Augenbraue hochzog. »Sie können dort gerne wieder reingehen. Ich halte Sie nicht auf«, sagte er und hielt sich ergebend beide Arme nach oben, ehe er den Zigarettenstummel in den dafür vorgesehenen Ascher warf. »Es sei denn«, sagte er, als Sophie bereits ihr Kleid etwas nach oben genommen hatte, um kopfschüttelnd nach innen zu gehen. »Sie würden mit mir einen kleinen Ausflug machen. Es gibt Partys, bei denen man Freiheit spürt«, sagte er und hielt ihr auffordernd seine Hand hin. Sophie blickte ihm schockiert in die Augen und wäre in diesem Moment nicht Linda, die sich soeben noch die ein oder andere Nacht mit Frederik gewünscht hatte, mit ihrem Mann auf die Terrasse gekommen, hätte sie seine Hand womöglich nicht genommen. Schnell zog er sie in eine dunkle Ecke, in der sie vor dem Licht der Gartenlaternen geschützt waren und half ihr mit ihrem engen Abendkleid über die Hecke zur Einfahrt zum Lieferanteneingang. Sie zögerte noch kurz und stieg dann doch in Julians Auto. Ehe Julian den Schlüssel ins Zündschloss steckte, reichte er Sophie die Hand und hielt sie einige Sekunden lang fest. »Ich bin Julian«, sagte er schließlich lächelnd. »Sophie.«

Frederik hatte nun auch das Letzte aller Pflichtgespräche beendet und war nicht in der Stimmung noch mehr Geschäfte anzuschieben. Vielleicht war es möglich die Runde im Herrensalon nicht mehr zu besuchen, er war erschöpft und müde. Er machte sich auf den Weg, um wieder nach Sophie zu suchen, doch er konnte sie nirgendwo entdecken. Er fand Madeleine. »Hast Du Sophie gesehen?«, fragte er sie. »Nein, ich habe sie auch schon gesucht. Ich wollte mich auch verabschieden, ich bin sehr müde.« »Gut, ich werde es ihr ausrichten, sobald ich sie finde.« Er gab ihr einen leichten Kuss auf die Wange und verabschiedete sich auch von ihrem Mann Marc, während er beiden für ihr Kommen dankte. Er fand zwei der Bodyguards und fragte, ob sie seine Frau gesehen hätten. Anstatt zu antworten, warfen sie sich verlegen einige Blicke zu. »Ihr habt sie aus den Augen verloren?«, fragte Frederik und wurde dabei augenblicklich wütend. »Nicht direkt«, war die Antwort. »Sie ist gegangen.« »Gut, wer hat sie zum Haupthaus begleitet?« »Sie ist nicht in diese Richtung gegangen.« Auf den fordernden Blick von Frederik fuhr er fort: »Sie ist in das Auto des neuen Musikers gestiegen und mit ihm weggefahren. Zwei unserer Leute sind ihnen gefolgt.« Darauf war Frederik nun wirklich nicht gefasst gewesen. »Wohin sind sie gefahren?« »Das wissen wir noch nicht.« Frederik war verwirrt und bemerkte, dass Tristan plötzlich neben ihm stand. Dieser blickte genauso verdattert drein wie er, als die beiden Bodyguards ihnen Bilder zeigten, wie eine lachende Sophie Händchen haltend mit Julian zum Parkplatz lief und in einen alten Mercedes Kombi einstieg. »Wir holen sie«, sagte Tristan und zog seinen Freund von den Fotos weg. Frederik stoppte. »Auf was wartest du? Ist dein

Beschützerinstinkt nicht gerade aktiv geworden?«, fragte Tristan. »Wenn sie dort sein möchte, sollten wir sie lassen«, sagte Frederik und tarnte seine tiefe Kränkung geschickt, während er den Blick in den Raum schweifen ließ. »Bitte was? Das kann nicht dein Ernst sein. Dann hole ich sie alleine.« »Nein, das wirst du nicht.« Tristan blieb stehen und sah seinen Freund lange an. Er kannte ihn sehr gut und ihm war bewusst, dass er innerlich vor Eifersucht brodeln musste. »Gut, wenn du das so willst. Dann gibt es nur noch Plan B.« Tristan winkte eine Bedienung zu sich und bestellte zwei Cognac. Beide standen betreten vor einander und keiner sagte auch nur ein Wort, bis die Bedienung zwei Gläser Cognac auf einem silbernen Tablett reichte. »Ich finde es besser wir gehen hin und sehen uns das Ganze aus der Nähe an«, riet Tristan Frederik vorsichtig flüsternd. »Mir reicht was ich gesehen habe.« Er nahm den Cognac vom Tablett und ging auf die große Terrasse, um sich eine Zigarre anzuzünden. Tristan tat es ihm gleich, während er überlegte, ob heute die Ära Sophie und Frederik ein für alle Mal zu Ende gehen würde.

Das Auto hielt unweit vom Bootshaus, in einiger Entfernung hatten die beiden Personenschützer Richie und Harry mit ihrem Opel geparkt. »Kannst du mir bitte erklären, warum wir dieses winzige Auto nehmen mussten? Ich komme da vielleicht nicht mehr in einem Stück heraus«, fragte Richie. In der Tat waren die zwei Muskelprotze in diesem kleinen Auto etwas eingezwängt. »Wenn wir einen der schwarzen Bentleys genommen hätten, wären wir doch sofort aufgeflogen«, antwortete Harry. Richie stöhnte und rutschte auf dem Sitz hin und her, bis er sich den Kopf stieß. »Da siehst du es«, war sein Kommentar zu dem Missgeschick. »Sei jetzt still, sie steigen aus«, antwortete Harry und schoss sofort einige Bilder mit seinem Handy. »Die Gräfin ist ja gut gelaunt«, urteilte dieser und beobachtete wie Julian und Sophie miteinander lachten und recht vertraut wirkten, wenn nicht sogar ganz offensichtlich miteinander flirteten.

»So kannst du da aber nicht reingehen«, sagte Julian und sah an Sophies dunkellila Kleid herunter. »Die denken ja, du bist aus einem Märchen geflohen.« »Ich habe aber nichts anderes.« »Was trägst du darunter?« »Wie bitte?« »Ihr vornehmen Frauen tragt doch immer diese Seidenunterkleider, das könnte als Minikleid durchgehen.« »Ich frage jetzt besser nicht, woher du das weißt«, gab Sophie lachend zurück. Er knöpfte ihr Kleid mit wenigen Handbewegungen auf und sagte darauf: »Sage ich es doch. Schwarzes Seidenkleid. Das passt perfekt.« Sophie lachte und spürte dann verlegen, dass sich das hier durchaus gut anfühlte. Das Gerede auf der Damentoilette hatte sie so verletzt, dass sie bereit war ihr komplettes Leben über den Haufen zu werfen. Julian half ihr aus dem Kleid und bewunderte, dass das schwarze Seidenkleid mit ihren beigen High Heels harmonierte, die ihre schönen langen Beine perfekt in Szene setzten. Julians Blick blieb wie gefesselt an Sophie hängen, während er sich die Fliege und das Sakko auszog. Das Hemd knöpfte er leicht auf und Sophie fiel auf, wie muskulös er war. »Die Haare solltest du aufmachen. Das kommt besser.« Sophie nickte und nahm einige der Haarnadeln heraus, sodass ihre langen rotbraunen Haare herabfielen. »Wow. Die solltest du immer so tragen«, sagte er, als er sah, dass ihre Haare ihr fast bis zum Po reichten, der dadurch noch viel besser zur Geltung kam. Julian reichte ihr aus dem Kofferraum seine schwarze Lederjacke, die sie kommentarlos über das Seidenkleid streifte. »Perfekt«, war sein Resultat zu der Umwandlung, die Richie und Harry mit der Handykamera festhielten. »Nicht schlecht«, sagte Richie. »Unsere Chefin mal etwas freizügiger.« Harry schluckte bei dem Gedanken, diese Bilder dem Chef zu zeigen. »Können wir nur hoffen, dass der Chef nicht so sauer ist und uns beide mit ihr zusammen rausschmeißt.« »Die zwei Turteltauben fliegen weiter«, war Richies Antwort und sie versuchten aus dem Auto auszusteigen. »Lass mich zuerst aussteigen, sonst kippt es«, war Harrys Kommentar zu dieser filmreifen Aktion, als beide versuchten sich gleichzeitig aus dem Auto zu manövrieren.

»Bereit für Freiheit?«, fragte Julian und nahm Sophie wieder an der Hand, als sie lachelnd nickte, um sie dann in seinen Arm zu nehmen und mit ihr zusammen zum hell beleuchteten Bootshaus zu laufen. Während Julian mit Sophie durch die geräumige Bar lief und einige Leute begrüßte, die Sophie musterten, genoss Sophie, dass sie nicht mehr funktionieren musste. Nicht gerade ihre üblicher Umgang, aber die Leute waren gut gelaunt und die Musik gefiel ihr. Manche trugen sogar Jeans, registrierte sie, während sie überlegte, wann sie Frederik das letzte Mal in Jeans gesehen hatte. »So.« Julian rutschte galant auf den Barhocker neben ihr. »Was möchtest du tun? Einzige Aufgabe für heute Nacht ist, dich glücklich zu machen. Oder möchtest du darüber reden?«, sagte Julian und versuchte derweil seine Neugierde zu unterdrücken. Er war glücklich darüber, dass seine Vorurteile sich bewahrheitet hatten. Reicher Mann, unglückliche Ehefrau. »Ich nehme an, er hat eine Affäre«, brachte er das Gespräch ins Rollen. Sophie lachte. »Das wäre zu einfach. Nein, er ist der loyalste Ehemann, den ich kenne.« Im Gegensatz zu mir als Ehefrau, fügte ihr Gewissen hinzu. »Was ist dann das Problem? Er ist zu reich und kann dir zu viel bieten, sodass du dich langweilst«, zog er sie auf. »Wir können keine Kinder bekommen. Also ich«, hörte Sophie sich sagen und glaubte nicht, dass sie das gerade einem Wildfremden erzählte. »Wir kriegen zwei Bier. Möchtest du ein Bier? Champagner haben dir hier glaube ich nicht?« »Eine Limo wäre gut.« »Gut, ein Bier und eine Limo bitte, Denise.« Julian sah Sophie weiter strahlend an. »Willst du nichts dazu sagen?« »Zu was?« »Ich kann keine Kinder bekommen.« »Na und?« »Na und?«, wiederholte Sophie Julians Frage. »Ihr könnt doch trotzdem ein schönes Leben haben. Ihr feiert, dass ihr die seid, die ihr seid«, sagte er salopp. »Ja, das könnten wir, aber jemand wie Frederik braucht Erben und das macht das Ganze ziemlich kompliziert«, gab sie eine Erklärung. »Macht er dir denn daraus einen Vorwurf?«, fragte Julian, völlig unbeeindruckt von diesen ganzen Informationen. »Nein. Ich mache mir den Vorwurf, dass dieses Adelsgeschlecht wegen mir aussterben wird.« Sie überlegte kurz und sprach dann weiter: »Genug von mir und meinen Abgründen. Erzähl mir von deinen.« »Gut, ich bin nur etwas weniger reich als dein Gatte«, scherzte Julian und beschrieb, dass er mit einem Vater, der nach dem Durchbrennen der Mutter mit einem Musiker, dem Alkohol verfiel. Da sich der Vater nie wieder richtig davon erholen konnte, kamen er und seine zwei kleineren Brüder abwechselnd in Jugendheimen unter oder wurden Gast in Pflegefamilien. Dort war er immer wieder abgehauen, Drogen, Schlägereien und Polizei, das Übliche. Er hatte keinen Schulabschluss und auch keine Ausbildung, nur seine Musik und diese Musik finanzierte nun das Leben für ihn und seine beiden Brüder. Und da er mit dieser Verantwortung genug zu tun hatte und eben auch diese Kindheit so erlebt hatte, wie er sie erlebt hatte, würde er niemals Kinder haben wollen.

»Überrascht?« »Eigentlich bin ich nur überrascht, dass mein Mann dich mit dieser langen Liste an potentiellen Gefahren engagiert hat.« Beide lachten. »Da hat er wohl dieses Mal nicht gut genug aufgepasst.« Und als er das sagte, strich er ihr sanft über den Arm. Und obwohl er hätte wetten können, dass sie den Arm wegziehen würde, ließ sie es geschehen und sah ihm in die Augen. Sophie überlegte, warum sie sich jetzt gerade bei ihm so fühlte, wie sie sich fühlte. Lebendig, frei und selbstsicher. Affären in ihrem Freundes- und Bekanntenkreis gehörten dazu und sie hatte alle immer dafür verurteilt und nun war sie selber in einer Grauzone gelandet, die innerhalb von Sekunden aufzeigen würde, auf welcher Seite sie stand. »Lass uns tanzen«, sagte Julian und zog Sophie bereits die Lederjacke aus, um sie etwas unachtsam auf den Barhocker zu legen. Julian war ein hervorragender Tänzer, er brachte Sophie zum Lachen und sie vergaß all die Traurigkeit, die Lästereien, die Erwartungen und den Leidensdruck, als Julian sie immer wieder schnell drehte und dann abrupt stoppte, um ihr in die Augen sehen zu können. Julian nahm Sophie eng an sich und spürte ihre festen Beinmuskeln an seinen und konnte nicht umhin ihre Taille und ihre Hüften mit seinen Händen zu berühren. Am Ende des Liedes blieben sie in einer engen Umarmung stehen, als sanftere Töne erklungen. Sie blickten sich in die Augen, ehe Julian sie sanft küsste. Erst ganz vorsichtig und dann doch forsch und unnachgiebig. Einige Sekunden vergingen bis Sophie panisch realisierte, was sie hier tat: sie betrog Frederik und das in aller Öffentlichkeit. Sie löste sich stürmisch aus seinen Armen und zog sich das Kleid zurecht, dass vom Tanzen hochgerutscht war. »Ich werde jetzt gehen. Das geht einfach alles nicht.« »Sophie, wir könnten doch einfach…«, begann er zu sagen und überlegte, was nicht so unverfroren sein könnte, um ihr ein Wiedersehen vorzuschlagen? »Etwas essen gehen!?«, sagte er, etwas schlecht improvisiert. Sie sah ihn lange an. »Ich möchte einfach nach Hause.« »Ich bringe dich.« »Das ist keine gute Idee.« Sie steuerte Richtung Ausgang, während Julian ihr noch hinterherlief, als sie Richie und Harry sah. Resigniert blickte sie zu Boden, als die beiden starken Jungs Sophie und Julian trennten und Richie ihr sein Sakko über die Schultern legte, damit sie etwas mehr angezogen aussah. Julian sah traurig dabei zu, als sie aus seinem Blickfeld verschwand, sie hatte sich nicht mal mehr nach ihm umgedreht.

»Gräfin von Sonnersleben, wir bringen Sie jetzt nach Hause. Meinen Sie, dass Sie auf der Rücksitzbank Platz nehmen könnten, weil also naja ich«, versuchte Harry eine Erklärung über die Größenverhältnisse, als Sophie das kleine Auto sah. In einer normalen Situation hätte sie vermutlich gelacht, doch sie blickte nur traurig zu Boden, ehe sie kommentarlos in den Wagen stieg und beobachtete wie Harry ihr Kleid aus Julians Auto holte. Ihre Scham versuchte sie währenddessen in der Dunkelheit der Rücksitzbank zu verstecken.

Ich dachte deine Liebe zu mir ist perfekt und dann musste ich feststellen, dass nur du perfekt für mich bist.

Das Auto fuhr in die große Auffahrt und am beleuchteten Springbrunnen vorbei und Sophie sah, dass auch im Inneren des Gutshauses noch sehr viel Licht für diese Uhrzeit brannte. Nachdem sich Richie aus dem Auto befreit hatte, half er Sophie auszusteigen. Henry öffnete die Tür, durch die Sophie wortlos und somit ohne Gruß hindurch ging und marschierte in ihr Zimmer, als wäre sie ein Teenager und gerade von ihrem Vater, gegen ihren Willen, von einer aufregenden Party nach Hause gebracht worden. Sie konnte Frederiks Blick spüren, der sie von einem der Fenster aus dem ersten Stock beobachtete. Am Treppenabsatz sah sie, dass er schon auf sie wartete. »Guten Abend«, begrüßte er sie mit einem eindeutig angriffslustigen Unterton. »Guten Abend«, gab sie betreten zurück. »Woher kennst du ihn?«, war seine erste Frage, die Sophie überraschte. »Von dem Ball heute.« »Du hast ihn noch nie zuvor gesehen?«, er konnte es nicht glauben. »Nein, habe ich nicht.« Sophie fühlte sich wie in einem Kreuzverhör und demnach klangen ihre Antworten patziger als beabsichtigt. »Dann findest du es normal, dich mit einem wildfremden Mann fortzustehlen?« »Es ist so passiert«, gab sie zurück, obwohl sie wusste, dass er eigentlich mit einer Entschuldigung gerechnet hatte und daher noch wütender auf sie wurde. Unten an der Treppe sah er, dass Richie und Harry auf ihn warteten und er deutete ihnen an, dass sie schon mal in sein Arbeitszimmer vorgehen sollten. Er wollte den Ausgang der Nacht wissen, von Sophie war wohl nicht gerade ein Roman zu erwarten. »Und wie ist das passiert, dass du hier ohne Kleid auftauchst?«, fragte er und hoffte inständig, dass es dafür eine logische und harmlose Erklärung geben würde. »Es war nicht passend für die Feier am Bootshaus.« »Wie konntest du uns das antun, Sophie«, sagte er nun mehr traurig, als wütend. »Wie konntest du mir zwei deiner Männer hinterherschicken?«, gab sie unfreundlicher zurück, als sie es geplant hatte. »Sie sind dir von alleine gefolgt. Es ist ihre Aufgabe auf dich aufzupassen. Und das war heute zum ersten Mal in unserer Ehe nötig«, sagte er und ließ Sophie mit diesen Worten stehen.

Frederik erreichte die beiden großen Jungs noch am Gang und geleitete sie ins Arbeitszimmer. Dort lieferten sie Report ab, was ihnen sehr unangenehm und Frederik schmerzlich war. Nachdem Frederik ausnahmslos alle Bilder gesehen hatte, bedankte er sich bei den beiden und verabschiedete sich mit den Worten: »Ich verlasse mich auf Ihre Integrität. Eine gute Nacht Ihnen beiden.« Sein Pulsschlag war deutlich erhöht, so sauer war er auf Sophie noch nie gewesen.

Beim Frühstück herrschte betroffenes Schweigen. Sophie und Frederik sprachen kein Wort miteinander und Sophie konnte Frederiks durchdringenden Blick deutlich spüren, als sie auf ihr Müsli starrte. »Bitte lassen Sie uns allein, Stina, wir haben etwas zu besprechen«, sagte Frederik ohne den Blick von Sophie abzuwenden. Es war beiden deutlich anzusehen, dass sie nicht gut geschlafen hatten. »Wie konntest du uns so bloßstellen vor dem Personal?«, war seine erste Frage. »Ach, darum geht es dir?» »Hauptsächlich geht es mir darum, dass meine Frau mit einem völlig unbekannten Musiker getürmt ist. Das ist mein Problem. Außerdem ist sie in Unterwäsche durch die Unterschichtbars gezogen«, gab er zu bedenken. »Die Frauen tragen das alle so«, trotzte Sophie ohne genau zu wissen, warum sie sich nicht entschuldigte. Sie fühlte sich nur so wahnsinnig in die Ecke gedrängt. »Meinst du, die Frauen dort betrügen alle ihre Ehemänner?« Sie erschrak bei der Lautstärke seiner Stimme und sah betreten auf ihr Müsli zurück. Sie hatte sich wirklich wie das Allerletzte aufgeführt. »Ich möchte wissen, ob du ihn berührt hast und er dich«, fuhr er in ruhigerem Ton fort. Frederik sah die Bilder wieder vor seinen Augen und obgleich er die Antwort bereits kannte, wollte er es aus ihrem Mund hören und zwar um einschätzen zu können, ob sie sich in Julian verliebt hatte. »Nun ja«, war ihre zaghafte Antwort, bevor sie begann alle Details, wie er sie aus den Bildern kannte, zu schildern. Das Händchen halten auf dem Weg zum Auto, das Aufknöpfen des Kleides, das Arm in Arm laufen zum Bootshaus und das Tanzen. Dann machte sie eine Pause. Es zu hören war nicht weniger schmerzhaft und er war gespannt, ob sie auch das brisanteste Detail dieser Nacht berichten würde. »Er hat mich geküsst«, fasste sie den Abend zusammen und hatte auf einmal Angst, was nun folgen würde. »Du hast lange gebraucht bis du dich gewehrt hast«, beschrieb er das Bild, das er seit gestern Nacht nicht mehr aus dem Kopf bekam. Es gab da einige Sekunden, die Sophie genossen hatte. »Du willst mir aber nicht sagen, dass deine Türsteher-Jungs uns fotografiert haben?«, fragte sie und ihr Mund blieb offen stehen. »Ich weiß nicht was naiver ist, Sophie. Zu glauben, dass Bodyguards deinen nächtlichen Ausflug decken und mir nicht davon berichten oder dass du nicht verstehst, dass Julian ein Herzensbrecher ist und du eine weitere Trophäe von ihm geworden bist.« Von der einen auf die andere Sekunde fühlte sie sich plötzlich schrecklich naiv und realisierte nur ungern, dass er wohl die Wahrheit sprach. »Der Abend hätte ganz anders ausgehen können. Du hast ja dann doch noch den Weg in *dein* Bett gefunden«, provozierte er sie. »Ich habe einfach die Zeit vergessen, ich dachte ich bin zurück, ehe das Fest hier zu Ende ist«, sagte sie und bemerkte erst hinterher, dass es die denkbar schlechteste Antwort gewesen war. Frederik blickte sie an. »Du hättest auch einfach ehrlich sein können, dass du uns nicht mehr möchtest.« Sophie schnappte nach Luft. »Ich würde dir aber jemand empfehlen, der dich ernähren kann, wenn du dich nicht nur auf deine Abfindung verlassen willst.« Mit diesen Worten stand er auf und verließ den Raum. Sophie wusste nicht, wie ihr geschah. Sie hatte ihre komplette Ehe wegen diesem dummen Flirts mit Julian aufs Spiel gesetzt. Sie ärgerte sich so sehr über sich selbst, dass ihr vor Verzweiflung die Tränen über die Wangen liefen.

Frederik stürmte in sein Arbeitszimmer und bat Henry seine Koffer zu packen. Er möchte verreisen. »Wohin denn?«, fragte Henry, obwohl ihm die Frage nicht zustand. Frederik blickte auf. »Nun ja, wegen den Klamotten, die ich einpacken muss«, ruderte Henry zurück und an Frederiks wütendem Gesichtsausdruck wurde ihm klar, dass er Sophie nicht mitnehmen würde. Sophies Aktion, die eisige Stimmung und der Streit am Frühstückstisch waren dem Personal nicht verborgen geblieben. Er schickte eine kurze Nachricht an seine Freunde, dass er eine Auszeit im Ferienhaus nehmen würde. Wer Lust hatte, könne sich gerne anschließen. Es folgte eine Absage von Vincent, er war für einen Termin unterwegs nach London, und zwei Zusagen von Max und Tristan. Innerhalb von einer Stunde waren die drei im Range Rover von Tristan unterwegs zur Brenner Autobahn. Auf dem Weg dorthin hörte Frederik laut Musik aus seinen Kopfhörern ohne am

Gespräch der beiden Anteil zu nehmen. Sie diskutierten über einen Rechtsfall, der zurzeit in den Medien breit getreten wurde, und die beiden konnten sich nicht recht einigen, auf wessen Seite sie standen. Frederik war eingeschlafen und wachte kurz vor Ankunft am Ferienhaus auf, wo er zuerst eine Flasche Whiskey öffnete, die er mit Cola mischte und auch den anderen beiden davon gab. »Ich liebe Männerausflüge«, gab ihm Tristan zur Antwort und hielt den beiden sein Glas zum Anstoßen hin. Frederik nahm einen kräftigen Schluck. »Du solltest erst etwas essen«, gab Max zu bedenken, doch Frederik gab ihm keine Antwort und ging auf die Terrasse, um die kühle Luft einzuatmen. Sein Handy schaltete er aus, da Sophie schon wieder versuchte ihn anzurufen. Mittlerweile hatte sie realisiert, dass er abgereist war. Henry hatte er ihr erzählt, dass er von seinen beiden Freunden abgeholt worden war. »Vermutlich werden die zwei heute Nacht das nachholen, wozu sie gestern nicht gekommen sind«, prophezeite Frederik, als sich Max und Tristan zu ihm auf die Terrasse gesellt hatten und das Panorama genossen. »Sorry mein Freund, aber ich hätte meine Frau in diesem Moment nicht alleine gelassen«, gab Tristan zu bedenken. »Wenn sie mir nur treu sein kann, wenn ich anwesend bin, dann ist sie nicht mehr meine Frau«, sagte er und nahm einen weiteren Schluck. »Die Scheidungspapiere könnt ihr vorbereiten, wenn wir zurück sind«, sagte er und Tristan und Max warfen sich einen Blick zu. »Findest du nicht, dass du etwas überreagierst? Ich meine Sophie hat an diesem Abend wieder die volle Breitseite der Gemeinheiten abbekommen. Da ist man mitunter etwas verwirrt. Außerdem hat sie das noch von Tatjana erfahren«, verteidigte Tristan Sophie. Frederik sah ihn fragend an. »Sie hat dir nicht erzählt, was sie mit anhören musste?«, fragte Tristan. »Nein, wann soll das gewesen sein?«, fragte Frederik, woraufhin ihm Tristan erzählte, was sein kleiner Flirt auf der Damentoilette mit angehört und ihm berichtet hatte. »Sie denkt, dass Sophie so gut wie das ganze Gespräch mitbekommen hat, denn sie ist durch die Tür gegangen, die Sophie zufallen hat lassen und hat gesehen, wie sie in Richtung der Terrasse lief, sichtlich aufgebracht.« »Das haben sie nicht gesagt.« »Doch. Du solltest anfangen deine Gästeliste zu überdenken«, sagte Tristan und schenkte erst seinen beiden Freunden und dann sich selbst nach. »Was kann ich dafür, dass wichtige Geldgeber so komische

Frauen haben.« Ihm tat Sophie nun leid und er konnte nun verstehen, dass sie die Party verlassen wollte. Doch hätte sie doch genauso gut bei ihm Trost suchen können. »Gut, das erklärt, warum sie getürmt ist, aber nicht, warum sie es mit dem falschen Mann getan hat.« Darauf wussten weder Tristan noch Max eine gute Antwort. »Vielleicht ihre Revanche für die Tatjanas-Sohn-Katze-Aus-dem-Sack-Ding«, resigniert ließ Frederik sich auf eine Sonnenliege fallen. Nun war es Max, der für Sophie Partei ergriff. »Frederik, das erste Mal, dass dich Sophie verletzt und du willst gleich die Scheidung? So funktionieren Ehen nicht.« »Gut, dann möchte ich keine Ehe.« Er wusste, dass die beiden Recht hatten, aber er hätte nie gedacht, dass Sophie ihn derart verletzen würde. Nach eine schweigsamen Weile stand er auf und sagte: »Umziehen, wir machen die Gegend unsicher.«

Paolo, der Inhaber der kleinen Trattoria am Eck, die so etwas wie der Lieblingstreffpunkt bei Besuchen im Ferienhaus geworden war, begrüßte sie herzlich und erkundigte sich dann warum die Herzdamen nicht mit in den Urlaub gekommen waren. »Die sind mal wieder auf einer Schönheitsfarm«, log Frederik schlichtweg, ohne auch nur eine Miene zu verziehen. »Das sind doch schon so schöne Frauen, besonders deine Sophie«, antwortete Paolo, was die Stimmung nicht besser machte. »Wir brauchen heute viel Wein«, gab ihm Frederik zur Antwort, worauf Max schnell: »Und eine große Vorspeisenplatte«, ergänzte, damit Frederik endlich etwas essen würde. Einige Stunden und einige Weinflaschen später, waren alle drei schon recht gut angeheitert. »Kommt, wir ziehen weiter«, schlug Tristan vor. »Spinnst du«, zischte Max in Tristans Ohr. »Frederik ist in dieser Stimmung zu allem fähig«, sagte Max und drückte irritiert einen weiteren Anruf von Sophie weg. Seit Frederik sein Handy ausgeschalten hatte, versuchte sie Max zu erreichen. »Na und? Wir werden ihn von den Sorgen ablenken. Wenn ihm eine hübsche Frau dabei hilft, umso besser.« Max seufzte mit der Treue nahm es Tristan nie sehr genau, wohl auch nicht mit der von Frederik. Sie kamen in der ersten Bar an und landeten sofort an einem vollen Frauentisch, denen Tristan die nächste Runde Champagner spendierte und sich zur einer braunhaarigen Schönheit setzte. Max beobachtete Frederik und zog ihn kurz am Arm. »Hey Mann, bitte, du bist verheiratet und Sophie liebt dich, nimm dich etwas zurück.«

Frederik sah ihn an und sagte dann: »Seit wann bist du eigentlich so ein Spießer geworden? Ich glaube, seit du Notar bist«, und fing an zu lachen. Max resignierte, das Ende des Abends konnte er schon jetzt vorhersagen. Sophie klingelte schon wieder auf seinem Handy an und er beschloss diesmal ranzugehen. Er verließ die Bar, um sie besser verstehen zu können. »Hallo Sophie«, sagte er. »Hallo Max«, es folgte eine lange Pause von Sophie, die Max als Entschuldigung dafür deutete, dass sie einen anderen Mann als seinen Freund geküsst hatte. »Du brauchst dich nicht zu entschuldigen«, gab ihr Max zur Antwort, als Sophie begann zu weinen. »Ich bin in circa einer Stunde am Ferienhaus«, sagte Sophie, während Max nach Luft schnappte. Das könnte problematisch werden, dachte er bei der Vorstellung, dass Frederik eine Frau abschleppen würde. »Könntest du bitte arrangieren, dass wir uns sehen? Ich weiß es ist total egoistisch und vielleicht wäre es besser, wenn ihr ihn ablenkt, aber ich muss mit ihm sprechen.« »Er ist schon ziemlich abgelenkt«, dachte Max, als er Frederik durch die Fensterscheibe beobachtete, wie er mit einer Blondine sprach. »Ehm, ich versuche es, aber er ist ziemlich fertig, Sophie und er hat zu viel getrunken. Ein Gespräch heute würde vermutlich nicht viel Sinn machen.« Sophie nickte, als könnte Max das durch das Telefon sehen. »Melde dich einfach, wenn du angekommen bist. Ich versuche es irgendwie hinzukriegen.« Sophie hauchte ein leises: »Danke«, ehe sie das Gespräch beendete. Max steckte das Handy zurück in seine Hosentasche und machte sich auf den Weg zurück. Seine beiden Freunde waren, sichtlich angetan, in Unterhaltungen verwickelt. Er beobachtete Frederik und suchte nach einer Lösung des Problems, während eine der Frauen auch mit ihm flirten wollte. »Weißt du, im Moment habe ich wirklich andere Sorgen und außerdem bin ich verheiratet«, sagte Max, um gleich mal reinen Tisch zu machen. »Schade. Nicht ganz einfach mit zwei Singlemännern auszugehen«, entgegnete sie und nahm einen Schluck aus ihrem filigranen Champagnerglas. Er sah sie verwirrt an und sah dann selbst, dass Frederik keinen Ehering mehr am Finger trug. »Darf ich dich mal kurz unter vier Augen sprechen?«, keifte er seinen Freund an und zog ihn nach draußen, unter völlig irritierten Blicken der Blondine, die anscheinend Melanie hieß. »Was ist los mit dir und wo ist dein Ehering?«, fragte er aufgebracht. »Ich habe ihn im

Ferienhaus gelassen.« »Und warum das Ganze?« »Sophie und ich sind Geschichte. Es ist besser so, sie kann jemand Neues treffen oder mit Julian was auch immer tun.« »Es gibt für dich kein Leben ohne Sophie oder hast du die Jahre ohne sie vergessen?« Frederik seufzte. »Wenn du mich jetzt bitte entschuldigst, Melanie und ich waren gerade dabei uns zu unterhalten«, säuselte er und er konnte nicht ganz verstecken, dass er zu viel getrunken hatte. Frederik wollte reingehen, doch Max hielt ihn zurück. »Sophie ist in einer Stunde am Ferienhaus«, er probierte es mit der Wahrheit, weil ihm keine bessere Lösung einfiel. »Danke für die Info, dann gehen wir lieber ins Hotelzimmer von Melanie«, entgegnete Frederik frech und marschierte selbstbewusst, wenn doch wankend, an seinem Kumpel vorbei.

Sophie erreichte das Ferienhaus und fand es dunkel und verlassen vor. Sophie ging in das Zimmer von Frederik und setzte sich auf das Bett in der Hoffnung, dass er bald nach Hause kommen würde. Ihr Blick wanderte im Zimmer umher und sie überlegte, ob sie etwas fernsehen sollte, als sie den Ehering entdeckte, den Frederik nur wenige Stunden zuvor auf dem Nachttisch abgelegt hatte. Sie nahm den Ring enttäuscht in die Hand und betrachtete die Gravur: *Du wohnst in meinem Herzen*. Und Sophie war unendlich traurig dabei, dass sie Frederik so gekränkt hatte.

Max kehrte, ohne die beiden Freunde, ins Ferienhaus zurück und sah Sophies neues Cabrio in der Auffahrt stehen. So ein Mist, dachte er, was sollte er Sophie nur sagen. Tristan und Frederik waren mit den beiden Mädels in deren Hotelzimmer gegangen. Er öffnete die Tür und fand Sophie schließlich im Schlafzimmer von Frederik auf dem Bett liegen. »Hey«, sagte er und setzte sich zu ihr aufs Bett. »Hey«, gab sie vorsichtig zurück und setzte sich auf. »Er ist noch unterwegs?« »Ja und Tristan auch.« Sophie nickte. »Er hat seinen Ehering hier gelassen«, sagte Sophie und hielt den Ring hoch, als müsste sie ihre Aussage beweisen. »Ja, ich weiß. Sophie, ich bin jetzt einfach mal ehrlich zu dir«, begann Max zu sagen, es stand ihm nicht zu, aber er wollte diese Situation retten. »Ich weiß, dass es eine enorme Belastung ist, dass ihr keine Kinder haben könnt. Da ist die Frage der Nachfolge für das Gut und das Gerede der Leute. Aber du darfst dich Frederik nicht so entziehen, wie du es momentan tust.« Sophie hörte aufmerksam zu. Max war ein guter Freund und es bedeutete ihr viel, dass er ehrlich mit ihr sprach und sie nicht verurteilte. »Er ist nur noch eine Hülle, wenn du ihn links liegen lässt. Er macht sich solche Vorwürfe, weil er dich nicht glücklich machen kann. Er ist stark, Sophie, aber er braucht dich. Und du brauchst ihn. Ihr könnt durch diese Situation nur stärker werden. Entweder ihr schafft es gemeinsam oder ihr verliert euch. Und der gestrige Abend beweist, dass es fünf vor zwölf ist.« Sophie nickte, sie wusste, dass er Recht hatte. Sie musste endlich akzeptieren, dass die Hoffnung aufzugeben, auch ein neuer Anfang sein würde.

Just in diesem Moment klingelte das Handy von Max, und Sophie konnte Frederiks Namen am Display lesen. Beide warfen sich einen Blick zu und Max nahm das Telefonat an, in der Hoffnung, dass Sophie nichts von Frederiks Ausflug ins Hotel mitbekommen würde. »Hallo«, sagte Max unsicher. »Hallo!«, Frederik schrie geradezu ins Telefon. Max lächelte verlegen und räusperte sich, während Sophie gespannt, auf neue Informationen wartend, vor ihm saß. »Warum ist das bei dir so laut?«, gab Max zurück. »Die Mädels haben im Hotelzimmer die Musik so laut aufgedreht«, war die Antwort, die Sophie realisieren ließ, dass Frederik in einen Flirt verwickelt war. Während in Sophies Kopf schon zahlreiche Bilder mit halbnackten Frauen auf einem Hotel-zimmer entstanden, zuckte Max nur entschuldigend mit den Schul-tern. Sophie blickte Max unendlich traurig an und Max konnte nicht umhin, als tief durchzuatmen. »Tristan ist wie immer gut in Fahrt«, resümierte Frederik weiterhin lautstark und es folgte eine lange Pause in der Max nicht wusste, was er sagen sollte. »Die Mädels sind süß«, fuhr Frederik fort und Max überlegte panisch, wie er aus diesem Ge-spräch rauskommen sollte. »Ich kann jetzt schlecht spr...« »Ich konnte Melanie nicht küssen, sie wollte es und ich habe es nicht geschafft. Ich liebe Sophie und ich will nur sie küssen. Sag mir Max: Wie konnte So-phie das tun?«, sagte Frederik und Sophie wusste nicht, ob sie sich freuen oder ohrfeigen sollte. »Sie stand vor mir und ich habe es einfach nicht übers Herz gebracht. Dazu habe ich heute ziemlich viel getankt, Sophie hingegen war gestern fast nüchtern. Gib mir bitte eine Erklä-rung, was das zu bedeuten hat!«, forderte er seinen Freund auf. Max hingegen seufzte nur und versuchte Sophie nicht in die Augen zu sehen und atmete dann erleichtert auf, als Frederik sagte: »Ich bestelle mir jetzt ein Taxi, ich muss zu Sophie.«

Einige Zeit später hielt ein Taxi in der großen Einfahrt vor dem Ferienhaus, dessen Scheinwerfer das Licht durch die großen Glasfronten ins Innere des Hauses trugen. Frederik warf dem Taxifahrer einige Scheine hin, ohne darauf zu achten, wie viele es waren. Als Frederik ausstieg, fühlte er sich nüchtern und ganz klar im Kopf, er war froh, dass er diese Entscheidung getroffen und nicht noch mehr durcheinander in dieser Situation erlaubt hatte. Er überlegte, ob Sophie schon schlief und er sich einfach zu ihr legen sollte und ob erst morgen ein klärendes Gespräch stattfinden sollte. Tristans Meinung dazu war lediglich gewesen, dass er selbst schuld war, als er eine Frau geheiratet hatte, die er so sehr liebte. »Das konnte ja nur Probleme geben«, sagte er und verschwand mit diesen Worten mit Lea im Schlafzimmer des Hotelzimmers. Er lief die ersten Schritte zum Haus, als er sah, dass Sophie oben am Treppenabsatz stand. Die beiden sahen sich lange an, bevor Sophie langsam in seine Richtung lief. »Bitte verzeih mir, ich schäme mich so. Ich gehöre zu dir, das hatte nichts zu bedeuten«, wollte sie eine lange Entschuldigung beginnen, als er sie unterbrach und sagte: »Für heute ist es genug, dass wir zusammen sind.« Er hielt sie fest im Arm, streifte ihr die Haare aus dem Nacken und küsste sie dort mehrmals sanft, bevor er ihr ein: »Ich liebe dich«, ins Ohr flüsterte. Er trug sie in das große Schlafzimmer, in dem der Ehering einsam auf dem Nachtkästchen lag, und begann sie auszuziehen. Sie bebte unter seinen fordernden Berührungen und ließ es geschehen, dass er sie heute Nacht so sehr brauchte. Als sie beide wieder in der Realität ankamen und die Bewegungen ausklangen, merkten sie, dass die Sonne bereits angefangen hatte aufzugehen und die ersten Vögel vor dem Fenster zu zwitschern begannen. Er ließ sie aus seiner Umarmung und war gefasst, dass die Eifersucht ihn wieder angreifen würde, sobald er wieder Gedanken zuließ. Er rieb sich die Schläfe und nahm sich eine Flasche Wasser. Als er trank, ließ er Sophie nicht aus den Augen. Seine Frau war so wunderschön und der Gedanke an Julian brachte ihn fast um den Verstand. Sophie sah ihn unentwegt an, während sie versuchte sich in die seidene Bettwäsche einzukuscheln. Er stand nackt vor ihr und trank die Wasserflasche komplett aus. Ohne einen Funken von

Scham, bewegte er sich im Raum und sie beobachtete, wie seine Muskeln bei jeder Bewegung reagierten. Immer noch lief er auf und ab, als hätte das Lustspiel so viel Adrenalin bei ihm freigesetzt, dass er sich unmöglich nicht bewegen konnte. »Ich krieg dieses Bild einfach nicht aus meinem Kopf«, begann er schließlich sein Verhalten zu erklären. »Das verstehe ich, aber es war doch nun wirklich nichts von Bedeutung«, versuchte sie ihn zu beschwichtigen, obgleich es schrecklich selbstgefällig klang. Sie richtete sich auf und streckte ihm ihre Hand entgegen. Er nahm ihre Hand, küsste die Hand einige Male und nahm auf ihrer Seite des Bettes Platz. Dabei lehnte er sich mit den Ellbogen auf seine Knie auf und vergrub sein Gesicht in beide Hände. Sophie streichelte ihm den Nacken und wünschte sich von Herzen, dass sie Julian nie begegnet wäre. »Vielleicht sollten wir einfach etwas schlafen«, sagte sie und wollte ihn schon zu sich ins Bett ziehen, als sie sah, dass er mit den Tränen kämpfte. »Oh Frederik, es tut mir so leid. Ich hätte dich nie so verletzen dürfen. Du bist das Beste, was mir je passiert ist und ich kann die Zeit nicht zurückdrehen, aber ich wünsche es mir so sehr.« In einem Satz war sie mit ihrem, in das Bettuch eingewickelten, Körper auf seinem entblößten Schoß gelandet und hielt sein Gesicht mit beiden Händen. »Weißt du noch, als du gesagt hast, du darfst keinen Tag zweifeln, sonst fällst du um?« Frederik nickte. »Ich habe wieder Mal an uns gezweifelt. Ich bin schuld. Ich habe gezweifelt und bin umgefallen. Ich liebe dich Frederik, bis in alle Ewigkeit werde ich das tun«, sagte Sophie und um diese Wahrheit zu unterstreichen, gab sie ihm einen langen Kuss. Anstatt einer Antwort spürte Sophie wie Frederik seine Hände unter dem Seidenlaken auf ihren Körper legte und vorsichtig in sie eindrang. Sie reagierte auf seine Bewegungen und genoss die Liebe, die er freigebig an sie verschenkte. Durch diese Berührungen gefangen, hörten Frederiks Gedanken auf sich zu drehen und er genoss die tiefen Berührungen, die sie zuließ und er fühlte sich stark und unsterblich, als er die Augen schloss, um noch mehr davon zu spüren.

Frederik hatte fast bis Mittag geschlafen, als er hörte, dass Tristan zum Ferienhaus zurückkehrte. Sophie lag ruhig schlafend neben ihm, er nahm die Decke, die sie nur noch halb bedeckte, und kuschelte sie darin ein, ehe er aus dem Zimmer ging, um seinen Freund zu begrüßen. »Na, wars gut gestern?«, zog Frederik Tristan auf, worauf dieser nur nickte und sich ein eiskaltes Bier aus dem Kühlschrank genehmigte. »Ja allerdings, ich sage doch: ich liebe Männerausflüge«, sagte Tristan und beide lachten. Max betrat den großen Wohn- und Essbereich, er war bereits einige Bahnen geschwommen und nun sehr hungrig geworden. Er bediente sich am großen Frühstücksbuffet, das die Haushälterin vorbereit hatte. »Wie ist die Sache ausgegangen?«, fragte Tristan. Frederik zuckte mit den Schultern »Andere Frage. Wie wird es ausgehen?«, frage Tristan weiter. »Aktuell bin ich irgendwie zwischen unendlich frisch verliebt und rasend vor Eifersucht«, gab Frederik nun zu. »Ich muss das alles erstmal sortieren«, sagte er dann. Max und Tristan warfen sich einen Blick zu. »Ok, ich sag jetzt einfach mal was«, hielt Tristan das Gespräch am Laufen. »Ignorier es einfach. Es ist jetzt passiert, lernt daraus was für eure Lebensaufgabe, wie Leo sagen würde, und gut ist es«, sagte er. »Und die Lebensaufgabe wäre welche?«, fragte Frederik skeptisch. »Dass Sophie und Frederik sich nicht verlieren, egal wie groß die Gegner sind«, sagte er und sah dann, dass seine beiden Freunde ihn verdattert ansahen. »Egal bei welchem Problem und das aktuelle Problem ist wohl durch diese, vom Leben vorgegebene, Kinderlosigkeit, einen Weg als Paar zu finden. Und auf diesem Weg gibt es Stolpersteine und deine Sophie ist jetzt über einen Stein namens Julian gestolpert. Es ist deine Aufgabe sie wieder aufzuheben«, schloss er seinen Vortrag. Frederik konnte sich nicht erinnern, wann sein Freund das letzte Mal über Gefühle gesprochen hatte, ach ja richtig, fiel es ihm auf, noch nie. Nach seinem Vortrag nahm sich Tristan ebenfalls vom Buffet und setzte sich zu Max und Frederik an den großen Tisch, die ihn immer noch unentwegt anstarrten. Dann setzte Frederik zu einer Antwort an: »Hast du mir nicht gestern erst wieder zu einer weiblichen Ablenkung geraten?«, fragte Frederik. »Warum nimmst du mich nach all diesen Jahren eigentlich immer noch ernst?«, fragte Tristan entrüstet, was Max zum Schmunzeln brachte. »Ich kann nur in einem Moment fühlen und keine Momente verknüpfen. Daher bin ich eben auch nicht für eine Beziehung gemacht«, verteidigte sich Tristan. Frederik atmete durch. »Dieses Bild von einer Sophie, die meine Ehefrau ist und einen anderen Mann küsst, bringt mich trotzdem fast um. Mit oder ohne Ablenkung. In diesem Moment und auch in jedem anderen.« Max lauschte dem Gespräch aufmerksam, während er ein riesiges Schokocroissant hinunter würgte. Er war neugierig, was Tristan nun darauf zu sagen hatte. »Frederik, Julian ist nur ein Stein«, gab er zu bedenken, während er sich lässig zurücklehnte und alle drei dann zu lachen begannen. Sophie betrat den Raum, als die drei losprusteten und stoppte in ihrer Bewegung. Sie war sich nicht sicher, wer ihr als Erster den Kopf herunterreißen würde. »Komm schon, Sophie, wir beißen nicht«, sagte Tristan, als er sah, dass Sophie sich nicht vom Fleck rührte. Sophie machte sich vorsichtig auf den Weg zum Tisch, während sie sich vom Buffet im Vorbeigehen eine Salzstange nahm. Irgendwie war ihr recht übel und sie musste dringend etwas in den Magen bekommen. Frederik streckte ihr die Hand entgegen und zog sie auf seinen Schoß. Als sie so bei ihm saß, umschloss er sie mit beiden Händen. Tristan hatte Recht, auch wenn es weh tat zu verzeihen.

Der Nachmittag verging ruhig und langsam. Frederik ging unter die Dusche und als Sophie in die Küche lief, um sich etwas zu essen zu suchen, wäre sie um ein Haar mit Tristan zusammengestoßen, als dieser auf sein Handy starrend zurück ins Wohnzimmer laufen wollte. »Verzeih, Sophie«, sagte er kurz und machte dann aber keine Anstalten ihr den Weg frei zu machen. Er musterte sie und sie machte sich schon auf eine Standpauke gefasst. Doch er sagte nur: »Es wird irgendwann leichter werden. Irgendwann wird es nicht mehr so weh tun, dass ihr keine Kinder zusammen habt.« Und Sophie konnte nicht verbergen, dass sie ganz schön sprachlos war. »Es wird leichter werden, weil ihr die seid, die ihr seid. Wenn du die Wahrheit wissen willst, bin ich eifersüchtig auf das, was ihr habt und zwar seit wir damals fünfzehn Jahre alt waren.« Sophie blieb der Mund offen stehen. »Wie bitte?« »Ja, richtig gehört. Ich gebe zu, dass ich es nicht verstehe, was da zwischen euch ist. Ich weiß nur, dass es größer sein muss, als alles, was ich bisher gefühlt habe und ich wünsche mir, dass ich eines Tages so ein Gefühl mit einer Frau haben werde.« Sophie nickte nur, weil sie ihren Ohren kaum traute, was diese ihrem Gehirn meldeten gehört zu haben. Dann gab er ihr den Weg frei und ließ eine verdatterte Sophie in der Küche zurück.

Öffne nur einmal noch dein Herz für mich. Du kannst es schließen, wenn ich darin meinen Platz gefunden habe.

»Warum fahren wir nicht nach Hause?«, fragte Sophie verwundert, als Frederik sie in seinen Plan einweihte, noch eine Weile länger unterwegs sein zu wollen. Frederik saß am Steuer von Sophies Cabrio und fuhr die Straße Richtung Autobahn entlang. Sie kontrollierte schnell ihr Make-Up mit einem kleinen Handtaschenspiegel. »Weil wir in die Schweiz fahren.« Sophie sah nun Frederik an und klappte dann den kleinen Spiegel zu, ohne ihren Blick von ihm abzuwenden. »Was? Warum?«, fragte sie. »Wir brauchen Urlaub«, gab Frederik Sophie, verschmitzt lächelnd, zur Antwort.

In Bern angekommen, fuhr Frederik am Hotel vor und Sophie stieg aus, als ihr der Page die Tür öffnete. Sie nahm ihre Handtasche und marschierte zielstrebig auf den Hoteleingang zu. Die neugierigen Blicke der Passanten und Touristen ignorierte sie geflissentlich. Frederik eilte die Stufen hoch zu ihr und gab ihr einen Kuss. »Du könntest wenigstens so tun, als würdest du dich freuen!«, neckte er sie, woraufhin sie ihm in die Seite kniff. In der Suite nahm Sophie eine Dusche und machte sich dann für das Abendessen schön. Zu sprechen war ihr anstrengend und sie freute sich auf etwas Alkohol, mit dem sie die Schuldgefühle betäuben konnte.

»Vielleicht solltest du nicht ganz so viel trinken«, mahnte Frederik, als der Kellner Sophies Weinglas ein weiteres Mal füllte. Demonstrativ nahm sie einen weiteren großen Schluck und blickte ihm trotzig in die Augen. Frederik atmete tief durch und entschuldige sich kurz bei Sophie, denn er wollte an der Rezeption noch etwas klären. Sophie beobachtete das Treiben der Kellner, die elegant zwischen den Tischen hin und her gingen. Ein Kellner sah auffallend oft zu ihr und Sophie wandte ihren Blick ab. Sie nahm einen weiteren großen Schluck und überlegte, ob sie sich heute eine Zigarre gönnen sollte. Der Geschmack reizte sie irgendwie seit diesem Abend mit Tristan. »Verzeih, mein Liebling, es hat etwas länger gedauert«, sagte Frederik und gab ihr einen langen Kuss, wobei er sie im Nacken berührte. Auch er hatte bemerkt, dass ein Kellner Gefallen an Sophie gefunden hatte und genoss nun wie der Kellner dieses Spektakel verfolgte. »Können wir vielleicht morgen die Prada Handtasche kaufen?«, fragte Sophie, als Frederik wieder auf seinem Stuhl Platz genommen hatte, da sie davon ausging, dass es sich hier um eine gewöhnliche Städtereise handelte. Vermutlich würde Frederik sie auch in die Oper oder zu einem Konzert einladen. Frederik schmunzelte. »Das wird leider nicht gehen«, gab er ihr zu Antwort und freute sich an Sophies verdutztem Gesichtsausdruck, weil er ihr normalerweise nie einen Wunsch abschlug. »Und warum nicht?« »Wir fahren morgen weiter.«

»Ich verstehe nicht, warum wir nicht hierbleiben können. Es ist doch sehr schön hier«, sagte Sophie, als sie wie versteinert auf dem Bett saß und beobachtete wie Frederik beide Koffer zuklappte. »Wir haben noch einiges vor.« Sophie war etwas irritiert, sie hatte sich schon insgeheim darauf gefreut mit Frederik in der Innenstadt flanieren zu gehen, das ein oder andere Kleidungsstück zu kaufen und dann irgendwo in einem Café zu turteln. Das war das beste Hotel in Bern, wo sollten sie sonst hin. »Gib mir bitte deinen Schmuck, den werden wir nicht brauchen, da wo wir hinfahren«, sagte Frederik und verstaute seine Uhr, seine Manschettenknöpfe und seine goldene Geldnadel im Safe. Sophie blieb der Mund offen stehen und als sie sich nicht bewegte, nahm er ihr Ohrringe, Kette und Uhr selbst ab. »Meinen Verlobungsring und meinen Ehering gebe ich nicht her«, sagte sie trotzig. »Brauchst du auch nicht. Und gnädiger Weise erlaube ich dir sogar deine Unterwäsche mitzunehmen«, sagte er und Sophie sah, dass Frederik auch den Schmuck aus ihrer Handtasche und seine Zigarren im Safe verstaute. Sicherheitshalber würde er das Zimmer behalten, er wusste nicht wie lange Sophie bei dem Ausflug mitmachen würde. »In dieser Tasche sind deine Klamotten für heute. Ich hatte den Concierge gebeten einige Dinge für uns zu besorgen. Den Rest packe ich in unsere neuen Rucksäcke«, sagte er und begann nun auch sich umzuziehen. »Wanderschuhe? Wir gehen wandern?« Sophie sah Frederik fassungslos an. »Ja, so kann man es sagen.«

Nach fast drei Stunden Autofahrt und einem Aufstieg von zwei Stunden, erreichten die beiden eine bewirtschaftete Alm mit regen Tourismusbetrieb. Die freundliche Sennerin reichte den beiden eine deftige Suppe und ein Bier. Sophie nahm das schöne Panorama der Bergwelt in sich auf und atmete tief durch. Sie richtete das erste Wort

an Frederik, nachdem sie den Aufstieg in völligem Schweigen ver-
bracht hatten. »Was machen wir hier?«, fragte sie und trank einen wei-
teren Schluck von ihrem Bier. »Ferien«, sagte er und grinste. In seinem
Wanderoutfit machte er eine gute Figur und ging in dem Berg von
Touristen fast unter. »Ferien? Hier?«, sagte Sophie und beäugte die
Schutzhütte skeptisch. »Unweit von hier. Wir haben eine eigene kleine
Hütte nur für uns zwei.«

Nach einem weiteren Aufstieg von einer halben Stunde erreichten
sie eine kleine abgelegene Almhütte mit einem noch atemberaubende-
ren Blick über die Berge. »Das ist es?«, fragte Sophie, als die Eindrücke
noch auf sie wirkten. Frederik nickte. »Es gehört der Schwester der
Sennerin und wir haben es für vier Wochen.« Sophie lugte nur zögerlich durch die Tür und versuchte bei dem Gedanken hier wohnen zu
müssen nicht durchzudrehen. Obwohl das Haus schön, gemütlich und
sauber war, war es doch im Gegensatz zu dem Luxus, den sie sonst
gewohnt war, sehr spartanisch eingerichtet. Frederik nahm ihr den
Rucksack von den Schultern und zog ihr die Wanderschuhe aus. Verzweifelt sank sie auf die kleine Bank auf der Veranda und blickte auf
die großen gewaltigen hellgrauen Berge. »Das ist nicht dein Ernst?«,
fragte sie, als Frederik immer noch in bester Laune neben ihr Platz
nahm. »Doch, mein voller Ernst. Kein Personal. Kein Luxus. Kein flie-
ßendes Wasser. Kein Shopping. Nur du und ich.« »Ich brauche vermutlich etwas, um mich daran zu gewöhnen«, sagte Sophie mehr zu
sich selbst, als zu Frederik und warf dann sorgenvoll ein: »Ist das denn
sicher hier? Also ohne Personal und Security?« Frederik lachte. »Ich
bin in der Lage dich zu beschützen, Sophie.« Sophie kuschelte sich in
seinen Arm. »Wir müssen selbst kochen und putzen?«, fragte Sophie
und versuchte dabei so wenig wie möglich überfordert zu klingen.
»Ja«, sagte Frederik und nahm einen Schluck aus seiner Wasserflasche.
Er atmete tief durch, man muss für jeden Tag eine kleine Lösung finden, bis das ganze Leben einen guten Sinn machte, dachte er.

Nachdem sich Sophie das Gesicht mit dem kalten Wasser aus dem
Brunnen hinter der kleinen Hütte gewaschen hatte, nahm sie auf der
kleinen Eckbank Platz. Sie atmete den Geruch von Zedernholz ein und
fühlte sich ganz behaglich in dieser kleinen Stube. Außen konnte sie
noch die Kuhglocken hören. Frederik öffnete eine Flasche Rotwein, die

er in seinem Rucksack mit hochgetragen hatte und schenkte die rubin-
rote Flüssigkeit in kleine Wassergläser. »Wenn uns zu Hause jemand
sehen würde«, sagte Sophie kichernd, als Frederik etwas zu viel einschenkte, sodass eines der Gläser überlief und er den Rand mit einem
lauten Geräusch schlürfend abtrank. »Das ist ja das Gute. Keiner kennt
uns hier und keiner interessiert sich für uns.« Sophie überlegte. Tatsächlich. Die Touristen heute auf der Schutzhütte hatten sie nicht weiter beachtet. Es war keiner um sie herum, der bemerkte, dass Sophie
abgenommen hatte, sie keine Kinder bekommen konnte, sie ihren Ehemann betrogen und vor dem Personal bloßgestellt hatte. Alle Probleme waren wie weggewischt. »Selbst in dem Hotel ist man ja ständig
den Blicken ausgesetzt. Hier können wir *wir* sein«, sagte er und hielt
sein Glas ihr hin, um mit ihr anzustoßen. Sie lachte und stürzte den
Wein in einem Zug hinunter. Frederik tat es ihr gleich und schenkte
ein weiteres Mal nach. »Und wir müssen wirklich vier Wochen hierbleiben?«, fragte Sophie, nachdem sie auch das zweite Glas leergetrun-
ken hatte. »Ja, ich möchte nur dich haben. Vier Wochen.« Sophie nickte
und nahm dann die Rotweinflasche, um sich ein drittes Glas einzuschenken. »Ich weiß, dass du es nicht einfach mit mir hast. Du musst
immer mich und das Gut repräsentieren. Die Leute sehen zuerst mich
und dann dich.« Sophie nickte. »Aber wir sind doch trotzdem dieselben geblieben. Wir dürfen doch nicht die Oberflächlichkeit gewinnen
lassen.« Sophie wusste darauf nichts zu sagen. Manchmal dachte sie,
dass Frederik diese Dinge von ihr erwarten würde. Perfekt zu sein. Ein
perfekt dressiertes Accessoire, das ihm den Rücken freihielt. »Bitte lass
mich nicht alleine, Sophie«, sagte er, als Sophie noch in ihren Gedanken verloren war. »Wie meinst du das?« »Ich verliere dich und ich
weiß nicht, wie ich das aufhalten soll«, sagte er und sah dabei unendlich traurig aus. »Ich werde mich wieder fangen«, sagte sie und ihre
Lippen waren noch feucht vom Rotwein, als er sie küsste.

»Vielleicht wollte ich, dass du mich nicht mehr liebst, dass du mich
verlassen kannst. Also unterbewusst. Ich wollte weg von diesem Empfang und von all dem Druck«, sagte Sophie und Frederik starrte sie mit
offenem Mund an. Sie waren von ihrer ersten Wanderung zurück in die
kleine Hütte gekommen. »Deswegen war ich auch bei Tristan. Es gibt

für dich mehr Möglichkeiten. Vielleicht findest du eine Frau, die bereits ein Kind hat«, sagte sie und nahm sich eine der Wasserkaraffen, um sich und ihm davon je ein Glas einzuschenken. Ihr Blick blieb weiter darauf gerichtet, als sie trank. »Ich möchte niemand anderes. Ich will dich für den Rest meines Lebens. Warum kannst du das nicht verstehen?« Sophie zuckte mit den Schultern. »Ich weiß es nicht. Es kommt mir so falsch vor. Ich finde einfach keine Lösung für unser Problem.« »Sophie, wir haben kein Problem, weil ich es bereits durch die einzig richtige Lösung gelöst habe.« »Und welche Lösung ist das?«, fragte Sophie ungläubig. »Unser Erbe geht an das älteste Kind von Max und Annabelle«, sagte er und Sophie starrte ihn an. »Die Verträge dafür werden bereits vorbereitet.« »Wieso hast du davon nichts gesagt?«, fragte Sophie. »Ich wusste nicht, wie du reagieren würdest.« »Wenn du das möchtest«, sagte sie leise. Er zog sie näher zu sich. »Ich möchte dich, Sophie. Und wir werden ein wunderschönes Leben zusammen haben. Ich kann Jakob alles erklären und wir sind sowieso seine Paten. Wir müssen nur durch diesen Schmerz durch«, sagte Frederik und strich ihr über die Lippen. »Was wird danach sein?«, fragte Sophie unsicher. »Unsere Zukunft.«

Am nächsten Morgen wachte Sophie in Frederiks Armen auf und atmete tief durch. Heute wollte sie beginnen mit dem Kummer abzuschließen. Der Kinderwunsch würde bleiben, die Erfüllung davon würde kein Teil der Zukunft sein. Als Frederik aufwachte und Sophie noch neben sich spürte, gab er ihr einen sanften Kuss auf das Haar und atmete erleichtert aus. »Bist du liegen geblieben, weil du es wolltest oder weil du Kopfschmerzen vom Rotwein hast?«, neckte er sie. »Weil du es wolltest«, sagte sie und kuschelte sich noch etwas enger an ihn.

Frederik deckte den Frühstückstisch vor der kleinen Almhütte, als Sophie noch dabei war Spiegeleier und Speck zu braten. Gerade als er den Brotkorb und die Butter aus der Tür trug und auf den Tisch stellen wollte, sah er eine junge schwangere Frau mit einem Korb frischem Brot und Blumen vor der Almhütte stehen. Frederik schob die Frau, noch ehe sie etwas sagen konnte von der Türe zurück, in der Hoffnung, dass Sophie den Gast noch nicht gesehen hatte. Trotz ihrer leichten Verunsicherung, brachte Christa ein fröhliches: »Hallo. Ich bin

Christa, die Tochter der Sennerin. Ich bringe frischgebackenes Brot«, heraus und hielt die Mitbringsel hoch, als bräuchte sie ein Alibi. »Danke«, sagte Frederik. »Ist ihre Frau auch schon wach? Meine Mutter hat gesagt, dass sie so ein nettes Paar sind.« Frederik schluckte und versuchte es dann mit der Wahrheit: »Christa, verzeihen Sie meine Frau und ich….also wir können…. keine Kinder bekommen und wir sind hier, um uns wieder anzunähern. Es wäre vielleicht nicht gut, wenn Sophie…« Christa nickte verstehend. »Mich und meinen Babybauch sehen würde«, beendete Christa den Satz für Frederik. Jetzt war es Frederik, der nickte. Christa verstand und reichte ihm den Korb und die Blumen, die ihr beinahe aus der Hand fielen, als Sophie mit der gusseisernen Pfanne aus dem Haus trat. »Hallo, ich bin Sophie«, sagte sie augenzwinkernd und bot Christa daraufhin ein gemeinsames Frühstück an. Christa blickte unsicher zu Frederik und dieser unsicher zu Sophie. »Keine Angst, ich beiße nur meinen Mann«, sagte Sophie, woraufhin Christa lachen musste. Und Sophie drückte einem verdatterten Frederik einen Kuss auf die Wange. »Heute beginnt unser neues Leben. Es ist also nicht mehr nötig mich in Watte zu packen«, sagte sie und ein erleichterter Frederik nahm mit Christa an dem großen Holztisch Platz. Sophie brachte ein weiteres Gedeck und goss Christa frischen Tee in ihre Tasse, während sie sich nach Unternehmungen in der Gegend erkundigte.

Als Christa wieder gegangen war, rührte Frederik noch gedankenverloren in seinem Tee. »Sie ist sehr nett«, sagte Sophie und Frederik nickte. »Wir schaffen das, Frederik. Du hast gestern gesagt, ich soll in deinem Leben bleiben, also bleibe ich. Und jetzt ist es mal an der Zeit, dass ich dich verwöhne. Ich habe eine Menge gut zu machen«, sagte Sophie und küsste ihn zärtlich. Frederik schloss die Augen und genoss ihre Nähe, so lange hatte er sich nach ihr gesehnt.

»Danke«, sagte Sophie als Frederik sein Shirt überzog und Sophie beobachtete, die noch nackt im Bett lag. »Wofür?«, fragte Frederik und nahm ihre Hand, um sie zu küssen. »Für diesen Ausflug hier. Ich fühle mich so frei«, sagte sie, als das Telefon auf der Anrichte klingelte. »Hallo Riks. Ich bin es.« »Hallo Tristan. Vor dir ist man nirgendwo sicher, oder?« »Es ist immer wichtig Informationen aus allen Menschen herauszubekommen. Hat mich nur vier Telefonate gekostet und ich hatte eure Nummer.« Frederik schüttelte lachend den Kopf. »Wie geht es euch? « Frederik sah Sophie an. »Es wird alles wieder gut«, sagte Frederik und Sophie lächelte.

Die vier Wochen auf der Alm vergingen wie im Flug. Sophie und Frederik genossen ausgedehnte Wandertouren, halfen auf der Alm-hütte Gäste zu bewirten oder beim Holz machen. Frederik bekam so-gar einige Sommersprossen von dem Wind und der Sonne. »Was ver-misst du am meisten?«, fragte Frederik an ihrem letzten Abend. »Das Reiten«, sagte Sophie und wünschte sich trotzdem, dass sie einfach für immer hierbleiben konnten. Frederik nickte. »Du?« »Das Gut vermisse ich schon etwas. Am besten wir bauen uns so ein kleines Häuschen irgendwo zu Hause«, sagte er und nahm sich noch einen Löffel von dem Nachtisch, den Sophie gemacht hatte. »Immerhin weiß ich jetzt, dass in dir eine nahezu fähige Hausfrau steckt. Wer hätte das ge-dacht«, sagte er augenzwinkernd.

Zurück in Bern öffnete Frederik den Safe und reichte Sophie tonlos ihren Schmuck. »Bereit für unser altes Leben?«, fragte er nach einer Weile und Sophie nickte. In den vergangenen Wochen hatten sie sich ausgesprochen, geweint, gelacht und geliebt. Sie beide wollten diese Ehe mehr als alles andere auf der Welt und Frederik war glücklich, dass er wieder zu seiner Frau durchgedrungen war. Egal wie schwer alles werden würde, sie würden es miteinander versuchen. »Dann ge-hen wir jetzt die Handtasche kaufen«, sagte Frederik, als er seine Jacke vom Garderobenhaken nahm und anzog. Sophie schüttelte den Kopf und sagte dann: »Nicht nötig. Ich brauche sie nicht mehr.«

Ich habe nur Dich, du bist die Essenz meines Lebens.

Einige Wochen waren vergangen, in denen es leichter geworden war. Sophie war ausgeglichener geworden und der Druck, unter dem sie gestanden hatte, hatte nachgelassen. Sie war tagsüber nicht mehr so ruhelos und konnte nun auch wieder besser in den Schlaf finden. Es bedeutete dennoch jeden Tag Arbeit, sich an dem festzuhalten, was wirklich zählte: Frederik und seine Liebe und ihr gemeinsames Leben. Nach der längeren Auszeit, waren die Aufgaben und Projekte noch utopisch größer, als ohnehin schon und beide hatten einiges an Arbeit nachzuholen. Frederik versuchte die Eskapade am Benefizball weitestgehend zu ignorieren und Herr der Situation und Herr seiner Wut zu bleiben, die ihm immer mal wieder auflauerte. Das gelang natürlich mal besser und mal schlechter. Und so oft ihm die Gedanken gekommen waren, zu Julian zu gehen, so oft konnte er sie wegschieben. Doch heute Abend begann er den Kampf zu verlieren, denn er hatte auf dem Nachhauseweg das Plakat für Julians Konzert im Bootshaus gesehen. Er hatte Sophie beim Abendessen beobachtet, sie hatte gelacht und erzählt, sanft seine Hand berührt. Vor seinem geistigen Auge waren dann immer wieder diese zwei Bilder verschwommen. Seine Sophie. Und dieser Julian. Nach dem Essen zog sich Frederik eine leichte Jacke über sein Hemd und ging, um sich von Sophie zu verabschieden. »Gehst du noch weg?«, fragte Sophie erstaunt. »Ich habe tatsächlich noch was zu erledigen. Warte nicht auf mich«, sagte er und gab Sophie einen leichten Kuss auf die Wange, als sie noch mit Martha am Küchentisch zusammensaß und redete.

Im Bootshaus bereitete sich Julian auf seinen Auftritt vor. Die Mitarbeiter der Bar waren alle emsig dabei die letzten Vorbereitungen zu treffen, das Konzert war restlos ausverkauft. Julian stöberte hinter dem Tresen, er hatte dort irgendwo seine Noten hingelegt. Der Gig startete in zwei Stunden und er wollte noch einige Takte aus seinen Noten durchlesen. Er flirtete rasch mit der süßen neuen Kellnerin, ehe er sich ein Glas Wasser einschenkte und sich an den Tresen setzen wollte, als er sah wie Frederik von Sonnersleben das Bootshaus betrat. Die Blicke der beiden Männer trafen sich just in diesem Moment, als die Tür mit einem dumpfen Geräusch ins Schloss fiel. Frederik ließ den Blick schweifen und hatte innerhalb weniger Sekunden seine Meinung zu Julian, diesem Laden und den Leuten, die dazu gehörten, gefunden. Er ging langsamen Schrittes auf die Bar zu, an der Julian stand. Julian schluckte, denn er war sich sicher, dass dieser kurzen Prozess mit ihm machen würde. Es hatte ihn ohnehin überrascht, dass er seine Gage für den Ball erhalten hatte und dafür war er unendlich dankbar gewesen, denn die ganzen offenen Rechnungen, die am Wohnzimmertisch zu Hause lagen, ließen eigentlich nicht zu, dass man sich unprofessionell verhielt. Frederik kam vor ihm zum Stehen und nickte Julian kurz zu. »Können wir ungestört reden?«, fragte Frederik und er erkannte den exakten Tatort des Ehebetrugs weiter hinten auf der Tanzfläche, so wie er es auf den Bildern gesehen hatte. Julian nickte und ging mit Frederik in die Räumlichkeiten hinter der Bühne. Julian nahm sich eine Zigarette und bot auch Frederik an, eine Zigarette aus der Schachtel zu ziehen. Beide Männer fanden sich rauchend in einem Raum voller Requisiten, Notenständern, Kisten und Schminktische mit großen, wenig akkurat geputzten Spiegeln davor wieder, und sahen sich an. »Also, ich habe erfahren, dass sie ihre zwei kleineren Brüder aufziehen und versorgen. Dass die beiden, entgegen meinen Erwartungen, gut in der Schule und nicht auffällig sind.« Julian nickte vorsichtig und blickte nun etwas besorgt drein. »Das ist auch der Grund, warum ich davon abgesehen habe ihre Musikkarriere zu beenden, da sie euer Leben aufrecht erhält«, schloss Frederik, der auch erfahren hatte, dass Julians Konto bisweilen überzogen und oft wenig gefüllt war. Wieder nickte Julian. »Trotz dem Ausgang des Abends, haben sie ihr Geld erhalten, eben aus diesem Grund. Damit endet auch unsere Zusammenarbeit«, sagte Frederik und Julian konnte sich das viele Geld nicht mal vorstellen, was er durch den Flirt verloren hatte. Denn Frederik würde ihn nicht mehr engagieren und er würde ihn auch nicht weiterempfehlen und schon gar nicht fördern. Er unterdrückte eine Flut an verschiedenen Gefühlen, wobei dann nur ein Gefühl blieb: Sophie. Frederik studierte Julians Gesichtsausdruck und konnte nun sehen, dass die zweite Möglichkeit eingetroffen war, wobei ihm die erste Möglichkeit, dass Sophie nur ein unbedeutender Flirt unter vielen gewesen war, lieber gewesen wäre. »Ich habe mich in ihre Frau verliebt«, sagte Julian langsam und wusste gar nicht, dass er somit Frederiks Gedanken gerade den besten Beweis geliefert hatte. »Das ist alles total doof gelaufen. Ich, also sie, hat mir so unendlich leidgetan. Und bei mir wäre das doch mit dem Kinderwunsch völlig egal. Ich möchte keine Kinder, ich habe meine Brüder.« Frederik sah Julian mit funkelnden Augen an, erzählte dieser ihm gerade einen Plan, wie er seine Sophie würde glücklich machen können. »Sie haben da etwas missverstanden, Herr Brehm. Ich habe mich vor langer Zeit in meine Frau verliebt und ich werde unser Glück verteidigen, bis ich sterbe. So, hier ist die Antwort auf all ihre Gefühle und ihre Pläne. Sie werden Sophie nie wieder sehen. Sie werden nie wieder auch nur in die Nähe von uns kommen. Und was noch wichtiger ist: Sie realisieren, dass all die Erfüllung ihrer Gefühle und Träume nur in ihrer Fantasie stattfinden. Es war ein einziger unbedeutender Kuss, sie hat seitdem nicht mal mit ihnen geredet«, schloss Frederik. Julian schluckte. Gut, das stimmte wohl. Er war in dieser Nacht nur ein Trostpflaster gewesen. Ein durchaus wenig lukratives noch dazu. Und jetzt war er ein ehemaliges Trostpflaster, das leider ziemlich verliebt war. »Unterschätzen Sie bitte nicht, wen Sie vor sich haben. Man kann nicht alles haben. Nicht alles, was man will und auch nicht jeden, den man will«, sagte Frederik und wandte sich zum Gehen. Julian war gekränkt und wütend und auch eine Spur durcheinander und so rannte er Frederik nach, den er erst kurz vor seinem aufpolierten Auto einholte. »Sie wollte es«, rief er Frederik laut über die dunkle Straße zu, als er noch zu ihm lief, der sich daraufhin umdrehte. Frederik nickte und wartete dann bis Julian vor ihm zum Stehen kam. Julian sah Frederik in dessen stoisches Gesicht. »Sie wollte es, sie ist mit mir mitgegangen, sie hat mir ihr Herz geöffnet.« Frederik nickte und verpasste Julian dann einen Kinnhaken, der ihn einige Schritte rückwärts taumeln ließ. Erschrocken beendeten einige Raucher vor dem Bootshaus ihre Gespräche und sahen aufmerksam zu ihnen hinüber. »Akzeptieren Sie, dass es zu Ende ist«, sagte Frederik und stieg in sein Auto, um an einem, immer noch wütenden, Julian vorbeizufahren.

Eines lauen Abends saß Sophie alleine auf der Terrasse. »So, jetzt hast du mich lange genug warten lassen. Was willst du mir erzählen?«, fragte Sophie, als Frederik nach einer sehr langen Videokonferenz auf die Terrasse kam und Sophie mit einem Weinglas und ihrem Laptop am Tisch sitzend fand, als sie Musik hörte. Er hatte beim gemeinsamen Abendessen etwas mit ihr besprechen wollen, aber das Abendessen war schon zwei Stunden her und er hatte es verpasst. »Du solltest etwas essen, ich gehe und hole dir was«, schlug Sophie vor, doch Frederik schüttelte nur den Kopf, er wollte es endlich ausgesprochen haben. »Wenn ich dir das jetzt erzähle, kann ich mir eine Liebesnacht heute abschminken«, scherzte Frederik ernst und trank einen Schluck aus Sophies Glas. »Na dann, erzähl und wir werden sehen, ob ich mich später für dich ausziehe«, sagte Sophie, ehe sie Frederik verschmitzt anlächelte. »Gut. Dann fang ich mal an«, sagte Frederik, nahm dann neben Sophie Platz, räusperte sich kurz und begann dann zu erzählen: »Tatjana hat ein drittes Mal geheiratet.« Sophie zog nur eine Augenbraue hoch, nicht eine Geschichte, die mit Tatjana zu tun hatte, hörte sie sich selbst innerlich jammern. »Was ist mit ihrem zweiten Mann passiert?« »Nun, den hat sie mit Ehemann Nummer drei betrogen.« »Er hat mehr Geld als der zweite?«, fragte Sophie spitzfindig. »Etwas viel mehr.« »Wer ist es? Kennen wir ihn?« »Richard Freihardt.« »Richard Freihardt? Er ist siebzig Jahre alt.« »Ja, ich weiß.« Sophie lachte verächtlich und verstummte dann, als sie Frederiks ernstes Gesicht sah, da gab es wohl noch mehr zu erzählen. »Es wird sich nicht vermeiden lassen, dass wir sie ab und an sehen. Ich habe mit Richard einige Pläne.« Sophie starrte Frederik fassungslos an. Und in dieser Nacht schlief sie zweimal mit Frederik, nur so zur Sicherheit.

Als er ihr einen Kuss gab, schmeckte sie deutlich, dass er zum Mittagessen Alkohol getrunken hatte. »Mit wem warst du essen?«, fragte Sophie, als sie an ihrem Schminktisch saß und ihre Fingernägel für den Abend lackierte. »Mit Richard«, sagte Frederik knapp. »Richard Freihardt, der neue und gut betagte Ehemann von Tatjana?«, fragte Sophie entsetzt, obwohl sie sehr wohl wusste, wer Richard war. »Ja«, sagte Frederik knapp und bedankte sich bei Stina, als diese ihm einen starken schwarzen Kaffee brachte und anschließend wieder die Türe schloss. Die zwei Cognac nach dem Essen waren zu viel gewesen. »Deine Tatjana?«, fragte Sophie weiter, wobei sie das *deine* sehr stark betonte. »Sie ist nicht meine Tatjana.« Sophie schnaubte und begann wütend zu werden. Geschäfte mit Richard brachten Tatjana näher zu

Frederik, als Sophie lieb war. »Wo wart ihr essen?«, fragte Sophie und Frederik ärgerte sich über das plötzliche Verhör. »Wir waren bei ihm zu Hause«, antwortete Frederik ohne Sophie anzusehen, als er sich aufs Bett warf. Frederik konnte Richard gut leiden und als er ihm vor einigen Tagen erzählt hatte, dass er unheilbar krank war und jemand brauchte, der sich um seinen Nachlass kümmerte, hatte Frederik nicht lange gezögert. Wenn er sich geschickt anstellte, würde Richard ihn als Alleinerben einsetzen, weil er selbst keine Kinder hatte. So musste er mit Tatjana nur ein Arrangement treffen, sodass sie mit ihren Kindern versorgt war und er konnte die Firma, die Immobilien und die meisten Teile des Privatvermögens erhalten. »Tatjana war auch da?«, fragte sie und wurde noch wütender als Frederik nickte. »Du brauchst nicht eifersüchtig zu sein, es geht nur um Geld«, sagte Frederik, augenblicklich Sophies Stimmung in sich aufnehmend. »Bei Tatjana geht es immer nur um Geld.« Frederik verdrehte die Augen. »Lass uns bitte jetzt nicht streiten«, sagte Frederik und fuhr sich mit einer Hand übers Gesicht und rieb sich beide Augen, als er so auf dem Bett lag, um sich auszuruhen. »Er ist sehr krank und er möchte mich als seinen Alleinerben einsetzen, ich muss nur Tatjana und ihre Kinder abfinden«, sagte Frederik und Sophie atmete tief durch. »Das heißt, du wirst dich öfter mit ihm und mit ihr treffen müssen«, fasste Sophie die Situation zusammen und ärgerte sich über die Angst, die sie befiel. »Ja, bis alles in trockenen Tüchern ist«, sagte Frederik und trank von seinem Kaffee, ehe er sich wieder hinlegte. »Sie weiß nicht, dass du ihr gefährlich werden könntest?«, fragte Sophie. »Nein, sie weiß aber, dass er sehr krank ist.« Sophie schnaubte verächtlich. »Dann macht sie sich bereits jetzt schon auf die Suche nach Ehemann Nummer vier, nehme ich an«, schlussfolgerte sie. Frederik wollte ihr nicht Recht geben, doch Tatjana flirtete offensichtlich mit ihm und hatte schon das ein oder andere Wort diesbezüglich fallen lassen. Tatjana hielt sich bereits mehrere Möglichkeiten offen und Frederik schien ganz oben auf ihrer Wunschliste der neuen Versorger zu stehen. Sie hatte ihm beim Mittagessen sogar unter dem Tisch mit ihrem Bein berührt. »Macht es dich irgendwie zufrieden, dass du ihr eins auswischen kannst, nachdem was damals passiert ist?«, fragte Sophie und merkte, wie gemein sie dabei klang. Frederik setzte sich etwas auf und blickte sie nun an. »Zu deiner

Information, Sophie: Richard ist ein durchaus netter und kluger Mann. Es ist nur ratsam sein Vermögen in fähige Hände zu geben. Er ist alt und krank und lässt sich von Tatjana die Zeit vertreiben. Es ist daran vielleicht nichts Heldenhaftes, aber wer ist schon gerne einsam, wenn es zum Sterben geht? Dann sind eben manche Menschen bereit sich auch auf jemanden wie Tatjana einzulassen, wenn man einsam ist.« Sophie schluckte. Frederik war damals auch einsam gewesen und deswegen hatte Tatjana leichtes Spiel mit ihm gehabt. »Und du weißt, dass ich Tatjana nie geliebt habe, sie war auch nur ein reiner Zeitvertreib für mich. Vielleicht ist sie gar nicht zu beneiden, sie wird ja doch nur ausgenutzt von den Männern.« Sophie lachte auf. »Du willst mir jetzt aber nicht sagen, dass sie dir leid tut? Sie ist doch diejenige, die sich für Geld zu allem hinreißen lässt«, keifte Sophie ihn an. »Sie weiß vielleicht nicht was Liebe ist und denkt, dass das zwischen einem Mann und einer Frau so sein muss. Sie hat mich damals angefleht, dass ich ihr sage, dass ich sie liebe.« Sophie zog eine Augenbraue hoch, wenn sie jetzt etwas nicht gebrauchen konnte, waren es Details aus Frederiks amouröser Vergangenheit. »Ich konnte es nicht, weil ich nur dich geliebt habe und daraufhin ist das alles passiert.« Sophie sah ihn an. Dieses Detail hatte ihr bis jetzt gefehlt. Das würde bedeuten, dass Tatjana damals tatsächlich in Frederik verliebt gewesen war und sie es mitunter vielleicht immer noch war. »Ich würde dir empfehlen, deine Geschäfte ohne Tatjana zu machen. Sie ist gefährlich und wird dich mit ihrer Art einfangen. Am Schluss ruft sie dich jeden Abend an und will getröstet werden, wenn Richard dann mal gestorben ist.« Sie ärgerte sich, dass Tatjana wieder in Frederiks Leben aufgetaucht war. »Du denkst also, ich bin nicht in der Lage die Situation zu bewältigen?« »Das habe ich doch gar nicht gesagt.« »Doch, du hast gesagt, dass ich mich von Tatjana einfangen lasse.« Frederik wurde noch eine Spur wütender. »Stimmt, vielleicht möchtest ja auch du sie einfangen.« »Komm schon, Sophie. Muss das jetzt sein?« »Ich gehe davon aus, dass sie heute Abend auch kommt?«, fragte Sophie und Frederik nickte. »Na bravo, die Show hat schon begonnen«, sagte sie und war dabei aus dem Zimmer zu gehen, doch Frederik sprang auf und erwischte sie, ehe sie die Tür öffnen konnte. »Küss mich«, sagte er dann und seine Augen trafen die ihren.

»Warum hast du Tatjana eingeladen?«, fragte Tristan ungläubig, als er die blonde Schönheit durch die große Eingangstür hereinkommen sah. »Ich mache mit ihrem Mann Geschäfte. Soll er sie zu Hause lassen?«, fragte Frederik genervt, als ihn schon wieder jemand wegen Tatjana zu einer Rechtfertigung zwang. Er hatte seine engsten Geschäftspartner zu einem Treffen in den Golfclub eingeladen und hoffte, dass diese Party ohne ein Fiasko über die Bühne gehen würde. Er hatte am Nachmittag erst mit Sophie und danach einige Stunden allein geschlafen, um für den Abend in einer guten Verfassung zu sein, doch es kostete ihn eine große Anstrengung Richard zu beraten, während Tatjana sich so offensichtlich bei ihm anbiederte. »Da sie ihre Männer häufig wechselt, könnte das allerdings irgendwann geschäftsschädigend für dich sein«, sagte Tristan verächtlich, sein Blick noch auf Tatjana gerichtet und fragte dann weiter: »Kommt Sophie?«, weil er sie nirgends entdecken konnte. »Das werden wir sehen«, sagte Frederik und war sich tatsächlich nicht sicher, ob sie kommen würde. »Hallo schöner Mann«, sagte Tatjana und begrüßte Frederik, in dem sie ihm zwei Küsse auf die Wange gab, die deutlich zu nah an seinem Mund waren. Tristan verdrehte die Augen. Tristan begrüßte sie ähnlich verführerisch, obwohl ihr Blick wie gefesselt an Frederik hängen blieb. Tristan deutete Frederik mit den Augen an, dass es keine gute Idee war mit Tatjana zu reden, ließ die beiden dann aber allein, um sich an der Bar einen Whiskey Sour zu holen, da er von beiden ignoriert wurde. »Wie gut du aussiehst«, sagte Tatjana und nahm sich dann ein Glas Champagner, während sie ihm tief in die Augen blickte. »Du hast dich nicht verändert, Tatjana«, sagte Frederik lächelnd und dabei den Kopf schüttelnd. »Niemand ändert sich. Und meine Gefühle für dich haben sich auch nicht verändert«, sagte sie und war beeindruckt davon, dass Frederik keine Miene verzog, nichts konnte ihn aus der Reserve locken. »Ich bin verheiratet, Tatjana und zwar mit der Frau, mit der ich immer verheiratet sein wollte.« »Ehe hat immer so etwas Einschläferndes, findest du nicht?«, sagte Tatjana beiläufig und doch bedeutungsvoll. Sie hatte sich in ihrer Ehe stets wie in einem Hamsterrad gefühlt. Ewig der gleiche Tagesablauf und die gleichen Gespräche. »Richard ist ein sehr guter Kerl«, sagte Frederik und beobachtete, wie der immer dünner werdende grauhaarige Richard mit einigen Männern zusammenstand und lachte. »Ja, jetzt wo er nicht mehr so viel Aufmerksamkeit wie am Anfang möchte schon, wenn du verstehst, was ich meine«, sagte Tatjana und zwinkerte Frederik zu. Sie ging einige Schritte auf ihn zu und flüsterte ihm dann ins Ohr. »Es kann in so einer Ehe sehr schnell einsam werden.« »Du bist wirklich unfassbar, Tatjana. Dein Ehemann ist noch nicht mal gestorben und du wirfst den Anker schon in einem anderen Hafen aus.« »Mit dir als meinen Hafen, wäre ich sehr glücklich, das gebe ich zu.«

Tristan beobachtete rein zufällig wie Sophie nun den großen Raum betrat und sofort Frederik und Tatjana entdeckte, die miteinander lachten. »Oh je!«, seufzte er und war schnell an Sophies Seite, um ihr seinen Arm hinzuhalten. »Danke«, sagte Sophie und hob ihr langes Kleid etwas hoch, damit sie die restlichen Stufen sehen konnte. Sie trug ein blaues Kleid, was ihre Augen zum Funkeln brachte. Die Haare hatte sie nur hinten etwas hochgesteckt und so fielen sie ihr über den tiefen Rückenausschnitt. »Schönes Kleid«, sagte Tristan, worauf Sophie nur ein: »Frederik wird das heute nicht auffallen«, antwortete, als sie Frederiks Blick weiterhin auf Tatjanas Lippen gerichtet sah. Tristan nickte und sah nun, dass auch Frederik Sophie entdeckt hatte. Er entschuldigte sich bei Tatjana, um seine Frau zu begrüßen. »Lass dich nicht stören«, sagte Sophie, als Frederik Tristan und Sophie erreicht hatte und er Sophie einen eindeutigen Kuss gegeben hatte. »Tristan und ich gehen an die Bar«, sagte Sophie und zog Tristan weiter, ohne Frederik eines weiteren Blickes zu würdigen. Er sah ihr noch eine Zeit lang hinterher, bevor ihn ein Gast begrüßte und in ein Gespräch verwickelte, als er noch darüber nachdachte, wie unfassbar stark er Sophie begehrte. »Mach dir keine Sorgen. Frederik weiß, dass Tatjana immer nur auf ihren Vorteil bedacht ist. Zurzeit ist sie mit einem siebzigjährigen Multimillionär verheiratet, da ist sie mitunter etwas unausgeglichen«, scherzte er und brachte Sophie damit zum Lächeln.

Drei Wochen später saßen Tristan und Frederik über den Erbschaftsverträgen, die Richards Anwalt vorbereitet hatte, während Frederik immer wieder ungeduldig zur Tür sah. »Konzentrier dich mal, hier geht es um ziemlich viel Geld«, sagte Tristan, dem schon die Zeilen vor den Augen verschwammen, weil er das Dokument schon so oft gelesen hatte. Es durfte darin kein einziger Fehler sein. »Ich bin nervös, Sophie ist heute bei ihrem Nachsorgetermin«, sagte Frederik und rieb sich die Schläfe. »Es wird bestimmt alles in Ordnung sein«, sagte Tristan. Frederik nickte und tippte mit seinem Stift ungeduldig auf ein Blatt Papier. »Ich bräuchte noch einen anderen Rat«, sagte Frederik und erzählte Tristan die Geschehnisse aus jener Nacht am Bootshaus. »Puh«, sagte Tristan. »Also er könnte dich wegen Körperverletzung anzeigen. Da sprechen wir, je nach Schwere der Verletzung, von einer Geldstrafe bis hin zu mehreren Jahren Haft, vermutlich zur Bewährung.« Frederik nickte. »Wieso bist du denn auch zu ihm gefahren?«, fragte Tristan unverständig. »Ich musste da was klären.« »Super, dafür gibt es Anwälte, deine Bodyguards. War doch klar, dass du nicht beherrschen kannst.« »Er hat mich provoziert«, schloss Frederik die knappe Erklärung. »Ja, er hat dich provoziert, ist klar.« Tristan verdrehte die Augen. »Er hat mir gesagt, dass er sich in Sophie verliebt hat.« »Das ist wirklich selten doof«, sagte Tristan und schüttelte den Kopf. »Warten wir ab, ob er dich überhaupt anzeigt und dann sehen wir weiter«, fasste Tristan einen Plan. Frederik nickte und war dann erleichtert, dass nach dem Anklopfen an der Tür eine Sophie zu ihnen hereinblickte. Frederik stand auf und atmete noch lange aus, als er zu ihr ging. »Ich bin gesund«, flüsterte sie leise in sein Ohr und Frederik schloss sie unendlich erleichtert in eine Umarmung.

Erzähl mir von der Liebe, von deiner Liebe zu mir.

»Wart ihr verabredet?«, fragte Sophie, als sie Richard herein bat. »Nein…also…ich war gerade in der Gegend. Störe ich dich?« »Nein, im Gegenteil.« Richard lachte nun erleichtert und nahm Sophie dann in eine feste Umarmung. »Alles in Ordnung?«, fragte Sophie und sah Richard besorgt an, als er auf der Couch Platz nahm. Er war nur noch Haut und Knochen. »Ich möchte dich etwas fragen, Sophie.« »Ja?« »Wie fühlt es sich an so zu lieben, wie du es tust?« »Du bist extra hierher gefahren, um mich das zu fragen?« »Irgendwie schon.« »Ich verstehe nicht genau, was du meinst.« »Frederik hat mir, bevor ich dich kennengelernt habe, von euch erzählt, also von eurer Kindheit und allem einfach. Und eigentlich habe ich ihn damals für einen ziemlichen Spinner gehalten. Doch ich habe beobachtet, wie du ihn ansiehst und berührst. Wie er sich in deiner Gegenwart zu Hause fühlt.« Sophie lächelte. »Ich denke, dass es zwischen mir und Frederik einfach passt. Das ist einfach so.« Richard nickte. »Ihr könnt euch wirklich glücklich schätzen, so etwas bekommt nicht jeder. Ich habe in meinem Leben viele Paare getroffen und ich habe auch gesehen, wie eine Frau in der Lage ist ihren Mann zu erwärmen oder ihn zu ersticken und umgekehrt.« Sophie nickte nur, da sie nicht wusste, was sie darauf sagen sollte. »Es wäre wirklich schön, wenn ich noch mehr Zeit mit euch verbringen könnte«, sagte Richard, der ein wirklicher Freund für Sophie und Frederik geworden war. »Das wirst du«, sagte Sophie und nahm sein Hand. Schnell füllten sich seine Augen mit Tränen und Sophie entging nicht, wie unangenehm es für Richard war, vor Sophie zu weinen. »Ich werde immer schwächer, Sophie. Ich bin Frederik so dankbar, dass er alles für mich so gut geregelt hat. Ich hätte dafür nicht mehr die Kraft gehabt. Er ist wirklich einer feiner Mensch. Er hat auch für Tatjana und ihre Kinder alles geregelt. Danke, dass du diese Zeit mit uns durchgehalten hast«, sagte er, als er sich wieder etwas beruhigt hatte. Sophie nickte und streichelte dann Richard liebevoll über den Arm. »Wieso tust du das?«, fragte Richard. »Was meinst du?« »Mir über den Arm streicheln?« »Ehm… vermutlich will ich, dass es dir besser geht.« »Sophie, ich war in meinem Leben wirklich ein schlechter Mensch. Ich war oberflächlich, selbstgefällig und habe alles im Leben gekauft: Macht, Frauen und den Schnick Schnack drum herum. Noch nie war jemand nett zu mir, einfach so. Frederik und du, ihr habt genug Geld, ihr braucht das meine nicht dazu. Und ihr kümmert euch trotzdem herzzerreißend um mich. Warum?« Sophie überlegte. »Weil wir drei irgendwie aneinander geraten sind und wir dich in unser Herz geschlossen haben.« Richard nickte. »Ich bin wirklich froh, dass ihr mich nicht in meiner erfolgreichsten Zeit kennen gelernt habt, denn das war auch meine charakterlich schlechteste Verfassung.« Sophie lachte. »Der gute Kern war immer schon da, damals vielleicht unter dem ganzen Geld versteckt, aber er war da«, sagte Sophie, ehe sie ihn vorsichtig in eine Umarmung nahm.

Während Richard auf einer Party zusammengebrochen war und ins nächstgelegene Krankenhaus kam, erhielten Frederik und Sophie einen Anruf von Tatjana. Sein Zustand verschlechterte sich so sehr, dass er auf die Intensivstation gebracht worden war und immer schwächer wurde. Im Krankenhaus angekommen, warteten drei, die das Leben an diesem Ort zusammengewürfelt hatte, zusammen auf dem Krankenhausflur, als es bereits weit nach Mitternacht war. Schweigend saßen sie nebeneinander und warteten auf eine Information von den Ärzten. »Herr Freihardt möchte seine Frau Sophie sehen«, sagte die Chefärztin, woraufhin sie in drei verdutzte Gesichter blickte und wartete, wer von den beiden Frauen aufstehen würde. »Kommen Sie?«, fragte die Chefärztin ungeduldig und Sophie stand zögerlich auf und sah Frederik an, der allenfalls leicht mit den Schultern zuckte. Sophie lief schweigend neben der Ärztin her, die ihr einige Details von Richards Zustand schilderte, die sie irgendwie versuchte zu verarbeiten und zwar neben der anderen Tatsache, die sie versuchte zu verarbeiten: ein Frederik und eine Tatjana alleine wartend im Krankenhausflur.

Sophie kam zu Richard an das Bett. »Hallo Richard«, sagte Sophie und lächelte gütig, als Richard die Augen öffnete. »Sophie. Wie schön dich zu sehen, wie geht es dir?« Sophie lächelte. »Also die eigentliche Frage ist, wie geht es dir?«, sagte sie und nahm dann seine Hand, um sie mit ihren beiden Händen festzuhalten. Ein breites erleichtertes Strahlen ging über sein Gesicht. »Hätte nicht gedacht, dass du wirklich kommst«, zog er sie auf. »Ein Schauspieler bis zum Ende, was?«, neckte Sophie ihn und strich ihm dann sanft über die Wange. »Ich wäre ein anderer geworden, wenn ich eine Frau wie dich an meiner Seite gehabt hätte.« Sophie schüttelte den Kopf. »Du ahnst ja nicht wie viel Kummer ich Frederik schon gemacht habe. Vor und in unserer Ehe.« Richard schloss die Augen und schmunzelte. »Ein bisschen was hat er erzählt, langweilig ist es mit dir nicht«, sagte er dann und öffnete die Augen wieder. »Soll ich sagen, dass Tatjana deine Tochter ist, damit sie auch herein darf?«, fragte Sophie, doch Richard schüttelte den Kopf. »Wir haben uns bereits alles gesagt, außerdem ist sie sehr beschäftigt mit meinem Chauffeur«, sagte Richard und Sophie konnte diese Informationen nur mit einem leichten Augenzucken verdauen. »Ach so«, sagte sie dann. »Was brauchst du? Soll ich jemanden anrufen?«, erneut schüttelte Richard den Kopf. »Bitte bleib bei mir«, sagte er schließlich leise und Sophie blieb. Sie hielt seine Hand, holte eine Decke, als er zu frieren begann, tröpfelte ihm Wasser in den Mund und las ihm vor. Als er seine Augen schon nicht mehr öffnen konnte, sondern nur ruhig atmete, sagte sie: »Die Zeit, die du mit uns verbracht hast, war wunderschön. Und es war schön den Richard kennen zu lernen, der du schon immer warst.« Richard ging ein Lächeln über das Gesicht. Sophie hatte völlig die Zeit aus dem Gefühl verloren und lehnte den Rat der Chefärztin etwas zu essen ab. Sie überlegte, wie viele Lebenswege sich kreuzten und wie viele Begegnungen tatsächlich etwas bedeuteten. Diese Begegnung mit Richard hatte etwas verändert in ihr. Und zwar ihre Sicht auf sich selbst. Richard hatte Sophie anders wahrgenommen. Er hatte sie nicht als die Frau von Frederik gesehen. Oder als die Frau, die keine Kinder hatte. Oder als die Geschäftsfrau, die eine Galerie leitete und mit Kunstwerken handelte. Für ihn gab es eine einzige Sophie. Seine Sophie, die die Hauptperson in diesem ganzen Konstrukt war. Er hatte Sophie stets als die Gräfin gesehen. Sie teilten eine Verbundenheit von zwei völlig verschiedenen Charakteren, mit zwei völlig unterschiedlichen Lebensstilen, einzig und allein aneinander geraten durch eine Ausnahmesituation. Richard verlangte wieder einige Tropfen Wasser und als Sophie den Wasserbecher zurück auf das Nachtkästchen stellte, entdeckte sie darauf drei Kuverts mit je einem Namen versehen: Frederik, Sophie, Tatjana.

Sophie begann zu lesen und die Zeilen, die sie darin fand, hatten wenig mit einem Abschiedsbrief zu tun. Sie waren fröhlich und hoffnungsvoll, als würde ein guter Freund eben mal kurz ein paar Zeilen schreiben. Selbst von einem Wiedersehen sprach er.

Liebste Sophie, ich bin so gerne mit Dir befreundet, denn Du bist mir die Liebste von allen. Die Ehrlichste und Einfachste und dadurch so besonders. Mit Dir zusammen zu sein, bedeutet immer umsorgt und geliebt zu sein. Und das ist bei meinem Lebenswandel wirklich eine Art von Liebeskunst. Aber ich denke, dass es uns beiden ähnlich geht. Und ein Außenstehender könnte es nicht begreifen. Es passt zwischen uns. Da ist ein ungeübtes und nicht einstudiertes Verständnis füreinander. Ich habe oft gewusst, was Du denkst und warum Du es denkst. Und Dir ist es mit mir ganz genau so gegangen. Mir war klar: von allen Menschen auf der Welt - Du durchschaust mich immer. Vielleicht darf ich Dir meine Rolle erklären, die ich in diesem Leben versucht habe zu spielen. Ich habe andere Leute um deren Leben beneidet und genau das hat mich angetrieben. Besser zu sein, toller zu sein, wichtiger zu sein. Doch am Ende habe ich nicht das gefunden, was ich eigentlich gesucht habe: die Liebe. Ich habe so gut wie nichts ausgelassen, war mit Vollgas unterwegs und hätte ich Dich als junger Mann kennengelernt, ich hätte Dich übersehen. Weil Du nicht so viele Schichten aufträgst wie andere Frauen, damit sie auffallen oder verdecken, wer sie eigentlich sind. Aber als reifer Mann, der so viel erlebt und gesehen hat, kann ich es verstehen und kann ich es lieben. Das Leben muss nicht schillern und glitzern. Es glitzert zwischen zwei Menschen. Und das tut es bei Frederik und Dir. Ich freue mich auf unser Wiedersehen, im nächsten Leben oder in der Ewigkeit. Hauptsache es glitzert. Dein Richard.

Sophie legte ihren Kopf an Richards Seite und einige Tränen liefen ihr über die Wangen und als sie ihren Kopf, nach einer ganzen langen Weile hob, um ihn wieder anzusehen, sah sie, dass er eingeschlafen war. Sophie verharrte an Richards Seite und nahm nur schemenhaft wahr, was die Pfleger taten, ehe sie wieder alleine mit ihm war. Sie nahm ihren Brief und die beiden anderen Kuverts und ging dann aus dem Zimmer, ehe sie sich nochmal zu ihm umsah und: »Bis bald, Richard«, sagte.

Sophie malte sich kurz aus, wie Frederik und Tatjana die vielen vergangenen Stunden zusammen verbracht hatten, als sie auf die große Uhr im Krankenhausflur blickte und fand sie dann beide da, wo sie sie zuvor zurückgelassen hatte: Auf den Stühlen vor der großen hölzernen Schiebetür zur Intensivstation. Tatjana war eingeschlafen und lag mit ihrem Kopf auf Frederiks Schulter, der seinen Kaffeebecher gedankenverloren schwenkte. »Sophie, endlich«, sagte er, als er aufsprang und damit Tatjana aus ihrem Schlaf riss. »Was ist los? Du bist seit Stunden nicht mehr aufgetaucht.« »Er ist gestorben«, sagte Sophie und als Frederik Sophie in eine, fast etwas zu feste, Umarmung drückte, sah Sophie, dass Tatjana sich die Haare und Klamotten zurecht zupfte. »Es tut mir leid«, sagte Sophie zu Tatjana, irgendwie war diese ganze Situation wirklich surreal. Tatjana nickte nur und sah dann Frederik betreten an. »Was hat er gesagt?«, fragte Frederik und Sophie versuchte möglichst detailliert zu erzählen, was die beiden nicht wussten. »Es gibt für jeden einen Brief«, sagte Sophie und reichte dann jedem das passende Kuvert.

Und als sich sowohl Frederik als auch Tatjana von Richard verabschiedet hatten, standen drei traurige Menschen zusammen vor dem großen Krankenhaus, als ihnen die Mittagssonne entgegenstrahlte. Es herrschte emsiges Treiben und dann war es Sophie, die das Schweigen unterbrach, nicht zuletzt, um aus diesem prallen lauten Leben, das gerade nicht zu ihrer Stimmung passte, herauskommen zu können. »Lasst uns was essen gehen«, sagte sie und Frederik und Tatjana nickten, Tatjana sichtlich erleichtert. Im kleinen Garten des Italieners, unweit des Krankenhauses, bat Frederik den Oberkellner um einen ruhigen Tisch im hinteren Bereich. Sie nahmen Platz und nach einem guten Essen, das alle recht wortkarg verbrachten, und mehreren Flaschen Wein, las jeder seinen Brief. Tatjana und Frederik zum ersten Mal und Sophie ihren zum zweiten Mal. Sophie beobachtete Frederik. Sie verstand wie schmerzlich ihm das Thema Tod war und jede auch noch so kleine Berührung damit, brachte alte Wunden dazu aufzureißen. Sophie nahm vorsichtig seine Hand, als er sich einige Tränen aus den Augen wischte, ehe sie drohten herabzufließen. Und er gab Sophie seinen Brief zum Lesen und sie gab ihm ihren.

Lieber Frederik, ich erkenne in Dir so viele Facetten von mir selbst und doch bist Du so anders wie ich. Das Spiel mit dem S(ch)ein und dem Geld beherrscht Du wie kein Zweiter und ich bin sehr dankbar, dass Du meine Angelegenheiten unter Deine Fittiche genommen hast. Na klar, nicht zu Deinem

Nachteil, aber sie könnten in keinen besseren Händen sein. Mitnehmen kann ich nichts davon und ich will auch nichts mehr davon. Es ist Zeit für etwas Neues. Ich gehe weiter und warte auf ein Wiedersehen mit Dir, mein guter und treuer Freund. Manchmal hab ich mir vorgestellt, dass Du mein Sohn bist. Ja, das klingt jetzt schrecklich kitschig. Aber so war es. Und ein anderes Mal habe ich mir vorgestellt, dass wir zusammen jung sind und uns gegenseitig antreiben, mal Konkurrent, mal Gefährte sind. Und Du warst beides gleichzeitig für mich: Ein Sohn und ein Freund. Gib auf Dich Acht, lass Dich nicht täuschen, bleib Dir treu. Die Aufgabe an der Spitze ist absolut und meistens undankbar und es gibt niemanden, der einen selbst beschützt. Das muss man immer selbst machen. Auch wenn Du in den vergangenen Monaten auf mich Acht gegeben hast. Das war wunderbar. Du machst es immer richtig, das weiß ich. Dein Richard.

Als Tatjana von Richards Chauffeur abgeholt wurde, hatte das wohl zwei Gründe, die Sophie Frederik kurz erklären musste. Frederik nickte. »Ist wohl Zeitvertreib, bis du an der Reihe bist«, sagte Sophie und lachte, als Frederik ihr in die Seite kniff. »Schon süß deine Eifersucht«, sagte Frederik und küsste sie dann. Leben, einfach das Leben gut leben, dachte er, als er ihren Kuss schmeckte und wieder so unbedingt leben wollte. »Er hat gewusst, dass sie ihn betrügt und hat nichts an seinem Testament geändert«, sagte Sophie kopfschüttelnd und nahm den Keks, der auf einem kleinen Teller auf dem Kaffeetablett lag. »Hab ich auch nicht«, sagte Frederik und brachte damit Sophie augenblicklich in eine unangenehme Situation. »Das heißt?«, fragte sie vorsichtig. »Julian möchte dich sehen«, sagte Frederik und Sophie sah ihn nun wirklich fragend an. Frederik atmete erst aus, bevor er bekannte: »Ich bin zu ihm ins Bootshaus gefahren und hab mit ihm geredet, eigentlich um ihm zu sagen, dass er uns in Ruhe lassen soll.« »Bitte was? Wann?« »Vor einiger Zeit. Ich musste ihn sehen. Ich musste in seinen Augen sehen, was er zu dieser Sache sagt und ob er etwas für dich empfindet. Und das hat mir nicht gefallen, was ich gesehen habe«, schloss Frederik. »Und warum will er mich denn jetzt sehen? Das ist wirklich Unsinn, ich will ihn nicht sehen.« »Das wirst du aber müssen.« Sophie sah Frederik weiterhin unverständig an. »Er zeigt mich sonst wegen Körperverletzung an und sagen wir es so, die Presse wird bestimmt schon die Artikel über Richard schreiben. Ich werde darin vorkommen und dass ich die komplette Firma übernehme. Ich kann gerade keine schlechte Publicity gebrauchen.« Sophies Augen blitzten. Ihm aus diesem Deal, dass sie nun diese Forderung von Julian zu erfüllen hatte, einen Vorwurf zu machen, wäre zwar die einfachste aller Reaktionen, wenn man außer Acht lassen würde, dass sie für diese ganze Situation hauptverantwortlich war. »Ihr habt euch geschlagen?«, fragte Sophie stattdessen und in jedem Fall alarmiert. »Es war ein Schlag«, sagte er und nach einer kurzen Pause fügte er hinzu: »Hier ist seine Nummer und seine Adresse«, und schob einen kleinen handschriftlich verfassten Zettel zu Sophies Seite des Tisches, den er zuvor aus seiner Hosentasche gezogen hatte. »Ich soll alleine in seine Wohnung fahren?«, fragte Sophie. »Ich kann ja schlecht mitkommen«, gab Frederik zurück. »Was soll ich da?«, fragte Sophie und gab Frederik zu verstehen, dass sie diesen Plan absurd fand. »Er wird dir ein Liebesgeständnis machen, was weiß ich.« Sophie atmete nun laut aus. »Also, ich weiß nicht.« »Mach doch einfach das, was Tatjana und ich im Krankenhaus gemacht haben«, sagte Frederik erbost und eigentlich wusste er, dass es jetzt aktuell keinen Grund gab auf Sophie wütend zu sein, zumindest noch nicht. »Und was habt ihr gemacht?« »Einen Quickie. In unserem Fall fand er auf der Krankenhaustoilette direkt neben dem Desinfektionsständer statt«, sagte Frederik ironisch und Sophie nahm diese Spitze gegen sich beinahe emotionslos entgegen, da sie ihm erlaubte sich etwas abzureagieren. Nach einem kurzen Schweigen rief Frederik Sascha an und bat ihn sich ein Taxi zu nehmen, um Frederik und Sophie abholen zu können, sie hatten viel zu viel Wein getrunken, um noch Auto fahren zu können. Frederik rieb sich die Stirn, als die Wut ein wenig kleiner wurde. »Ich weiß es nicht. Nimm deine Schwester mit, nimm Sascha mit. Keine Ahnung«, sagte Frederik und als Sophie ihm keine Antwort gab, küsste Frederik sie. »Wir haben geredet, sie hat viel telefoniert, ich hab telefoniert und wir haben Kaffee getrunken, ehe sie eingeschlafen ist«, sagte er leise und vermutlich auch als kleine Entschuldigung. Als die Kellnerin an den Tisch kam, um Frederik die Rechnung zu bringen, verstreute sie mit dem Kartenlesegerät Glitzerstaub auf der weißen Tischdecke. »Oh entschuldigen Sie, heute war schon ein runder Geburtstag bei uns, also von irgendeinem Geschenkpapier klebt überall bei uns heute Glitzer«, entschuldigte sich die Kellnerin und versuchte vergeblich das klebrige Etwas von der Tischdecke zu schubsen. »Glitzer«, sagte Frederik schmunzelnd und auch Sophie musste lächeln.

Sophie hatte sich mit Julian in einem Café, unweit seiner Wohnung, verabredet. Er wollte in Reichweite bleiben, denn die Babysitterin würde erst am Abend den Nachtdienst bei den Brüdern übernehmen und er musste Tom dann noch vom Handball abholen. Obwohl sie schon fünfzehn und siebzehn Jahre alt waren und damit eigentlich viel zu alt um nachts noch eine Babysitterin zu brauchen, hatte Julian es lieber, wenn er in Ruhe seine Konzerte geben konnte und sich nicht rund um die Uhr, um die beiden Sorgen machen musste. Frederik war Sophie an diesem Tag hauptsächlich aus dem Weg gegangen, auch um nicht zu sehen, welches Outfit sie für ein Treffen mit Julian wählen würde. Es war ein weißes Blusenkleid geworden und Sophie sah Julian bereits an einem der hinteren Tische sitzen, als sie das Café betrat. »Hallo Julian«, sagte Sophie, als sie an den Tisch gekommen war und ihre Tasche am Stuhl verstaut hatte. Julian begrüßte sie mit einer Umarmung und einem kleinen Kuss auf der Wange. »Hallo Sophie. Schön dich zu sehen.« »Also, bringen wir das Erpressungstreffen hinter uns, dann kann jeder schnell zurück in sein Leben«, sagte Sophie und sah in Julian verdattertes Gesicht. »Ich möchte nicht in mein Leben ohne dich«, sagte Julian selbstsicher und es war nicht zu überhören, dass er es auch so meinte. Sophie seufzte. »Bitte nicht, Julian. Es ist alles…« »Was hätte ich tun sollen? Wenn ich unerlaubt in deine Nähe gekommen wäre, hätte ich nur Ärger bekommen. Mit ihm oder mit einem von euren Männern. Du hast mir nichts erklärt, gar nichts. Das ist auch nicht gerade fair«, fiel ihr Julian ins Wort. Sophie resignierte und um ihre Kapitulation zu unterstreichen, bestellte sie einen Milchkaffee und eine kleine Flasche Wasser. »Ich habe dich an dem Abend erlebt und alles was ich gesehen habe, ist, dass dich zwei von diesen Aufpassern wieder nach Hause zurückgeschleppt haben. Nicht unbedingt mit deinem Einverständnis. Ich will wissen, ob es dir gut geht«, sagte Julian und Sophie erkannte ehrlich gemeinte Sorge und viele offene Fragen in Julians Gesicht. »Mein Mann ist doch kein Tyrann«, sagte Sophie. »Ich war einfach unendlich traurig und…« Sophie stoppte in ihrer

Erzählung und entschied sich dann für einen Richtungswechsel des Gespräches. »Es tut mir leid. Ich hätte mit dir reden sollen und dir sagen sollen, dass ich meinen Mann über alles liebe und diese Ehe alles ist, was ich immer wollte und immer wollen werde«, schloss Sophie. Julian tippelte unruhig mit dem Finger auf den Holztisch, als er abwartete, bis der Kellner die Bestellung auf den Tisch gestellt hatte und sie wieder ungestört waren. »Ja, das ist alles wunderbar, ich habe mich aber trotzdem verliebt. Hals über Kopf, als ich dich gesehen habe. Und dann diese Berührungen. Unser Kuss. Das war alles so unglaublich«, sagte Julian und stürzte seinen Espresso hinab. »Das kann doch gar nicht sein. Du kennst mich nicht. Du weißt gar nichts von mir. Frag meinen Mann, ich kann sehr anstrengend sein«, sagte Sophie und sah in Julians Gesicht, der keine Miene verzog. »Bitte Julian. Es tut mir wirklich leid. Und ich würde es so gerne rückgängig machen. Kann ich aber leider nicht. Ich wollte dich nicht verletzen oder dir Hoffnungen machen. Es ist, wie es ist«, sagte Sophie und begann nun auch ihren Kaffee zu trinken. »Was hat er was ich nicht habe? Also abgesehen von dem ganzen Geld und dem ganzen Wow-ach-wie-toll-und-ach-wie-anstrengendem-Lebensstil. Ich lerne dir tauchen und surfen und Gitarre spielen. Wir sitzen am Lagerfeuer, wir fahren durch die ganze Welt. Es wird nur uns und keine Anforderungen geben. Niemand, der dich bewertet oder verurteilt«, beschrieb Julian den tollen Plan, den er sich mehrmals täglich ausdachte. Nun stand Sophie auf, das musste nun ein Ende finden. »Julian, er hat mein Herz«, sagte Sophie und legte einen Geldschein auf den Tisch und ging.

Frederik saß an diesem Nachmittag nur körperlich anwesend an seinem Schreibtisch, denn in Gedanken war er bei Sophie, bei diesem Treffen und sämtlichen Fantasiebildern, die vor seinem geistigen Auge aufgetaucht waren und in denen es immer daraus hinauslief, dass er am Schluss wieder mal alleine auf dem Gut zurückbleiben würde. Auch seiner Sekretärin Clementine war nicht entgangen, dass Frederik unkonzentriert und vom Nachdenken erschöpft war, allerdings wusste sie den wahren Grund dafür nicht. »Möchten Sie sich etwas hinlegen?«, fragte Clementine, die Frederik immer agil, fleißig und ehrgeizig gesehen hatte und nun sehr besorgt dreinblickte. Frederik schüttelte den Kopf. »Mich beschäftigt nur etwas«, sagte er dann und

Clementine vermutete, dass Frederik sie bald wieder in ein neues Projekt einweihen würde. »Na, dann bin ich gespannt«, sagte sie und machte sich auf den Weg zurück an ihren Schreibtisch, der wie immer gut mit Arbeit gefüllt war. Frederik versuchte sich wieder auf die Arbeit zu konzentrieren oder, als ein etwas weniger ambitioniertes Ziel, darauf einen ganzen Satz zu lesen. Es war bereits eine Stunde her, seit Sophie das Gut verlassen hatte. Und innerlich fühlte er sich so, als hätte sie ihn verlassen. Frederik schloss die Augen, als müsste er dann auch die Bilder in seinem Kopf nicht mehr sehen. Als er noch überlegte seinen Bruder anzurufen, der ihm etwas Gutes erzählen sollte, bis die Zeit endlich bereit war schneller vorbeizugehen, öffnete sich die Tür und Sophie betrat das Arbeitszimmer. Völlig in seine Gedanken versunken, bemerkte Frederik nicht, dass Sophie zu ihm lief und realisierte erst ihre Gegenwart, als sie mit ihrer Hand seinen Nacken streichelte. Frederik öffnete die Augen und sah sie an. Und in diesem Blick standen alle Fragen, die er sich nicht zu fragen zumutete und daher versuchte er stattdessen in ihrem Blick Antworten zu finden. »Ich liebe dich, Frederik, bis in alle Ewigkeit werde ich das tun«, sagte sie, nahm seine Hand, die sie zuvor küsste und legte sie auf ihr Herz. »Hier warst immer nur du und hier wirst immer nur du sein.« Sie hielt seine Hand fest umschlossen, als sie sie weiter auf ihre Brust schob und dann noch näher an ihn herantrat. Frederik wich zurück, als sich beinahe ihre Lippen berührten. »Ich möchte dich nie mehr küssen, wenn du ihn heute geküsst hat«, sagte er und er schloss seine Augen, als er sich in ihrem Geruch so geborgen fühlte, sich selbst eingestehend, dass ein zweiter Kuss bedeuten würde, dass ihre Liebe zu ihm weniger geworden war und auch wissend, dass er einen zweiten Vertrauensbruch nicht verzeihen könnte. »Ich habe ihn nicht geküsst. Ich habe ihm gesagt, dass mein Herz dir gehört.« Frederik atmete durch. »Es ist die Wahrheit«, sagte Sophie aufgebracht, als sie realisierte, dass er sie weiterhin auf Distanz hielt und sie nun das Gefühl bekam sich verteidigen zu müssen. »Ich hatte die letzte Stunde zu viel Zeit zum Nachdenken, weil ich mich auf nichts anderes konzentrieren konnte«, erklärte Frederik und Sophie begann nun endgültig nervös zu werden. »Ich hab doch nur meinen Teil der Abmachung erfüllt. Du hast mir gesagt, dass ich dahin gehen soll!«, echauffierte sie sich nun, denn sie fühlte sich, als würde ihr hier gerade ein unfairer Prozess gemacht werden, obgleich sie natürlich recht schuldig war. »Darf ich weiterreden?«, fragte Frederik ruhig und Sophie nickte, als sie sich für Schweigen entschied, da sie schlichtweg in der schlechteren Position wie er war. »Es gibt nichts, was du tun kannst, um meine Liebe für dich zu verändern«, sagte Frederik, als Sophie ihn ängstlich ansah, abwartend was nun folgen würde. »Ich war immer so stolz, dass nur ich deine Lippen berührt habe, nur ich dich so lieben durfte. Es hat sich so angefühlt, als würden wir leben, damit ich dich lieben kann.« »Es hat?«, keuchte Sophie. Sie lehnte sich gegen seinen Schreibtisch, denn ihre Beine waren augenblicklich schwer geworden, so als könnten sie sie nicht länger tragen. »Julian hat das verändert. Es gibt nun da draußen einen Mann, der weiß, wie unglaublich es sich anfühlt dich zu küssen.« Frederik redete weiter, ruhig und langsam, als würde er über jemanden anderen sprechen. Als würde er eine andere Geschichte erzählen. Sophie begann nun erneut eine Verteidigung. »Weißt du die Anzahl an Frauen, die wissen, wie es ist, dich zu küssen?«, fragte Sophie, denn sie war sich sicher, dass er über diese Zahl, als einzige Zahl in seinem Leben, den Überblick verloren hatte. Er lehnte sich zurück und strich sich dann über sein Kinn. »Eine«, sagte er schließlich. Sophie sah ihn an, nicht verstehend, was diese Antwort zu bedeuten hatte. »Ich habe keine geküsst, wie ich dich küsse«, sagte er dann. Sophie betrachtete Frederik und realisierte von Neuem und ganz tief in sich seine Liebe für sie, für die sie, wie so oft, keine Erklärung fand. Diese Liebe war schon immer eine Tatsache gewesen, als wäre der Beginn ihrer Liebe vor diesem Leben gewesen und dieses Leben war nur ein kleiner Teil auf dem Weg eines langen Liebens. Sie erkannte die Kränkung und den Schmerz, den Wunsch ihr zu genügen und unter all seinen markanten und wunderschönen Gesichtszügen auch die Bedeutungslosigkeit der Kinderlosigkeit. Es bedeutete nichts, denn zwischen ihnen war so unfassbar viel Sehnsucht nacheinander, dass es nichts hinzuzufügen galt. Keine Zweifel, keine Träume und auch kein Glück. »Mir gelingt alles, Sophie«, fuhr er fort. »Alles, was ich beginne, schließe ich erfolgreich oder noch erfolgreicher, als geplant, ab. Ich hab so viel Erfolg, dass ich manchmal genervt davon bin. Dass es mich langweilt. Dass ich mich frage, was ich tun soll, dass die Geschäftswelt mich endlich satt hat.

Wann ein Jüngerer, Fähigerer kommt, der die besseren Deals abschließt. Und das Einzige was ich konstant nicht schaffe ist: dich davon zu überzeugen, dass wir zusammengehören und alles gut ist, wie es ist.« Er sah sie nun an und Sophie vermochte diesen Blick nicht so recht zu deuten, da er nun völlig regungslos vor ihr saß. »Ich liebe dich«, brachte Sophie hervor, obwohl es relativ nach wenig klang. »Ich weiß, dass du mich liebst. Nur weiß ich auch, dass unser Leben für dich nicht das Größte ist« »So stimmt es nicht. Unser Leben ist alles für mich.« »Du wolltest es aufgeben, weil diese Frauen so schlecht über dich geredet haben und sich mit mir eine Nacht wünschen.« »Kinder wünschen«, ergänzte Sophie. »Weißt du was ich tue, wenn ich sehe, dass dich ein Mann ansieht, der Gefallen an dir gefunden hat? Der dich mit Blicken auszieht? Der immer wieder heimlich zu dir sieht?« Sophie schüttelte den Kopf. »Ich empfinde Stolz, weil du meine Frau bist und wir zusammen gehören. Ich bin stolz, dass ich dich liebe und zwar weil ich dich am besten von allen lieben kann, auf die bestmögliche Weise. Ich würde niemals weglaufen, nur weil ein Mann davon träumt dich zu berühren. Ich laufe nicht mal weg, wenn ein Mann dich küsst«, sagte Frederik und schaffte es damit, dass Sophie mehr aus ihrem Egoismus aufwachte, als sie gerade aushalten konnte. »Ich möchte dich nicht bloßstellen oder dich verletzen. Ich verstehe es nur einfach nicht. Und ich werde ab heute nicht mehr darum kämpfen, dass du uns gut findest, wie wir sind und unser Leben gut findest, wie es ist, es feierst und genießt und jede Sekunde davon aufsaugst«, sagte er und sprach damit den letzten der Gedanken aus, die ihn heute Nachmittag allesamt am Arbeiten gehindert hatten. Er wählte Clementines Durchwahlnummer und bat sie und die weiteren Mitarbeiterinnen zum Heimgehen. Er zog Sophie zu sich und öffnete Knopf für Knopf ihres Blusenkleides, als die beiden immer wieder ernste Blicke austauschten. Er küsste ihren Hals und berührte sanft ihren Nacken, zog sie aus, ehe er sie völlig nackt auf seinen Schreibtisch hob. Sie begann nun ihn auszuziehen und sich immer wieder zu fragen, wie sie seine Liebe immer und immer wieder so herausfordern konnte. Frederik drang tief und fordernd in sie ein, als könnte er damit Julian und alles was damit im Zusammenhang stand, vertreiben. »Es ist alles gut«, sagte Sophie leise in sein Ohr, woraufhin seine Bewegungen sanfter und zärtlicher wurden.

Sophie fand sich nach diesen Berührungen mit Frederik auf dem Boden des Arbeitszimmers auf dem großen Teppich liegend und auch auf dem Boden der Tatsachen. Der Tatsache, dass sie mitunter unfair, selbstgefällig und egoistisch gedacht und gehandelt hatte. Den einzigen Vorwurf, den man ihm machen konnte, war die Einsamkeit, der sie ab und an ausgesetzt war, die allerdings durch Frederiks Arbeitspensum entstand. Im Gegenzug dazu, versuchte er nichts mehr als sie unendlich glücklich zu machen. Umgekehrt, musste sie sich eingestehen, war sie nicht gerade die Ehefrau, die alles dafür tat ihren Mann glücklich zu machen. Frederik spielte mit seiner Hand in ihrer Hand, als sie nackt in seinem Arm lag. Er fühlte sich besser. Er hatte sich selbst den Druck genommen Sophie halten zu müssen. Entweder er würde ihr genügen oder eben nicht.

Sophie konnte nicht mehr genau sagen, wie lange sie schweigend auf dem Teppichboden verbracht hatten. Allerdings war sie es gewesen, die aufstand um Frederik seine Kleidungsstücke zu reichen und ihm nochmal vorsichtig in die Augen zu blicken, die weiterhin nur den regungslosen Gesichtsausdruck preisgaben, den sie bereits aus dem Gespräch kannte. Sie funktionierten in dieser Stimmung einige Tage lang nebeneinander her, in der jeder wieder seinen Tätigkeiten nachging. Sophie feierte eine prächtige Vernissage, Frederik investierte in ein Restaurant und verhalf damit hauptsächlich Tristan dazu, überschwänglich glücklich darüber zu sein, dass sie nun ein eigenes Stammlokal hatten. Julian sah von einer Anzeige ab und ließ Sophie in Ruhe, realisierend, dass er vorerst nichts gegen Sophies Entscheidung würde tun können. Und Sophie versuchte dann doch in ein neues Kapitel ihres Leben aufzubrechen. In ein Leben, in dem sie absolut grenzenlos glücklich war.

Man sollte auch mal was anderes tun. Tun wir es zusammen und feiern das Leben.

Sophie hatte Frederik gebeten sich einen hellen Anzug anzuziehen und in einer halben Stunde in der Einfahrt zu sein. Als Frederik aus der Tür trat, staunte er nicht schlecht, als dort eine dunkelgrüne Vespa geparkt stand und Sophie ein: » Tada!«, rief und euphorisch auf den kleinen Roller zeigte. Frederik blinzelte einige Male und sah sie dann weiter fragend an. »Für uns. Also für dich. Als Start in unser neu gewähltes Leben«, sagte sie schließlich. Frederik kam die Stufen herab und sie reichte ihm einen Helm. »Für einen Jaguar hat mein eigenes Geld nicht gereicht«, sagte sie schmunzelnd und sah dann, dass er etwas lächelte. »Wir können los«, sagte sie und war sich nicht sicher, ob sie jetzt ihre Entschuldigung anbringen sollte oder erst später. Als er sich nicht bewegte, ergänzte sie:»Ok, ich gebe es zu. Du bist viel, viel besser im Lieben, als ich es bin. Du hast mir alles beigebracht. Von unserem ersten Kuss bis hin zu unserem letzten Mal heute Morgen. Du hast mir beigebracht, wie man liebt. Und wie man bedingungslos liebt. Wie man ehrlich und wahrhaftig liebt. Ich will das alles lernen. Ich will es von dir lernen«, sagte sie und er küsste sie.

Frederik steuerte die kleine Vespa nach Sophies Anweisungen zu einem Platz in den Weinbergen. Er erkannte dort schon viel geparkte Autos am Wegrand und sah bereits einige Personen hektisch umherlaufen. »Das sieht aber ziemlich aufwendig aus«, sagte er dann und Sophie lächelte, als Frederik hinter Tristans Range Rover parkte. Sophie führte Frederik an der Hand zu dem Plateau, auf dessen Anhöhe sich zwei Weinberge trafen und er sah nun, inmitten einer aufwendigen Blumendekoration, eine mittelgroße Festgesellschaft, die allesamt auf die beiden blickten. »Was machen wir hier?«, fragte Frederik, doch Sophie zog ihn immer weiter, bis die beiden bei Leo zu Stehen kamen und damit nun die Mitte aller Gäste bildeten. »Wir erneuern unser Ehegelübde. Also ich erneuere meines und vielleicht magst du ja auch«, sagte sie dann und Frederik lächelte. »Ich lasse mich von dir lieben, Frederik. Und ich erlaube mir unendlich glücklich mit dir zu sein.« Über Frederiks Gesicht ging ein Strahlen, vor allem auch, weil er Leos Blick sah, der ihn, wie immer, mit diesen Augen ansah, aus denen nur Liebe für ihn sprach. Leo begann die ersten Worte zu sagen und Frederik nahm Sophies Hand, er lächelte ihr zu und sah dann erst, dass sie ein hellgelbes Kleid trug. Ein hellgelbes Kleid, wie sie es bereits getragen hatte, als Frederik das Herz in den Eichenbaum geritzt hatte. Und als Frederik sie gebeten hatte seine Frau zu werden. Hellgelb.

Die Feier in den Weinbergen ging langsam zu Ende, als sich bereits die ersten Sonnenstrahlen daran machten, den Weinberg zu berühren und nur noch ein kleines Grüppchen an Personen zurückblieb, die die ganze Nacht hindurch zur Musik getanzt und gefeiert hatten. Frederik zog Sophie auf seinen Schoß und beobachtete mit ihr zusammen den Sonnenaufgang. Er spürte ihre Haut und fühlte ihren Atem, als sie einfach nur so bei ihm saß. Sie wandte den Blick von der Sonne ab und sah in seine Augen. »Ich liebe dich«, sagte sie und dieses Mal klang es nach sehr viel.

Tristan war, ganz entgegen seines Planes und seiner Gewohnheiten, in der vergangenen Nacht ein einsamer Mann geblieben. Er beobachtete immer wieder, wie Frederik und Sophie lachten und dabei unendlich frei und gelöst aussahen. Vielleicht bedeutete Freiheit doch nicht, so wie er es immer interpretiert hatte, alleine und unabhängig das Leben zu genießen. Vielleicht war Freiheit viel schöner, wenn man sie mit jemandem zusammen spürte. Als Sophie bereits in das Auto von Sascha gestiegen war, der die beiden nach Hause bringen sollte, verabschiedete sich Frederik von Tristan mit einer Umarmung. »Heute hab ich es gesehen, was euch verbindet«, sagte Tristan. »Ich will doch so was haben wir ihr«, sagte er weiter und Frederik schmunzelte. »Ich helfe dir beim Finden«, machte ihm Frederik Mut, ehe er zu Sophie in den Wagen stieg.

Sehnsucht schafft Raum für Neues.

Tristan und Frederik standen am Cape Town International Airport und gaben ihre Koffer in die Obhut des Fahrers, der sie mit einer Limousine abholte. Viele Menschen sahen die beiden Männer neugierig an und Frederik zischte leise: «War das wirklich nötig? Musstest du so einen Aufriss machen?» und schüttelte dann lächelnd den Kopf, als er sah wie glücklich Tristan aussah. »Entschuldigung, wir möchten doch einen guten Eindruck bei den wichtigen Immobiliengiganten machen. Und es macht so einfach viel mehr Spaß«, gab Tristan zurück, rückte sein Hemd zurecht und sprang, mehr als dass er ging, zur geöffneten Tür und in die Limousine hinein. Frederik seufzte und setzte sich dann neben seinen gut gelaunten Freund, der sich bereits ein gekühltes Wasser aus dem kleinen Kühlschrank genehmigte und auch Frederik eine Wasserflasche reichte. »Danke«, sagte Frederik und beobachtete dann schweigend den Berufsverkehr und überlegte für sich, ob diese Geschäftsreise richtig war. Er wollte in ein Bauprojekt in Kapstadt investieren, wobei es sich um mehrere tausend Quadratmeter Wohn- und Büroflächen handelte. Tristan war als sein Anwalt und Verhandlungspartner mitgekommen und für dieses neue Projekt Feuer und Flamme, dazu zeigte er von dem stundenlangen Flug keinerlei Anzeichen von Müdigkeit. »Heute Abend gehen wir entspannt im Hotel essen, vielleicht danach ein paar Runden schwimmen im Pool und ab morgen dann Big Business. Ach ja, und ich möchte auch ans Meer«, gab Tristan den Plan vor und brachte Frederik damit wieder zum Lachen. Im Hotelzimmer angekommen, gönnte sich Frederik zuerst eine Dusche um weiter nachdenken zu können. Auf dem kleinen Wohnzimmertisch hatte er einen Strauß mit Rosen gefunden, die Sophie ihm in seine Suite hatte liefern lassen. Dazu gab es auch noch eine Karte, auf der zu lesen stand: »*Ich bin in deinem Herzen*«. Noch in der Limousine sitzend, hatte er sie angerufen und gesagt, dass sie gut gelandet waren und er sich dann vor dem Schlafen gehen nochmal melden würde. Als Sophie ein süßes: »Ich vermisse Dich», sagte, hätte er sich am liebsten wieder zurück zum Flughafen fahren lassen. Tristan klopfte an der Tür. »Los geht's. Ich bin schon so hungrig.« Tristans Worte hallten gegen die Tür, ehe Frederik öffnen konnte. »Auf was? Essen oder Frauen«, neckte ihn

Frederik, da er Tristans neuem Plan endlich die Eine zu finden noch nicht ganz über den Weg traute und er sich demnach viel eher sicher war, dass Tristan auch in dieser Stadt ein kleines Abenteuer finden würde. »Erstmal essen, morgen sehen wir weiter«, gab Tristan schmunzelnd zurück, woraufhin Frederik nur lachen konnte.

Der nächste Tag war sehr heiß und Frederik war froh, dass es hier überall Klimaanlagen gab. Der kurze Weg vom Hotel ins Auto und vom Auto in das Geschäftsgebäude war kaum auszuhalten. Sie saßen an einem großen Glastisch und ließen sich von den südafrikanischen Geschäftspartnern in den Millionen-Deal einweihen. Tristan war total begeistert, was er zum Leidwesen von Frederik nur schwer verbergen konnte. Obgleich er ihm vor dem Termin noch eingebläut hatte, dass er diesmal zumindest versuchen sollte ein Pokerface aufzusetzen. Doch weder Tristans Enthusiasmus, noch die lukrativen Angebote der Geschäftspartner konnten ihm eine Zustimmung zu den vorbereiteten Verträgen entlocken. Eine Zusage würde bedeuten mehrere Wochen im Jahr in Südafrika zu verbringen, es würde bedeuten, dass er noch weniger Zeit für Sophie hatte und außerdem noch mehr Arbeit als ohnehin schon. »Es steckt eine Frau dahinter, habe ich Recht?«, fragte George, der Inhaber der Firma, der sich mit Frederik ausgezeichnet verstand und es sehr schade fand, dass Frederik nun nicht investieren würde. Frederik nickte. »Meine eigene. Sie ist und bleibt meine größte Schwäche«, sagte Frederik und schmunzelte. »Das kommt nicht oft vor, dass man in die eigene Frau verliebt ist. Das sollte man genießen«, sagte George und zwinkerte Frederik zu.

Am Abend lud George Frederik und Tristan mit samt seinen Geschäftspartnern zum Abendessen ein. Es war ein sehr schönes Restaurant mit einem unglaublichen Meerblick und Frederik wünschte sich sehr diesen Moment mit Sophie teilen zu können. Er verschickte einige Bilder an sie, um sie auch daran teil haben zu lassen. Während Tristan und Frederik als Aperitif mit Champagner angestoßen hatten, dass eben aus dem Geschäftsreise eine Männerausflug geworden war, sagte Tristan gut gelaunt: »Mit dir ist es überall schön. Egal ob geschäftlich oder privat.« Und Frederik lächelte. Er war erleichtert, dass Tristan nicht enttäuscht war, dass er in diesen Deal nicht einsteigen würde. »Sophie kann doch mit dir hier sein«, hatte Tristan noch versucht

Frederik umzustimmen, doch Frederik hatte nur den Kopf geschüttelt. »Ich kann sie nicht immer aus allem herausreißen. Sie hat ihre Galerie, ihre Vernissagen und auch ihre Schüler«, sagte Frederik und Tristan musste nun einsehen, dass der große Traum geplatzt war, den er vor allem wegen der gemeinsamen Zeit mit Frederik so spannend gefunden hatte. Einige Momente später betrat eine große südafrikanische Schönheit die Terrasse des exklusiven Restaurants und nahm an der Bar Platz. Sie schien hier sehr bekannt zu sein, denn die Chefin des Restaurants kam, begrüßte sie und ließ ihr ein Glas Champagner servieren. Tristan blieb der Mund offen stehen und er brachte nur ein leises: »Wow«, hervor und sah dann zu Frederik. Frederik lachte, als er sagte: »Wie kann man sich in Sekundenschnelle verlieben und so schnell wie es gekommen ist, ist es auch schon verflogen.« »Moment mal, ich habe einfach noch nicht die Richtige getroffen. Wäre es nicht schön, wenn es sie ist?« Tristan blickte mit einem verträumten Blick zu ihr, was der jungen Dame nicht entging. »Sprich sie doch an«, forderte Frederik seinen Freund auf. »Und wie soll ich das bitte machen?« Frederik verstand die Frage nicht und entgegnete: »Wie wäre es mit: Wie du es sonst immer machst?« Tristan tippelte unruhig mit seinen Finger gegen sein Glas. »Gib mir noch eine Minute.«

Als die große Tischgesellschaft um Frederik und Tristan gegessen und ziemlich gut getrunken hatte, sah Frederik, dass Tristan immer noch mit der brünetten Unbekannten flirtete und sich die beiden über die Entfernung immer wieder anlächelten. »Willst du sie nicht auf ein Dessert einladen?«, bot Frederik an. »Nein, das ist komisch.« Frederik lachte laut auf: »Was ist denn daran komisch? Sie ist fertig mit dem Essen, das sie wegen deiner Unfähigkeit alleine zu sich nehmen musste. Das ist komisch.« Tristan überlegte. »Wenn du sie nicht gleich ansprichst, dann tue ich es«, drohte Frederik und wollte schon aufstehen, doch Tristan hielt ihn am Arm fest. »Tu das bitte nicht. Mmh ich weiß nicht, ich krieg es heute einfach nicht auf die Reihe«, sagte er deprimiert. Die unbekannte Schönheit, die, wie sich herausstellen sollte, mit echtem Namen Zoe hieß, stand auf und sowohl Frederik als auch Tristan hatten schon Sorge, dass sie gehen würde, doch sie ging, selbstbewusst lächelnd, direkt auf die beiden zu und sagte dann strahlend zu Tristan: »Möchtest du mir vielleicht irgendetwas sagen?« Tristan blieb erneut der Mund offen stehen und Frederik nahm sein Glas Wein und stand auf. »Danke«, flüsterte Fredrik ihr zu.

Frederik suchte einen etwas abgelegeneren Bereich der Terrasse und setzte sich in einen großen Sessel. »Hallo mein Schatz, du bist aber früh im Hotelzimmer zurück.« »Wir sind noch beim Essen. Tristan hat aber gerade eine Frau kennengelernt und ich konnte mich etwas zurückziehen.« »Oh«, sagte Sophie und war schon dabei ihre nahende Eifersucht im Keim mit guten Gedanken zu ersticken, ehe sie größer werden würde. Ihr reizender Ehemann in einer fremden Umgebung mit einem besten Freund, der ein Frauenmagnet war, war mindestens ein Grund, um sich kurz mal schlecht zu fühlen. »Ich fühle sie«, zog Frederik sie auf. »Was fühlst du?«, fragte Sophie unschuldig. »Deine Eifersucht und es ist sehr süß«, sagte er weiter. Sophie musste lächeln und als er nur noch ihren Atem hörte, gab ihm das einen Stich. Er wollte lieber zu Hause sein. Was machte er hier eigentlich so weit weg von ihr. »Was machst du?«, fragte Frederik. »Ich wollte eigentlich schon schlafen gehen. Morgen Vormittag hab ich eine Besprechung an der Kunsthochschule und da möchte ich einigermaßen ausgeschlafen sein«, und Frederik hörte wie die Decke im Telefon ein Rascheln erzeugte und stellte sich vor, wie Sophie alleine im Bett lag. »Ich vermisse dich«, sagte er und Sophie erwiderte: »Ich dich auch«, was es ihm noch etwas schwerer machte. Eine kurze Zeit des Schweigens folgte, in der jeder mit der Situation haderte und nicht so recht wusste, was jetzt gut zu sagen wäre, damit sich der andere nicht noch schlechter fühlte. »Wie war denn eure Geschäftsbesprechung? Ist schon alles in trockenen Tüchern?«, versuchte Sophie das Thema zu wechseln und war deutlich überrascht, als Frederik ihr erklärte, dass er den Deal nicht machen wollte, weil er dafür zu viel Zeit investieren müsste, die er lieber mit ihr verbringen wollte. »Gut, wenn du das so möchtest«, sagte Sophie. »Ich möchte gerne eine Auszeit nehmen vom Arbeiten«, gab Frederik zu und Sophie fragte, was er damit meinen würde. »Ich möchte gerne für einige Zeit keine neuen Geschäfte mehr abschließen. Ich möchte alles nachholen, was wegen der Arbeit immer auf der Strecke geblieben ist. Wir machen es uns richtig schön.« Es klang so schön, dass Sophie schniefen musste. »Ich hoffe, das sind Freudentränen«, lachte er und Sophie antwortete: »Natürlich sind sie das.«

Wieder zu Hause, arrangierte Frederik für Sophie und ihn mehr Freiheiten. Er stellte mehr Mitarbeiter ein, sodass beide mehr Zeit gemeinsam verbringen konnten. Auch den meisten gesellschaftlichen Verpflichtungen ging er aus dem Weg und gab kein einziges Fest, mal abgesehen von den Sommerfestspielen, allerdings nicht mal zu seinem vierzigsten Geburtstag. Nach zwei Jahren in purem Glück saßen Frederik und Sophie eines Abends auf der Terrasse und betrachteten den Sternenhimmel, sie fühlte sich so, wie sie sich mit sechzehn gefühlt hatte und konnte nicht glauben, dass man als Mensch hier auf der Erde so glücklich sein durfte. »Weißt du, dass du mich so glücklich machst«, sagte Sophie und küsste ihren Mann lange. »Ich versuche es jeden Tag«, war seine Antwort und Sophie wusste, dass es die Wahrheit war.

»Hör doch auf so zu zappeln«, sagte Frederik, der versuchte Tristans Fliege zu binden. »Ich krieg keine Luft«, sagte Tristan und nahm noch einen weiteren Schluck aus seinem Flachmann, den er schon einige Male aus seinem Jackett gezogen hatte. »Kein Alkohol mehr«, ermahnte Frederik ihn und nahm ihm die kleine silberne Flasche ab. »Sophie!«, rief Frederik und Sophie eilte schnell zur Hilfe und drapierte das Blütengesteck an Tristans Revier. »Atmen!«, sagte Sophie schmunzelnd und sah wie Tristan einige Schweißperlen auf die Stirn traten. »Wie schafft man das denn in so einer Ehe?«, fragte Tristan und blickte Sophie und Frederik verzweifelt an. »Hättest du dir das nicht vor deinem Hochzeitstag überlegen können?«, fragte Frederik amüsiert. Sophie nahm ein Stofftaschentuch und tupfte Tristan die Schweißperlen von der Stirn. »Ihr seid großartig zusammen. Ich bin sehr stolz auf dich«, sagte sie und Tristan versuchte überzeugt zu nicken. »Stimmt. Sie ist großartig und wir sind großartig zusammen«, wiederholte nun Tristan, er war etwas erleichterter als zuvor. »Ja genau«, gab ihm Sophie zur Antwort. »Und ich habe sie schon gesehen. Sie sieht umwerfend aus«, verriet Sophie und zwinkerte Tristan zu. Tristan räusperte sich und verlor kurz das Gleichgewicht, als Frederik ihm aufmunternd auf die Schulter klopfte. »Wovor hast du Angst?«, fragte Frederik, als Sophie das Zimmer wieder verlassen hatte. »Dass ich sie nicht glücklich machen kann.« »Bis jetzt hast du das doch auch geschafft.« »Dass ich ihr nicht treu sein kann.« »Bis jetzt hast du das doch auch geschafft.« »Dass ich mich selbst verliere«, sagte Tristan schließlich und sah seinen Freund verlegen an. »Darauf werde ich achten«, sagte Frederik dann und schob seinen Freund aus dem Zimmer.

»Was ist das?«, fragte Frederik, als Sophie ihm einen kleinen Zettel zusteckte. »Den wirst du lesen, wenn ich dir ein Zeichen gebe«, sagte sie und küsste ihn dann auf die Wange, ehe sie nochmal seine Fliege zurecht rückte und dann in der Bank Platz nahm. Auf die Frage. »Was ist das Zeichen?«, gab Sophie ihm keine Antwort und so blieb Frederik ahnungslos neben einem, etwas gelassener wirkenden, Tristan im Altarraum stehen und wartete, bis Tristans Braut endlich an der Hand ihres Vaters den Weg zum Altar beschritt. Frederik flüsterte kurz Tristan etwas ins Ohr, bevor er Sophie zuzwinkerte. Lächelnd nahm Tristan Zoe in seine Arme und schien sichtlich erleichtert. Er hatte doch noch seine Richtige gefunden. Als Tristan und Zoe sich den ersten Kuss in ihrer Ehe gaben, sah Frederik zu Sophie und erinnerte sich auch an den Moment, als Sophie und er sich das Ja-Wort gegeben hatten, an das erste Mal und an das zweite Mal. Sophie formte in der Luft ein Handzeichen, das wohl bedeuten sollte, dass er den Zettel jetzt lesen sollte. Er zog das kleine weiße Papier aus seiner Jackettasche und las die Worte, die er selbst nicht fassen konnte: »Ich brauche nicht mehr auf ein Wunder zu warten. Du bist mein Wunder!«

Und es tritt ein, was ich mich niemals getraut hätte zu befürchten.

Frederik hatte die Auszeit erweitert und konzentrierte sich vermehrt um die Landwirtschaft des Gutes und die Verwaltung der Immobilien. Er wollte weiterhin die meiste Zeit mit seiner Frau verbringen. Das kam auch Leo zu Gute, der seinen Jahresurlaub auf dem Gut
verbrachte. Sophie bereitete alles für ein Barbecue vor, zu dem auch
alle Kinder aus dem Kinderheim und die Betreuer eingeladen waren.
Sie trug zusammen mit Stina Teller und Besteck auf die große Terrasse
und in den Garten hinunter und beobachtete Leo, wie er mit einigen
der Buben und Mädchen Fußball spielte. Jubelnd reckte Leo die Hände
in die Luft, da sein Team gerade ein Tor erzielt hatte. Sophie lächelte
kopfschüttelnd. »Man merkt gar nicht, dass einer hier über achtzehn
Jahre alt ist«, sagte sie so laut, dass Leo es hören konnte und ihr liebevoll die Zunge entgegenstreckte. »Sophie«, sagte Martha, die Tränen
überströmt und zitternd vor ihr stand. »Was ist denn los?«, fragte Sophie alarmiert, als sie in Marthas panisches Gesicht sah. »Frederik
hatte einen Autounfall.«

Sophie betrat mit Henry, der eine große lederne Tasche trug, Frederiks Krankenzimmer auf der Intensivstation, er hatte ein Polytrauma
erlitten und war gleich nach dem Unfall operiert worden. Frederik war
auf dem Nachhauseweg zu dem kleinen Fest für das Kinderheim gewesen, als sein Wagen von einem anderen Wagen erfasst worden war
und ihn von der Straße gedrängt hatte. Und der Gedanke, ob er Sophie
noch anrufen sollte, dass er bereits unterwegs war, war sein Letzter,
ehe der Unfall passierte und er das Bewusstsein verlor. Sophie hatte
die ersten wichtigen Utensilien von Zuhause geholt. In der Hand trug
sie einen Blumenstrauß, den sie auf den kleinen Tisch gegenüber des
Bettes legte, um ihren Mann mit einem langen Kuss begrüßen zu können. »Wie geht es dir?«, fragte Sophie und Frederik sagte: »Alles in
Ordnung«, während er versuchte sich etwas aufzurichten, was ihm
nicht gelang. »Hallo Frederik«, sagte Henry und reichte ihm die Hand
zum Gruß. »Wir haben einige Sachen mitgebracht, aber bitte bleibe
nicht zu lange hier. Wir vermissen dich alle.« »Gut«, sagte Frederik
und hustete. Sophie öffnete die Schränke, damit sie Frederiks Sachen

verstauen konnte. »Es wird wohl besser sein, wir lassen hier erstmal richtig putzen«, sagte Sophie bei dem Anblick des Inneren des Schrankes. Sie verzog das Gesicht und Henry verließ, sein Telefon zückend den Raum, um eine Reinigungskraft zu organisieren. »Wir benötigen bitte auch eine Vase«, rief Sophie ihm hinterher und wollte sich schon aufmachen, um das Badezimmer zu inspizieren. »Komm doch mal zu mir«, sagte Frederik und streckte ihr bereits seinen Arm entgegen. Sophie lächelte und setzte sich auf die Bettkante, als sie ihm einen Kuss gab. »Du siehst blass aus.« Frederik atmete schwer und Sophie konnte sich nicht erinnern, wann sie ihn krank gesehen hatte und es machte ihr Angst. »Erzähl mir etwas Schönes«, sagte Frederik und schloss die Augen, die Schmerzen waren schlimmer geworden. Er konnte sich nicht darauf konzentrieren, was sie sagte, aber ihre Stimme beruhigte ihn und dabei hielt er ihre Hand so fest er konnte.

Leo eilte zurück in die Klinik, er hatte die Nacht bei seinem Bruder verbracht und war nur schnell heimgefahren, um zu duschen und sich umzuziehen. Leo lief den langen Krankenhausflur entlang und versuchte die Krankenhausluft nicht einzuatmen, die alles andere als nach Leben schmeckte. Als er schon in das Zimmer von Frederik abbiegen wollte, kam der Chefarzt auf ihn zu und sagte: »Herr Graf von Sonnersleben, ich müsste bitte mit Ihnen sprechen!« »Eigentlich nur Pater Leopold, den Titel habe ich schon lange abgelegt«, lachte Leo, bis er bemerkte, dass der Arzt ihn nur ernst ansah. »Ist alles in Ordnung?«, fragte Leo verwundert und bemerkte auch die Krankenschwester, die neben dem Chefarzt stand und ab und an traurig und betreten auf den Boden blickte. »Gehen wir in mein Büro«, sagte der Chefarzt und eröffnete Leo die Tatsachen, die katastrophal schrecklich waren. »Wir haben leider keine guten Nachrichten. Die Leber wurde bei dem Unfall so schwer verletzt, dass es leider nicht gut aussieht. Wir bräuchten eine Spenderleber, die es in der Kürze der Zeit, nun ja, nicht zu bekommen gibt.« Leo blickte dem Chefarzt in die Augen, nicht akzeptieren wollend, was dieser ihm gerade mitgeteilt hatte. »Wieso? Warum?« »Ich denke es wäre besser, wenn Sie sich von ihm verabschieden würden. Es tut mir leid, dass ich Ihnen das nicht schonender beibringen kann, aber die Zeit drängt. Gerne können wir Ihnen und der Gräfin etwas zur Beruhigung geben.« »Das können Sie nicht ernst meinen.« »Leider kann ich Ihnen nicht mal mehr Hoffnung auf eine Verzögerung des Unvermeidbaren geben. Wir reden von Stunden, bis die Organe versagen werden.« Leo schluckte und nahm die Umgebung nur noch schemenhaft wahr. Der Arzt, der sich empfehlend auf den Weg zurück auf den Krankenhausflur und in ein anderes Krankenzimmer machte, ließ eine Krankenschwester zurück, die gar nicht erst versuchte Haltung zu bewahren, denn sie fing sofort an zu weinen. Leo stapfte schweigend auf den Flur zurück und traf dort Henry, der mit einer Vase in der Hand auf dem Weg zu Frederiks Zimmer war, als er die Stimmung aufnahm und realisierte, dass etwas Schwerwiegendes passiert worden war. »Alles in Ordnung?«, fragte Henry vorsichtig Leo, der ihn nur ernst ansah und wiederholte die Anweisung des Arztes: »Wir müssen uns verabschieden.« Henry riss die Augen auf. »Verabschieden?« »Das hat der Arzt gesagt«, sagte Leo stoisch und ging dann wie gelähmt in das Zimmer von Frederik und als er Sophie und Frederik zusammen sah, riss ihm das Herz noch ein wenig mehr auseinander. Sophie lächelte, doch er sah ihr an, dass sie in Sorge war, obgleich ihr das Ausmaß der Situation nicht bewusst war. Frederiks Blick hingegen, den er mit Leo austauschte, war eine Mischung aus Gewissheit und Sorge. »Sophie würdest du mir bitte etwas zu essen bringen, unten gibt es einen kleinen Kiosk«, fragte Leo und Sophie nickte, endlich etwas zu tun, dachte sie. »Bis gleich ihr Lieben«, sagte sie und die Tür fiel hinter ihr ins Schloss. Leo starrte auf den Boden. »Die Wahrheit«, sagte Frederik, er war sich sicher, dass der Unfall weit schlimmere Folgen hatte, als die Ärzte bisher zugegeben hatten. Die Luft begann minütlich weniger zu werden. Leo beobachtete die schweren Regentropfen, die am Fenster hinabglitten und ring nach einer Erklärung: »Es steht nicht gut um dich«, sagte er, ohne ihn anzusehen. Seine Stimme versagte und als er nun doch Frederik in die Augen sah, kam er ans Bett, um seinen Bruder vorsichtig zu umarmen und bei ihm zu weinen.

»Du wirst alles genauso machen, wie wir es für den Ernstfall besprochen haben.« Tristan weinte und schniefte ins Telefon. »Ich kann nicht in einer Welt leben, in der du nicht bist«, sagte er. »Ich bin der denkbar schlechteste Ehemann der Welt, ich brauche dich an meiner Seite.« Tristan war verzweifelt. »Ich möchte, dass du mir jetzt ganz genau zuhörst«, er legte eine Pause ein, das Reden strengte ihn an. »Du musst Sophie jeden Tag sagen, dass ich sie liebe. Du wirst auf sie aufpassen und das ist jetzt wichtig: viele werden sich an Sophie, schon allein des Geldes wegen, ranmachen. Du wirst das nicht zulassen. Außer.« Er schluckte schwer. »Es jemand ist, der es wahrhaftig gut mit ihr meint.« Frederik hörte nur ein Schniefen und fuhr dann fort: »Hörst Du!« »Ja, versprochen«, gab Tristan zurück, wenn er etwas konnte, dann solche Typen zu durchschauen, denn er war die längste Zeit seines Lebens so jemand gewesen. Tristan verzweifelte weiter, während ihm unaufhörlich die Tränen aus den Augen strömten. Als Frederik den Hörer auflegte, liefen Leo weiterhin die Tränen die Wangen hinab und er fragte leise: »Was machen wir mit Sophie?« Frederik wusste die Antwort auf die Frage nicht, er musste sich von ihr verabschieden. Nur wie sollte er ihr das beibringen. Leo und Frederik überlegten still, als Sophie mit einer Tüte Gebäck ins Zimmer kam. Sie sah die beiden weinen und fragte ängstlich, was los sei. Leo stand auf und gab ihr im Vorbeigehen einen Kuss auf die Wange, was Sophie nur noch ängstlicher machte. »Bitte setz dich zu mir«, sagte Frederik und versuchte sich nicht anmerken zu lassen, dass er Schmerzen hatte. Sophie legte die Gebäcktüte auf den Nachttisch und drehte sich zu Frederik um, der sie liebevoll ansah. »Du musst jetzt sehr tapfer sein, mein Liebling«, sagte Frederik und Sophie schluckte, ehe ihr die Tränen kamen. »Wir werden alles schaffen«, sagte sie. »Wir stellen eine Pflegekraft ein und ich werde mich rund um die Uhr um dich kümmern und wir werden auch alles rollstuhlgerecht umbauen. Das wird alles gehen.« Frederik lächelte, er wusste, dass sie alles tun würde, um ihm auch in so einer Situation zu helfen. »Mein Engel, ich kann nicht mehr auf dieser Erde bleiben. Ich gehe schon mal vor und warte dort auf dich.« Sophie liefen die Tränen in Strömen über die Wangen. »Was? Wie?« Sie konnte keinen der Sätze beenden. »Es ist nur eine Frage der Zeit, bis mein Körper kapituliert.« »Nein, du bleibst hier, wir fliegen dich in eine Spezialklinik, wir holen bessere Ärzte, wir…« »Es ist alles gut. Es ist vorbei, Sophie«, sagte Frederik und Sophie ließ ihre ganze Hoffnung sinken und begann zu zittern. Er versuchte sie zu beruhigen und strich ihr über ihr schönes Gesicht, das von den Tränen ganz nass geworden war. »Vergiss nie, dass ich dich liebe, mehr als alles was ich in meinem Leben geliebt habe.« »Du kannst nicht gehen, was wird aus mir? Was wird aus dem Gut?«, sie verzweifelte. »Du wirst unser Leben weiterleben und ich werde dich vom Himmel aus lieben und jeden Tag begleiten. Bitte Sophie, du musst tapfer sein.« Sophies Schmerz zu sehen war für ihn schlimmer, als zu wissen, dass er bald sterben würde. Es zerriss ihm fast das Herz sie loslassen zu müssen und nicht länger beschützen zu können. »Ich schaffe das nicht ohne dich«, sagte sie leise »Doch, du musst und du wirst. Verzeih mir jedes schlechte Wort, jede Ungeduld und jeden Eigenwillen. Verzeih mir jeden Moment, den ich nicht mit dir verbracht habe. Wenn heute mein letzter Tag auf der Erde sein wird, bin ich Gott dankbar, dass ich ihn mit dir verbringen konnte. Ich werde dich die ganze Ewigkeit lieben, Sophie. Ich werde dir helfen, sei nicht traurig, ich bin immer bei dir.« Frederik stoppte und schloss die Augen. Er versuchte ruhig zu atmen und einige Atemzüge zu nehmen. »Ich habe jeden einzelnen Tag in unserer ganze Ehe versucht dich so zu lieben, als wäre es unser letzter gemeinsamer Tag.« »Ich weiß«, schluchzte Sophie. »Sophie, vergiss nicht, wir zwei, wir sind unsterblich. Und wenn es doch noch ein Morgen für mich auf dieser Erde gibt Sophie, dann werde ich morgen nichts besseres tun können, als dich genauso zu lieben, wie ich es immer getan habe.« Sophie holte einige Male tief Luft, da ihr der Schmerz den Atem raubte. »Ich liebe dich Frederik, bis in alle Ewigkeit liebe ich dich.«

Frederik fiel noch am Nachmittag in ein Koma, von dem er nicht mehr aufwachen sollte. Sophie wachte an seinem Bett, weinte und sagte ununterbrochen, dass sie ihn liebte. Frederik sah wunderschön aus und atmete ruhig, so als würde er schlafen. Vom Personal hatten sie nur Henry, Thomas und Martha erlaubt sich zu verabschieden, damit nicht so viel Unruhe entstehen würde. Und auch Sophies Eltern kamen um sich zu verabschieden. Es klopfte zaghaft an der Tür und ein aufgelöster Tristan steckte seinen Kopf durch die Tür, der sofort Sophie in eine fest Umarmung schloss und dann wortlos neben Leo zum Stehen kam, um Frederik anzusehen. Der Schmerz in seinen Augen war so deutlich, dass Sophie fürchtete, dass er jeden Moment zusammenbrechen würde. »Ich glaube es ist Zeit«, sagte Leo, der seit der Nachricht des Arztes nicht aufgehört hatte zu weinen. Er nahm aus seinem kleinen Rucksack seine Stola und das geweihte Öl, ehe er zu

Sophie sagte, dass er ihm nun die Sterbesakramente spenden würde. Sophie nickte nur kurz und ging auf die andere Seite des Bettes, um Tristan zu umarmen und bei ihm stehen zu bleiben, als sie Leo beobachtete. Leo sprach die Gebete und salbte seinem Bruder beide Hände und die Stirn. Obgleich er diesen Ritus schon mehrere Male vollzogen hatte, lag dieses Mal diese Aufgabe schmerzend schwer auf seiner Seele. Er musste oft inne halten, um sich wieder neu zu sammeln und weiter sprechen zu können. Als er mit den Worten endete: »Der Herr, der dich von den Sünden befreit hat, rette dich, in seiner Gnade richte er dich auf«, lehnte sich Sophie vor, um Frederik zu umarmen und zu küssen. Sie berührte mit ihrer Hand sanft sein friedliches Gesicht und einige Tränen fielen auf seine Wangen. »Ich liebe dich«, flüsterte sie und weiter sagte sie: »Wenn dein Weg auf der Erde zu Ende ist, quäle dich nicht wegen mir zu bleiben. Ich werde dich auch lieben, wenn du nicht mehr bei mir bist«, sagte sie und ging dann ein Stück zur Seite, damit auch Leo Frederik einen Kuss geben konnte. Als letzter trat Tristan an sein Bett. »Ich verspreche dir alles so zu machen, wie du es dir von mir gewünscht hast. Ich liebe dich, mein bester Freund«, sagte er und küsste dann langsam beide Hände von Frederik.

Meine Routine ist deine Liebe.

Den ersten Morgen nach Frederiks Beerdigung fühlte sich Sophie, als hätte sie jemand mit Blei übergossen. Sie vermochte es kaum die Augen zu öffnen. »Steh auf«, sagte ihr eine Stimme, die fast wie Frederiks klang. »Steh auf und zieh dir etwas Schönes an.« Sophie gehorchte, obgleich sie kurz darüber nachdachte, ob sie an Wahnvorstellungen litt. Sie stand auf und begann dann im Badezimmer all die Dinge zu tun, die sie sonst auch tat. Zahnpasta, Gesichtscreme, Make-Up, Parfüm. Sie spulte das Programm herunter, als gäbe es dabei einen Faden, der sie daran hinderte, ihr Gleichgewicht zu verlieren. Als sie fertig war, war das Ergebnis trotz der verweinten und verzweifelten letzten Tage, hauptsächlich ansehnlich.

Wie jeden Morgen seit Frederiks Tod, saßen sich eine über die Maßen traurige Sophie und eine der Verzweiflung nahestehende Martha am Küchentisch gegenüber. Zitternd reichte Martha Sophie eine Tasse Tee und nahm dann gegenüber von ihr Platz. »Wir schaffen das«, sagte Martha mit zittriger Stimme und kaufte sich diese Aussage selbst kaum ab. »Ja, und weißt du auch warum?«, fragte Sophie und Martha schüttelte hilfesuchend den Kopf. »Weil wir keine andere Wahl haben.« Martha nickte tapfer. »Ich werde die Geschichte von Hendrik nicht wiederholen und ebenfalls sterben, obwohl mich so viele Leute brauchen«, sagte Sophie, bevor sie wieder anfing zu weinen.

Sophie betrat nach dem Frühstück, das sie nicht gegessen hatte, das Arbeitszimmer und nahm auf dem großen dunkelbraunen Lederstuhl Platz. Ihr Blick schweifte über Schreibtisch, Akten, Papiere, das hohe Bücherregal und den kleinen Servierwagen mit den schönen Glasflaschen. Immer wieder betrachtete sie die gleichen Dingen und hielt sich dabei an der Armlehne des Schreibtischstuhls fest, auf der Frederiks Hand so oft gelegen hatte. Wie soll es nur weitergehen, dachte Sophie und ihr rannen tonlos Tränen über Tränen die Wangen hinunter, als sie anfing die Akten und Dokumente zu lesen. Je länger sie las, desto weniger erschloss sich ihr der Sinn des Ganzen und sie griff nun nach Frederiks Terminkalender, der sich seit der Auszeit nun wieder etwas gefüllt hatte. Sie las die eingetragenen Termine zu den dazugehörigen Geschäftspartnern. Frederiks Sekretärinnen waren nun hauptsächlich damit beschäftigt Geschäftspartner und deren Terminwünsche zu vertrösten oder Projekte ganz abzusagen. Sophie wählte mit der Kurzwahlnummer zwei einen Anruf zu Frederiks Sekretärin Clementine. »Mmh. Gräfin?«, fragte Clementine vorsichtig, den auch sie hatte sich erschrocken, als es aus Frederiks Büro zu ihr in das Vorzimmer geklingelt hatte. »Ich denke, wir sollten uns absprechen, also besprechen«, sagte Sophie zögerlich und fand sich und Clementine anschließend in einem zweistündigen Gespräch wieder, was nun zu tun sei und was nicht zu tun sei und was zu organisieren sei und was man absagen oder verschieben könnte. Die beiden Frauen konnten sich auf einige Punkte einigen, allen voran den Punkt, der die Organisation der Sommerfestspiele mit einschloss. Die Einladungskarten warteten auf die Freigabe zum Versenden. Und Sophie erteilte sie.

Nachdem Sophie sich durch den ersten Alltag gekämpft hatte, kehrte sie in das leere Wohnzimmer zurück. »Soll ich noch etwas bleiben?«, fragte Martha. »Nein, danke. Es ist schon gut, du bist sehr müde. Leg dich etwas hin«, sagte Sophie und nahm dann alleine auf der Couch Platz. Leo hatte zurück ins Kloster gemusst, da hatte es auch einen Todesfall gegeben. Sie blickte sich beängstigend um. War diese Stille ihre neue Realität? Sie schaltete eine weitere Lampe ein, als könnte sie dadurch die Einsamkeit verscheuchen. Sie erschrak schrecklich, als plötzlich eine Nachricht von Tristan kam. »Kann ich dich anrufen?«, stand dort zu lesen. Ohne zu antworten, wählte Sophie Tristans Nummer. »Alles in Ordnung?«, fragte Sophie und hörte nur ein leises: »Nein. Ich stehe vor eurer Haustür und da wohnt kein Frederik mehr«, bevor seine Stimme versagte und er anfing zu weinen. »Ich weiß«, sagte Sophie traurig und ging dann langsam zur Eingangshalle, um ihm die Tür zu öffnen.

»Du hast es gut. Du kannst wenigstens Alkohol trinken. Ich bringe weder was zu essen und nur wenig zu trinken hinunter«, sagte Sophie. »Du hast es gut, du hast einen Grund, der dich davon abhält Alkohol zu trinken«, sagte Tristan, als er das zweite Glas Cognac hinabgestürzt hatte. »Stimmt, so habe ich es noch nicht gesehen«, sagte Sophie und nahm einen weiteren Schluck Tee, den Tristan ihr zubereitet hatte. »Wie war dein Tag?«, fragte Tristan. »Das Gute ist, dass man wirklich beschäftigt ist. Ich habe heute sogar aus lauter Verzweiflung das Essen selbst zubereitet. Deiner?« »Ich habe getrunken und geschlafen und jetzt bin ich wieder beim Trinken«, sagte Tristan und deutete demonstrativ auf sein Glas. Sophie nickte. »Wo ist Zoe?« »Sie ist heute extra wegen mir zu Hause geblieben, aber ich habe kein Wort mit ihr gesprochen.« »Oh.« »Ich kann nicht. Sie kennt Frederik zu wenig. Ich möchte mit jemand sprechen, der ihn kennt.« Sophie nickte. »Er war der beste Mensch auf der ganzen Welt«, sagte Tristan und hob sein Glas etwas, als würde er auf ihn anstoßen.

Nach mehreren Stunden, in denen beide fast ausschließlich über Frederik geredet hatten, war Sophie auf der Couch eingeschlafen. Tristan beobachtete, wie Sophie ruhig schlief. Nachdem er auch den letzten Schluck aus seinem Glas ausgetrunken hatte, nahm er Sophie hoch, um sie vorsichtig ins Schlafzimmer zu tragen, ehe er sich auf den Nachhauseweg machte.

Die Trauer verwirrt mein Herz für die Realität.

Nach dem wenigen Frühstück nahm Sophie wieder am Schreibtisch Platz. Wieder beäugte sie weinend die gleichen Dinge, ehe sie anfing langsam Mails und Schriftstücke zu lesen. Es muss hier irgendeine Anleitung geben, was wann und warum zu tun sei, dachte Sophie. Woher hatte Frederik nach Hendriks Tod gewusst, was er tun sollte. Sophie bemühte sich Haltung anzunehmen, als Clementine an der Tür klopfte. »Herein«, sagte Sophie und sah eine gut gekleidete Clementine mit einem Stoß Akten in ihrem linken Arm. »Guten Morgen Gräfin«, sagte Clementine. »Hier sind die Akten zu den Terminen in den kommenden zwei Wochen. Sie haben gestern gesagt, dass sie nun jeden wahrnehmen möchten.« Sophie nickte und machte sich dann selbst Mut, dass das alles nicht so schwer sein konnte. »Spielen Sie eigentlich Golf?«, fragte Clementine, die etwas schmunzeln musste, als sie Sophies Gesicht sah. »Wie viel Zeit habe ich es zu lernen?«, fragte Sophie. »Nun, in drei Monaten ist ein Golfturnier für die Krebsstiftung, die der Graf im Andenken an seine Mutter ins Leben gerufen hat.« »Prima«, sagte Sophie zynisch und begann dann Tristans Nummer zu wählen. »Sophie?«, sagte Tristan und war unendlich erleichtert endlich wieder ihre Stimme zu hören. »Ich muss Golf spielen lernen«, sagte Sophie und verabredete sich mit Tristan am Golfplatz für kurz nach sechzehn Uhr, denn sie erwartete in der Galerie noch eine Kunstlieferung.

Nach der ersten Stunde Golfunterricht, bei der Sophie sich immer wieder fragte, wer diese völlig langweilige Sportart erfunden hatte, kamen Sophie und Tristan auf dem Weg zum Parkplatz ins Reden. »Ich darf nicht so viel weinen, denn das gesamte Personal sieht mich so an, als müssten wir alle zusammen verzweifeln. Sie fürchten sich natürlich auch um ihren Arbeitsplatz.« Tristan nickte. Frederik hatte mittlerweile gut achtzig Personen beschäftigt, deren Gehälter nun von Sophie abhingen. Tristan räusperte sich. »Frederik hat mit mir vor eurer Hochzeit besprochen, wie alles verlaufen soll, wenn er vor dir geht.« Sophie schluckte. »Es gibt eine Lebensversicherung.« »Ich weiß. Das wird uns erstmal eine Zeit über Wasser halten, dann werde ich einige meiner Bilder verkaufen und überlegen, ob das Gut so, wie es derzeit geführt wird, von mir aufrecht gehalten werden kann.« »Das wird es.« »Wie meinst du das?« »Frederik hat dich so abgesichert, du könntest noch zehn Leben sehr gut leben.« Sophie schluckte. »Er hat mich so abgesichert, wie Frederiks Vater ihn und Leo abgesichert hat?« Tristan schüttelte den Kopf. »Unvorstellbar mehr.« Sophie schluckte erneut. »Ich erkläre dir alles. Es ist alles bei Max im Notariat hinterlegt.« Tristan reichte Sophie ein Taschentuch, als sie wieder zu weinen begann. »Was soll ich tun, Tristan? Meine Galerie und meine Schüler aufgeben und mich am Gut komplett einbringen?«, fragte Sophie. Tristan zuckte mit den Schultern. »Alles wird wohl nicht zu stemmen sein«, sagte er und Sophie nickte. Und noch am selben Abend begann sie alles in die Wege zu leiten, um ihre Galerie zu schließen.

Die kommenden drei Monate verbrachte Sophie, neben ihrer Arbeit am Gut und an der Kunsthochschule, fast täglich am Golfplatz, während sie noch die Auflösung ihrer Galerie abwickelte. Es war einerseits gut jeden Abend diese neue Sportart einzuüben, da sie das gut beschäftigt hielt, aber andererseits trafen sie auch gehässige Kommentare, was eine Witwe wohl kurz nach dem Tod ihres Mannes am Golfplatz zu suchen hatte. Sophie reagierte nicht darauf und zwar deshalb, weil sie keine Emotion frei hatte, um sich darüber zu ärgern, denn sie war viel zu traurig dazu. Sie realisierte, dass sie zum ersten Mal *die Gräfin* war. Ähnlich wie sie es für Richard gewesen war, allerdings mit dem eklatanten Unterschied, dass sie es nun für alle war. Sie hatte immer gehofft, in ihrem Leben eine Ehefrau und eine Mutter zu sein. Und nun war sie einfach nur sie und sonst niemand mehr. Keine Mutter von und auch keine Ehefrau von. Einfach nur Sophie. Die Gräfin von Sonnersleben.

»Weißt du, ich denke immer noch jeden Tag, dass Frederik nach Hause kommt oder später mit mir essen wird«, sagte sie nach dem Golfturnier, zu dessen Siegerehrung sie nicht blieb, sondern sich stattdessen von Tristan nach Hause fahren ließ. Sie hatte ihr Ziel erreicht: Sie hatte teilgenommen und sich dabei nicht blamiert. Sie versuchte nicht zu weinen, als Tristan die Kiesauffahrt entlang fuhr und vor dem Haus zum Stehen kam, doch sie schaffte es nicht. Tristan rückte ein wenig näher an Sophie heran, hielt dann doch inne und wagte es nicht sie zu berühren, er fühlte sich so schrecklich unsicher, was man in so einer Situation sagen und tun sollte. »Mir geht es genauso«, sagte Tristan und Sophie war irgendwie erleichtert, dass er sie nicht für verrückt erklärte. »Wirklich?«, fragte sie. »Ich hab ihn sogar schon angerufen«, sagte er und Sophie nickte langsam. »Ich kann es nicht verstehen, warum er nicht mehr hier ist«, zog Tristan ein trauriges Resümee. Nachdem sich Sophie bei Tristan für das nach Hause fahren bedankt hatte, nahm sie die Steinstufen zur Eingangstür und es war ihr, als wäre das Haus, seit Frederiks Tod, größer und sie kleiner geworden.

»Ich brauche aber keinen Psychologen, zum letzten Mal. Und wissen Sie was, ich brauche Sie hier nicht mehr, dort ist die Tür. Nein, wissen Sie was? Ich bringe Sie raus, damit ich sicher sein kann, dass Sie nie mehr wieder kommen.« Sophie war wütend und setzte den Arzt, der als Nachfolger von Dr. Hochberger arbeitete und sich lediglich nach Sophies Befinden erkundigt hatte, mit diesen Worten vor die Tür. Sie knallte dann auch noch die Tür des Arbeitszimmers hinter sich zu und landete aufgeregt auf ihrem Schreibtischstuhl. Besser gesagt auf Frederiks Schreibtischstuhl an seinem Schreibtisch. Ungeduldig tippelte sie mit ihrem Kugelschreiber auf ihrem kleinen Notizblock, während sie versuchte abzuwarten, bis die erste Wut verflogen war. Das Telefon klingelte und sie nahm den Hörer ab. Ein wütendes »Ja!«, kam ihr über die Lippen und Tristan stutze. »Ist gerade ein schlechter Zeitpunkt? Ich wollte fragen, ob ich noch etwas vom Einkaufen mitbringen soll.« »Nein, schon gut«, sagte Sophie »Ich habe nur gerade den Arzt rausgeworfen, also vor die Tür gesetzt, egal.« Und Tristan lachte herzhaft und konnte sich gar nicht mehr beruhigen. Es war das erste Mal seit sechs Monaten, dass er wieder lachte. »Dann bringe ich am besten viel Schokolade mit«, sagte er.

Eine Stunde später war Tristan mit vollen Einkaufstüten und zwanzig verschiedenen Schokoladensorten am Gut angelangt. Sophie leerte die großen braunen Tüten aus. »Das sollen wir alles essen?«, fragte Sophie und beäugte lächelnd den Großeinkauf. »Ich habe auch noch alles für ein super Burger Essen mitgebracht. Das ist nämlich das einzige Gericht, das ich zubereiten kann«, sagte er und machte sich bereits daran, nach einer Pfanne zu suchen. Sophie öffnete eine der Schokoladentafeln und begann zu essen. »Ja, das wird dann auch eine super Schlagzeile: Witwe genießt ihr Leben und nimmt zwanzig Kilogramm zu.« »Du gibst doch da nichts drauf«, sagte Tristan. Sophie nahm am Tisch in der Küche Platz und beobachtete Tristan, als er nun Zwiebeln in Ringe schnitt. »Hab ich Gott sei Dank nur selten die Zeit oder Kraft dafür«, antwortete Sophie. Tristan schluckte. Er hatte Frederik versprochen auf Sophie aufzupassen und das würde er auch einhalten. »Ich hab einige Freunde bei so einem Tagblatt. Ich sage ihnen; sie sollen es endlich mal gut sein lassen.« »Danke«, sagte sie leise. »Du denkst auch, dass ich eine Therapie machen sollte?«, fragte sie ohne ihn anzusehen. Tristan wollte ihr keine rationale Antwort geben, weil diese Situation in der sie sich befanden, auch nicht rational war. »Was weiß ein Wildfremder schon?«, sagte er schließlich und nahm sie in eine Umarmung, als Sophie schluchzte. »Wieso kann er nicht durch diese Tür kommen?«, fragte sie leise.

Am Morgen wachte Tristan auf, weil bereits Sonnenstrahlen in sein Gesicht schienen. »Guten Morgen«, sagte Sophie und sah ihn lächelnd an. »Guten Morgen«, sagte Tristan und rieb sich müde die Augen. »Hab ich hier geschlafen?«, fragte er, als Sophie ihm eine Tasse Kaffee ans Sofa brachte und dazu nickte. »Danke«, sagte er und setzte sich etwas auf. »Das hat gut getan gestern Abend«, sagte sie und legte die Decken zusammen. Er sprang auf: »Lass mich das machen!«, rief er, schob sie zur Seite und dirigierte sie zu einem großen Sessel. Tristans Telefon klingelte und seine Frau war am anderen Ende der Leitung zu hören. »Wo warst du die Nacht über?«, schrie sie ins Telefon. So ein Mist, dachte er. »Ich bin auf dem Sofa ein geschlafen, wir haben lange geredet«, sagte er und nahm einen Schluck von dem starken Kaffee. »Schon wieder. Was für ein Zufall!«, sagte Zoe erbost. »Mir geht langsam die Geduld mit dir aus, Tristan. Du kannst nicht jeden Abend bei Sophie sein. Ihr Schicksal ist zweifelsohne schlimm, aber langsam beginnt mir das einfach zu nah zwischen euch zu werden.« Zoe war aufgebracht und traurig, doch Tristan konnte und wollte ihr zur Zeit einfach nicht gerecht werden. Bei Sophie war Frederik so lebendig. Er sah ihn in ihren Augen, sein Geruch war hier überall. Er sah hier alle Dinge, die mit ihm so eng verbunden waren. In seiner Penthouse-Wohnung waren nur einige gemeinsamen Fotos mit ihm und ein Gemälde, das er ihm zum Einzug geschenkt hatte. Das war ihm zu wenig. »Es tut mir leid, Zoe. Ich spüre Frederik hier und ich…« »Komm einfach nach Hause, Tristan«, sagte sie seufzend und beendete das Gespräch, ohne sich von ihm zu verabschieden.

Nach einem kleinen Schwächeanfall, weil Sophie aber und aber Mal nichts essen konnte, verbrachte Sophie einige Tage im Krankenhaus, wo vor allem die Oberärztin für sie einen Psychologen zu Rate gezogen hatte und nun auch darauf bestand, dass Sophie eine trauerbegleitende Psychotherapie beginnen sollte. »Du brauchst mich gar nicht so anzusehen, du denkst auch, dass ich eine Therapie machen sollte«, sagte Sophie ärgerlich zu Tristan, der ihr nach seinem Arbeitstag in der Kanzlei einen Strauß Blumen vorbeigebracht hatte. Tristan schüttelte den Kopf. »Ich finde, dass du es für eure ganze Geschichte mehr als perfekt machst, Sophie«, sagte Tristan. Sophie nickte und rieb sich die Augen, als könnte sie die Tränen daran hindern, herauszukommen. »Möchtest du, dass ich heute Nacht bei dir im Krankenhaus bleibe?« Sophie schluckte. Was sie möchte war, dass Frederik bei ihr war. »Ich…« »Ich weiß, dass du möchtest, dass Frederik hier ist. Aber es ist nur ein Angebot. Also du könntest meine Hand halten und dir vorstellen, es wäre die Hand von Frederik«, schlug Tristan vor, ohne auch nur eine Sekunde an Zoe zu denken. Und als Sophie nichts darauf antwortete, nahm Tristan ihre Hand.

Außerordentliche Situationen erzeugen außerordentliche Gefühle.

»Tristan, ich finde du solltest nicht jeden Tag mit Sophie verbringen. Du verrennst dich da in was«, sagte Max, als er an diesem Tag Tristan in seiner Kanzlei besuchte und wollte nicht direkt zugeben, dass viele schon darüber munkelten, dass es eine Affäre zwischen den beiden gab. »Ich helfe ihr.« Max schüttelte den Kopf und entgegnete: »Ich glaube eher, dass du versuchst dir selbst zu helfen.« »Frederik hat gesagt, dass ich auf sie aufpassen soll und das tue ich.« »Annabelle meint, dass deine Frau sich vernachlässigt fühlt. Seit Frederik tot ist, ist bereits ein ganzes Jahr vergangen und du bist jeden Abend bei ihr. Manchmal auch den ganzen Tag. Manchmal auch die ganze Nacht.« Tristan wurde wütend, er hasste es, wenn jemand Frederik als tot bezeichnete, das klang viel zu hart. Ihm war die Variante *gestorben ist* lieber. Das war passiver und beschrieb eher, dass Frederik bleiben wollte. »Sie hat auch gesagt, dass du jeden Tag mit Sophie am Grab bist.« »Ich verstehe dein Problem nicht, jeder trauert auf seine Weise und Sophie und ich trauern so!« »Es gibt also ein Sophie und dich?« Tristan schnaubte. »Nein, das gibt es nicht. Es gibt Sophie und es gibt mich und wir versuchen es irgendwie hinzukriegen. Wenn ich nicht am Gut bin, bin ich ein Häufchen Elend. Dort bekomme ich Luft, ich kann in seiner Nähe sein.« Max überlegte, Tristan hatte diesen Schlag des Schicksals nicht verkraftet. »Ich stelle dir jetzt eine Frage und ich möchte eine ehrliche Antwort.« »Gut«, sagte Tristan ein wenig beleidigt. »Hast du dich in Sophie verliebt?« Max war sehr ernst. »Ich liebe alle schönen Frauen«, sagte er lächelnd und dachte darüber nach, dass Sophie immer noch wunderschön war, selbst wenn sie sich monatelang jede Nacht in den Schlaf weinte. »Eine ehrliche! Und wenn die Antwort ja lautet, werde ich dich bitten, dass du Abstand hältst. Das geht einfach nicht, Tristan. Und das würde Frederik auch nicht wollen.« Tristan dachte darüber nach, was Frederik wollen würde. »Wir haben einfach eine sehr schwere Zeit geteilt, zusammen gelitten und geweint. Ich möchte einfach ständig bei ihr sein, auf dem Gut, ich weiß nicht was das alles bedeutet.« Max seufzte. »Das ist nicht gut«, dachte er. »Sophie ist mental ziemlich verletzlich, du bist es auch. Was soll das denn werden? Frederik würde immer zwischen euch stehen. Ich finde, du solltest vielleicht eher versuchen deine Ehe zu retten«, war seine knappe Antwort und mit folgenden Worten ließ er Tristan stehen: »Ich muss jetzt zu einem Termin, bitte mach nicht alles noch komplizierter.« Tristan sagte seinem Freund nicht mal auf Wiedersehen, denn er musste nachdenken. Nachdenken über Sophie und ihn und seine Frau und Frederik und seine Zukunft, die er einfach nicht bereit war zu leben.

Sophie war im Gutspark spazieren gegangen und entschied sich dann dafür, noch einige Einkäufe im Hofladen zu tätigen, wobei sie unbeabsichtigt ein Gespräch zweier Damen und einem Herren belauschte. »Er ist jeden Tag mehrere Stunden bei ihr. Manchmal steht das Auto auch die ganze Nacht da.« »Da fresse ich ja einen Besen, wenn sich Herr Warenberg nicht an die Witwe Sonnersleben ranmacht.« »Er war ja schon immer so ein Frauenheld.« Die anderen stimmten zu. Sophie wollte wieder kehrt machen, doch einige Kinder liefen an ihr vorbei, stießen die Tür auf und kamen vor dem Tresen zum Stehen, um Süßigkeiten zu kaufen. Durch das Gepolter waren auch die drei redseligen Personen, die ihr soeben ein Techtelmechtel mit Tristan unterstellt hatten, auf Sophie aufmerksam geworden und grüßten nun mit gesenktem Blick. »Guten Tag«, sagte Sophie gefasst und ging an den dreien vorüber.

Als Sophie die Einkäufe in die Küche gebracht hatte, fand sie Leo und Tristan in ein Schachspiel vertieft im Wohnzimmer. »Die Dame ist das Wichtigste«, kommentierte Tristan seinen Zug und beobachtete Sophie dann lange, als sie den Raum betrat. Sophie fühlte sich zum ersten Mal unwohl, als Tristan sie ansah. Unruhig atmete sie tief durch. Als Leo die Schachpartie gewonnen hatte, deutete sie Tristan mit einer Handbewegung an in die Küche zu kommen, der ihr prompt und unauffällig folgte, als würde er sich nur ein Getränk aus der Küche holen. Sophie erzählte Tristan knapp, was sie heute im Hofladen gehört hatte. »Diesen Vorwurf kriege ich von meiner Frau jeden Tag zu hören.« »Dass wir eine Affäre haben?«, keuchte Sophie. Tristan druckste herum bis er sagte: »Dass ich dich am liebsten auch noch nachts im Arm halten möchte, um dich zu trösten, hat sie mir erst gestern wieder an den Kopf geworfen.« Sophie schluckte. »Und stimmt es denn?«, fragte sie und hätte sich dafür ohrfeigen können, dass ihr nicht schon früher aufgefallen war, dass an dieser Situation etwas nicht stimmte. Doch sie konnte selbst nicht fassen, wie schnell die Zeit vergangen war und nun war es schon ein Jahr her, dass Frederik gestorben war und Tristan jeden Abend mit ihr verbrachte. »Ich denke, dass ein Teil von mir das tatsächlich will. Ein anderer Teil möchte einfach nur Frederiks Platz ersetzen, was natürlich nicht geht.« Sophie nickte. »Du musst nicht meinen Ehemann mimen, damit ich weniger traurig bin. Ich denke nur, dass es vielleicht an der Zeit ist dein Leben weiterzuleben. Im Moment lebst du mein Leben mit mir weiter.«

Tristans Augen füllten sich mit Tränen, als er zurück ins Wohnzimmer lief und Leo entging nicht, dass sich Tristans Gemütszustand verändert hatte. Tristan hatte Angst Sophie zu verlieren. »Was ist das mit euch?«, fragte Leo Tristan, als sich Tristan zu Leo auf das Sofa gesetzt hatte. »Wäre es eine Option?«, fragte Leo, als ihm Tristan keine Antwort gab. »Willst du mir gerade vorschlagen, dass ich bei Sophie bleibe, also so richtig bleibe, damit sie versorgt, also besser gesagt umsorgt ist?« Tristan war überrascht, wie konkret Leo die Sache ansprach. »Wenn ihr euch verliebt habt, wäre das eine Möglichkeit«, sagte Leo und Tristan verschlug es gänzlich die Sprache. »Predigst du nicht immer die Unauflöslichkeit der Ehe?«, fragte er, als er seine Gedanken ein wenig sortiert hatte. Leo lächelte und sagte dann: »Tristan, zunächst ist zumindest die Ehe von Sophie durch den Tod von Frederik aufgelöst und zweitens habe ich das Leben erlebt und weiß, dass es nicht immer weiß und schwarz gibt, sondern meistens eher mittelgrau ist.« Tristan überlegte, er hatte Sophie bereits in sein Herz geschlossen, aber ob es für eine Liebe ausreichte, wusste er nicht genau. Und da war auch immer noch seine Frau. Und seit einem Jahr konnte er keine Antwort auf die Frage finden, welche Frau ihm wichtiger war: Zoe oder Sophie.

Sophie rieb sich den Nacken, als mit Leo beim Frühstück saß. Nach dem Traum hatte sie kein Auge mehr zu getan und sich nur noch von links nach rechts gewälzt. »Hast du schlecht geschlafen?«, fragte Leo und Sophie nickte. »Ich habe geträumt, dass Frederik zurückgekommen ist.« »Oh.« Leo träumte immer noch viel von den Verstorbenen und wusste wie man sich nach so einer Nacht fühlte. »Er hat festgestellt, dass Tristan seinen Platz eingenommen hat und ist daraufhin wieder gegangen. Er war sehr verletzt und traurig.« Sophie schauderte immer noch bei dem Gedanken und wartete ängstlich ab, was Leo dazu zu sagen hatte. »Du kannst ein neues Leben beginnen«, meinte Leo und Sophie schüttelte vehement den Kopf »Ich könnte nie einen Mann lieben, so wie ich Frederik liebe.« »Das musst du doch auch gar nicht. Vielleicht ist es eine andere Art von Liebe. Sophie, es wird ein Wiedersehen geben und es ist leichter die Zeit bis dahin zu überbrücken, wenn du nicht vor Schmerz zu ersticken drohst. Ich weiß, wovon ich rede.« Sophie räusperte sich und stand auf ohne ihr Frühstück gegessen zu haben. Sie nahm eine lange Dusche und versuchte dabei sich alle Sorgen von der Haut zu waschen. Noch in ihr Badehandtuch eingewickelt, schrieb sie eine Nachricht an Tristan: »Können wir uns sehen?« Tristan freute sich, es war Samstag und er hatte nichts Großes geplant. Seine Frau war für eine Fotoserie in Spanien unterwegs und so tippte er eine kurze Antwort. »Ja, ich bringe etwas zum Essen mit.« Sophie blickte sich im Spiegel an, als sie die Antwort gelesen hatte. War sie wirklich so eine Art von Frau, die eine Beziehung mit dem besten Freund ihres verstorbenen Mannes eingehen konnte. »Ich hoffe nicht«, dachte sie.

»Warum wolltest du mich sehen?«, fragte Tristan und hoffte auf ein etwas entspannteres Gespräch, als das vor einigen Tagen in der Küche. Sophie versuchte ein kurzes Lächeln. »Ich denke, wir müssen uns dringend etwas einfallen lassen, Tristan. Wir bewegen uns auf eine Situation zu, die ich nicht bereit bin zu tragen. Wir sollten uns einfach weniger sehen, damit sich alles etwas beruhigen kann.« Sie lobte sich selbst dafür, dass sie diese drei einstudierten Sätze fehlerfrei formulierte. Sie wollte ihn unter gar keinen Umständen verletzen. Tristan seufzte. »Ich genieße unsere Nähe«, gab er schließlich zu. Sophie hatte so gehofft, dass eigentlich alles in Ordnung war, doch ihre Hoffnung platzte als er sagte »Meine Ehe mit Zoe hat wunderbar funktioniert. Doch dann ist alles anders gekommen und ich habe begonnen mich nach dir zu sehnen. Ich denke ununterbrochen an dich. Ob es dir gut geht, wie du dich fühlst, was du anhast, was du unternimmst, was du denkst.« Er nahm ihre Hand. »Ich weiß, dass das total irreal ist und ich nicht solche Gefühle für dich entwickeln sollte, aber dieses Mitleiden und Mitleben ist irgendwie verschmolzen und jetzt sind wir hier. Die, die wir den Schmerz des anderen einfach so gut teilen können. Ich hab dich immer als das uninteressantes Mädchen von allen wahrgenommen. Es war nie eine einzige Spur von Begierde. Trotz deiner ganzen Schönheit. Ich hab es nie verstanden, was Frederik in dir gesehen hat. Aber jetzt sehe ich es und ich spüre es.« Sophie schnappte nach Luft und zog ihre Hand zurück. Die Verantwortung für das Gut stieg ihr über den Kopf und jetzt sollte sie auch noch verantwortlich sein für eine Ehe, die in die Brüche ging. »Ich kann das nicht, Tristan. Ich liebe Frederik und ich will keinen anderen Mann, schon gar nicht einen der eigentlich verheiratet ist mit einer wunderschönen jungen Frau.« Es klang wie ein Vorwurf, Tristans Frau war tatsächlich acht Jahre jünger als Sophie, obwohl Sophie das nicht beabsichtigt hatte. »Darf ich dir ein Angebot machen, was du dir in Ruhe überlegen kannst?«, fragte er und Sophie wäre es lieber gewesen, wenn sie mit Nein geantwortet hätte, doch sie hörte sich bereits: »Ja«, sagen. »Ich schlage dir vor, dass ich mich von meiner Frau trenne und dich hier auf dem Gut unterstütze in der Art und Weise, wie du es möchtest. Auch die Nähe dieser Verbindung darfst du bestimmen. Ich könnte dich bei den Verwaltungsaufgaben unterstützen oder was eben sonst noch anliegt. Es liegt ja immer etwas an. Du brauchst auch keine Sorge haben, du wirst nicht der Grund für unsere Trennung sein. Bevor sie nach Spanien abgereist ist, hat sie gesagt, dass sie erstmal für lange Zeit nicht zurückkommen wird.« »Das tut mir leid, Tristan.« »Ist schon gut, ich habe es so auf die Spitze getrieben. Ein Wunder, dass sie es solange mit mir ausgehalten hat. Ich war ja keinen Abend zu Hause.« Sophie nickte und fühlte sich doch irgendwie schuldig. »Weißt du, ich wünsche mir, dass er hätte bleiben können und ich wäre…« Sophie nahm ihn in den Arm, ohne dass er den Satz beenden konnte. »Das darfst du gar nicht denken, Tristan. Wir müssen weiter machen. Frederik hat gespürt, dass er nicht mehr viel Zeit auf der Erde haben wird, deshalb hat er sich doch auch die lange Auszeit genommen. Und in seinem viel zu kurzem Leben haben wir ihn geliebt, darauf kommt es an.« Tristan nickte, die Tränen wischte er sich schnell weg, damit wieder Platz für seine Männlichkeit war. »Ich habe Frederik versprochen auf dich aufzupassen.« »Deswegen brauchst du doch nicht alles für mich aufgeben.« »Was ist, wenn ich es möchte?« Sophie löste sich aus der Umarmung und blickte Tristan lange in die Augen und dachte, dass es ein Leichtes wäre sich auf dieses Angebot einzulassen. Einsam ist eben niemand gern. »Es wäre einfacher für mich dein Angebot anzunehmen, aber es wäre nicht richtig. Ich muss da selbst durch. Und du musst selbst durch deine Trauer.« Tristan nickte, er musste aufhören, sich an Sophie festzuhalten. »Vielleicht ist es noch nicht zu spät deine Ehe zu retten?«, wagte Sophie vorsichtig zu sagen. »Vielleicht«, sagte er. »Und Sophie?« »Ja?« »Frederik liebt dich«, sagte Tristan, wie jeden Tag.

Tristan hatte einen Flug nach Spanien gebucht, um Zoe um ein Gespräch zu bitten. »Ich drücke dir die Daumen«, sagte Sophie und hielt Tristan nur kurz in einer Umarmung, damit nicht wieder zu viel Nähe zwischen den beiden entstehen würde, als er gekommen war um sich von ihr zu verabschieden. Tristan versuchte den Stich in seiner Brust zu ignorieren, dass er diesen Abend nicht mit Sophie verbringen würde. Und um noch einige Sekunden länger bei Sophie zu bleiben, versuchte Tristan Sophie weiter in ein Gespräch zu verwickeln. »Was machst du heute?«, fragte er. »Ich werde noch ans Grab gehen.« »Ich komme mit. So viel Zeit habe ich noch.« »Heute gehe ich alleine, Tristan«, sagte Sophie und Tristan verstand, dass der gemeinsame Weg der beiden heute ein Ende nehmen würde.

Auf dem Rückweg vom Friedhof zum Gut, kam Sophie vor dem Eichenbaum zum Stehen und strich mit ihrem Finger die Konturen des Herzens nach, das Frederik vor fast vierzig Jahren in den Stamm geritzt hatte. Es blies ein sanfter Wind und sie spürte, wie ihr ein Frieden geschenkt wurde, der ihr die Gewissheit gab, dass alles irgendwie weiter gehen würde. Sie lief durch den Park und erkannte Leo, wie er mit einigen Kindern Fußball spielte. »Was machst du hier?«, fragte sie, als sie ihm einen Kuss auf die Wange gab. »Ich bleibe hier.« »Wie du bleibst?« »Ich habe Frederik damals gesagt, dass ich wieder komme, wenn es nötig ist.« Sophie herzte zwei der Mädchen und lächelte auch die Buben gütig an, die das Spiel weiterführten, als Leo mit ihr einige Schritte ging. »Ich werde hier eine Niederlassung unseres Kloster gründen. Der Abt hat mir die Erlaubnis gegeben, weil wir so viele Berufungen haben, die vor allem durch meine Arbeit entstehen.« »Du wirst eine Unterkunft brauchen?« »Ja. Ich wollte dich bitten mir einen Bereich des Gutes dafür zur Verfügung zu stellen.« »Das lässt sich einrichten.« »Wie geht es dir?«, fragte Leo und musterte Sophie dann eingängig. Ohne ihm eine Antwort auf seine Frage zu geben, stellte Sophie Leo eine Frage: »Warum jetzt? Warum nicht als Frederik gestorben ist. Da hätte ich dich viel mehr gebraucht.« »Du musstest dich erst entscheiden, ob du mit Tristan zusammen sein willst oder nicht. Unser Lebensweg wird immer durch unseren eigenen Willen bestimmt. Davon hängt so viel ab.«

Unsere Herzen dürfen jetzt wieder in einer Welt zusammen schlagen.

An Sophies fünfundachtzigstem Geburtstag führte Jakob Sophie an seinem Arm in ihr Zimmer, den anderen hielt sie fest auf ihren Stock gestützt. Die Schleppe ihres langen hellgelben Kleides streifte sanft den Teppichboden. »Das war wirklich ein sehr schönes Fest. Vielen Dank«, sagte Sophie und gab Jakob einen sanften Kuss auf die Wange, ehe sie sich in einen großen Sessel setzte. »Ich freue mich, dass es dir gefallen hat. Ruh dich gut aus. Die ganze Familie auf einmal, ist viel auf einmal«, scherzte Jakob lächelnd und reichte Sophie eine Decke, damit sie sich zudecken konnte. »Jakob?«, sagte Sophie, ehe Jakob durch Sophies Zimmertüre zurück in den großen Flur des Gutes gehen konnte. »Ja, Sophie«, antwortete Jakob, als er sich ihr wieder zuwandte. »Frederik wäre sehr stolz auf dich, wie du das Gut führst. Ich bin unendlich stolz auf dich.« Sophie sah Jakob mit strahlenden Augen an, er war ihr in all den Jahren, in denen sie das Gut geführt hatte, eine große Stütze geworden. Sie hatte ihn auf seine Rolle vorbereitet und er erfüllte diese mit herausragender Begeisterung und mit sehr viel Talent. Seine Kinder waren stets unter den besten Springreitern des Landes und es war Sophie so, als hätte Jakob den Platz in ihrem Herzen eingenommen, als das Kind, das sie nie hatte haben dürfen. Denn das Leben erfindet oft die schönsten Wendungen, wenn man sich darauf einlässt. »Er wäre auch sehr stolz auf dich. Es gibt niemanden, der dieses Gut so lange und so lange alleine und dazu noch erfolgreich geführt hat«, sagte Jakob und streichelte dann liebevoll ihre Hand, nachdem er wieder einige Schritte auf sie zugegangen war. Ehe Sophie ihr tägliches »Ich liebe dich« sagen konnte, fuhr Jakob fort: »Ich dich mehr.«

Glücklich und erschöpft von den Feierlichkeiten zu ihrem Geburtstag, schloss Sophie sanft die Augen und döste einige Minuten lang zufrieden vor sich hin. Sie dachte an Frederik und an Leo, mit denen beiden sie so glücklich gewesen war. Jeder hatte versucht das Leben auf die bestmöglichste Weise zu leben. Und hinter allen Augenblicken und Momenten, die am Ende ihr Leben ausmachten, stand einfach nur Liebe. Ein leises Geräusch ließ sie aufmerken und sie öffnete vorsichtig ihre Augen. Noch blinzelnd erkannte sie Frederik, wie er die Fotos an der Wand betrachtete. Er lächelte. »Frederik?«, sagte Sophie. »Hallo mein Liebling.« Sophie runzelte die Stirn, träumte sie? Frederik blickte zurück an die Bilderwand und sein Blick verfolgte all die Stationen ihres gemeinsamen Lebens: der Debütanten-Ball, die Abiturfeier, die große Hochzeit im Gutspark, die Aufnahmen aus den Flitterwochen und Urlauben, gesellschaftliche Höhepunkte, die Sommerfestspiele, die Feier zur Erneuerung des Ehegelübdes und einige Schnappschüsse. »Was hast du mir doch für ein schönes Leben ermöglicht«, sagte er dankbar. Frederik kniete sich neben Sophie und ihren Sessel und strich ihr sanft über die Wange. »Ich vermisse dich so sehr«, sagte Sophie und sie spürte deutlich, wie er ihre Hand nahm und diese zärtlich küsste. Ihre gealterte dünne Hand mit den Altersflecken wirkte zerbrechlich, als er sie in seine junge starke Hand nahm. »Ich bin so stolz auf dich, wie du das Leben gemeistert hast. Mit dem Gut und der ganzen Verantwortung. Du hast jeden Tag für uns gekämpft und dich tapfer geschlagen«, sagte Frederik und sah sie sehr liebevoll an. »Ich habe alles so weiter geführt, wie du es begonnen hast«, berichtete Sophie. »Ich weiß. Ich habe dir doch versprochen, dass ich immer bei dir sein werde. Und ich war jeden Tag bei dir. Ich habe dir jeden Tag gesagt, dass du aufstehen sollst, als du keine Kraft dazu hattest.« Sophie schluckte schwer. Wie sehr hatte sie ihn, in den vierzig Jahren ohne ihn, geliebt, gebraucht, vermisst. »Es tut mir leid, dass ich so früh gehen musste. Ich habe nicht aufgehört dich zu lieben, Sophie.« »Ich weiß.« »Es ist an der Zeit, Sophie. Du kannst nun mit mir gehen.« »Wohin gehen wir denn?« »Dorthin wo die Ewigkeit ist und dort ist es sogar noch schöner als auf unserem Gut.« Frederik drückte Sophies Hand etwas fester und half ihr dabei aufzustehen und zu ihrer Verwunderung bemerkte sie, dass das Aufstehen nicht, wie sonst, beschwerlich war. Frederik zwinkerte ihr zu und sie ließ sich von ihm führen, an den Ort, der voller Glitzer war.